集人文社科之思　刊专业学术之声

集刊名：励耘学刊
主办单位：北京师范大学文学院

顾　　问：郭英德
主　　编：杜桂萍
副 主 编：李　怡　马东瑶

编辑部

编　　辑：吴沂澐　周剑之　颜子楠
编　　务：任　刚　平范凡

2023年第1辑（总第三十七辑）

集刊序列号：PIJ-2018-258

中国集刊网：www.jikan.com.cn/ 励耘学刊

集刊投约稿平台：www.iedol.cn

中文社会科学引文索引（CSSCI）来源集刊
AMI（集刊）核心集刊
中国知网（CNKI）收录
社会科学文献出版社（CNI）名录集刊
集刊全文数据库（Jikan.com.cn）收录

2023 年第 1 辑
总第三十七辑

励耕学刊

杜桂萍　主编

社会科学文献出版社
SOCIAL SCIENCES ACADEMIC PRESS (CHINA)

目　录

谶纬叙事与何休灾异说之新变*

◇孙玲玲**

内容摘要：受东汉谶纬解经风气的影响，何休在《春秋公羊解诂》中也广泛征引谶纬文献解说经传，其中最值得关注的当数其征引"春秋说"解说灾异的现象。经过考证，何休频繁征引的"春秋说"乃是《春秋》纬的一个泛称，而非某部确切的谶纬文献。而何休在征引"春秋说"时也多是引用其中的叙事来解说灾异，这一征引方式与何休灾异说出现新变密切相关。

关键词：春秋说　何休　灾异说　谶纬叙事

谶纬之说兴起于西汉末年，大盛于东汉时期，其影响之大、波及范围之广，史书及其他文献皆有明证，毋庸赘言。其中最引人注目的当数它对东汉经学的影响，以至人们提起东汉经学时常常用"谶纬化"一词加以概括。身处这一思想潮流中的何休也"未能免俗"，他的"春秋公羊"学也深深打上了这一时代烙印。查检整部《春秋公羊解诂》不难发现，大到《春秋》之义，小到名物训诂，何休用谶纬之说解释经传的例子比比皆是，尤其值得关注的是他吸收谶纬叙事对灾异进行解说的事例。那么何休究竟是如何引用谶纬叙事进行灾异解说的？这些解说的背后又蕴含了何休怎样的经学思想？要想回答这些问题，我们就必须从徐彦《春秋公羊疏》（下文简称《疏》）中所引的"春秋说"谈起。

* ［基金项目］中央高校基本科研业务专项"战国《春秋》学研究"，项目编号：202113023；山东省高等学校青年创新团队发展计划"儒家文化与文学关系研究"，项目编号：2020RWC004。

** 孙玲玲，中国海洋大学文学与新闻传播学院讲师，研究方向为先秦两汉文学、经学。

一 徐彦所引"春秋说"考

何休引用谶纬时大都不标明出处，因此我们对其引用何种谶纬文献的判断大都依据徐彦之《疏》而来，而在徐彦《疏》中，出现频率最高的是"春秋说"。综合多方面的考察，笔者以为，徐彦在《疏》中所言的"春秋说"并非一部或一篇确切的谶纬著作，而是《春秋》纬的一个泛称。支撑这一观点的理由主要有三。

其一，历代学者认定的《春秋》纬篇目中，并无一篇名为"春秋说"的著作。关于汉代流传下来的《春秋》纬篇目，《后汉书》李贤注的说法最为可信，它包括《演孔图》《元命包》《文耀钩》《运斗枢》《感精符》《合诚图》《考异邮》《保乾图》《汉含孳》《佐助期》《握诚图》《潜潭巴》《说题辞》等十三篇。后之学者在辑佚《春秋》纬时，虽不免增加一些新的篇目，但大都以这十三篇为主，比如清人赵在翰《七纬》的《春秋》纬篇目就完全依此而来，明代孙毂的《古微书》所辑佚到的 15 种《春秋》纬也是在这 13 种基础上增加了《春秋内事》《春秋命历序》两篇，《玉函山房辑佚书》《黄氏逸书考》所辑《春秋》纬篇目与《古微书》同，清人乔松年《纬捃》的《春秋》纬篇目则在这 13 种基础上另加《春秋纬杂篇》（8 种）① 和《泛引春秋纬》两大类。但无论哪一种《春秋》纬目，均不见"春秋说"之名，若将徐彦所谓"春秋说"视作一部具体的《春秋》纬著作，明显不妥。

其二，一条内证。这条内证见于隐公元年《疏》，徐彦的一条说辞无意中透露出其前面所引的"春秋说"指的乃是《元命包》。隐公元年"春王正月"，《传》曰"王者孰谓？谓文王也"，何休注曰"以上系王于春，知谓文王也"②，徐彦以问答形式解此注曰：

---

① 这八种包括《春秋录图》《春秋录运法》《春秋孔录法》《春秋璇玑枢》《春秋揆命篇》《春秋河图揆命篇》《春秋玉版》《春秋瑞应传》。

② （清）阮元校刻《十三经注疏》（清嘉庆刊本），中华书局 2009 年版，第 4766 页。

问曰：《春秋》之道，今有三王之法，所以通天三统，是以"春秋说"云"王者孰谓？谓文王也。疑三代谓疑文王"，而传专云文王，不取三代何？

答曰：大势《春秋》之道，实兼三王，是以《元命包》上文总而疑之，而此传专云"谓文王"者，以见孔子作新王之法，当周之世，理应权假文王之法，故遍道之矣，故彼宋氏注云"虽大略据三代，其要主于文王者"是也。①

在这段对话中，"《元命包》上文总而疑之"是理解的关键，如果我们能够知道这里的"上文"究竟指的是哪些上文，也就清楚了徐彦所引的《元命包》的内容。清人乔松年在《纬捃》中也关注到了这一问题，他的一段按语颇有启发性，其文曰：

愚按，《公羊》"春王正月"《疏》引此六条皆指为"春秋说"，而于"谓文王也"《疏》下解之曰"是以《元命包》上文总而疑之"，则此六条皆可定为《元命包》之文，且《王制》疏引"周爵五等"一条正作《元命包》也。②

依乔氏之见，徐彦所说的"上文"指的就是隐公元年"春王正月"《疏》中出现的六条"春秋说"，这六条"春秋说"的位置正处于"是以《元命包》上文总而疑之"之上。如此，则这六条"春秋说"的内容可确定如下：

1. 周五等爵法五精。
2. 庸者，通也；官小德微，附于大国以名通，若毕星之有附耳然。
3. 元者，端也，气泉。

---

① （清）阮元校刻《十三经注疏》（清嘉庆刊本），第4766页。
② （清）乔松年辑《纬捃》卷五《春秋纬》，清光绪三年（1877）强恕堂刻本。

4. 王不上奉天文以立号，则道术无原，故先陈春后言王。天不深正其元，则不能成其化，故先起元，然后陈春矣。

5. 昏斗指东方曰春，指南方曰夏，指西方曰秋，指北方曰冬。

6. 王者孰谓？谓文王也。疑三代谓疑文王。①

乔松年在《纬捃》中就将此六条"春秋说"辑入《元命包》。这条内证告诉我们，徐彦有将某一确切《春秋》纬篇目称为"春秋说"的习惯。这一习惯是否也适用于其他《春秋》纬篇目呢？笔者以为答案是肯定的，具体解析请看"其三"。

其三，通过文献对比，还可为三条"春秋说"找到确切的文献出处，这就再次印证了我们之前的推测，即徐彦所谓的"春秋说"只是《春秋》纬的一个泛称而已。这三条例证分别如下。

第一例，隐公元年"春王正月"，《传》曰："元年者何？君之始年也。"何休《解诂》曰："以常录即位，知君之始年。君，鲁侯隐公也。"徐彦解释何休"君，鲁侯隐公也"之义云：

> 案"春秋说"云："周五等爵法五精：公之言公，公正无私；侯之言候，候逆顺，兼伺候王命矣；伯之言白，明白于德；子者，孳恩宣德；男者，任功立业。皆上奉王者之政教、礼法，统理一国，修身洁行矣。"今此侯为鲁之正爵，公者，臣子之私称，故言"君，鲁侯隐公也"。②

此处徐彦引"春秋说"为何休的解释寻找文献依据，而通过对读《礼记·王制》之疏可知，这一"春秋说"即《元命包》。《礼记·王制》有文曰"王者之制禄爵，公、侯、伯、子、男，凡五等；诸侯之上大夫卿、下大夫、上士、中士、下士，凡五等"，郑玄注解此处经文曰："二五，象五行刚柔十日。禄，所受食爵秩次也。上大夫曰卿。"孔颖

---

① （清）阮元校刻《十三经注疏》（清嘉庆刊本），第 4765—4766 页。
② （清）阮元校刻《十三经注疏》（清嘉庆刊本），第 4765 页。

达疏解郑玄注时则明引《元命包》曰："知象阴阳者，按《元命包》云'周爵五等，法五精'。"① 可以看出，《礼记正义》所引《元命包》之文与徐彦所言"春秋说"内容相一致，故此处之"春秋说"即《元命包》。

　　第二例，文公五年"春王正月，王使荣叔归含且赗"，《传》曰："含者何？口实也。"何休解"口实"曰："天子以珠，诸侯以玉，大夫以碧，士以贝，春秋之制也。"② 徐彦认为何休"天子以珠，诸侯以玉，大夫以碧，士以贝"之语乃出自"春秋说"。而通过文献对比，我们再次为这一"春秋说"找到了确切出处：《初学记》卷十四《礼部下》引《春秋说题辞》曰："天子以珠，诸侯以玉，大夫以璧，士以贝。"③ 无独有偶，《太平御览》卷五百四十九《礼仪部二十八》同样引《春秋说题辞》曰："天子以珠，诸侯以玉，大夫以璧，士以贝。"④ 显然，徐彦在《疏》中所征引的"春秋说"之文与《初学记》《太平御览》所引的《说题辞》内容完全一致，故此处之"春秋说"即《说题辞》。孙瑴《古微书》、赵在翰《七纬》、乔松年《纬捃》等也均将此条归入《说题辞》之列。

　　第三例，哀公十三年"冬十有一月，有星孛于东方"，何休认为这一灾异现象预示了之后的"周室遂微，诸侯相兼，为秦所灭，燔书道绝"等事，徐彦引"春秋说""趋作法，孔圣没，周姬亡，彗东出，秦正起，胡破术，书记散乱，孔子不绝也"⑤ 之文为何休之说寻找文献依据。而通过对比《艺文类聚》可知，徐彦这一"春秋说"即《演孔图》。《艺文类聚》卷九十八《祥瑞部》引《春秋演孔图》曰："趣作法，圣没，周姬亡，彗东出，秦政起，胡破术，书记散，孔不绝。"⑥ 两相对比，可以看出除去"孔圣没"《艺文类聚》作"圣作"之外，其他内容

① （清）阮元校刻《十三经注疏》（清嘉庆刊本），第 2861 页。
② （清）阮元校刻《十三经注疏》（清嘉庆刊本），第 4924 页。
③ （唐）徐坚等：《初学记》，中华书局 2004 年版，第 357 页。
④ （宋）李昉编纂，任明、朱瑞平、李建国校点《太平御览》第 5 册，河北教育出版社 1994 年版，第 345 页。
⑤ （清）阮元校刻《十三经注疏》（清嘉庆刊本），第 5111—5112 页。
⑥ （唐）欧阳询撰，汪绍楹校《艺文类聚》，上海古籍出版社 1999 年版，第 1694 页。

皆与徐彦所引"春秋说"基本一致。孙毂《古微书》、赵在翰《七纬》、乔松年《纬捃》等亦将此条归入《演孔图》。

综合以上三例可以看出，徐彦所引的"春秋说"乃是《春秋》纬的一个泛称，而非某一部或某一篇确切的谶纬著作。其实徐彦对纬书的这一称谓习惯是承袭汉人而来，比如郑玄在引用谶纬解经时就习惯将它们称为"某某说"，清人严杰总结曰："（徐彦）解中凡言'春秋说'，皆《春秋》纬书。作解者用汉人之法，不出书名耳。"① 此言甚是。

二　何休引谶纬叙事解《春秋》灾异

既然徐彦所言"春秋说"乃是《春秋》纬的一个泛称，接下来的问题就是这些谶纬文献对何休解经究竟产生了怎样的影响。对徐彦之《疏》稍做梳理即可看出，何休所引《春秋》纬涉及的内容其实非常广泛，有关于"孔子作《春秋》"这一本原问题的，有关于"三科九旨说"这一"公羊学"重要纲领的，还有关于礼仪制度、天文历法、星象灾异等重要内容的。而其中最值得关注的则是与《春秋》相关的叙事内容，这些叙事或据史书而来，或另有所据，对何休解经尤其是他的灾异解说产生了重要影响，故需要着重探讨。下面通过几个具体事例加以分析。

在董仲舒开辟的《春秋》灾异说的传统中，"取象说"是一个非常重要的内容。所谓"取象"，就是某一灾害产生的原因或某一异象所预示的结果。譬如隐公五年秋"螟"②，董仲舒认为此次螟灾与该年春时隐公观鱼于棠有关，所谓"公观鱼于棠，贪利之应也"③，这里的"公观鱼于棠"就是此一螟灾的"取象"。再如隐公三年"春王二月己巳，日有

---

① 转引自《春秋公羊传注疏》卷六校勘记，载（清）阮元校刻《十三经注疏》（清嘉庆刊本），第 4840 页。
② （清）阮元校刻《十三经注疏》（清嘉庆刊本），第 4793 页。
③ （汉）班固撰《汉书》卷二十七《五行志下之上》，中华书局 1962 年版，第 1445 页。

食之"①，董仲舒解此日食异象曰："其后戎执天子之使，郑获鲁隐，灭戴，卫、鲁、宋咸杀君。"② 这里的"戎执天子之使""郑获鲁隐""灭戴""卫、鲁、宋咸杀君"分别指隐公七年"戎伐凡伯于楚丘以归"、隐公六年"狐壤之战，隐公获焉"、隐公十年"秋，宋人、蔡人、卫人伐戴，郑伯伐取之"、隐公四年"卫州吁弑其君完"、隐公十一年"羽父使贼弑公于寪氏"以及桓公二年"宋督弑其君与夷"诸事③，而这一系列事件就是此次日食的"取象"。可见，"取象说"乃是《春秋》灾异说的一项重要内容。

何休在解说灾异时也继承了董仲舒的"取象说"，而且在某些灾异事件的取象上也与董仲舒颇为相似。譬如桓公十四年正月"无冰"④，董仲舒以为此"象夫人不正，阴失节也"⑤，何休亦以为"此夫人淫泆，阴而阳行之所致"⑥，显然董、何二人皆将这一无冰之异归因于桓公夫人淫泆不正。再如庄公二十四年"大水"⑦，董仲舒以为"夫人哀姜淫乱不妇，阴气盛也"⑧，何休亦将此灾与哀姜相联系，曰"夫人不制，遂淫二叔，阴气盛"⑨，何休之取象与董仲舒相一致。但还有一些事件，何休却与董仲舒存在明显差异。比如桓公三年"秋七月壬辰，朔，日有食之，既"，《传》曰"既者何？尽也"⑩。依《传》之意，此次日食乃是一次罕见的日全食，相比之前的日偏食而言，其灾异程度要严重许多。董仲舒解此灾异曰："前事已大，后事将至者又大，则既。先是鲁、宋弑君，鲁又成宋乱，易许田，亡事天子之心；楚僭称王。后郑岠王师，射桓王，

---

① （清）阮元校刻《十三经注疏》（清嘉庆刊本），第4783页。
② （汉）班固撰《汉书》卷二十七《五行志下之下》，第1479页。
③ （清）阮元校刻《十三经注疏》（清嘉庆刊本），第4795、4794、4798、4786、3772、4804页。
④ （清）阮元校刻《十三经注疏》（清嘉庆刊本），第4822页。
⑤ （汉）班固撰《汉书》卷二十七《五行志中之下》，第1407页。
⑥ （清）阮元校刻《十三经注疏》（清嘉庆刊本），第4822页。
⑦ （清）阮元校刻《十三经注疏》（清嘉庆刊本），第4859页。
⑧ （汉）班固撰《汉书》卷二十七《五行志上》，第1344页。
⑨ （清）阮元校刻《十三经注疏》（清嘉庆刊本），第4859页。
⑩ （清）阮元校刻《十三经注疏》（清嘉庆刊本），第4807页。

又二君相篡。"① 可见董氏先是概括地解释了日全食发生的原因，所谓
"前事已大，后事将至者又大，则既"，即当前后接连发生重大事件时就
有发生日全食的可能，紧接着他又解释了此处"前事""后事"的具体
所指："前事"乃指"鲁、宋弑君，鲁又成宋乱，易许田，亡事天子之
心；楚僭称王"诸事，而"后事"则指"郑岠王师，射桓王，又二君相
篡"等事。相对于董仲舒的详细解说，何休对此次日食的解释则要简单
许多，其曰：

　　　　光明灭尽也。是后楚灭邓、穀，上僭称王，故尤甚也。②

虽然何休也承认此次日食的灾异程度非常严重，但是他却没有像董仲舒
那样从先前的事件中寻找此次灾异发生的原因（我们不妨将其简称为
"取象于前"），而是仅从日食发生之后的事件中"取象"。因此，如果
说董仲舒对此灾异的取象是"瞻前顾后"的话，则何休的取象就只是
"顾后"。

　　何休的灾异解说为何会与董仲舒之说产生这般差异呢？笔者以为其
原因主要有二。其一，它与何休的"灾异有别"论有关。何休在《解
诂》中曾明确区分过灾与异，他说"灾者，有害于人物，随事而至
者"③，"异者，非常可怪，先事而至者"④，因此对于《传》文定性为
"灾"的事件，何休一般都"取象于前"，即从灾害发生之前或伴随着灾
害发生的事件中寻找原因，而对于《传》文定性为"异"的事件，何休
则严守"取象于后"的原则，仅从异象发生之后的事件中寻找对应事
件。综上，对于此处"日有食之"这一"异象"，何休必然要坚守"取
象于后"的原则。其二，还有一点不容忽略，那就是何休的这一解释还
与他引用谶纬叙事密切相关。徐彦《疏》曰：

①　（汉）班固撰《汉书》卷二十七《五行志下之下》，第 1482 页。
②　（清）阮元校刻《十三经注疏》（清嘉庆刊本），第 4807 页。
③　（清）阮元校刻《十三经注疏》（清嘉庆刊本），第 4793 页。
④　（清）阮元校刻《十三经注疏》（清嘉庆刊本），第 4783 页。

"春秋说"云"桓三年秋七月壬辰，朔，日有食之，既，其后楚僭号称王，灭榖、邓，政教陵迟"是也。①

据徐彦引文可知，无论是"取象于后"的解说方式，还是其所取象的内容，何休之解都与"春秋说"保持了高度的一致，故笔者以为何休引用谶纬叙事解灾异，乃是他与董仲舒灾异解说差异的一个重要原因。

除去此例外，桓公八年"冬十月，雨雪"亦是如此。董仲舒解此灾异为"象夫人专恣，阴气盛也"②，而何休则以为"周之十月，夏之八月，未当雨雪，此阴气大盛，兵象也。是后有郎师、龙门之战，流血尤深"③。不难看出，董、何二人的解说又出现了严重分歧。其一，虽然董、何二人皆认为"冬十月，雨雪"乃属阴气盛，但董仲舒却将此阴气与夫人专恣相联系，而何休则认为其与兵事相关；其二，基于阴气所象的不同，董、何二人的取象也截然不同，董仲舒之"取象"皆从桓公夫人入手，而何休取象之"郎师、龙门之战"则都与战争有关。根据徐彦《疏》我们又可知，何休此处之解说同样受到了谶纬叙事的影响。何休提到的郎师之战即桓公十年"齐侯、卫侯、郑伯来战于郎"④一事，但是他所说的龙门之战却并不见于《春秋》经传，徐彦认为此处龙门之战其实就是桓公十三年"公会纪侯、郑伯；己巳，及齐侯、宋公、卫侯、燕人战"之事，而"龙门之战，流血尤深"的说法乃源于"春秋说"，其文如下：

龙门之战，民死伤者满沟。⑤

两相对比可以看出，何休"流血尤深"的说法就是在"春秋说"之语的基础上做出的提炼，故何休此处的灾异解说同样是承袭谶纬叙事而来。

---

① （清）阮元校刻《十三经注疏》（清嘉庆刊本），第 4807 页。
② （汉）班固撰《汉书》卷二十七《五行志中之下》，第 1423 页。
③ （清）阮元校刻《十三经注疏》（清嘉庆刊本），第 4817 页。
④ （清）阮元校刻《十三经注疏》（清嘉庆刊本），第 4818 页。
⑤ （清）阮元校刻《十三经注疏》（清嘉庆刊本），第 4817 页。

　　除了这一处，何休在《解诂》中引用"春秋说"中的龙门之战进行灾异解读的事例还有两例。一例见于桓公十三年"夏，大水"，何休曰"为龙门之战，死伤者众，民悲哀之所致"①，认为此次大水之灾乃龙门之战导致民众哀怨所致。另一例则见于桓公十四年"秋八月壬申，御廪灾"，何休曰："先是龙门之战死伤者众，桓无恻痛于民之心，不重宗庙之尊，逆天危先祖，鬼神不飨，故天应以灾御廪。"② 何休用龙门之战连续解读了《春秋》中的三条灾异现象，其对谶纬叙事的认可态度可见一斑。

　　何休引用谶纬叙事解读灾异还表现在庄公十八年"春，王三月，日有食之"一事上。对此灾异，董仲舒的解释为：

　　　　宿在东壁，鲁象也。后公子庆父、叔牙果通于夫人以劫公。③

而何休则以为：

　　　　是后戎犯中国，鲁蔽郑瞻，夫人如莒，淫泆不制所致。④

显然董、何二人在此次日食的取象上又存在差异。董仲舒从星象分野的角度认为此日食所对应的地上国家乃是鲁国，故而他在为此灾异取象时，也就仅从鲁国所发生的事件中寻找原因，最终他锁定的取象事件是"公子庆父、叔牙果通于夫人以劫公"；而何休因为摆脱了星象分野的限制，他的取象范围就比董仲舒的大很多，除去"淫泆不制"外，"戎犯中国""鲁蔽郑瞻""夫人如莒"等都是董仲舒所未曾言及的。那么何休所说的这些事件具体都指什么呢？其中"戎犯中国""夫人如莒"分别对应庄公十八年"夏，公追戎于济西"和庄公十九年秋"夫

---

　　①　（清）阮元校刻《十三经注疏》（清嘉庆刊本），第 4822 页。
　　②　（清）阮元校刻《十三经注疏》（清嘉庆刊本），第 4822 页。
　　③　（汉）班固撰《汉书》卷二十七《五行志下之下》，第 1483 页。
　　④　（清）阮元校刻《十三经注疏》（清嘉庆刊本），第 4854 页。

人姜氏如莒"① 之事，但"鲁蔽郑瞻"却无法在经传中找到确切记载。而根据徐彦《疏》可知，这一不见于经传的"鲁蔽郑瞻"之说同样源自"春秋说"。② 具体来说，此事是指郑国大臣郑瞻劝诱鲁庄公迎娶哀姜之事，可见何休此处之解同样采用了谶纬叙事。

何休与董仲舒灾异解说的不同多表现在日食一事上，除去上文所举的第一例、第三例外，我们还可再举成公十六年"六月丙寅，朔，日有食之"③ 一事为例。董仲舒认为此次灾异象征了之后的"晋败楚、郑于鄢陵，执鲁侯"④ 诸事，而何休则曰："是后楚灭舒庸，晋厉公见饿杀尤重。"⑤ 可见董、何二人之取象又不一致。董氏所言"晋败楚、郑于鄢陵，执鲁侯"乃指成公十六年的鄢陵之战以及晋执鲁成公之事，而何休之取象则全不依从董氏，其中"楚灭舒庸"乃指成公十七年"楚人灭舒庸"，但"晋厉公见饿杀"之事却并不见于经传，而它仍是根据"春秋说"而来。"春秋说"原文为：

> 厉公猥杀四大夫，臣下人人恐见及，正月幽之，二月而死。⑥

何休将其浓缩为"晋厉公见饿杀"六字，比"春秋说"更加凝练，可见何休对此次日食的解释同样引用了"春秋说"的叙事。

综合以上四例可以看出，何休在解说灾异尤其是在为灾异取象时，有明显引谶纬叙事化为己用的倾向，而这也是其与董仲舒灾异解说相异的一个重要原因。虽然这些谶纬叙事大多并不见于经传，但何休对其却能毫不犹豫地引用，其对谶纬文献的认可态度由此可见一斑。

---

① （清）阮元校刻《十三经注疏》（清嘉庆刊本），第 4854、4855 页。
② 徐彦："知取齐淫女是郑瞻之计者，'春秋说'文云。"见（清）阮元校刻《十三经注疏》（清嘉庆刊本），第 4851 页。
③ （清）阮元校刻《十三经注疏》（清嘉庆刊本），第 4989 页。
④ （汉）班固撰《汉书》卷二十七《五行志下之下》，第 1489 页。
⑤ （清）阮元校刻《十三经注疏》（清嘉庆刊本），第 4989 页。
⑥ （清）阮元校刻《十三经注疏》（清嘉庆刊本），第 4989 页。

余　论

其实除去灾异解说外，何休引用谶纬叙事解释其他经传的情况也有不少，这些事例同样是我们了解何休引谶纬解经的重要文献。下面我们就通过几个典型事例加以分析。

第一例，成公十五年"宋华元出奔晋"①，《公羊传》于此无传，故华元为何奔晋我们无法由《传》文获知。何休在注解这条经文时，便征引"春秋说"解释了华元出奔的前因后果，其曰："朱公卒，子幼，华元以忧国为大夫山所谮，出奔晋。"② 这一叙事虽然简短，但却将华元奔晋的背景、原因交代得十分清楚，据此可知华元之所以要奔晋国乃因大夫山之谮毁。而"春秋说"的这一叙事却并不见于其他文献。

第二例，昭公三十一年"季孙隐如会晋荀栎于适历"③，《公羊传》于此依旧无解，故季孙隐如会见荀栎究竟所为何事，我们仍无法从《传》文得知。何休在《解诂》中征引"春秋说"之叙事曰："季氏负捶谢过，欲纳昭公，昭公创恶季氏不敢入。"④ 据此可知，季孙隐如之所以会见荀栎乃是为了接纳昭公回国，只是此事因昭公忌惮季氏最终未能成行。同样地，"春秋说"这一叙事仍不见于其他文献。

第三例，定公四年"冬十有一月庚午，蔡侯以吴子及楚人战于伯莒，楚师败绩"，在解释《传》文"复仇不除害"时，何休认为"取仇身而已，不得兼仇子，复将恐害己而杀之"，并进而引用"春秋说"之叙事解释伍子胥"复仇不除害"的具体行为表现，其曰："时子胥因吴之众，堕平王之墓，烧其宗庙而已。"⑤ 而根据徐彦《疏》可知，"春秋说"对于伍子胥复鞭楚平王尸一事的叙事其实非常完整，其全文应为："子胥因吴之

---

① （清）阮元校刻《十三经注疏》（清嘉庆刊本），第 4987 页。
② （清）阮元校刻《十三经注疏》（清嘉庆刊本），第 4987 页。
③ （清）阮元校刻《十三经注疏》（清嘉庆刊本），第 5063 页。
④ （清）阮元校刻《十三经注疏》（清嘉庆刊本），第 5063 页。
⑤ （清）阮元校刻《十三经注疏》（清嘉庆刊本），第 5078 页。

众，堕平王之墓，烧其宗庙，鞭平王之尸，血流至踝。"① 何休此处之征引乃减省之文。

第四例，定公十二年"季孙斯、仲孙何忌帅师堕费"，《公羊传》曰：

> 曷为帅师堕郈、帅师堕费？孔子行乎季孙，三月不违，曰："家不藏甲，邑无百雉之城。"于是帅师堕郈、帅师堕费。

虽然《传》文也有关于孔子建议堕费的叙述，但是相比何休征引的"春秋说"而言，还是简单了一些。何休之叙事曰：

> 二大夫宰吏数叛，患之，以问孔子。孔子曰："陪臣执国命，采长数叛者，坐邑有城池之固，家有甲兵之藏故也。"季氏说其言而堕之。②

显然，何休之叙事不仅交代了季孙斯、仲孙何忌二大夫因患于宰吏之叛故前来咨询孔子的时代背景，而且孔子所给予的建议也比《传》文详细很多。而何休这一叙事同样出自"春秋说"。

由以上所举四例不难发现，何休所引用的这些史事大多是《公羊传》所没有的，而部分史事的文献来源也非常广泛，有的据史书而来，比如最后一例"季孙斯、仲孙何忌帅师堕费"之事就见于《史记》，但也有一些叙事我们根本无法为它们找到确切的文献来源，比如上文提到的"龙门之战""鲁蔽郑瞻""晋厉公见饿杀""季氏负捶谢过，欲纳昭公"等都是如此。这些叙事更像是独属于《春秋》纬的一批文献，因此将其视作"公羊学"内部独有的记事系统或许更为合适。③

---

① （清）阮元校刻《十三经注疏》（清嘉庆刊本），第 5078 页。
② （清）阮元校刻《十三经注疏》（清嘉庆刊本），第 5088—5089 页。
③ 关于"公羊学"内部记事系统，可参看孙玲玲《从〈公羊传〉"以事解经"例看早期公羊学的特征——以〈公羊传〉与〈左传〉〈穀梁传〉〈春秋繁露〉的对比为中心》，《郑州大学学报》（哲学社会科学版）2019 年第 3 期。

　　综上所述，笔者以为，谶纬叙事为何休解经尤其是他的灾异说提供了重要的文献依据，虽然这些叙事的文献来源不甚清晰，但是从何休对其直接征引的方式可见他对这些文献是信任的，而这一态度正是东汉经学谶纬化的一个缩影。

从夷变夏

——十六国诏令所见民族首领对君权合法性的诉求[*]

◇郭晨光[**]

内容摘要： 西晋末年，五胡民族入主中原建立政权，打破了"内诸夏而外夷狄"的格局。"华夷之辨"思想成为五胡民族首领确立自身正统地位的难题。诏令文书蕴含着民族首领对自身政权、帝位合法性的理念建构，是民族首领身份认同的鲜明呈现。因此，将民族首领的诏令文书作为切入点，探究其对君权合法性的政治诉求可知，他们解放思想，为自身争取君权的合法性，就是一个以夷变夏、化夷为夏的过程，此诚为中古政治文化的新变局。

关键词： 十六国　身份认同　夷夏观念

西晋末叶，匈奴、鲜卑、氐、羌、羯等五胡民族趁机占据中原，出现了十六国政权。从西晋灭亡到北魏太武帝太延五年（439）灭北凉重新统一北方，前后约124年。这些政权以淝水之战（383）为界，分为前后两期，前期政权有成汉、前赵、后赵、前燕、前秦、前凉六国，代国和冉魏不入十六国之列；后期政权有后秦、后燕、南燕、北燕、后凉、南凉、西凉、北凉、西秦、大夏，另有西燕不入十六国之列。[①] 有关这一时期的文学状况，《周书·王褒庾信列传·论》称："中州版荡，戎狄

---

　* ［基金项目］国家社会科学基金重大项目"语录类文献整理与儒家话语体系建构及传承的研究"，项目编号：20&ZD265；北师大国际中文教育学院项目"南北朝多元化教育格局与文学关系研究"，项目编号：22GIZW1203。

　** 郭晨光，北京师范大学国际中文教育学院副教授、硕士生导师，研究方向为汉魏六朝文学。

　① 参见《中国大百科全书·中国历史》"十六国"条，中国大百科全书出版社1992年版，第923页。

15

交侵，僭伪相属，士民涂炭，故文章黜焉。"① 笔者据相关史籍、类书统计，此期创作文章共 322 篇，其中诏令文书 110 篇、章奏表启 93 篇、书信 48 篇、经序经记 40 篇、经论等 15 篇、诫子书 4 篇、檄文 8 篇、符命 4 篇。各类应用文中，以民族首领的各类诏令文书数量最多。若以传统意义上的文学家和文学作品为标准，衡量其文学思想或艺术成就，确实价值略低。

此一时期，散居的五胡民族处于游牧向农耕、部落联盟向皇权组织的过渡阶段。他们称王称帝，建年号，备命官礼仪，按照中原传统模式建立国家。《册府元龟》卷二百一十九《僭伪部·总序》称其"俱僭大号，各建正朔，或称王爵，并专诛赏，传世垂祚，历岁弥久"②。若用这个标准衡量，十六国是传统封建社会中的"偏霸""僭伪"王朝。当时华夏族的正统地位受到冲击，出现了夷可主夏的观念，否认夷夏有别、贵夏贱夷的思想。如石勒曾问徐光："朕方自古开基何等主也？"③ 慕容德也有类似疑问："朕虽寡薄，恭己南面而朝诸侯，在上不骄，夕惕于位，可方自古何等主也？"④"何等主"之问即关于君权合法性问题的思考。诏令文书包含着民族首领即位、罪己大赦、实施政令等内容，蕴含着其对自身政权、帝位合法性的理念建构，是其身份认同的鲜明呈现。将其作为切入点，探究夷狄之君对君权合法性的政治诉求，进而探讨这种观念演进之意涵，是一个更有意义的话题。

一　"血胤"与"德行"：王言文书所见民族首领之自我认同

十六国政权更迭基本凭借武力，加之受儒家民族观、"夷夏之辨"的影响，传统政治文化"君权神授"的理念捉襟见肘。东晋十六国和南

---

① （唐）令狐德棻等撰《周书》卷四十一《王褒庾信列传》，中华书局 1971 年版，第 743 页。
② （宋）王钦若等编《册府元龟》，中华书局 1960 年版，第 2621 页。
③ （唐）房玄龄等撰《晋书》卷一百五《石勒载记下》，中华书局 1974 年版，第 2749 页。
④ （唐）房玄龄等撰《晋书》卷一百二十七《慕容德载记》，第 3168 页。

北朝时期争夺正统，其中一个重要标准即血胤。东晋和宋、齐、梁、陈因其华夏族的身份而以正统自居。从上古开始的民族融合，血统和种族的差异仍是不可回避的现实。《魏书·匈奴刘聪传·序》言五胡"各言应历数，人谓迁图鼎"①，只要接受了代表华夏传统的礼乐文明，就可以成为正统，其理论依据在于"天命靡常，惟德是辅"的天命观。如刘渊曰："夫帝王岂有常哉？大禹出于西戎，文王生于东夷，顾惟德所授耳。"② 苻坚也言："帝王历数岂有常哉，惟德之所授耳！"③ 都认为君德可以弥补血统上的劣势。

（一）诏令文书中所见民族首领对夷狄身份的认同意识

自认"夷狄"是民族首领自我认同意识的前提。据《十六国春秋》《晋书》等所载，民族首领自视夷狄，如石勒面对刘琨劝降，称"吾自夷，难为效"④，面对王浚的怀疑，也说"勒本小胡，出于戎裔"⑤，苻融反对苻坚南征的理由也是"国家，戎族也，正朔会不归人"⑥，可见对其夷狄身份并不避讳、排斥。一些民族首领建立了稳定的政权后，旋即恢复本来的种姓面目。如刘曜《下令议除汉宗庙改国号》"除宗庙、改国号，御以大单于为太祖"⑦、赫连勃勃下书改姓赫连氏等。有些政权对治内范围的族群还有细致的划分，如王度上疏称佛为外国之神，"非天子诸华所应祀奉"⑧。石虎下书则称："朕出自边戎，忝君诸夏，至于飨祀，应从本俗。佛是戎神，所应兼奉，其夷、赵百姓有乐事佛者，特听之。"⑨ 由"夷""赵"百姓分别叙述看，"夷人"与"赵人"应不相同，"夷人"

---

① （北齐）魏收撰《魏书》卷九十五《匈奴刘聪传》，中华书局 1974 年版，第 2042 页。
② （唐）房玄龄等撰《晋书》卷一百一《刘元海载记》，第 2649 页。
③ （唐）房玄龄等撰《晋书》卷一百一十四《苻坚载记下》，第 2935 页。
④ （唐）房玄龄等撰《晋书》卷一百四《石勒载记上》，第 2715 页。
⑤ （唐）房玄龄等撰《晋书》卷一百四《石勒载记上》，第 2721 页。
⑥ （唐）房玄龄等撰《晋书》卷一百一十四《苻坚载记下》，第 2935 页。
⑦ （清）严可均辑《全晋文》卷一百四十七，商务印书馆 1999 年版，第 1599 页。
⑧ （清）严可均辑《全晋文》卷一百四十八，第 1615 页。
⑨ （唐）房玄龄等撰《晋书》卷九十五《佛图澄传》，第 2487—2488 页。

在后赵国内似有所指，即包括氐、羌等部族在内的"六夷"诸部。① 王度将石赵视为华夏政权，石虎则承认自己为戎族，认可佛教信仰。

人口居少数又极少有文化传统的民族建立一个号召汉人的华夏式政权，除了祖述共同的祖先尧舜以外，还需主动在血统上将自己与过往中原华夏政权进行认同。如《太平御览·偏霸部三》引崔鸿《十六国春秋·前赵录》载刘渊令曰："今晋氏犹在，四方未定，可仰遵高皇初法，且称汉王，权停皇帝之号，听宇宙混一，当更议之。"② 超越王权的无疑是皇帝权力，晋氏犹在，便不能承晋，只得借用匈奴与汉的舅甥关系的传说，如刘渊曰："吾又汉氏之甥，约为兄弟，兄亡弟绍，不亦可乎？"③ 舅甥关系并非直系血亲，可能迫使前赵对其历史做了修订，宋赵明诚《金石录》卷二十有"伪汉司徒刘雄碑"之跋尾，引碑文曰："公讳雄，字元英，高皇帝之胄，孝宣帝玄孙。值王莽篡窃，远遁边朔，为外国所推，遂号'单于'，累叶相承，家云中，因以为桑梓焉。"④ 刘雄为刘渊之弟，已经将舅甥关系升格为炎汉后裔。其后刘渊《即汉王位下令》追尊汉氏祖考，痛斥曹氏、司马氏祸乱皇汉，其即位乃是因"大耻未雪，社稷无主"⑤。刘曜于光初二年（319）称帝，《下令议除汉宗庙改国号》揭露了刘渊、刘聪"立汉祖宗之庙"在于"以怀民望"⑥，皇汉血胤是维护其正统性的依据。

民族首领的认同意识还可从选用年号上一窥究竟。新王登基后颁布诏令需重定正朔以显示奉天承运，用年号即奉正朔。据统计，年号被重复使用最多的朝代是汉代和西晋。⑦ 两汉大一统政权正好弥补民族首领这方面的心理落差，石勒、苻坚及其臣子时常攀附汉代君臣。其中民族首领重复使用次数最多的当数晋惠帝年号，如太安、永兴、永康、永宁

① 李圳：《羯族与后赵史研究》，人民出版社 2021 年版，第 206 页。
② （宋）李昉等：《太平御览》，中华书局 1960 年版，第 574—575 页。
③ （唐）房玄龄等撰《晋书》卷一百一《刘元海载记》，第 2649 页。
④ （宋）赵明诚撰，金文明校证《金石录校证》，上海书画出版社 1985 年版，第 374 页。
⑤ （清）严可均辑《全晋文》卷一百四十七，第 1598 页。
⑥ （清）严可均辑《全晋文》卷一百四十七，第 1599 页。
⑦ 张俊飞：《从年号看十六国政权之文化与政治取向》，《江苏教育学院学报》（社会科学版）2007 年第 1 期。

等，借这位并不遥远的正统皇帝的年号来唤起人们的认同。此外，还有基于政治的务实考量，前燕在建立华夏式政权中起了关键作用。"时二京倾覆，幽冀沦陷，庑刑政修明，虚怀引纳，流亡士庶多襁负归之"①，根源在于二赵以后的民族矛盾激化，当权者需要招抚大量原晋时旧人，并获得他们的认可。② 这些旧人见诸史书者有河东裴嶷、代郡鲁昌、北平阳耽、北海逢羡、广平游邃、北平西方虔、渤海封抽、西河宋奭、河东裴开、渤海封弈、平原宋该、安定皇甫岌、兰陵缪恺、会稽朱左车、太山胡毋翼、鲁国孔纂、平原刘赞等，他们提高了慕容氏的文化水准，为建立割据东北的前燕奠定了基础。

汉族政权亦以血胤为争取正统的依据。据现存文献，张祚《下书摄帝位》是五凉政权唯一的称帝诏书。"戎狄乱华，胡、羯、氐、羌，咸怀窃玺"，盛赞曾祖张轨"以神武拨乱，保宁西夏"，称帝目的即"扫秽二京，荡清周魏，然后迎帝旧都"。这则诏书将前凉的正统性与晋愍帝相联系，"改建兴四十二年为和平元年"。③ 谢艾《献晋帝表》（残）也说"登三纬地，乘六御天，靖扫妖氛，广清异类"④，强调"华夷之辨"。梁启超将古人判定正统的依据之一列为"以前代之血胤为正"⑤，以汉人血统排斥戎狄，诉求政权的合法性。凉州地理位置远离华北、关中，西晋灭亡后，孤悬于西陲，与刘曜形成对峙。从张祚之祖张寔起，前凉就成为割据政权，步入十六国之列，心系晋室目的在于继承西晋血胤、正朔。清钱大昕言："《晋书》以僭伪诸国别为《载记》，前凉张氏、西凉李氏不失臣节，仍归《列传》，此史例之善者也。"⑥ 张轨自西晋起就以封疆大吏的身份经营河西，"凉州虽地居戎域，然自张氏以来，号有

---

① （唐）房玄龄等撰《晋书》卷一百八《慕容廆载记》，第 2806 页。
② 参见蒋福亚《刘渊的"汉"旗号和慕容廆的"晋"旗号》，《北京师院学报》1979 年第 4 期。
③ （清）严可均辑《全晋文》卷一百五十四，第 1687—1688 页。
④ （清）严可均辑《全晋文》卷一百五十四，第 1690 页。
⑤ 梁启超：《中国历史研究法》，中华书局 2015 年版，第 203 页。
⑥ （清）钱大昕著，杨勇军整理《十驾斋以养新录》，上海书店出版社 2011 年版，第 122 页。

华风"①。张氏一门成为前凉的肇基人和经营者。家与国早已是密不可分的统一体。几代君主诏令中反复使用的"关键词"即可反映这种认同意识，如"负荷"较早出自《左传·昭公七年》，有担负、继承之意，张轨《下令将归老宜阳》有"负荷任重"②，张天锡《遗郭瑀书》有"负荷大业"③。重复引用先祖所用古语是强化文化传统继承的重要方式，通过尊祖敬宗暗示继承皇位的合法性，"国"成为"家"模式的放大。

（二）诏令文书中对君主德行的内在要求

民族首领缺乏"天命""大义"名分，为了重构和强化自身至高无上的权威，需要利用上天无所不至的神力。"敬天""畏天"成为对君主德行的内在要求，其中"罪己诏"最能体现其敬畏之心。受汉儒天人感应、阴阳灾异学说影响，民族首领面对灾异时战战兢兢、谦恭自罪。诏书中称"不德""寡德""无德""不天""朽暗""虚薄""眇眇"，通过自谦、内省表达"畏天"观念，劝农桑、减赋役、免田租、济鳏寡、省刑狱，所施德政与汉族帝王并无二致，展现帝王仁慈、宽厚的美德。民族首领大多为各族智者、巫觋出身，保留了游牧民族尚"淫祀巫祝"的风俗④，对各种妖怪、特殊星象尤为敏感，对"异"的恐惧远大于"灾"。今人视为迷信的星占、预言、兽异等知识作为民族首领及其身边汉族士人共同接受的"理性"，是支撑政权合法性的重要基础。这也成为催生民族首领罪己诏的原动力。如建武六年（340）六月大旱，白虹经天，石虎两次下书，体恤民生，大赦囚犯；同月又"白虹出自太社，经凤阳门，东南连天，十余刻乃灭"。白虹通常预示着兵戈之事，甚至君王的驾崩、亡国，是不祥之兆。同月两次白虹引起了石虎的畏恐，《因天变下书求极言》在三篇罪己诏中

---

① （北齐）魏收撰《魏书》卷五十二《胡叟传》，第 1150 页。
② （清）严可均辑《全晋文》卷一百五十四，第 1684 页。
③ （清）严可均辑《全晋文》卷一百五十四，第 1688 页。
④ 如《晋书》卷一百二十一《李雄载记》述其"母罗氏死，雄信巫觋者之言，多有忌讳，至欲不葬"（第 3037 页），有些民族首领会采取巫术，如雩祭祈雨、祭山川神、禁屠宰等。

文章最长、态度最为恳切,"朕以眇薄""朕之不明",愿意以己身承受天谴,"每下书蠲除徭赋,休息黎元,庶俯怀百姓,仰禀三光"① 表明自己在人事上有所作为,都是对君德的描写;"天文错乱,时气不应,斯由人怨于下,谴感皇天",面对上天的警示,求直言以指陈时政。沮渠蒙逊于义熙八年(412)两次下书大赦,第一次"内省诸身,未知罪之攸在",态度似不诚恳;直到《又下书大赦》"内省多缺,孤之罪也",又引《书》"百姓有过,罪予一人"②,以归罪资格反证君权的合法性。君德能够消弭灾异,化凶为吉。相比慕容晔因风雨不调下书,只有短短两句,颇为敷衍,可知对"灾""异"之不同态度。

还有因祥瑞、臣下请上尊号而下诏罪己者。天人感应理论中,灾异说和祥瑞说是一体两面,君王有时会表达戒惧之情,如石虎于建武三年(337)获玄玉玺而下书拒上尊号,张寔于建兴三年(315)获皇帝玺而下令求直言。国运短祚、政权变更频繁,祥瑞成为人们迅速接受新王朝、天子的凭据。臣属根据祥瑞请加尊号,石勒《下书拒石虎等劝称尊号》答曰,"孤猥以寡德,忝荷崇宠,夙夜战惶,如临深薄,岂可假尊窃号,取讥四方"③,面对石虎等再三陈情,于咸和五年(330)"僭称赵天王,行皇帝事"④。石虎咸和九年(334)《下书称居摄赵天王》载"皇帝之号,非所敢称。且可称居摄赵天王,以副天人之望"⑤,"居摄"即居天王之位,摄行政事。此事在《资治通鉴》中简要叙述如下:"(石)虎曰:'皇帝者盛德之号,非所敢当,且可称居摄赵天王。'"⑥"盛德"是获得天命成为皇帝的先决条件,天王是仅次于皇帝同时又能体现"天人之望"的特殊位置⑦,这是一个经历考验的过程,以观其是否符合天命。

① (唐)房玄龄等撰《晋书》卷一百六《石季龙载记上》,第 2775 页。
② (清)严可均辑《全宋文》卷六十一,第 606 页。
③ (清)严可均辑《全晋文》卷一百四十八,第 1607 页。
④ (唐)房玄龄等撰《晋书》卷九十五《佛图澄传》,第 2487 页。
⑤ (清)严可均辑《全晋文》卷一百四十八,第 1609 页。
⑥ (宋)司马光编著,(宋)胡三省音注《资治通鉴》卷九十五"成帝咸和九年"条,中华书局 2011 年版,第 3048 页。
⑦ 〔日〕谷川道雄:《隋唐帝国形成史论》,李济沧译,上海古籍出版社 2011 年版,第 246 页。

二　"天下"与"国家"：诏令文书所见民族首领之睥睨意识

　　十六国割据政权林立、分裂动荡的时代，正统是所有割据政权努力达到的目标。被时人视为正统的是皇帝的"绝对权威"和天下政令的统一。如苻坚全盛之时，诏令的传送"自长安至于诸州……二十里一亭，四十里一驿"①，仿照汉代"十里一亭"的规定，以"文书御天下"（《论衡·别通》）。民族首领没有"天下共主"的名义，在割据秩序中缺乏权威性。陈寅恪指出北朝民族问题"不仅在胡汉之间，而且在胡人与胡人之间"②。诏令文书是国家意识形态的传声筒，无论是民族首领亲撰，还是其身边的近臣代笔，都是民族首领本人认识和观念的真实反映，其中"天下"作为关键词，反映了民族首领及割据政权对"天下"和"国家"的认识。

　　据笔者统计，所见十六国王言文书中使用"天下"的语句，共计 22 条，大致可分为三类。

　　（1）超出本国范围的含义，指全中国，如慕容廆《与陶侃笺》"不能灭中原之寇，刷天下之耻"③、慕容皝《与庾冰书》"天下嗟痛"、慕容超《下书讥复肉刑》"纲理天下"、慕容泓《与苻坚书》"与秦以虎牢为界，分王天下"、慕容冲《命詹事答苻坚》"孤今心在天下"、张祚《下书摄帝位》"往受晋禅，天下所知"、赫连勃勃《与沮渠蒙逊盟文》"若天下有事"。

　　（2）指代本国境内、国家全境，如刘曜《下书封乔豫和苞》"可敷告天下"、石虎《下书清定选制》"先帝创临天下"、慕容垂《济河下令》"天下既定"、苻坚《燕平下诏大赦》"大赦天下"、苻坚《下诏分

---

　　① （唐）房玄龄等撰《晋书》卷一百一十三《苻坚载记上》，第 2895 页。
　　② 万绳楠整理《陈寅恪魏晋南北朝史讲演录》，贵州人民出版社 2007 年版，第 196 页。
　　③ （清）严可均辑《全晋文》卷一百四十九，第 1618 页。本节所有的"天下"一词均出自《全晋文》，不一一详注。

遣侍臣问民疾苦》"今天下既无丞相"等。

（3）古代天下用法的传承。其中有指具体朝代的，如刘曜《下令议除汉宗庙改国号》"光文以汉有天下岁久"、冯跋《下书葬高云》"昔高祖为义帝举哀，天下归其仁"；还有虚指古代的，如石虎《因天变下书求极言》"盖古明王之理天下也"、慕容晔《答慕容恪慕容评》"且古之王者不以天下为荣"等。

在外交文书中，使用"天下"一词者仅有《与苻坚书》、《命詹事答苻坚》、《与沮渠蒙逊盟文》三篇，可见民族首领没有在外交活动中更多采用。在王言文书中，所提"天下"往往显示一种各守疆域、互不侵犯的思想。民族首领认识到，自己拥有"天下"，同样，其他民族首领也是拥有"天下"的。"天下"成为"本国""国家"的代名词（此处的"天下"与"国家"在地理和族群范围上是等同的）。在古代传统政治观念中，存在"天下"与"国家"二元结构。邢义田指出，"天下"有广狭义之分，"一为日月所照，人迹所至的普天之下，一指四方之内的'中国'"①。前者"天下"的一个含义是地理、空间意义上的（"天下"还有价值意义上的，详次节）。自汉代起，天下就成为包含"夷狄"在内的方圆万里的辽阔疆域。② 民族首领认识到其所拥有的"天下"显然是指后者，是一个权力体，试图让"天下"向"国家"回归。崔鸿《呈奏〈十六国春秋〉表》界定"十六国"标准为"建邦命氏"③，即建立独立的国家政治体制。许多民族首领自称"国家"，如刘聪痛斥王鉴"慢侮国家，狂言自口，无复君臣上下之礼"④，石勒宣称"国家应符拨乱，八表宅心，遗晋怖威，远窜扬越"⑤。各割据政权有明确的"国家"意识，对治内和治外有清楚的划分。

在"天下"与"国家"的二元结构中，民族首领眼中的"天下"是

---

① 邢义田：《天下一家——中国人的天下观》，载刘岱主编《中国文化新论·根源篇·永恒的巨流》，（台北）联经出版公司 1981 年版，第 442 页。
② 〔日〕渡边信一郎：《中国古代的王权与天下秩序》（增订本），徐冲译，上海人民出版社年 2021 版，第 52 页。
③ （清）严可均辑《全后魏文》卷二十五，商务印书馆 1999 年版，第 243 页。
④ （唐）房玄龄等撰《晋书》卷一百二《刘聪载记》，第 2677 页。
⑤ （唐）房玄龄等撰《晋书》卷六十三《邵续传》，第 1704—1705 页。

可分的。如李雄"乃频遣使朝贡，与晋穆帝分天下"①；南凉秃发利鹿孤称王，鍮勿仑说："昔我先君肇自幽朔，被发左衽，无冠冕之仪，迁徙不常，无城邑之制，用能中分天下，威振殊境。"② 天下可"分"的观念是一种权宜策略，既然短期内谁都无法一统天下，则退而求其次分割天下，使民族首领渴望的正统性具有某种"可分性"。表现在外交文书中，如石虎致书李寿，"欲连横入寇，约分天下"③，追求的是一种类似"约"的关系，即国与国之间强调诚信原则。如赫连勃勃《与沮渠蒙逊盟文》："今我二家，契殊曩日，言未发而有笃爱之心，音一交而怀倾盖之顾，息风尘之警，同克济之诚，戮力一心，共济六合。若天下有事，则双振义旗，区域既清，则并敦鲁、卫。夷险相赴，交易有无，爰及子孙，永崇斯好。"④ 追求地位的平等和互相照应。

　　在割据政权并立的多元中心，外交诏令文书展现了民族首领的优越感和睥睨意识，成为彰显其"唯我独尊"天子地位的手段，例如：

　　　　（苻）坚遣使送锦袍一领遗冲，称诏曰："古人兵交，使在其间。卿远来草创，得无劳乎？今送一袍，以明本怀。朕于卿恩分如何，而于一朝忽为此变！"（慕容）冲命詹事答之，亦称"皇太弟有令：孤今心在天下，岂顾一袍小惠……"。⑤

苻坚自称"朕""诏"，慕容冲作为其昔日之臣子，不念旧情但依旧使用等级更低的"孤""令"。"李寿将李宏自晋奔于季龙，寿致书请之，题曰赵王石君。季龙不悦，付外议之，多有异同。中书监王波议曰：'……寿既号并日月，跨僭一方。今若制诏，或敢酬反，则取消戎裔。宜书答之，并赠以楛矢，使寿知我遐荒必臻也。'"⑥ 面对非君臣关系，石

---

①　（唐）房玄龄等撰《晋书》卷一百二十一《李雄载记》，第 3039 页。
②　（唐）房玄龄等撰《晋书》卷一百二十六《秃发利鹿孤载记》，第 3145 页。
③　（唐）房玄龄等撰《晋书》卷一百二十一《李寿载记》，第 3045 页。
④　（清）严可均辑《全晋文》卷一百五十六，第 1710 页。
⑤　（唐）房玄龄等撰《晋书》卷一百一十四《苻坚载记下》，第 2923 页。
⑥　（唐）房玄龄等撰《晋书》卷一百六《石季龙载记上》，第 2771 页。

虎使用书状形式的外交文书而非制诏。楛矢一直是中原王朝记录东北古族朝贡的象征物，通过对楛矢的强调（而非泛称"贡方物"），石虎可能向李寿昭示其统领周边部族的意味。没想到李寿却借此夸耀。"李宏既至蜀汉，李寿欲夸其境内，下令（'下令'在《资治通鉴》卷九十六《晋纪十八》作'下诏'）云：'羯使来庭，献其楛矢。'季龙闻之怒甚，黜王波以白衣守中书监。"① 在外交中公然称其为"羯使"，而且使用了等级更高的"诏"②。

　　各政权之间的互相夸耀，更像是一种外交运作中的文字游戏，伴随着一些微妙的表达方式，如皇始二年（397），奚牧任并州刺史，其书"称顿首，钧礼抗之，责兴侵边不直之意。兴以与国通和，恨之。有言于太祖，太祖戮之"③。北魏与后秦互为敌国，奚牧作为地方长官，致书姚兴却称"顿首"，与后秦主是钧礼，最终被杀。苻坚《下令国中》称将以东晋皇帝司马昌明为尚书仆射，把东晋视为本国领地。赫连勃勃《下书改姓赫连氏》自云赫连与天连，将都城取名"统万"，反映了特殊的"凌驾四夷"的中心观、空间观。割据政权在对等国家关系中，追求自居上位的名分关系。这种心态、表达方式也发生在与南朝汉族政权之间，如"（建元）二年、三年，芮芮主频遣使贡献貂皮杂物。与上书欲伐魏虏，谓上'足下'，自称'吾'"④。柔然不称南齐皇帝为"陛下"，而称较自己地位低的"足下"，自称时用的是对下人使用的"吾"。再如：

　　　　自魏、梁和好，书下纸每云："想彼境内宁静，此率土安和。"梁后使，其书乃去"彼"字，自称犹著"此"，欲示无外之意。

---

① （唐）房玄龄等撰《晋书》卷一百六《石季龙载记上》，第 2772 页。
② 此处"下令"原本应为"下诏"，是后代史官认为其非正统，用春秋笔法改之。参见拙文《从"下诏"到"下书"——〈十六国春秋〉等史书的春秋笔法》，《海南大学学报》（人文社会科学版）2021 年第 2 期。
③ （北齐）魏收撰《魏书》卷二十八《奚牧传》，第 683 页。
④ （南朝梁）萧子显撰《南齐书》卷五十九《芮芮虏传》，中华书局 2017 年版，第 1134 页。

（魏）收定报书云："想境内清晏，今万国安和。"梁人复书，依以
为体。①

外交文书中固定用语原为"想彼境内宁静，此率土安和"，被魏收改为
"想境内清晏，今万国安和"，以示南北不分彼此，有交好之意。双方的
矛盾在于外交文书的问候起居（安否）之语使用了"境内""率土"等
词语，其中"率土"用于自己起居，"率土"一词即所谓的"溥天之下，
莫非王土，率土之滨，莫非王臣"（《诗经·小雅·北山》），指皇帝统
治的无限疆域。问候对方使用"境内"，不是用于天下共主，而是统治
疆域有限的君主。"无外之意"指东魏和南梁将对方视为有限的"天下"
（狭义"天下"概念，即"国家"），而将"此"即自己的统治疆域视
为无限的（广义"天下"概念），两者是一种视自己为上而将对方置于
其下的关系。"梁人复书，依以为体"，也采取了同样的做法。更改之后
的文书成为南北之间外交公文的固定之"体"，也成为当时固定程式用
语。这样的例子还见于太建十四年（582）陈向隋递交的文书："后主益
骄，书末云：'想彼统内如宜，此宇宙清泰。'隋文帝不说，以示朝
臣。"② 未使用"率土""境内"而使用"宇宙""统内"等词语，但意
义大致相同。其在外交秩序中坚持以自我为中心，同时与其他政权维持
基本的邦交。

三 "勤王"与"称帝"：诏令文书所见
民族首领之夷夏之辨

"天下"不仅有地理、空间上的内涵，"价值意义上的天下与空间
意义上的天下具有同一性，即表现出超越种族、宗族、地域和国家的普
遍文明特征，只要接受了发源于中原的中华文明的那套礼仪典章制度，

---

① （唐）李百药撰《北齐书》卷三十七《魏收传》，中华书局 1972 年版，第 486 页。
② （唐）李延寿撰《南史》卷十《陈本纪下》，中华书局 2008 年版，第 306 页。

就可以成为天下中的一个部分"①，强调教化的功用。然而普天之下的教化也有难以企及之处，"夷夏之辨"伴随着天下主义而产生。"非我族类，其心必异"（《左传·成公四年》）强调夷夏之防。夷夏作为相对的、可以变动的一体两面，不斤斤于地理、血统意义上的区别，而是强调夷夏之间的互转。不仅有夷狄被汉化，也有汉人被胡化的反向情形②，核心在于"文化之辨"。传统夷夏观给五胡争取君权合法性带来了窘境，他们解放思想，为自身争取君权的合法性，这是一个以夷变夏、化夷为夏的过程，自然消弭了夷夏之别。

五胡自西汉开始不断内迁，江统《徙戎论》称西晋时期"关中之人百余万口，率其少多，戎狄居半"③，覆盖黄河中下游、汾河和渭水流域。五胡政权的核心族群并非塞外远徙而来的民族，而是在汉晋时期已经居住在华北、太行山两侧之人，宋叶适言："刘、石、慕容、苻、姚皆世居中国，虽族类不同，而其豪杰好恶之情，犹与中原不甚异。"④ 他们同汉人一样，是西晋王朝版图内的主人。五胡一直存有对晋室的尊崇，早在晋武帝太康十年（289），慕容廆谋于众人曰："吾先公以来世奉中国，且华裔理殊，强弱固别，岂能与晋竞乎？何为不和以害吾百姓邪？"⑤ 张祚《下书摄帝位》也说"戎狄乱华，胡、羯、氐、羌，咸怀窃玺"⑥，唯独缺少鲜卑，可见慕容氏"尊晋勤王"的正统观。那么少数民族是否只能勤王、佐命天子，而不能自命天子？这是各政权追求君权合法性需要解决的关键问题。

（1）同鲜卑一样，河西的前凉、西凉和北凉遥尊晋室、保宁域内。

---

① 许纪霖：《天下主义/夷夏之辨及其在近代的变异》，《华东师范大学学报》（哲学社会科学版）2012 年第 6 期。

② 《资治通鉴》卷一百一十六《晋纪三十八》载，北燕冯跋于太平三年（411）"以太子永领大单于，置四辅"，胡注曰，"太子领大单于始于刘汉，时置左、右辅而已，跋增置前辅、后辅"，即类似单于台的机构。冯跋为汉人，长期与鲜卑族混居，已高度胡化，以汉人而称"大单于"证明了所谓"夷狄入于华夏则华夏之，华夏入于夷狄则夷狄之"的说法。

③ （清）严可均辑《全晋文》卷一百六，第 1124—1125 页。

④ （宋）叶适：《习学记言序目》，中华书局 1977 年版，第 468 页。

⑤ （唐）房玄龄等撰《晋书》卷一百八《慕容廆载记》，第 2804 页。

⑥ （清）严可均辑《全晋文》卷一百五十四，第 1687 页。

与中央政府建立文书联系以取得政治身份、权力来源，对其遣使奉表，享受对方虚封的爵位、官号。五凉国主大多以统一河西为己任，没有问鼎中原的壮志，至多称"凉公""凉王""河西王"①。前凉一直以晋臣自居，后臣属东晋，谢艾有《献晋帝表》（残），曾参与遣使通表活动。他们倾慕窦融保据河西的历史，如张轨"阴图保据河西，追窦融故事"②；李暠《自称凉公领秦凉二州牧奉表诣阙》亦依托东晋进行"东伐"的宣言，希望中央理解其"依窦融故事"③的决心，《复奉表》请求对方承认几个儿子的军政权力。实际上，西凉称藩于东晋，却不奉行东晋正朔，而是推行自己的历法。李暠在改年庚子（400）、改元建初（405）时，还遣使朝贡于北魏。

恭谨地事奉东晋、北魏，又保持着独立性，是在夹缝中求生存的河西政权的共同选择。沮渠蒙逊称凉州牧时，河西还存南凉、西凉、后凉。南凉依附后秦，沮渠蒙逊于弘始三年（401）作《上疏于秃发利鹿孤》自称"臣""弟"，称对方"陛下""圣"，目的是减少几个河西政权的多重压力。即位河西王作《下书伐秃发傉檀》，"东苑之戮，酷甚长平。边城之祸，害深猃狁"④，细数傉檀之罪。在与东晋、北魏两个大国的交往中，《上晋安帝表》称"少康之兴大夏，光武之复汉业"⑤，《上魏太武帝表》也说"美咏侔于成康，道化逾于文景"⑥，太武帝平凉前诏公卿历数其子茂虔之"罪状"，其三即"取两端之荣，邀不二之宠"⑦。俄藏吐鲁番文书 Дх.02670v《揖王入高昌城事》，称宋少帝为天子，云《宋书》之茂虔而不用《魏书》之牧健⑧，视刘宋为正统。《宋书·氐胡传》载，茂虔437年向刘宋遣使奉表，并献《周生子》十三卷、《时务论》十二

---

① 似乎只有前凉张祚、张天锡称"帝位"，吕氏后期即"天王位"，这样的时期较短。
② （宋）李昉等：《太平御览》卷一百二十四《偏霸部八》，第599页。
③ （清）严可均辑《全晋文》卷一百五十五，第1698页。
④ （清）严可均辑《全宋文》卷六十一，第606页。
⑤ （清）严可均辑《全宋文》卷六十一，第604页。
⑥ （清）严可均辑《全宋文》卷六十一，第605页。
⑦ （清）严可均辑《全后魏文》卷五十六《为太武帝让沮渠牧键书》，第552页。
⑧ 吴震：《俄藏"揖王入高昌城事"文书所系史事考》，载殷晴主编《吐鲁番学新论》，新疆人民出版社2006年版，第58页。

卷、《三国总略》二十卷、《俗问》十一卷、《十三州志》十卷、《文检》
六卷、《四科传》四卷、《敦煌实录》十卷、《凉书》十卷、《汉皇德传》
二十五卷、《亡典》七卷、《魏驳》九卷、《谢艾集》八卷、《古今字》
二卷、《乘丘先生》三卷、《周髀》一卷、《皇帝王历三合纪》一卷、
《赵畋传》并《甲寅元历》一卷,《孔子赞》一卷,合一百五十四卷。又
求晋、赵《起居注》诸杂书数十件。这是西晋亡后南北最早的图书交流
活动。北凉取得作为汉文化正统的刘宋的支持,以名自身之正统。

（2）在华北、太行山腹心区域,早在永嘉二年（308）、大兴元年
（318）,刘渊、刘曜就相继称帝。前赵并未形成稳定的政权,杀害怀、
愍二帝,注定激起晋人的强烈反抗。《晋书·刘曜载记》后附史臣曰:
"胡寇不仁,有同豺豸,役天子以行觞,驱乘舆以执盖……自古篡夺,于
斯为甚。"[1] 反映了晋唐之间的普遍观念,即他们称帝本身就不正当。最
早获得后继国家对法统地位之认可的是石赵政权[2],其占据中原,囊括
长安、洛阳二都,石勒被徐光称为"中国帝王"。继任者石虎病逝,《晋
书》称"石季龙死,中国大乱"[3],开魏晋南北朝少数民族称"中国"之
先。石赵由五胡之中封建化水平最低的羯族所建,石勒早年曾被贩为耕
奴,最具反抗意识。刘曜停赵王之授,石勒下令:"帝王之起,复何常
邪! 赵王、赵帝,孤自取之,名号大小,岂其所节邪!"[4] 更像与前赵的
决裂宣言而非要建国称帝。同年臣下请上尊号,石勒下书称:"岂可假尊
窃号,取讥四方! 昔周文以三分之重,犹服事殷朝;小白居一匡之盛,
而尊崇周室。"[5] 仍将佐命天子作为政治目标。刘琨劝降石勒时称"自古
以来诚无戎人而为帝王者,至于名臣建功业者,则有之矣"[6],石勒假意
推举王浚为天子,使者王子春说"自古诚胡人而为名臣者实有之,帝王
则未之有也"[7],虽有欺诈成分,也显示了社会总体并不认可其称帝。

---

① （唐）房玄龄等撰《晋书》卷一百三《刘曜载记》,第 2703 页。
② 罗新:《十六国北朝的五德历运问题》,《中国史研究》2004 年第 3 期。
③ （唐）房玄龄等撰《晋书》卷七十七《蔡谟传》,第 2039 页。
④ （唐）房玄龄等撰《晋书》卷一百四《石勒载记上》,第 2729 页。
⑤ （唐）房玄龄等撰《晋书》卷一百四《石勒载记上》,第 2730 页。
⑥ （唐）房玄龄等撰《晋书》卷一百四《石勒载记上》,第 2715 页。
⑦ （唐）房玄龄等撰《晋书》卷一百四《石勒载记上》,第 2721 页。

《晋书·姚弋仲载记》称石赵灭国后，姚弋仲仍告诫诸子勿作天子。姚弋仲世代为羌酋，为石赵重臣，在石勒、石虎相继称帝的情况下尚如此说。

五胡民族建国称帝经历了复杂的思想转变，过于依赖外界的某种政治符号，"秦汉以来，确立皇权合法性和权威性的手段主要有四种，一是符谶，二是德运，三是封禅，四是传国玺"①。刘曜、石勒都是获得传国玺才称帝。据《晋书》载，群臣劝慕容儁称尊号，儁答曰："吾本幽漠射猎之乡，被发左衽之俗，历数之箓宁有分邪！卿等苟相褒举，以觊非望，实匪寡德所宜闻也。"②认为自己未合"历数之箓"。然仅过了数月，获得了皇帝玺，以及对石虎当年所得"华山玉版"之"岁在申酉，不绝如线。岁在壬子，真人乃见"的重新阐释③，"燕人咸以为儁之应也"④，他于永和八年（352）十一月即皇帝位，年号元玺，下书追尊祖考。慕容德称帝也经历了复杂的思想斗争，据《晋书·慕容德载记》和《初学记》载，其同时获得谶文和玺文，下诏增名"备德"，才下定决心称帝。可见胡人面对皇帝尊号时的怯懦、自卑心理。

这种局面直到前秦建元六年（370），苻坚相继灭前燕、仇池、前凉、代国，基本统一北方后才发生变化。洪亮吉《十六国疆域志》卷四《前秦》载其共占有 22 州、124 郡、610 多县⑤，版图东到沧海，西达龟兹，南至襄阳，北极沙漠，可谓盛极一时。面对代王涉翼犍，苻坚自诩前秦为"中国"，有研究者称："苻坚称'中国'，'中国'不仅具有占据中原的地理含义，而且具有不分汉族与四夷、民族融合的政治含义。"⑥《太平御览》卷三百六十三《人事部四》引车频《秦书》曰："苻坚时，四夷宾服，凑集关中四方种人，皆奇貌异色。"⑦ 前秦所体现

---

① 刘浦江：《"五德终始"说之终结——兼论宋代以降传统政治文化的嬗变》，《中国社会科学》2006 年第 2 期。

② （唐）房玄龄等撰《晋书》卷一百一十《慕容儁载记》，第 2834 页。

③ 童岭：《〈晋书·慕容儁载记〉记石虎所得玉版文》，《文史知识》2014 年第 5 期。

④ （唐）房玄龄等撰《晋书》卷一百一十《慕容儁载记》，第 2834 页。

⑤ （清）洪亮吉：《十六国疆域志》，商务印书馆 1936 年版，第 161—245 页。

⑥ 李方：《前秦苻坚的中国观与民族观》，《西北民族研究》2010 年第 1 期。

⑦ （宋）李昉等：《太平御览》，第 1672 页。

的华夏传统，已大大消弭人们对其的异族感。《洛阳伽蓝记》"左末城"条云："城中图佛与菩萨，乃无胡貌。访古老，云是吕光伐胡所作。"①符坚命吕光西征，在当地人眼中，氐人吕光及其代表的苻秦政权不是"胡"，西域诸国才是"胡"。前秦获得了空前的正统性，"五胡之盛，莫之比也"②，在此过程中逐渐产生了"混六合为一家"的大一统思想。五胡都把建立一个囊括"华夷"的无限疆域，实现天下一家作为最高目标，而征服南方的东晋政权，才能真正实现"以夷变夏"。如苻坚下书云③：

> 吴人敢恃江山，屡寇王境，宜时进讨，以清宇内，便可戒严，速修戎备。发州民则十丁遣一，兵若门在灼然者，为崇文义从。朕将登会稽复禹绩，伐国存君，义同三王。其以司马昌明为左仆射，谢安为吏部尚书，桓冲为侍中，势还不远，可并为起第。④

公然将代表正朔的南方汉族政权斥为"吴人"，朱熹《资治通鉴纲目》凡例"征伐"云："犯顺曰'寇'，中国有主，则夷狄曰'入寇'。"⑤符坚将自己比附上古三王，力图恢复华夏疆域；视自己为"华"，东晋为"夷"，居高临下地看待东晋君臣；有意识地高举地域标准，模糊、突破了华夷之辨，从而实现了华夷互变。至此，民族政权纳入华夏历史序列中成为事实，为北方民族政权的华夏化奠定了基础，实为中古政治文化的一大变局。

  淝水之战后，华北陷入了巨大的混乱，"北方瓜分而云扰，各恃其部

---

①　范祥雍校注《洛阳伽蓝记校注》，上海古籍出版社1978年版，第265页。
②　（唐）房玄龄等撰《晋书》卷一百一十五《苻登载记》，第2956页。
③　《太平御览》卷三百二十二《兵部五三》引萧方等《三十六国春秋》文字有小异："吴人敢恃江山，僭称大号，轻率犬羊，屡寇王境，朕将巡狩省方，登会稽而朝诸侯，复禹绩而定九州。今王师所拟，必有征无战，伐国存主，义同一。"（第1481—1482页）
④　（宋）李昉等：《太平御览》卷一百二十二《偏霸部六》引崔鸿《十六国春秋·前秦录》，第590页。
⑤　（宋）朱熹著，朱杰人、严佐之、刘永翔主编《朱子全书》，上海古籍出版社、安徽教育出版社2002年版，第3493页。

曲以弹压士民而用之,无非浊也"①。十六国前期有六国,后期竟有十国,再加上西燕、翟魏和拓跋魏,是十三国。民族矛盾再次上升为主要矛盾。前秦建立的尊民族政权为正统的新传统,大大鼓励了少数民族称王称帝的自信心,他们不再顾及"无戎人而为帝王"②的迂腐说教。原属苻坚的各部落酋长纷纷叛秦,如西秦开国君主乞伏国仁曾说:"苻氏以高世之姿而困于乌合之众,可谓天也。夫守常迷运,先达耻之;见机而作,英豪之举。吾虽薄德,借累世之资,岂可睹时来之运而不作乎!"③自称大都督、大将军、大单于。文化水平较低的羌酋姚苌在苻坚死前公然要求"禅让"。吕光《下书讨乞伏乾归》:"乾归狼子野心,前后反覆。朕方东清秦、赵,勒铭会稽,岂令竖子鸱峙洮南!且其兄弟内相离间,可乘之机,无过今也。其敕中外戒严,朕当亲讨。"④模拟苻坚诏书中睥睨天下的口气。《太平御览》卷三百二十二《兵部五三》引赫连勃勃《功德碑》曰:"我皇诞命世之期,应天纵之德,仰协时来,俯从民望。属奸豪鼎峙之际,群凶岳立之秋。故运筹命将,举无遗策。亲御六戎,即有征无战,五稔之间,而治风弘阐矣。"⑤嗜勇好杀的赫连勃勃居然引用苻坚诏书中的"有征无战"营造仁德之君的形象。在他们身上看不到刘渊、石勒、慕容廆等建国时怯懦的身影,只有舍我其谁的使命感,《魏书·匈奴刘聪传·序》所谓"各言应历数,人谓迁图鼎"⑥,更像这一时期的写照。

结　语

诏令文书展现了民族首领的自我认同,以及对自身政权、帝位合法性的理念建构。各民族之间以及其与汉族之间互相学习、碰撞、冲突。

---

① (清)王夫之:《读通鉴论》,中华书局 2013 年版,第 398 页。
② (唐)房玄龄等撰《晋书》卷一百四《石勒载记上》,第 2715 页。
③ (唐)房玄龄等撰《晋书》卷一百二十五《乞伏国仁载记》,第 3114—3115 页。
④ (清)严可均辑《全晋文》卷一百五十四,第 1693 页。
⑤ (宋)李昉等:《太平御览》,第 1482 页。
⑥ (北齐)魏收撰《魏书》卷九十五《匈奴刘聪传》,第 2042 页。

在儒家"大一统"观念的影响下，表面上各民族政权均以华夏礼乐文明承袭者自居，张扬自身为正统，斥他人、他族为"僭伪"，实际上各政权对华夏传统已有归属感，其中一个重要表现即民族首领建号称帝，将自身纳入中华皇权主义秩序的"皇帝化"。少数民族与汉族一样，皆有资格称"中国帝王"，他们产生了华夷互变、华夷皆正统的思想。如赫连勃勃《下书改姓赫连氏》，恢复自己的匈奴种姓，但将国号定为"大夏"，又造《大夏龙雀刀铭》，标榜自己是以大禹为代表的华夏王朝政权的继承者，自我认同为"中国"。《春秋》所谓的华夷互变，变的是诸侯，不变的是天子。天子是礼的核心，礼是夷夏的标准，故而夷夏是诸侯在以天子为核心之"天下"秩序中的身份定位。[1] 所谓夷夏之防的根本即诸侯不可攘夺天子之位，夷狄不可为天子。从思想观念上说，十六国时期的华夷互变是传统华夷观的一大进步。民族首领成为中国帝王，不仅是汉化以及融入华夏传统的过程，同时也是反思和修正中华道统谱系的过程，展示了皇权制度的"开放性"和政治思想的"多元性"。同为由民族政权立国的北魏拓跋氏，用时五十三年统一了北方，政权的稳定性远超前秦，而且表现出对中华文化更加全面的理解，如继承慕容鲜卑的燕国和苻氏秦国的伟业，按照"五德终始"的正统理论，确定自己的国家为"土德"，标榜自己的国家为中国正统王朝。[2] 北魏成为中国历史上第一个被纳入正史的民族政权，十六国各政权的正统化建设不啻有先导之功。

---

[1] 李晶：《夷夏观的转变与天下观的再造——从思想史看明清更替对"中国观"的影响》，《思想战线》2018年第1期。
[2] 张德寿：《高闾民族观述论》，《中国边疆史地研究》2003年第2期。

区隔与逾越：明清小说中女性的楼居空间与情欲书写[*]

◇杨为刚　谢 欣[**]

内容摘要：相对于以平房为住居空间的宅居，楼居是指以楼房为住居空间的居住方式。明清时期，楼居在一些地方的市井平民与高官富商阶层中广泛流行，形成了两种不同的楼居形态。楼房具有高出的特点，楼宅的出现在一定程度上改变了传统住居空间的结构，对传统家庭生活秩序尤其是男女关系的维系形成了考验与挑战。体现在明清小说中，以楼房为叙事空间的小说叙事开始大量出现，其中，以涉及男女情感关系的小说叙事最具代表性。这类小说叙事把男女情感关系的发生、发展置于楼居空间之中，在居住空间的区隔与逾越中表达礼制与情欲的对立与妥协，表现了新的社会文化与物质生活背景下明清小说创作出现的新变化和取得的新成就。

关键词：楼宅　楼居空间　明清小说　情感生活

作为日常住居空间的住宅并不只是简单的物质环境，还是文化观念与意识形态的投射。中国传统住宅是以平房为单体建筑构成的建筑组群，中轴对称、前堂后室与平远深进的空间布局对应了人伦等差、家无二尊、内外有别的伦理规范与行为准则。[①]但是，在男尊女卑的父系社会，在男女关系的维系上，女性被动地承担了比男性更多的责任。"由于儒家学

---

　　* ［基金项目］国家社会科学基金重大项目"中国古代都城文化与古代文学及相关文献研究"，项目编号：18ZDA237。

　　** 杨为刚，汕头大学文学院副教授，研究方向为汉唐文学与中国古代小说；谢欣，汕头大学文学院硕士研究生，研究方向为明清小说。

　　① 杜正胜：《宫室、礼制与伦理：古代建筑基址的社会史解释》，载《国史释论——陶希圣先生九秩荣庆祝寿论文集》，（台北）食货出版社1987年版，第1—31页。

者意识到行为放荡会对家庭稳定和嗣统绵延构成严重威胁"①，所谓的"严男女之防"实际上防备的是女性，由此形成的基本思想就是，只要把女性隔离起来不与男性接触，就可以避免非正常男女关系的发生，实现维持家庭与社会秩序的目的。这种住居伦理深刻地影响了传统住居建筑的空间布局与功能设置。《礼记·内则》规定："礼始于谨夫妇，为宫室，辨外内，男子居外，女子居内。深宫固门，阍、寺守之，男不入，女不出。"② 体现在家庭生活中，家庭成员的住居行为按照"男外女内"的空间划分展开，以此满足家庭公、私生活的需要。以厅堂为中心的建筑属于公共生活区，构成住宅的"外"；以房室为主体的建筑属于私人生活区，构成住宅的"内"。家庭女性成员的生活空间限制在私人生活区，除了家庭公共事务，禁止出现在公共生活区。宅居内外空间的性别规定最大程度地减少家庭女眷与外界接触，由此阻绝"非礼"男女关系的发生。

楼阁是多层建筑，早期楼阁的主要功用体现在军事、礼仪或者娱乐等方面。随着城市经济的发展，用于居住的楼房在宋代开始集中出现，到明清时期在不同社会阶层得到广泛使用。如果以平房作为建筑主体构成的传统民宅为住居空间的住居方式称为房宅居住，简称"宅居"，那么，以楼房或楼阁为住居空间的住居方式可以称为楼宅居住，简称"楼居"。文震亨《长物志》云："楼阁，作房闼者，须回环窈窕；供登眺者，须轩敞宏丽；藏书画者，须爽垲高深。此其大略也。"③ 在提到的三种不同用途的楼阁中，把"作房闼"也就是寝室用途的楼阁放在首位，可见楼居已经成为当时一种较为重要的住居方式。

根据楼体规制与居住主体，明清时期的楼宅可以分为两大类。第一大类是属于社会中下层群体的楼宅类型，这类楼宅构成相对简单，但是组织方式比较灵活。根据空间结构，可以分为两种形式。第一种是独栋

---

① 〔荷兰〕高罗佩：《中国古代房内考——中国古代的性与社会》，李零等译，商务印书馆 2012 年版，第 66 页。

② （清）孙希旦撰，沈啸寰、王星贤点校《礼记集解》卷二十八，中华书局 1989 年版，第 759 页。

③ （明）文震亨编《长物志》，中华书局 1985 年版，第 4 页。

楼房，厅堂与房室处于一座独体楼内，变传统宅居"前后"或"左右"布局为"上下"结构，属于楼宅中最简单的一种。第二种是组合性楼宅，居住空间由多栋楼房或者楼房与平房组合而成，布局上呈前后结构，前楼作为商铺或者家庭公共空间，后房则是私人居住空间。前后楼房之间有天井或庭院，通过廊轩连为一体，徽州以及江浙一带现存的明清民居中多见。第二大类是属于高官或富商的楼宅类型。这类楼宅没有改变传统宅居"前堂后寝"的空间布局，只是增加了可以用来居住的楼房。根据楼的位置，也可以分为两种形式：一是用来居住的楼房位于宅第后部的住居区，相当于把"后室"的平房换成楼房，现存孔府的后堂楼、山西省王家大院女儿居住的绣楼就是这种设置；二是用来居住的楼房出现在住宅附属部分的私家花园，作为住居空间的延伸或者补充，独立于居住区之外，钱谦益和柳如是居住的绛云楼属于这种类型。

与平房相比，楼房具有体量高大的特点，由此导致楼宅的空间结构与住居方式与传统房宅产生差异，尤其是当作为女性住居空间的"内"转化为楼居空间的"上"时，其私密性与防护性就会受到一定程度的破坏，因此对家庭居住行为与伦理秩序产生不同程度的冲击和影响，尤其对男女关系的维系形成威胁与挑战。体现在住居生活中，一方面，楼居适应了新的社会生活的需要，受到一部分人的欢迎与接受；另一方面，不同于传统宅居的住居方式也引起了保守势力的担心与不安。体现在明清小说中，出现了以楼居空间为故事背景，涉及男女感情生活的小说叙事。在这些小说叙事中，女性楼居空间的区隔与逾越成为非正常男女关系发生与发展的关键因素，体现了在新的社会文化与物质生活背景下明清小说在创作观念与书写模式上出现的变化和进步。根据故事发生、发展与楼居空间的关系，可以从三个方面进行分析。

一　空间的破坏：看与被看

传统宅居"前堂后室"的建筑布局在水平方向上纵深铺开，私密生活空间位于住宅防护性最强的内部，对于家庭女眷行为的规定也是在水平方向上要求，强调内外之分。宋若昭《女论语》对明清女训影响巨大，其中规定，"内外各处，男女异群。莫窥外壁，莫出外庭，窥必掩面，出必藏形。"① 当住居空间由平房变为楼房，建立在传统住居空间基础上的住居伦理与住居行为必须做出相应的调整与改变。楼居空间中，按照私密性与安全性的要求，楼房上层更适合作为私人生活空间，水平方向的"内"转换为上下方向的"上"。由此女性空间行为规范也必然要做出相应的调整，主要体现在两个方面。一是"足不下楼"，因为楼宅的"下"相当于宅居空间的"外"，下楼意味着出现在家庭公共场所，不下楼可以保证身体一直悬隔在楼上私密空间，成为一种新的女德要求。清代时期，江西婺源女子汪氏在未婚丈夫死后独居夫家楼上四十二年不下楼，由此成为贞女的典范。② 二是"目不窥户"，因为楼体高出，上部楼层缺少足够的遮挡，通过楼窗不但可以看到家庭公共生活领域，临街、临河或者对楼的楼房还可以看到户外空间，因此，"目不窥户"的要求一方面保证楼内女子不见外人，另一方面也防止被外人偷窥。在《喻世明言》第一卷《蒋兴哥重会珍珠衫》中，蒋兴哥外出经商前嘱咐妻子道："娘子耐心度日。地方轻薄子弟不少，你又生得美貌，莫在门前窥瞰，招风揽火。"③ 丈夫走后，"且说这里浑家王三巧儿，自从那日丈夫分付了，果然数月之内，目不窥户，足不下楼"④。薛婆对三巧的描述则是"这小娘子足不下楼，甚是贞节"⑤。

"不下楼"与"不窥户"都是要求女性不要轻易暴露身体，在视觉上保持对外隔绝的状态。在中世纪的西方和早期的欧洲，卫道之士认为"视觉隐私的维护和女性的身体隔离一样重要"。在这一时期的绘画中，只有妓女才会出现在窗户及门的旁边，开放的窗户和门都具有

---

① （唐）宋若昭：《女论语》，载（明）陶宗仪等编《说郛三种》第六册，上海古籍出版社 1988 年版，第 3291 页。

② 相关背景及讨论参看〔美〕季家珍《历史宝筏：过去、西方与中国妇女问题》，杨可译，江苏人民出版社 2011 年版，第 55 页。

③ （明）冯梦龙：《喻世明言》，人民文学出版社 1987 年版，第 5 页。

④ （明）冯梦龙：《喻世明言》，第 6 页。

⑤ （明）冯梦龙：《喻世明言》，第 11 页。

一定的性暗示。① 五代两宋时期，随着街市型城市的出现，街道作为社会活动舞台的公共空间功能得到增强，"看街"成为一种娱乐活动。然而，对于足不出户的女性而言，看街被视为一种"危险的消遣"，是不守妇德的表现。② 看街行为需要借助门或窗来发生，相对于平房，楼窗的视域更广，尤其是临街、临河的楼房，可以直接看到外界，通过楼窗"看街"的诱惑更大，对"不窥外"的行为要求更为迫切。《金瓶梅词话》第十五回"佳人笑赏玩月楼 狎客帮嫖丽春院"中，西门庆的妻妾在李瓶儿家的临街楼上看灯，"吴月娘看了一回，见楼下人乱，和李娇儿各归席上吃酒去了哩。惟有潘金莲、孟玉楼同两个唱的，只顾搭伏着楼窗子，望下观看。"不仅如此，潘金莲甚至"探着半截身子，口中嗑瓜子儿，把嗑了的瓜子皮儿都吐下来，落在人身上。和玉楼两个嘻笑不止"。③ 当"目不窥户"成为楼居女子的行为规范时，自然也成为衡量女德的行为标准，作者要把潘金莲塑造成为不守妇道的"荡妇"，便让她通过楼窗暴露于人前。

窗户本有透光、透风之用，出现在公共视野中的楼窗相当于在内外空间之间开一条可以通过视觉进行沟通的通道。相较于下楼或者上楼的身体位移，窥窗行为隐秘、简便又相对安全，体现在明清小说中，通过"窥窗"而发生的"看与被看"关系成为男女之间非正常接触的第一步。

小型楼居的主体多是城镇市民阶层，他们居住的楼体规制较小，多具有临街或临河的特点。《蒋兴哥重会珍珠衫》中，蒋家的楼宅为前后连通的两带楼房，"第一带临着大街，第二带方做卧室，三巧儿闲常只在第二带中坐卧"④。前楼为家庭礼仪空间，相当于家庭空间的"外"。后楼则为住居空间，是属于家庭女性的"内"。丈夫离家后，三巧住在后

---

① 参见 Diane Wolfthal, *In and Out of the Marital Bed: Seeing Sex in Renaissance Europe*, New Haven: Yale University Press, 2010, pp. 123–185。
② 夏薇:《危险的消遣"看街"：明清小说中女性的日常生活》（二），《明清小说研究》2019 年第 3 期。
③ （明）兰陵笑笑生:《金瓶梅词话》，人民文学出版社 2000 年版，第 182 页。
④ （明）冯梦龙:《喻世明言》，第 7 页。

楼上，但是在小丫鬟的撺掇下，她来到临街楼上，以看望丈夫是否归家为由，向外窥望。结果，被路过的陈大郎看见，"陈大郎抬头，望见楼上一个年少的美妇人，目不转睛的，只道心上欢喜了他，也对着楼上丢个眼色"①。窥窗的风险在于，"看"的同时也可能"被看"，三巧窥望的对象是丈夫，但是在男权社会的住居伦理中，女子窥窗属于不守妇道的行为，具有性引诱的意味，所以三巧被陈大郎误会也在情理之中。结果，这一窥窗行为成为三巧后面一系列遭遇的导火索。

相同的情节出现在《醒世恒言》第十六卷《陆五汉硬留合色鞋》中，寿儿家为临街独栋楼房，本来前堂后室的布局变为"上室下堂"的结构。楼上为寿儿的闺房，父母住在楼下。这种安排本是出于女儿安全的考虑，但是寿儿的闺房与街道只有一墙之隔，住居空间的私密性因为窥窗而遭到破坏。

> （张荩）却打从十官子巷中经过。忽然抬头，看见一家临街楼上，有个女子揭开帘儿，泼那梳妆残水。那女子生得甚是娇艳。……张荩一见，身子就酥了半边，便立住脚，不肯转身。假意咳嗽一声。那女子泼了水，正待下帘，忽听得咳嗽声响，望下观看，一眼瞧见个美貌少年，人物风流，打扮乔画，也凝眸流盼。两面对觑，四目相视，那女子不觉微微而笑。②

寿儿从窗户倒水时被张荩看到，同时，她也看到了张荩。在看与被看的过程中，两人传达了爱慕之意，为非正常关系的进一步发展提供了可能。因为楼层较高，有时候即使住在不临街的内楼，也可能被外界窥见。《二刻拍案惊奇》第二十九卷《赠芝麻识破假形　撷草药巧谐真偶》中，马月溪的店铺与家宅相隔不远，仅有"店前走去不多几家门面"，住在马家内楼的女儿马云容被店里的蒋生远远看到。

---

① （明）冯梦龙：《喻世明言》，第 8 页。
② （明）冯梦龙：《醒世恒言》，人民文学出版社 1986 年版，第 322 页。

　　他家内楼小窗，看得店前人见。那小姐闲了，时常登楼，看望作耍。一日正在临窗之际，恰被店里蒋生看见。蒋生远望去，极其美丽，生平目中所未睹，一步步走近前去细玩。走得近了，看得较真，觉他没一处生得不妙。蒋生不觉魂飞天外，魄散九霄，心里妄想道："如此美人，得以相叙一宵，也不枉了我的面庞风流。却怎生能勾？"只管仰面痴看。那小姐在楼上瞧见有人看他，把半面遮藏，也窥着蒋生是个俊俏后生，恰像不舍得就躲避着一般。蒋生越道是楼上留盼，卖弄出许多飘逸身分出来，要惹他动火。直等那小姐下楼去了，方才走回店中。①

马小姐的美貌勾起了蒋生的情欲，蒋生为此险些丧命。以上都是女方无意中被看的案例，《二刻拍案惊奇》第三十五卷《错调情贾母詈女　误告状孙郎得妻》中，姑嫂二人则通过窥窗主动物色情欲对象。她们住在景陵县城的一座临街小楼上。"楼墙后窗，直见街道。二女闲空，就到窗边看街上行人往来光景。有邻家一个学生，朝夕在这街上经过，貌甚韶秀。二女年俱二八，情欲已动，见了多次，未免妄想起来，便两相私语道：'这个标致小官，不知是那一家的。若得与他同宿一晚，死也甘心。'"② 有了目标之后，下一步就是如何进一步接触的问题。

　　相对于普通市民阶层楼居空间的多样，豪富之家的楼居方式相对单一，作为住居的楼房出现在家庭生活区的后院和花园。一般情况下，凭借层层围墙的阻隔，这种楼居的防护性较好。但是，低矮的墙体无法完全遮挡高大的楼房，因此，楼上与墙外也可以产生"看与被看"的关系。《二刻拍案惊奇》第九卷《莽儿郎惊散新莺燕　偌梅香认合玉蟾蜍》的故事发生在杭州钱塘，男主人公凤生租居吴山一所园亭读书，隔壁则是女主人公杨素梅的家宅。"（凤生）至园东，忽见墙外楼上有一女子，凭窗而立，貌若天人，只隔得一垛墙，差不得多少远近。那女子看见凤生青年美质，也似有眷顾之意，毫不躲闪。凤生贪看自不必说，四目相

---

①　（明）凌蒙初：《二刻拍案惊奇》，人民文学出版社 1996 年版，第 538 页。
②　（明）凌蒙初：《二刻拍案惊奇》，第 628 页。

视，足有一个多时辰。"① 在看与被看中，两人一见钟情，由此开始进一步的试探。

如果两家住宅的楼房距离较近，通过楼窗相互窥视的行为更易发生，《西湖二集》第十二卷《吹凤箫女诱东墙》中，女主人公黄杏春是高官之女，她与男主人公潘用中相识的过程就借了"对楼"的地利。

> 那杏春小姐之楼，可可的与潘用中店楼相对，不过相隔数丈。小姐日常里因与店楼相对，来往人繁杂，恐有窥觑之人，外观不雅，把楼窗紧紧闭着，再也不开。数日来一连听得店楼上箫声悠雅，与庸俗人所吹不同，知是读书之人。……略略推开一缝瞧时，见潘用中是个美少年，还未冠巾，不过十六七岁光景，与自己年岁相当，丰姿俊秀，仪度端雅，手里执着一本书在那里看。杏春小姐便动了爱才之念，瞧了半会，仍旧悄悄将窗闭上。在楼上无事，过了一晌，不免又推开一缝窗子瞧视。过了数日，渐渐把窗子开得大了，又开得频了。②

类似的情节出现在《欢喜冤家》第六回《伴花楼一时痴笑耍》中。男主人公柏青所住的楼宅与女主人公白小姐居住的伴花楼相对，柏青通过笛声促成了两人的初见："各人一看，恰是墙边伴花楼上，开了两扇窗棂。只见两个美人，欲笑含羞，侧耳指说，掩掩遮遮，动人情兴。"③ 柏青误以为白小姐有意于他，由此引发了之后一系列的追求行动。

明清时期，作为休闲空间的私家花园具备了住居功能，一些花园楼阁也由娱乐场所转变为生活场所。相较于防护森严的家庭住居区，花园的防护性并不严密。视域高远的楼阁和相对松散的防护为男女之间"看与被看"提供了机缘。《欢喜冤家》第十回《许玄之赚出重囚牢》中，盐商之女蓉娘的绣楼与许宅相对，蓉娘通过后楼的窗子偷看许家花园时，

---

① （明）凌蒙初：《二刻拍案惊奇》，第 177 页。
② （明）周清源：《西湖二集》，浙江文艺出版社 1985 年版，第 224—225 页。
③ （明）西湖渔隐主人：《欢喜冤家》，华夏出版社 2012 年版，第 78 页。

被男主人公许玄看到:"（许玄）猛然抬头一看,见对门楼上有一个绝色的女子,年纪像二十多岁光景。看他眉细而长,眼波而俏,不施脂粉,红白自然,飘逸若风动海棠,圆活似露旋荷盖。"① 许玄看到蓉娘之后,为了方便偷窥,主动把书房搬到花园的楼上:"'他之楼与我花楼侧窗紧对,不免将书箱着人移上楼去,早晚之间再能相见。或者姻缘有分,亦未可知。'登时进了书房,将一应文房四宝、床帐衣服、随身动用之物,俱移上花楼。他便开了楼窗,焚香读书,一心等待施家女子。"② 类似的例子也出现在李渔《十二楼·夏宜楼》中,女主人公娴娴是婺州高官詹笔峰的千金,詹家有一座带花园的大宅第。"时当盛夏,到处皆苦炎蒸。他家亭树虽多,都有日光晒到,难于避暑,独有高楼一所,甚是空旷。三面皆水,水里皆种芙蕖,上有绿槐遮蔽,垂柳相遭。自清早以至黄昏,不漏一丝日色。……娴娴相中这一处,就对父亲讲了,搬进里面去住。把两间做书室,一间做卧房,寝食俱在其中,足迹不至楼下。"③ 住到花园的娴娴尽管遵循"足不下楼"的女训,但是,远处的瞿吉人借助千里镜看到了楼上的娴娴:"忽然走出一位女子,月貌花容,又在诸姬之上。分明是牡丹独立,不问而知为花王。"④ 遂央人求亲说媒,最终得偿所愿。《鼓掌绝尘·雪集》中,女主人公李若兰是刺史李岩之女,丽春园是李家在临安的私家花园,丽春楼是丽春园内楼。站在花园门首的文荆卿看到了楼上的若兰小姐:"那高楼上站着两个女子,生得姿容绝世。"若兰也看到了他:"那小姐在楼上瞧见这文荆卿人品少年,更加风流俊雅,心中便十分可意。遂伸出纤纤玉手,轻轻把两扇窗儿半开半掩,仔细瞧了一会,蓦然惹起闺情。"⑤ 两人因此互生情愫。《画图缘》中,女主人公蓝玉是福建柳京兆的女儿,她住在自家花园的花影楼上,为了试探男主人公花天荷,夫人让一个姿色平庸的丫鬟扮成小姐在楼上撒花,故意让花天荷在楼下看到:"早望见园中楼上,三四丫鬟簇拥着一位盛装

---

① （明）西湖渔隐主人:《欢喜冤家》,第 124 页。
② （明）西湖渔隐主人:《欢喜冤家》,第 125 页。
③ （清）李渔:《十二楼》,华文出版社 2018 年版,第 56 页。
④ （清）李渔:《十二楼》,第 64 页。
⑤ （明）金木散人:《鼓掌绝尘》,春风文艺出版社 1985 年版,第 261—262 页。

的小姐，倚着楼窗在那里看花耍子。"① 在《玉娇梨》中，女主人公卢梦梨是山东卢副使之女，她在自家花园的绣楼上见到隔壁花园中的文士苏友白，由此一见钟情，于是装作男子与他结交，最终结为秦晋之好。②

由此观之，无论是市井平民的楼宅，还是豪门大户的楼宅，高出的楼体都破坏了住居空间在视觉上的隐秘性，在看与被看中，男女有别的空间规定遭到破坏，受到压抑的情欲被唤醒或诱发，由此不可避免地产生男女之思或者非分之想。情欲的实现需要通过身体的接触，从视觉到触觉的转换需要进一步的沟通与试探，在这一过程中，声音、物品与中间人成为空间接触的媒介。

二 空间的接触：声音、物品与中间人

对空间的感知需要通过感官相互配合来实现，人文地理学家段义孚指出："因我们平常对空间的体验是被听觉延展开的，听觉较视觉能提供更广阔世界的信息，所以失聪会导致空间感的收缩。"③ 与视觉比较，在空间的表达与感知上，声音虽有传播距离短和易受干扰的局限，但也有穿透性强和信息准确的优点。临街、临墙或邻楼的楼房与外界之间的距离较短，使通过声音进行空间接触成为可能。体现在楼居空间的情感生活中，声音有两种作用：一是空间的延展，作为视觉空间的补充与延伸，让区隔中的男女进一步接触；二是信息的传递，视觉上的"一见钟情"或"见色起意"转化为"言为心声"或"闻声知意"的信息传递。叙事中，声音的两种作用主要通过奏乐、吟诗与唱歌三种形式来实现。

《西湖二集》第十二卷《吹凤箫女诱东墙》中，绣楼中的杏春小姐听到潘用中的箫声后，主动打开了窗户。

> 数日来一连听得店楼上箫声悠雅，与庸俗人所吹不同，知是读

---

① （清）天花藏主人：《画图缘》，春风文艺出版社 1985 年版，第 147 页。
② （清）荑获散人：《玉娇梨》，春风文艺出版社 1981 年版，第 148—152 页。
③ 〔美〕段义孚：《恋地情结》，志丞、刘苏译，商务印书馆 2018 年版，第 11 页。

书之人。小姐往往夜静吹箫以适意，今闻得对楼有箫声，恐是勾引之人，却不敢吹响，暗暗将箫放于朱唇之上，按着宫商律吕，一一与楼外箫声相和而作，却没有一毫差错之处。声韵清幽，愈吹愈妙。杏春小姐一连听了数夜，甚是可爱，暗暗的道："这人吹的甚好，不知是何等读书之人卖弄俊俏，明日不免瞧他一瞧何如。"①

这是视觉空间与听觉空间相互配合的例子，类似的情节也出现在《金云翘传》中。男女主人公楚卿和翠翘对楼而居，"翠翘正在污辱场中，忽闻隔楼有人吟诗，以为幽谷嘤声，出于望外。因探头一望，只见一个书生，飘巾华服，在那里低徊想望。翠翘看见暗忖道：'此生听他吟咏，虽非白雪阳春，却也还是诗书一脉。但不知是甚样人。'因细细访问，方知那生叫做楚卿。"② 同样，《女才子书·张小莲》中，小莲所居的依云楼与朱生之楼相邻，两人通过吟诗互诉衷肠，由此发展到楼上幽会、共赴巫山。

当男（女）主人公通过窥窗暗生情愫或者产生觊心后，声音传递一般是空间接触的第二步。《欢喜冤家》第六回《伴花楼一时痴笑耍》中，柏青窥见伴花楼上的白小姐后，多次到墙边的楼窗下吹笛以表情意。"且说柏青，到次日天未明，就假做看梅花，就去看楼窗子，一日走上几十次。到晚又同了王卞，将晚酒摆在花楼上吃，将笛又吹上几回。这晚，花仙伏侍小姐在下边吃晚饭，故不曾开窗嗅他。柏青吹了一个黄昏，不见动静，进房睡了。次日又去，不住的走。"③ 频繁而又长久地吹笛表达了柏青与小姐进一步接触的渴求。在《欢喜冤家》第十回《许玄之赚出重囚牢》中，许玄对蓉娘一见倾心后，借瑶琴来传达爱慕之情，蓉娘也颇解曲中之意。

他道："借此瑶琴，申我泱泱之情，舒我转转之闷。成都桃而红

---

① （明）周清源：《西湖二集》，第 224 页。
② （清）青心才人：《金云翘传》，春风文艺出版社 1983 年版，第 73 页。
③ （明）西湖渔隐主人：《欢喜冤家》，第 80 页。

歌舟，清徵流而玄鹤舞。焦桐喻意，响玉传情。"少焉，梧桐方出，月如悬镜，便弹一曲《汉宫秋》。其曲未终，只见施家楼上窗儿呀的一声，露出了娇滴滴的两个美人，正是蓉娘听得琴声清亮，与侍女秋鸿同上楼来，开窗面看。见是许生操琴，他也不避。许生见了，心上一时里欢喜起来，将指上又换了《阳春怨》，如泣如诉，如怨如慕。那蓉娘听得琴中之意，一时间遂起文君之兴，引动了芳心，恨不得身生羽翼，飞过琴边。①

与笛琴传递无言之思不同，吟诵诗歌可以通过文字来传情达意。在《莽儿郎惊散新莺燕　伢梅香认合玉蟾蜍》中，凤生与杨素梅在楼窗初见后，凤生通过吟诗表达爱慕。"那杨素梅也看上凤生在眼里了，呆呆偷觑，目不转睛。凤生以为可动，朗吟一诗道：'几回空度可怜宵，谁道秦楼有玉箫。咫尺银河难越渡，宁教不瘦沈郎腰。'楼上杨素梅听见吟诗，详那诗中之意，分明晓得是打动他的了。只不知这俏书生是那一个，又没处好问得。"② 比之婉转低诉的乐曲，诗歌有明确的主旨，杨素梅由此知晓他的心意，产生了委身于他的想法。

才子佳人间酬唱的诗歌往往比较文雅含蓄，市民阶层的歌唱则显得大胆而又直白。例如在《警世通言》第三十八卷《蒋淑真刎颈鸳鸯会》中，蒋淑真是商人妇，朱秉中欲勾引她，直接在她家楼下唱歌。"楼外乃是官河，舟船歇泊之处。将及二更，忽闻梢人嘲歌声隐约，侧耳而听，其歌云：'二十去了廿一来，不做私情也是呆；有朝一日花容退，双手招郎郎不来。'"轻佻大胆的歌词直接激发了蒋淑真的情欲。"妇人自此复萌觊觎之心，往往倚门独立。朱秉中时来调戏。彼此相慕，目成眉语，但不能一叙款曲为恨也。"③ 两人由此暗通款曲，日日在楼上偷欢。

声音是无形的，转瞬即逝，难以留存。个人拥有物（possessions）是

---

① （明）西湖渔隐主人：《欢喜冤家》，第 126 页。
② （明）凌濛初：《二刻拍案惊奇》，第 179 页。
③ （明）冯梦龙：《警世通言》，人民文学出版社 1995 年版，第 601 页。

自我的延伸，可以以礼物的形式使拥有者的身份延伸到接受者身上。①
一个人的私密物品以信物的形式出现在另一个人的空间中，意味着拥有
者在空间身份上的交换与互认。明清小说中，男女之间传递的信物大致
可以分为两类。一是象征个人身份的用品。在《莽儿郎惊散新莺燕　偐
梅香认合玉蟾蜍》中，凤生以白玉蟾蜍为信物赠予杨素梅。"凤生开了
箱子，取出一个白玉蟾蜍镇纸来，乃是他中榜之时母舅金三员外与他作
贺的，制作精工，是件古玩。今将来送与素梅作表记。"② 杨素梅则回赠
了一枚累金戒指，玉蟾蜍和金戒指成了两人日后相认的信物。二是夹带
文字的物品，在《十二楼·合影楼》中，玉娟和珍生在楼上望见对方的
身影后，通过花瓣传递诗文："（玉娟）草下一幅诗笺，藏在花瓣之内。
又取一张荷叶，做了邮筒，使它入水不濡。张见珍生的影子，就丢下水
去道：'那边的人儿，好生接了花瓣。'"③《平山冷燕》中的山黛与燕白
颔楼窗相见后，亦以题诗扇子为信物进行传递。④

在传统宅居空间中，由于内外空间的隔绝，私下的物品交换或者传
递很难实现。楼房高出，面街或者对楼的楼窗打开了物品传递的"方便
之门"。在《陆五汉硬留合色鞋》中，寿儿和张荩在楼窗一见倾心后，
便通过楼窗来传递信物。

> 见那女子正卷起帘儿，倚窗望月。张荩在下看见，轻轻咳嗽一
> 声。上面女子会意，彼此微笑。张荩袖中摸出一条红绫汗巾，结个
> 同心方胜，团做一块，望上掷来。那女子双手来接，恰好正中。就
> 月底下仔细看了一看，把来袖过。就脱下一只鞋儿投下。张荩双手
> 承受，看时是一只合色鞋儿。将指头量摸，刚刚一折。把来系在汗
> 巾头上，纳在袖里，望上唱个肥喏。⑤

---

① Russell W. Belk, "Possessions and the Extended Self," *Journal of Consumer Research*，1988，
15（2）：139-168.
② （明）凌蒙初：《二刻拍案惊奇》，第 182 页。
③ （清）李渔：《十二楼》，第 8—9 页。
④ 李致中校点《平山冷燕》，春风文艺出版社 1982 年版，第 214 页。
⑤ （明）冯梦龙：《醒世恒言》，第 323—324 页。

在《西湖二集》第十二卷《吹凤箫女诱东墙》中，杏春与潘用中同样利用"对楼"的位置，将诗词包裹在胡桃中，通过楼窗来传递。"小姐微微开窗，揭起朱帘，露出半面。潘用中乘着一时酒兴，心痒难熬，取胡桃一枚掷去，小姐接得。停了一会，小姐用罗帕一方，裹了这一枚胡桃仍旧掷来。潘用中打开来一看，罗帕上有诗一首，笔墨淋漓，诗道：栏干闲倚日偏长，短笛无情苦断肠。安得身轻如燕子，随风容易到君傍。"① 另外，在《欢喜冤家》中，柏青也用类似的方式给楼上的白小姐传递诗文，"将几个青果包做一包，丢入楼窗"②。

无论是声音，还是物品，传递的信息都是固定的、有限的。相较于"物"，作为空间触媒的"中间人"更具灵活性与主动性。这种中间人可以是身边的侍女，也可以是外面的婆子或尼姑。

侍女是女主人的耳目和腿脚，女主人因为空间限制不能完成的私事，可以通过侍女尤其是贴身侍女来完成。如《十二楼·拂云楼》中的丫鬟能红在楼中窥见裴七郎的下跪行为后巧妙安排，使其抱得双美而归。《莽儿郎惊散新莺燕　　㑩梅香认合玉蟾蜍》中的侍女龙香为杨素梅与凤生传递信物。《珍珠舶》第十回《谢宾又洞庭遇故》中，侍女彩燕为杜仙珮与谢宾又传递诗词。《欢喜冤家》第十回中，侍女秋鸿接应许玄进楼与蓉娘相会。《拍案惊奇》第二十九卷《通闺闼坚心灯火　　闹囹圄捷报旗铃》中的侍女蜚英传递信物，并接应张幼谦翻越围墙与惜惜相会。这些侍女直接或者间接地成为男女主人公进行空间接触的中间人。

侍女的活动空间主要在家宅之内，活动范围有限，作为中间人主要出现在"才子佳人"类小说叙事中。相比较而言，"三姑六婆"属于活跃在中下层的女性群体。她们混迹市井，走街串巷，人熟路广，是蜚语的"带原者"和私情的"牵线人"，最有条件成为"闺阁内的爱情导师"。③ 但是，她们往往重财轻义，招惹是非，由此被保守之士视为"闺

---

① （明）周清源：《西湖二集》，第 228 页。
② （明）西湖渔隐主人：《欢喜冤家》，第 79 页。
③ 严明、沈美红：《闺阁内的爱情导师——"三言二拍"中婆子、丫环、尼姑的角色分析》，《明清小说研究》2006 年第 1 期。

中之贼”，"三姑六婆不可进门"几乎成为社会共识。① 因为上层礼仪社会对这类人群有所避忌，所以作为中间人的三姑六婆一般出现在涉及市井男女的情欲叙事中。《陆五汉硬留合色鞋》中的陆婆，"以卖花粉为名，专一做媒作保，做马泊六，正是他的专门"②。她收了张荩的钱财，先是以卖花为由进入寿儿的闺房，进而以"合色鞋"为信物，替双方见面出谋划策。

> 寿儿连忙问道："有何计策？"陆婆道："你夜间早些睡了，等爹妈上来照过，然后起来。只听下边咳嗽为号，把几匹布接长垂下楼来，待他从布上攀缘而上。到五更时分，原如此而下。就往来百年，也没有那个知觉。任凭你两个取乐，可不好么？"寿儿听说，心中欢喜道："多谢妈妈玉成。还是几时方来？"③

陆婆是在男女双方互有好感的情况下"玉成其事"，虽然有悖礼教，但不属诱骗行为。在一些小说叙事中，婆子作为中间人，扮演了私人空间入侵者或者破坏者的角色，最典型的是《蒋兴哥重会珍珠衫》中的薛婆。冯梦龙对她的贬抑态度也很明显："世间有四种人惹他不得，引起了头，再不好绝他。是那四种？游方僧道，乞丐，闲汉，牙婆。上三种人犹可，只有牙婆是穿房入户的，女眷们怕冷静时，十个九个到要扳他来往。今日薛婆本是个不善之人，一般甜言软语，三巧儿遂与他成了至交，时刻少他不得。"④ 薛婆凭借甜言蜜语，很快成为三巧的闺中密友，来到她的床上，挑逗她的情欲。

> 床榻是丁字样铺下的，虽隔着帐子，却象是一头同睡。夜间絮絮叨叨，你问我答，凡街坊秽亵之谈，无所不至。这婆子或时装醉

---

① 衣若兰：《三姑六婆——明代妇女与社会的探索》，中西书局 2019 年版，第 146—161 页。
② （明）冯梦龙：《醒世恒言》，第 324 页。
③ （明）冯梦龙：《醒世恒言》，第 329 页。
④ （明）冯梦龙：《喻世明言》，第 18 页。

48

诈风起来，到说起自家少年时偷汉的许多情事，去勾动那妇人的春心。害得那妇人娇滴滴一副嫩脸，红了又白，白了又红。婆子已知妇人心活，只是那话儿不好启齿。①

此时的薛婆是携带男性欲望的"带原体"，她相当于陈大郎的替身，一步一步突破男女区隔的禁区，最后以假乱真，使三巧失身于陈大郎。《金瓶梅词话》中的王婆也是如此，她受到西门庆的委托后，以做针线活为由，把潘金莲引诱到自家茶坊，为两人通奸制造机会。②《拍案惊奇》第六卷《酒下酒赵尼媪迷花　机中机贾秀才报怨》中的赵尼姑、第二十九卷《通闺闼坚心灯火　闹囹圄捷报旗铃》中的杨老妈都是这类角色。

通过声音、物品的传递与中间人的谋划后，男女之间的礼制防线已经崩坍，统一战线已经建成。男女双方进行亲密接触的时机已经成熟，剩下的事情就是寻找合适的机会来实现空间的突破。

三　空间的突破：楼门出入和楼窗翻越

正常男女性行为的发生必须通过婚姻仪式，在经过一系列烦琐而又冗长的仪节后，男女双方才能展开夫妻生活。明清小说中，涉及情欲书写的性行为多是不符合婚礼程序的恋情或者奸情。体现在叙事中，区隔在不同空间中的男女要实现身体接触，必须逾越横亘在两者之间的物理阻隔，突破身份空间的方式有通过楼门和楼窗两种。尽管两种行为的性质相同，但是门、窗的功能不同，情节设置与叙事方式也不相同。

宅门是划分外部社会空间与内部私人空间的第一道界线，门的启闭保证了家庭与社会之间的流通与隔绝。对于独栋或者组合型楼宅而言，楼门相当于宅居的大门，私人生活区在楼上，公共生活区在楼下。从楼门进入，必须经过楼下或者天井才能到达楼上。因此，外人通过楼门进入楼上，需要经过多个空间区域才能实现，只有把这些空间区域的阻隔

---

① （明）冯梦龙：《喻世明言》，第19—20页。
② （明）兰陵笑笑生：《金瓶梅词话》，第36—48页。

一一打通，私人空间才可能成为私情空间。如《蒋兴哥重会珍珠衫》中，陈大郎进入三巧的楼上并与之发生关系离不开两个关键条件：一是三巧丈夫外出经商，家中缺少第二方的监管；二是薛婆作为内应，里通外合。

> 陈大郎已自走上楼梯，伏在门边多时了。——都是婆子预先设下的圈套。婆子道："忘带个取灯儿去了。"又走转来，便引着陈大郎到自己榻上伏着。婆子下楼去了一回，复上来道："夜深了，厨下火种都熄了，怎么处？"三巧儿道："我点灯睡惯了，黑魆魆地，好不怕人！"婆子道："老身伴你一床睡何如？"三巧儿正要问他救急的法儿，应道："甚好。"婆子道："大娘，你先上床，我关了门就来。"三巧儿先脱了衣服，床上去了，叫道："你老人家快睡罢。"婆子应道："就来了。"却在榻上拖陈大郎上来，赤条条的扠在三巧儿床上去。①

在《任孝子烈性为神》中，周得本是梁圣金出嫁前的情夫，梁圣金婚后，他趁梁夫任珪外出的机会，以梁圣金表舅的身份来访。家中的任珪父亲眼盲，周得由此才能瞒天过海，从楼下来到楼上。"这妇人见了周得，神魂飘荡，不能禁止。遂携周得手揭起布帘，口里胡说道：'阿舅，上楼去说话。'……这两个上得楼来，就抱做一团。"② 在《蒋淑真刎颈鸳鸯会》中，蒋淑真丈夫外出讨账，她与朱秉中相互勾引之后，相约晚上在楼上相会。"薄晚，秉中张个眼慢，钻进妇家，就便上楼。本妇灯也不看，解衣相抱，曲尽于飞。"③ 在《梼杌闲评》第三回《陈老店小魏偷情　飞盖园妖蛇托孕》中，侯一娘住的是客店楼房，无人监管，所以可以堂而皇之地开门揽客。"云卿遂到一娘楼上，深深一揖。一娘还过礼，取凳与他坐了，起身把楼门关上，搂住云卿道：'心肝！你怎么今日才

---

① （明）冯梦龙：《喻世明言》，第 22—23 页。
② （明）冯梦龙：《喻世明言》，第 609 页。
③ （明）冯梦龙：《警世通言》，第 602—603 页。

来，想杀我了。'急急解带宽衣上床。"①

楼门对于家庭空间秩序的维护来说既阻隔外人进入，同时也约束女性外出。但是，对于社会下层中的已婚女性而言，空间的限制并不严格。体现在小说叙事中，如果男方无法上楼，女方可以主动出门或者被诓骗出门，把私情空间转移到户外。《酒下酒赵尼媪迷花　机中机贾秀才报怨》中，赵尼姑先哄骗巫娘子下楼，又引诱她到观音庵中求子。巫娘子出于对赵尼姑的信任，离开了代表着安全与私密的私人空间。"吃了两日素，到第三日，起个五更，打扮了，领了丫鬟春花，趁早上人稀，步过观音庵来。"② 在赵尼姑的协助下，卜良在尼姑庵迷奸了巫娘子。同样，在《珍珠舶》第二回《假肝胆蒋佛哥禅室偷香》中，尼姑静照收了蒋云的银子，以诵经为由将王氏引诱出门："若到宅上打搅不便，不如赍了香烛，光降荒山。待与家师静悄悄的多诵几卷经，倒觉省便些。"遂将蒋云与王氏安置于一处幽静的禅房，两人由此发生了关系。此后，"蒋云既把冯氏一并勾搭……自此进出，益无忌惮"。③

官宦豪富之家的楼居空间往往是深门大院，防范严密，外男不可能轻易进入，要上小姐绣楼，只能从防范相对薄弱的宅第后部或者花园找突破口。如《通闺闼坚心灯火　闹图圄捷报旗铃》中，女主人公惜惜是富家女，"闺院深邃"，她主动为张幼谦谋划进入绣楼的办法。

> 奴家卧房在这阁儿上，是我家中落末一层，与前面隔绝。阁下有一门，通后边一个小圃。圃周围有短墙，墙外便是荒地，通着外边的了。墙内有四五株大山茶花树，可以上得墙去的。烦妈妈相约张郎在墙外等。到夜来，我教丫头打从树枝上登墙，将个竹梯挂在墙外来。张郎从梯上上墙，也从山茶树上下地，可以径到我房中阁上了。④

---

① （明）无名氏：《梼杌闲评》，中华书局 2005 年版，第 23 页。
② （明）凌蒙初：《拍案惊奇》，人民文学出版社 1991 年版，第 106 页。
③ （清）徐震：《珍珠舶》，江苏古籍出版社 1993 年版，第 13、16 页。
④ （明）凌蒙初：《拍案惊奇》，第 507—508 页。

通过里应外合，张幼谦翻墙过门最终进入小姐的绣楼。在《莽儿郎惊散新莺燕　 乜梅香认合玉蟾蜍》中，男主人公无法上楼，女主人公只有放弃尊贵身份，冒险下楼，"龙香先行，素梅在后，遮遮掩掩，走到书房前"①。结果，两人的好事险些被人撞破，杨素梅只能又偷偷地回到楼上。

私家花园在家庭生活中具有半公半私的性质，除了作为家庭成员的休闲空间，还是接待宾客的社交空间，因此，作为住居空间的花园楼房对于住居者的身份限制也没有居住区那么严格，由此往往成为男女遇合或者寻欢空间。在《珍珠舶》第十回《谢宾又洞庭遇故》中，谢宾又寓居的无锡杜家是一座有花园的大宅第，"谢宾又留寓于厅后之西楼。楼之外即系内花园，园中有桥、有池、有轩、有台，自牡丹亭过西曰芍药圃。芍药圃之后，有一大厅，颜曰迎燕堂。堂之左侧，双角门内，即系内室"。杜家小姐住在双角门内的内室，"时已过午，杜小姐唤令婢女，扃闭仪门。假说厅前看菊，潜步至楼"②，留下信物而去。在《金瓶梅词话》中，潘金莲的居所是西门府的花园内楼，"一个独独小院，角门进去"，"白日间人迹罕到，极是一个幽僻去处"。③ 楼上三间房，"中间供养佛像，两边稍间堆放生药香料"④。陈经济是西门庆的女婿，他以女婿的身份进入内楼拿药材香料，由此常常与潘金莲撞在一处，楼阁上层成为两人偷欢之处。在《鼓掌绝尘》中，文荆卿与若兰在楼窗相见后，互生情愫，为了见面，文荆卿扮作医者进入若兰家，为害相思病的若兰小姐治病。"二人向芙蓉轩内盘桓了半响，方得略尽衷肠。看看日色过午，文荆卿又把甜言蜜语说了几句，小姐却无推托，遂携手同到丽春楼上。"⑤ 同样的例子出现在《锦香亭》中，钟景期误入虢国夫人的花园，园中弄月楼上的虢国夫人相中了他，直接让侍女携他上楼，花木掩映中

---

① （明）凌蒙初：《二刻拍案惊奇》，第 185 页。
② （清）徐震：《珍珠舶》，第 85—86 页。
③ （明）兰陵笑笑生：《金瓶梅词话》，第 102 页。
④ （明）兰陵笑笑生：《金瓶梅词话》，第 1265 页。
⑤ （明）金木散人：《鼓掌绝尘》，第 303 页。

的楼阁成为纵欲之所。①

　　楼门是进出之处，对于进入者有严格的身份要求，需要具备足够的条件才能实现空间的突破。当楼门进出无法实现时，楼窗逾越成为铤而走险的选择。在《欢喜冤家》中，许玄的读书楼与蓉娘的绣楼"止离得一丈，上下之间，须得两株木植安定，上边铺一木板可达我楼"。"许玄把木头儿放于窗槛之上，一步步推将过去。那边秋鸿早把手来接了，放得停停当当，又取一株依法而行。把两块板架于木上，走到桌上，一步走上板来，如蹬平地，三脚两步走过了楼，即忙把板木取了过来，闭了楼窗。"② 通过这种高难度的操作，许玄与蓉娘完成了情欲冒险。在《金云翘传》中，翠翘与楚卿的约会是通过梯子来克服高度问题的。"翠翘心下十分慌张，送妈妈回去，将门重重关上，又将灯细照了一番。上楼开窗一望，早有一梯靠于窗前。翠翘且惊且喜，咳嗽一声，外面也咳嗽一声，便有人扶梯登楼，缘窗而入。翠翘一看，果是楚生，不胜之喜。"③

　　楼窗不是进出通道，翻窗入楼的行为危险系数大，潜在风险高，体现在情欲书写中，翻窗入楼往往因为阴差阳错而发生意外或者酿成惨剧。在《欢喜冤家》中，柏青以为小姐引他上楼，于是搭了梯子上楼。

　　　　（柏青）早已看见正是小姐在窗口隐约，径上梯来。不想下面叫响，花仙应一声去了。柏青走到楼上，见是一个空楼，他悄悄又走到前边一望，方见小姐卧房在前楼。他不敢放肆，道："千辛万苦上得楼来，难道又去了不成？小姐虽然下去，免不得就来，不免在此榻上睡下等他便了。"④

柏青从窗户入楼，尽管实质上没有发生什么，但还是被白家人认定为奸

---

①　（清）古吴苏庵主人：《锦香亭》，春风文艺出版社 1984 年版，第 27—28 页。

②　（明）西湖渔隐主人：《欢喜冤家》，第 132 页。

③　（清）青心才人：《金云翘传》，第 76 页。

④　（明）西湖渔隐主人：《欢喜冤家》，第 81 页。

盗行为，杀死在楼中。

在才子佳人类型的小说叙事中，翻窗幽会往往可以遂其所愿，但是在市井私情故事中，却往往事违人愿，酿成悲剧性的结局，而且形成了一种比较固定的叙事模式。在《陆五汉硬留合色鞋》中，因为寿儿父母住在楼下，她只能让张荩夜里从楼窗进入，不料陆五汉将消息拦截，夜里冒充张荩进入寿儿的楼上。

> 陆五汉在楼墙下，轻轻咳嗽一声。上面寿儿听得，连忙开窗。那窗白里，呀的有声。寿儿恐怕惊醒爹妈，即桌上取过茶壶来，洒些茶在里边，开时却就不响。把布一头紧紧的缚在柱上，一头便垂下来。陆五汉见布垂下，满心欢喜。撩衣拔步上前，双手挽住布儿，两脚挺在墙上，逐步挨将上去。顷刻已到楼窗边，轻轻跨下。寿儿把布收起，将窗儿掩上。①

类似的情节也出现在《错调情贾母詈女　误告状孙郎得妻》中，姑嫂两人于楼窗窥见容貌姣好的钱小官，托信与他，约其深夜楼窗进入，结果被程老儿冒名顶替。

> 两女听得人声，向窗外一看，但见黑魆魆一个人影，料道是那话来了，急把布来每人揑紧了一头，放将中段下去。程老儿见布下来了，即兜在屁股上坐好。楼上见布中已重，知是有人，扯将起去。那程老儿老年的人，身体干枯，苦不甚重。二女趁着兴高，用力一扯，扯到窗边。正要伸手扶他，楼中火光照出窗外，却是一个白头老人，吃了一惊。手臂索软，布扯不牢，一个失手，程老儿早已头轻脚重，跌下去了。二女慌忙把布收进，颤笃笃的关了楼窗，一场扫兴，不在话下。②

---

① （明）冯梦龙：《醒世恒言》，第 331 页。
② （明）凌蒙初：《二刻拍案惊奇》，第 631 页。

在《包公案》卷一《阿弥陀佛讲和》中，屠户之女淑玉与其情人许生也是翻窗私会，直到有一日被和尚明修撞见。

> 见楼上垂下白布到地，只道其家晒布未收，思偷其布，停住木鱼，寂然过去手扯其布，忽然楼上有人吊扯上去。和尚心下明白，必是养汉婆娘垂此接奸夫者。任他吊上去，果见一女子。和尚心中大喜，便道："小僧与娘子有缘，今日肯舍我宿一宵，福田似海，恩大如天。"淑玉慌了道："我是鸾交凤配，怎肯失身于你。我宁将银簪一根舍你，你快下楼去。"僧道："是你吊我上来，今夜来得去不得了。"即强去搂抱求欢。女怒甚，高声叫道："有贼在此！"那时父母睡去不闻，僧恐人知觉，即拔刀将女子杀死，取其簪、珥、戒指下楼去。①

这三段情节类似，都是男子阴差阳错地被当成情人，然后借助布绳翻窗上楼，结局的惩戒意味也是明显的，寿儿父母被陆五汉杀死，程老儿摔死楼下，淑玉则是人财两亡。

余　论

与平房比较，楼房具有占地面积少、体量高大、采光通风效果好的特点。明清时期，作为日常起居空间的楼房、楼宅，其流行与商品经济繁荣、物质文化生活丰富以及城镇的兴起有直接关系。楼居方式的出现说明随着社会发展，传统住居方式也在进行调整和改变。但是，这种改变是儒家思想主导下的局部调适，并没有在根本上改变传统宅居的生活方式与礼仪习俗，而且作为女性生活空间而言，楼居空间并不比宅居空间自由或者宽松。作为宅居的延伸与补充，楼居算不上新的住居方式，对女性住居行为的规定与束缚也没有减弱，因此，明清时期对楼居生活

---

① （明）安遇时：《包公案》，宁夏人民出版社1993年版，第1页。

并没有足够的重视，相关文献记载也不丰富，以至于社会学、建筑学和住居学方面的研究都不充分。值得注意的是，明清小说中保存了大量关于楼居空间与楼居生活的记载，尽管涉及的情节多是虚构或者经过加工的，但是，这些小说材料足以证明楼居在当时的普及程度以及社会对此的敏感程度，对于我们了解明清的楼居空间尤其是女性楼居生活具有重要的参考价值。

本文的研究主要涉及楼居空间与男女情欲书写之间的关系，从物理空间的角度看，楼居生活只是局部地改变了女性的住居空间与环境，但是，对于男性社会而言，这种局部的改变已经达到威胁或者改变女性传统住居伦理与住居行为的程度。因此，小说叙事中，涉及男女感情生活尤其是非正常的男女关系的书写最多，并且形成了大体相似的情节设置与叙事模式。男女主人公基本上都是从楼窗偷窥开始，经过声音、物品与中间人为媒介的试探性接触后，最终突破空间区隔完成情欲冒险。这些男女叙事的发生多与楼居空间的"副作用"有关，而且涉及的男女关系不符合礼法，根据触犯礼法的程度不同，男女关系发展的结局也并不相同。对于纯粹出于本能冲动，无视礼法，违背女子意愿的诱奸或者通奸行为，男方的下场都是非正常死亡，如程老儿、柏青、朱秉中、周得、蒋云、卜良和陈大郎等。女方的结局则根据其主动与受害的程度来决定：违背礼教、积极主动的女性一般被杀或者自杀，如淑玉、蒋淑真、梁圣金、寿儿、姑嫂二人等；属于被引诱或者被强迫的女性，在得到一定惩罚后，则被给予改过自新的机会，如三巧、冯氏、巫娘子等。在这些情欲书写中，楼体空间是男女非法性关系发生的客观条件，但是，作者也并不为当事人犯下的主观罪行开脱。叙事中的楼体空间既是放纵欲望的私情空间，又是逾越礼法的"犯罪现场"。这类情欲叙事具有市井生活色彩，故事性强，道德说教意味也很明显，体现了保守势力对楼居生活的警惕与不安。比较而言，借助楼体发生男女接触的适婚青年，如杨素梅和凤生、张幼谦与惜惜、文荆卿与李若兰，他们的关系属于才子佳人间的由情而起而非放纵情欲。对于他们的越礼行为，作者并未表现出太多的苛责，反而给予了一定的理解和宽宥，而且最终都能让他们修成正果。这类叙事中，楼体空间成为青年男女冲破礼教束缚的锦绣乡、追求自由爱情的风流地，尽管叙事有理想化和程式化的特点，但在总体上可以体现明清小说在男女关系书写上的新范式与新趋向，同时也表达了随着城镇生活的繁荣，新兴社会力量对楼居生活的接受和对男女关系的宽容。

"搜奇标异"：江南幕客陆次云的西南书写[*]

◇曹诣珍[**]

内容摘要：清康熙年间，穷愁抑郁的江南文士陆次云三赴黔湘，以游幕为业。西南大地于他而言是一个全新的地理文化空间，其间的所见所闻、所思所感，给他留下极深刻的印象，令他在欣赏、感慨、认同之余，自身的精神风貌也得到一定程度的修复和重组。他以"搜奇标异"为宗旨，以奇山异水、奇风异俗、奇闻异说为主要审美对象，通过诗、词、文等各种文学形式，多角度、多层次书写心目中的西南影像，生动展现了夜郎故地的自然风貌、生活模式和历史印痕，蔚为大观。这些内容虽有与时势结合不够紧密之缺憾，但仍具不可漠视的文学意义以及跨地域、跨族群的文化传播交流价值。

关键词：陆次云　夜郎　游幕

陆次云[①]，字云士，号北墅，钱塘（今浙江杭州）人，清初著名文士。监生，考授州判，康熙十八年（1679）举博学鸿儒，复放归。次年出任河南郏县知县，丁忧去职，康熙二十四年复起知江苏江阴县，有善政。绩学工诗，著述颇丰，有文集《北墅绪言》五卷、诗集《澄江集》

　　*　[基金项目]国家社会科学基金一般项目"江浙文人游幕与清代西南文学发展关系研究"，项目编号：20BZW064；教育部人文社会科学研究规划基金"清代文人游幕与西南边地文学发展关系研究"，项目编号：18YJA751002。
　　**　曹诣珍，浙江工商大学人文与传播学院教授，研究方向为明清文学。
　　①　陆次云生卒年史籍未载，邓长风《明清戏曲家考略续编·陆次云和他的〈杂著〉》（上海古籍出版社 1997 年版，第 116—119 页）考证其生年应为 1636 年前后，卒年则在 1702 年后。

一卷、词集《玉山词》一卷，另有《湖壖杂记》《峒溪纤志》《八纮译史》等史地之作及《尚论持平》等学术论著。文誉著声于公卿士夫间，与当世名家尤侗、徐乾学、王士禛、李天馥、洪昇、高士奇、张潮等均有交游。陆次云虽生长于江南，其著述中却有极鲜明的西南①印记，这与他几度游幕黔湘的人生经历密切相关。他"少年读书负奇气，著名乡里间。屡困场屋，辄抱书剑走四方"②，往来各州县作幕。康熙九年，迫于生计，远游贵阳，即《北墅绪言》卷一《九畎》序所记："康熙九年，岁庚戌，尝泛洞庭，有五溪之役。"《北墅绪言》卷四《似见篇序》也述："余所居，破屋半间，穿风漏日，盎无储粟，桁鲜重衣，萧寂荒寒。……生计甚艰，将应贵阳太守之聘，而以道远为愁。……余至夜郎，太守旋以忧去，余不及二载而归。"在家"居一载"后，"生计益艰"，他又北上至都，"制军以众人待余，余不乐，辞去"，又于康熙十四年前后"复受偏沅巡抚之聘，抚军以国士待余"。此次游湘，至康熙十六年其妻王氏病逝方归。及至康熙二十二年，丁母忧后，他"又泛洞庭，有三湘之役"（《九畎》序），仍以入幕为业，即王士禛《北墅绪言序》所记："（钱塘陆子云士）作吏郏县，又以忧去官，薄游沅湘洞庭间。"综上可知，在康熙九年至二十三年（1670—1684）间，陆次云曾三赴黔湘作幕，居处时间总计约七年。这是他一生中的重要经历，其间的所见所闻、所思所感，给他留下极深刻的印象。他不仅编撰了记录西南少数民族源流分支、风俗物产的著名志书《峒溪纤志》，更以诗、词、文等各种文学形式，多角度、多层次叙写心目中的西南影像。而他"负奇气"的性格，又使他的西南书写独具一格，别有风貌。他在《湖壖杂记》开篇中曾自述创作缘起："尝读《西湖志余》，爱其搜奇标异，蔚为大观。"③"搜奇标异"四字，也正可作为他的西南书写宗旨之概括。在他

---

① 本文中的"西南"概念，既参照当今的地域划分，也兼顾陆次云所处时代的观念，以黔、滇所在的云贵高原为主，兼及鄂西南、湘西、川、藏等周边区域，其最突出的文化特点为多民族聚居。

② （清）陆次云：《北墅绪言》卷首高士奇序，清康熙二十三年（1684）宛羽斋刻增修本。本文所引《北墅绪言》正文及陆次云友人序跋、评语均出自这一版本，不再一一出注。

③ （清）陆次云：《湖壖杂记》，清世德堂刻《龙威秘书》本，载王云五主编《丛书集成初编》第3171册，商务印书馆1939年版，第1页。

的笔下，古老苍茫的西南大地的山川、习俗、传闻无不闪耀着"奇""异"的光华。

一　奇山异水：造物之多情

康熙九年（1670），陆次云决定游幕贵阳，这可能是他的初次远行。他在《澄江集·黔游纪行》中记述此行缘由："牖下困欲死，远游志乃决。辛苦去投荒，无故同迁客。菽水有可谋，遐迩岂能择？五更风雨时，起作万里别。"①"贫困化是清初江南士人普遍面临的生存境遇"②，陆次云也未能例外。他久困场屋，生计艰难，但有"菽水"可谋，已不择"遐迩"，只能忍痛撇下堂上慈亲、四龄弱女，在"此际心若摧，出门方陨涕"的心境下，奔赴数千里外的边荒异域。他以组诗形式，记叙此去贵州的路线：从杭州走水路，循内河至京口，溯长江西上，经金陵、湖口、武昌、岳阳，至洞庭湖，然后出湖入湘江。一路西行，他的内心被绵延不绝的思乡之情所噬，时有"苍茫一气中，何处是杭州"的怅惘，以及"无端忽伤心，吴人吊楚鬼"的感伤。及至武陵，他又换小舟，自桃源口泛至五溪。五溪已是西南少数民族聚居之地，在今湖南西部和贵州东部。郦道元《水经注·沅水》："武陵有五溪，谓雄溪、橫溪、无溪、酉溪、辰溪其一焉。夹溪悉是蛮左所居，故谓此蛮五溪蛮也。"③陆次云由水路经行此地，扑面而来的是"万山万态，千壑千容，天日移光，水云易景"的自然奇观。他应接不暇，"或停桡，或放棹，或推蓬，或扣舷，或倚樯而立，侧背而坐，计程二十四日，得诗七十一首"，正所谓"触趣成吟"（《北墅绪言》卷四《五溪杂咏》序）。在《黔游纪行》中，他也自叙这段旅程"境异引思奇，获诗盈百首"。山川之奇暂时转移了

---

① （清）陆次云：《澄江集·黔游纪行》，载清康熙间刻《陆云士杂著》，徐永明主编《美国哈佛大学哈佛燕京图书馆藏丛部善本汇刊》第86册，广西师范大学出版社2018年版，第294页。本文所引《澄江集》正文及陆次云友人评语均出自这一版本，不再一一出注。

② 郭英德：《〈海烈妇传奇〉与清初江南士人的生活与思想》，《文学遗产》2011年第6期。

③ （北魏）郦道元著，谭属春、陈爱平点校《水经注》卷三十七《沅水》，岳麓书社1995年版，第544页。

他的思乡之痛，且极大激发了他的创作热情和灵感。

　　共在人间世，遐方别有天。竹鸡鸣瘴雨，松鼠避蛮烟。树落山头果，人耕云上田。迷津无处问，花片满前川。

　　绝巘迷苍翠，凌晨万叠来。山横疑路绝，境转觉天开。郁郁青枫绕，翩翩白鹤回。龙标曾过此，高咏忆仙才。（《澄江集·五溪杂咏》）

他发现这一片曾令他疑惧的遐方异域原来别有洞天，犹如世外仙源般宁静而美好。他的心境也随之豁然开朗，即使忆及唐代因贬谪而路过此地的著名诗人王昌龄，他也全无同为迁客的恓惶落寞之意，而只有共览胜境的豪迈相惜之情。但随着旅程的推进，诗人更多感受到的是五溪水路之幽僻艰险："犯险上百滩，滩声尽雷吼。夹岸皆老山，山势蔽星斗。"（《黔游纪行》）"兼旬行僻境，晨夕不能知。峡峻容天小，林高下日迟。""突兀丛嶕濑，纵横出上游。浪花频击面，石缝恰容舟。"（《五溪杂咏》）他在惊叹"瀑布当空下，飞声响翠屏。挂猿联百臂，浴鸟聚千翎"奇境的同时，也感伤"篁箐迷天地，征途不可行"（《五溪杂咏》）。在"兢兢行此中，计逾一月久"之后，他方才"舍舟就肩舆，望望陟青碧。蹴踏越山巅，盘折度山脊。一线绕羊肠，置足必选石"，经险峻山路深入黔中："崎岖到牂牁，风尘解缊袍。已疑穷碧落，视天不甚高。岂不怀家邑？且喜暂息劳。"（《黔游纪行》）历尽艰险，他终于抵达目的地。贵州地处高原，山势陡峭，这使来自江南平原的诗人有了"穷碧落"和"天不甚高"的错觉。他依然思念家乡，但也欣喜艰辛的旅程终于暂告段落。

　　其后诗人在黔湘游幕多年，公务之余，不乏临水登山、寻幽览胜之机缘。他在《北墅绪言》卷一《九歈·桃花源》中写道："春水兮悠悠，宛转兮东流。溯高滩兮逆上，乘逸兴兮扁舟。……吁嗟秦人兮尔处何方，我欲从之兮道阻且长。"在《澄江集·赠芷江隐者》诗中写道："十二峰回十八滩，渔舟欲上问津难。山亭春尽无人过，开遍桃花只自看。"这种"别有天地非人间"的静谧隐逸之美令他悠然神往，但他还是更钟情于惊心动魄的奇险之美。他书写最多的依然是五溪。武陵五溪山峦错杂，溪峒相连，峡谷幽深，其险自古闻名。东汉建武二十三年（公元 47），"武陵蛮叛"[1]，名将马援以六十二岁高龄"将十二郡募士及弛刑四万余人征五溪"[2]，终因滩险水急不可渡涉而出师无功，抱恨而终。相传马援曾作《武溪深行》，诗云："滔滔武溪一何深，鸟飞不度，兽不敢临。嗟哉武溪兮多毒淫！"[3] 唐人李吉甫也谓此地"溪山阻绝，非人迹所履"[4]。但对陆次云来说，五溪之险虽增旅途艰阻，却更是造化所赐浑然天成的奇境。而形制简短的诗歌已不足以尽情，体式自由、挥洒自如的散文无疑是更好的选择。因此他写下《三滩记》：

> 五溪之险何限，而独记三滩，记其尤耳。几渡洞庭，溯灉水者，至武陵必易船。……沿仰溪流，愈曲愈峻。双峡夹峙，临不容天；乱箐披纷，密不容日。山横路绝，境转波开。甫寸晷而风顺逆不时，帆张收不一矣。而滩时时越，有有名者，有无名者，不可胜数。其骇人耳者，曰"猛虎跳涧"。涧之势，左钩右突，水因互折。舟逆折而上，如车负重而加迟；顺折而下，如弩发弦而加疾。超然径渡，始全一叶。乱人目者，曰"满天星"。礁崿上浮，锥戟下隐，象纬纵横，冗不可测。非细认湍流，巧回曲避，樯橹所经，鲜不为其毁折者。至"大王滩"，慑人魄矣！当晴日而惊雷，声遥震也；溅青空而集霰，沫远飞也。悬垂瀑布，倒卷怒涛，坚缆众牵，低蓬危坐，水忽裹舟，舟还跃水，几力挽而出于安澜之上，庆更生矣。（《北墅绪言》卷三）

---

[1] （南朝宋）范晔撰，（唐）李贤等注《后汉书》卷一下《光武帝纪下》，中华书局 1965 年版，第 75 页。

[2] （南朝宋）范晔撰，（唐）李贤等注《后汉书》卷二十四《马援列传》，第 843 页。

[3] （宋）郭茂倩编《乐府诗集》卷七十四《杂曲歌辞十四》，中华书局 1979 年版，第 1048 页。《乐府诗集》并引西晋崔豹《古今注》："《武溪深》，马援南征之所作也。援门生爱寄生善吹笛，援作歌，令寄生吹笛以和之。名曰《武溪深》。"

[4] （唐）李吉甫：《元和郡县志》卷三十一，清武英殿聚珍版丛书本，第 21a 页。

五溪之险无处不在, 但作者并不面面俱到, 而是择取了险中之险的漉溪三滩。三滩之险又各各不同, 始则"骇人耳", 继则"乱人目", 再则"慑人魄", 滩滩相连, 一滩更比一滩险。作者依次写来, 集聚听觉、视觉、心理之震撼, 惊心动魄, 令读者如观其景, 如临其境。汪霦(号东川)评曰: "《水经注》千古称奇, 索篇中如许奇语, 亦不多得。"全文布局巧妙, 比拟精当, 字字笔力千钧, 是历代西南游记中的精品, 被收入清人王锡祺所辑《小方壶斋舆地丛钞》第四帙, 也被当代诸多学者编选入各种散文集。而《穿石记》一文, 记述的是武溪之畔又一自然奇观。

> 天下之奇, 有过于穿石者哉! 穿石在武溪之湄, 拔水突云, 破空矗立, 锐其末如颖脱囊, 丰其本如笋解箨, 雄峙其体, 如浮图之释檐级。斯亦奇矣, 更有奇者, 中开一穴, 圆若蟾窟, 鬼斧神镂, 无痕鲜迹, 不知造物何为设此。

作者初次观览穿石, 正是水涸时节, 他于岸边静观仰眺, 已是徘徊不去, "咨嗟不足", 一再叹奇。次年再过其境, 则是水涨之季, 他乘船东归。

> 重至其境, 望之愈奇。见石轮摇漾, 半沉在水, 若皓魄将出, 犹未离于冲涛激浪间者。舟人拨棹, 流急蓬飞, 瞬息无声, 忽不觉入乎月而出乎月。贾舶溯下流而上皆指余曰: "此客自广寒来矣。"余亦缥缈凌虚, 忘其为人间世也。乃知造物多情, 此境为我今日快游而设。(《北墅绪言》卷三)

作者借舟之势飞流直下, 以动观静, 不仅视角新奇, 瞬息变换, 更兼自身出入其中, 不自觉已成奇境中人, 真正快意无限! 其文虽短, 却笔触轻灵, 意出尘外, 故高士奇(字澹人)有"坡仙海外文字"之叹。

《三滩记》《穿石记》外, 陆次云还创作了多篇以西南山水为审美对象的小品散文, 均收入《北墅绪言》卷三。《圣泉记》《神应泉记》写

63

"夜郎之水多异";《母猪龙洞记》叙溶洞奇观;《相见坡记》述他在亲历相见坡"两坡欹对,中间大谷,环谷皆山,自上而下,猿臂相引,如旋折于螺壳之中"的险境后,始信前人"行行千万山,山山千万状。忽入白云中,忽出白云上"之诗所言不虚,并于篇末点明"黔道难"之主题;《千里石镜记》记"贵竹之属平伐长官司"有岩壁如镜,昧旦之时有"残星初落,朝晖乍升,碧虚气清,闲云若扫,镜则晶莹舒采,月展冰开,若大画之悬于高斋"之奇观;《鳌头矶来凤阁记》则写贵阳南明河中鳌头矶之奇突,来凤阁之峻丽,而"阁压矶,矶压水",奇上加奇,险中增险,"水环泻乎矶下,矶逆溯乎水上。乱石巉岩,与飞流相激,喧雷卷雪,高下参差。倚洪梁而望之,海蜃起于鲸宫,蜃楼出于蛟室矣"……这些文字,若真若幻,将西南山川之奇摹写殆尽,令人喜悦神往。故学者誉其为"清初一大小品家",以为"所作序记尤其是西南游记有鲜明特色"。[①] 而于作者言,也正是西南大地奇山异水的雄伟瑰丽,使他一扫外乡幕客的穷愁抑郁,激发他"好游成性,履险如夷"的豪情,引导他深入思考"不泛瞿塘,不知滟滪之异;不浮云梦,不识吕梁之奇"(《三滩记》)的哲理,并真切领略天地之大美、造物之多情。东晋诗人、史学家袁山松在《宜都记》中曾提出:"山水有灵,亦当惊知己于千古矣。"[②] 陆次云和西南山水,正是以"奇"为基础,成了"知己"。

二　奇风异俗：人文之亮丽

西南大地是多民族聚居地区,不仅有汉人居住,更生活着苗族、侗族、仡佬族、土家族、布依族、彝族、壮族、藏族等诸多少数民族,"这些特定区域内的少数民族,经过多年的历史积淀,形成了丰富的民俗事象,具有内容的丰富性、活动的广泛性、风格的独特性、形式的多样性

---

① 夏咸淳、皋玉蒂编著《明清散文赏奇》,汉语大词典出版社 2001 年版,第 184 页。
② (北魏)郦道元著,谭属春、陈爱平点校《水经注》卷三十四《江水》引,第 502 页。

等特点"①，是西南最亮丽的人文景观。陆次云远游黔湘，以佐幕为业，本就有问俗之责②，更兼秉性好奇，对当地民风民俗自然颇多留意。他在《澄江集·夜郎》诗中写道："盘回鸟道陟罗施，秀竞千岩促赋诗。雨罢龙归诸葛洞，云来神返伏波祠。猓人苗女歌啰唝，铜鼓芦笙舞柘枝。万里客怀当日暮，蛮烟缥渺荡游思。"山川之奇激发他创作的灵感，习俗之异同样令他思绪万千。他感受到西南人民对蜀相诸葛亮和伏波将军马援的尊崇，也留意到当地少数民族歌舞的古老性：啰唝、柘枝，均是源自唐代的歌舞，在中原地区早已不流行，却仍旧盛行于西南。同样于清初游幕贵州的浙西诗人查慎行，也曾在《黔阳踢灯词》中述及当地少数民族女子依然时兴唐代"闹扫妆"，正可相互印证。西南山高谷深、偏僻闭塞的地理环境，使人们的生活处于封闭或半封闭状态，歌舞衣饰也更多保留了古旧的风貌。而异域风情固然动人，却也分外能勾起游子愁思，故诗人在尾联中又有"万里客怀"和"荡游思"之叹。他还创作了一组《竹枝·夜郎辞》：

> 油柞关西（竹枝）油柞东（女儿），夜郎王去（竹枝）夜郎空（女儿）。
>
> 芦管作笙（竹枝）铜作鼓（女儿），苗童唱歌（竹枝）苗女舞（女儿）。
>
> 鹧鸪鹧鸪（竹枝）朝莫飞（女儿），杜鹃杜鹃（竹枝）夜莫啼（女儿）。
>
> 杜鹃夜寒（竹枝）啼瘴雨（女儿），菁里峒中（竹枝）泣相语（女儿）。③

---

① 毛艳、洪颖、黄静华编著《西南少数民族民俗概论》，云南大学出版社 2012 年版，第 13 页。

② 清代名幕汪辉祖《佐治药言》"须体俗情"条云："盖各处风俗往往不同，必须虚心体问，就其俗尚所宜，随时调剂。然后传以律令，则上下相协，官声得著，幕望自隆。"［（清）汪辉祖：《佐治药言》，天津古籍出版社 2016 年版，第 425 页］

③ （清）陆次云：《玉山词·小令·竹枝·夜郎辞》，载清康熙间刻《陆云士杂著》，徐永明主编《美国哈佛大学哈佛燕京图书馆藏丛部善本汇刊》第 87 册，第 312—313 页。

郭茂倩《乐府诗集·近代曲辞三》："《竹枝》本出于巴渝。唐贞元中，刘禹锡在沅湘，以俚歌鄙陋，乃依骚人《九歌》作《竹枝》新辞九章，教里中儿歌之。"① 陆次云居处黔湘多年，深受当地文化熏染，故有此作。他的这组竹枝词，采用单调十四字体，"所用'竹枝'、'女儿'乃歌时群相随和之声，犹《采莲曲》之有'举棹'、'年少'等字"②。第一首中的油柞关，又名图云关，清（道光）《贵阳府志》："图云关，在城东少南五里，旧名油柞关。"③ "夜郎王去夜郎空"一句，颇具历史的苍茫感，同时表露了对夜郎王的尊崇。第二首写苗族青年男女歌舞作乐。第三首和第四首，则写杜鹃啼雨，闻者感泣。诗人自注："苗人春月听杜鹃则哭其先，曰：'此鸟一岁一来，我亲不复见矣。'"由此感慨俗虽异而性相同。明弘治《贵州图经新志》即载："（苗人）甚重信，亦知爱亲。每春暮闻鹃啼，则比屋号泣，声振林谷。问之，则曰：'禽鸟去，犹岁一至；父母死，不再来矣。吾思吾亲，故闻鹃而泣。"④ 陆次云事亲至孝，故苗族人民的这一习俗尤能触动他的游子愁思。这组竹枝词，被他置于词集《玉山词》之首，并收入他与章晒共同编选的《见山亭古今词选》卷上，足见其重视程度。

在《五溪杂咏》组诗中，陆次云也流露了对当地习俗的关切。其六写道："崎岖幽谷里，尽是碧云阿。神独尊盘瓠，祠皆祀伏波。峒民遵汉俗，溪女唱苗歌。溉种渔樵暇，悠然卧薜萝。"以简净的笔触，勾勒出一幅清新的风俗小画。武陵五溪一带，百姓多尊盘瓠为始祖，年年隆重典祭。伏波将军马援曾征战五溪，五代楚王马希范自认马援之后，在楚地广修伏波祠祭祀先祖。千百年来，各族人民共同居住在这片土地上，和睦相处，习俗也相互影响，相互渗透。人们以农耕为主、渔樵为辅，过着宁静隐逸的生活。其十二又写："土辟翠微高，山农竞带刀。火耕肥地

① （宋）郭茂倩编《乐府诗集》卷八十一《近代曲辞三》，第 1140 页。
② （清）万树：《词律》卷一，上海古籍出版社 2013 年版，第 62 页。
③ （清）周作楫辑，（清）朱德璲刊（道光）《贵阳府志》卷三十七，贵州人民出版社 2005 年版，第 766 页。
④ （明）沈庠删正，（明）赵瓒编集，张祥光点校《贵州图经新志》卷八《程番府》，贵州人民出版社 2015 年版，第 140 页。

力，水碓代人劳。啄粟防鸟喙，输禾察蟹螯。秋成期慰劳，拍舞醉村醪。"反映的则是当地刀耕火种的原始生产方式和简单纯朴的生活方式。其友人蔡九霞以为这两首诗"谓之尽写全黔苗俗可也"。

黔湘一带山高水深，捕鱼业与江南迥然有别，陆次云对此颇感兴趣。在《鳌头矶来凤阁记》一文中，他以诗意的笔触写道："阁之前，溪鱼潜跃，莫网难纶。渔人乃载鸬鹚，放獱獭，羽狡毛狷，此出彼没，纤鳞各（散），巨尾互举。神鲤腾波，泼刺径去。"将当地渔民捕鱼的场景描绘得生动形象，跃然纸上。在《澄江集·沅陵捕鱼歌》中，他又写道："沅陵捕鱼法最奇，轻舠数叶集深波。鸣榔鼓枻澄潭上，能使纤鳞无孑遗。船头载鸬鹚，船尾载獱獭。渔父持竿挥羽毛，一时入水同搜括。"在鸬鹚和獱獭的协助下，渔父往往收获颇丰。但诗人也进而指出："人物同游造化中，胡为尽杀犯苍穹。截流快意宜为戒，寄语溪头把钓翁。"认为这种奇特的捕鱼方法虽然高效，但有涸泽而渔之弊，非长久之道。

陆次云书写西南习俗的诗文中，最具代表性的当数《跳月记》。跳月是苗族、彝族等少数民族的重要婚俗。明弘治《贵州图经新志》记载："春月……（东苗）未婚男女俱盛饰衣服，吹笙唱歌，旋马跳舞，类皆淫佚之词，谓之跳月。彼此情悦者，遂同归男家。"① 已点明跳月习俗的几个关键因素：音乐、歌舞、衣饰、情感等。及至明嘉靖三年（1524），杨慎因"大礼议"被廷杖，贬戍云南永昌，途经贵州新添卫，亦记："男妇踏歌，宵夜相诱，谓之跳月。（东苗种人，皆吹芦笙，旋绕而歌，男女相和，有当意者即偶之，曰跳月成双，皆露髻翘簪屦衣贝饰。男呼女曰阿娲，女呼男曰马郎。）"② 所述依然简略，文学意味也较淡薄。这应与杨慎彼时只是匆匆路过，对跳月的印象仅为一瞥有关。而陆次云居处黔湘多年，当有机缘对这一习俗作更细致的观察和更深入的了解。他在《峒溪纤志》中卷专列"跳月"一条："苗童之未娶者曰罗汉，

----

① （明）沈庠删正，（明）赵瓒编集，张祥光点校《贵州图经新志》卷八《程番府》，第200页。

② （明）杨慎：《滇程记》，载方国瑜主编《云南史料丛刊》（第5卷），云南大学出版社1998年版，第806页。

苗女之未嫁者曰观音，皆髻插鸡翎，于二月群聚歌舞，自相择配，心许
目成，即谐好合。余别有记以详其事。"① 所谓"别有记"者，即指收入
《北墅绪言》卷三之《跳月记》。在《跳月记》开篇，他首先点明"载
阳展候，杏花柳梯，庶蛰蠕蠕，箸处穴居者，蒸然蠢动"的季节背景。
与春天大自然不可遏抑的生命力相适应，苗族青年男女在父母的率领下
举行跳月之会，其间饮食、衣饰、歌舞，无不极具民族特色。

> 原之上，相宴乐，烧生兽而啖焉，操匕不以箸也；漉咂酒而饮
> 焉，吸管不以杯也。原之下，男则椎髻当前，缠以苗帨，袄不迨腰，
> 裈不迨膝，裈袄之际，锦带束焉。植鸡羽于髻巅，飘飘然当风而颤。
> 执芦笙，笙六管，长二尺，盖有六律，无六同者焉。女亦植鸡羽于
> 髻如男，尺簪寸环，衫襟袖领，悉锦为缘。其锦藻绘逊中国，而古
> 纹异致，无近态焉。联珠以为缨，珠累累扰两鬓；缀贝以为络，贝
> 摇摇翻两肩。裙细褶如蝶版，男反裈不裙，女反裙不裈，裙衫之际，
> 亦锦带束焉。执绣笼，编竹为之，饰以绘，即彩球是焉。而妍与媸
> 杂然于其中矣。女并执笼未歌也，原上者，语之歌而无不歌；男并
> 执笙未吹也，原上者，语以吹而无不吹。其歌哀艳，每尽一韵三叠，
> 曼音以缭绕之，而笙节参差，与为缥缈而相赴。吹且歌，手则翔矣，
> 足则扬矣，眜转肢回，首旋神荡矣。初则欲接还离，少且酣飞畅舞，
> 交驰迅逐矣。

文章笔墨恣肆，节奏明快，绘声绘影，情韵盎然，描写之精细既远超杨
慎，也远超查慎行、田雯、舒位、贝青乔等清代文人的其他记叙，令人
目眩神迷。故高士奇评曰："笔舞墨歌，天花乱坠。"孙殿起也有"文笔
美丽"② 之叹，胡晓真则誉之为"记述跳月最具文学感染力的作品"③。

---

① （清）陆次云：《峒溪纤志》中卷，清光绪三十四年（1908）仿聚珍版印本，载王云五
主编《丛书集成初编》第 3026 册，第 15 页。
② 孙殿起：《琉璃厂小志·海王村游记》，上海书店出版社 2011 年版，第 371 页。
③ 胡晓真：《明清文学中的西南叙事》，台湾大学出版中心 2019 年版，第 40 页。

此文影响极广，康熙年间，褚人获编撰的《坚瓠集》八集卷四已全文收录。其后，乾隆间谢圣纶所辑《滇黔志略·贵州·苗蛮》，嘉庆间郑澍若所编《虞初续志》卷六、王初桐所编《奁史》卷八、咸丰《兴义府志》卷四十一《苗类》，光绪《古州厅志》卷十下《艺文志》、韩邦庆创办的中国第一种小说期刊《海上奇书》之"卧游集"栏目等，均选录此文。在当代，此文更被国内外学者反复征引。除却出众的民俗性与文学性，此文尤值得称道的还有寄寓于其中的宽厚的人文精神。对于西南少数民族的跳月之俗，官方或准官方文献在记述时难免会背上"教化"之重负，明弘治《贵州图经新志》即为其贴上"淫佚"的标签，嘉靖年间曾先后出任贵州按察司佥事和广西布政司右参议的田汝成在《炎徼纪闻·蛮夷》中斥为"淫词谑浪"①，清康熙年间曾任贵州巡抚的田雯在《黔书·苗俗》中也评论："虽采兰赠芍，为古圣之所不删；而逾礼荡闲，亦国人之所共贱。"②陆次云则不然，他在文章开篇即将跳月定性为"苗人之婚礼"，"及春月而跳舞求偶也"。他对春季万物竞发、生意萌动的描述，正是为跳月习俗的自然合理性张本，同时也照应《周礼·地官·媒氏》所记："中春之月，令会男女。于是时也，奔者不禁。"③他在文末又述："相携以还于跳月之所，各随父母以返，而后议聘。聘以牛，牛必双，以羊，羊必偶。"并感叹："先野合而后俪皮，循蜚氏之风欤？呜呼，苗矣！"循蜚是传说中太古时代十纪中的第七纪。在陆次云看来，跳月虽与汉地婚俗迥异，却是苗族之礼，且遵循了上古之礼。他在《峒溪纤志》序中也写道："或曰：峒溪，可不志也；生居荒服，宜以不治治之。余谓礼失而求诸野，太古之风，犹然在彼。"④表露的正是同样的思想。因此，对于跳月这一异俗，他能以一种包容开放的心态，无论从内在的道德还是外在的形式，都给予

① （明）田汝成撰，欧薇薇校注《炎徼纪闻校注》卷四《蛮夷》，广西人民出版社 2007 年版，第 110 页。
② （清）田雯：《黔书》卷上《苗俗》，贵州人民出版社 1992 年版，第 19 页。
③ （汉）郑玄注，（唐）贾公彦疏《周礼注疏》，上海古籍出版社 1990 年版，第 216 页。
④ （清）陆次云：《峒溪纤志》序，清光绪三十四年（1908）仿聚珍版印本，载王云五主编《丛书集成初编》第 3026 册，第 1 页。

较为纯粹的审美观照；以原生态的题材、欢快的格调、优美的笔触，成就一篇传世美文。

三　奇闻异说：历史之印痕

西南地域辽阔，少数民族聚居于此，文化的多元性特点极为突出，由此催生出的众多具有神话色彩的奇闻异说，也是陆次云游幕黔湘、"搜奇标异"时无法割舍的对象。如盘瓠与辛女作为苗族、瑶族、畲族等族共同敬奉的始祖，相关神话源远流长，汉末应劭《风俗通义》已有记载，此后干宝《搜神记》、范晔《后汉书》、郦道元《水经注》、杜佑《通典》、樊绰《蛮书》及朱辅《溪蛮丛笑》等均有记述，是西南流传最广、影响最深远的神话之一。陆次云不仅在《峒溪纤志》中加以记录，诗文中也多有涉及。他在《北墅绪言》卷一《九歈·辛女岩》中写道：

> 似耶非耶兮形宛然，亭亭独立兮山之巅。玉骨弥坚兮逾万年，神姿绰约兮默无言。长松兮矫矫，幽篁兮袅袅。居南浦兮冥冥，眺北山兮渺渺。造沉香兮以为舟，扬桂楫兮泛中流。泛中流兮未已，置岩畔兮凡几秋。置岩畔兮凡几秋，神兮神兮幻影留。

高士奇评曰："赋石人耳，神情奕奕欲动。"辛女岩在今湖南泸溪县西三十里，相传为辛女所化。陆次云此作拟《九歌》之体，"览境凝神，咏怀故迹，穆然成赋"（《九歈》序），通过对辛女岩的传神刻画，表露了对辛女这一神话形象的敬慕和感慨。其中"造沉香兮以为舟"等句，照应的是辛女与沉香舟的传说。在《北墅绪言》卷三《沉香舟记》中，他又对这一传说作了详尽记叙。开篇云："沉香舟者，帝喾高辛氏女之所乘也。"其后先叙盘瓠与辛女结为夫妻、偕行远遁之始末，又记："一日者，帝女怀亲，乘小舟，乱溪流，登西崖而北望，化为石，亭亭独立，而舟悬于苍崖之隙。"他指出："是说也，载之荒史，读其言，未有不诋之者。"随之笔锋又转，叙其"渡沅陵，溯武溪，湍转峦回"之际，忽得观览神女石（辛女岩）旁白龙岩，亲见"岩之中，得一坎级，一舟孤横于徒（陡）绝之上。视其式，野航也"。进而借同行友人柴使君之口慨叹："异哉！神乎？短衣椎髻之乡，必无有好事而为此者……由此推之，则古初荒忽若所谓触柱断鳌、驱山炼石之事，举在可疑可信间矣。"他认为沉香舟等远古传说看似荒渺不经，实则包含可信成分、合理因素，不应随意诋毁，"宜为屈子之言以问之，不必为宋儒之说以绳之"，表露了豁达兼容的文化态度。① 整篇文字，将荒古传说、现实景物与人物议论穿插结合，挥洒自如，正如汪霦所评："人奇、事奇、景奇、物奇，纪述其奇处，且叙且议，句法、字法、章法，无一不奇。"

在《北墅绪言》卷一《九歌·竹王祠》中，陆次云还叙写了夜郎王的传说："胎结兮修篁，楚竹兮流光。郊禖履拇兮何足异，异莫异兮夜郎。篛为衣兮笋为母，其泣喤喤兮君是剖。克岐兮克嶷，长鬼方兮奄有。山有虎兮溪有蛟，箐有犵狫兮峒有苗。王御之兮无嚣，今千祀兮遥遥。过王之庙兮孰敢骄。"竹王即夜郎王。夜郎王的传说最早见于晋常璩《华阳国志·南中志》，范晔《后汉书·南蛮西南夷列传·夜郎》则记载："夜郎者，初有女子浣于遯水，有三节大竹流入足间，闻其中有号声，剖竹视之，得一男儿，归而养之。及长，有才武，自立为夜郎侯，以竹为姓。"② 相关传说广泛流传于夜郎故地，陆次云认为其神异性甚至超越姜嫄履拇生弃之说。《北墅绪言》卷三《黎峨仙影记》则叙贵州平越城外石崖壁上有一人影，"顶笠披衣，步虚东向，冉冉乎其将下也，迟迟乎欲行而还止也"，以传神之笔，勾勒仙影异象，由此引出仙人张三丰在平越的种种传闻，引人入胜。同样收入《北墅绪言》卷三的《白云山流米洞记》一文，记叙的是明清两代广为流传的建文帝流亡西南的故事，

---

① 白龙岩上之沉香舟，实当为悬棺，体现的是西南少数民族的悬棺葬习俗。（唐）张鷟《朝野金载》卷二："五溪蛮父母死……尽产为棺，于临江高山半肋凿龛以葬之。自山上悬索下柩，弥高者以为至孝。"（三秦出版社2004年版，第72页）明田汝成《炎徼纪闻》卷四记述仡佬族"殁死有棺而不葬，置之崖穴间，高者绝地千尺，或临大河"〔（明）田汝成撰，欧薇薇校注《炎徼纪闻校注》，第116页〕。亦可参见赵芳《中国古代丧葬》（中国商业出版社2015年版）等。

② （南朝宋）范晔撰，（唐）李贤等注《后汉书》卷八十六《南蛮西南夷列传·夜郎》，第2844页。

尤可注意。白云山位于贵州省长顺县，"初名螺拥山，以建文君望白云而登，为开山之祖，遂以'白云'名之"①，其间有关建文帝的传说和遗迹相当丰富。徐霞客于崇祯十一年（1638）游历白云山，曾对山中白云寺、跪勺泉、流米洞、潜龙阁建文遗像及传为建文帝手植的两株巨杉等均作记述。其记流米洞云："由阁西再北上半里，为流米洞。洞悬山顶危崖间，其门南向，深仅丈余，后有石龛，可傍为榻。其右有小穴，为米所从出流以供帝者，而今无矣。"② 文笔简净质实，情感内敛深沉。至清初，陈鼎《滇黔纪游》、田雯《黔书》也对流米洞作了记述，但均比徐霞客所记更为简略，文学性极淡薄。两相比较，陆次云的《白云山流米洞记》则铺陈笔墨，饱蘸情感，且充分凸显相关传说的奇异色彩，小说意味浓厚，极具文学感染力。

> 何山无云，何云不白？此山以白云著，著其始也。有明靖难兵起，建文逊荒，混迹缁流，出亡西徼，从难诸臣，乍离乍接。久之，晨星渐落，而帝愈孤矣。行游群峒，托瓢广顺，徘徊倚徙，得老树而爱之，跌坐其下。遥望一山，翠爽可把。山之罅，微云忽起，始而纤纤，继而绵绵，奄忽互逾，若雪舞涛翻而不可竭。渐且变迁成象，若盖若幢，自远而近，延及帝前。帝悦而起，云若相引，随云缓步，不觉至于云生之下。

作者先以一种清冷萧疏的笔触，记述建文帝流亡西南的孤苦和迷惘；继又以极生动婉曲之笔，写绝境中忽有老树、翠山，令帝心喜，更有纤纤绵绵的白云，变幻翻舞，殷勤相迎。在白云接引下，建文又经历"水犀来朝""妪化为石"等异象，终悟"艮止之义"，"明日择一幽境，构枯木以为槛，纫残棘以为篱，土甓土阶，而庵就成。顾欲饮无水，有高坎焉，浚之而泉随出。食无粟也，岩之隙有蚓窍焉，淅淅作声，寻之，累累乎泻若贯珠者皆黍稷也。接以盂，盂盈而粟竭。越旦复然，可不耕而

---

① （明）徐弘祖著，方岩等校点《徐霞客游记》卷四下，齐鲁书社 2007 年版，第 463 页。
② （明）徐弘祖著，方岩等校点《徐霞客游记》卷四下，第 462 页。

食矣"。是为流米洞。曾经的九五之尊，就此放下挂碍，了却尘俗，"变有情为无情"，隐栖于白云山中，"居之久久，几忘岁月"。整篇文章，字里行间，流溢着透入骨髓的悲凉。在结尾处，作者也表露了自己的困惑：

> 夫建文艰难琐尾，所际多奇，造物似非无意于帝者。乃使以暴易仁，霜雪盈头始得归老，徇难之忠臣尽族，从亡之义士沉名，抚成王之周公竟为新莽而享有神器，造物岂有意乎？……是皆不可解者。

他对造物"有意"或"无意"的"不可解"，是建立在对建文"所际多奇"的认可之上；倘若他像田雯那样判定相关传说"盖荒唐之甚者"①，也就不会心生疑惑了。对后世读者来说，已难以推断作者是否真的将这些传闻视为史实，但可以肯定的是，他如此不惜笔墨来记述这些"《通纪》不登，《广舆》《一统》勿载"（《白云山流米洞记》）的传闻，应是充分意识到了其看似虚妄的表象下所蕴含的民风、民情和民意，并借此表现了他"对前代史事的理解与判断，更传达了他自己对西南风物土地的某种心理认同"②，同时，也流露了清初江南文士心中普遍存在的遗民情绪和悲剧性体验。

结　语

汉唐以来，边地文人多活跃于玉门关外的西北，而少踏入西南。及至明清，随着中央王朝加强对西南地区军事、行政的掌控，坚决实行"改土归流"，才有越来越多的外来士子踏足此殊方异域，与本土文人一起，更多地将西南尤其是西南少数民族文化纳入文学的表现领域。"夜郎，天下之奥区也"（《五溪杂咏》序），于陆次云而言，西南大地是一

---

① （清）田雯：《黔书》卷上《白云山》，第52页。
② 胡晓真：《明清文学中的西南叙事》，第67—68页。

个全新的地理文化空间，无论是瑰玮奇特的自然景观，还是绚烂奇丽的文化生态，都与他"负奇气"的秉性相契合，令他在认同、欣赏、感慨之余，自身的精神风貌也得到一定程度的修复和重组。他将游幕黔湘期间的所见所闻、所思所感，一一诉诸笔墨，"发为文章，皆自性情流溢"（李天馥《北墅绪言》序），在文学领域开疆拓土、标新立异的同时，也为世人呈现了一幅幅广阔的西南画卷。他的西南书写以"搜奇标异"为宗旨，以奇山异水、奇风异俗、奇闻异说为主要审美对象，生动展现了夜郎故地的自然风貌、生活模式和历史印痕，同时，这三者又往往穿插结合，使书写呈现丰富的层次和广阔的视域，蔚为大观，具有不可漠视的文学意义以及跨地域、跨族群的文化传播交流价值。然而，由于陆次云的诗文至今仍无整理本等，除《三滩记》《跳月记》等名篇外，其余相关作品尚未得到学界足够关注，实为憾事，亦为本文的创作缘由。

此外，应当指出的是，陆次云的西南书写以"搜奇标异"为特色和亮点，但其不足之处，似也正在于他多止步于"奇""异"，而鲜能深入体察"奇""异"背后的历史因素，也较少关注"奇""异"之外的社会现实。这一点，将他与查慎行的西南书写两相比较，尤为明显。陆次云于康熙九年至二十三年（1670—1684）三赴黔湘作幕，查慎行则于康熙十八年至二十一年（1679—1682）入贵抚杨雍建幕，二人身份相近，所经时空相仿，均历"三藩之乱"。但陆次云虽在《似见篇序》中有提及"方耿逆造悖"，其西南书写中却极少反映战乱所导致的社会创伤和民生疾苦（他似乎更倾向于将西南描绘成古风犹存的避世之所）；而在查慎行此期的诗文中，这部分内容却是重中之重。例如，同样是初入黔境，目睹当地少数民族穴居之俗，陆次云于《黔游纪行》诗中写"问俗惊离奇，峒穴见诸苗"，他的反应是"惊离奇"，并且似乎也仅限于此。而查慎行却是"睹之心恻"，感慨"余生兵革逃难稳，绝塞田畴瘵可怜。好报长官蠲赋敛，狝猿家室久如悬"①，认为正是连年的战争导致了如此落后局面，百姓是为躲避兵荒，才背井离乡，寄身石穴，他希望地方长

---

① （清）查慎行著，周劭标点《敬业堂诗集》卷二《慎旃集·初入黔境土人皆居悬崖峭壁间缘梯上下与猿猱无异睹之心恻而作是诗》，上海古籍出版社 2015 年版，第 39 页。

官能免除这些人的赋税，使他们摆脱命悬一线的生存境遇。诗中所体现的对民生疾苦的悲悯之情，正是查慎行的可贵之处；所蕴含的震撼人心的"诗史"力量，正是陆次云诗文所欠缺的。这或许也是二人同为清初文士，但查氏堪称大家，而陆氏只能称为名家的原因之一。

《扬州十日记》的流播、叙事与记忆建构

◇曹　原*

内容摘要：《扬州十日记》中的文学再现叙事，是对明清易代之际历史真相的还原，也是对创伤记忆的构塑和对民族身份的体认。文本具有强烈的政治色彩，流播过程明显受到政治因素的干预。立足历史实在、捋顺事理逻辑和展露个体情绪是《扬州十日记》实现真实性的三块基石，也是将文学传统与史家笔法相结合，完成历史叙事与文本建构的有效策略。作者王秀楚通过对屠城事件的文本化建构，实现了舒缓情绪、自我砥砺等目的。后世对《扬州十日记》的持续性建构丰富了文本的精神内核，也实现了文化记忆的传承。

关键词：《扬州十日记》　私人叙事　创伤记忆　文化记忆

王秀楚的《扬州十日记》记录了顺治二年（1645）四月二十五日至五月五日其在扬州城陷前后的见闻。全文共 8000 余字，文中所记"皆身所亲历，目所亲睹"[1]。顺治二年多铎攻破淮河直指扬州。兵部尚书史可法在奏疏中屡次言明前线战事之紧迫，然而弘光政权内部腐朽不堪，对外一味求和避战。弘光帝与朝内权臣意在党争，将史可法的谏言视为危言耸听之辞，朝野上下未能做出有效应对。史可法领兵与清军进行了几日鏖战，最终在四月二十五日全面溃败。清军进入扬州城后，极尽屠戮抢掠之能事，对扬州百姓的生命和财产造成了极大破坏。扬州的陷落意味着弘光朝的江防彻底崩溃，清军长驱直入，弘光朝仅维持一年时间便终结在清军的铁蹄之下。由于扬州之战具有重要的战略意义，明清之际

* 曹原，山东师范大学文学院博士研究生，研究方向为元明清文学。
① 中国历史研究社编《扬州十日记》，上海书店 1982 年版，第 243 页。

有多部文献记录了此事，比如无名氏《咸同广陵史稿》、计六奇《明季南略》及臧穀《扬州劫余小志》等，其中描写最为翔实生动且流传最广的当数王秀楚《扬州十日记》，这一历史事件也因此被命名为"扬州十日"。《扬州十日记》在 18 世纪时一度被列为禁书，到了 19 世纪末 20 世纪初作为反清读物而流传甚广，并为许多史家着墨研究，例如扬州遇难的人数、史可法的生死之谜、清军的进攻路线等。虽然此著的文学价值受到普遍肯定，专门的文学性研究却还未曾得见。

一　源流:《扬州十日记》的传播路径

通过对清代至民国的书目进行搜检，发现《扬州十日记》的存录情况如下:清乾嘉间杨凤苞《南疆逸史跋》在罗列明末清初专纪一人一事及合纪殉难的书目时，提到朱子素《乙酉纪事》、墙东先生《识小录》、沈彦章《四镇始末》、王秀楚《扬州十日记》等;晚清丁氏编撰的家藏普通古籍书目《八千卷楼书目》，其卷四史部记有《扬州十日记》一卷;晚清张之洞《书目答问》在史部罗列了明季稗史共 16 种 27 卷，包括《烈皇小识》《圣安本纪》《嘉定纪略》《幸存录》《续幸存录》《青磷屑》《扬州十日记》等，并云"以上杂史类，事实之属"①;《四库禁毁丛刊目录》有"《扬州十日记》一卷，清王秀楚撰，清抄本，史部";等等。《扬州十日记》早先多以抄本形式在坊间流布，成书年代俱不可考，现存刻本为《明季稗史汇编》本和《荆驼逸史》本。目前流通最广的是根据神州国光社《中国内乱外患历史丛书》影印的《中国历史研究资料丛书》本，此版本在本土刻本系统的基础上，融入了来自海外的版本元素。文末有跋文，曰:"书中（旧钞本）简净处、详悉处，颇有胜刊本者，不知是赵氏所改定否? 今据改以广流传，苦钞本无后跋，尊闻阁本亦无之，别据旧刊本录入焉。"② 通过对几个版本进行比较，发现《扬州十日

---

① （清）张之洞:《书目答问·史部》，《清末民初文献丛刊》本，朝华出版社 2017 年版，第 71 页。

② 中国历史研究社编《扬州十日记》，第 245 页。

记》在流传过程中虽有过增删，但总体变化并不大。

《扬州十日记》在明清鼎革时期的流传情况不甚明了，这与战乱和政治因素导致的文献缺失有很大关系。但在遗民文人的诗歌作品中，时不时能窥见"扬州十日"的影子。比如复社名士邢昉的《广陵行》专记扬州屠城的惨况。

> 客言渡江来，昨出广陵城。广陵城西行十里，犹听城中人哭声。去年北兵始南下，黄河以南无斗者。泗上诸侯卷旆旌，满洲将军跨大马。马头滚滚向扬州，史相堂堂坐敌楼。外援四绝誓死守，十日城破非人谋。扬州白日闻鬼啸，前年半死翻山鹞。此番流血又成川，杀戮不分老与少。城中流血迸城外，十家不得一家在。到此萧条人转稀，家家骨肉都狼狈。乱骨纷纷弃草根，黄云白日昼俱昏。仿佛精灵来此日，椒浆恸哭更招魂。魂魄茫茫复何有，尚有生人来酹酒。九州不肯罢干戈，生人生人将奈何？①

诗中描绘的场景与《扬州十日记》所述大体一致。而在扬州屠城的时间问题上，遗民诗人也大多如王秀楚一样，认为城内的暴行持续了十日，比如诗人吴嘉纪《挽饶母》云："杀人十昼夜，尸积不可数。"② 另外还有观点认为屠城仅持续了七日，如戴名世云："公（史可法）辄令开城纳之。至是城破，豫王下令屠之，凡七日乃止。"③ 之所以有七日与十日的分别，大约是因为双方对屠城结束的标志的认识存在分歧。戴名世出生于顺治十年（1653），其《南山集》刊刻于康熙四十一年（1702），距离扬州屠城已过去 57 年，所作《乙酉扬州城守纪略》大致是以官方命令下达的时间为历史事件的起始点。王秀楚在《扬州十日记》中也提到，

---

① （清）邢昉：《石臼集·后集》卷二，载《四库禁毁书丛刊》集部第 51 册，北京出版社 1997 年版，第 212 页。

② （清）吴嘉纪著，杨积庆笺校《吴嘉纪诗笺校》卷一，上海古籍出版社 1980 年版，第 35 页。

③ （清）戴名世：《乙酉扬州城守纪略》，载《东南纪事（外十二种）》，北京古籍出版社 2002 年版，第 35 页。

屠杀进行到五月初二时，"府道州县已置官吏，执安民牌遍谕百姓，毋得惊惧。又谕各寺院僧人焚化积尸"①。但当时扬州的局面复杂混乱，停战抚民的谕令在下层士兵中很难收到立竿见影的执行效果。因此，在亲历者王秀楚的笔下，命令下达当日清军对扬州居民的劫掠虽有收敛却并没有结束，直到五月五日才真正"封刀"。遗民诗与《扬州十日记》在场景描绘、时间标准等方面的遇合，说明《扬州十日记》在易代之际的传播是有迹可循的。

《扬州十日记》在清朝定鼎后的传播情况比较复杂。在清乾隆二十六年（1761）峄县知事忠瑮主持编修的《峄县志·国朝》中，有这样一则记载："至于野史所载，如扬州之记，江阴之守，以及滕县殉难之录，皆据事直书，绝无避忌。其于守御之劳，死亡之烈，言之不无过当，而国家固未肯一加讥禁也。"② 所谓"扬州之记"即《扬州十日记》，说明此时《扬州十日记》的流通尚未受到官方的明令限制。但在乾隆四十五年，《扬州十日记》等一批具有强烈的揭露性和反清倾向的著作被下令禁毁。清政府禁书的动机可以这样解释："新的民族国家必须与旧的回忆告别。这首先是指报应和声誉——旧的封建秩序中报复性的和赞美性的记忆。"③ 不论是为了避免报复，还是为了消除民间对抗清的鼓吹赞美，《扬州十日记》在此后长达一个世纪的时间里遭到了严格的封禁，直到社会政治环境发生变化，新的传播机遇期才到来。

《扬州十日记》的第一个传播窗口期出现在道光、咸丰年间，这时清朝出现了大规模内乱，政府的统治力逐渐松弛。但随着代际的更迭和记忆的远去，历史事件自身的距离感增强，文本的重启和其他传播载体的补充就显得至关重要。《扬州十日记》的重启有三个要素。一是木活字《荆驼逸史》的印行。此著囊括了不少揭露明清之际史事的书籍，其中就包括《扬州十日记》。《荆驼逸史》的整理给《扬州十日记》提供了

---

① 中国历史研究社编《扬州十日记》，第 241 页。

② 陈玉中、李响、杨衡善编《峄县志点注》第 3 分册，枣庄出版管理办公室 1986 年版，第 641 页。

③ 〔德〕阿莱达·阿斯曼：《回忆空间文化记忆的形式和变迁》，潘璐译，北京大学出版社 2016 年版，第 79 页。

难得的传播契机，如学者李慈铭读到《荆驼逸史》本《扬州十日记》时云："悚然增沟壑性命之感。"① 二是《明季稗史汇编》收文秉《烈皇小识》、顾炎武《圣安本纪》、朱子素《嘉定屠城纪略》及王秀楚《扬州十日记》等 16 种书目，在江南士人群体中产生了一定影响。三是以扬州屠城为题材的图片资料在民间悄悄传播，例如《扬州史氏家所藏国初鼎革时张孺人经乱殉节画卷》，卷后有题画诗：

> 宛虹桥下澄潭水，空祠日暮清波驶。居人为述鼎革年，中有史家之母子。兵火千门事已危，窜逃无所悲何似。偷出潜行昏夜间，投身直跃清泠里。阿母自矢共姜节，孤儿孝独曹娥比。孤儿时才十岁耳，欲负母尸负不起。浮沉于水奄奄矣，天幸孤儿身不死。事阅时经二百年，子孙藏得画图传。伤心如见焚烧日，地塌天倾声惨冤。读图我亦为泪下，十日之记同一酸。②

诗人在题画诗后很自然地提到"图与王秀楚《扬州十日记》正合，即一家可知当日之事矣"，可见《扬州十日记》在当时具有较广的流传度。

《扬州十日记》的第二个传播高峰出现在 19 世纪末 20 世纪初，此时反帝反封建的号角在中华大地吹响，反清的情绪高涨。南社发起人之一陈去病编有《陆沉丛书》，辑录明末清初天都山臣《建州女真考》、王秀楚《扬州十日记》、朱子素《嘉定屠城纪略》和张方湛《忠文靖节编》等反清历史论著，丛书控诉了清军入关时屠杀汉人的罪行，意在激扬民族气节，宣传反清革命。《剑桥中国晚清史》提到梁启超等维新派的政治激进主义也含有反清的鲜明色彩，"他们传印和散发了成千本王秀楚的《扬州十日记》"，使"十七世纪征服中国过程中满人犯下的可怕的屠杀暴行"在进步青年中广泛传播③。但在革命初期，保守派势力强劲，进

---

① （清）李慈铭：《越缦堂读书记》上册，上海书店出版社 2000 年版，第 832 页。
② （清）吴清鹏：《笏庵诗》卷十四，载《续修四库全书》第 1514 册，上海古籍出版社 2014 年版，第 349 页。
③ 见〔美〕费正清、〔美〕刘广京编《剑桥中国晚清史》下卷，中国社会科学院历史研究所编译室译，中国社会科学出版社 1985 年版，第 357 页。

步党人对《扬州十日记》的推崇难免遭到打击。康有为回忆说："湖南举人曾廉请杀有为，又诬引梁启超言行一切民主民权之说，加诬以《扬州十日记》攻满洲之言。"① 保守派还企图为《扬州十日记》中所记内容翻案，如尚秉和在《辛壬春秋·清室禅政记》中为清政府辩护云："后之为革命之说者，动以《嘉定屠城记》《扬州十日记》及文字之狱为词。然此用以激怒国人则可耳，屠杀之惨、文字之狱，中国历史不更有甚于此者乎？是未足专为清罪也。"② 谭嗣同反驳曰："明季稗（稗）史中之《扬州十日记》《嘉定屠城绝（纪）略》不过略举一二事。当时既纵焚掠之军，又严剃发之令，所至屠杀虏掠，莫不如是。"③ 双方以《扬州十日记》为论争的焦点，表达了各自的政治立场。

《扬州十日记》的传播是卓有成效的。从相关文献记载来看，它确实起到了号召青年痛思国史、奋起抗争的作用。如《辛壬春秋·民党死事记》记录的福建闽县革命者陈可钧的成长史，文中说他"性孝友，少有胆识，轻死生重然诺……年十四入侯官高等小学，与陈与燊、陈更新相友善。读《扬州十日记》《嘉定三屠记》，辄泣不可仰"④。还有安庆起义的领导者熊成基，此人"性激烈，尚武。幼时闻有读《扬州十日记》者，恒为之不乐。既壮，为安庆炮队官，急谋革命。会德宗及孝钦后相继崩，人心不靖，乃起事"⑤。可以说，由于文字通俗易懂，所叙内容生动翔实，感情惨烈凝重，《扬州十日记》在青年一代中取得了空前的宣传效果。

抗日战争爆发后，《扬州十日记》作为反战和鼓励民族气节的思想武器继续活跃在国人的视野中，并焕发了新的生机。1937 年底，侵华日军南京大屠杀惨案震惊世界。扬州人毛如升在南京大屠杀发生之后，将《扬州十日记》翻译成英文，先后在《天下》和《西风》杂志发表。这使西方世界有更多的人了解了扬州屠城的历史，在海内外产生了较大影

---

① 《康有为全集》第五集《光绪圣德记》，中国人民大学出版社 2007 年版，第 113 页。

② （清）尚秉和：《辛壬春秋·清室禅政记》，中国书店 2010 年版，第 158 页。

③ （清）谭嗣同：《仁学》卷二，《清末民初文献丛刊》本，第 83 页。

④ （清）尚秉和：《辛壬春秋·民党死事记》，第 274 页。

⑤ （清）徐珂：《清稗类钞·会党类·稗六十六》，商务印书馆 1966 年版，第 135 页。

响。美国密歇根大学贝德博士在《扬州十日记》的英译本序言中，称此著在"近年来中英互译之作中占一重要地位"，并对该书的文学价值给予高度评价：

> 　　且就文学之观点言之，《扬州十日记》亦为非凡之文献。其叙事生动逼真，而以其逼真之故，读来令人惊心动魄。其故事之倏忽、鲜明与真切，前后踵接，不啻一幕近代影剧，读者感其事，激于情，莫不惊心咋舌焉。而此种紧张情绪，逐步开展，洵可与一部好剧本相媲美。……此书之真切纯正，读者无不为之感动。而其文风之质朴无华，足证原书之绝非虚构。①

　　总的来看，《扬州十日记》自明清之际问世以来就受到了持续的关注，其流播路径随着时局的变化或隐或显，却始终绵延不断、有迹可循。这不仅因为作品具有强烈的民族政治色彩，也因为作品具有较高的文学审美价值和社会学研究价值。

二　真实：历史实在、事理逻辑与行为情绪

　　《扬州十日记》作为私人叙事的回忆录写作，文本的真实性大致指向三个层面：历史实在、事理逻辑与个体行为情绪的展露。

　　首先，从历史实在的层面来看，清军在扬州的暴力行径不容置疑。不仅易代之际的遗民多次在他们的诗文及稗史著作中提到扬州屠城，多铎的自供也是事件真实性的铁证。在攻克南京后，多铎颁布《谕南京等处文武官员人等》的令旨，文曰："昨大兵至维扬，城内官员军民婴城固守。予痛惜民命，不忍加兵，先将祸福谆谆晓谕，迟延数日，官员终于抗命。然后攻城屠戮，妻子为俘。是岂予之本怀？盖不得已而行之。嗣后大兵到处，官员军民抗拒不降，维扬可鉴。"② 虽然清朝定

---

① 转引自曾学文《书海沧桑（扬州名书）》，广陵书社 2006 年版，第 128 页。
② 转引自顾诚《南明史》上册，光明日报出版社 2011 年版，第 135 页。

鼎后对扬州、嘉定等地的征服史多有曲笔，但乙酉年扬州人的血泪却是不容抹杀的。

其次，《扬州十日记》所叙逻辑清晰且合乎情理。文末跋云："自四月二十五日起，至五月五日止，共十日，其间皆身所亲历，目所亲睹，故漫记之如此。"① 记忆的时间顺序构成了作品的叙事结构。四月二十五日下午，大兵入城的消息开始在城内流传，但是所谓"大兵"究竟是南明的援军，还是多铎率领的清兵，城中百姓惶惶不得而知。晚间杀人声和放火声渐起，证实了扬州已落入清兵之手。四月二十六日至二十八日是屠城的高峰期，清兵越来越多，气势也越来越凶悍。四月二十九日，城中流言纷起。先是"纷纷传洗城之说"，于是城中大半人冒死逃城而去。晚间有红衣人传言"明日王爷下令封刀"，说明屠杀已经到了尾声。五月初一，"封刀"令虽下而杀戮不止。五月初二，官吏安抚百姓"毋得惊惧"，各寺院焚化积尸。五月初三，官方"出示放赈"，领米时发生了哄抢，弱者几乎得不到一点粮食。五月初四，扬州城里"烈日熏蒸，尸气熏人"，"烟结如雾，腥闻数十里"，宛若人间炼狱。五月初五，躲藏的百姓试着出来活动，"每相遇，各泪下不能作一语"。惨案至此，作者一家"亲共八人，今仅存三人"。虽然全文不过 8000 余字，却是字字泣血，让人触目惊心，不忍卒读。

《扬州十日记》的记叙还揭示了扬州城民受创惨重的原因。残暴狡诈的清兵是作恶的罪魁祸首，而腐败无能的弘光政府在危难到来时弃扬州城民于水火，也应对惨案的发生负有不可推卸的责任。在扬州守城之初：

> 城前禁门之内，各有兵守，予宅西城，杨姓将守焉。吏卒棋置，予宅寓二卒，左右舍亦然，践踏无所不至，供给日费钱千余。不继，不得已共谋为主者觞，予更谬为恭敬，酬好渐洽；主者喜，诚卒稍远去。主者喜音律，善琵琶，思得名妓以娱军暇。是夕，邀予饮，

---

① 中国历史研究社编《扬州十日记》，第 243 页。

满拟纵欢，忽督镇以寸纸至，主者览之色变，遽登城，予众亦散去。①

守城官兵纪纲松弛，普遍存在压榨百姓的现象。甚至在兵临城下的危急关头，官兵们还有心情敲诈百姓、寻欢作乐。值得一提的是，在"扬州十日"之前，扬州城已经遭遇若干场浩劫。计六奇《明季南略》记载甲申年五月初七兴平伯高杰的军队曾侵扰扬、泗，"东省附逆，河北悉为贼有，淮、扬人自为守。不意贼警未至，而高兵先乱。自杰渡河掠徐，至泗、至扬，四厢之民，何啻百万，杀人则积尸盈野，淫污则辱及幼女"②。又云："扬州初被高杰屠害二次，杀人无算。及豫王至，复尽屠之。总计前后杀人凡八十万，诚生民一大劫也。"③ 南明军队对地方侵扰劫掠之甚可见一斑。

受害者自身的弱点也加剧了屠城事件的悲剧性。翻阅全文，只见扬州人血泪，却很难见到一处反抗。清军破城而入时，人们惊惧惶惶，"相约共迎王师，设案焚香，示不敢抗"④。清军起初只贪图居民的财物，且"意颇不奢，稍有所得，即置不问。或有不应，虽操刀相向，尚不及人。后乃知有捐金万两相献而卒受毙者，扬人导之也"⑤。扬州人的一味顺从助长了入侵者的嚣张气焰。不到一日时间，清军对财物的索求越发贪婪，兵刃更是毫无顾忌地挥向手无寸铁的平民。据王秀楚描述，廿六日晚"男子被执者共五十余人，提刀一呼，魂魄已飞，无一人不至前者"⑥；廿七日"齐声乞命者或数十人或百余人。遇一卒至，南人不论多寡，皆垂首匍伏，引颈受刃，无一敢逃者"⑦；到了廿九日，已是到了"无处可避，亦不能避，避则或一犯之，无金死，有金亦死"⑧ 的恶劣局面。平

① 中国历史研究社编《扬州十日记》，第 229 页。
② （清）计六奇：《明季南略》，中华书局 1984 年版，第 33 页。
③ （清）计六奇：《明季南略》，第 205 页。
④ 中国历史研究社编《扬州十日记》，第 230 页。
⑤ 中国历史研究社编《扬州十日记》，第 231 页。
⑥ 中国历史研究社编《扬州十日记》，第 233 页。
⑦ 中国历史研究社编《扬州十日记》，第 236 页。
⑧ 中国历史研究社编《扬州十日记》，第 239 页。

民在这次灾难中软弱畏惧的心态令人唏嘘。除了清军外，部分"同胞"也参加了这场残酷的劫掠，甚至成为清军的帮凶。"一中年妇人制衣，妇扬人，浓抹丽妆，鲜衣华饰，指挥言笑。欣然有得色，每遇好物，即向卒乞取，曲尽媚态，不以为耻；予恨不能夺卒之刀，断此淫孽。"① 还有扬州人主动为士兵带路，"忽有十数卒恫喝而来，其势甚猛，俄见一人至柩前，以长竿搠予足，予惊而出，乃扬人之为彼乡导者，面则熟而忘其姓"②。

在王秀楚的笔下，史可法的形象还是比较正面的。比如在清军进城伊始，"督镇牌谕至，内有'一人当之，不累百姓'之语，闻者莫不感泣"③。洪妪也是值得钦佩的人物。此人是王秀楚仲兄的内亲，廿六日晚携饭食到王氏兄弟住宅劝慰，此后常与王氏族人互相扶持帮助。廿七日夜，她发现并救下了觅死几毙的作者之妻，廿八日主动将自己的藏身之处让给王秀楚的孕妻和幼子，"我昨匿破柜中，终日贴然，当与子易而避之"④。她竭尽全力地帮助亲人朋友，后来不幸被清兵搜劫，饱受殴打也没有出卖友人的藏身之地。洪妪的形象为惨烈不安的文本氛围增添了一抹人性之光。

最后，《扬州十日记》的真实性还在于记录了军政时事的重要节点上个人的"在场记忆"。"与起居注、时政记、实录和正史相比，它更具私人视角、更为独立。"⑤ 这种写作形式传达出社会个体对重大历史事件的感受，有学者将这种形式视为"真中见真"，并认为这是更加内在、更具价值的真实。这种内在的真实性集中体现在《扬州十日记》对王秀楚个人情感和性情的展露。他不避讳写个人的胆小自私，为求自保而拒绝他人的求助。比如友人朱书之妾抱女求援，作者"急止之"，生怕遭到牵连，最终友人之妾被掳走，其女被掷泥中。特别是写到无辜妇女惨

① 中国历史研究社编《扬州十日记》，第232—233页。
② 中国历史研究社编《扬州十日记》，第237页。
③ 中国历史研究社编《扬州十日记》，第229页。
④ 中国历史研究社编《扬州十日记》，第236页。
⑤ 刘中黎：《中国日记写作的文学价值》，《中国社会科学报》2020年7月6日，第A03版。

遭蹂躏时，作者虽然表达了同情，却也流露出默许甚至鼓励殉节的思想。清军入城伊始，王秀楚与有孕的妻子躲藏在城郊房屋中观察城中景况，见有扬州妇女被虏获，"予始大骇。还语妇曰：'兵入城，倘有不测，尔当自裁。'"① 在经历了两个至亲惨死后，作者死里逃生与妻子重逢。王妻哭曰："今日之事，惟有一死，请先子一死，以绝子累。"作者闻之不过默然："予知妇之果于死也。"② 屠城接近尾声时，夫妇二人遇一"鼠头鹰眼"的恶吏欲劫王妻。王妻先是告知以孕，恶吏不听，"逼使立起，妇旋转地上，死不肯起，卒举刀背乱打，血溅衣裳，表里渍透"。后来旗兵列队集合，王妻才逃过一劫，"匍匐而返，大哭一番，身无完肤矣"③。而王秀楚此时"远躲草中"，目睹了妻子遭受的暴行，却只是默默"谓妇将死"，没有丝毫阻拦。在传统女德的荣誉标尺里，生命的价值和身体的完整性都排在家族的名声之下，这样的冷眼旁观恰恰体现了时代的悲剧性和作者个人思想的局限性。

需要说明的是，《扬州十日记》并非即时创作的战地文学，它是作者王秀楚在事件发生之后，通过追溯记忆而完成的带有回忆录性质的文本。有学者认为，在《扬州十日记》的文本中，某些细节和数字经不起推敲，比如扬州城墙放置大炮的宽窄问题、明清两军的交战情况、扬州遇难人口数量等，但这种现象是可以解释的。

一方面，回忆具有不可靠性。德国文化记忆理论家阿斯曼认为回忆的不可靠性是由回忆的不稳定性导致的，"这种不可靠性不仅来源于回忆的一种弱点、一种缺陷，而且至少同样多地来源于那些塑造回忆的积极的力量"④。也就是说，因客观条件以及撰者修养、认识水平、利益、立场等因素的限制，回忆事实上很难做到绝对真实，只能相对逼近真实。整理扬州屠城记忆的困难之处在于被杀害的和失踪的人数是如此巨大，以至于王秀楚很难具象地描绘危险的场面。而作为灾难的亲历者，慌乱

---

① 中国历史研究社编《扬州十日记》，第 230 页。
② 中国历史研究社编《扬州十日记》，第 235 页。
③ 中国历史研究社编《扬州十日记》，第 239 页。
④ 〔德〕阿莱达·阿斯曼：《回忆空间 文化记忆的形式和变迁》，潘璐译，第 302 页。

和恐惧的情绪也会影响他观察结果的客观性和记忆的完整性。文中有超出作者认知能力的细节，比如具体的伤亡人数、清兵的对话内容等。这或许是源于作者后来的道听途说，或许是出于叙事完整的需要对记忆进行了推断性补充。而从理论逻辑上讲，"受制于文学反映生活的第二性、文本呈现形态的语符性以及文学接受的主观性，任何文学方式都不可避免地拥有情理性、想象性和不同程度的虚构性"①。王秀楚在《扬州十日记》中的操作，是将文学传统与史家笔法相结合，完成历史叙事与文本建构的正当手段，不宜被粗暴定性为文本造假。

另一方面，既然"参与者的主观性"在文本创作中无法避免，那么对待个人书写的回忆录，就应该更看重文本的叙事真实而非历史真实。况且作者在揭露清军残暴专断的屠杀行径时，对南明军队的腐朽跋扈也进行了毫不避讳的描写，因此有理由相信此书在主观上是诚实的。倘若《扬州十日记》是一部完全意义上的"伪作"，是某个不知名姓的明遗民在清朝定鼎之后假托王秀楚之名写作，为抨击清廷统治以摇乱民心，那么此书大可不必对明军进行指摘。除此之外，作者将自己胆小畏惧的心理和嘱妇殉节的自私毫不隐讳地写了出来，可见执笔时恳切痛楚的心情。

三　建构：从创伤记忆到文化记忆

以《扬州十日记》为记忆载体，王秀楚和不同时代的读者们对扬州屠城事件进行了多层次的建构。持续的建构使文本的记忆功能得到了充分发挥，不仅记录和治疗了个体的创伤记忆，也保存和传承了群体的文化记忆。

王秀楚在描述惨烈经历的同时，也是在重新构建人生故事。学界一致认为，"写出自己的个人经历对于身心健康有积极影响"，原理是"引导病人讲出被压抑的情感、欲望，并引导他们作出更为正面积极的阐释，

---

① 龚举善：《空间正义视域下中华民族文学史观的价值向度》，《河北学刊》2020 年第 2 期。

从而宣泄掉负面记忆的损害"。① 换句话说，将导致痛苦的记忆重新整理并解释，是治疗创伤的有效途径。以王秀楚廿六日的记忆为例，当时兄弟几人面临一个重要的抉择：他们本已寻到隐蔽处躲藏，后来又听到清兵在外以保命符引诱他们出去。犹豫不决时，兄长对他说："我落落四人，或遇悍卒，终不能免；不若投彼大群势众则易避，即不幸，亦生死相聚，不恨也。"② 他们观望后选择了随众人一道接受敌军的管理，却不料中了清军"恐避匿者多"而设的圈套，最终导致仲兄和幼弟惨死在清军刃下。王秀楚后来在回忆这个错误的决定时，心中不可谓没有悔恨，只是悲剧已经发生，只能以当时"方寸已乱，更不知何者为救生良策"③来为误判局势开解，以图平息余恨。再从行文风格来看，作者在描写这个记忆片段时，对事件的描述以及情感的抒发相比其他遭遇明显更加克制内敛，行文笼罩在淡淡的忧愁中，并没有渲染戏剧化的转折。这就使王秀楚在创作时与历史现场隔开，避免了直面过往给心灵造成的伤痛和打击，从而能够更加坦然地面对创伤事件。

如果说有些记忆出于作者自我保护的潜意识而被刻意淡化，那么有些场面却具有丰富而生动的细节。比如廿六日王秀楚的逃生过程。

> 众皆次第待命。予初念亦甘就缚，忽心动若有神助，潜身一遁，复至后厅，而五十余人不知也。厅后宅西房尚存诸老妇，不能躲避，由中堂穿至后室，中尽牧驼马，复不能逾走，心愈急，遂俯就驼马腹下，历数驼马腹匍匐而出；若惊驼马，稍一举足，即成泥矣。又历宅数层，皆无走路，惟旁有弄可通后门，而弄门已为卒加长锥钉固；予复由后弄至前，闻前堂杀人声，愈惶怖无策……无可奈何，仍急趋旁弄门，两手棒（捧）锥摇撼百度，终莫能动，击以石，则响达外庭，恐觉；不得已复竭力摇撼之，指裂血流，淋漓两肘，锥忽动，尽力拔之，锥已在握，急掔门扉，废木槿也，濡雨而涨，其

---

① 邹涛：《叙事、记忆与自我》，电子科技大学出版社 2017 年版，第 122 页。
② 中国历史研究社编《扬州十日记》，第 232 页。
③ 中国历史研究社编《扬州十日记》，第 232 页。

　　坚涩倍于锥，予迫甚，但力取庋，庋不能出而门枢忽折，扉倾垣颓，声如雷震，予急耸身飞越，亦不知力之何来也。①

哈佛心理学家布朗和库利克曾提出"闪光灯记忆"这一术语，用来指那些给人们留下鲜活记忆的极具戏剧性的重大事件。他们认为，"大脑在编码这类事情时有不同于一般事件的独特的记忆机制，这类事件的细节被深深'印'（print）在记忆者的脑海里，精确而持久"②。这些事件或许有较高的纪念意义，比如作者亲眼看到象征着明军溃败的画面："突有一骑由北而南，撤缰缓步，仰面哀号，马前二卒依依瞀首不舍，至今犹然在目，恨未传其姓字也。"③ 但更多记忆细节则来源于具有较高的个人意义、对记忆者的自我塑造有重要影响的经历。就如上述引文那样，极具戏剧性的逃生经历和激烈的情感反应联系在一起，给王秀楚带来的情绪波动和影响程度远高于其他记忆。成功的逃生经历有利于对作者自我形象的修复，反复回溯这段记忆能够使他获得勇气。因此，这一段追述文字不仅细节丰富生动，情感表达也显得紧张而兴奋。

　　上文所述的重建创伤记忆与修复自我形象都是治愈创伤的有效途径。另有一点需要说明，回忆录性质的文本创作之所以能够治疗心理创伤，还因为"创伤经历的转移和听众倾听的责任可以建立被暴力和忘记所破坏的人与人之间的联系"④。王秀楚在回忆录最后说："后之人幸生太平之世，享无事之乐；不自修省，一味暴殄者，阅此当警惕焉耳！"⑤ 可见，通过对经历重新回顾和整理，作者的情绪得以平静，甚至能在记忆中提炼出理性经验，以此劝导和警示后人。

　　作者与读者之间新联系的建立不仅有助于修复作者的个体创伤，其更重要的意义在于使文本叙事融入群体的文化记忆。这与前文所述的单

---

①　中国历史研究社编《扬州十日记》，第 233—234 页。
②　转引自邹涛《叙事、记忆与自我》，第 78 页。
③　中国历史研究社编《扬州十日记》，第 229—230 页。
④　王欣：《文学中的创伤心理和创伤记忆研究》，《云南师范大学学报》（哲学社会科学版）2012 年第 6 期。
⑤　中国历史研究社编《扬州十日记》，第 243 页。

向的文本传播痕迹不同，此处更关注读者们对《扬州十日记》文本的建构和再加工，这也是原始文本能够在后世获得生命力的关键。

当《扬州十日记》在遗民群体中引起关注时，文中的叙事就不仅仅是独属于作者的个人表达，也成为"特定时间、特定语境中特定群体对过去意义的认识，这个群体的成员能够通过交流，共享对过去意义的这种认识"①。于是明末诗人黄宗羲《卓烈妇》言："兵戈南下日为昏，匪石寒松聚一门。痛煞怀中三岁子，也随阿母作忠魂。"② 蒋士铨《焚楼行》言："明日还家拨余烬，十三人骨相偎引。楼前一足乃焚余，菊花左股看奚忍！"③ 明遗民们以一种不在场的方式成为屠城记忆的参与者和拥有者。而屠杀记忆不断重复生产的过程也是遗民身份不断体认的过程。阿斯曼指出："文化记忆是对重复使用的文本、图像和仪式的经典的保存。其教诲使每一个社会和时代得以稳固，形成其自身的形象；它是集体共享的更为青睐的一种过去（但并非只有一个）的知识，这个集体通过这种知识来建立它的统一性和特性。"④ 对于抗清遗民来说，《扬州十日记》中所载清兵对汉族民众的屠戮是不可磨灭的群体创伤，他们在不断对这段记忆进行文学重构时，实际上也在强调作为遗民的信念和精神。这满足了抗清遗民的身份欲望，增强了遗民群体及其成员身份的稳定性。

文化记忆具有延续性。往事并不一定因为没有了活着的见证人就变成冷酷的知识，它可以通过记忆直接或间接地传递给下一代，于是从未直接经历过鼎革硝烟的个体或集体继承了死去已久的先人的创伤回忆。换句话说，明遗民的时代虽然渐渐远去，《扬州十日记》的创伤事件却能以文化记忆的形式永久地留在社会框架里。其中有两点值得注意。

一是触发文化记忆的社会背景具有高度相似性。时代处于战乱不安和民族危亡的环境中，往往能触发人们与《扬州十日记》相关的文化记忆。

---

① 王欣：《创伤、记忆和历史：美国南方创伤小说研究》，四川大学出版社 2013 年版，第 46 页。
② 《黄宗羲全集》第 11 册，浙江古籍出版社 1993 年版，第 387 页。
③ （清）蒋士铨：《忠雅堂文集》卷二十二，清嘉庆二十一年（1816）藏园刻本。
④ 转引自王欣《创伤、记忆和历史：美国南方创伤小说研究》，第 48 页。

道光年间第一次鸦片战争打响，英国远征军为控制长江、封锁京杭大运河，进攻清朝海防重镇乍浦。乍浦城破后，英军大肆烧杀淫掠、无恶不作。时人朱梅叔作《乍浦之变》以记录这段惨烈历史："去年夏，英夷破乍浦，杀掠之惨，积骸塞路，或弃尸河中，水为不流。其最可惨者，尤莫如妇女。……顷阅《扬州十日记》，历叙城破被难之苦，令人不忍卒读。"① 乍浦军民的悲惨遭遇使作者深受触动，并联想到"扬州十日"的惨烈景象。咸丰十年（1860），太平军攻打湖州，清人曹晟襄助守城将领抗击太平军。战事结束后，他作《夷患备尝记》以记录守城之艰难和城陷之惨烈，序文云：

> 记事之文固非一体而莫难于真。曩读王秀楚《扬州十日记》虽平铺直叙不假修饰，而当日之困守危城、窜伏丛莽与夫可惊可愕可悲可悯之事靡不罗列具载。读者虽于数百年后，一如身亲目击，为之忽惊忽愕忽悲忽悯，初不自知其涕之何来，岂非以其有真文字而始足感此真性情哉？②

曹晟认为《扬州十日记》的文字虽然平铺直叙不假修饰，但其中表达的感情真挚浓烈，所述的事件详尽悲痛，数百年后仍能引发经历屠城伤痛者的强烈共鸣，具有震撼人心的力量。湖州之战一年后，太平军攻克绍兴。城内战事激烈，社会秩序混乱。清人鲁叔容将绍兴城陷前后的人民生活写成《虎口日记》一书，不论是所记内容还是作品体裁均与《扬州十日记》有相似之处。清人陈锦在书序中云："绍城之陷，鲁叔容罹贼中，蹲踞屋上倚墙自蔽。昼伏夜动，凡八十日，几死者数。仅以身免，然犹默记贼中事为一书，事后出以示人，不亚《扬州十日记》也。"③ 又云："难后归里，询贼状，得《鲁叔容虎口闻见录》（即《虎口日

---

① （清）朱梅叔著，熊治祁标点《埋忧集》卷十，岳麓书社 1985 年版，第 204—205 页。
② （清）曹晟：《夷患备尝记》序言，载沈云龙主编《近代中国史料丛刊》第二十三辑，（台北）文海出版社 1966 年版，第 3 页。
③ （清）陈锦：《补勤诗存》卷十三《还山酬唱》，清光绪三年（1877）橘荫轩刻光绪十年（1884）增修本。

记》），颇似《扬州十日记》。而言亦多不详，姑志此以存予所闻。"[1]

由此可见，《扬州十日记》在清代中晚期逐渐成为大屠杀文学的写作范式，也成为批评家衡量此类文本所达到的艺术高度的一把标尺。而王秀楚的个人经验已经逐渐进入集体无意识中，形成一种社会记忆的基质或持久的痕迹，它承受了历史之重，并使现在和过去联结起来。《扬州十日记》在反复的回响与建构中，完成了文化记忆的传承。

二是"扬州十日"在被建构的过程中产生了更加丰富的精神内核，这些内核在早出的文本和晚出的文本之间既有延续，也有转变。清初到清晚期的建构主要体现了对遗民身份的体认、对战争的诅咒和对无辜罹难者的同情。而到了清末民国，关于"扬州十日"的文化记忆则更强调民族意识和抗争精神。

光绪三十三年（1907）秋瑾遇害，柳亚子怀着极其悲愤的心情写下四首挽诗，第三首云：

> 饮刃匆匆别鉴湖，秋风秋雨血模糊。填平沧海怜精卫，啼断空山泣鹧鸪。马革裹尸原不负，蛾眉短命竟何如！凭君莫把沉冤说，十日扬州抵得无？[2]

此诗对秋瑾的遇害表达了巨大的悲痛和深切的愤慨，同时高度赞扬了她杀身成仁的义举，笔力凝重沉郁，充满了正义感和激励人们奋进的力量。柳亚子在作品最后感慨云"凭君莫把沉冤说，十日扬州抵得无"，意在控诉清廷对汉族人民的残酷镇压，赞扬志士们不屈的民族气节。在这个动机的驱使下，《扬州十日记》被赋予了柳亚子所在群体所崇尚的价值和政治诉求，即提醒人们清军对汉族民众的极端压迫和封建帝制的残暴。他鼓励民众拿起武器，齐心协力与清政府对抗到底。

1937 年底，侵华日军南京大屠杀惨案震惊世界，国人纷纷提笔，抚

---

[1]　（清）陈锦：《勤余文牍》卷四，清光绪四年（1878）刻本。
[2]　郭延礼：《秋瑾文学论稿》，陕西人民出版社 1987 年版，第 175 页。

慰惨遭蹂躏的同胞，谴责日军的非人暴行。爱国诗人霍松林作《惊闻南京沦陷，日寇屠城》，可谓字字泣血：

> 嘉定三回戮，扬州十日屠。
> 暴行污汗简，公论谴狂胡。①
> 忍见人文薮，又成地狱图！
> 死伤盈百万，挥泪望南都。

在这一时期，《扬州十日记》为不甘受辱的中华儿女这一共同身份的建立发挥了新的作用。作用发挥的基础是爱国主义。三百多年前被视作英雄的史可法的壮烈牺牲和发生在扬州的屠城惨剧，不仅是明清鼎革之际的重大历史事件，也是长久烙印在国人心头的创伤印记。在国家生死存亡的关口，文本自身让人产生争端和分歧的部分被忽略了。作为统一的多民族国家的一员，合和一心、共御外侮成为共同的出发点。关于扬州屠城的旧记忆在被继承的同时，也得到了转型：个人记忆被引导进了国家的记忆，个人对生存的渴求和对战争的控诉也被提升为全体国民的诉求。

综上所述，王秀楚的《扬州十日记》是明清易代之际一部兼具文学价值与史学价值的日记体回忆录。它从问世起就受到了持续不断的关注。其传播在政治因素的干预下或隐或显、几度沉浮，并在特殊的时代背景下焕发新的生机。通过立足历史实在、捋顺事理逻辑和展露个体情绪，王秀楚将文学传统与史家笔法相结合，这不仅成就了《扬州十日记》的文本真实性，也是完成历史叙事与文本建构的有效策略。以《扬州十日记》为记忆载体，历时性的文学书写对《扬州十日记》形成了持续的建构。作者们的出发点虽非直接还原《扬州十日记》的历史现场，但借助这些重构，扬州屠城的记忆得以想象和再现。每个人通过记忆重现过去的时候都有其倾向性，因此《扬州十日记》在相关的群体中扮演了不同

---

① 中华诗词研究院编《当代中华诗词名家精品集·霍松林卷》，中国青年出版社 2015 年版，第 8 页。

角色：它可以被视作疗愈创伤经历的心灵抚慰，也可以成为创伤文学的写作范式，或是作为饱含政治意蕴的宣传武器。文化记忆在被传承的同时发生着改变和更新，人们以此来塑造自己并调整自己，记忆也因此获得了长久的生命力。系统考察这一过程，有助于还原扬州屠城的历史真相和文化记忆生成的经过，也有助于对民族精神的演变路径形成一种管中窥豹式的理解。

论明清戏曲主婢"双美"叙事策略及其意蕴

◇杨　骥[*]

内容摘要： 明清戏曲多见描写主婢共事一夫的"双美"题材作品，其叙事模式的形成涉及多种因素，包括可视为外部要素的科举社会环境、作为预置前提的女性主婢情感因素、戏曲创作者兼顾社会法理以及利用情节制造小高潮关目等考量。通过分析这种"双美"描写模式所使用的叙事策略，可探究其中所反映出的文化意蕴。

关键词： 明清戏曲　主婢　双美　女性　叙事策略

中国古典戏曲理论体系中向来有"双美"之说，其提法由著名的"汤沈之争"而来，初见于明代吕天成《曲品》："倘能守词隐先生之矩矱，而运以清远道人之才情，岂非合之双美者乎？"[①] 同时期的王骥德则提及元明两代的"双美"戏："然《琵琶》终以法让《西厢》，故当离为双美，不得合为联璧。"[②] 简言之，"双美"作为戏曲理论的一个术语，侧重对成就旗鼓相当而艺术特色迥异的戏曲家或作品予以表彰。而就中国古典戏曲文本情节和内容创作而言，这种注重"成双结对"的"双美"文化观照也无处不在，如讲究士子"仕"与"婚"两大要素的大团圆结局、"花开两朵，各表一枝"的生旦双线情节演进方式、文武戏交替的表演关目和角色身份的配合调剂，以及在明清婚恋类传

---

　　* 杨骥，广州大学人文学院讲师，研究方向为中国古代戏曲小说。

　　① （明）吕天成撰，吴书荫校注《曲品校注》卷上，中华书局1990年版，第37页。

　　② （明）王骥德著，陈多、叶长海注译《曲律注释》卷三，上海古籍出版社2012年版，第251页。

奇中数量庞大的士子配以"二旦"模式的作品等，无不如此。"双美"审美概念的形成与定型，与中国古代社会一贯注重中和平正、阴阳调和的和谐文艺观有莫大关系。本文拟从明清戏曲中的"一生二旦"模式戏曲之内，专门抽离用以表现士子与主、婢关系的"二旦"共成婚配的"双美"模式作品进行讨论，探究此种文本现象所包含的构思策略和文化意蕴。

一　明清戏曲主婢"双美同夫"故事概观

相对于文学创作中的女性主角而言，女性配角中的婢女较少受到关注，其原因自然与角色身份的社会地位有关。婢女群体在古代社会通常与同等身份的男性群体并称为"奴婢"，二者同属贱民阶层。谢国桢即曾引述陶宗仪《南村辍耕录》资料称，由于受到元代影响，明清社会中的"奴婢"使用较其他科举时代繁盛。① 在明清时期，仕宦之家蓄养奴婢确已成为社会习见的情形。顾炎武云：

> 太祖数凉国公蓝玉之罪，亦曰"家奴至于数百"。今日江南士大夫多有此风，一登仕籍，此辈竞来门下，谓之"投靠"，多者亦至千人。……人奴之多，吴中为甚。（……今吴中仕宦之家，有至一二千人者。）②

登上仕途的士子，将豢养奴婢作为显示自己新晋仕宦阶层的标志之一，而社会中许多下层人士亦以投奔其门下为荣。另外，驱使奴婢的风气尤以由吴中代表的江南地区为盛，而明清江南一地为质优量大的戏曲创作重镇，这也可视为当时戏曲多婢女描写的一个考量因素。

明清戏曲经常出现婢女形象的描写，可以说婢女群体相较明清戏曲

---

① 谢国桢：《明清之际党社运动考》，中华书局 1982 年版，第 213 页。
② （清）顾炎武著，严文儒、戴扬本点校《日知录》卷十三《奴仆》，载《顾炎武全集》第 18 册，上海古籍出版社 2011 年版，第 552—553 页。

其他女性人物具有更广泛类别和不同功用。而在"双美"模式戏曲中，婢女人物的定位与其他题材戏曲区分度较大，因此本文对所讨论的明清"双美"戏曲的婢女形象作出以下界定：

（一）主要指"贴旦""小旦"类婢女角色，与插科打诨类的"丑""净"等一般婢女角色有别；

（二）通常为未嫁的年轻女性，是女主角的贴身侍女，两者关系密切；

（三）在戏曲中对故事情节发展每有实际推动作用，而不仅仅是女主角的陪衬。

本文所定义的"双美"，主要指的是士子与女方主婢二人共结连理，但同时也涵盖士子与包括主婢在内的两名以上女性结合的作品。可以说，明清主婢"双美"戏曲的情节和模式具有程式化的特征。笔者依照以上标准，经检索《古本戏曲剧目提要》《傅惜华藏古典戏曲珍本丛刊提要》《明清传奇综录》《中国近代传奇杂剧经眼录》等书目，初步整理统计出现存明清戏曲中约有 25 种作品具备主婢"双美"叙事模式。包括：《明珠记》《锦笺记》《望湖亭》《弄珠楼》《情邮记》《诗赋盟》《想当然》《衣珠记》《秣陵春》《鸳鸯梦》《梅花诗》《三多福》《续牡丹亭》《锦西厢》《续西厢》《东厢记》《梅喜缘》《意中人》《雨蝶痕》《四元记》《弥勒笑》《鸳鸯帕》《刘海圆》《落金扇》《龙膏记》。

在以上列举的这些作品中，其情节主干多体现出典型的主婢"双美"定义特征。例如：在《落金扇》中，士子周学文得赐为武状元后与小姐陆卿云及其侍女红雨成婚；在《三多福》中，徐多福中状元，得与驸马之女李多福及其侍女多福姐互通款曲，后并娶二美；在《明珠记》中，士子王仙客先纳婢女采蘋为妾，后得采蘋之女主人刘无双为妻；在《情邮记》中，才子刘乾初先与女子王慧娘及其婢女贾紫箫和诗，彼此有意，刘中状元授官后，娶慧娘为妻而以紫箫为妾；在《锦笺记》中，士子梅玉中状元，娶宦女淑娘和其婢芳春；在《龙膏记》中，书生张无颇与元湘英相爱，中进士后娶湘英与其侍女冰夷；在《四元记》中，士子宋再玉中状元，娶男扮女装分中榜眼、探花的女主仆方云和伴云；在

《想当然》中，士子刘一春中进士后同娶女主仆碧莲、匀笺二人；在《雨蝶痕》中，士子白璧先后中解元和状元，最后以宦女韵如为妻、其女婢墨娥为妾；在《刘海圆》中，龙小姐嫁士子裴祥后，又荐有恩义于己的侍女春兰为裴祥二房；在《弥勒笑》中，士子钟心中状元，娶二闺秀并一侍女；等等。甚至一些名剧的续作也在原作故事框架之外添加类似情节，如《续牡丹亭》增补柳梦梅纳春香为妾。在《西厢记》的诸多续写、改写、翻写版本中，就有四部作品涉及给婢女红娘安排归宿：杂剧《续西厢》和传奇《东厢记》结局均令张生并娶崔、红，红娘为侧室；在《拯西厢》结局中，改为崔母欲将红娘许给张生为侧室，张生婉拒后作罢；另一作品《锦西厢》则将结局翻作崔与张、郑与红两对男女皆大欢喜，红娘得赐一品夫人，与郑恒结合。以上皆表明明清戏曲多存在士子与女方主婢"双美同夫"的描写模式，即使一些作品本无婚婢情节，也在后世的改编之作中进行了增饰。

二　功名社会："双美"模式的外部条件

自实施科举制度促成古代士人阶层流动以后，文人的个体地位分化极大，登居高位者固然能堂而皇之地坐拥三妻四妾，沉郁下僚者亦不免于日常抒发此类意绪，或于文字间"炫学寄慨"①。而明季以降，士风又渐趋颓靡，声色犬马的生活催生出文人士子对社会各方面的细致追求，这种趋于病态的要求亦延及女性。很能代表晚明士人风尚的卫泳曾有云："美人不可无婢，犹花不可无叶。秃枝孤蕊，虽姚黄魏紫，吾何以观之哉?"② 可见当时社会中士人群体对"坐拥双美"抱有幻想。"观看在本质上是色情的"③，这种态度实质上是将女性视为"器物"，以"观赏"的角度来对女性作"非分之想"。以明清两代科举功名意识弥漫于全社

---

① 鲁迅：《中国小说史略》，上海古籍出版社2006年版，第159页。

② （明）卫泳：《悦容编·选侍》，载（清）虫天子编《香艳丛书》一集，上海书店出版社2014年版，第80页。

③ 〔美〕马克·爱德蒙森：《文学对抗哲学》，王柏华、马晓东译，中央编译出版社2000年版，第73页。

会的现实来看，一般士人尚且对"坐拥双美"抱有幻想，更遑论戏曲家创造的这些风流倜傥而又命中注定有科名之分的才子。可以说，功名观念催生了士子对同谱"双美"——在女主角之外再偕其婢的想象。这也成为明清科举戏曲"双美"模式的描写策略。如在《锦笺记》中，男主角梅玉得意扬扬地对人说起初见女方主婢的感想："花径偶逢二美，不但丰姿冶艳，且有词笺下遗，以是不能忘情。"① 梅生此时轻取解元，尚未中状元，在灯市初遇二女时已打定主意将来必定同偕二美。在《想当然》中，男主角刘一春初见婢女匀笺，惊为天人，进而水到渠成地联想到她的女主人："奇事奇事，天下有这等文雅清媚的侍女。匀笺如此，碧莲可知。小生今日风魔也！"② 本意是通过匀笺之美来侧面烘托碧莲的美貌更在其上，但却在无意间透露出这些年轻的科举士子在"双美"面前狂喜失态、难以自持的心理。然而，为"双美"而"不能忘情"甚且"风魔"，毕竟只是一厢情愿的单相思，即便是男女双方一见倾心、"才""色"相配，也依然存在种种无法被世俗礼法承认的桎梏。而要想真正与"双美"达成名正言顺的结合，那就必须具备某些前提和基础。在明清"双美"模式戏曲作品中，创作者们为此种模式设置的首要外部条件就是科举元素：故事情节多与科举考试相关，而男主人公于结局时通常需获取进士级别的功名，甚至多是进士阶层中最显贵的状元。上文列举各作品，均可证明此点。

　　戏曲作者们之所以要将举业大背景的安置作为运作"双美"模式的首要策略，其缘由至少可从两个层面理解。其一，从戏曲作品的受众接受心理看，这是一种社会心理趋向的结果。明清时代科举功名意识弥漫于全社会，"朝为田舍郎，暮登天子堂"不仅是万众艳羡的美事，也是实际生活中有可能实现的目标。加上戏曲家群体自身就有许多人终其一生与举业有着千丝万缕的联系，因此将任何时代都盛行不衰，尤其在明清大行其道的

---

　　① （明）周履靖：《锦笺记》第八出"婆奸"，载（明）毛晋编《六十种曲》第九册，中华书局 1958 年版，第 23 页。
　　② （明）王光鲁：《谭友夏批点想当然传奇》第十一出"采花"，《古本戏曲丛刊初集》影印明刊本，商务印书馆 1954 年版。

婚姻爱情题材戏曲置于科举背景下，正是创作者与接受者皆大欢喜之事。其二，从故事当事人角度看，这也是一种各方都有强烈需求的环境条件。男性士人一方有了科举功名为后盾，既催生了他们对同谱"双美"——于女主角之外再偕其婢的想象，更具备了实现这一理想的充足底气。

笔者试分析士婢结合"双美"戏曲关目与科举功名观相联系所产生的一些特征如下。

首先，婢女具有因士子中第与之结合能获致幸福的婚姻观。如《衣珠记》写穷书生赵旭投靠祖姑借盘缠赴科考被拒，女主角湘云虽则同情赵生，但碍于身份暂未有实际举动，婢女荷珠却立即对赵旭心生爱慕："看他丰姿奇伟、令人可羡，我安人有眼无珠，这般轻觑那生。我荷珠若有便处，定显这双识英雄的俊眼儿在他身上。"随后对女主角说赵生将来必定有科名之分："虽然眼下苦迍遭，有日飞腾上九天。"① 《弄珠楼》中婢女柳枝身列青衣却才貌俱佳，邂逅赶考士子阮翰后心生爱慕："他文章一代振风骚，麟角无双凤九毛，日华浮动郁金袍。"② 与阮生订交后盼其高中："我既有心，你亦留意，便从容到得第回来，也未为迟。"③ 在《情邮记》中，士子刘乾初于驿站题壁诗后，引来女方主仆二人先后相和，婢女紫箫所和之诗表明自己不甘人后、欲寻佳婿的心迹，随后引起刘生的关注，因此才有后面两人婚配关目的出现。

其次，婢女对以"仕""婚"结构为中心的生旦婚配戏整体情节起到较大推动作用。如在《锦笺记》中，女主角淑娘受元廷选招入宫，婢女芳春代为受过；在《弥勒笑》中，婢女轻云假充女主人娟娟代受刑狱，后又假扮钟心为二位小姐试探士子心迹；在《明珠记》中，宫女刘无双的婢女采蘋于乱中被王遂将军收为义女，士子王仙客赘纳采蘋为妾，二人设计救出充入宫中的刘无双。这些作品都以士子高中、并娶主婢作结。即使是突出婢女角色但最终并未共成"双美"的《娇红记》，也写

---

① （明）佚名：《衣珠记》第四出"羡才"，《古本戏曲丛刊三集》影印旧抄本，商务印书馆 1957 年版。

② （明）王异：《弄珠楼》第三出"探留"，《古本戏曲丛刊三集》影印明刊本。

③ （明）王异：《弄珠楼》第五出"盟约"，《古本戏曲丛刊三集》影印明刊本。

婢女飞红中意申纯才学品貌而施展攻势："俺看申家哥哥,果然性格聪明,仪容俊雅,休道小姐爱他,便我见了,也自留情。"① 飞红因羡慕申纯与女主人娇娘恋情而由爱生妒,对戏曲情节发展和转折产生了实质影响。其他包括改编《西厢记》的几部续作,如《升仙记》更是将红娘角色强化到了喧宾夺主的地步,如此之例,举不胜举。

最后,婢女自身也需具备较出色的姿容和才学,以便与士子的才貌相配。如《弄珠楼》中婢女柳枝："身列青衣,智藏黄卷。吟风弄月,果然尔雅襟怀;品管调弦,不似寻常技艺。"② 在《想当然》中,刘一春一睹匀笺芳容后念念不忘,而其女主人碧莲则补充说"匀笺虽是侍女,却颇解文墨"③。在《情邮记》(又名《情邮传奇》)中,慧娘母亲不喜婢女紫箫,但也承认"这丫头颇有几分颜色。随着女儿,淹通词翰,便是琴棋箫管之属,像也都晓得些"④。至于一些才色兼具的婢女未能在戏曲结局共成"双美",而又与士子有暧昧关系的戏曲作品也不少见。如《娇红记》写婢女飞红:"颇饶姿色,兼通文翰,不幸落身侍女队中,出入老爷房闼之内。"⑤

从以上内容可以看出,婢女和闺秀同为长于深闺的封建时代女性,她们尽管身份地位不同,但对所倾慕的异性士子所抱持的感情态度则极为接近,对士子的要求也不出"貌"与"才"两个方面。一方面,"貌"是两性接触所产生的第一印象,科举士子出众的外貌不仅关系到与之般配的闺秀,同时也对闺秀身边的贴身侍婢产生吸引力,这是人之常情;另一方面,士子所具备的"才",具有潜在的转化为实际科名利益的可能,这也是古代社会全体阶层对读书士人的最终要求。这两个因素无疑都是吸引这些身份低下而又才情丰赡的女子爱慕这些士子的重要原因。

---

① (明)孟称舜著,欧阳光注释《娇红记》第七出"和诗",上海古籍出版社1988年版,第34页。

② (明)王异:《弄珠楼》第五出"盟约",《古本戏曲丛刊三集》影印明刊本。

③ (明)王光鲁:《谭友夏批点想当然传奇》第十六出"素盟",《古本戏曲丛刊初集》影印明刊本。

④ (明)吴炳:《情邮传奇》第四出"议遣",《古本戏曲丛刊三集》影印明刊本。

⑤ (清)孟称舜著,欧阳光注释《娇红记》第七出"和诗",第34页。

三　主婢情笃:"双美"模式的预置前提

古代社会中女性主人与婢女的关系，不能简单地以一般封建社会中男性主人和其仆僮间的关系进行类比，其根本原因在于两组对象在人身自由、社会权利等方面差异较大。相对于古代社会中现实家庭主婢间的复杂关系，"双美"模式戏曲在塑造这种关系时往往采用一刀切的形式，忽略或弱化二者矛盾，将主婢之间的感情设置成情同姐妹的"超主仆"友谊关系，进而使"双美"共事一夫的情节发展名正言顺。这种人事关系的预置则成为"双美"模式描写的必备前提。

就明清戏曲而言，婢女角色在故事发展过程中的最主要定位，不外乎为女主人分担事务、甘苦与共，一般是发挥"传声"和"替身"等功能，如红娘传柬、紫箫代嫁等。由于这类描写为主家分忧排难的关目在戏曲情节中普遍出现，许多"双美"模式戏曲描写的婢女和女主人两者关系之亲密程度往往超出常理所应有。戏曲文本往往一方面写出婢女极力为女主人恋情周旋；另一方面也不忘刻画女主人赏识密友，乃至愿意携手分享士子之爱。这种主婢两情无间的特殊状况则形成"双美"描写模式的必要前提。如《想当然》中碧莲在与刘生相见之前自述："咳! 匀笺匀笺，你自幼随我，并影齐肩。若听你流落，也不忍埋没你一段聪明。我的姻缘不成就罢了，若得成时，决不错你这场好事。"① 打定主意要令匀笺与自己共事情郎。《锦笺记》中淑娘见梅玉风流倜傥，心下暗忖："梅郎足称佳士，未聘委是机缘。古人云:'一双两美，所至愿也。'"② 也是欲将婢女芳春同揽至帐下服侍梅生。这类描写均反映出主婢情分之深。

"双美"模式戏曲所描写的这种女主角甘愿出让部分爱情权利给予婢女的行为，我们还可从"闺阁之爱"即女子同性恋的角度进行解读。

---

① （明）王光鲁:《谭友夏批点想当然传奇》第十六出"素盟"，《古本戏曲丛刊初集》影印明刊本。

② （明）周履靖:《锦笺记》第十六出"阅录"，载（明）毛晋编《六十种曲》第九册，第 49 页。

古代戏曲小说文本之中涉及闺阁女性相互爱慕的情节其实屡见不鲜，如李渔《怜香伴》等作品都体现出较为明晰的同性恋意识。汉学家高罗佩曾就中国古代女子之间的这种感情解释道："女子同性恋相当普遍，并被人们容忍。只要不发生过头的行为，人们认为女子同性恋关系是闺阁中必然存在的习俗，甚至当它导致为了爱情的自我牺牲或献身行为时，还受到人们的赞扬。"① 这种解释具有一定道理，而将这种情感投射在闺阁主仆间应该也是成立的。我们试看戏曲《情邮记》评点慧娘和紫箫的主婢相谐情况：

> 男女相求，情趣易写，慧娘、紫箫皆女人也。闺阁房帏之中，别有一段绸缪惓恋之致。离则相思相梦，合则相亲相让。主仆妻妾形迹，脱略殆尽。所以为情，所以为情之至。②

这里从创作和心理角度分析女性主婢彼此在和男子定情之前已有感情，这种另类感情在古人看来同样可称为"情之至"。而众所周知，被推崇为"至情"戏曲的《牡丹亭》，其文本中实际也暗藏此种情结。在全剧末，春香即对柳梦梅说："你和小姐牡丹亭做梦时有俺在。"③ 充盈着女性批评意识的清代点评者吴震生、程琼夫妇更是道破其中的少女春心，就此评述：

> 一千部传奇做不尽，好处只是男子才美，为妇人苦苦要嫁，甚至众多妇人生生认做伊家眷耳。再深一层，则众多妇人不但爱其夫之才色，而并爱其妻之才色，愿与共夫，不惜屈辱，极尽款昵也。春香此句，已见大凡。④

---

① 〔荷〕高罗佩：《中国古代房内考——中国古代的性与社会》，李零等译，商务印书馆2007年版，第159—160页。

② （明）吴炳：《情邮传奇》第五出总评，《古本戏曲丛刊三集》影印明刊本。

③ （明）汤显祖著，徐朔方、杨笑梅校注《牡丹亭》，人民文学出版社2005年版，第305页。

④ （明）汤显祖著，（清）吴震生、程琼批点，华玮、江巨荣点校《才子牡丹亭》，台湾学生书局2004年版，第695页。

于此，我们已可做一大致结论：才子之所以会在某些情况下同时与佳人的婢女结合，原因之一在于女方主仆二人也存在或明晰或朦胧的同性感情。基于女性特殊的心理观念，她们具有主观上分享男子之爱的举动，这在客观上促成了"双美"模式的实现。

四　各取所需："双美"模式的士婢心态

明中期以后，随着阳明心学、人欲解放和实学思潮等的兴起，思想文化领域开始倡导解放个性、歌颂真情、反对封建礼教的潮流，社会舆论和文学创作开始倾向于对以往较少涉及的商人、市民等社会中下层群体给予关注。奴婢亦是其中之一，如许多明清笔记和文献记载里出现数量众多的"义婢""贞婢"等。而由于社会思潮处于急速变化的时期，一方面，时人主流观念认为奴婢仍属贱民阶层，是主家的"物件"和"财产"；另一方面，思想解放的文人则勇于承认奴婢具有独立人格，应予以一定社会地位和尊重。如明人谢肇淛云："奴婢亦人子也，彼岂生而下贱哉？亦不幸耳。……至于婢媵笃生名世者，往往而是，不可殚述。天固不以族类限人矣，而人顾苛责此辈，至犬彘之不若，亦何心哉？"①这种认知蔓延到明清戏曲，最终被运用成一种心理描写策略，促成"双美"结构的作品蔚然兴起。

首先意识到婢女的解放，将其视为"人"的恰是文学作品中的婢女角色本身。回归到人性来看，许多主婢"双美"戏曲都描写这些女性对风流俊雅且存有科名潜力的士子抱持幻想。典型者如前文所提到的《衣珠记》，现更名为《荷珠配》仍活跃于舞台，其题名即直指婢女荷珠与士子赵旭订交事。而剧情的关键也是由于荷珠主动假扮小姐湘云赠盘缠给赵生助考，方有之后私订终身一事。《弄珠楼》更是描写婢女柳枝主动创造时机与士子独处：

---

① （明）谢肇淛：《五杂俎》卷八《人部四》，上海书店出版社 2001 年版，第 156 页。

> 昨见阮郎风流俊雅，虽有附乔之意，奈无系足之因。曾续新诗，聊当红叶，不知阮郎可曾见这诗也未曾。又闻得他今日就要起身，不免假以灌花为由，到他书房门首灌花，料阮郎见了奴家必有话说。那时乘机觅便讨个因缘便了。①

柳枝通过自己的努力争取，得与阮生订下姻盟，后来又通过展露诗才为自己争取到了婚姻的幸福。《想当然》则写刘生经匀笺撮合得与碧莲相识，作品很细腻地写出了匀笺对刘生和女主人碧莲将自己撇在一旁无着落的"怨气"：

> 你两人虽则婚姻未就，相思担儿，早已交付明白。如今想将起来，着甚来由，与他做了引头。我匀笺这等伶俐聪明，反叫他做使女看承了！……刘郎刘郎，我这般尽力周旋了你，明知团团玉蕊天边种，难道认滴滴花枝做倚砌蒿？恨不得待花期，把衷肠稿消详告，只落得自知嘲。②

明代著名诗人谭元春曾对此剧作批点，对匀笺这段唱词评曰"其词若有憾焉""都是说不出口光景"，可谓一语中的。匀笺自小服侍碧莲，与其才情脾性相当，尽管身份低贱，但并不能阻碍这位胆大心细的女子同样去追逐自己的爱情。当刘生和碧莲幽约之际，她也主动从旁跳出，以诗交付心绪，最终得以三人同谐琴瑟。可以说，明清戏曲描写婢女角色敏感的情感经历，一方面是受到元杂剧以来对以妓女为主的下层女性的人文关怀影响，另一方面也客观反映出明清时期婢女群体地位的微妙变化。

此外，文人士子从"情"的方面强化对女婢形象的认知。我们可从历史真实中对才女身边婢女的记载进行考察。明人叶绍袁，即女性戏曲

---

① （明）王异：《弄珠楼》第五出"盟约"，《古本戏曲丛刊三集》影印明刊本。
② （明）王光鲁：《谭友夏批点想当然传奇》第十四出"意约"，《古本戏曲丛刊初集》影印明刊本。

家叶小纨之父。叶氏育有三女，除大名鼎鼎的叶小纨外，其他二人亦是才华横溢、擅写诗词的女子。叶氏在《冶史》中记载小纨之妹的贴身婢女："侍女随春，年十三四，即有玉质，肌凝积雪，韵仿幽花，笑盼之余，风情飞逗。"① 描绘出大家闺秀身边婢女令人神往的容姿。婢女随春长期在叶府服侍，于文学上也得以耳濡目染，所作诗作还得到叶氏三姐妹和叶绍袁的和诗。明清两代，江南地区才女群体伴随着文人家族的崛起而大放异彩，像吴江的沈氏、叶氏等，家族成员不管男女，无论尊卑，多有能诗擅文者，自然也出现了为数众多能歌擅赋的闺中才女。可以说，许多明清戏曲所描写的女性主婢角色兼具诗才文笔是其来有自的。"每一个男子或女子，就基本与中心的情爱而言，无论他或她如何倾向于单婚，对其夫妇而外的其他异性的人，多少总可以发生一些有性爱色彩的情感。"② 婢女在丰姿神韵、才学修养上与其女主人相类，必定令士子心仪不已，自然也令许多戏曲作品相应有描写表现。如并未共成"双美"的《娇红记》亦专门以一整出的篇幅展示申生和飞红打情骂俏，《锦笺记》写梅生于见到宦女淑娘之前先欲令婢女芳春就范，《想当然》更是述及婢女因为士子与主人结合而心生哀怨，等等。这些作品无不展示出两者之间"言有尽而意无穷"的暧昧关系。

五　法情合一："双美"模式的内在规则

明清戏曲的"双美"描写模式还体现出一个较易被忽视的叙事策略，即注重"法""情"合一，表明了戏曲作家恪守法律条文与倡导社会道德的统一。

古代社会的婢女是生活在封建社会底层的"贱民"之一，与"奴"处于同一阶层。主人对婢女几乎持有生杀大权，其婚姻不能自主，"父母之命媒妁之言"的婚姻准则对婢女无法适用，真正对婢女婚姻做主的仍

---

① 转引自谭正璧《中国女性文学史》，载《谭正璧学术著作集》第 2 册，上海古籍出版社 2012 年版，第 300 页。

② 〔英〕霭理士：《性心理学》，潘光旦译，商务印书馆 1997 年版，第 377 页。

是其主家。而且在现实生活中,法律还对婢女阶层的婚姻作出限制:不仅限制婢女本人的婚姻选择权,对其主家在这方面的权力也有制约,婢女并非完全可遵照主家的意愿进行婚姻分配。我们可从明清两朝定制的共有律令管窥婢女阶层与平民阶层通婚的实际情况。

> 凡家长与奴娶良人女为妻者杖八十。女家减一等。不知者不坐。……若妄以奴婢为良人而与良人为夫妻者杖九十,各离异改正。[①]

由此看来,明清两朝对良人和贱民阶层的结合有严格的惩罚,且这种惩罚延及促成婚姻的家长(主人)。须注意的是,在这则律令中,良人娶女婢者要比男仆娶良家女者所受到的惩罚严重。而且,"为妻"也是一个很微妙的用词。在古代婚姻关系中,严格意义上的"妻"只有一个,即所谓"正妻",但模糊意义的"妻"则可包括妾在内,所谓大妻、小妻是也,这就意味着普通男子娶婢为"妾"的行为则仍处于法律容许范围之内。"婢女可以通过为婢妾、为妾的方式实现向高等级家庭流动与改变贱民身份的目的。从此层面上讲,婢女成为明清社会森严的上下等级秩序之间相互联系的接触点。"[②] 这实际反映出的是男性主义当道的古代社会对两性平等权利的一种破坏。如果我们以此审视明清戏曲所描写的士子婚婢行为,也可以看出这些作品在"双美"模式外衣之下于重情的同时也注意守"法"的情节设置规则。

首先,士子所代表的"士"阶层处于古代社会"四民"之首,他们虽为良人,但又非平民,而是比普通人更有科名之资的有待飞黄腾达者,他们能使许多来自道德层面的限制和社会法令的规定消弭于无形,"婚婢"即不唯是其中一个能见谅于时人的行径,同时也是展示士子道学风

---

① 《明会典》卷一百四十一"良贱为婚姻",载《景印文渊阁四库全书》第 618 册,台湾商务印书馆 1986 年版,第 415 页;《大清律例》卷十"良贱为婚姻",载《景印文渊阁四库全书》第 672 册,第 560 页。

② 王雪萍:《16—18 世纪婢女生存状态研究》,黑龙江大学出版社 2008 年版,第 253 页。

流合二为一的途径。以上开列之明清戏曲士子婚婢情节已有许多，假使
进行反向推导，即倘若已然兼具才学功名的年轻士子主动向婢女求爱，
则难免促使读者思考其真实意图为何。作为《西厢记》续作之一的明传
奇《升仙记》就写到普救寺中护法神祇为试探已皈依佛门的红娘是否道
心笃定，幻化为一美男子假称新科状元来询问红娘：

　　　【后庭花】我只为着梦炊白、久寂寥，将待要续断弦、求匹配。
　　因此上慕卿名，亲抱布端，只愿即卿，谋匪贸丝。咱姓名叨居一榜
　　魁，咱声价端的千金贵。风流不减张君瑞，劝卿须惜少年时。①

抛去度脱戏曲白日飞升的荒诞情节不论，从现实层面来说，如上文律令
所述，作为良人的士子是既无法恐怕也不屑与婢女结合的，然而在文学
作品中，士子却正因贵为状元身份，反而能脱离社会的桎梏，较为随心
所欲地行使婚配权利。就《升仙记》的创作意图而言，婢女红娘是道化
说教的代言者；但就价值判断而言，身兼才名和容貌的男性无疑对于封
建社会的年轻女性是最具吸引力的，婢女这一身份卑贱的群体首先成为
考验个人道心是否坚定的试金石。

　　其次，"不知者不坐"。戏曲中士婢双方的结合，往往是在单方或双
方不知情的情况下借由第三者或外力来引导完成的。也就是说，尽管士
婢双方可能彼此情投意合，但双方最终结合却是由别的事件或人物来推
动的，这就使二者率先结合的行为合法化了。如《锦笺记》写庵主老尼
欲撮合梅玉与淑娘，梅生潜入淑娘房中欲行狎昵，淑娘自重其身，制止
梅生后离去，却又反将他锁在房中令芳春来替己作陪。两人遂在事先没
有预料的情况下定情。

　　（生拽介）怎到反关我在此？（小旦上）呀！相公何来？（生）
　　小姐送我来，却又反锁门儿去了。【衮遍】（小旦）小姐小姐，你素

---

　　① （明）黄粹吾：《玉茗堂批评续西厢升仙记》第十二出"试真"，载戴龙基主编《不登
大雅文库珍本戏曲丛刊》第 4 册，学苑出版社 2003 年版，第 168 页。

将玉杵祈，素将玉杵祈，番做金蝉计。（生）姐姐，你须怜我，休学那小姐。（小旦）蒲柳微姿，敢与松筠比。相公，我虽是借春花蕊，解馋滋味也须知，未曾惯风和雨。（生携小旦欲下。丑潜上。小旦闪介）窗外甚么？【前腔】（生）月明花影移，月明花影移。夜久重门闭，好整衾帏，早赴阳台会。（小旦）他日休忘此时。（生）海山堪誓，天神鉴取。不要说姐姐，就是小姐的贤德，我口儿言、心儿印、难忘已。①

若观全剧，梅生和芳春的结合亦非一蹴而就，早在第十出"传私"，作者就用了整折的篇幅来描述两人定私情。而使"未第者"与"卑贱者"率先结合，从世情和法理两方面适应了社会的双向需求和规定。

最后，婚婢情节作为缓解戏曲矛盾冲突的一环，要为科举士子与正牌女主角最终通过功名之途结合铺垫。即先行设置一个小高潮，暂时满足观者的期待心理，提供一个合理的"小收煞"关目。而发展至剧情结尾，则通常又以婢女奉还正室身份予女主角，自己退居侧室甘心为妾共成"双美"。如《情邮记》述闺秀慧娘之婢紫箫先嫁刘乾初，后刘生中状元，紫箫受封诰。最后慧娘经过波折也嫁与新晋状元刘生，得知刘生已娶妻后心下犯难："好人家儿女怎与人为偏作妾?"② 由此可知，名门闺秀不情愿为夫家作妾，即使对方是极具社会名望的新科状元。而反过来看婢女紫箫：她初为服侍慧娘的贴身侍婢，后被慧娘父母代己女献给权贵，又为刘乾初同窗友萧一阳以千金赎出，撮合刘、紫两人结为连理。紫箫在法律上已是自由人的身份，且与刘生成婚在先，居于状元正室夫人的地位，然而她与旧主慧娘两人在重逢之后第一件事就是所谓"正名"。

（小旦）小姐在上，紫箫叩头。……托靠小姐福分，权领个夫

---

① （明）周履靖：《锦笺记》第二十出"尼奸"，载（明）毛晋编《六十种曲》第九册，第65—66页。

② （明）吴炳：《情邮传奇》第四十一出"约婚"，《古本戏曲丛刊三集》影印明刊本。

人封诰。（旦）奴家此来，原在妾媵之列，你既正位夫人，便当序
刘氏尊卑，不可认王家主仆。（小旦）……所在严于冠履，自然是
小姐为主，紫箫仍居侍婢。……（旦）谦逊不遑固是你的好处，但
封诰既称元配，私情何可擅移？（小旦）那封诰上不曾写紫箫本姓，
原写王氏系运史王某之女。小姐承受，正如天造地设一般。（强旦戴
冠穿衣介）这凤冠霞帔就请小姐穿戴。（旦）生受你了。①

"凤冠霞帔"代表了状元正妻的身份，这一简短的交接仪式看似平淡无
奇，象征意义却极大，它表明了作品维护封建道统的权威性，杜绝礼法
上的"僭越"行为。如依今人观念判断，由于彼时紫箫早脱贱籍，两人
社会身份相似（甚至紫箫更高），她不忘旧主自甘侧室无非是一种谦让
行为，然而这种行为在古人眼里却是情理兼通的崇高举动。再如《明珠
记》婢女采蘋心念旧主无双，毅然回绝义父欲将其嫁为士子正室之举：
"（贴）爹妈听说：若做夫妻，不惟辱没了王解元，抑且忘背了小姐。倘
或他日小姐得出，何以相处？奴家情愿与王解元为妾。（末）贤哉此女，
说得中听。"② 联系上面所言娶婢为妻会触犯法律的条文来看，婢女自甘
为妾，不仅合"礼"，更合"法"，我们于此也可看出明清戏曲作者在迎
合舆论看法和遵循法规条文两方面做到了统一。

此外，作为一点补充，我们尝试讨论婢女形象作为士婢婚恋戏曲
主角出现的情况。晚清戏曲作品《梅喜缘》可视为一例，其大致剧情
为：金陵士子程无垢家贫，为生计赴边入幕，将女儿青梅托付给弟弟
程无量；无量为偿还赌债，将青梅卖至王员外家给其女儿阿喜作婢女；
青梅见士子张介受虽家境贫寒却才德俱佳，遂为阿喜牵线做媒欲两人
婚配，王员外却嫌张家贫寒不允；青梅遂自己嫁与张生；后王家突逢
变故家道中落，阿喜流落尼庵；青梅则婚后勉励张生攻读，后张生高
中，夫妻进京途中遇到阿喜，阿喜亦嫁与张生作结。我们可以注意到，

---

　　① （明）吴炳：《情邮传奇》第四十三出"正名"，《古本戏曲丛刊三集》影印明刊本。
　　② （明）陆采：《明珠记》第二十出"赘蘋"，载（明）毛晋编《六十种曲》第三册，第
57 页。

在这种以婢女"变泰"为主题的情节里，其角色的设置也不同于常规戏曲，包括以下几点。第一，青梅本为良民，其婢女身份并不是在戏曲开始即有，与传统观念中奴婢为天生的有所区别。这与一些士妓婚恋戏曲中的女主角本为宦门子弟，因家道中落被卖入青楼类同。第二，青梅与张生的结合是在阿喜家人拒绝的前提下发生的，无悖于社会所认可的"法理"。第三，青梅与张生的结合，属社会中"卑贱者"和"未遇者"的结合，阿喜与张生的结合，则属于"沦落者"和"成功者"的结合，两个女性的社会身份地位已然完全反转，于观剧者而言不会造成认知落差。正是这些情节设置因素的存在，才使《梅喜缘》这样的"双美"模式显得特殊。

六　"双美"叙事之于戏曲结构的作用

较之单纯的生旦婚恋剧，"双美"叙事模式对于戏曲结构而言有其特别功用。

其一，增加戏曲故事的传奇性和丰富性。明清戏曲以传奇作品成就为最高，传奇的主流则是生旦婚恋题材，传奇戏曲所注重的"奇"情正是通过制造和生成种种看似意外实则合理的关目来达到戏剧效果的。"双美"的戏曲故事结局，自然也不可仓促扭合而成，须在情节方面有足够的设计与铺垫。而既是"双美一夫"，则理所当然"双美"须有共同故事，各人又应有相对独立的情节。如前举《情邮记》《明珠记》《梅喜缘》等均是如此。

其二，在多种"双美"作品中，先行与尚未科举成名的士子成就实际婚姻的，都是婢女一方；女主角大抵总在男方功成名就之后，才与男方郑重其事合卺。这可以作为戏曲矛盾冲突的一环，在男主角最终通过功名之途博得与正牌女主角结合之前，制造一个戏剧小高潮，暂时满足观者的期待心理，提供一个合理的"小收煞"关目。对于讲究场上演出冷热调剂的戏曲作者来说，安排这些于剧末必定金榜题名的士子与婢女先行结合，无疑是一个人们喜闻乐见的折中方式。从某种程度而言，

111

这种情况下的婢女是行使女主人"应有"之权利，作为其"替身"代其与未第的士子结合，而正式的男女主角结合则需待到士子功成名就之时"明媒正娶"。这就好比去饭馆吃饭，呈上的先是开胃小菜，满足食客的暂时需求，之后才是主菜，恰如《锦笺记》中作者借老尼之口以"佐酒得尝也非戏"① 比喻婢女芳春先偕士子梅生的举动。对于作为"厨师"的创作者而言，戏曲故事中科举士子与婢女、女主人的关系，就好比小菜与主菜。

我们试以具体的作品文本为考察对象。在明传奇《明珠记》中，女主角无双之婢女采蘋于乱中被王遂将军收为义女，王仙客投到王家门下，王家赏识仙客才学人品，撮合仙客入赘娶采蘋。当晚全府即操办婚事，请来侯相对新人祝贺，其间祝语对话就颇值得玩味。

> （外）如此，小人便请新人。落尽荷花去采蘋，权时解却惜花心。从今旅馆寒灯夜，添个铺床叠被人。第一请云云。使女升为义女，义女改做妾身。明年丈夫高中，就做第二夫人。第二请云云。未讨老婆先讨小，讨得小时初时好。若还讨个大的来，大小相争怎得了。第三请云云。②

这一段话具有几个信息。一是"从今旅馆寒灯夜，添个铺床叠被人"。由于女主人难获、婢女易得，先行上一道"开胃小菜"有助于这些未中第而常年羁旅求仕的士子排遣身心上的孤寂之感。二是"使女升为义女，义女改做妾身。明年丈夫高中，就做第二夫人"。撇开认义女情节不论，婢女在明清科举戏曲"二美"模式中绝大多数结局也恰是成为位列正室女主之下的妾，而士子在科名方面的进士乃至状元身份的获得，无疑是保证这种可能性得以实现的最优条件。三是"未讨老婆先讨小……大小

---

① （明）周履靖：《锦笺记》第二十出"尼奸"，载（明）毛晋编《六十种曲》第九册，第 66 页。

② （明）陆采：《明珠记》第二十出"赘蘋"，载（明）毛晋编《六十种曲》第三册，第 57 页。

相争怎得了"。中国古典戏曲中有加入说教、插科打诨等"话外音"提醒观剧者的传统,这里只是客观揭示出在一夫多妻制的古代社会妻妾斗争的可能性。当然,在以男性话语权为主导的明清戏曲中,"相争"被创作者以其臆想扭曲为"双美",这是可以理解的。值得注意的是,此后梁辰鱼也曾对《明珠记》一剧表示赞赏,但也认为关于王仙客和采蘋婚赘一事记叙过简,"始终事冗,未免丰外而啬中;离合情多,不无详此而略彼",因而按其想象"更增五百余言"将两人新婚燕语补出。① 这无疑也旁证了戏曲家们对婚婢情节完善戏曲结构之作用的重视。

古代婚姻家庭结构、道德观念等因素使男女双方于婚恋关系中处于不对等状态,戏曲里坐拥"双美"的历史于今虽已成明日黄花,然而戏曲故事所投射出的社会现象却反复印证它们曾经的流行程度,婢女群体描写所映照出来的荣辱遭际也是时代遗存的标志。"双美"模式戏曲作为古代戏曲中具有典型性的一种类型,对研究明清戏曲创作艺术和探讨女性中身份地位较特殊的婢女形象等方面,有其独特的认识价值。

---

① (明)梁辰鱼:《江东白苧》卷上《补陆天池〈无双传〉二十折后》,载《续修四库全书》第 1739 册,上海古籍出版社 2002 年版,第 8 页。

汉赋的谈辩：传统、辩者及文学史意义[*]

——兼及辩学视域中的汉赋批评

◇刘成敏[**]

内容摘要： 汉赋之中，有不少文本通过谈辩的方式结撰，抑或深富辩说之趣味，往细处可分为主客之辩、物我之辩与自我之辩。因生成于以铺写见长的赋文语境，辩胜者个性卓异，其于博赅闻见、审知时势、明识大体、笃守道术、娴熟辞令中的一个或多个表现突出。辩学与赋学之会通，拓展了认识汉赋之形式及功能的维度，也有助于发掘赋体作为思想形式的话语内涵。汉赋的谈辩，当置于言说、书写二者嬗递与交互的脉络审视，因之也可作为考察言说、书写之于中国文学生成、衍变之意义的样本。

关键词： 汉赋　谈辩　辩学批评

有历史学者指出："口述社会是古代世界的共性，和希腊社会一样，古代的埃及、两河流域、印度和中国都经历了相当长的一段口述社会阶段。"[①] 言说是口述社会突出的话语方式和重要的表达机制。相对于"口述社会"的概念，或可称作"书写社会"，重视写作、著述乃其显著观念。言说和书写不仅是两种话语方式，其话语的力量也塑造了两种文化生态，此于文学的意义或尤显著，构成文学发生的重要动能。从言说向书写之嬗递正乃中国文学演进的一大脉络。其中，有两点需要注意：一

　　* ［基金项目］国家社会科学基金青年项目"汉赋文本的'知识考古'及赋学理论问题研究"，项目编号：21CZW014。
　　** 刘成敏，中南财经政法大学中华传统文化研究中心讲师、副主任，研究方向为周秦汉诸子学术、汉赋。
　　① 蒋保：《演说与雅典民主政治》，《历史研究》2006年第6期。

是这一脉络是就书写在文学文本生成过程中之比重越发突出、意义越发显要而言，并非从言说变为书写的单向线性进化；二是言说与书写二者表现出丰富的交互形态，并非此消彼长或决然对立。汉代的书写观念愈益深厚，"作者"的意识更为自觉。① 作为习见的言说行为，谈辩又为汉赋书写的重要形式。赋体成为文士表达自我的文学机制，同时呈现言说传统文本化的特征。汉赋的谈辩，以至于赋体生成，当置于言说、书写互动的脉络审视，从话语功能看，赋家之文学家身份的群体建构得到强化。考察言说、书写之于中国文学生成、衍变的意义，蕴含辩趣的汉赋文本洵为典型样本。赋中辩者尤其辩胜者形象为相关问题之研讨提供了一个侧面。

一　谈辩、辩学传统与赋体书写

中国古代蕴含教谕意蕴的文本或多以对话的形式结撰，此于经史、诸子、辞赋之文均有相当突出之表现。揣度原理，盖在对话可以营造一

---

① "作者"的意识，不必汉代才有。保守一点说，先秦诸子已经有这样的观念。清代章学诚认为"著述始专于战国……著述不能不衍为文辞"，其作此论断之前提在于"战国始以竹帛代口耳"［参见（清）章学诚著，叶瑛校注《文史通义校注》，中华书局 1985 年版，第 63 页］。历史地看，竹帛当然不可能完全取代口耳，但是书于竹帛确为诸子时代著述之大背景，此从《荀子》《韩非子》等诸子书中已经流露出的通过著述表达个人思想的现象即可看到。到了汉代，基于书写而表现出的"作者"意识更为自觉，其于经史、诸子、诗赋、文章等诸多方面均有体现。一方面，汉代的"作者"意识，可从汉代文士学者的自道之言获得确认，如司马迁"发愤著书"而欲成"一家"之言，班固《答宾戏》坦陈"密尔自娱于斯文"，又如王充推崇能精思著文、连接篇章之"鸿儒"。另一方面，其也可从汉人批评观念之中予以揭示，如《史记·屈原列传》"余读《离骚》《天问》《招魂》《哀郢》，悲其志"、王逸《楚辞章句·离骚经序》"离骚经者，屈原之所作也"，显然都将这些文字系于屈原名下，它们是否均为屈原作品是另一问题，而包括史迁在内的汉人如此认识楚辞作品及建立其与屈原之关系，恰可证明这是汉人"作者"观念的表达；又如我们知道《史记》《汉书》多录两汉文士诗赋文章，其中包括虽未录原文或原文佚失但史家提及其在诸多文体上有创作实绩的情况，也表明将作品系于一人之下的"作者"意识是很明显的。"作者"意识的不断自觉、对书写著述的逐渐看重，为通过作文安身立命或实现称名后世这样的观念作了铺垫。从"立言不朽"到"文章无穷"（曹丕《典论·论文》）的观念演进，汉代是重要环节。于迎春《汉代文人与文学观念的演进》（东方出版社 1997 年版）"述作意识与文史哲的分离"、龚鹏程《汉代思潮》（商务印书馆 2008 年版）"文人传统之形成"相关阐论，也可丰富有关汉代"作者"意识或观念的认识。

种教—受的临场情境①，如此最易动人视听，从而移人心志。对授受双方而言，对话之完结便意味着完成了一次教化与启蒙。检视先秦两汉文本，类此特点与功能之对话，有三例值得一述。

（一）解释型

因古史邈远或义理隐微，其中的意义、思想之传播及发挥作用必须经过解释的过程方得实现。经史之中的问对，一问一答颇显彼此授受的情境。倘说解者为王言之代表或经典的解释者，他们皆构成事实上的话语权威，而答问解释的文字，其教义通常是宣教性、训诫性的，受教之人直接领受即可。

（二）叙事型

粗略言之，此即通常而言的"讲"故事。例如《左传》《国语》中的对话有大量的古史旧闻、传说神话，诸子说理也多以故事为中心。是否实有其人、其事及人与事是否——对应并不特别重要，就"义"而拣选人、事，故事之中有道理，授受之间带有隐喻—解喻的机制，甲方讲故事即"演义"，乙方在听受过程中"取义"，其教义多为演绎性、比附性的，如此实现话语述行②、义理构建的目标。

---

　　① 除两个或多个角色的对话，尚有自我对白的类型，多表现为文本内在张力的纾解，即经历"洗心内讼"（董仲舒《士不遇赋》）之心灵旅程，从犹疑、困惑到坚定、清醒，实现自我说服。"人生意义以及事关生死之终极关怀，是每一个人在其一生之中的某个特定时段都会或多或少遇到的问题。如此，儒家及道家依靠讲道理来提升人生境界，并且寻找到一种自我说服的理论体系从而确立起安身立命的信仰。"（宋洪兵：《重建我们的信仰体系，子学何为?》，《诸子学刊》第十三辑，上海古籍出版社 2016 年版，第 199 页）倘据此观照本文探讨的汉赋谈辩，其中自我之辩正乃汉人确立信仰而选择的形式，儒、道思想确乎显明。

　　② 关于"述行"理论的介绍，参见王建香《当代西方文论中的文学述行理论》，中国广播电视出版社 2009 年版。

（三）谈辩型

相较于第一类"告示以义"、第二类"晓谕以理"，该类具有明显的争胜色彩，例如王官廷议、诸子论辩、游士逞辞皆称典型。因预设辩胜的目标，谈辩的过程大多综会解释、叙事，从容便宜言说，其教义宣达或直或曲，或显或隐，辩趣机巧的背后乃辩者闻见之知的敷布演绎与致思方式的匠心经营，可谓有深意存焉。进一步言之，谈辩并不止于一般而言"通人于己""通己于人"的言语交际，更乃古人言志立义、述作思想的话语形式。

中外思想史上均不乏通过谈辩的方式述作思想的学者。就关乎谈辩的态度看，中国古代的文士在重视谈辩、运用谈辩的同时，又多审慎于辩、不得已辩。《尚书·说命》云"惟口起羞"，宋代陈经说："口者号令之所自出也，号令一不谨，而出言不善，则千里之外违之，是起羞也。"① 《荀子·劝学》即提醒："言有召祸也，行有招辱也，君子慎其所立乎！"② 总体来看，在中国古代的人文传统中，贤哲之士谨于言辞，不尚口辩争胜，却又有通过言说践行生命价值与实现死且不朽之自觉。据《左传》，晋国介之推谓"言，身之文也"，鲁国叔孙豹称立言乃"三不朽"之一。③ 唐代徐彦伯《枢机论》一文有云："言语者，君子之枢机。……夫言者，德之柄也，行之主也，志之端也，身之文也。"④ 即是说，"言"被赋予崇高的生命价值内涵，贤人君子视"言"为个人志意、德性、智识、身份的象征。《尔雅·释言》邢昺疏："言者，发于志而形于声，所以文章于身者也。"⑤ 不同于通常意义的谈话，"杂错漫羡而无所指归"⑥。真正的谈辩实则是围绕具体议题与言说目标，充满比德、辨智意味的"言语竞赛"，相形之下，辩者之闻见博隘与德智大小一"辩"立判。

---

① （宋）陈经：《尚书详解》，中华书局 1985 年版，第 213 页。
② （清）王先谦撰《荀子集解》，中华书局 1988 年版，第 7 页。
③ 杨伯峻编著《春秋左传注》，中华书局 2009 年版，第 418、1088 页。
④ （五代）刘昫等撰《旧唐书》，中华书局 1975 年版，第 3005 页。
⑤ （清）阮元校刻《十三经注疏》，中华书局 2009 年版，第 5614 页。
⑥ 《隋书·经籍志》"子部"称"杂之放者"之辞，兹取其义。

　　谈辩的实质是辨别。《说文》云"辩，治也"，段玉裁注："治者，理也。俗多与辨不别。辨者，判也。"[①]"辩""辨"互通，陈辞之际，因辨别而置辩的情境随即生成。而借助谈辩阐论道理是古人思想创发的重要方式。即使是秉持"大辩不言"[②]态度的庄子，也多以谈辩的形式结撰文本，最终实现无辩。因实践需要与经验总结，先秦思想家尤其是身处思想争鸣语境中的诸子，多不乏"辩"论，其自觉将"辩"这一言语现象、言说行为作为研究对象，探讨总结"辩"之宗旨、原则、要求、方法等。辩学遂成一种专门学问，"是中国古代思想家对当时各种实际辩论的反思和理论总结，是对各种具体辩论的规范化和系统化"[③]。早期文献特别是诸子书记录有大量的谈辩文本与关于"辩"的认知，并在学理阐发及言说实践中形成传统。相较于语形学意义上的逻辑学，早期辩学之语用功能特为突出，往往会通义理、政事而融织于文章之中，构成思想述作与政治言说、文学书写的统绪之一，且随文成势，因文章技法、修辞之不同而变换出丰富多样的辩趣与风格，自然盈实了文本的思想内涵与文学意蕴。

　　汉赋被推为一代之文学，彰显两汉风尚与汉人情志，然赋之器识内涵、体制技法则吸收融会了先秦思想学术与文学文化遗产。谈辩的话语形式及辩学传统即激发乃至促成[④]其代盛的因素之一。辩学之思想、理念没有止于理论思辨和技术总结，往往浸入文学书写并影响于文本的形式与

---

① （清）段玉裁撰《说文解字注》，浙江古籍出版社 2006 年版，第 742 页。

② （清）郭庆藩撰《庄子集释》，中华书局 2012 年版，第 89 页。

③ 曾祥云：《名学、辩学与逻辑》，《逻辑学研究》2009 年第 2 期。诸子论"辩"而成辩学，不宜比附西方意义上的逻辑学。针对将先秦名学、辩学或名辩学径直与之比附的看法，远则章士钊《逻辑指要》（其谓"以辩或名直诂逻辑，则尚有变乱事实之嫌"，生活·读书·新知三联书店 1961 年版，第 3 页。据该书重版说明，氏著系 1917 年旧刊）、近则张晓芒《先秦辩学法则史论》（中国人民大学出版社 1996 年版）、崔清田《名学与辩学》（山西教育出版社 1997 年版）及曾祥云此文等，均多辨正，兹不赘。诸子"辩"论有相通相近之理。例如，关于"无辩""息辩"的态度，诸家表现出一致旨趣，而又多通过"辩"述作思想，以期实现不辩、无辩。又如反对口舌巧言，葛兆光指出："在中国人看来，'能胜人之口，不能服人之心'的辩论并不具备真实的意义，在这里'道'就变成了'术'，思想就成了技巧。……于是，各种思想流派如孔子一系、墨子一系、庄子一系的后人，都来矫正这种日渐成为口舌之辩的语言观念，使之成为通向'道'的超越境界、'人'的道德世界或'智'的经验世界的工具。"（参见葛兆光《中国思想史》，复旦大学出版社 2001 年版，第 198—199 页）

④ 此所谓"促成"，毋宁说是辩学作为思想与知识观念在汉赋文本中的再现与表达。这是赋体之形式与功能不断形塑的更深层次的历史过程。

风格。诸多汉赋文本显露辩"迹"、彰著辩"识"、漫溢辩"趣"，无论文本形式还是内涵意蕴，对辩学精神皆有所赓续。无论体国经野之"大"赋还是述怀言志之"小"赋，通过营构对话语境展开辩理是众多文本言志树义的策略。赋辩大抵以一方对另一方的信从、服膺抑或自我之辩中对一种选择的果敢坚定而对别一选择的彻底否弃收束，谈辩之结束意味着致思立义的完成。《墨子》认为"言"具"迁行"之力，"嘿则思，言则诲，动则事，使三者代御，必为圣人"①。赋辩以言行事，具有能动的"迁行"力量，作为思想的形式，其精神内涵集中体现于辩者形象的塑造上。从辩学视角勘察汉赋谈辩，总结辩者个性特征，有助于抉发赋体作为思想形式的话语内涵，同时则可开拓汉赋批评一个新视域——辩学批评。

二　赋辩文本：辩型及辩者形象

因身处新的语境，赋家摅虑扬情，表达个体意识，抑或发表对政治、时势的看法，赋体作为时兴的表达机制，被寄予谈辩、论说的功能亦时代之势所然。相当部分的汉赋文本通过谈辩的方式结撰，或深富辩说的趣味。赋辩之类型，往细处可分为三类：如司马相如《子虚上林赋》、班固《两都赋》，此乃主客之辩；如扬雄《逐贫赋》、张衡《髑髅赋》，颇得寓言之趣，此乃物我之辩；还有一种特殊类型，即同一主体面对不同选择（如道术与名利）的审识区判，不妨谓之自我之辩。② 汉赋谈辩

---

① （清）孙诒让撰《墨子间诂》，中华书局 2001 年版，第 442 页。

② 本文使用的汉赋文本，皆据费振刚、胡双宝、宗明华辑校《全汉赋》，北京大学出版社 1993 年版。为行文简省，不一一注明。刘成敏《汉赋文本的辩学精神》（《文学遗产》2020 年第 3 期）就赋辩类型有过简要说明。但因自我之辩特殊，这里尚需作点补充。自我之辩，说得抽象一点，即"心"与"身"辩，在形式上具有周延、兼容的特征，部分主客、物我之辩可以视作"自我之辩"的分化，其中被认同、被否弃的内容在前两类中实则由主—客、物—我分别承担。若据前两类来说，只要在被认同、被否弃的部分添置观点相对的角色，自我之辩顺理成章地回到双方谈辩的情境。崔骃《达旨》没有虚设角色，针对"或说己曰"而"答曰"的因应设计，正可视为介于主客、自我之间的情形。辩学视域中，此经过深刻的"洗心内讼"而"显志""慰志"的文本形式，诚可谓之主体"心辩"，自"安心"而"安身"进而"立命"成为赋辩此一类型的思路，此如《老子》"去彼取此"式矛盾法则之表现。明代陆深《立心辩》一文有云："君子之心求于安而已矣，岂有待于外耶？……夫知吾之安也而遂之，内以自信外以自坚，诚之立也。……圣人之于小人，诚伪辩之也。"〔（明）陆深撰《俨山集》，（转下页注）

隐含问题意识与现实指向，在对话性文本语境中，赋辩凸显谈辩的辨别本质，彰著辩识，而非徒逞口舌的语言游戏，向被视为汉赋形式的特征，如在书写中更具施展空间及表现力之铺叙和夸饰，遂具有超越文体技法的一般意义，构成塑造辩者形象的别样手段。其中，被奉为"博辩"之士、"驰辩"之士的辩胜者形象尤为显著，其卓异之处见于以下五个方面中的一个或多个。

一是博赅闻见。刘向《说苑》有语："天文地理人情之效存于心，则圣智之府。"① 闻见赅博是辩胜者彰显阅历、眼界、智慧的方面，也是超越对方的一个前提。《七发》最终楚太子病愈，"涣乎若一听圣人辩士之言"，而吴客观太子"玉体不安"，则如老医诊断，察治病理，直抵病灶，指出"独宜世之君子，博见强识，承间语事，变度易意，常无离侧，以为羽翼"，认为此乃太子摆脱"淹沉之乐，浩唐之心，遁佚之志"的根本。司马相如《子虚上林赋》中亡是公夸饰天子苑囿之巨丽，与子虚敷陈云梦之壮观相比，有过之而无不及，不以此骋博不足以揄扬天子声威。赋家自身就是辩士，骋辞以博物为基础。汉赋博物服务于具有斗智趣味的谈辩，实际上也是"知识竞赛"，只有充分调用习于闻见的知识，最为切实，符合汉人的知识背景，也易于联类以敷布事义②，终令对方自认"末学肤受"而与胜者心合意同。因类置辩是辩学的一条原则，赋辩自在地与之契合。

二是审知时势。辩胜者高明之一面在于能够审时度势，根据时势作出判断和抉择。面对亡是公的驳辩，在《上林赋》结尾，方国使者子虚、乌有逡巡避席，不见此前意气之盛，径直以鄙人自居，"鄙人固陋，

（接上页注②）上海古籍出版社 1993 年版，第 213 页］就旨趣看，自我之辩在"心辩"的过程中彰显"智""察"，而"我"笃道察是、言信行果又足见心志之"诚"，与陆氏言下君子立心辩之义契合。

① （汉）刘向撰，向宗鲁校证《说苑校证》，中华书局 1987 年版，第 442 页。
② 刘勰《文心雕龙·物色》中谈到"诗人感物，联类不穷。流连万象之际，沉吟视听之区；写气图貌，既随物以宛转；属采附声，亦与心而徘徊"时，其后文附列之例"灼灼状桃花之鲜，依依尽杨柳之貌"（范文澜撰《文心雕龙注》，人民文学出版社 1958 年版，第 693 页）云云，则体现出赋法、赋艺之特点。以类相从是中国古人观察和认识世界的思维方式和思想观念，广泛运用于有关自然、人事之秩序感、仪式感的建构。汉人于此更为自觉。汉赋作为一代之文学，类思维影响于赋体书写是多方面的。易闻晓《类推思维的文学推衍》（《文学评论》2013 年第 4 期）、邹朝斌《类思维对汉大赋创作的影响》［《济南大学学报》（社会科学版）2021 年第 1 期］皆论及此，可以参看。

不知忌讳，乃今日见教，谨受命矣”，而赋中恢廓帝国声势、天子法度，足显辩者对“定于一”郡县制度之下央地之间领属、主从关系的清醒认识。在《东都赋》中，不唯叹服东都主人“好学”，立论义“正”而事“实”，西都宾也钦羡主人“遭遇乎斯时也”，坦陈自身放言矜夸实乃暗于时势，“小子狂简，不知所裁”。凭虚公子雅好博古，“学乎旧史氏，是以多识前代之载”，称述西京之盛，在《东京赋》中，安处先生则直接批评，“若客所谓末学肤受，贵耳而贱目者也。苟有胸而无心，不能节之以礼，宜其陋今而荣古矣”。《两都赋》《二京赋》盛称洛邑之美，核心之义在于东汉受命及其与天下更始之文化自信、制度自信，此即《七辩》髡无子所谓“汉虽旧邦，其政惟新”的思想，是为辩者在旧政—新命这一重大政治议题上因应时势之自觉。在《答客难》中，东方先生“彼一时也，此一时也，岂可同哉”的喟然之慨，已然昭揭时世移易与审知时势之间的关系。在《显志赋》自论中，冯衍称述“风兴云蒸，一龙一蛇，与道翱翔，与时变化”。针对客之疑惑，扬雄《解嘲》一一剖判“当也”“时也”“适也”“得也”之情，指出“为可为于可为之时，则从。为不可为于不可为之时，则凶”。至于自我之辩，更多感于时势，其审时度势的意识颇为自觉，于政治昏乱之时，赋家表现出“河清不可俟”或“正身履道以俟时”的警醒。三类赋辩中的辩胜者对各自所处时势、境遇均有清醒透彻的体察，闻见赅博又是能够如此的前提之一。

三是明识大体。“大体”也称“大义”“大理”“大务”等。古人称赞的识大体，指其能够着眼于根本、关键、整体、大局、长远认识问题，如贾谊曾批评俗吏“不知大体”，“夫移风易俗，使天下回心而乡道，类非俗吏之所能为也”。[1] 针对“客有难《玄》太深，众人之不好也”，扬雄《解难》中辩说“若夫阂言崇议，幽微之涂，盖难于览者同也。……辞之衍者不可齐于庸人之听”。赋辩之议题，撮其要者，无外乎政事、道术二端，“阂言崇议”乃胜者识大体之证。对于子虚盛推云梦之丽，“奢言淫乐而显侈靡”，乌有甚为不取，认为子虚作为使臣，理该代表楚王彰

---

① （汉）班固撰《汉书》，中华书局 1962 年版，第 2245 页。

显大国风烈，而不宜有"彰君恶，伤私义"之举。亡是公更指出二人皆失其正，"以诸侯之细，而乐万乘之所侈"，没有遵履"禁淫"的法度，进而提出"明君臣之义，正诸侯之礼"，申明央地、君臣之间的主次关系，凸显天子"创业垂统"之义，"务在独乐，不顾众庶，忘国家之政，贪雉菟之获，则仁者不由也"。至于众乐之义，《谏格虎赋》"乐至者，与百姓同之之谓也"，《羽猎赋》"与百姓共之"，《二京赋》"百姓同于饶衍，上下共其雍熙。……若此，故王业可乐焉"等，如是"大体"，诸赋一以贯之。

又如《难蜀父老》，针对蜀地代表"弊所恃以事无用"的"固陋，不识所谓"之言，使者从长远、大局予以驳辩：

> 斯事体大，固非观者之所觑也。……盖世必有非常之人，然后有非常之事。有非常之事，然后有非常之功。非常者，固常人之所异也。故曰非常之元，黎民惧焉，及臻厥成，天下晏如也。……且夫贤君之践位也，岂特委琐握龊，拘文牵俗，循诵习传，当世取说云尔哉！必将崇论闳议，创业垂统，为万世规。故驰骛乎兼容并包，而勤思乎参天贰地。……是以六合之内，八方之外，浸淫衍溢，怀生之物有不浸润于泽者，贤君耻之。

在《长杨赋》中，子墨客卿阐述"圣主之养民"应有之义，以为"人君以玄默为神，澹泊为德。今乐远出以露威灵，数摇动以疲车甲，本非人主之急务也。蒙窃惑焉"，翰林主人则辩称长杨之事乃"国家之大务"，"吁，谓之兹邪！若客，所谓知其一未睹其二，见其外不识其内者也。……客徒爱胡人之获我禽兽，曾不知我亦已获其王侯"，子墨客卿最终开悟，"大哉体乎！允非小人之所能及也。及今日发蒙，廓然已昭矣"。另外，汉人重"经常"，同时也尚"权变"，通达权变也是识大体，《答客难》中"明有所不见，聪有所不闻，举大德，赦小过。……自得之，则敏且广矣。……今以下愚而非处士，虽欲勿困，固不得已，此适足以明其不知权变而终惑于大道也"，《答宾戏》中"因势合变，偶时之会，风移俗易，乖忤而不可通者，非君子之法也"，均系此理。综之，大体、小体之辩，诸子学说对此不乏讨论，各自立场未必齐同，但尚"大"的态度是一样的。《吕氏春秋》称："辩议而苟可为，是教也，教大议也。"① 赋辩中，辩胜的实现正是"识大"启蒙"识小"之完成。

四是笃守道术②。赋以铺写见长，但未必只能图形写貌，也可言志载道，此因赋家用心而显其功能。赋言志在谈辩之作中更显突出。在《答宾戏》中主人说"道不可以贰也"。赋辩骋辞繁复至多胜人之口，其辩胜之根柢乃在道术。即使论议国是，也势必要于道术上寻获终极依据，如此方显志笃、理安与辞顺。《庄子·天下》云"悲夫，百家往而不反，必不合矣！后世之学者，不幸不见天地之纯，古人之大体，道术将为天下裂"③，识大体有时也是明道术。辩胜者识大体，是以道术之通明于博物骋辞的过程中比德建义，就文本结撰看，又可分述三点。

首先，文本援推道术。赋辩之展开乃文本援引思想、推阐道术的过程，如事关国家政教之要义（天道、王道、从容中道、建用皇极、符命瑞应等），其中似又以汉赋用"经"为著。④

其次，道术绎自经典。通过文本比勘发现，更耐人寻味的是赋辩绎解经典的现象。例如书写天子游猎之盛而终折之以礼，大抵是对《礼记·王制》（如"天子五年一巡守""天子诸侯无事，则岁三田"）、《尚书·无逸》（如"无淫于观、于逸、于游、于田"）等经典之内相关文本之演绎。杜笃《论都赋》申论迁都，建议汉家"存不忘亡，安不讳危，虽有仁义，犹设城池"，在一定意义上，或可说是对"虽有文事，必有武备"之《春秋》经义的发挥。《子虚上林赋》中的"创业垂统""述职""禁淫"，还有与《谏格虎赋》诸赋共同揄扬的"众乐"，则是对《孟子》王道之言的"赋"写。⑤ 尤其是《上林赋》中天子对"往而不返"的省思，径直绎自《孟子》。孟子说"乐

---

① 许维遹撰《吕氏春秋集释》，中华书局 2009 年版，第 101 页。
② 因不同赋辩文本的思想旨趣有所同异，本文使用的"道术"，并非特指一种具体学说或思想类型。
③ （清）郭庆藩撰《庄子集释》，第 1064 页。
④ 许结、王思豪：《汉赋用经考》，《文史》2011 年第 2 期。
⑤ 《孟子·梁惠王下》首章，针对梁惠王好钟鼓管籥之音、畋猎之乐，孟子提出"与百姓同乐，则王矣"。其后，又论及诸侯述职、禁淫、"君子创业垂统，为可继也"等相关观点。

以天下，忧以天下，然而不王者，未之有也"，在讲述晏婴劝谏齐景公故事时，提及晏子论"从流下而忘反谓之流，从流上而忘反谓之连，从兽无厌谓之荒，乐酒无厌谓之亡。先王无流连之乐，荒亡之行。惟君所行也"。①《上林赋》末言"天下大说，向风而听，随流而化，芔然兴道而迁义，刑错而不用。德隆于三皇，功羡于五帝。若此，故猎乃可喜也"，再次崇扬天子狩猎之义，实为启悟君上王道"惟君所行也"而"非不能也"。赋辩广衍《孟子》本文，通过这种情境化的方式畅言王政，而非抽象地连缀概念，其实是更为细致地援推道术，此间亦可见孟子思想在汉代之传播与作用形式。

最后，命名彰显道术。命名是一门学问，颇显匠心。赋辩中，不少拟设角色之名即道术的象征。如《七激》之徒华公子、玄通子，《七辩》之无为先生与虚然子等，《七蠲》之寒门邱子、玄野子，这些命名俱显赋家运思之匠心独妙。② 又如，《长杨赋·序》称"聊因笔墨之成文章"，以"翰林"为主人，以"子墨"为客卿。前人集释："韦昭曰：翰，笔也。善曰：翰林，文翰之多若林也。《诗·大（小）雅》曰：有壬有林。君也。此云林，即文翰林，犹儒林之义也。胡广云：博士为儒雅之林，是也。"③ 显然，"翰林主人"系道术通明的别致之称。刘熙《释名》有云"笔，述也，述事而书之也。……墨，晦也，言似物晦黑也"④，据古人以物比德、取义于物的思维审之，"墨"即晦暗，隐喻不明大体。《管子·四称》中说"政令不善，墨墨若夜"，即"言其昏暗之甚也"。⑤《荀子·解蔽》谓"凡人之患，蔽于一曲而暗于大理。……曲知之人，观于道之一隅而未之能识也"，杨倞注"蔽者，言不能通明，滞于一隅，如有物壅蔽之也"；继谓"《诗》云：'墨以为明，狐狸而苍。'此言上幽而下险也"，杨注"逸《诗》。墨，谓蔽塞也"。⑥ "笔"系明道之具，自

---

① （宋）朱熹：《孟子集注》，载（宋）朱熹《四书章句集注》，中华书局 1983 年版，第216—217 页。

② 孙晶：《称谓调遣见匠心——汉代七体赋管窥》，《社会科学战线》2002 年第 3 期。

③ （南朝梁）萧统编，（唐）李善注《文选》，上海古籍出版社 1986 年版，第 404 页。

④ （汉）刘熙撰，（清）毕沅疏证，（清）王先谦撰《释名疏证补》，湖南大学出版社2019 年版，第 274—275 页。

⑤ 黎翔凤撰《管子校注》，中华书局 2004 年版，第 617 页。

⑥ （清）王先谦撰《荀子集解》，第 386—410 页。

然构成"道"的象征，"史载笔，士载言"① 也是强调借由笔的书写
"宣"言"明"道。王充《论衡·自纪》说："口则务在明言，笔则务
在露文。……观读之者，晓然若盲之开目，聆然若聋之通耳。"② 众所周
知，笔、墨虽然相需，然就书写的程序而言，墨毕竟是从动的，墨因笔
成文，文成而道显。蔡邕《笔赋》由题咏其物进而赞谕其德：

> 昔仓颉创业，翰墨作用，书契兴焉。夫制作上圣立宪者，莫先
> 乎笔。……传六经而缀百氏兮，建皇极而序彝伦。综人事于暗昧兮，
> 赞幽冥于明神。象类多喻，靡施不协。上刚下柔，乾坤位也。新故
> 代谢，四时次也。圆和正直，规矩极也。玄首黄管，天地色也。

这些皆可看作"笔中有道"观念的表达，于此可佐《长杨赋》人名命意
蕴含道术之趣。③ 如此设计归结于客卿服膺主人"大哉体乎"之言，无
疑也是赋家本人通明道术的体现。"如果说文学作品中蕴含的思想是体，
它是即用显体的。"④ 道术之于文学的意义，并不在于文本仅从典册中撷
拾若干字句、化用点缀术语这种肤泛情形，而是以艺术的形式传递、阐
发思想，此不失古人述作之义。从道术传播或施用的角度出发，也不妨
说，赋体构成道术的一种文学化"义疏"。以上二者合观，恰构成古代
文、道关系的两个方面，即"文以载道"与"道之文"。

五是娴熟辞令。出语为辞，发言为令。作为口述社会的典型，辞令
之学是先秦君子之学的一个重要方面。辞令具有内在规定性，其为德行、
学问、智识与言说立场的呈现，未可径以利口巧言等同之，高水准的辞
令多见诸谈对论辩的场合。赋家擅长辞令，自屈原、宋玉诸人已然，《史

---

① （清）孙希旦撰《礼记集解》，中华书局 1989 年版，第 83 页。
② 黄晖撰《论衡校释》，中华书局 1990 年版，第 1196 页。
③ 俞樾《古书疑义举例》"寓名例"即列举汉赋命名之例"马卿之乌有亡是、杨雄之翰
林子墨"，但是并未点出其命名之义。《长杨赋》的情况已如上论。关于《子虚上林赋》之人
名命意，曹虹指出其中"隐含抗礼王侯、尊师重道之古意"，并认为张衡《二京赋》亦然，
而此种称名隐含以道胜势之义（参见曹虹《孟子思想对汉赋的影响》，《江苏社会科学》
1990 年第 5 期）。
④ 朱晓海：《汉赋史略新证》，陕西人民出版社 2004 年版，第 15 页。

记》载"屈原既死之后，楚有宋玉、唐勒、景差之徒者，皆好辞而以赋见称；然皆祖屈原之从容辞令"①。司马迁称屈原从容辞令，从观念史的角度看，不妨视之为汉人对赋辩之中辞令传统的追认，这是主要意义，至于其事实然否不必刻意求实。赋辩接续辞令精神，辞令水平取决于赋家之闻见及对道术、大体、时势等的体认。骋辞是辩胜者综合能力的施展，娴于辞令内在地聚合博赅闻见、审知时势、明识大体、笃守道术等方面，使对方终以辞诎之态心悦诚服，此乃辩学精神之要义。赋辩彰明思想旨趣，其精义存于辞令之中。也可以说，辞令精神的流注乃赋辩文本具备思想品性的一个因素。

以上五个特点，是为五种能力，就整体而论，并没有超越德行、言语、政事、文学四个方面。"孔门四科"揭举孔子关于个人材性能力的认识，彰显孔门意趣，四者各为专长而又相互联通。南宋真德秀《西山读书记》载：

> 或问："四科之目何也？"
>
> 曰："德行者，潜心体道，默契于中，笃志力行，不言而信者也。言语者，善为辞令也。政事者，达于为国治民之事者也。文学者，学于《诗》、《书》、《礼》、《乐》之文，而能言其意者也。盖夫子教人，使各因其所长以入于道，然其序则必以德行为先，诚以躬行云云。"②

当然，这里仅仅只是师其辞义而已，不必囿于儒者立场，"四科"蕴含的综合能力体现为以上五个方面彼此融织及其相互作用。闻见赅博是辩者博物骋辞的知识基础，笃于道术是辩胜者审知时势、明识大体且于闻见赅博中知言与从容谈对的根柢。识大体、笃道术在有的赋辩中又表现为对闻见之知的深入与超越。"不闻不若闻之，闻之不若见之，见之不若

---

① （汉）司马迁撰《史记》，中华书局 1959 年版，第 2491 页。
② （宋）真德秀：《西山读书记》，载上海师范大学古籍整理研究所编《全宋笔记》第十编第二册，大象出版社 2018 年版，第 138 页。

知之，知之不若行之，学至于行之而止矣。行之，明也。"① 《两都赋》
中西都宾敷陈旧都风物，"若臣者，徒观迹乎旧墟，闻之乎故老"，东都主
人申辩之前，批评他"顾耀后嗣之末造"，"罕能精古今之清浊，究汉德之
所由。唯子颇识旧典，又徒驰骋乎末流。温故知新已难，而知德者鲜矣"，
并以"京洛有制""王者无外"的王制自信，一一辩驳宾客自负的闻见之
知。西都宾完全接受，其谓主人"好学"实乃对主人识见卓越的服膺。
《答宾戏》中主人批评宾客"处皇世而论战国，耀所闻而疑所觌"，其称陆
贾、董仲舒、刘向、扬雄诸人著述之业"究先圣之壶奥……以全其质而发
其文"，是对他们辨章旧闻、精研覃思而不囿于闻见的推崇。

　　古人云，赋显才学，赋见器识。综此五者，辩胜者"博闻辩智"的
形象大体可观，比照之下，他者形象已毋庸具论。五个方面均密契道术、
政事，又多以辞令为轴心。谈对、论辩构成先秦两汉文学生成、演进乃
至个别文本经典化的重要动能，其中塑造了颇多个性特异的辩者。《墨
子·尚贤》云，"厚乎德行，辩乎言谈，博乎道术"的贤良之士，"固国
家之珍，而社稷之佐也"。②"辩乎言谈"作为一种文本特征，与厚乎德
行、博乎道术一起，树立了辩胜者的丰满形象，辩之议题、辩胜之理则
彰显赋家之智察明诚。在"通意后对"的前提下，赋辩表现出的尚
"文"精神，至少昭示"政化贵文""事迹贵文""修身贵文"③ 之一面。
如结合前文举述的解释型、叙事型两种对话看，赋辩中辩胜者具有相当
的话语力量，或者擅长辨章旧闻。凭借解释、论说或叙事，赋辩表现出
一定的宣示性，赋家个性也因之获得彰表。形象是思想的符号。辩胜者
彰著辩者之多能，且时显史家之睿智、哲人之气质。作为文学形式的赋
辩，内生于"辩"以正言、"辩"以立言的动力，构成独到的思想形态。
言说传统在这样的过程中进入书写，丰富了文本的话语内涵，例如通过
对辩胜者形象的分析与总结，或可从一个侧面审视赋家有诸子遗意及赋

---

① （清）王先谦撰《荀子集解》，第 142 页。
② （清）孙诒让撰《墨子间诂》，第 44 页。
③ 参见范文澜撰《文心雕龙注》，第 15 页。

体可以构成"一子之学"① 的标征。而潜在地，这一过程也给赋体书写埋下"隐患"，从而导引出有关赋体"丽则""丽淫"的问题。由是，结合早期辩学的相关内容，辩学视域中的汉赋批评构成赋学批评新视域、新方法。

三　辩学视域中的汉赋批评刍说

汉赋融会众多思想、知识资源而显聚合特征，辩学为其中一个具体方面。② 辩学视域中的汉赋批评，乃汉赋文本之书写特征与早期辩学相关理论彼此视域融合下的批评范式，综其端绪，包括汉赋文本的辩学批评与传统赋评之辩学解读，二者如两条绳股之编织，既各成一系又紧密扭结。兹就这一视角、方法之批评实践及其理论意义，试予粗略探讨。

首先引起注意的，是古代赋评及其术语与辩学范畴间有叠合。虽未必提到"辩"，古代的汉赋批评与辩学相关内容却有契合处，所使用的术语与辩学范畴彼此叠合。

一是知"类"。古人很早就关注"类"的问题。《易》称"君子以类族辩物"③，《荀子》谓"伦类不通……不足谓善学"④，《吕氏春秋》言"知不知，上矣。过者之患，不知而自以为知。物多类然而不然……小智，非大智之类也"⑤。可以想见，"别类"的意识及能力极为重要，

---

① 章学诚《文史通义·诗教下》言"赋家者流，犹有诸子之遗意，居然自命一家之言者，其中又各有其宗旨焉"，《校雠通义·汉志诗赋》又谓赋家自成"一子之学"。［参见（清）章学诚著，叶瑛校注《文史通义校注》，第 80、1064 页］实斋论"学"，主"立意"，重"识见"，贵"宗旨"。系统总结"辩乎言谈"的辩胜者形象，有助于审知赋家旨趣及赋文立言的特质。易闻晓从"辞章的学养""博物的取资""字词的繁难"等方面论证汉赋为"学"［《汉赋为"学"论》，《中山大学学报》（社会科学版）2018 年第 6 期］，有其道理。只是，这些方面体现的仅乃赋家知识储备以及汉人常言道的"善属文"技能，尚不出"赋兼才学"之义，从立言角度看，实则不构成赋辩言有"宗旨"及实斋言下赋成"一子之学"的标征。
② 参见刘成敏《汉赋文本的辩学精神》，《文学遗产》2020 年第 3 期。
③ 《易·同人·象传》之辞。参见（唐）李鼎祚撰《周易集解》，中华书局 2016 年版，第 107 页。
④ （清）王先谦撰《荀子集解》，第 18 页。
⑤ 许维遹撰《吕氏春秋集释》，第 661 页。

有效谈辩基于知类，"风马牛不相及"自然不构成谈辩。《孟子》称"故凡同类者，举相似也"①，孟子经常以对方不知类驳辩对方。张衡《应间》中辩胜者开口即称其与对方"观同而见异"，从辩学角度看，就在于对方未能别类。无论事类还是义类，以类施辩均是辩学的基本准则。据《汉书·扬雄传》，"雄以为赋者，将以风也，必推类而言"②。刘熙载说"赋欲纵横自在，系乎知类"③，汉赋施辩的骋辞技法，即推类思维之文本化，契合辩学因类置辩从而别同异、辨是非的旨趣，此亦以类从事、联类生义之比附思维的话语实践，其令对方服膺或自我说服的设计，实现从以类辩理到以类聚人的效果，则又彰显君子"引其类"之义。④

二是用"辟"。譬喻落实于歌诗或即比兴之辞，实际上，也是"论文"之法。"辟"是诸子谈辩的通用技术，其与假、效、侔、援、推诸条同列，构成《墨子·小取》阐述的辩术之一，"辟也者，举也（他）物而以明之也"⑤。赋辩用"辟"以谕旨明义，推扩言之，或关乎《诗》之寄托讽喻。《两都赋·序》中说："或曰：赋者，古诗之流也。"这一回溯性总结未必合乎赋体生成的实际，却具有文学思想史的意义，揭明汉人关于赋体的一种认知观念。结合赋辩文本而言，"古诗之流"兼括形、义二端，对应两种赋之性状的描述："赋者，敷陈其事"与"赋者，敷布其义"。敷事、敷义构成赋辩骋辞的两个方面，"形"以敷义进而建"义"，"义"以赋形终而制"形"，其间比譬之例甚夥。谈辩需要遵从"以类取，以类予"的原则，善譬之前提在于知类，知类的实质是知言，知言又是博赅闻见、明识大体、知所是非的体现，如是均与辩学发生

---

① （宋）朱熹：《孟子集注》，载（宋）朱熹《四书章句集注》，第329页。
② （汉）班固撰《汉书》，第3575页。
③ （清）刘熙载撰，袁津琥校注《艺概注稿》，中华书局2009年版，第459页。
④ "类"是早期辩学的核心概念。考察类思维之于赋辩的意义，除了总结文本表面上呈现出的物象之繁复铺排、结构的秩序等现象，或更应披文入理，由基于类的概念而确立之辩学法则角度勘入，揭示文本现象背后的思维机制及辩学精神。如是方能在比较视野中辨析赋辩与其他辩说文之辩的同异，同中见异，异中观同。
⑤ （清）孙诒让撰《墨子间诂》，第416页。孙氏引毕沅注云："辟同譬。《说文》云：'譬，谕也。'"至于"举也物"之"也"字，孙氏引王念孙注云："'也'非衍字，也与他同，举他物以明此物，谓之譬，故曰'辟也者，举他物而以明之也'。"

关联。

　　另外，基于辩学角度的批评彰示辩学要义。刘勰称许"符采相济"之文，谓丽词雅义乃"赋之大体"。① 谈辩亦推重此理，赋辩理应不出其例。这也成为辩学视域中汉赋批评的参照标准。王符指出：

　　　　夫教训者，所以遂道术而崇德义也。今学问之士，好语虚无之事，争著雕丽之文，以求见异于世，品人鲜识，从而高之，此伤道德之实，而或蒙夫之大者也。诗赋者，所以颂善丑之德，泄哀乐之情也，故温雅以广文，兴喻以尽意。今赋颂之徒，苟为饶辩屈蹇之辞，竞陈诬罔无然之事，以索见怪于世，愚夫戆士，从而奇之，此悖孩童之思，而长不诚之言者也。②

《潜夫论》有为而发，这一段论学评赋的文字，不止于揭示其时赋风之一面，还在于审知赋体蕴蓄的辩学精神及赋辩协调"文""质"宜遵从的原则。《论衡》称"以敏于赋颂，为弘丽之文为贤乎？则夫司马长卿、杨子云是也。文丽而务巨，言眇而趋深，然而不能处定是非，辩然否之实。虽文如锦绣，深如河、汉，民不觉知是非之分，无益于弥为崇实之化"③，王充意在申论赋辩需具备辨正然否、处定是非的功能与价值。王符、王充二人都有征实致用的思想，两则材料内蕴辩学旨趣，或点出赋具"辩"之功能，更启发赋辩之要在"诚"，唯其如此，赋辩才能够定是非、辨然否从而有益于"崇实之化"，所谓"遂道术而崇德义"的教训之义也在于此。

　　中国古代的辩学与诸多观念因素，比如价值观、认识论，缠绕在一起。④ 辩学与赋学之会通，除了骈辞技法，尚牵连思想旨义。故辩学视

---

　　① 刘勰《文心雕龙·宗经》推许"符采相济"之文，继之《诠赋》中提到"丽词雅义，符采相胜，如组织之品朱紫，画绘之著玄黄，文虽新而有质，色虽糅而有本，此立赋之大体也"。参见范文澜《文心雕龙注》，第 23、136 页。
　　② （汉）王符著，（清）汪继培笺，彭铎校正《潜夫论笺校正》，中华书局 1985 年版，第 19—20 页。
　　③ 黄晖撰《论衡校释》，第 1117 页。
　　④ 参见张晓芒《先秦辩学法则史论》，第 8—10 页。

域中的汉赋批评，给古代赋评提供了新的认识视角。例如，王符、王充主诚尚用、慎饶舌口辩，其与以言行事、取效而不独尚烦文的辩学理念具有一致性。汉赋谈辩之文本体量与不尚烦文的精神似乎不侔，尤其与直言的方式比较，随着"闳侈巨衍""极而言之"成为赋体自我塑形、彰显独立个性的惯用技法，赋辩之义旨的确容易被隐没。"深覆典雅，指意难睹，唯赋颂耳"① 部分反映了这种情况，扬雄谓"览者已过矣"不全是想当然之辞。在《二京赋》中，安处先生道："相如壮上林之观，杨雄骋羽猎之辞，虽系以隤墙填堑，乱以收置解罘，卒无补于风规，祇以昭其愆尤。"事、理因文辞而显，谈辩理应辞、理相称。赋中应辩者虽然流露无意于辩、不急于辩之态，但赋文毕竟洋洋洒洒，以致贻人逞才炫博与辞、理失衡的印象。一旦失其仪轨，赋辩势必流于无的之矢，此乃扬雄言下辞人、诗人之赋的一个区别。扬雄作赋及评赋强调赋的谏言功能，实则预设了君臣对话的情境，究其实质，乃臣下针对君上作为的讽辩之言。"诗人之赋"之潜在的文本性质即谈辩，然限于礼制与职官身份，面对君上失范之举，赋家不能超越奏言的礼制规定，不宜直言"彰君恶"之论，唯以赋的形式表明臣与君辩之态，经此实现劝谕讽谏的目的，同时昭显赋家个人的学识政见。扬雄推重既丽且则的诗人之赋，出于《诗》学立场和经学思维。《诗》之赋、比、兴，即隐含辩学法则的观念。② 文辞者，道之器也。扬雄赋论不足以遍指汉赋全体，但其批评的"辞人之赋"确与辞之仪则隐没、辩学精神涣散相关。或对经史之中蕴含"实""诚"精神的辩议谏言之"赋笔"抱持期望，扬雄赋论之要义约略可感，与辩学精神存在一定程度的呼应。

然作为思想述作的形式，赋辩不宜被简单否定。汉人或谓大赋"没其讽谕之义"，意在讽谕之义被遮覆，而非消失，此乃义理隐显而非有无的问题。"辞人之赋丽以淫"，扬雄未予细致解读，其自作大赋的辩学意趣、思想旨义昭然，也未可径以"辞人之赋"视之，至于其"劝百讽

① 黄晖撰《论衡校释》，第 1196 页。
② 参见张晓芒《先秦辩学法则史论》，第 99—104 页。

一"之见则不必一概盲信。①《荀子》说"言辩而不辞（乱）"②。赋辩或助观览、陈法戒、补遗缺，或宣己志、树德义、明道心，繁复之文归根究底服务于辩服人心之旨。而此种情形的意义，借王充的自辩之言来说，即："如皆为用，则多者为上，少者为下。……指实定宜，辩争之言，安得约径？"③ 刘熙载谓"诗为赋心，赋为诗体"④，《诗》约而赋铺。其实，赋辩宗旨本无多言，且不少文本在相当程度上体现出规约于"礼"的自觉，"夫礼者……决嫌疑，别同异，明是非也。礼不妄说人，不辞费。礼不逾节，不侵侮，不好狎"⑤。皇甫谧《三都赋序》以"初极宏侈之辞，终以约简之制"称述"近代辞赋之伟"，"其中高者，至如相如《上林》……班固《两都》，张衡《二京》"⑥，皆为经典的赋辩文本。扬此抑彼或者卒章显志的套作制式是呈示辩学精神之共识，内在蕴含汉人关于赋之体、用的认知。

理因辞显而辞以理归，无疑是辞、理关系的理想状态。然而，辞的有效性与有限性终始相伴，先秦"辞不可以已""辞其何益"的不同认知即表明古人早已意识到这一问题。⑦ 文学作为思想述作的形式，无法超越于此。这是中国文学自我调适与自我塑造的内在动力，不独赋辩为然。而扬雄赋评所反映的，或乃经学视域下虚与实、文学视域下文与质、辩学视域下美与信的关系。经学、文学、辩学彼此融织，同时，虚与实、文与质、美与信各自之间也是相反相成的。这种过程性的思维使赋体在情义、事形之间不断找寻平衡，追求辞、理彬彬的理想状态。历时审视赋体生成、演变，赋辩文辞中的辞、理失衡或平衡，不妨视为汉人塑形

---

① 从致用角度看，赋辩即使完全"丽则"，也实与奏议一样，均有赖他者道德自觉及兼听斟酌之智，未必一定被取纳，此非赋家所能掌控。至于汉人批评的浮靡之风，亦非某些赋作独具，章奏之文也时有表现。扬雄的"劝百讽一"是一家之言，有其语境，不宜视为"定论"。

② 杨倞注："辩足以明事，不至于骋辞。"郝懿行、王念孙二人以"辞"当作"乱"解，于义为妥。参见（清）王先谦撰《荀子集解》，第 40 页。

③ 黄晖撰《论衡校释》，第 1202 页。

④ （清）刘熙载撰，袁津琥校注《艺概注稿》，第 411 页。

⑤ （清）孙希旦撰《礼记集解》，第 6—7 页。

⑥ 韩格平等校注《全魏晋赋校注》，吉林文史出版社 2008 年版，第 251 页。

⑦ 参见于雪棠《先秦两汉文体研究》，北京师范大学出版社 2012 年版，第 114—119 页。

赋体在技法、义理上的调度。这固然是传统之"赋笔"与成熟之"赋体"的矛盾，实则也是中国文学演进中体、用互动格局中的结构性、功能性矛盾，而矛盾始终存在激发了赋体的自我塑形、独立与演变。汉人确立赋的文体地位，又试图赋予它思想述行的功能。史传中被"删取其要"的赋辩文本，或可视作汉人"建模"的结果，是汉人心中丽辞雅义之预设的流露。赋辩也是"论"之一种，具有他体难以替代的特点。《人物志》说：

> 善接论者，度所长而论之。……善喻者，以一言明数事。……善难者，务释事本。……谈而定理者，眇矣。必也聪能听序，思能造端，明能见机，辞能辩意，捷能摄失，守能待攻，攻能夺守，夺能易予。兼此八者，然后乃能通于天下之理。通于天下之理，则能通人矣。……明能见机，谓之达识之材。辞能辩意，谓之赡给之材。……守能待攻，谓之持论之材。……与通人言，则同解而心喻。①

据此，骋辞可以服务于辩理。汉赋谈辩既显赋家赡给之材，辩意之辞亦具持论特征②，文本结篇厌服人心或自我辩服的旨趣，则传递了理能"通人"、言可"迁行"的理念。

晋代挚虞《文章流别论》说：

> 古诗之赋，以情义为主，以事类为佐。今之赋，以事形为本，以义正为助。情义为主，则言省而文有例矣。事形为本，则言当而辞无常矣。文之烦省，辞之险易，盖由于此。夫假象过大，则与类相远；逸辞过壮，则与事相违；辩言过理，则与义相失；丽靡过美，则与情相悖。此四过者，所以背大体而害政教。是以司马迁割相如

---

① 李崇智：《〈人物志〉校笺》，巴蜀书社 2001 年版，第 94—100 页。
② 参见刘成敏《汉赋"持论"说》，《文学研究》2015 年第 1 期。

之浮说，扬雄疾辞人之赋丽以淫。①

这番赋评的文体学意义十分丰富，其中提到"辩言过理，则与义相失"的问题。汉赋谈辩或乃"情义为主，则言省而文有例"与"事形为本，则言当而辞无常"之间的动态调适。着眼于政治讽颂的效用，"赋者，古诗之流"是这个过程中衍生出来的赋用论调，不具有赋体源流的根本意义。围绕赋辩的研讨，赋做何用、赋系何体与赋如何写三大理论议题交融于一体。情义树立宗旨，事形佐助情义，"情义为主""事形为本"导引赋体文学的两种路径，彼此虽有侧重，实可相反相成。辩学精神的彰表，是赋具思想意味的要素之一，一旦消解，便会造成赋体脱略思想言说的品位而走向徒具铺陈特点的形式之文学。所以，辩学传统赓续与否，有可能造成赋体演变的不同路径与美学风貌。只是辩学、赋笔并不会各行其道，虚实、文质、美信各自之间看似矛盾实可相济相维，这是赋体文学"甜美"与"有用"② 自我协调的永恒议题，也是中国古代文学创作及其批评中相反相成之过程性思维的作用状态。赋辩是言说传统与书写文化的结合体。言说传统在书写文本中得到扩张，而书写的过程融入言说传统的元素使文本具有丰富的话语内涵。二者的协调当是古人关于赋体理想状态的期许，所谓"文犹质也，质犹文也"③。也正因这一状态难以实现，其中存在的矛盾、张力，遂成为赋体文学及赋学批评承传、演变的内在动力。赋辩仍是思想述作的形式，汉人关于赋体的焦虑也仍是后世批评家关注的议题。

四　赋：文学与文化之"棱镜"

作为一种理论视角的辩学批评，具有学理传统与汉赋书写实践的撑

---

① （清）严可均校辑《全晋文》，载（清）严可均校辑《全上古三代秦汉三国六朝文》第二册，中华书局 1958 年版，第 1905 页。
② 关于文学"甜美"与"有用"的讨论，参见〔美〕韦勒克、〔美〕沃伦《文学理论》，刘象愚等译，江苏教育出版社 2005 年版，第 20 页。
③ 《论语·颜渊篇》，载（宋）朱熹《四书章句集注》，第 135 页。

持，有待具体的文本批评和系统的学理建构。但有一点是十分确定的，即其批评视域之展开，离不开深入的文本细读。细读的目的是解读文本背后的深邃思想。① 由是则又启发以整体眼光审视赋之文学与文化的意义，有几点延伸思考，或可进一步展开讨论。

赋辩是言说与书写两种话语方式交互的动态呈现。言说传统，如辞令精神之流注，丰富文本的话语内涵。书写意识的强化，促成赋体的不断塑形。赋辩承传口述文化重"宣言"、尚辞令的特点，更凸显书写文化在汉代的繁盛。赋体书写提醒我们关注，言说与书写既有相互容受、渗融的一面，也存在彼此龃龉、扞格。"言不务多，务审其所谓"②，或可视为言说传统的代表观念。比如《诗经》是"口述社会"中的经典③，《诗》之用强调言约义丰。扬雄推重"诗人之赋"，为其《诗》学观念在赋域之投射。汉赋则更多书写文化的表达，赋辩以书写的形式再现言说，是言说的文本化。书写极大拓展了文本空间，并在一定程度上激发了文学竞技的意识，赋家逞才效技遂成可能。"一代之胜"意义上的汉赋，成为赋家博物闻见与修辞技能的"竞技场"。言说传统进入书写场域，极有可能因骋辞之惯性而造成辞、理失衡。故不必辞人之赋"丽以淫"，即使是诗人之赋，也未必一定"丽以则"。④ 这于赋体而言或许是消极的，但是，这样说并不表明扬雄之说即赋体只能要么"丽淫"要么"丽则"具有普遍意义。实际上，诗人之赋/辞人之赋之二分，不过是扬雄的理论话语。在文学史的意义上，其于认识文学发展的启示更在于，从重视言说的效用到表现书写之丽辞，赋体吸收并超越了思想的言说传统，这是文学生发的契机，且相对于公共性书写，更多地体现私人著述的个体化风格。赋辩彰显了文学辞章化特征，同时赓续了立言精神，辩胜者形象成为文学承传、演化之缩影。

---

① 参见刘跃进《有关唐前文献研究的几个理论问题》，《深圳大学学报》（人文社会科学版）2016 年第 6 期。

② （清）王先谦撰《荀子集解》，第 540 页。

③ 参见蒋保《演说与雅典民主政治》，《历史研究》2006 年第 6 期。

④ "其实，'辞人之赋'未必全属'丽以淫'，'诗人之赋'也未必全部'丽以则'。"参见孙少华《汉代赋论的文学实践与时代转换——以赋心、赋神、赋情为中心》，《文学评论》2015 年第 5 期。

辩学与赋体之会通，首先在于形式上的相似性。辩学是关于谈辩这一言说行为的学理性建构，此于诸子学说中有丰富讨论且有其共识。赋源于诸子，或赋出入诸子，是赋史建构中的经典命题之一，建立了诸子与汉赋之间的源流关系。特别是对话体，在形式上，二者有相似之处。例如《庄子》问答，"强势一方纯然以智者说教口吻来言说，而聆听言说一方则不持怀疑态度，也缺乏批判精神，甚至到被震慑的地步……无非借听者以达成宣说、传达某种观念和思想之目的"①。赋辩结篇形式即大体与之雷同。只是，以上思路极易于排除赋体生成的其他可能性。从整体视野看，探讨赋辩与早期思想言说、文学书写的关联，不应只在表面上的形式、现象之间比附，更需深入勘掘。辩学视角的启示在于，汉赋文本的书写与经史、诸子以及诸种文学样式书写之间的相同、相似，表明古人思维方式、思想观念与知识背景等方面的会通。也就是说，赋之形式特征未必导源于早期某些文本，而是古人的思维方式、思想观念与知识背景在赋体与这些文本上的共相表达。因思维及观念具有一定的稳定性、连贯性，这样的表达遂形成历时的传统。在此意义上，汉赋与诸子的关系，或所谓赋源于诸子，或可说是诸子言说—著述的传统在赋体中的体现。因此，辞令精神、著述意识、现实关怀等，仍或显或隐地蕴蓄于赋辩之中。

作为一种学说形态，辩学的知识见诸众多类型的文本。作为一种话语方式，赋笔也多为各种文本所运用。因此，辩学与赋体之会通启发有关赋体生成的思考，具体言之，就是或有必要从思维方式、思想观念与知识背景等方面综合利用早期文本，去发掘赋体生成的更深层次的历史过程，而非简单地建立赋体与某种言说或书写现象之间形式上的点对点对应，或满足于早期某种或某几种言说或书写之于赋体的影响研究。简单的点与点比附，其过程多数流于真空状态；粗率的影响研究，极有可能出现颠倒因果、循环论证的问题。赵昌平认为："文学之文化研究，是否应将立足点倒过来，由作品所反映的作者践行中所表现的精神、行为、

① 汪春泓：《问答体：〈庄子〉成篇结构和思辨模式的新视角》，《华南师范大学学报》（社会科学版）2021 年第 4 期。

136

心理倾向来探讨他对文化因素，包括文学因素的接受情况、综合状态，而非相反。"① 这对考察赋体之生成极具启发性。与其说诸多元素塑造了赋体，毋宁说，是汉赋、赋体的结构成就了这些元素。清代章学诚说赋征材聚事，在书写的语境中，其征、聚必然容受了多元的思想与知识观念。如关于赋源的见解，诸如赋源于《诗》、楚辞、诸子、隐语、俳辞、纵横家、楚地长诗等，粗略统计，已不下十种，但如果换一思路看，不妨说，这些皆为赋体之书写所携带的文化内容。这是一个不断聚合、接榫的过程，又因书写者问题意识、现实情怀、情感志趣之投入，汉赋文本遂成一种文化景观。② 钱穆曾道："若讲中国文化，讲思想与哲学，有些处不如讲文学更好些。"③ 汉赋不唯具有文学史的承转、示范意义，更具有文化史和思想史等的认识功能。而这一切，其原初皆落实于书写的过程。书写（内蕴言说的传统）之于赋家、汉代文士的意义，并不止于恢廓王言或传续道统，还畅叙情志、彰显才学。总之，战国至汉代，书写文化之繁盛及内涵之拓展，正是中国古典文学早期生成、衍化的重要机理，其中众多思想与知识观念，包括文学的观念，构成汉赋立"体"且个性特异、"言公""言私"兼顾的大传统。在研究的意义上，汉赋文本犹如"棱镜"，发散出的乃丰富多元的文学与文化。而透过这面棱镜，探讨文化与文学融会之机理，亦即文化的内容如何进入文学、文学如何显现或表现文化，则是赋体生成贡献给中国古典文学发生及演变研究的理论课题。最后，再回到早期辩学与汉赋谈辩的话题，辩学精神之于赋体构造的意义是重要的，而赋辩之于辩学的书写更富于考察中国文学生成、衍变的启示性。

---

① 赵昌平：《鲁仲连、赵蕤与李白——兼论古代文化史、文学史研究的若干问题》，《文学遗产》2011 年第 1 期。

② 刘成敏：《汉赋的生成和体性》，《中国社会科学报》2022 年 11 月 22 日，第 6 版。

③ 钱穆：《中国文学论丛》，九州出版社 2011 年版，第 125 页。

"以集为子"：论六朝子书写作方式的文集化[*]

◇伏　煦[**]

内容摘要： "以集为子"说是刘咸炘提出的命题，借以指以《抱朴子》《刘子》为代表的六朝子书重辞藻而轻宗旨的写作方式。葛洪《抱朴子外篇》的篇目，有赋、设论、史论和连珠等各种文学文体，在继承前代写作模式的基础上，葛洪亦在其中表现了个体的人生选择与著述理想；《刘子》的作者则隐匿了自我，重新整合九流百家的思想，所论事理多因袭前人，而骈文的写作形成了更加理论化与辞章化的学术文本。整体而言，无论魏晋士人的著述观念，还是史志目录的分类，都表明子书与文集是两种不同性质的学术著述，然而文集的因素影响着子书的写作，客观上推动了中古时代子书与文集兴替的历史进程。

关键词：《抱朴子外篇》　《刘子》　赋　设论　骈文

一　"以集为子"说溯源

到了汉魏六朝，子书著述由先秦的学派集体之作，变而为个人的学术著述，汉魏子书多以"论"为名，形式上亦是多篇专题论文连缀成书，意旨多重述六经与诸子之说。在保留至今且相对完整的六朝子书中，

* ［基金项目］国家社会科学基金后期资助项目"子集兴替：中古学术著述方式的转型"，项目编号：21FZWB074。

** 伏煦，山东大学文艺美学研究中心副教授、硕士研究生导师，研究方向为中国文学批评史、汉魏六朝文学。

成书于东晋的《抱朴子》与旧题为北齐刘昼所著的《刘子》①，依然延续了汉魏子书的基本体制，但在写作方式上两书颇具骈俪色彩。葛洪《抱朴子》分内、外篇，外篇《自叙》指明"《内篇》言神仙、方药、鬼怪、变化、养生、延年、禳邪、却祸之事，属道家；其《外篇》言人间得失，世事臧否，属儒家"②。《抱朴子外篇》在宗旨和体制上延续了汉魏子书以来的传统，甚至兼备赋、史论、设论和连珠等多种文学文体③，葛洪以此抒发个人情志，与诗赋无异，故而本文仅以外篇为讨论对象④。

《抱朴子外篇》与《刘子》的著述特点，在学术史上较早受到关注，晚清学者谭献评价汉魏六朝子书曰："深婉周挚，自以为儒家之书。前则《鸿烈》、《论衡》，后则《金楼》、《家训》，皆志在立言，文采粲然者矣。"⑤《淮南子》以降到六朝末期的《金楼子》与《颜氏家训》，虽作为子书有"立一家之言"的宗旨，然不乏对文辞的追求。民国学者刘咸炘在谭说的基础上，更加敏锐地注意到"志在立言，文采粲然"实乃六朝子书写作方式的一大新变。

> 宗旨既浅，词采方兴，以集为子，若顾谭《新言》、陆景《典语》，皆意陈而词丽，其稍有名理者若秦菁《秦子》，已属罕觏。葛洪、刘昼由此出焉。（《旧书别录·魏晋六朝诸子》）⑥

---

① 关于《刘子》的作者，陈志平《魏晋南北朝诸子学研究》（武汉大学出版社 2017 年版）一书第六章"《刘子》研究"总结了学术史上关于《刘子》作者的论争，亦指出作者的"隐退"是《刘子》给后世留下的最大困惑，原因是《刘子》延续了先秦传统子书作者基本不出现真实自我的传统（第 294—299、321—322 页）。本文姑从旧说之一的"刘昼作者说"，以刘昼代指《刘子》作者。

② 杨明照撰《抱朴子外篇校笺》下册卷五十，中华书局 1997 年版，第 698 页。

③ 关于《抱朴子》的文学研究，王琳《魏晋子书研究》（商务印书馆 2019 年版）第十三章"晋代杂家类子书"专门讨论了《抱朴子》的文学性，指出《抱朴子》诸篇有赋、论、辩难、连珠诸体与骈体特征；吴祥军《融汇众体与博明万事：〈抱朴子〉的文体形态及其典范意义》（《江苏社会科学》2020 年第 6 期）指出《抱朴子》采用了语录与对话为主的篇章结构形式，或融合语录和对话，亦吸收了骈文和辞赋等文体。

④ 余嘉锡《古书通例》（中华书局 2009 年版）认为《抱朴子》内、外篇应当各自独立命名，《隋志》分别著录，又有违《汉志》的传统："夫汉、魏以后著书，本可自命书名，不必效颦周、秦，称为某子。即欲刻意摹古，而二书所言，非既一事，何妨别为题目。而乃通为内外篇。及《隋志》分著于录，遂使道家有内而无外，杂家有外而无内。《七略》、《汉志》盖未尝有此。"见该书第 281 页。

⑤ （清）谭献著，范旭仑等整理《复堂日记》卷五，河北教育出版社 2001 年版，第 113 页。

⑥ 黄曙辉编校《刘咸炘学术论集（子学编）》，广西师范大学出版社 2007 年版，第 460 页。

刘氏"意陈而词丽"的评价，亦指向葛洪、刘昼二氏之书，"意陈"是汉魏六朝子书的共同特点，即颜之推所说"魏、晋已来，所著诸子，理重事复，递相模教，犹屋下架屋，床上施床耳"（《颜氏家训·序致》）①；"词丽"则指两书追求文采，尤其是《刘子》，全书五十五篇以骈文撰成，堪称此书文体形式上最重要的特点。

　　无论是"意陈而词丽"还是"宗旨既浅，词采方兴"的评价或论断，都被刘咸炘概括为"以集为子"，这显然借用了文学批评史上"以词为诗"式的批评话语，意在描述文集的写作手法在六朝时代影响了子书，是为六朝子书在著述方式上的新变。"以集为子"实际上是子书写作的文学化或者辞章化，尽管子书与文集属于不同的著作类型，与诗、词等文体属于不同范畴，但不妨以"文类"视之。子书旨在阐发义理，汉魏以降的子书连缀诸多不同主题的论说文而成，题目中一般不标文体名称，一题之下多为一篇文章；而文集的编纂则以文体分类为主要体例，每种文体之下序次多篇同体之作。② 在传统的文体观念中，词的地位显然低于诗歌，以词的手法作诗，降低了诗歌的品位③；类似地，文集的地位亦低于子书，故而"以集为子"虽非赞语，然其中暗含了六朝子书衰变，最终为文集取代的历史趋势。④ 作为传统的文学批评话语，"以集为子"说需要以具体的文本分析加以证明，并结合六朝知识人自身的著述观念，将其放入整个中古时代子书新变与学术著述方式转型的历程中进行评价。"以集为子"说的意义并不在于批评以《抱朴子外篇》《刘子》为代

---

　　①　王利器撰《颜氏家训集解》（增补本），中华书局 2013 年版，第 1 页。
　　②　关于汉魏六朝子书与文集在体制上的区别，尤其是"论"体文存录方式从"子"到"集"的演变，笔者另有一文《"论"体文的存录方式与汉魏六朝子集兴替》（《文学遗产》2023 年第 2 期）专门论述。
　　③　吴承学《中国古代文体学研究》（人民出版社 2011 年版）第七章"文体品位与破体为文之通例"指出了不同文体相互融合与吸收的通例，即以品位较低的文体为基础，吸收品位较高文体的体制，如"以诗为词""以古入律"等。蒋寅《中国古代文体互参中"以高行卑"的体位定势》（《中国社会科学》2009 年第 9 期）则进一步指出，文体互参的直接目的并不是文体的提升和改造，而是表现力的拓展，核心问题是控制艺术表现力的机制。
　　④　刘咸炘在《旧书别录·刘子新论》中强调："天下之理少于词，学者之修词易于求理，故文集盛而诸子之风衰……后世诸子之书，理不能过乎周、秦，徒能引申比类，衍而长之耳……至于葛洪，而词盛极矣。……刘昼之书，兼取儒、道，旨具《九流》一篇，其书词条丰蔚，而十九衍说，陈言尤多。"黄曙辉编校《刘咸炘学术论集（子学编）》，第 458—459 页。

表的子书出现了文集化的写作倾向，而在于这一现象从子书发展的内部揭示了子书与文集在中古时代升降兴替的历程，及其背后的著述观念。

二　模拟与言志之间：《抱朴子外篇》的写作模式

表面上，葛洪《抱朴子外篇》延续了汉魏以"论"为名的子书体制，即连缀数十篇专题论文成书，然而在写作方式上，《抱朴子外篇》倾向于使用对问的模式，但并非回归以《论语》《孟子》为代表的先秦诸子的文体形式，而是更类似于赋体。外篇开篇的《嘉遁》与《逸民》两篇，皆是典型的赋体作品，几乎可以视作魏晋隐逸赋的典型作品；而《应嘲》与《喻蔽》二篇，尽管被编入《抱朴子外篇》而不预于魏晋的"设论"之体，却合于西汉东方朔《答客难》、扬雄《解嘲》以降的写作传统。不过，葛洪在延续赋体和设论写作模式的同时，亦借此抒发自己的出处选择与著述之志，使主要由诗赋表现的个人情志进入子书，从这个意义上看，"以集为子"的评价确然合乎《抱朴子外篇》的写作方式。

（一）《嘉遁》与西晋隐逸赋

《嘉遁》与《逸民》两篇之题，实则来自陆机兄弟及其友朋的隐逸赋，《艺文类聚·人部·隐逸上》类存录了陆机《幽人赋》与《应嘉赋》、陆云《逸民赋》和孙承《嘉遁赋》。陆机《应嘉赋》开篇云："友人有作《嘉遁赋》与余者，作赋应之，号曰'应嘉'云。"① 考虑到建安文学以后有文学团体同题共作诗赋的传统②，陆机兄弟与友人孙承四篇隐逸题材的赋作，或为同时之作。《晋书·陆机传》记载："时中国多难，顾荣、戴若思等咸劝机还吴，机负其才望，而志匡世难，故不

---

① （唐）欧阳询撰，汪绍楹校《艺文类聚》卷三十六，上海古籍出版社，1999 年版，第 645 页。

② 程章灿《魏晋南北朝赋史》（江苏古籍出版社 2001 年版）第二章"建安赋"对此问题有所论述，并列表对相关作品进行了统计，见该书第 44—47 页。

从。"① 据此可知，孙承《嘉遁赋》当亦为劝诫陆机退隐之词，而陆机必
然在应和之作中表达了"负其才望""志匡世难"之意。② 葛洪与陆机皆
出身东吴，这一背景或许是葛洪对陆机颇为推崇的原因之一，唐修《晋
书》在《陆机传》末尾引用了葛洪对陆机的评价，"后葛洪著书，称
'机文犹玄圃之积玉，无非夜光焉，五河之吐流，泉源如一焉。其弘丽妍
赡，英锐漂逸，亦一代之绝乎'"③。由此可知，葛洪作《嘉遁》《逸
民》二赋，未尝不是对陆机昆仲作品的模仿与致敬。

遗憾的是，《艺文类聚》存录的文本皆为节选，残篇仅有塑造隐士
人格精神的部分，可与《抱朴子外篇·嘉遁》的第一段对读：

> 有怀冰先生者，薄周流之栖遑，悲吐握之良苦。让膏壤于陆海，
> 爰躬耕乎斥卤。秘六奇以括囊，含琳琅而不吐。谧清音则莫之或闻，
> 掩辉藻则世不得睹。背朝华于朱门，保恬寂乎蓬户。绝轨躅于金、
> 张之间，养浩然于幽人之伍（伍）。谓荣显为不幸，以玉帛为草土。
> 抗灵规于云表，独违今而遂古。④

葛洪以"怀冰先生"为隐士人格的代表，孙承则假托"嘉遁之玄人"，
陆机亦塑造了"傲世公子"这一形象，"意邈澄宵，神夷静波。仰群轨
以遥企，顿骏翮以婆娑。寄冲气于大象，解心累于世罗"⑤，在追慕前代
隐士与弃绝尘网的人生选择上，显然和"怀冰先生"背弃金、张之门，
安于蓬户并以隐士为伴的形象一致。孙承笔下"有嘉遁之玄人，含贞光
之凯迈。靡薜荔于苑柳，荫翠叶之云盖。挥修纶于洄澜，临峥嵘而式坠。
溯清风以长啸，咏《九韶》而忘味"⑥ 中的环境则与葛洪所描绘的幽静

---

① （唐）房玄龄等撰《晋书》卷五十四，中华书局 1974 年版，第 1473 页。
② 杨明推测《嘉遁赋》与《应嘉赋》作于司马伦被杀、惠帝反正的永宁元年（301）。见杨明校笺《陆机集校笺》卷二，上海古籍出版社 2016 年版，第 114 页。
③ （唐）房玄龄等撰《晋书》卷五十四，第 1481 页。
④ 杨明照撰《抱朴子外篇校笺》上册卷一，第 1 页。
⑤ （唐）欧阳询撰，汪绍楹校《艺文类聚》卷三十六，第 645 页。
⑥ （唐）欧阳询撰，汪绍楹校《艺文类聚》卷三十六，第 646 页。

山林有相似之处："庇峻岫之巍峨，借翠兰之芳茵。漱流霞之澄液，茹八石之精英。"① 无论从篇题还是写作方式上，葛洪对前代同题材作品的模拟，在一定程度上都符合"以集为子"的子书在宗旨和修辞方面"意陈而词丽"的特征。

《抱朴子外篇·嘉遁》设计了一个与"怀冰先生"对立的"赴势公子"，作为主客问答的客方，质疑作为隐士的"怀冰先生"："不能沾大惠于庶物，著弘勋于皇家，名与朝露皆晞，体与蜉蝣并化……窃为先生不取焉。"② 从孙承和陆机之赋假设"嘉遁之玄人"和"傲世公子"的情况看，其原作应当也有类似"赴势公子"的客体，对选择隐居的抒情主体提出质疑。在这种问答的结构中，作者个体以回应客方质疑的方式，更好地抒发个人的志向与选择。葛洪借"怀冰先生"之口，一方面，否定"苦形于外物"，批评诸如要离、纪信、陈贾、子路、侯嬴、聂政、荆轲、樊於期等人杀身取义的做法，以其为"下愚之狂惑"③；另一方面，则盛赞尧舜之世亦有许由之士，虽逢盛世，"诚以才非政事，器乏治民……若拥经著述，可以全真成名，有补末化；若强所不堪，则将颠沛惟咎，同悔小狐。故居其所长，以全其所短耳"④。关于君王对待隐逸之士的态度，葛洪则在《逸民》中褒扬历代礼敬隐士的君主，对《嘉遁》进行了补充，如汉高祖刘邦尊重商山四皓，因太子成功礼聘四皓，以其为羽翼，而放弃了废黜太子的念头。更进一步地，葛洪以"立德立言"，即"孝友仁义，操业清高"和"穷览《坟》、《索》，著述粲然"为"士之所贵"⑤，认为两者完全可能超越世俗意义上的建功立业，并非消极避世。将《逸民》与《嘉遁》结合起来⑥，我们可以更完整地了解葛洪的

① 杨明照撰《抱朴子外篇校笺》上册卷一，第1页。
② 杨明照撰《抱朴子外篇校笺》上册卷一，第8页。
③ 杨明照撰《抱朴子外篇校笺》上册卷一，第27、29页。
④ 杨明照撰《抱朴子外篇校笺》上册卷一，第59页。
⑤ 杨明照撰《抱朴子外篇校笺》上册卷二，第87页。
⑥ 王琳《魏晋子书研究》指出，《抱朴子外篇》各篇之间有内在逻辑，即大多两两相应成文，如《嘉遁》与《逸民》、《勖学》与《崇教》、《汉过》与《吴失》、《博喻》与《广譬》等。笔者认为，《刘子》各篇之间也有这种两两相应的倾向，如《清神》与《防欲》、《崇学》与《专务》、《贵农》与《爱民》、《法术》与《赏罚》、《审名》与《鄙名》等。

出处选择及人生理想。

《抱朴子》写定于东晋建国之初①，诸篇的草创当在西晋末年动乱之时，葛洪正值弱冠到而立的青年时代。无论史传的记述还是个人的剖白，葛洪在出处的选择上与陆机都有很大的不同，在陆机去世前后的惠帝太安年间（302—303），葛洪在参与平定石冰叛乱后，"不论功赏，径至洛阳，欲搜求异书以广其学。洪见天下已乱，欲避地南土，乃参广州刺史嵇含军事。及含遇害，遂停南土多年，征镇檄命一无所就。后还乡里，礼辟皆不赴"②。这与《嘉遁》中描述的远离朝市而"拥经著述"的理想一致。后至建兴三年（315），时为琅邪王的晋元帝进位丞相，葛洪被征辟、赐爵，据葛洪《自叙》所言，他接受了东晋朝廷的爵位。

> 讨贼以救桑梓，劳不足录，金紫之命，非其始愿。本欲远慕鲁连，近引田畴，上书固辞，以遂微志。……昔仲由让应受之赐，而沮为善，丑虏未夷，天下多事，国家方欲明赏必罚，以彰宪典。……故遂息意而恭承诏命焉。③

尽管如此，葛洪绝意于仕途而非不关注世事的人生选择，应该不是停留在纸面上的虚谈与空言，或许作为文学偶像的陆机以其卷入残酷的政治斗争而被害的结局，对青年葛洪有很深的影响乃至刺激，《嘉遁》作为《抱朴子外篇》的第一篇，不可能是随意安排的④，而是葛洪在致敬前辈陆机的基础上，表达个人志向，形成与最末篇《自叙》的首尾呼应。因此，尽管我们可以通过《嘉遁》《逸民》的文体形式与篇章结构来推测孙承、陆机、陆云诸赋全篇的写法，甚至以《嘉遁》为西晋隐逸赋的代

---

① 《抱朴子外篇·自叙》："乃草创子书……至建武中，乃定。"杨明照撰《抱朴子外篇校笺》下册卷五十，第697页。建武乃晋元帝称晋王时期的年号，仅使用一年（317年三月至318年三月），次年三月愍帝去世后，元帝称帝并改元大兴。

② （唐）房玄龄等撰《晋书》卷七十二，第1911页。

③ 杨明照撰《抱朴子外篇校笺》下册卷五十，第714页。

④ 《嘉遁》《逸民》为《抱朴子外篇》的第一、二篇，第三篇乃《勖学》，而前代的子书中，《荀子·劝学》、王符《潜夫论·赞学》和徐干《中论·治学》等皆为其书篇首，由此可见，葛洪在继承传统的基础上，亦凸显了自己的性格。

表与典范之作，然而其意义不仅仅在于继承与效仿上一代人的写作方式，可以说葛洪采用了一种非常模式化的写作方式，使其成为个人抒情与言志的手段，不仅符合传统意义上的诗赋写作，又为子书从家派集体著述转型为个人著述注入了私人写作的因素，但也由于以诗赋之体为主的抒情言志之作往往被编入别集，《抱朴子外篇》才被视作一部"以集为子"的子书。

（二）设论体的《应嘲》与葛洪的著述观念

葛洪《抱朴子外篇》中在延续以往各体文章写作模式的基础之上进行个体抒情与言志的代表作，不仅有《嘉遁》与《逸民》两篇近似于隐逸赋的作品，《应嘲》及其后的《喻蔽》，与《文选》中的"设论"体一脉相承。① 设论体亦以主客问答为最重要的文体特征，主客问答的形式无疑源于楚辞和汉大赋，"虽然假设问对是大赋常见的形式因素之一，但只是在七、对问（设论）中，它才具有重要的结构意义，显示出理论思辨的主题倾向。对问体式的固定主题，一是辩明时移世异，为不遇于时自慰自嘲……二是阐述从事著述立说等文化事业的重大意义和不朽价值"②。葛洪《应嘲》并未像东方朔、扬雄、班固三人作品一样，着眼于"士不遇"的主题，而是借用客方的嘲问来抒发个人著述的意义。《答客难》诸作所关注的重点，在于为何无法在当时建功立业，谋求高位，如果现存的《应嘲》是完整之作的话③，那么葛洪应并未在篇中抒发"立

---

① 刘勰《文心雕龙·杂文》认为："宋玉含才，颇亦负俗，始造对问，以申其志。"范文澜撰《文心雕龙注》卷三，人民文学出版社 1958 年版，第 254 页。而此后东方朔《答客难》、扬雄《解嘲》、班固《答宾戏》皆为对问之体，但萧统《文选》将两汉的三篇作品另设"设论"之体。李乃龙《论〈文选〉"设论"类的文体特征》（《长江学术》2008 年第 4 期）讨论了《文选》将"设论"独立于"对问"的原因：一是对问体、设论体之间一实一虚；二是对问贬世而设论颂世；三是对问以楚文化为主要渊源，而设论以纵横家为主要渊源。设论体形成了乱世才士得志和盛世才士失志的情感模式，为对问体所未具，故有独立存在的价值。

② 程章灿：《魏晋南北朝赋史》，第 78 页。

③ 刘咸炘指出今本《抱朴子外篇》"或有短促不成篇者，往往数篇义类相同，疑久有佚篇，明人并合卷数时妄分以足数，非其原目"。黄曙辉编校《刘咸炘学术论集（子学编）》，第 454 页。

功"之志难图的痛苦，毕竟这与他的人生境遇和理想有所冲突，故而客方问难的核心，亦集中于著述这一问题："今先生高尚勿用，身不服事，而著《君道》、《臣节》之书；不交于世，而作讥俗、救生之论；甚爱馯毛，而缀用兵战守之法；不营进趋，而有《审举》、《穷达》之篇。蒙窃惑焉。"①

在《逸民》中，葛洪已经通过确立"立德立言"对于士人的意义来解决仕隐、出处、进退的矛盾，也就是说，"立言"与"立功"在葛洪看来不过是一枚硬币的两面，甚至不存在现实中难以实现理想才选择退而著述的无奈。在《应嘲》的回应中，抱朴子亦主张"思乐有道，出处一情，隐显任时，言亦何系"，并以"老子无为者也，鬼谷终隐者也，而著其书，咸论世务"为理据，强调"何必身居其位，然后乃言其事乎"。② 反驳了客方"身不服事"而著述关切世事的疑问。此后，葛洪又表达了对庄子"身居漆园，而多诞谈""狭细忠贞，贬毁仁义"③ 的不满，从反面加强了自己隐退无为而以著述的方式关心世务的论述。此后，葛洪又回应了"吾子所著，弹断风俗，言苦辞直，吾恐适足取憎在位，招摈于时，非所以扬声发誉，见贵之道也"④ 的疑惑和忧虑：

> 立言者贵于助教，而不以偶俗集誉为高。若徒阿顺谄谀，虚美隐恶，岂所匡失弼违，醒迷补过者乎？……非不能属华艳以取悦，非不知抗直言之多咎，然不忍违情曲笔，错滥真伪。欲令心口相契，顾不愧景，冀知音之在后也。否泰有命，通塞听天，何必书行言用，荣及当年乎？⑤

不得不承认，《抱朴子外篇》为解决"士不遇"问题与平衡"立功"

---

① 杨明照撰《抱朴子外篇校笺》下册卷四十二，第 408 页。
② 杨明照撰《抱朴子外篇校笺》下册卷四十二，第 409 页。
③ 杨明照撰《抱朴子外篇校笺》下册卷四十二，第 411 页。
④ 杨明照撰《抱朴子外篇校笺》下册卷四十二，第 413 页。
⑤ 杨明照撰《抱朴子外篇校笺》下册卷四十二，第 414 页。

"立言"提供了一种理论上的可能性。

而《文选》所选的三篇两汉"设论"体代表作，在一定程度上亦与作者的著述志向有关，据《汉书·东方朔传》记载，《答客难》的写作背景是"朔上疏陈农战强国之计，因自讼独不得大官，欲求试用。其言专商鞅、韩非之语也，指意放荡，颇复诙谐，辞数万言，终不见用"①。在《答客难》客方的问难中，亦提及"今子大夫修先王之术，慕圣人之义，讽诵《诗》《书》百家之言，不可胜记，著于竹帛，唇腐齿落……然悉力尽忠，以事圣帝，旷日持久，积数十年，官不过侍郎，位不过执戟"。尽管面对不如意的人生境遇，东方朔依然强调"安可以不务修身乎哉"。② 但著述尚未成为人生另外的选择或者出路。到了扬雄作《解嘲》，面对客方"顾默而作《太玄》五千文，枝叶扶疏，独说数十余万言……然而位不过侍郎，擢才给事黄门"的嘲谑，扬雄亦以七国和汉代形势不同，指出"世乱则圣哲驰骛而不足；世治则庸夫高枕而有余"，坚持"爰清爰静，游神之庭；惟寂惟漠，守德之宅"，自己无法如同本朝卿相那样见重于时，只能"默然独守吾《太玄》"。③ 扬雄坚持著述恐怕依然是一种无奈而非主动的选择。而到了班固《答宾戏》，面对"著作者前列之余事耳"的质疑，班固盛赞"近者陆子优游，《新语》以兴；董生下帷，发藻儒林；刘向司籍，辨章旧闻；扬雄谭思，《法言》《太玄》。皆及时君之门闱，究先圣之壶奥"，以此表明自己"密尔自娱于斯文"④ 的选择，细究班固的情感倾向，著述自娱至少不是面临事功难成退而求其次的选择⑤，但与葛洪《应嘲》在宗旨上依然有一定的差异。由此可见，葛洪著《应嘲》与作《嘉遁》一样，虽然延续了前代文体的写作模式，但借用假设主客问答的形式抒发的

---

① （汉）班固撰，（唐）颜师古注《汉书》卷六十五，中华书局 1962 年版，第 2863—2864 页。

② （南朝梁）萧统编，（唐）李善注《文选》卷四十五，上海古籍出版社 1986 年版，第 2001、2002 页。

③ （南朝梁）萧统编，（唐）李善注《文选》卷四十五，第 2006、2008、2010、2012 页。

④ （南朝梁）萧统编，（唐）李善注《文选》卷四十五，第 2016、2020、2022 页。

⑤ 吴沂澐《从〈文选〉设论三篇论文人著述观念的产生》[《江苏师范大学学报》（哲学社会科学版）2017 年第 3 期] 一文对东方朔、扬雄到班固的著述观念和人生选择有较为详细的分析。

是自己隐居著述而又关怀世事的人生志趣。从这个意义上来说，简单将《抱朴子外篇》评价为"宗旨既浅，词采方兴"有失公允，谭献"志在立言，文采粲然"应该是相对中肯的评价，而《抱朴子外篇》"以集为子"的特征，亦表现为将抒发个人情志的《嘉遁》与《应嘲》等赋体、设论体作品编入子书，而不仅仅是表面上对文采的追求。

　　除了赋体和设论，《抱朴子外篇》亦兼备史论和连珠二体，前者即《汉过》和《吴失》两篇，后者即《博喻》和《广譬》两篇。其中，史论或可以论赞的形式依附于正史纪传，亦可作为一种特定题材的论体文，与诗赋、奏议等文笔并行于文人别集，如陆机《辩亡论》。独立的史论作为子书篇章的传统，应可追溯至贾谊《新书》的《过秦》，在魏晋之后以《过秦论》名世，葛洪论汉、吴二代之过失，并编入《抱朴子外篇》，或有效仿贾谊《新书》之意。

　　连珠体亦在子、集之间，《文心雕龙·杂文》将扬雄视作连珠之体的首创者，然而据《北史·李先传》的记载可知"连珠"之体或有更早的渊源："（明元）召先，读韩子《连珠论》二十二篇。"①　所谓韩子《连珠论》，即《韩非子·储说》②，章学诚认为连珠体肇始于此："韩非《储说》，比事征偶，《连珠》之所肇也。"（《文史通义·诗教上》）③　钱锺书则指出："盖诸子中常有其体，后汉作者本而整齐藻绘，别标门类，遂成'连珠'。"如《邓析子·无厚》有三节为"连珠之草创"，《淮南子》则更多。"后来如《抱朴子》外篇《博喻》，稍加裁剪，便与陆机所《演》同富；刘昼《刘子》亦往往可拆一篇而为连珠数首。"④　由此可见，先秦诸子开始写作连珠这种以譬喻为主、形式上排列偶句、篇幅较短又能达到讽谏效果的文体，到了魏晋之后，陆机《演连珠》、葛洪《博喻》与《广譬》，显然在骈体的写作上更加成熟，葛洪更是常用历史典故作为论据，在某种程度上丰富了原以譬喻为主的连珠体，但在写作手法与

---

　　①　（唐）李延寿撰《北史》卷二十七，中华书局 1974 年版，第 978 页。
　　②　范文澜撰《文心雕龙注》卷三《杂文》指出，今读韩非书，并无"连珠论"之目。而《韩非子》内、外《储说》诸篇合计三十三条，疑《北史》二十二篇为三十三之误（第 259 页）。
　　③　（清）章学诚著，叶瑛校注《文史通义校注》，中华书局 1985 年版，第 61 页。
　　④　钱锺书：《管锥编》第三册，生活·读书·新知三联书店 2007 年版，第 1795 页。

文体功能两方面，依然没有超出傅玄《连珠序》中的评述"其文体辞丽而言约，不指说事情，必假喻以达其旨，而贤者微悟，合于古诗劝兴之义，欲使历历如贯珠，易睹而可悦"①。

总体而言，《抱朴子外篇》的"以集为子"，实际上是葛洪将赋、史论、设论、连珠等一般文集中的各体文章编入子书的结果，可惜由于文献的亡佚，我们今天无法看到其他两晋子书中有无类似的现象。若陆机的子书完成，诸如《幽人赋》《应嘉赋》之类的隐逸赋、《辩亡论》《五等论》等史论，是否会编入《陆子》而非见于其别集呢？

三 "意陈而词丽"：《刘子》与骈文的论说方式

与《抱朴子外篇》有所不同的是，对于《刘子》而言，"以集为子"确实如刘咸炘所云"意陈而词丽"，全书五十五篇皆为骈体文所撰写的专题论文，主旨皆依傍九流百家，作者本人的志向与情感几乎不见于文字之间，故而无从以《刘子》文本为考证作者身份的内证。从某种意义上讲，《刘子》的撰述就是以骈文重述诸子义理。一方面，骈文适合阐发构成二元对立关系的概念或者事物；另一方面，先秦诸子所记述的用以证明事理的历史故事和民间传说，又以隶事用典的方式在骈文中呈现。在两方面的共同作用下，《刘子》得以成为一部精心撰集、综合九流百家的子书著述。

在《审名》中，刘子在论述"名"的重要性之前，先在理论上全面而详尽地阐述了"名"与"实"、"言"与"理"这两组互为体用的二元概念。

> 言以绎理，理为言本；名以订实，实为名源。有理无言，则理不可明；有实无名，则实不可辨。理由言明，而言非理也；实由名辨，而名非实也。今信言以弃理，非得理者也；信名而略实，非得

---

① （唐）欧阳询撰，汪绍楹校《艺文类聚》卷五十七，第 1035 页。

实者也。故明者课言以寻理，不遗理而著言；执名以责实，不弃实而存名，然则言理兼通而名实俱正。①

对两组二元概念关系的辨析，从五个层面展开：一是"名"（"言"）是"实"（"理"）的表达方式，而"实"（"理"）是"名"（"言"）的本源；二是如果没有"名"（"言"），则"实"（"理"）无从辨明；三是"实"（"理"）由"名"（"言"）得以辨明，但两者不能等同；四是相信"名"（"言"）而忽视"实"（"理"），无法探究事物的"实"（"理"）；五是明者执"名"（"言"）以寻求"实"（"理"），不遗弃"实"（"理"）而执着于"名"（"言"）。

五个层面从不同角度辨析了"实"（"理"）为"体"而"名"（"言"）为"用"的关系，骈文在文字形式上的对偶，无疑给论证的层层推进带来了一种动态的平衡。《刘子·审名》的理论依据，来自先秦诸子对"名"的认识，如《尹文子·大道上》："大道无形，称器有名。名也者，正形者也。形正由名，则名不可差。""有形者必有名，有名者未必有形。形而不名，未必失其方圆白黑之实，名而（无形），不可不寻名以检其差。"②《荀子·正名》："故王者之制名，名定而实辨，道行而志通，则慎率民而一焉。""故知者为之分别，制名以指实，上以明贵贱，下以辨同异。"③ 无论是《尹文子》主张"名也者，正形者也"，还是《荀子》强调"名定而实辨"与"制名以指实"，皆从"名"与"形"或"实"关系的一端立论，并没有更多地从其他角度申说两者之间的关系，比如像《审名》进一步强调"信名而略实，非得实者也"，以此形成对"名""实"关系的全面认识。故而《尹文子》和《荀子》虽然也涉及"名"与"形"或"实"的二元关系，但并不追求纯粹理论意义的阐发，行文方式便不拘骈散，在二元概念之中也偏向于"名"之一端。

---

① 傅亚庶撰《刘子校释》卷三，中华书局 1998 年版，第 155 页。
② 陈高佣：《尹文子今解》，商务印书馆 2017 年版，第 153、157 页。
③ （清）王先谦撰《荀子集解》卷十六，中华书局 1988 年版，第 414、415 页。

这种情况产生的原因在于，较《刘子》而言，《尹文子》与《荀子》的理论主张更为明确，且有更强烈的现实色彩，如《正名》有意批评先秦名家"用名以乱名"（"见侮不辱"，"圣人不爱己"，"杀盗非杀人也"）、"用实以乱名"（"山渊平"，"情欲寡"，"刍豢不加甘，大钟不加乐"）与"用名以乱实"（"非而谒楹有牛，马非马也"）。① 在这种情况下，《荀子·正名》没有必要以纯粹的辨析概念为主，而更需要结合所批评的对象来讨论"名"，因此对于"名"，包括"名"与"实"关系的论述，便不会像《刘子·审名》那样详尽，更不必为了对偶的方便，引入"言"与"理"这一组相似的二元关系进行对照。

由此可见，《刘子》的撰述更倾向于进行纯粹的理论讨论，骈文这种文体形式的优势在于，尽管需要相关概念的引入，有意识地形成二元对立关系，但骈文能以偶对的形式对概念展开层次分明的论述。类似地，《刘子·遇不遇》在主旨上也沿袭了王充《论衡·逢遇》。

> 贤有常质，遇有常分。贤不贤，性也；遇不遇，命也。性见于人，故贤愚可定；命在于天，则否泰难期。命运应遇，危不必祸，愚不必穷；命运不遇，安不必福，贤不必达。故患齐而死生殊，德同而荣辱异者，遇不遇也。（《刘子·遇不遇》）②

> 操行有常贤，仕宦无常遇。贤不贤，才也；遇不遇，时也。才高行洁，不可保以必尊贵；能薄操浊，不可保以必卑贱。或高才洁行，不遇，退在下流；薄能浊操，遇，在众上。世各自有以取士，士亦各自得以进。进在遇，退在不遇。处尊居显，未必贤，遇也；位卑在下，未必愚，不遇也。（《论衡·逢遇》）③

《论衡》并非有意使用偶句，但"贤"与"不贤"、"遇"与"不遇"却

---

① （清）王先谦撰《荀子集解》卷十六，第420—421页。
② 傅亚庶撰《刘子校释》卷五，第233页。
③ 黄晖撰《论衡校释》卷一，中华书局1990年版，第1页。

为正反关系的二元对立概念，只是在字数上难以平衡。这种不够理想的状况，为《刘子》的骈文写作留下了改进的空间。虽然《遇不遇》是全书唯一的三字标题，但在正文中，刘子以"贤愚"和"否泰"代指"贤不贤"和"遇不遇"，因此《逢遇》中"不遇，退在下流"与"遇，在众上"这种含义上相反但形式上不够平衡的句子，经刘子的改写，就变成了"命运应遇，危不必祸，愚不必穷"与"命运不遇，安不必福，贤不必达"这种形式与内容上更符合骈文要求的句式。

骈文的意义不仅在于通过二元概念的辨析形成一个理论更加完备、形式更加整齐的文本，《刘子》的作者亦有意识地将先秦诸子叙述民间传说、历史故事作为说理依据的传统，利用骈文长于用典的优势，将长篇的故事浓缩，以事典的形式呈现在行文中，大大提高文本的容量。在这一前提下，《刘子》也不可能有意记述属于自己时代和个人生活的种种轶闻趣事，而只能以既有的知识系统与文献史料为取材的对象。从这一点来看，骈文的文体形式与其所要表达的内容有相互制约的关系。

《审名》有两个典故源于《尹文子·大道上》，即"楚之凤凰，乃是山鸡"与"黄公美女，乃得丑名"[1]。《尹文子》完整地讲述了两个民间故事，前者乃楚人以山鸡为凤凰，进献于楚王，楚王以之为凤凰进而赐金之事，为"因名以失实"之例；后者乃黄公有二女皆国色，但黄公自谦，常称其女貌丑，国中无人聘娶，后有鳏夫娶之，乃知国色，此乃"违名以得实"之例。[2]《刘子》则以典出于《战国策》的"周之玉璞，其实死鼠"与《说苑》的"愚谷智叟，而蒙顽称"两事[3]，与典出于《尹文子》的两则故事形成对偶。周人谓死鼠为璞，与楚人以山鸡为凤凰之事相似，亦可说明"因名以失实"之理；智叟名愚公，与黄公之女丑名一样，亦佐证了"违名以得实"之理。这些取自前代典籍的故事，

① 傅亚庶撰《刘子校释》卷三，第 156 页。
② 详见陈高佣《尹文子今解》，第 182—186 页。
③ 傅亚庶撰《刘子校释》卷三，第 156、160 页；诸祖耿编撰《战国策集注汇考》（增订本）卷五《秦策三》，凤凰出版社 2008 年版，第 318 页；（汉）刘向撰，向宗鲁校证《说苑校证》卷七《政理》，中华书局 1987 年版，第 148 页。

浓缩成事典并构成偶对，大大扩展了骈文的容量与论说的广度。①

类似的例子亦见于《遇不遇》，刘子在《论衡·逢遇》的理论框架内填充了新的事例。如王充所云"伍员、帛喜，俱事夫差，帛喜尊重，伍员诛死。此异操而同主也。或操同而主异，亦有遇不遇，伊尹、箕子是也。伊尹、箕子，才俱也，伊尹为相，箕子为奴；伊尹遇成汤，箕子遇商纣也"②。《刘子》虽没有在行文中区分"异操而同主"和"操同而主异"的情况，但事例的列举与之有所对应，且与《论衡》相比，不论从数量还是形式上都有了实质性的拓展，如"鸥堕腐鼠，非虞氏之慢；瓶水沃地，非射姑之秽。事出虑外，固非其罪，侠客大怒，而虞氏见灭；邾君大怒，而射姑获免，遇不遇也"③。两事出自《列子》与《左传》，属于"操同而主异"，较《论衡》仅列举伊尹和箕子同有才性而命运不同的事例，有意选择了两个具有相似前因的故事，即侠客偶遇腐鼠的坠落与邾君发现庭中的水迹，两个偶然的因素都引起了不满，然而二事的后果不同，邾君惩罚假想的肇事者射姑未果，这就符合了《论衡》"操同而主异"的概况。而"异操而同主"的事例，则是"董仲舒智德冠代，位仅过士；田千秋无他殊操，以一言取相，同遇明主，而贵贱县隔者，遇不遇也"④。较《论衡》仅抽象地评述"伯喜尊重"与"伍员诛死"而省略了两人忠奸贤愚之别，《刘子》以"智德冠代"和"无他殊操"描述了董仲舒与田千秋才能上的巨大差异，又说明两者境遇"位仅过士"和"一言取相"的天壤之别，对偶有力地形成了正反两面的落差，即便读者不太了解相关的历史背景，也能受到一定的感染和冲击，理解《刘子》所论"命运应遇，危不必祸，愚不必穷；命运不遇，安不必福，贤不必达"的观点。

尽管《刘子》在理论阐发和事例列举方面均不免"理重事复"，然

---

① 赵益《孙德谦"说理散不如骈"申论——兼论骈文的深层表达机制》（《文学评论》2017 年第 4 期）指出了骈文的"用事"特性，骈文以"扩展性"和"互文性"的高度融合，进一步加强了说理的能力。

② 黄晖撰《论衡校释》卷一，第 1—2 页。

③ 傅亚庶撰《刘子校释》卷五，第 233—234 页。

④ 傅亚庶撰《刘子校释》卷五，第 234 页。

而骈文文体的特性却对已有的文本进行再次创作，整合成理论和事例更为系统而精致的新文本。在骈文文字形式上构成对偶的前提下，理论或概念的辨析往往以二元对立关系为主，层层深入；而以用典的方式列举事例进行论证，取代了先秦诸子记述故事的形式，使历史故事以高度浓缩的形式进入新的文本，也适宜于骈文不适合叙事的属性。在这种情况下，作者本人亲历的逸闻亦难以加入，这使作者身份隐藏起来，不再可能具备私人化的因素，如个人经历的记述和自我志向的抒发。总体而言，《刘子》以骈体专题论文综合九流百家的义理与故事，本身是一种"从文本到文本"的写作方式，外在的社会政治与内在的道德修为似乎未能影响刘子的著述。从这个意义而言，后世学者关注其长于文辞，指出其"以集为子"的特性，符合《刘子》的实际情况。尽管从表面上看，葛洪与刘昼在著述宗旨上皆有重复前人之处，对"文采粲然"亦有追求，但是葛洪在《抱朴子外篇》中展露自我，而《刘子》作者自我意识较为淡薄，则是两书非常不同的地方。如果说葛洪"以集为子"是将属于文集的诸多文类引入子书，并延续属于诗赋的言志与抒情的传统，那么刘昼"以集为子"则是用"丽辞"即骈体的形式重新整合与改写已有的思想学术文本，以此综合九流百家。两种不同的取向之外，在现存的文献中我们很难找到汉魏以来连缀专题论文而成的子书还可能以怎样的方式在六朝继续演变。而"文集化"之外，还有一条重要的途径，则是《金楼子》和《颜氏家训》不再以专题论文为主，转而走向笔记的体制。

四　著述观念与子书文体形式的演变

后汉时期的子书已经呈现出"理重事复"的倾向，如王符《潜夫论》、荀悦《申鉴》和徐干《中论》，都声称祖述圣贤，所讨论的内容亦在时人所接受的价值观念和知识体系以内。尽管如此，在汉魏之际，子书著述依然被视作实现不朽的途径，正如魏文帝曹丕所言："伟长独怀文抱质，恬淡寡欲，有箕山之志，可谓彬彬君子矣。著《中论》二十余篇，成一家之业，辞义典雅，足传于后，此子为不朽矣。德琏常斐然有述作意，才学足以著书，美志不遂，良可痛惜。"① 徐干与应场同为"建安七子"，徐氏有子书《中论》流传，而应场未能著书以传于后，故在曹丕的价值判断中，两者的成就有高下之分。

葛洪的子书著述完成于两晋之交，晚于汉魏之际约一个世纪，《抱朴子外篇·自叙》有如下的剖白："洪年二十余，乃计作细碎小文，妨弃功日，未若立一家之言，乃草创子书。……凡著《内篇》二十卷，《外篇》五十卷，碑、颂、诗、赋百卷，军书、檄移、章表、笺记三十卷。"② 葛洪集不见于《隋志》著录，应当亡佚较早。葛氏不仅将各体文章区别于《抱朴子》内外篇，甚至分述文笔各体。而后葛洪自述其志："洪少有定志，决不出身。……念精治五经，著一部子书，令后世知其为文儒而已。"③ 仅提及著子书而不谈文笔之体，如《抱朴子》记载陆机去世前曾遗憾自己的子书未能完成，实际从另一侧面证明了"著一部子书"与所谓"作细碎小文"不同，乃"立一家之言"的重要手段。"穷通，时也；遭遇，命也。古人贵立言，以为不朽。吾所作子书未成，以此为恨耳。"④ 陆机以诗赋名世，从今天的眼光看，他已经通过文名实现了"不朽"⑤，正如曹丕在《典论·论文》中所说："寄身于翰墨，见意于篇籍，不假良史之辞，不托飞驰之势，而声名自传于后。"⑥ 但他临终前依旧为一部未成的子书耿耿于怀。这说明对于魏晋士人而言，子书对于"立言"以实现"不朽"的价值，并非一般的诗赋或文章可比。

在汉魏六朝，不少子书作者别有文集传世，《隋志》分别在子部与集部将其著录，绝无淆乱之可能，见表1。

---

① 载（晋）陈寿撰，（南朝宋）裴松之注《三国志》卷二十一《魏书·王卫二刘傅传》，中华书局1982年版，第608页。

② 杨明照撰《抱朴子外篇校笺》下册卷五十，第697—698页。

③ 杨明照撰《抱朴子外篇校笺》下册卷五十，第710页。

④ 杨明照撰《抱朴子外篇校笺》下册附录佚文，第751页。

⑤ 有趣的是，刘咸炘《旧书别录·刘子新论》有这样的假设："陆机之子书不传于今，以臆度之，亦必词胜可知也。文士长于记诵衍说而短于独见深识，此杂家之所以渐流为文集也。"黄曙辉编校《刘咸炘学术论集（子学编）》，第459页。

⑥ （南朝梁）萧统编，（唐）李善注《文选》卷五十二，第2271页。

表 1　《隋志》著录汉魏六朝子书及其作者文集一览

作者	子书	文集
应劭	杂家:《风俗通义》三十一卷。录一卷。应劭撰	后汉太山太守《应劭集》二卷。梁四卷
徐干	儒家:《徐氏中论》六卷,魏太子文学徐干撰,梁目一卷	魏太子文学《徐干集》五卷。梁有录一卷,亡
曹丕	儒家:《典论》五卷,魏文帝撰	《魏文帝集》十卷。梁二十三卷
刘邵	名家:《人物志》三卷,刘邵撰	(梁)又有光禄勋《刘邵集》二卷,录一卷,亡
王肃	儒家:《王子正论》十卷,王肃撰	魏卫将军《王肃集》五卷。梁有录一卷
陆景	儒家:(梁有)《典语》十卷、《典语别》二卷,并吴中夏督陆景撰。亡	(梁)又有《陆景集》一卷,亡
傅玄	杂家:《傅子》百二十卷,晋司吏校尉傅玄撰	晋司吏校尉《傅玄集》十五卷。梁五十卷,录一卷,亡
孙毓	儒家:(梁有)《孙氏成败志》三卷,孙毓撰	晋汝南太守《孙毓集》六卷
杨泉	儒家:梁有《杨子物理论》十六卷、《杨子大元经》十四卷,并晋征士杨泉撰	晋处士《杨泉集》二卷。录一卷
夏侯湛	儒家:《新论》十卷,晋散骑常侍夏侯湛撰	晋散骑常侍《夏侯湛集》十卷。梁有录一卷
陆云	道家:《陆子》十卷,陆云撰。亡	晋清河太守陆云集十二卷。梁十卷,录一卷
梅陶	儒家:(梁有)《梅子新论》一卷。亡	晋光禄大夫《梅陶集》九卷。梁二十卷,录一卷
干宝	儒家:(梁有)《干子》十八卷,干宝撰	晋散骑常侍《干宝集》四卷。梁五卷
孙绰	道家:《孙子》十二卷,孙绰撰	晋卫尉卿《孙绰集》十五卷。梁二十五卷
萧绎	杂家:《金楼子》十卷,梁元帝撰	《梁元帝集》五十二卷

由以上两个方面可知,无论在魏晋士人的观念之中,还是在后世史志目录的著录之中,汉魏六朝的子书与文集皆是两种性质不同的著述,子书不可能被视作文集。然而无论是著述观念还是目录学观念的区分,都不能遮蔽实际的著述过程之中,文集的写作方式影响了子书产生这一事实。一方面,我们不必为古人讳,将"志在立言,文采粲然"的六朝子书视作典范,有意夸张甚至曲解文集因素的加入对于子书新变的积极作用;另一方面,亦不必以今日学术创新的眼光来苛求古人,以其"理

重事复"取消六朝士人以著述子书为重要方式"立言"的资格①。在尊
重古人对自己著述之定位的基础上，正确看待文集的写作方式对子书产
生的影响，即传统意义上"入道见志"（《文心雕龙·诸子》）的子书，
转变成了"立言"或"著述"的一种形式。文集的各种文体形式、个人
情志抒发的写作目的，与丽词骈句的修辞手法"进入"子书，无不是时
代风气、个人好尚在有意无意之间的影响。

　　若以"一代之文学"的观念视之，六朝之于子书，犹如唐之于赋、
宋之于诗、元明之于词，不再是名家辈出的鼎盛时代，求新求变而又不
免为后人诟病为"变体"甚至"伪体"②。如何评价六朝子书、唐赋、宋
诗和元明词的成就，或许是一个见仁见智的问题，但对于这一类文学的
研究，关注其中"变"的内在动力及历史进程，似乎是一个更有价值的
话题。"以集为子"精准地概括了文集的诸多因素如何渗透进以《抱朴
子外篇》和《刘子》为代表的六朝子书，从而使子书的面貌在六朝时期
以多样化的形式呈现。不仅是文集，笔记的因素亦在《金楼子》与《颜
氏家训》中悄然生长，子书由此成为一种包容性极强的著述形式。而文
集包括笔记等著述方式加入六朝子书，亦启发着我们思考这样一个问题：
如果子书仅是一个外在形式，其内容已经渐渐为文集或笔记所取代，那
么是否有必要保留这一"外壳"？学术史已经告诉我们答案，在初唐刘
知幾以子书的体制撰述《史通》之后，子书渐渐退出历史舞台。已经知
道结果的我们回溯葛洪与刘昼的著述，就可以认识到"以集为子"之于
子书与文集兴替这一学术史转型的意义了。

----

　　① 陈平原《现代中国的述学文体》第一章"现代中国的述学文体——以'引经据典'为
中心"指出，传统中国的读书人，一般来说并不刻意追求更不会着意保护自己的"知识产权"，
反过来，"含英咀华""述而不作"是难能可贵的美德。因为存在虚拟的共同信仰，读书人要做
的只是如何更准确、更出色地表述往圣先贤的思想观念，并用以解决当下的困惑，因而不必刻
意突出自己的形象与观点。许多勤奋的文人学者，以笔记形式博采众长，既撷拾隽言妙语，也
旁采奇闻逸事，还囊括不少精彩的考辨与推理。抽象的事理分析不必刻意回避前人见解，具体
的名物训诂必须有独立的考辨与发现。参见陈平原《现代中国的述学文体》，北京大学出版社
2020年版，第17—19页。
　　② 章学诚《文史通义·诗教下》在"后世专门子术之书绝"句下自注"伪体子书，不足
言也"，并指出文集"虽有醇驳高下之不同，其究不过自抒其情志"。（清）章学诚著，叶瑛校
注《文史通义校注》，第78页。

结　语

　　"以集为子"这一理论命题，概括了以《抱朴子外篇》《刘子》为代表的六朝子书中出现的文集因素，如个人抒情言志的内容、骈俪化的写作特点、赋体等文学文体的编入。这些因素为六朝子书带来新变的同时，亦从内部解构了子书，在一定意义上促成子书与文集这两种个人著述方式在中古时代的兴替。然而《抱朴子外篇》和《刘子》对待传统与自我的方式相反而相成，葛洪在继承既有文学传统的基础上，将子书作为一种寄托个人志向的著述，因而得以确立不同的主旨，或许这是魏晋时代大部分子书作者的选择，只不过文献的亡佚让我们今日无从考察；而《刘子》作者以骈文为手段整合既有的知识与文献，综合九流百家之言，在纯粹的理论论述中隐匿自我。但从整体印象上看，在追求文采、依附于既有思想体系和价值观念方面，《抱朴子外篇》与《刘子》有其一致性，亦是"以集为子"说成立的基础，而《刘子》的作者没有将著述视作一种私人写作，在一定程度上使子书从个人著述回归了战国时代诸子作为家派著述和公共资源的传统。

杨维桢的诗歌教育与"铁雅诗派"的兴衰

◇崔振鹏*

内容摘要：元代最大的诗歌流派"铁雅诗派"的出现与杨维桢的诗歌教育实践密不可分。元代诗法著作流行，形成了重法度、尚家数、尊格式的诗歌教育范式，而杨维桢试图以"情性说"消解以知识为中心的学诗路径，并以评议改诗、编集选诗、唱酬竞诗等形式履践以表达为中心的诗歌教育，这促成了"铁雅诗派"的迅速壮大。而杨维桢诗歌教育活动的即时性、随机性、碎片性特点，以及古乐府对教学依附性不强的诗体特性，则为诗派在其身后迅速衰歇埋下了伏笔。

关键词：杨维桢　诗歌教育　铁雅诗派　古乐府　诗法

杨维桢是元代诗史上具有转型意义的重镇。与元中期诗坛以虞集、范梈、揭傒斯等上层文人为典范不同，元后期诗坛是由杨维桢等下层文人主导的，在杨氏身边还形成了声势浩大、席卷一时的"铁雅诗派"。"铁雅诗派"不仅是元后期最大的诗人群体，其在文学史上亦属于前所罕有的、较为严格意义上的文学派别。①但对于其何以在元末迅速形成壮大，又何以在易代前后迅速衰歇，学界尚未给予充分的关注与解释。其实，诗史易辙与诗派的勃兴皆非偶然，杨维桢长期在野却足以成为元后期的诗坛领袖，以至于"北南弟子受业者以百数，至正文

　　＊　崔振鹏，北京师范大学文学院博士研究生，研究方向为元明清文学。
　　①　参见孙小力校笺《杨维桢全集校笺》第 1 册，上海古籍出版社 2019 年版，"前言"第 31—33 页。另，杨维桢的名字有桢、桢两种写法，本文从孙小力之说写作"桢"。

体为之一变"①，这与其诗歌教育实践密不可分。同时，诗派中大多数成员皆为杨氏门人。② 这又使诗派的发展直接受到杨氏诗歌教育的影响。

文学的教育活动对文学家以及文学流派乃至文学思潮的形成、发展都具有重要的作用，但却常因其隐蔽性、潜在性而成为文学史研究中极易被忽视的事项。③在杨维桢及其弟子的别集中留存有诸多涉及教学活动的史料，这为理解"铁雅诗派"提供了新的思路。本文即以诗歌教育的视角，解析杨维桢的诗学思想及"铁雅诗派"兴衰背后的内在因素。

一　法度之外：元末诗歌教育的范式新变

杨维桢作为元末诗坛巨擘，其诗学与诗论得到了后世学者的长期关注，但其中与诗歌教育相关的部分尚未得到充分发掘。这种缺失不仅遮蔽了杨维桢诗学思想中浓重的诗教旨趣，也会影响对其"情性说"等重要诗论的理解深度。若将杨维桢的言说置于元中后期士人学诗风气的语境中，便会发现其中应对"时流"的新变质素与转变追求。

杨维桢关于诗歌教育的思考，与其漫长的为师经历有关。杨维桢为浙江诸暨人，以《春秋》经登泰定四年（1327）进士并授天台县尹，但之后的仕途却极为蹇舛。至少从至顺元年（1330）初次失官、返回家乡诸暨读书讲学开始，设帐授徒便成为其重要的经济来源及生活方式，其后，因为仕路坎坷、时宦时辍，他又先后在杭州、湖州、姑苏、松江等处寓居授学，影响一时无两。在杨氏的教学活动中，《春秋》学亦占有重要地位，但其传授流播最广的仍是诗学。宋濂为杨氏所撰墓志铭称："元之中世，有文章巨公起于浙河之间曰铁崖君。声光殷殷，摩戛霄汉，吴越诸生多归之，殆犹山之宗岱，河之走海，如是者四十余年乃终。"④

---

① （元）顾瑛辑，杨镰、祁学明、张颐青整理《草堂雅集》上册，中华书局 2008 年版，第 197 页。

② 黄仁生：《铁雅诗派成员考》，《中国文学研究》1998 年第 2 期。

③ 参见郭英德《中国古代文学史研究中的文学教育研究》，《文学遗产》2006 年第 2 期。

④ 黄灵庚编辑校点《宋濂全集》第 3 册，人民文学出版社 2014 年版，第 1352 页。

其在东南诸生中以"文章巨公"的身份享有盛誉。

在杨维桢的诗论中，"情性说"常被视作其颇有代表性的学说，但此说与诗歌授受之间的关联尚未被留意。杨维桢在《两浙作者集序》中回忆，早在泰定四年时，他因闽中诗人说"两浙无诗"，便愤然对曰："言何诞也？诗出情性，岂闽有情性，浙皆木石肺肝乎？"[①] 在杨氏看来，如果"诗出情性"的前提可以成立，那浙人不可能无诗：诗与"情性"之间似乎并无曲折。而"诗出情性"的理论可以上溯至《诗大序》等经典文献，欧阳修批评采诗制度的消亡时即说："诗出于民之情性，情性其能无哉？职诗者之罪也。"[②] "诗出情性"的表述在传统诗学语境中是不必论证的、自然而然的。但若以"诗出情性"为谈论学诗问题的基点，杨维桢便能推论出"诗不必学"的观念，其《郯韶诗序》开篇即说："诗不可以学为也。诗本情性，有性此有情，有情此有诗也。"[③] 因为诗源出于情性，它是"不可以学为"的，这又自然可以推论出诗也"不可以教为"，其《李仲虞诗序》便说："诗得于师，固不若得于资之为优也。诗者，人之情性也。人各有情性，则人有各诗也。得于师者，其得为吾自家之诗哉！"[④] 无论是强调人皆有情性，还是论说情性的个性差异，都足以消解诗歌教育开展的必要性，但其矛盾性亦随之而来：杨维桢本人恰恰是元末授徒最众的"文章巨公"，其所鼓吹的"铁雅体"也靡然成风，若以上述"诗出情性"的论述来看，其诗歌教育实践岂非自相抵牾、背道而驰？

其实，杨维桢的言行矛盾是其应对元中后期学诗范式的结果，其用意不在于消解诗歌的教育活动，而意在消解当时以"法度"为重心的教诗与学诗范式。元代中期以后产生了大量的诗法著作，其中许多题为虞集、杨载、范梈、揭傒斯等人所撰，虽然其真实撰者难以确定，但都显示出以"元诗四大家"为代表的诗学好尚流布之广。这些诗法著作以

---

① 孙小力校笺《杨维桢全集校笺》第 5 册，第 2022 页。
② 李之亮笺注《欧阳修集编年笺注》第 4 册，巴蜀书社 2007 年版，第 98 页。
③ 孙小力校笺《杨维桢全集校笺》第 5 册，第 2019 页。
④ 孙小力校笺《杨维桢全集校笺》第 5 册，第 2016 页。

"切用"为原则讲授学诗要旨,并被不断收入诗法汇编类著作中,成为流通广泛甚或传至海外的公共资源,为初学者提供了学诗之门。① 而作为指示诗法的著作,它们无一例外地讲求"法度",通过传递规范的方式宣扬一整套诗学审美范式。譬如,旧题范梈门人集录的《总论》开篇说"夫作诗之法,只是自己性情中流出",其表述虽与杨维桢强调的"诗出情性"相类似,但随后便说作诗须"先运起一个意思,却逐旋安排句法,如人造屋相似,胸中先定下绳墨间架,然后用工"。② 虽然承认性情的存在,但它更多只是"运起一个意思",之后仍需要讲究"句法"和"绳墨间架","如人造屋"的譬喻正是诗法著作的写照。又如同样标榜范梈诗法的《诗法源流》也承认诗人"性"与"情"的重要性,但却指出:"然诗者原于德性,发于才情,心声不同,有如其面。故法度可学,而神意不可学。"③ 虽然"神意"不可学,但"法度"是可学而且必须学的:"法度既立,须熟读《三百篇》,而变化以李、杜,然后旁及诸家,而诗学成矣。"④ 彼时诗法著作虽然也不否认诗与情、性的关联,但传递法度才是撰述之旨。

从诗学思想看,杨维桢对元中期以"元诗四大家"为代表的前辈虽无讥贬,但他所鼓吹的是以古乐府为主要诗体的新风尚,他称:"我朝习古诗如虞、范、马、揭、宋、泰、吴、黄而下,合数十家,诸体兼备,独于古乐府犹缺。"⑤ "古乐府"是杨维桢特别推崇的诗体,但其对"古乐府"概念的界定与前人颇为不同,它不仅包括汉魏乐府古题、唐人乐府新题、自制新题等多种文类,从最外层的体制上看便极为混杂,在长短句外,还包含许多五绝七绝、五古七古作品。概括言之,则"除将律诗(包括排律)排斥在外,基本上兼备众体"⑥。需要留意的是,"元诗四大家"等元中期诗人恰是擅于律体的,彼时风行的诗法著作多标榜源

---

① 武君:《教习维度中的元代诗法及其范式构建》,《文学遗产》2021 年第 5 期。

② 旧题(元)范梈门人集录《总论》,载张健编著《元代诗法校考》,北京大学出版社 2001 年版,第 200 页。

③ (元)佚名撰《诗法源流》,载张健编著《元代诗法校考》,第 235 页。

④ (元)佚名撰《诗法源流》,载张健编著《元代诗法校考》,第 244 页。

⑤ 孙小力校笺《杨维桢全集校笺》第 8 册,第 3111 页。

⑥ 黄仁生:《试论元末"古乐府运动"》,《文学评论》2002 年第 6 期。

自四家，亦多以律体为讲授的重点。杨维桢欲推行其诗风，首先面对的就是这些诗法著作所代表的元中期诗学范式。

具体到诗歌教育层面，杨维桢与学诗重"法度"的诗法著作作者存在多种扞格，其例之一是"家数"。所谓"家数"是指家法与路数，如严羽曰："世之技艺，犹各有家数。"① "家数"是法度的一重表现，如旧题杨载撰的一部诗法著作即名为《诗法家数》，其中，作者所重视的是以"盛唐大家数"为代表的古之名作，他要求有志于诗者"先将汉魏、盛唐诸诗，日夕沉潜讽咏，熟其词，究其旨"②。旧题范梈撰的《木天禁语》也说将家数与篇法、句法、字法、气象、音节并列为学诗、作诗的"六关"，其罗列有三百篇、离骚、选诗、太白、韩杜、陶韦、孟郊、王维、李商隐九种家数，以供学诗者参考。③ 可见，家数是以前代经典诗人为矩矱的，后学须对其悉心揣摩。所谓"学者须熟看古人，求其用心处，久久自然有一个道理"④，便是要求从前代成功者的经验入手。但杨维桢对"家数"表现出的恰是冷淡态度："删后求诗者，尚家数。家数之大，无上乎杜。宗杜者，要随其人之资所得尔。资之拙者，又随其师之所传得之尔。诗得于师，固不若得于资之为优也。"⑤ 在三百篇之后被奉为圭臬的家数即是杜诗，但杨维桢认为人们学杜因各人的资质不同而所得不同，将"人之资"视作学诗的关键，这正是"人各有情性，则人有各诗也"。排斥家数是杨维桢一以贯之的理念，其称誉宋濂之文也说"未尝以某代家数为吾文之宗，某人格律为吾文之体"⑥，足见其态度取舍。

在家数以外，杨维桢和元代诗法著作作者对"格式"的态度亦迥然有别。"家数"和"格式"在某些方面有重合，但侧重有所不同。格式是各种规律化的楷式，包括篇法、句法、字法、音韵要求等，它是对其

---

① （宋）严羽著，郭绍虞校释《沧浪诗话校释》，人民文学出版社1983年版，第252页。
② 旧题（元）杨载撰《诗法家数》，载张健《元代诗法校考》，第13页。
③ 旧题（元）范梈撰《木天禁语》，载张健《元代诗法校考》，第177页。
④ 旧题（元）范梈撰《诗家一指》，载张健《元代诗法校考》，第297页。
⑤ 孙小力校笺《杨维桢全集校笺》第5册，第2016页。
⑥ 孙小力校笺《杨维桢全集校笺》第9册，第3582页。

所认为的优秀诗作的形式提炼。如果说"家数"兼重典范作家的风格体性，"格式"则更侧重于从中抽离与归纳出的普遍性形式。元代诗法著作对诗的形式探求可谓"事无巨细""不厌其烦"，如《诗解》将杜甫《秋兴八首》篇法提炼为接项格、交股格、纤腰格、双蹄格等八种诗格，《木天禁语》将七言律诗篇法归纳为十三格，《杜陵诗律五十一格》更是以杜诗为例总结出五十一种篇法格式。之所以如此细密，是因为编纂者确信格式的必要性。《诗学禁脔》认为，诗之"格式"乃"若公输子之规矩，师旷之六律"，"无规矩，公输子之巧无所施；无六律，师旷之聪无所用"。① 而杨维桢教导弟子，则以"君子论诗，先情性而后体格"为鹄的。格式在律诗中体现得最为明显，杨氏却认为"诗至律，诗家之一厄也"，其《蕉囱律选序》说："余在淞，凡诗家来请诗法无休日，《骚》《选》外，谈律者十九。余每就律举崔颢《黄鹤》、少陵《夜归》等篇，先作其气而后论其格也。崔、杜之作，虽律而有不为律缚者，惜不与老坡参讲之。"② 这段追忆文字有几点值得留意：其一，学诗者热衷于请教诗法，且热衷的是律诗之法，这必然进入格式的讨论；其二，杨维桢不喜谈律诗格式，他认为"格"在"气"后，即便唐代大家也不全然按照格式作诗。其间的参差，正是杨维桢推行其诗学时遭遇的困境。

当时诗歌教学所流行的风气是重视"法度"，面对"守法度曰诗"③的局面，杨维桢的"情性说"的产生便也能够理解了：欲要在元中期以后的诗歌教育范式外自出机杼，必须逃逸出以家数、格式等建立的大厦，杨维桢之所以极力宣扬"诗出情性"，其目的正是要消解既成的体系。他所主张的"诗不可以学为"，即是在以法度为诗的风气中提出的、带有特定时代性的故意过分之语。其实，杨维桢并不真的认为诗歌可以由情性自然流出，他曾流露出学诗要在"情性"与"语言"两个维度上用功。一方面，"诗出情性"引出对"情性"的思考。"诗不可学，诗之所以出者，不可以无学也。声和平中正，必由于情。情和平中正，或失于

---

① 旧题（元）范梈撰《诗学禁脔》，载张健《元代诗法校考》，第 198 页。
② 孙小力校笺《杨维桢全集校笺》第 5 册，第 2034 页。
③ 旧题（元）杨载撰《诗法家数》，载张健《元代诗法校考》，第 33 页。

性,则学问之功得矣。"① 可见,他不认为好诗能够自然产生,而是"工夫在诗外"地作用于"性"和"学问",这导向了他终生勉力的《春秋》经学。另一方面,"情性"和"语言"其实有相互发明的关系,杨维桢曾效仿杜甫《漫兴》之诗以教导后学,并认为"学杜者,必先得其情性语言而后可"②,他不取时人所推崇的杜律,却偏偏选取了被后人视作"有古《竹枝》意"的《漫兴》,习其俚俗的词语及句法。可见,杨维桢所说的"语言"不是法度意义上的语言,而恰是未经楷式化的、他所认为更能代表诗家情性的语言。从诗歌教育实践上看,杨维桢也正是主要从"语言"方面指导弟子们学习诗歌,向一种远离"法度"的范式转移。

二 靡然向风:"铁体"流播中的教育动力

杨维桢自号铁崖、铁史、铁笛道人、老铁等,后世学者遂以"铁体"指称杨维桢及其同道在元末鼓吹的创作("铁体"也即"铁雅体"或"铁崖体"的简称)。③ 在元代诗史上,"铁体"所指代的杨维桢等人的诗风具有很高的辨识性。从诗体上说,"铁体"主要是杨维桢所独重的古乐府体;而从诗风来看,其诗具有"耽嗜瑰奇,沉沦绮藻"④ 的特征。其实,在元代诗法著作中,谈论最少的诗体就是"乐府",这是因为它体制松散、语言俚俗,几乎无法度可言。与此同时,"铁体"诗风以制造"陌生化"为尚。⑤ 这便更使"铁体"的传授似乎无章法可循。但至正十八年(1358),杨维桢回顾泰定、天历以来与同道写作古乐府的经历,自数"铁雅宗派"的代表九人,其中郭翼、章木、宋禧、张宪皆为其生徒;而元末南北弟子以百数的盛况,也说明"铁体"不但可以传播,而且传播得非常有效。究其缘故,是杨维桢选择了一条与追求

---

① 孙小力校笺《杨维桢全集校笺》第 5 册,第 2019 页。
② 孙小力校笺《杨维桢全集校笺》第 1 册,第 311 页。
③ 参见(清)钱谦益《列朝诗集小传》上册,上海古籍出版社 2008 年版,第 20 页。
④ 邓绍基主编《元代文学史》,人民文学出版社 1991 年版,第 497 页。
⑤ 参见张晶《"铁崖体":元代后期诗风的深刻变异》,《社会科学辑刊》1994 年第 2 期。

"法度"不同的诗歌教育之路。

郭英德将文学教育归纳为文学知识、文学思维、文学表达等三种主要形式。① 如果说诗法著作是以"法度"等文学知识为重点的，那么杨维桢的诗歌教育则是以文学表达为中心的。由于没有诗法之类的专门教本，杨维桢的诗歌指授与历史上的大多数文学教育史料一样支离分散。但将其与弟子别集内的相关材料重新拼合，能够发现涵盖了评议改诗、编集选诗、唱酬竞诗等多种方式的诗歌教育活动，这也是"铁体"流播的多元轨迹。

杨维桢传授诗学最直观的方式是以臧否评议的方式修改弟子诗作，以此传递对"好诗"的理解。评改诗作是诗艺传授中的常见方式，追随杨维桢甚久的弟子吴复称之为"点铁之功"。如《铁崖先生古乐府》卷三《登华顶峰》诗，即是杨维桢将吴复诗作修改之后的结果，其诗序说："予在天台时，登绝顶赋诗，今逸其稿。在洞庭笠泽上命吴复补之。"可知诗的原作者是吴复，那此诗为何被收入杨维桢的诗集中呢？吴复在此诗后笺注解释说："此篇复承先生命，且经先生黼黻，识者谓可乱真于集中。先生点铁之功，及复多矣。"② "黼黻"本是礼服之纹饰，遂引申为润色之义，因此此诗是经过了杨维桢的较多改动的。吴复正是《铁崖先生古乐府》的编辑者，便把这首经老师授命又经老师"黼黻"的"乱真"之作收入了集内。诗中"火乌夜半吐东海，石桥飞渡天门龙""陶然一醉三千霜，酡颜相映扶桑红"等奇崛之句，也确实与杨维桢的语言好尚类似，这大概便是其"黼黻"修饰之处。

从杨维桢的现存诗作看，类似的情形尚有多处：如《铁崖先生古乐府补》中的《湖龙姑曲》即与其弟子张宪《玉笥集》中的同题诗非常相似，孙小力推断此诗可能"原出张宪之手，铁崖为之加工修饰"③，这是很有道理的。张宪诗中的"浪花拍碎回仙楼，万斛龙骧半天立""雨师

① 郭英德：《明清文学教育与戏曲文学的生成》，《学术研究》2008 年第 3 期。
② 孙小力校笺《杨维桢全集校笺》第 1 册，第 104 页。
③ 孙小力校笺《杨维桢全集校笺》第 2 册，第 755 页。

骑羊轰昼雷，红旗照波水路开”①，在杨氏集中作“浪中拍碎岳阳楼，万
斛龙骧浪中立”“雨工骑羊鞭迅雷，红旗白盖虻尤开”②，其间的差异应
该即是杨维桢的润色之处。与张诗相比，杨诗的遣词更加奇炫瑰丽，这
种改动对于弟子体悟“铁体”是具有指导功效的。类似的情况，尚见于
二人同题的《合肥战》《玩鞭亭》等多篇。据宋濂所撰墓志记载，杨氏
“平生不藏人善，新进小子或一文之美、一诗之工，必为批点，黏于屋
壁，指以历示客”③，以此亦可见杨维桢对批点后学的喜爱以及指授
之众。

　　与评议改诗相比，编纂诗集、收选诗作是“铁雅诗派”更具特色的
诗歌教育方式。编选作品是编纂者将文学观念由抽象转化为具象的过程，
“铁雅诗派”以编集选诗来进行诗学授受的方式主要有两种：一是师者
编选弟子的诗作，二是授命弟子编选师者的诗作。师者编选弟子诗作，
可以视作评改弟子诗作的延伸，如袁华的《可传集》、张宪的《玉笥
集》，皆经过杨维桢的编选。袁华既是杨氏的得意弟子，也是元末的活跃
诗人，在吴中受到谢应芳等人的推重，杨维桢称：“华自二十岁后三十年
所积，亦无虑千有余首，而吾选之得如干首，盖亦倍于龟父（洪朋）
矣，故命其集曰《可传》。”④ 与袁华另一部传世诗集《耕学斋诗集》十
二卷相比，《可传集》仅有一卷，而张宪《玉笥集》也是经杨氏删选为
三百余首，如此严苛的编选诚然更是一种引导行为。

　　授命弟子为自己编选诗集是杨维桢的特殊喜好，这其实也形成一种
隐然存在的诗歌教育。杨氏今存诗集中多有由弟子编选者，如《铁崖先
生古乐府》十卷、《铁崖先生复古诗集》六卷、《杨铁崖咏史古乐府》一
卷即分别为弟子吴复、章琬、顾亮所编辑，其选诗还往往加以笺注或议
论。吴复、章琬的编辑时间皆可确知为至正年间，其编选活动可视作在
杨维桢指导下进行的诗歌学习。杨维桢对自己的诗作颇为自信，弟子从

　　① （元）张宪：《玉笥集》，载《景印文渊阁四库全书》第 1217 册，台湾商务印书馆 1986
年版，第 399 页。

　　② 孙小力校笺《杨维桢全集校笺》第 2 册，第 755 页。

　　③ 黄灵庚编辑校点《宋濂全集》第 3 册，第 1354 页。

　　④ 孙小力校笺《杨维桢全集校笺》第 9 册，第 3566 页。

其学诗，杨氏即命其"首诵余古乐府二百，辄能游泳吾辞，以深求古风人之六义"①。章琬编选杨氏之诗也称："琬登铁门学诗，因辑先生前后所制者二百首，连吴复所编又三百首，名曰《铁雅先生复古诗集》。"②在章氏的叙述中，辑诗是"登铁门学诗"后顺理成章之事。辑录、类编、阐释诗作，本身是一种涵濡温绎的学习过程。可以说，在"铁雅诗派"的诗歌教学活动中，弟子编选诗集的工作是隐秘但不可忽视的一个方面。

　　借由应酬唱和等场合为弟子提供练笔乃至竞技机会，开展诗学教育，亦乃"铁门"授诗的重要途径。中年以后，杨维桢日益浪迹山水、耽游声色，并与玉山主人顾瑛等人厚相结纳，应酬唱和成为他极为重要的创作契机。同时，杨维桢的弟子门生也进入其交际圈，并奉杨氏之命加入唱和之中，这为生徒揣摩和发扬乃师的诗学观念提供了创作场域。譬如至正八年（1348），杨维桢烟雨中游石湖诸山，作《花游曲》。除顾瑛、陆仁等诗友的和诗之外，弟子郭翼、袁华亦皆有步韵之诗。诗中，郭翼"铁蛟喷壑风雨来，花宫香送琼英杯"③ 句、袁华"铁笛仙人招羡门，鸾旌小队青霓裙"④ 句，皆写到杨维桢游宴之情形，且与原作诗风相类。而杨维桢在《赠宋仲温》一诗的自序中透露："余既醉书此歌，复令仲温书遗玉笥、崆峒两生者而和之。"⑤ 玉笥即弟子张宪，崆峒所指不详，但亦为杨氏弟子别号，由此可见杨氏有命令弟子和诗的活动。此外，如《玉山草堂雅集》卷二中留存有《嘉树堂席上与郭义仲袁子英联句》的师生联句诗，《东维子文集》中，附有《学生徐固次韵》《学生吴毅次韵四绝》《学生徐章次华阳巾歌》等次韵之作，这些师生互动都推动了杨氏诗学的传播，为弟子们的练笔与修习提供了场合。

　　能够显示"唱和"足以成为一种竞技式诗歌教育的典型事件，便是杨氏名作《些月氏王头歌》的创作。"匈奴破月氏王，以其头为饮器"⑥

_____

① 孙小力校笺《杨维桢全集校笺》第 5 册，第 2033 页。
② 孙小力校笺《杨维桢全集校笺》第 10 册，第 3949 页。
③ （元）郭翼：《林外野言》，载《景印文渊阁四库全书》第 1216 册，第 700 页。
④ （元）袁华：《可传集》，载《景印文渊阁四库全书》第 1232 册，第 363 页。
⑤ 孙小力校笺《杨维桢全集校笺》第 9 册，第 3467 页。
⑥ （汉）司马迁撰《史记》第 10 册，中华书局 1959 年版，第 3157 页。

的奇幻故事，是后代诗家喜欢题咏的对象。据杨维桢《月氏王头饮器歌》序，杨氏起初作诗二首，诗友李费认为"虽李长吉复生，不能斗其雄"，并和作一首。这篇和作，刺激了杨氏的再次创作。

> 余读费辞，为之击几而歌，费真狐精也。时铁门和者称张宪，明日费辞至，宪拜之曰："吾当放君一头。"取己作而焚之。余复技痒，作《些月氏头歌》，令费和之。费谢曰："某气竭矣！"①

这是一次典型的诗歌竞技：在杨维桢初作后，门生多有唱和，而以张宪拔乎其萃；但在阅读李费和作后，张宪焚毁己作；杨维桢"技痒"又再次创作，写出"眼中磷，吹欲腥，游魂夜哭灯前走"等句，终将其古乐府之奇崛推向极致。张宪和诗见于《玉笥集》，其中"白马初腥径路刀，一尺留犁搅金匕"②等诗句显然有意追摩乃师的古乐府风格，但较李费诗中"金篦搅红红欲凝，脑中犹作铜龙声"③的奇思险怪确乎略逊一筹。张宪在对杨氏、李氏诗作的揣摩中，能够真切加深对"铁雅诗派"诗风的体悟，而当时参与唱和的其他弟子，也能够从中得到教益，这便是"铁门"学诗的切磋讲习之效。

无论诗作评改、诗集编选还是竞诗唱和，皆是围绕语言表达直接展开的诗歌教育活动。从这些教学实践中，难以看到凝定的诗学知识、经典化后的诗学典范、形式化后的诗学思维，其利用的文本基本都是鲜活的师生自己的作品。可以说，杨维桢绕过了元中期以后的诗法著述，并以丰富的指授形式使其"铁体"得以快速流播，亦使"铁雅诗派"在元末形成壮大、异军突起。

三　"铁雅诗派"的内在局限与没落

明洪武三年（1370）五月，杨维桢病逝于松江拄颊楼。随着"铁雅

---

① 孙小力校笺《杨维桢全集校笺》第 2 册，第 473 页。
② （元）张宪：《玉笥集》，载《景印文渊阁四库全书》第 1217 册，第 370 页。
③ 孙小力校笺《杨维桢全集校笺》第 2 册，第 473 页。

诗派"核心人物的谢世，诗派在易代诗史上渐于消歇，那为人脍炙的"铁体"也光焰日颓，缺乏后继之人。一个诗派的没落是由多方面原因导致的，主帅故去、政事鼎革、学风改辙等外部原因固然不可忽视，但杨维祯后学们的不能自立、难以为继则成为重要的内部原因。这种状况的出现，又与"铁门"诗歌教育的局限性有关。

"铁雅诗派"诗歌教育的最大局限，便是不具有系统性，而是以即时性、随机性乃至碎片性为特点，这致使诗派特别依赖创始人物的存在。其实，这些局限性是在杨维祯选择新的诗歌教育之路时便已存在的，可以说是"反法度"的衍生物，也可以说是以文学表达为重心时常常难以规避的问题。杨维祯的几种诗歌教育方式都具有即时性、随机性特点：评议与修改诗作都是针对特定作品的具体意见，不具有可复制性；编选诗作具有"只可意会不可言传"的意味，其间的编选原则与审美取向要求弟子以悟性去独立体味；诗篇应酬的场合也是随机的，且特别依赖杨维祯的在场。杨维祯是这些活动的主轴。"铁雅诗派"没有选择以诗法著作或诗歌选本为重心的学诗范式，但也没有形成特别清晰的诗歌修习主张，其"诗出情性"指向的正是一种具有不确定性的诗学。如前所述，杨维祯不但对这种不稳定的诗歌教育颇有自觉，而且有意反对诸种法度，他对律体的态度便是一个明证。据方外弟子释安回忆，杨维祯在钱塘时，因诸生请教律体，不得已始作二十首，但多为奇对拗体。① 这种"破大于立"的教法固然有其时代性与启发意义，在元中期诗学笼罩的格局下打开了新的境界，但却难以形成新的"常态"。尽管释安评论杨氏的拗律体"其中自有翕张妙法"，但个中"妙法"，又何以直接地推求和传授呢？

在元末诗坛，杨维祯以直指语言表达的诗歌教育引领风气，但重视"法度"的教习方式亦未消亡，"铁雅诗派"与重视诗史源流的浙东、闽中等文人群体存在明显的分际。譬如元代婺中的古文辞授受，自方凤、谢翱、吴思齐而下，传于吴莱、黄溍、柳贯等人，复及于宋濂、王祎、

---

① 孙小力校笺《杨维祯全集校笺》第 10 册，第 3953 页。

戴良等后进，其间的诗法授受颇为不苟。据郑涛《宋太史诗序》之追述，宋濂初见吴莱时，吴莱即命其钻研《诗经》、《楚辞》以及汉魏六朝直至宋季诗作，并要求"穷其体裁""按其音节""考其辞句""观其气象"，认为待识见精深、功力深造之后，始可言诗。这种学诗取向也正是元代诗法著作的旨趣。在吴莱看来，学诗是郑重而精密之事，这令年甫弱冠的宋濂大受震动，"不觉汗流浃背，于是悉焚所为稿，一依吴公之命而致力焉"①。在宋濂今存诗集《萝山集》中，便有模仿陆机、陶潜、谢灵运、颜延之、鲍照等五言诗体貌的拟古之作，且在拟古中达到了很高水平，是为早年依师法学诗的痕迹。②

与浙东文人相类，闽中诗学也呈现出重视诗学知识的学诗路径，这与闽诗的源流有关。闽中诗派自元代中叶始，前有杨载，后有蓝仁、蓝智、张以宁、林弼等名家，皆以宗唐为要诀。《蓝山集》卷首记载蓝仁从游杜本学诗时，即被"授以四明任松卿诗法及德机、仲弘诸大家机轴"，遂"归而焚弃旧稿，厉志盛唐，以归于老杜"。③ "四明任松卿诗法"指宋末元初诗家任士林的诗法，而任氏曾论作诗须"有诗法，有句法，有字法，森严玄邃，未易入也"④，特重法度。据陈广宏考证，任氏之诗法主张与赵孟頫颇为相契，即尝以推行宗唐诗风为己任。⑤ 而杜本看重的德机、仲弘则分别指范梈、杨载，皆为元中期的诗学大家，也是元代诗法著作中特别推重的典范。由蓝氏兄弟所承学的闽中诗法来看，它是以元中期诗学而上溯于唐代大家家数的，这也是诗法著作中最普遍的学诗之路。

与浙东、闽中的诗歌教学相比，"铁雅诗派"对宗法诗史上的经典

---

① 黄灵庚编辑校点《宋濂全集》第 4 册，第 2318—2319 页。
② 参见左东岭《〈赠梁建中序〉与宋濂元明之际文学观念的变迁》，《求是学刊》2020 年第 3 期。
③ （明）蓝仁：《蓝山先生诗集》，载沈乃文主编《明别集丛刊》第 1 辑第 9 册，黄山书社 2013 年版，第 387 页。
④ （元）任士林：《松乡集》，载《景印文渊阁四库全书》第 1196 册，第 574 页。
⑤ 陈广宏：《闽诗传统的生成——明代福建地域文学的一种历史省察》，上海古籍出版社 2018 年版，第 128 页。

并无浓厚兴趣，杨维桢虽然也尊崇杜诗，但在"人各有情性，则人有各诗也"① 的"情性说"主导下，对三百篇以后的名作其实并不重视。由于宗尚"未尝以某代家数为吾文之宗，某人格律为吾文之体"② 的文学观念，杨氏甚至对初学诗时必要的模拟练笔也不甚看重，这使其诗派中的诗歌教育缺少较为固定的过渡环节，也无法保证诗派在长时段传承中的稳定性。

从更深层次的原因看，"铁雅诗派"诗歌教育的即时性与碎片性，又与杨维桢古乐府追求恣意奇崛的诗体特性有关。古乐府体本身即有尊尚自然、抗拒形式的诗体传统。③ 而杨维桢本人没有浙东、闽中等地诗人系统学诗的经历，他选择体式灵活、语言随意的古乐府体，既能发挥其才学出众的优势，也能规避其缺乏诗法的劣势，而使此体具有鲜明的个人特色。正如释安评论杨维桢的拗律"观者当以神逸悟之"，其诗作不但难以学习模仿，更难以具体传授。因此，杨氏的知音张雨议论曰："无老铁力者，便堕落卢马后大虫耳。"④ 这种妙喻点出了杨氏古乐府中才力的地位，同时凸显了一种矛盾：若没有杨氏的才力，学之难以驾驭，反受其累；但若有了杨氏的才力，便自可如杨氏一般戛戛独造，何必规仿之呢？如果理解了这种悖反，就能明白"铁雅体"的诗歌传承注定坎坷重重。

与"铁门"规仿杨氏的众多弟子不同，受杨氏指授较少、步入传统诗学路径的贝琼却成绩卓异，在易代诗史上享有盛名，其中的升降得失耐人寻味。贝琼从游杨维桢甚早，亦是杨氏的得意门生，杨氏许之以"自幼颖悟，长有奇气"，甚至在为贝琼所作斋室记中自抑："余最号不善读书者也，性未能寡欲，其读也不能静且颛。即颛，又性猝急，卷甫开即亟涉，欲竟卷。常恨自课不能如仲琚，而仲琚求余文以志室，亡乃

---

① 孙小力校笺《杨维桢全集校笺》第 5 册，第 2016 页。
② 孙小力校笺《杨维桢全集校笺》第 9 册，第 3582 页。
③ 参见万紫燕《尚自然而斥新声——论〈古乐府〉编撰中的以乐为本》，载《华中学术》第 32 辑，华中师范大学出版社 2020 年版，第 81—88 页。
④ 孙小力校笺《杨维桢全集校笺》第 10 册，第 3953 页。

左乎?"① 杨氏的评论意在褒扬贝琼，但其中对二人读书静躁不同的描述，也有助于理解贝琼后来走上传统诗学路径的选择。

贝琼从游杨维桢的时间可考，其《铁崖先生大全集序》称"琼早登先生之门，今二十五年矣"，而文末署"至正二十有五年（1365）春"②，可知从师时间约为至正初年。虽从师较早，但文中又说"中罹兵变，不相知者久之"，这使贝琼没有紧随杨氏接受诗学教导。有趣的是，从贝氏《郑本初诗集序》中"余学诗二十年，未能窥诗人之阃奥"的态度来看，他对自己早年从师的经历似乎并不满意，他称至正二十二年结交郑本初之后始知"中州之绮丽有不足观矣"。③ 郑本初之诗今已不存，但贝氏对"绮丽"之不足观的批评，正可与疏离"铁雅体"对读。从贝琼今存《清江贝先生诗集》十卷来看，其五古、七古、五律、七律、七绝等诸体皆有佳作，其中七律的部分诗作可以看出杨氏古乐府的痕迹，但更多诗作则显示出取法多元、学拟诸体的旨趣。如其五古《对酒怀邵文博》《题听雪斋》等皆自署"拟东野"，遣词效法孟郊之险怪；而有的诗则明言"拟苏州"，有意模仿韦应物之清逸；五古《杂诗》《兰》《游仙诗》《晚松》《拟古》等从取象、遣词看，皆脱胎于魏晋；七律《无题》"锦瑟鸾笙恨总牵，尚思华屋对婵娟""绡拆鸳鸯裁宝扇，酒行琥珀泻银船"④ 之句则又上法义山。如是种种，不能胜道。贝琼之诗的摇曳多变，显示出他曾于诸家名作用功颇深，而这正是元代诗法著作与浙东、闽中等地文人皆强调的学诗大道。朱彝尊称贝琼之诗"爽豁类汪朝宗，整丽似刘伯温，圆秀胜林子羽，清空近袁景文，风华亚高季迪，朗净过张来仪，繁缛愈孙仲衍，足以领袖一时"⑤，虽推奖过情，但精到地指出了贝氏诸体皆擅、积累丰赡的特点，而这恰与"铁雅诗派"的诗学教育迥别。四库馆臣点评贝氏"虽出于维桢之门，而学其所长，不学其所短，

---

① 孙小力校笺《杨维桢全集校笺》第 6 册，第 2470 页。
② 李鸣校点《贝琼集》，吉林文史出版社 2010 年版，第 42 页。
③ 李鸣校点《贝琼集》，第 43 页。
④ 李鸣校点《贝琼集》，第 261 页。
⑤ （清）朱彝尊著，（清）姚祖恩编，黄君坦校点《静志居诗话》上册，人民文学出版社 1990 年版，第 56 页。

宗旨颇不相袭"①，亦可谓洞若观火。贝琼受杨维桢的诗学指教甚少，在诗史上却能凌驾杨氏其他弟子，这从反面显示出杨氏诗歌教育的缺陷。

缩结而言，杨维桢独擅的古乐府体本身靠才力为多，这使其诗歌教育的可持续性非常有限，而其诗歌教育的即时性、随机性，则使弟子们难以独立、系统地掌握诗歌创作的知识与规律。杨氏谢世之后，其诗派便丧失了指引者，更不能向更深广的层次发展，原来凝聚在其周围的弟子们以失去机轴而不能相继，这是"铁雅诗派"迅速衰落的重要内因。

结　语

本文考察杨维桢的诗歌教育思想及教育活动与"铁雅诗派"发展的关系，意在揭橥元后期诗史演进的内在动力，并展示文学教育环节在流派研究中的意义。不同的诗学追求要求和规定着不同的诗歌教学模式。元后期"铁雅诗派"的崛起是从扭转以"法度"为中心的诗歌教育范式开始的，杨维桢"情性说"的诗论言说、"古乐府"的诗体选择皆与此有关。但在杨维桢选择以表达为中心的诗歌教育取向的同时，即时性、随机性、碎片性等非系统性的弊病亦已埋下伏笔。杨氏没有找寻到解决这些困境的道路方法，诗派的衰落亦在其身后无可抵挡地发生。透过教育的视角，能够进入诗派传承的内部理路，从而发现"铁雅诗派"这一元末最大诗歌流派兴衰起落的内在机制。

---

① （清）纪昀、陆锡熊、孙士毅等著，四库全书研究所整理《钦定四库全书总目》下册，中华书局，1997 年版，第 2268 页。

科谊、切劘与复雅诗盟："后七子"结社的由隐及显

◇魏柔嘉*

内容摘要："后七子"结社的始末，经徐朔方、廖可斌、郑利华、周颖等学人的考索，已较为明晰，但诸子在结社前已具有的人际关系、与谢榛的重要分歧以及作为正式结社标志的《五子诗》与"前七子"的关联等问题仍需考证。通过对诸子文集的阅读，结合《登科录》《明实录》等史籍文献，考证宗臣的父亲和王世贞的父亲是乡试同年，梁有誉、徐中行在任职刑部前就与进士同年宗臣往来唱和，吴国伦与王世贞为门生与座主之子的关系；谢榛赞同袭用古人诗句并进行改写，而王世贞、李攀龙则认为这属于剽窃模拟，这是谢榛与王、李诸子的重要分歧；《五子诗》的创作继承自何景明的《六子诗》，后者与诸子的《五子诗》在内容上存在互文关系。

关键词："后七子" 诗学分歧 《五子诗》 复雅传统

"后七子"是明代文坛的一大复古集团，这一称呼最早由钱谦益明确地提出。在《列朝诗集》的宗臣小传中，钱谦益简述了几人结社的始末，将他们与李梦阳等人并而论云"一则曰先七子，一则曰后七子"[①]，这随后成为明代文学史上的重要概念。关于"后七子"结社的过程，已有不少研究成果问世。徐朔方《晚明曲家年谱》、廖可斌《明代文学复古运动研究》、郑利华《王世贞年谱》及《前后七子研究》、周颖《王世

---

* 魏柔嘉，浙江大学文学院博士研究生，研究方向为明代文学与文献。

① （清）钱谦益辑《列朝诗集》丁集卷五《宗副使臣》，载《续修四库全书》第1623册，上海古籍出版社2002年版，第577页。

贞年谱长编》等，考证尤为用心。虽然如此，如"后七子"早期相识交游的契机、作为正式结社标志的《五子诗》的具体创作情境等问题，仍有未明之处，有必要再进行挖掘与深入。本文的重点，在于通过对诸子集中涉及入社缘由、集会唱和等诗文文本的细读，还原"后七子"在同心结社前的交游往来、其文学主张的异同以及《五子诗》的创作场景，从而讨论再次扬起复古旗帜的"后七子"如何利用社中成员的选择来巩固与扩大复古社团在文坛上的影响。

一　六子结社前的隐性人际关系

"后七子"诗社，最初源于承继了刑部文学传统的西曹诗社。[①] 早年社中成员多以"五子"相称，王世贞《长兴哭子与归途即事有感》其三中有"当年六子五沉沦"一句[②]，说明五子诗社实有六人，即李攀龙、王世贞、谢榛、宗臣、徐中行、梁有誉[③]；而在嘉靖三十一年（1552）离京赴江淮决狱时所作的《别于鳞、子与、子相、明卿十绝》中，王世贞又照其余五人例，专门留赠吴国伦一首[④]，表明吴国伦在谢榛被除名"五子"之前，已与诸子交往颇深。周颖《王世贞年谱长编》中，对七子入社的先后顺序及其原因有较详细的讨论。笔者结合各家文集及《明实录》《登科录》等史籍文献，继续梳理诸子在有意结社前因科举制度而早已存在的人际关系，及其与结为复古同盟之间的密切关联。

宗臣在嘉靖二十九年三月进士登第后被授职刑部广西司主事，一般认为他和李攀龙、王世贞的结识缘于同在刑部，明年他即转调吏部。但

---

① 参见叶晔《明代中央文官制度与文学》，浙江大学出版社 2011 年版，第 246—262 页；杨遇青《从"白云楼社"到"后七子"派——以嘉靖二三十年间京城文学话语之转移为中心》，《文学遗产》2012 年第 3 期。

② （明）王世贞：《弇州山人续稿》卷二十二，载《四库提要著录丛书》集部第 120 册，北京出版社 2010 年版，第 362 页。

③ 按：吴国伦在七子中最为长寿，故王世贞此诗所写的"五沉沦"中必定不包括他。

④ （明）王世贞：《弇州山人四部稿》卷四十七，载《四库提要著录丛书》集部第 117 册，第 609 页。

翻阅三人的文集，王世贞应宗臣之父宗周的要求为宗臣所作的墓志中有"谓世贞通家子"① 之言，可见两人在同曹为官之前，就有更为亲密的关系。通过王世贞在万历十五年（1587）和宗臣之弟宗原的一封书信，这种"通家子"的关系可以明晰。

> 使者来，复得足下书，则老伯业九十矣而益强。忆先府君歌鹿鸣时，同年之长者，山阴骆先生与老伯。今骆先生九十三矣，二先生相望于杨子之北、钱唐之南，若恒、衡之对峙。而先府君之在泉台跨二十六周矣，不佞之从贤伯氏结社论文，彼此朱颜，驰骋千古，歘忽而成二天，其亦二十七周矣。②

明时的"歌鹿鸣"沿自唐代，有"士歌鹿鸣而举于乡，即成周所谓造士者也" ③的含义。故由"歌鹿鸣""同年"可知，宗周与王忬为乡试同年；参考王世贞的《先考思质府君行状》可知，两人在嘉靖十年（1531）中式。④ 根据周颖的考证，王忬在嘉靖二十九年三月至"庚戌之变"发生时都在京城。⑤ 宗臣作于嘉靖三十二年的《赠查大夫报绩叙》文云"往岁予初客长安，揖大夫王中丞席上"⑥，据此可知，他在登第后拜访过当时身在京师的王忬，与王世贞很可能早已相识。据王世贞所作墓志铭记载，宗臣从刑部广西司主事调任吏部考功司主事是因"太宰李公默见君文而奇之"，即受到了吏部尚书李默的赏识；而按旧例"吏部郎自相贵绝，不复通他曹郎"，只有宗臣仍和旧曹李攀龙、

① （明）王世贞：《弇州山人四部稿》卷八十六，载《四库提要著录丛书》集部第 118 册，第 363 页。
② （明）王世贞：《弇州山人续稿》卷一百八十三《宗子培》之一，载《四库提要著录丛书》集部第 122 册，第 544 页。
③ （明）张元忭等纂修（万历）《绍兴府志》卷三十二《选举志三》，载《中国方志丛书》"华中·浙江"第 520 册，（台北）成文出版社有限公司 1983 年版，第 2139 页。
④ （明）王世贞：《弇州山人四部稿》卷九十八，载《四库提要著录丛书》集部第 118 册，第 492 页。
⑤ 周颖：《王世贞年谱长编》，上海三联书店 2016 年版，第 108、110 页。
⑥ （明）宗臣：《宗子相集》卷十二，载《四库提要著录丛书》集部第 279 册，第 150 页。

徐中行、梁有誉、王世贞交游密切并"益相切劚为古文辞",考功署中的其他人大多遵循惯例"不复酬往"。① 宗臣在吏部任职声价骤然显贵后,却还能和诸子保持频繁的唱和往来,除了同样有志于复古以外,和他与王世贞的通家之谊也不无关系。如宗臣《送王中丞巡抚山东》一诗,即为嘉靖三十一年赴任山东的王忬所作。诗中的"明公翊帝谟""紫诏锡恩殊""豹略雄三辅,鸿声照八区""还看麟阁上,早晚列新图"等句②,比之李攀龙《送大中丞王丈赴山东》、梁有誉《送王中丞出镇山东》二诗,在尊敬之余,还多了几分直接道出心中期望的亲近。

徐中行在嘉靖三十年(1551)任刑部广东司主事一职,一般认为其经由妻子的舅父即时任刑部尚书的顾应祥推荐,得与同舍郎李攀龙、王世贞结交,梁有誉则在同年八月到刑部任山西司主事后,由徐中行介绍与王、李相识。对于徐、梁二人的关系,通常引王世贞所撰梁有誉墓表中"中行故常与公实游南太学,深相结者也"一句为证,"南太学"即南京国子监,王世贞还记述了徐中行"亡何举乡荐,遂进游南太学"③,不过这两则记载的真实性尚待考证。查阅《嘉靖二十九年进士登科录》,梁有誉和徐中行都是国子生。④ 明代的举人入国子监肄业始自洪武年间,尤其是下第举人的入监后来更逐渐成为常制,一般按照籍贯分入两京国子监。据《南雍志》载,南京国子监课业要求严格,洪武十六年(1383)朱元璋钦定的学规中,规定了需用积分判断生员能否卒业:升入率性堂才允许计算积分,后"孟月试本经义一道、仲月试论一道、诏诰章表内科一道,季月试经史策一道、判语二条。每试文理俱优与一分,理优文劣者半分,文理纰谬者无分。岁内积至八分者为及格,与出身",

---

① (明)王世贞:《弇州山人四部稿》卷八十六《明中宪大夫福建提刑按察司提学副使方城宗君墓志铭》,载《四库提要著录丛书》集部第 118 册,第 363 页。

② (明)宗臣:《宗子相集》卷九,载《四库提要著录丛书》集部第 279 册,第 106 页。

③ (明)王世贞:《弇州山人续稿》卷一百三十四,载《四库提要著录丛书》集部第 121 册,第 769 页。

④ 龚延明主编,毛晓阳点校《天一阁藏明代科举选刊·登科录》下册,宁波出版社 2016 年版,第 65、67 页。

积分不足则仍"坐堂肄业"。① 徐中行嘉靖十九年已乡试中式②，梁有誉则在嘉靖二十二年"举于乡"后赴明年会试而不第③。参照《南雍志》记载的学规以及王世贞的叙述，如果两人确实曾一同"游南太学"，那么徐中行应是多年考核不及格，或者此前常年告病在家。而根据梁有誉之弟梁有贞的说法，徐、梁二人则是在嘉靖二十八年梁有誉赴北京参加会试的途中才于南京结识："先是己酉计谐……抵留都，遍游名山，登鸡鸣诸峰。适吴兴徐子与亦有事于金陵，倾盖相得，甚欢也。始扬摧古今诗道，遂定交焉。"④ 但是应当注意到，梁有誉、徐中行与宗臣本就是进士同年，谢榛集中有《初春夜同沈子文、梁公实、薛思素进士，宗子相比部赋得声字》《春夜徐进士子与宅饯别陈进士宪卿使楚》《梁进士公实卧病，诗以慰之》三首诗，其中问梁有誉病之诗有"清标南海奇""多病拜官迟""西山欲同赏，松桂待秋期"等句。⑤ 第一首诗题中的"初春"时间点以及"进士""比部"称谓，说明谢榛、梁有誉、宗臣的这次集会应该发生在嘉靖三十年春；而梁有誉集中亦有《酬同年陈子宪卿》，再由谢榛赴徐中行宅送别陈柏一诗题目中"春夜"和写给梁有誉诗中的"拜官迟""待秋期"可推知，梁、徐二人至迟在嘉靖三十年春天已分别与谢榛、宗臣唱和交游，或许和李攀龙、王世贞的结交也在任职刑部之前。

而吴国伦的入社契机，也与王世贞的父亲王忬有关。周颖已考得"世贞父巡抚湖广，擢国伦于诸生，遂中举人"，并认为根据王世贞的说法，王忬"乃吴国伦乡试座师"。⑥ 不过因为是专人年谱，没有展开讨论这一拔擢的意义，以及通过吴国伦的诗文进一步证明王忬是否为其座师。

---

① （明）黄佐：《南雍志》卷九《谟训考》，载《四库全书存目丛书》史部第 257 册，齐鲁书社 1997 年版，第 247 页。

② （明）李焘：《明故通奉大夫江西左布政使天目徐公行状》，载（明）徐中行著，王群栗点校《徐中行集》附录，浙江古籍出版社 2012 年版，第 368 页。

③ （明）梁有贞：《梁比部行状》，载（明）梁有誉撰《兰汀存稿》附录，《原国立北平图书馆甲库善本丛书》第 791 册，国家图书馆出版社 2013 年版，第 5019 页。

④ （明）梁有贞：《梁比部行状》，载（明）梁有誉撰《兰汀存稿》附录，《原国立北平图书馆甲库善本丛书》第 791 册，第 5019 页。

⑤ （明）谢榛著，朱其铠等校点《谢榛全集》卷十五、卷十六，齐鲁书社 2000 年版，第 511、546、552 页。

⑥ 周颖：《王世贞年谱长编》，第 107、120 页。

查《嘉靖二十九年进士登科录》，吴国伦确为"湖广乡试第一名"①。据王世贞《先考思质府君行状》的论述，王忬于嘉靖二十八年（1549）巡按湖广，"其程式文以雅纯冠诸省，诸生吴国伦等九十余人皆知名士"②。作为监察御史，王忬担任的自然是湖广乡试的监临官。郭培贵业已指出，在明代的科举制度中，诸省的监临官代表了中央和皇帝，是诸省乡试的实际总管，有时候从出题、刻文到阅卷取人等都由监临官一人裁定，甚至不是皇帝能控制的。③嘉靖二十二年，世宗就因进呈的山东乡试录内容不合他心意而有所斥责，云"各省乡试出题刻文，悉听之巡按，考试教官莫敢可否"④。嘉靖二十八年的湖广乡试录暂未得见，但据科场惯制，王忬应该对吴国伦的文章特为赏识。吴国伦《甔甀洞稿》卷二十中的《寄上司马王先生，时总戎代郡奏捷》《呈御史大夫王先生，时总戎蓟辽》等诗，都是写给王忬的作品；在《御史大夫左司马王先生诔并序》的开头，他直言"王先生余师也"⑤。这些诗文标题中的"先生"这一称谓，是门生对座主的尊称。据王世贞《觚不觚录》记载，嘉靖时期"京师称谓极尊者曰老先生"，"门生称座主亦不过曰老先生"，在严嵩当国后，因阿谀奉承之徒称呼严嵩"夫子""老翁"，此后"门生称座主俱曰老师"。⑥而明代门生与座主之间的关系是相当亲密的，座主会指导、提拔门生等，门生则要为座主拜寿、送行等。⑦王世贞就把会试时的房考官王材⑧称为座

---

① 龚延明主编，毛晓阳点校《天一阁藏明代科举选刊·登科录》下册，第 96 页。
② （明）王世贞：《弇州山人四部稿》卷九十八，载《四库提要著录丛书》集部第 118 册，第 494 页。
③ 郭培贵：《中国科举制度史·明代卷》，上海人民出版社 2017 年版，第 180—182 页。
④ 《明世宗实录》卷二百七十八《校勘记》，载《明实录》，"中央"研究院历史语言研究所 1962 年版，第 1611 页。
⑤ （明）吴国伦：《甔甀洞稿》卷四十六，载《明别集丛刊》第 3 辑第 25 册，黄山书社 2016 年版，第 547 页。
⑥ （明）王世贞：《觚不觚录》不分卷，载《四库提要著录丛书》子部第 242 册，第 341 页。按："门生称座主亦不过曰老先生"，原作"门生称家主不过曰老先生"，据后文"门生称座主俱曰老师"改。
⑦ 郭培贵：《明代科举中的座主、门生关系及其政治影响》，《中国史研究》2012 年第 4 期。
⑧ 龚延明主编，闫真真点校《天一阁藏明代科举选刊·会试录》下册《嘉靖二十六年会试录》，宁波出版社 2016 年版，第 231 页。

180

主，在往来书信中云"师行后两辱教言，且领至意"①，即感谢座主的指点；梁有誉亦如此，其《兰汀存稿》卷四有送别商丘籍的会试房考官朱家相②而作的《张掖门送座主朱公旅榇还归德》一诗。吴国伦《读王元美比部诗》云"接武自家声""通家殊不偶，携手俟河清"③，就点出他和王忬的师生关系，写自己幸与王世贞有通家之好，表明愿意携手同道之心。或许吴国伦在进士登第后和宗臣一样，也去拜访过当时恰在北京的王忬，因此得与王世贞熟识。徐朔方先生曾引王世贞《吴明卿先生集序》中"明年进于李于鳞"的说法，认为七子中最后入社的吴国伦是在嘉靖三十年由王世贞向李攀龙引荐的。④ 不过吴国伦集中还有《子与、子相邀访李于鳞比部》一诗，摘录于下：

> 见说西曹社，昂藏李大夫。诸郎欣有托，此道未应孤。世已多词客，予今但酒徒。古来同调者，莫逆自穷途。⑤

和写给座主之子王世贞的诗歌不同，他在诗中称赞李攀龙气度非凡以及描写了"西曹社"即刑部诗社的成员是文学同道，但并没有确切地表明想要加入他们；只是隐隐用"高阳酒徒"的典故，表示自己和郦其食一样，虽然目前身份低微，但是有真才实学，若有人能识于微时，更显志趣相投。结合诗题中的"邀访"以及诗中的"见说西曹社"一句来看，应当是首次拜会李攀龙的语境，而且还是在被授予中书舍人一职前。由此可以推知，虽然吴国伦因为座主王忬的关系和王世贞更为亲近，但很可能是由进士同年徐中行、宗臣率先推荐给李攀龙的。

综上所述，后七子在结社前存在的隐性人际关系，主要是科举制度

---

① （明）王世贞：《弇州山人四部稿》卷一百二十六《王稚川太常先生》，载《四库提要著录丛书》集部第 119 册，第 146 页。

② 龚延明主编，闫真真点校《天一阁藏明代科举选刊·会试录》下册《嘉靖二十九年会试录》，第 281 页。

③ （明）吴国伦：《甔甀洞稿》卷十，载《明别集丛刊》第 3 辑第 25 册，第 162 页。

④ 徐朔方：《晚明曲家年谱》第一卷，浙江古籍出版社 1993 年版，第 524 页。

⑤ （明）吴国伦：《甔甀洞稿》卷十，载《明别集丛刊》第 3 辑第 25 册，第 162 页。

带来的乡试同年、进士同年以及门生与座主关系的余荫，在一定程度上也反映了当时文人结社的客观背景。宗臣的父亲和王世贞的父亲是乡试同年，宗臣与王世贞之间除了嘉靖二十九年（1550）夏秋的短暂同曹关系外，有更为亲密的通家之好；梁有誉、徐中行因与宗臣为进士同年，在登第后就已和授官较早的宗臣以及参与刑部诗社活动的山人谢榛往来唱和；吴国伦也是在中进士后由同年徐中行、宗臣先行引荐给了李攀龙，他和王世贞之间的门生与座主之子的深远关系，则可能是他于谢榛被削出"五子"后名列其中的原因之一。从时间上看，可以说在嘉靖三十年的春天，"后七子"成员间已经彼此交游往来；而这些人际关系，也保证了他们后来星散各地为官的时候，仍能保持密切的同盟之谊。

二　从己酉中秋诗唱和看谢榛与诸子创作的分歧

谢榛被削出"五子"，是明代文学史上的一桩公案。郑利华在《前后七子研究》中综合前人的观点，指出谢榛遭到削名的原因除了诗格退化、身为布衣、文学主张不同等，还与诗社中的地位之争、个性志趣差异以及文学趣味上的出入有关①，分析尤为全面。谢榛与王、李等人在文学主张上的差异，其实在相识初期就已经存在，尤其是在对待模拟前人诗作的态度上。在与其余五子的论诗活动中，谢榛虽然强调"熟读之以夺神气，歌咏之以求声调，玩味之以衷精华"，"不必塑谪仙而画少陵"②的楷范学习法，但在创作上反而是赞成袭用字句的一方。由于其余诸子集中较少论及诗歌创作的方法，笔者主要从谢榛《诗家直说》、王世贞《凤洲笔记》与《艺苑卮言》等文献着手，进一步探讨谢榛与王、李等人在复古文学主张上的重要分歧。

谢榛《诗家直说》中记载了嘉靖二十八年（1549）中秋时，他与李攀龙、王世贞在李孔阳席上一同赏月、大谈诗法的场景：

---

① 郑利华：《前后七子研究》，上海古籍出版社 2015 年版，第 339—346 页。
② （明）谢榛著，朱其铠等校点《谢榛全集》卷二十三《诗家直说七十五条》，第762 页。

　　己酉岁中秋夜，李正郎子朱延同部李于鳞、王元美及予赏月。因谈诗法，予不避谫陋，具陈颠末。于鳞密以指搯予手，使之勿言。予愈觉飞动，亹亹不辍。月西乃归。于鳞徒步相携曰："子何太泄天机？"予曰："更有切要处不言。"曰："何也？"曰："其如想头别尔！"于鳞默然。①

从谢榛的描述中可以看出，他认为自己对诗歌创作的方法与规律颇为了解，并且乐意与人交流，李攀龙则吝于分享。谢榛还认为最关键的诗法就像脑海中的念头一样，往往一闪而过却难以用言语捕捉，亦即《庄子》中所说的"得意忘言"。他和王世贞在这次集会上所赋的诗歌现今仍存，简录于下：

十五夜无月，同于鳞、茂秦于李郎中席上分韵得钟字

　　八月银河秋正中，漫从天外忆秋容。主人烧烛能留兴，词客衔杯惜未逢。仙掌夜凝清露少，玉箫寒度禁烟重。长歌正拟浮云薄，城上高楼催曙钟。（王世贞）②

中秋无月，同李子朱、王元美、李于鳞比部赋得城字

　　四野苍茫云雾生，月华暗度凤凰城。樽前不辨银河影，楼外空传玉笛声。鸿雁清秋游子意，梧桐白露故园情。谢庄欲赋还惆怅，今夜关山何处明。（谢榛）③

王世贞之作首联中用"八月银河"点明时间，颔联"主人烧烛""词客衔杯"等叙述宴会场景，颈联与尾联均以"禁烟"所代表的地点京城为中心，对秋夜的景色展开描写，是一首较平常的应酬之作，后来未被收

---

　　① （明）谢榛著，朱其铠等校点《谢榛全集》卷二十三《诗家直说七十五条》，第756页。
　　② （明）王世贞：《凤洲笔记》卷二，载《四库全书存目丛书》集部第114册，第530页。
　　③ （明）谢榛著，朱其铠等校点《谢榛全集》卷十一，第362页。

入《弇州山人四部稿》中。相较而言，谢榛的这首七律更具文学性，不难发现他在其中精心袭用了一些唐诗：首联的"月华暗度凤凰城"，借用了杜甫"暗度南楼月"一句的诗眼"暗度"和月的意象（《舟中夜雪，有怀卢十四侍御弟》）①；颔联"樽前不辨银河影，楼外空传玉笛声"二句，脱胎于温庭筠《晓仙谣》中"绮阁空传唱漏声，网轩未辨凌云字"②二句的句法，并沿用了"空传""未辨"这两个精彩动词；颈联"鸿雁清秋游子意，梧桐白露故园情"，融入了李白的名句"浮云游子意，落日故人情"（《送友人》）与"何人不起故园情"（《春夜洛城闻笛》）③；尾联的谢庄指代他自己，结句"今夜关山何处明"则源于杜甫《吹笛》中的"月傍关山几处明"④，"关山""处""明"等字词所在位置也完全一致。从谢榛其他的集会唱和诗如《初春夜集王元美宅，饯别吴峻伯、徐汝思、袁履善三比部出使，得杯字》《天宁寺同章景南、李于鳞、王元美饯别李伯承还宰新喻，得春字》等来看，这次的中秋集会诗相当特别，此后再未出现这样可谓句句化用的情况；而王世贞大约在上年年底因李攀龙与谢榛结识⑤，此次集会时王、李与谢榛认识的时间并不长。据此而论，笔者倾向于认为这首中秋分韵诗是谢榛的一次炫技，意在运用具体的诗歌创作向王、李等人展现他所谈论的独特诗法。

关于袭用前人词句的诗法，在谢榛的《诗家直说》中较为常见，简摘一条综论性的诗话于下：

> 凡袭古人句，不能翻意新奇，造语简妙，乃有愧古人矣。谢庄《月赋》"洞庭始波，木叶微脱"，盖出自屈平"洞庭波兮木叶下"。譬以石家铁如意，改制细巧之状，此非古良冶手也。王勃《七夕

① （清）彭定求等编《全唐诗》卷二百三十三，中华书局 1960 年版，第 2573 页。
② （清）彭定求等编《全唐诗》卷五百七十五，第 6696 页。
③ （唐）李白著，（清）王琦注《李太白全集》卷十八、卷二十五，中华书局 1977 年版，第 837、1161 页。
④ （清）彭定求等编《全唐诗》卷二百三十一，第 2550 页。
⑤ 周颖：《王世贞年谱长编》，第 98 页。

赋》"洞庭波兮秋水急"，意重气迫，而短于点化，此非偷狐白裘手也。许浑《送韦明府南游》诗"木叶洞庭波"，然措词虽简，而少损气魄，此非缩银法手也。①

谢榛认为袭用古人诗句，只要在诗意上翻陈出新、在遣词造句上更为简练与精妙，就是"虽有所祖，然青愈于蓝矣"②，即超越了古人。随后他举了谢庄、王勃、许浑沿袭屈原"洞庭波兮木叶下"句的例子，提出了"古良冶手""偷狐白裘手""缩银法手"这三种青出于蓝的袭用诗法。谢榛认为谢庄的"洞庭始波，木叶微脱"将一句改写为两句，类似于把石崇的铁如意削得更加细巧，但形状依旧，而非冶炼锻造为新的铁器。其后评价王勃《七夕赋》中相关诗句不够精妙时所用的"点化"，也是谢榛经常谈到的沿袭古人句的方法，比如他认为曹操的《短歌行》"全用《鹿鸣》四句，不如苏武'鹿鸣思野草，可以喻佳宾'点化为妙"③。而关于"缩银法"，《诗家直说》中还记载了一则他自己的袭用故事：与友人莫如善一同欣赏嵩山上的瀑布时，谢榛有感而发，想到一句"飞泉漏河汉"，被莫如善指出"全袭太白'飞流直下三千尺，疑是银河落九天'，略无点化"，他则回答这是"约繁为简"的"方士缩银法"。④唐代的皎然对类似的袭用有"偷语最为钝贼""厥罪必书，不应为""公行劫掠"的评价，并以陈后主《入隋侍宴应诏诗》的"日月光天德"句取自傅咸《赠何劭王济诗》的"日月光太清"为例，指出两人诗中的"日月光"是"字同"，而"太清"即天空、"天德"为天的德行，都指代天，又属于"义

　　① （明）谢榛著，朱其铠等校点《谢榛全集》卷二十三《诗家直说七十五条》，第752页。
　　② （明）谢榛著，朱其铠等校点《谢榛全集》卷二十一《诗家直说一百二十九条》，第716页。
　　③ （明）谢榛著，朱其铠等校点《谢榛全集》卷二十一《诗家直说一百二十九条》，第709页。
　　④ （明）谢榛著，朱其铠等校点《谢榛全集》卷二十三《诗家直说七十五条》，第770页。

同"。① 谢榛则从诗句本身评论，反对皎然的说法，认为 "'太清' 不宜用 '光' 字，陈句浑厚有气，此述者优于作者"②。总而言之，在谢榛看来，不管是部分化用古人诗句还是全部袭用，只要使用 "点化""缩银法" 等诗法得当，就可以创作出 "超绝" 古人的作品。③

而王世贞所持的观点则与皎然类似，在他眼中谢榛所论的 "古良冶手""偷狐白裘手""缩银法手" 等袭用诗法都属于 "剽窃模拟" 的范畴。实际上，在与谢榛、李攀龙结识不久，他就在《明诗评叙》中借评价李梦阳、何景明文集存在的摘用前人诗句现象，表达了对过度袭用的反对态度。他认为李、何之集 "宏规卓思，具体而微"，但 "间有一二相袭，犹未悟象外"，却又非优孟 "抵掌谈笑而效叔敖" 的惟妙惟肖式模拟，而是属于 "世所钩摘语"，这样勾录摘句式的袭用实在 "过矣"。④其《艺苑卮言》中还有一则总结性论述，简录于下：

> 剽窃模拟，诗之大病。亦有神与境触，师心独造，偶合古语者。如 "客从远方来"、"白杨多悲风"、"春水船如天上坐"，不妨俱美，定非窃也。其次衰览既富，机锋亦圆，古诗口吻间，若不自觉。如鲍明远 "客行有苦乐，但问客何行" 之于王仲宣 "从军有苦乐，但问所从谁"，陶渊明 "鸡鸣桑树颠，狗吠深巷中" 之于古乐府 "鸡鸣高树颠，狗吠深宫中"，王摩诘 "白鹭"、"黄鹂"，近世献吉、用修亦时失之，然尚可言。又有全取古文，小加裁剪，如黄鲁直《宜州》用白乐天诸绝句，王半山 "山中十日雨，雨晴门始开。坐看苍苔色，欲上人衣来" 后二语全用辋川，已是下乘。然犹彼我趣合，未致足厌。乃至割缀古语，用文已漏⑤，痕迹宛然，如 "河分冈

---

① （唐）皎然：《诗式》，载（清）何文焕辑《历代诗话》，中华书局 1981 年版，第 34 页。

② （明）谢榛著，朱其铠等校点《谢榛全集》卷二十一《诗家直说一百二十九条》，第 723 页。

③ （明）谢榛著，朱其铠等校点《谢榛全集》卷二十四《诗家直说八十五条》，第 777 页。

④ （明）王世贞：《凤洲笔记》卷五，载《四库全书存目丛书》集部第 114 册，第 563 页。

⑤ 按：据前后文意，"用文" 句仍依万历五年（1577）王氏世经堂刻本原文，用 "漏" 字。

势"、"春入烧痕"之类，斯丑方极。模拟之妙者，分岐逞力，穷势尽态，不唯敌手，兼之无迹，方为得耳。若陆机《辨亡》、傅玄《秋胡》，近日献吉"打鼓鸣锣何处船"语，令人一见匿笑，再见呕哕，皆不免为盗跖、优孟所訾。①

王世贞所强调的重点或者说诗歌的"大病"，是诗人在创作时"剽窃""古语"，其按照情节的恶劣程度可以分为四类。第一类，不属于剽窃，"不妨俱美"。王世贞觉得这是后出作者在创作时神思与实境相触，以己意为师，由心而发地进行了独立创作，不过偶然作出与前人文字相同的诗句。第二类，不自觉地运用，"然尚可言"。王世贞认为是后世诗人在收集和阅读了丰富的古人诗作的前提下，己身的诗歌境界也已经臻于圆融，所以在创作时出现了无意识地使用前人诗歌中语句的情况，但表达的主题则并不相同。第三类，手法较为低劣的袭用，"已是下乘"。此类"全取古文，小加裁剪"以沿袭前人诗句的行为，在王世贞眼里就像剪裁衣料，不过因为诗歌表达的旨趣和他们所袭用的前代诗人作品相近，还不至于令人生厌。第四类，实属剽窃，"斯丑方极"。如惠崇的"河分冈势断，春入烧痕青"，因袭用唐人诗句，曾被讥为"河分冈势司空曙，春入烧痕刘长卿。不是师兄多犯古，古人诗句犯师兄"。②在王世贞看来，这样捋扯前人诗作的"割缀古语"式创作，其拼接痕迹十分明显。他所提到的李梦阳"打鼓鸣锣何处船"即七律《河发登望》一诗，就是糅合了杜甫的七律《十二月一日三首》中的词句以及句法而成：李诗首联的"康王城边秋可怜"即沿袭了杜诗其一的"云安县前江可怜"，颔联"买鱼沽酒此村口，打鼓鸣锣何处船"从杜诗其二的"负盐出井此溪女，打鼓发船何郡郎"变化而来，尾联的"渔子清歌会渺然"则类似杜诗其三中的"老去亲知见面稀"。③杜甫的诗作抒发

① （明）王世贞著，罗仲鼎校注《艺苑卮言校注》上册卷四，人民文学出版社2021年版，第291页。
② （明）王世贞著，罗仲鼎校注《艺苑卮言校注》上册卷四，第293页。
③ （明）李梦阳撰，郝润华校笺《李梦阳集校笺》第3册卷二十九，中华书局2020年版，第1002—1003页；（清）彭定求等编《全唐诗》卷二百二十九，第2490页。

的是寓居他乡、身老且病又思念故土的人生慨叹，李梦阳的诗歌实则是一首登临写景之作，两者在主题上的关联并不大，王世贞亦曾在别处指出李梦阳的诗歌有"模仿多，则牵合而伤迹"① 之病。由是而观，谢榛《中秋无月，同李子朱、王元美、李于鳞比部赋得城字》一诗，袭用并杂糅了杜甫《舟中夜雪，有怀卢十四侍御弟》与《吹笛》、温庭筠《晓仙谣》、李白《送友人》与《春夜洛城闻笛》等诸多无关本诗主题的诗句，亦属于王世贞所论的第四类"割缀古语，用文已漏，痕迹宛然"的模拟。

李攀龙对模拟的讨论，则主要体现在他的《拟古乐府序》中。在这一篇序文中，李攀龙循序渐进地详述了他的古乐府创作心得，摘录于下：

> 胡宽营新丰，士女老幼相携路首，各知其室；放犬羊鸡鹜于通涂，亦竞识其家。此善用其拟者也。至伯乐论天下之马，则若灭若没，若亡若失，观天机也；得其精而忘其粗，在其内而忘其外，色物牝牡，一弗敢知，斯又当其无，有拟之用矣。古之为乐府者，无虑数百家，各与之争，片语之间，使虽复起，各厌其意，是故必有以当其无，有拟之用。有以当其无，有拟之用，则虽奇而有所不用也。《易》曰："拟议以成其变化。""日新之谓盛德。"不可与言诗乎哉。②

李攀龙首先列举胡宽营造新丰城的例子，用以说明善于运用模拟方法的人，其诗歌创作能够在外在形制上拟古如古，令人难以区别；再举伯乐相马的故事承接上文，意在说明诗歌外在的修辞与语句的相似或者差别都不重要，关键是内涵的精妙；而"当其无，有拟之用"则化用了《道德经》中的说法，意为创作的过程中，不要和前人的诗作进行过多的比较。因为古今诗人繁多，其遣词、造句、主题与意象等方面总会有相近

---

① （明）王世贞著，罗仲鼎校注《艺苑卮言校注》上册卷六，第 407 页。
② （明）李攀龙著，包敬第标校《沧溟先生集》上册卷一，上海古籍出版社 2014 年版，第 1 页。

188

之处，抛开前人所"有"的束缚，才能放开手脚进行诗歌创作。正如郑利华指出，李攀龙在序文最后所说的"拟议以成其变化"，承继自李梦阳"议拟以一其格"与何景明"拟议以成其变化"之说。① 这一开始要善于运用模拟，进而重视内涵，再到不必受已有古人诗作束缚的创作心得，其实也是从何景明《与李空同论诗书》中对他与李梦阳之间差异的"空同子刻意古范，铸形宿镆（塑模），而独守尺寸""仆则欲富于材积，领会神情，临景构结，不仿形迹"② 等关于法度的总结变化而来。在《送王元美序》中，李攀龙记载了他邀请王世贞一同复古的约定："今之作者论不与李献吉辈者，知其无能为已。且余结发而属辞比事，今乃得一当生。仆愿居前先揭旗鼓，必得所欲，与左氏、司马千载而比肩。生岂有意哉？"③ 他们继李、何而扬起复古旗帜，也十分重视学习诗歌的法度与规范，即所谓"尺寸""构结"。但李攀龙实际的古乐府创作结果则与他《拟古乐府序》中的诗学理论相差较远，如钱谦益就批评他"影响剽贼，文义违反"④；不过他的近体诗创作则为人称道，沈德潜等赞赏其"七言律及七言绝句，高华矜贵，脱弃凡庸。去短取长，不存意见，历下之真面目出矣"。⑤

　　综而论之，谢榛与王世贞、李攀龙的分歧在于，王、李继承了李、何对学习前人诗歌中的法度、规范的重视，又因关注到李、何"钩摘语"式的过度袭用而反对沿袭古人字句，只是李攀龙的拟古乐府、五言古诗等创作结果过于模拟；而谢榛则反对学习诗歌的形制，认为应当"熟读之以夺神气，歌咏之以求声调，玩味之以哀精华"或者"提魂摄魄"等⑥，但是他又赞同袭用古人诗句并进行改写，认为只要做到"述

---

① 郑利华：《前后七子研究》，第 535 页。

② （明）何景明：《何大复先生集》卷三十二，载《明别集丛刊》第 2 辑第 17 册，黄山书社 2013 年版，第 258 页。

③ （明）李攀龙著，包敬第标校《沧溟先生集》上册卷十六，第 492 页。

④ （清）钱谦益辑《列朝诗集》丁集卷五《李按察攀龙》，载《续修四库全书》第 1623 册，第 575 页。

⑤ （清）沈德潜、周准编《明诗别裁集》卷八，上海古籍出版社 1979 年版，第 193 页。

⑥ （明）谢榛著，朱其铠等校点《谢榛全集》卷二十二《诗家直说一百二十七条》，第 736 页。

者优于作者"就能"超绝"古人。以上关于学习诗歌的法度还是具体内容的相反观点，是他们在复古文学主张上的重要分歧。可以说，从一开始，谢榛和王世贞、李攀龙等人就处在不同的道路上，最后因为不和《五子诗》而被除名诗社，也是意料之外但情理之中的事。

三　《五子诗》的写作模式及与前文本的对话

有关《五子诗》，未见于谢榛诗集，在其他五子集中均被编在五言古诗卷中，其体裁应无异议；除梁有誉外，其余诸子后来都将其中描写的谢榛改为了吴国伦。虽然诸人集中收录的作品在具体诗句上变动不多，但相比而言，现存嘉靖三十九年（1560）林朝聘等人所刻《宗子相集》附录中收录的诸子《五子诗》，更接近最初的唱和面貌。① 过去对《五子诗》的讨论多在前后排次上，并未关注诗歌的具体内容，实际上这是一组颇具文本间性的诗歌。从最初包括谢榛的《五子诗》五组到吴国伦的《五子诗》创作，在内容上都存在互文关系；而翻阅"前七子"的文集还可以发现，《五子诗》的创作亦继承自何景明的相关诗作，同时有所互文。

李攀龙等人的作品都在总题《五子诗》下各自分列《谢山人榛》《李郎中攀龙》《徐比部中行》《梁比部有誉》《宗考功臣》《王比部世贞》中的五题，其模式均为"姓＋职官＋名"，并以年龄大小排列先后。忽略句数的不一，从诗题上看，即令人联想到何景明所创作的一组《六子诗》。正德二年（1507），何景明因不满刘瑾柄国，自中书舍人任上谢病还乡，作有《六子诗》六首②，序云"六子者，皆当世名士也。予以

---

① 按：宗臣《五子诗》，《宗子相集》卷四，载《四库提要著录丛书》集部第 279 册，第 35—36 页；李攀龙、徐中行、梁有誉、王世贞《五子诗》，同书卷十一附录，第 125—129 页。

② 按：这组《六子诗》被收录在何景明的《家集》中。据加拿大学者白润德（Daniel Bryant）考证，《家集》收录的是何景明在正德二年至正德六年离任居家时创作的诗歌，其中也有部分写于何氏离开北京返回信阳的途中。参见刘海涵《何大复先生年谱》，载《北京图书馆藏珍本年谱丛刊》第 44 册，北京图书馆出版社 1999 年版，第 546—547 页；（明）何景明《何氏集》卷九《家集》，载《原国立北平图书馆甲库善本丛书》第 738 册第 405 页；Daniel Bryant, *The Great Recreation：Ho Ching-ming（1483 - 1521）and His World*, Sinica Leidensia：Brill Press, 2008，p. 594.

不类，得承契纳，辅志励益者多矣。病归值秋，瘳叹中夜，有怀良友，作《六子诗》"。① 各诗分题曰《王检讨九思》《康修撰海》《何编修瑭》《李户部梦阳》《边太常贡》《王职方尚䌹》。其中《李户部梦阳》一诗中的"抗志冀陈力，危言获罪愆""仲舒贬胶西，贾生亦南迁""古来有遗愤，非君独哀叹"② 几句，与李梦阳弘治十八年（1505）所作《述愤》组诗小序是时"坐劾寿宁侯，逮诏狱"③ 及其正德二年正月被降山西布政司经历事④对应。从诗序与写作背景来看，《六子诗》无疑是一组怀人之作。但纵观组诗，诗中并未出现时间、季节、距离、故乡等意象，也无思念、勉励等情感的抒发，与常题为《寄某某》《赠某某》《怀某某》等的怀人诗有根本区别。以《王检讨九思》一诗为例，简录于下：

　　　王君青云姿，志岂屑丘壑？名家出杜鄠，少日游宛洛。奋身匹文鹓，戢羽巢鸾阁。兴文烛雕龙，挥翰凌玄鹤。雅志在四海，随时偃经略。驰情继谢朓，日晏吟红药。⑤

先点明吟咏对象为"王君"，一、二句中所写的"青云之士"典出《史记·伯夷列传》，用以描写王九思志向高远，无意成为因他人记述而名显后世的岩穴隐士。三、四句化用《古诗十九首》中的"游戏宛与洛"⑥，以班固《西都赋》里"商洛缘其隙，鄠杜滨其足"⑦ 的汉时西都，强调王九思籍贯陕西鄠县。后四句以"鹓""鸾""龙""鹤"四种身姿优美、色彩绚丽的动物比喻文才及修辞，与表匹敌的动词"匹""巢"及表超越的动词"烛""凌"组合，盛赞王九思的文学成就之高。"雅志"两句与一、二句相呼应，再写其广阔志向与政治才能。最后二句引谢朓

① （明）何景明：《何大复先生集》卷八，载《明别集丛刊》第 2 辑第 17 册，第 75 页。
② （明）何景明：《何大复先生集》卷八，载《明别集丛刊》第 2 辑第 17 册，第 76 页。
③ （明）李梦阳撰，郝润华校笺《李梦阳集校笺》第 1 册卷九，第 198 页。
④ 《明武宗实录》卷二十一，载《明实录》，第 605 页。
⑤ （明）何景明：《何大复先生集》卷八，载《明别集丛刊》第 2 辑第 17 册，第 75 页。
⑥ （南朝梁）萧统编，（唐）李善注《文选》卷二十九，上海古籍出版社 1986 年版，第 1344 页。
⑦ （南朝梁）萧统编，（唐）李善注《文选》卷一，第 9 页。

《直中书省》诗中"红药当阶翻"①句，述其承继了小谢诗风。据此论之，就内容而言此诗可大致分为四层，其余五诗的写作模式亦基本与之相类：其一，描述吟咏对象的远志与美德，如"矫矫龙头士，腾跃在明时"（《康修撰海》）、"少龄负奇气，万里飘云鸿"（《王职方尚纲》）；其二，点明其籍贯家乡，在组诗中除《王检讨九思》外，还有《何编修瑭》中的"中州产名俊，河内天下士"，在其他诗作中则涉及所咏对象的个人经历；其三，赞叹其高超的文学成就，如"挥毫御清宴，浩思随风飞。镫前激高倡，顾盼孰与希"（《康修撰海》）、"著书薄子云，作赋追屈原。新章益伟丽，一一鸾凤骞"（《李户部梦阳》）、"出入谐鹓鸾，颉颃在霄汉。芳词洒清风，藻思兴文澜。阳春诚独步，清庙独三叹"（《边太常贡》）、"读书迈左思，识字过杨雄"（《王职方尚纲》）；其四，写其对古人的承袭，如"究古摘遗编，颇好班马辞"（《康修撰海》）、"李子振大雅，超驾百世前"（《李户部梦阳》）。②此外，《康修撰海》《何编修瑭》《李户部梦阳》诗中的最后两句，是何景明对吟咏对象的评点，如"良史久无称，斯文当在兹"（《康修撰海》）、"古辙多蓁芜，非君谁予起"（《何编修瑭》）。而《六子诗》在内容和形式上的特殊性，也让人联想到颜延之的名作《五君咏》。同样是一组在总题下分列小题的五言古诗，《五君咏》中《阮步兵》《嵇中散》《刘参军》《阮始平》《向常侍》等题目的构成模式亦为"姓+职官"。两者的吟咏对象亦皆为名士，不过颜延之歌咏历史上的竹林五贤，何景明则如诗序中所言，是描写与他交游往来的"当世名士"。

王世贞等人创作的《五子诗》正如何景明的《六子诗》一般，在体裁形式上亦为五言古诗。比之《六子诗》的随意排序，《五子诗》以年龄为序、由长到少的排列方式更显严谨，在内容上则与何景明的《六子诗》以及颜延之的《五君咏》有诸多互文之处。以李攀龙《徐比部中行》诗为例：

---

①　（南朝梁）萧统编，（唐）李善注《文选》卷三十，第 1408 页。
②　（明）何景明：《何大复先生集》卷八，载《明别集丛刊》第 2 辑第 17 册，第 75—76 页。

徐生一何俊，本自青云姿。十年住天目，含意多素辞。既闻风雅音，三叹文在兹。矫矫顾尚书，眄睐惠前绥。念为理清曲，高言唱者谁。踽踽流俗间，携手不相疑。时髦满要路，各谓中心私。世人岂同愿，吾道欲委蛇。黄金买大药，朱颜庶可持。物理率如此，和光难独窥。①

按诗歌大意，可简要分为四层：先写徐中行的高远志向与籍贯家乡，再写其个人经历，然后写携手问道之难，最后感叹容颜易逝、独力难撑。他作类似。在具体用典上与何景明、颜延之相同者则有"本自青云姿"与"王君青云姿"（《王检讨九思》）、"仲容青云器"（《阮始平》），句式相似的有"三叹文在兹"与"斯文当在兹"（《康修撰海》）。其他诸子的作品，内容形式亦与李作大致相同，较为典型地仿效了颜延之组诗的还有梁有誉，其"深湛托毫素"（《李郎中攀龙》）借用自颜延之《向常侍》的"深心托豪素"，"夙有餐霞情"（《徐比部中行》）则化用了"本自餐霞人"（《嵇中散》）。② 囿于篇幅，余诗不一一举例。就体裁形式、内容结构与用典遣词而言，身在刑部诗社"切劘为古文辞"③的五人，必定注意到了何景明《六子诗》之"咏时"主旨是从颜延之《五君咏》的"咏史"转变而来，这是《五子诗》写作的重要前提之一。如李攀龙集中的《五子诗》前，还有五言古诗《赋得何仲默》一首：

仲默自天秀，弱龄负遐瞩。十六游京邑，艺苑策高足。挥毫坐华观，怀人理清曲。归来放情志，日晏从所欲。结好玩遗芳，明德以相勖。古道谅寡谐，遂令伤局促。④

---

① （明）宗臣：《宗子相集》卷十一附录，载《四库提要著录丛书》集部第 279 册，第 125 页。

② （明）宗臣：《宗子相集》卷十一附录，载《四库提要著录丛书》集部第 279 册，第 127—128 页；（南朝梁）萧统编，（唐）李善注《文选》卷二十一，第 1008—1010 页。

③ （明）王世贞：《弇州山人四部稿》卷七十一《王氏金虎集序》，载《四库提要著录丛书》集部第 118 册，第 199 页。

④ （明）李攀龙著，包敬第标校《沧溟先生集》上册卷四，第 108 页。

从体裁形式、写作模式及诗歌内容来看，此即为何景明《六子诗》式的"咏史"诗。其中"日晏从所欲"一句，则与何诗"日晏吟红药"（《王检讨九思》）相类，亦体现了李攀龙对何景明《六子诗》的关注。而王世贞亦同，其《艺苑卮言》中谈到李梦阳的"何仲默谓献吉振大雅，超百世，书薄子云，赋追屈原"①几句，即是对何景明《李户部梦阳》诗中"李子振大雅，超驾百世前。著书薄子云，作赋追屈原"的概括。据此可推知，由李攀龙所倡议且其他四人也回应而作的《五子诗》，应源自何景明的《六子诗》。

而何景明《六子诗》、诸子《五子诗》中出现的"大雅"一词，亦值得探讨。王世贞《读李献吉、何仲默、徐昌穀三子诗》其二中的"艺士被天来，大雅竟难方。北地既龙举，信阳遂鸾翔"②，已将李梦阳、何景明与匡正"大雅"之间的关系道明，而李攀龙《王比部世贞》中的"大雅久沉邈，时淯作者至"以及宗臣《李郎中攀龙》中的"大雅久寂寥，作者徒纵横"或许并不特别，但梁有誉咏李攀龙的"大雅日已远，斯文竞驰骛""凌厉百代前，词源尽倾慕"则令人顿感熟悉。③同样语意的词句，在何景明《李户部梦阳》中早已出现，即"李子振大雅，超驾百世前"。而何景明《六子诗》的吟咏对象之一王九思，也在其《读仲默集》二首中使用了"大雅"一词，诗云"大雅久不作，之子起词林"（其一）、"尔与崆峒子，齐升大雅堂"（其二），并在最后发出了"斯文如不废，吾党有辉光"（其二）的感叹。④虽然无法确定《读仲默集》的具体创作年份，但其所借用的李白"大雅久不作"句，恰好间接地点出了解读《五子诗》中"大雅"一词的关键。在此，有必要回顾李白的《古风五十九首》其一：

①（明）王世贞著，罗仲鼎校注《艺苑卮言校注》上册卷六，第 406 页。
②（明）王世贞：《弇州山人四部稿》卷十四，载《四库提要著录丛书》集部第 117 册，第 266 页。
③（明）宗臣：《宗子相集》卷十一附录、卷四，载《四库提要著录丛书》集部第 279 册，第 126、35、127 页。
④（明）王九思：《渼陂集》卷四，载《明别集丛刊》第 1 辑第 85 册，黄山书社 2013 年版，第 494 页。

　　　大雅久不作，吾衰竟谁陈。王风委蔓草，战国多荆榛。龙虎相啖食，兵戈逮狂秦。正声何微茫，哀怨起骚人。扬马激颓波，开流荡无垠。废兴虽万变，宪章亦已沦。自从建安来，绮丽不足珍。圣代复元古，垂衣贵清真。群才属休明，乘运共跃鳞。文质相炳焕，众星罗秋旻。我志在删述，垂辉映千春。希圣如有立，绝笔于获麟。①

明人朱谏《李诗选注》之《古风小序》云：

　　　《古风》者，效古风人之体而为之辞者也……殊不知选之所集者，正古风也，七言其余裔耳，安得转以古风之名而独加于七言乎？体制不明，名义乖舛，耳目所胶，莫之能究。李诗所谓古风者，止五十九章，美刺褒贬，感发惩创，得古风人之意。章皆五言，从古体也。②

其对"古风"的理解由体裁正、变而发，明显受到明代辨体思潮的影响。若以今观古，李白在诗中并举的"大雅""正声""复元古"特为引人关注。由此可推知，"大雅"在以上提到的诸诗中实等同于复古。在诸子《五子诗》的创作中，则由梁有誉以"复古力何雄"（《宗考功臣》）③ 句直白道出。

　　当明确了这一关联后，读来庸俗的《五子诗》，便被赋予了新的内涵：其与何景明《六子诗》有明显差异的部分内容，特别是《五子诗》中多次出现的"携手""同愿""同心""同好""同怀""吾党""吾道"等词语，表明的是诸子自觉结盟以重振复古大业的决心，宗臣《李

---

　　① （唐）李白著，（清）王琦注《李太白全集》卷二，第87页。
　　② （唐）李白撰，（明）朱谏选注《李诗选注》卷一，载《续修四库全书》第1305册，第524页。
　　③ （明）宗臣：《宗子相集》卷十一附录，载《四库提要著录丛书》集部第279册，第128页。

郎中攀龙》诗中的"之子起海岳，吾道维其盟"① 即指向于此。而在此复古同盟中，倡作《五子诗》的李攀龙则被认为是领袖人物。徐中行称他"寂寞汉魏后，乃复挺斯人""直视千载前，识曲辨其真"，梁有誉赞他"凌厉百代前，词源尽倾慕"，宗臣夸其"高冥坠白日，非君谁与擎"，王世贞更是直接用"并啸倚崆峒，苍苍极秋色"一语双关，将他和"前七子"领袖李梦阳相提并论，对其古文辞上的修养深感叹服。在谢榛不和《五子诗》被除名后加入的吴国伦，亦以《五子诗和于鳞、元美作》作出回应，其组诗以《李于鳞》《王元美》《宗子相》《徐子与》《梁公实》排列，并未依序齿而是按诸子在同盟内的地位排次。其《李于鳞》诗云"庶几吾党士，一握扬清辉。抗志还大雅，乘时襭芳菲"，又《王元美》诗曰"折节交李郎，大雅当在兹。华阳结高会，五子偕应期"②，不但强调了李攀龙在还复"大雅"同盟中的盟主地位，还以"大雅当在兹"与何景明《六子诗》中的"斯文当在兹"（《康修撰海》）形成互文，巩固了年龄最小的王世贞在群体中仅次于李的位置。李攀龙本人在《送王元美序》的最后，亦高呼"故能为献吉辈者，乃能不为献吉辈者乎"③，可见其成为复古领袖的强烈意愿。据此内在的文本间性可知，与何景明《六子诗》密切相关的诸子《五子诗》，并不只是王世贞回忆中"用以纪一时交游之谊"④ 的创作，而是具有标志着又一次复古运动正式开始的重要意义。

　　总而论之，李攀龙、王世贞等人的《五子诗》有意继承了何景明《六子诗》及其前文本颜延之《五君咏》而进行创作，是一组颇具互文性的作品。而诸子用《五子诗》中的"吾党""同心""大雅"等词语，表明同盟在文学创作上致力于"复元古"。他们更以何景明《六子诗》中的相关词句，点出各子在同盟中的地位，如梁有誉《李郎中攀龙》中用"凌厉百代前"呼应何景明《李户部梦阳》之"超驾百世

---

① （明）宗臣：《宗子相集》卷四，载《四库提要著录丛书》集部第 279 册，第 35 页。
② （明）吴国伦：《甔甀洞稿》卷五，载《明别集丛刊》第 3 辑第 25 册，第 108 页。
③ （明）李攀龙著，包敬第标校《沧溟先生集》下册卷十六，第 492 页。
④ （明）王世贞著，罗仲鼎校注《艺苑卮言校注》下册卷七，第 471 页。

前"，王世贞以"并啸倚崆峒"这一指向李梦阳的双关语歌咏李攀龙等。应当说，在包括了谢榛的《五子诗》创作之时，李攀龙已是复古同盟中的绝对领袖，而在吴国伦加入后，其《五子诗和于鳞、元美作》中的排次不再依序齿，代表着王世贞作为同盟中另一领袖的地位亦已确立。

综上所述，"后七子"成员从初步相识到切磋文学再到正式结社这三个阶段的过程已经明晰。依托于科举制度所带来的乡试同年、进士同年及门生与座主之子的人际关系，至嘉靖三十年（1551）春，"后七子"的几位成员之间都已彼此结识并有唱和往来。其中宗臣、徐中行、梁有誉后来曾与李攀龙、王世贞成为刑部同僚，五人和客居京师的谢榛得以对面切劘古文辞。不过关于六人切磋诗文的记载并不多，具体的论诗场景仅在谢榛笔下有所留存。以谢榛与李攀龙、王世贞相识不久后的嘉靖己酉（嘉靖二十八年，1549）中秋集会为例，他以一首化用了多位前代诗人之作的诗集中地展现了他个人对袭用前人诗句的赞同态度，这种轻法度而重内容的观点也体现在他的多则诗话中。李攀龙与王世贞持论则与谢榛相反，他们认为这种行为属于"剽窃模拟"，这是谢榛与李、王二人在结社前就已存在的矛盾。这一文学观念上的分歧并未影响他们后续的友谊，但当李攀龙倡议创作以序齿排次的《五子诗》作为六人结社的纪念时，谢榛却拒绝相和。其余五人的《五子诗》创作在诗歌的体制和内容上均承继自何景明的《六子诗》，诗中对"大雅"传统的关注更表明他们接过了何景明、李梦阳手中的旗帜，具有标志着一个新的复古同盟正式缔结的重要意义。李攀龙等人以极具文本间性的《五子诗》创作建立的同盟，可谓一个相当自觉的文学复古集团，此时谢榛拒不创作《五子诗》的举动即等同于不支持复古，这是他被削名的根本原因。而王世贞等人在《五子诗》中对李攀龙比肩李梦阳的描写与形容，无疑证明李攀龙在复古同盟成立之初即为领袖人物。后来吴国伦所作的《五子诗》则以诸子在同盟中的地位为顺序，将年龄最小的王世贞排在了李攀龙之后，可见王世贞在吴国伦入社时已是复古集团中仅次于李攀龙的另一领袖。以上对"后七子"结社始末的再梳理，先从科举制度背景下的隐性人际关系着手，通过文史互证与文本细读发掘和分析了存在互文性的相关诗文，继而结合前人研究进行了更深入的探讨。至于这一方法在其他明代文学团体的研究中是否可行，且留待后论。

沈璟《南曲全谱》百年研究的
回顾与展望[*]

◇谭 笑^{**}

内容摘要： 沈璟《南曲全谱》作为明清戏曲史上影响最为深远的曲谱之一，集中体现了 20 世纪以来曲谱在实用性衰颓之后所经历的研究路径：从文献价值的彰显，转向编修特色的考述、理论价值的发掘及与戏曲史关系的考索，逐渐地内化、深化和细化。这与百年来戏曲学作为一门独立学科的发展历程紧密相连。《南曲全谱》的现有研究，体现出曲谱作为传统曲学批评综合形态所具有的丰富性与复杂性，这为今后的研究提供了巨大的空间，也呼吁着曲谱研究思路的转变与范式的创新。

关键词： 沈璟 《南曲全谱》 明清曲谱

沈璟（1553—1610）《南曲全谱》是明清戏曲史上影响最为深远的曲谱之一，完善了曲谱于实用性之外"兼具曲选、曲品、曲目、曲论之作用"[①] 的综合性特征，促成了曲谱这一新的曲学批评形态的定型。进入 20 世纪，古典戏曲创作的消歇使曲谱实用性的颓势越发显露，虽有王季烈、许之衡、吴梅等学人对传统治曲理路的坚守，但以现代学术思维彰显曲谱对戏曲文献的保存、考求曲谱编修的演进、发掘曲谱的曲学价值、探讨曲谱与戏曲发展的关系等，已然成为研究者的共识。在这个过程中，《南曲全谱》始终是被关注的重点，并伴随其编修者沈璟在不同

---

* ［基金项目］中国博士后科学基金第 15 批特别资助（站中）项目"稀见明清曲谱文献汇辑与研究"，项目编号：2022T150062。

** 谭笑，首都师范大学初等教育学院讲师，研究方向为明清文学与古代戏曲。

① 周维培：《曲谱研究》，江苏古籍出版社 1997 年版，第 1 页。

时期经受的评价变化，而呈现褒贬的不同。关于 20 世纪以来《南曲全谱》的研究，程芸《沈璟"合律依腔"理论述评》《20 世纪后半叶汤显祖、沈璟研究述评》、刘淑丽《沈璟研究综述》及石艺《二十世纪沈璟曲学研究综述》等论文①已有涉及，但都是作为沈璟研究的一部分来考察。《南曲全谱》是明清戏曲史上最具代表性的曲谱之一，以专文梳理其百年来的研究成果，有助于对曲谱整体研究现状的了解。现有研究对《南曲全谱》的关注与考察集中体现在以下四个层面。

一　彰显《南曲全谱》的文献价值

进入 20 世纪以来，研究者对《南曲全谱》文献价值的考察，表现为对版本、目录、辑佚、校勘等古典文献学方法的运用。

（一）考辨版本关系

1909 年，王国维《曲录》首次标注了《南曲全谱》的文治堂本与《啸余谱》本②，后者在日本学者青木正儿的《中国近世戏曲史》中被明确为该谱的版本之一③，这可视作探讨各版本关系之先声。至钱南扬《曲谱考评》，又在此之外新增一种"国立北京大学据《啸余谱》石印本"④，但直到 1963 年的《论明清南曲谱的流派》中，所列版本仍然只有这三种。1984 年，王秋桂主编的《善本戏曲丛刊》影印了北京大学图书馆所藏该谱的丽正堂本，成为研究者使用的通行本。至周维培《曲谱研究》，首次对该谱

---

① 程芸：《沈璟"合律依腔"理论述评》，《文学遗产》2000 年第 5 期；程芸：《20 世纪后半叶汤显祖、沈璟研究述评》，《戏曲研究》2002 年第 1 辑；刘淑丽：《沈璟研究综述》，载刘俊鸿、孙悦良主编《2008 年沈璟暨昆曲"吴江派"学术研讨会论文集》，山东画报出版社 2009 年版，第 204—232 页；石艺：《二十世纪沈璟曲学研究综述》，《榆林学院学报》2013 年第 3 期。

② 路新生点校，程毅中复校《曲录》，载谢维扬、房鑫亮主编《王国维全集》第 2 卷，浙江教育出版社、广东教育出版社 2009 年版，第 272 页。

③ 〔日〕青木正儿原著，王古鲁译著，蔡毅校订《中国近世戏曲史》，中华书局 2010 年版，第 395 页。

④ 钱南扬：《曲谱考评》，载钱南扬《汉上宧文存续编》，中华书局 2009 年版，第 212 页。

版本进行了系统梳理与考辨，将现存版本分成"保持原谱面貌刊本"与"后人增删本"两类，并提出三种可能亡佚版本①，成为学界的共识。此后，王莉珍在硕士学位论文《〈南曲全谱〉研究》中又提供了一种明代崇祯年间刻本的信息②，惜未进行深入考述。笔者在现有研究基础上，全面辨析了该谱今存十余种明清刻本的版本特征、刊刻时间及相互关系等，确认了最接近该谱原貌的"文喜堂本"③，可作为下一步整理工作的底本。

（二）著录南戏曲目

取资《南曲全谱》进行南戏的著录工作同样始自《曲录》，王国维据该谱著录了《刘盼盼》等曲目 49 本并推断为明人传奇；后在《宋元戏曲史》中又对此结论加以修正，认为"与明代传奇不类，疑皆元人所作南戏"④。王氏的著录只罗列了在该谱中有例曲征引的南戏，对于谱中【刷子序】例曲里出现的相关曲目则未曾注意，直到青木正儿《中国近世戏曲史》才对此缺憾有所弥补⑤。几乎与此同时，钱南扬所作《南曲谱研究》于著录之外，还对曲目产生的年代、作者、本事、前代著录或别名等情况略加考证⑥，较青木氏所得更全面细致，影响也更为深远。此后学者，如周维培《曲谱研究》、王莉珍《〈南曲全谱〉研究》以及李冠然《沈璟〈南曲全谱〉研究》等专著及论文倾向于曲目统计⑦；庄一拂《古典戏曲存目汇考》、刘念兹《南戏新证》、吴敢《宋元明南戏总目》等剧目著作对该谱也时有引用⑧。

---

① 周维培：《曲谱研究》，第 113—115 页。

② 王莉珍：《〈南曲全谱〉研究》，硕士学位论文，复旦大学，2008，第 20 页。

③ 谭笑：《沈璟〈南曲全谱〉版本系统考论》，《戏曲研究》2020 年第 3 辑。

④ 房鑫亮、李朝远点校，程毅中复校《宋元戏曲史》，载谢维扬、房鑫亮主编《王国维全集》第 3 卷，第 134 页。

⑤ 〔日〕青木正儿原著，王古鲁译著，蔡毅校订《中国近世戏曲史》，第 58—62 页。

⑥ 钱南扬：《南曲谱研究》，载钱南扬《汉上宧文存续编》，第 191—201 页。

⑦ 周维培：《曲谱研究》，第 122 页；王莉珍：《〈南曲全谱〉研究》，硕士学位论文，复旦大学，2008，第 48—49 页；李冠然：《沈璟〈南曲全谱〉研究》，硕士学位论文，河北师范大学，2011，第 48—50 页。

⑧ 庄一拂：《古典戏曲存目汇考》，上海古籍出版社 1982 年版；刘念兹：《南戏新证》第五章"南戏总目"，中华书局 1986 年版，第 59—78 页；吴敢：《宋元明南戏总目》，《徐州教育学院学报》1998 年第 3—4 期。

（三）辑录南戏佚曲

从《南曲全谱》中辑录宋元南戏佚曲，是《南曲全谱》文献学研究最有价值的部分。早在 1913 年，姚华《菉猗室曲话》已经有意识地借助该谱所收佚曲，对《六十种曲》中《焚香记》《荆钗记》《南西厢》等戏曲的演变情况加以考察①，但所辑曲词有限。真正引起影响的是赵景深《宋元戏文本事》与钱南扬《宋元南戏百一录》，二书几乎同时问世，又都将该谱作为重要的佚曲来源。二书所辑曲目有别②，辑佚旨趣也有异：前者因担心枯燥，故将佚曲用本事贯串，使读者"像是在读几篇很有趣味的短篇小说"③，偏重阅读意趣；后者则"以事证文，知道某曲应在前，某曲应在后；某曲为某人独唱，某曲为某人与某人对唱"④，崇尚学术精神。值得注意的是，1956 年钱南扬将《宋元南戏百一录》修订为更丰赡的《宋元戏文辑佚》一书时，因推崇《九宫正始》而大大降低了对《南曲全谱》的信赖度，采信的佚曲也相应减少。

（四）发掘校勘价值

学界对《南曲全谱》校勘价值的发掘，首先与辑佚交织在一起，如姚华借助该谱佚曲考察《荆钗记》等戏曲的演变情况，其中就包含了校勘的工作；而钱南扬《宋元南戏百一录》"学术精神"的体现之一也是在辑佚的同时引入校勘。其次，通过校勘辨析《南曲全谱》例曲的版本价值，如姚华将该谱所收《荆钗记》《琵琶记》例曲与《六十种曲》所收本互校，发现前者多出自古本，而谱中屡屡提及的时本妄改则多能在后者中得到印证⑤，显然

① 姚华：《菉猗室曲话》，载任中敏编著，许建中、陈文和点校《新曲苑》（下），凤凰出版社 2014 年版，第 496—511、549 页。
② 参见陆侃如、冯沅君《南戏拾遗》，哈佛燕京学社 1936 年版，"导言"第 3—8 页。
③ 赵景深编《宋元戏文本事》，北新书局 1934 年版，"序"第 1 页。
④ 顾颉刚：《序》，载钱南扬《宋元南戏百一录》，哈佛燕京学社 1934 年版，第 2 页。
⑤ 姚华：《菉猗室曲话》，载任中敏编著，许建中、陈文和点校《新曲苑》（下），第 524—536 页。

202

该谱所引"古本"可为相关戏曲的整理提供参校。最后，利用校勘考求该谱的编修情况，如王古鲁《蒋孝〈旧编南九宫谱〉与沈璟〈南九宫十三调曲谱〉》一文充分利用校勘法，比对二谱相同来源例曲的异文乃至曲牌、曲词的更易①，清晰呈现了二谱之间的演变，对今人通过考察例曲探求沈璟的曲学观念有所帮助。这一点在王莉珍的硕士学位论文《〈南曲全谱〉研究》中也有所体现，该文将该谱所引词作、散曲分别与《全宋词》《全明散曲》进行比勘，试图总结该谱收录词作、散曲的原则。②

　　要言之，学界对《南曲全谱》的文献学考察集中在 20 世纪 50 年代之前，主要成果体现在南戏曲目著录与佚曲辑录两方面，而版本、校勘方面的工作则提供了进一步研究的基础。

二　考述《南曲全谱》的编修特色

　　明末清初已出现对《南曲全谱》编修特色方面的评价，批评质疑者，如汤显祖对该谱所引腔证"又一体"的不满③、钮少雅对该谱"从坊本创成曲谱"的指摘④；客观描述者，如王骥德称其"参补新调，又并署平仄，考定讹谬"⑤，徐大业称其"辨别体制，分厘宫调，详核正犯，考定四声，指摘误韵，较勘同异"⑥ 等。百年来研究者对该谱编修特色的认知与评判大多基于此阐发，并且出现了新的转变。

---

　　① 王古鲁：《蒋孝〈旧编南九宫谱〉与沈璟〈南九宫十三调曲谱〉》，载〔日〕青木正儿原著，王古鲁译著，蔡毅校订《中国近世戏曲史》，第 452—480 页。
　　② 王莉珍：《〈南曲全谱〉研究》，硕士学位论文，复旦大学，2008，第 45—52 页。
　　③ （明）汤显祖：《答孙俟居》，载徐朔方笺校《汤显祖集全编》（四），上海古籍出版社2016 年版，第 1848 页。
　　④ （清）钮少雅：《〈南曲九宫正始〉自序》，载郭英德、李志远纂笺《明清戏曲序跋纂笺》第 11 册，人民文学出版社 2021 年版，第 5353 页。
　　⑤ （明）王骥德著，陈多、叶长海注释《曲律注释》，上海古籍出版社 2012 年版，第 44 页。
　　⑥ （清）徐大业：《书〈南词全谱〉后》，载（清）倪师孟、（清）沈彤纂（乾隆）《吴江县志》卷五十七［据清乾隆十二年（1747）刻本影印］，《中国地方志集成·江苏府县志辑》第二十册，江苏古籍出版社 1991 年版，第 305 页。

（一）体例内容的考察

20 世纪上半叶，虽有王季烈《螾庐曲谈》批评《南曲全谱》制作不严谨①，青木正儿指摘该谱合并《九宫谱》与《十三调谱》并以此题名的唐突②，但学者们大体上仍持褒扬的态度。50 年代到 70 年代，在与汤显祖的比较中，沈璟居于劣势，该谱的不足也被放大。如钱南扬《谈吴江派》虽肯定该谱的考订工夫，却也提出"奉坊本俗钞为秘籍，以讹传讹，不知辨正""不尊重客观材料，粗心大意，任意删改""不穷源竟委，但逞胸臆，凭空武断"③ 的严厉批评，并为稍后所撰《论明清南曲谱的流派》一文全部沿用。杨荫浏此时所著并于 1981 年出版的《中国古代音乐史稿》，更是称沈璟修谱企图用板式格律限制节奏的自由变化、用四声阴阳格律限制声词的自由变化等④，批评趋于严苛。

针对这二十余年间对《南曲全谱》的过度批评，邵曾祺《论吴江派和汤沈之争》一文率先提出异议，认为该谱"只是简单扼要地介绍每个曲牌的基本体式，指出其中重要的四声不可移动之处，以便于歌唱时四声和谐"⑤，其目的在实用而非过多烦琐考证。嗣后，从叶长海《沈璟曲学辩争录》全面反思此前三十年沈璟及其曲学思想"被误解被歪曲"的现象⑥开始，经过俞为民《南曲谱的沿革和流变》、朱万曙《沈璟评传》、周维培《沈璟曲谱及其裔派制作》等论文论著⑦深入细致的探讨，王骥德、徐大业等明清时人关于该谱体例内容的观点得到进一步阐发，由此形成了对该谱编修特色的基本共识。值得注意的是，俞为民文中虽也有"全逞己意，对原文妄改妄补""轻信坊

---

① 周期政疏证《〈螾庐曲谈〉疏证》，江西教育出版社 2015 年版，第 90—91 页。
② 〔日〕青木正儿原著，王古鲁译著，蔡毅校订《中国近世戏曲史》，第 409 页。
③ 钱南扬：《论吴江派》，载钱南扬《汉上宧文存》，中华书局 2009 年版，第 77—78 页。
④ 杨荫浏：《中国古代音乐史稿》，人民音乐出版社 1981 年版，第 944—949 页。
⑤ 邵曾祺：《论吴江派和汤沈之争》，载《中华文史论丛》第 10 辑，上海古籍出版社 1979 年版，第 356 页。
⑥ 叶长海：《沈璟曲学辩争录》，《文学遗产》1981 年第 3 期。
⑦ 俞为民：《南曲谱的沿革和流变》，载《文史》第 30 辑，中华书局 1988 年版，第 255—271 页；朱万曙：《沈璟评传》，中国戏剧出版社 1992 年版，第 44—64 页；周维培：《沈璟曲谱及其裔派制作》，《文学遗产》1994 年第 4 期。

本""版本考勘不广，加上态度不谨慎，往往以一概全，贸然定论"等因袭其师钱南扬先生的批评，却一改后者"瑜不掩瑕"之论为"瑕不掩瑜"①，以此可见两代学人对《南曲全谱》认知的转变。

而针对杨荫浏关于沈璟倡导板式格律的批评，张林《论中国音乐节拍学家——沈璟和汤显祖》一文则肯定该谱是中国第一部大型定量性节拍谱，总结了昆曲的板眼节拍法与鼓板节乐法②，至《沈璟不是复古派——兼谈杨荫浏〈中国古代音乐史稿〉的过失》又进一步强调"没有沈璟的节拍谱，就没有后来真正意义上的《九宫大成南北词宫谱》"③，视角独特而又具有启发性。

（二）编修源流的考察

《南曲全谱》是沈璟在《旧编南九宫谱》基础上增定查补而成，这已成为学界共识，前文所述王古鲁《蒋孝〈旧编南九宫谱〉与沈璟〈南九宫十三调曲谱〉》一文也对此予以清晰说明。钱南扬《南曲谱研究》从早期南曲谱的历史沿革视角，考察该谱的编修来源、内容及征引戏曲④；至《论明清南曲谱的流派》虽对该谱制作多有批评，却也承认在其影响下形成了一个南曲谱流派，并提出"支裔"之说⑤。俞为民与周维培受其师影响，均延续了将《南曲全谱》置于南曲谱发展脉络之中加以考察的理路。俞为民《南曲谱的沿革和流变》将南曲谱分成先导、诞生、完备、大成、总结五个沿革阶段，认为该谱标志着南曲谱体例的完备⑥；周维培《沈璟曲谱及其裔派制作》以该谱作为考察的重心，将"支裔说"发展为"裔派

---

① 俞为民：《南曲谱的沿革和流变》，载《文史》第30辑，第263—264页。
② 张林：《论中国音乐节拍学家——沈璟和汤显祖》，《黄钟（武汉音乐学院学报）》1997年第1期。
③ 张林：《沈璟不是复古派——兼谈杨荫浏〈中国古代音乐史稿〉的过失》，《中国音乐》2000年第4期。
④ 钱南扬：《南曲谱研究》，载钱南扬《汉上宦文存续编》，第191—201页。
⑤ 钱南扬：《论明清南曲谱的流派》，载钱南扬《汉上宦文存续编》，第176—184页。
⑥ 俞为民：《南曲谱的沿革和流变》，载《文史》第30辑，第260—264页。

制作"的说法①，展示了《南曲全谱》对后世南曲谱的重要影响。

进入 21 世纪，研究者集中对《南曲全谱》借鉴北曲谱的情况进行了更广泛的探索。其实，清代曲家王正祥已注意到该谱"以北曲宫调而仿佛之"，但对此持"拾北曲宫调之唾余，而为南曲之条目"的批评态度。② 现代学者则多予以肯定，如程芸《沈璟"合律依腔"理论述评》一文指出，该谱借鉴《太和正音谱》"区别正衬字、标注平仄"的修谱方法，"规摹北曲"重组南曲宫调系统、总结联套方式，体现出崇尚北曲、元人旧作的审美理想。③ 王莉珍《〈南曲全谱〉研究》、石艺《沈璟曲学研究》、杨伟业《南曲宫调体系的首次构建——沈璟〈南曲全谱〉研究》、魏洪洲《明清戏曲格律谱研究》等学位论文，也先后谈到该谱在体例、谱式方面对《中原音韵》《太和正音谱》的师法和继承。④ 此外，有研究者注意到该谱对前代词学著作的借鉴，如李冠然《沈璟〈南曲全谱〉研究》指出，该谱"又一体"的标注是受徐师曾《词体明辨》"第某体"的启发而产生的。⑤

关于《南曲全谱》对后世曲谱的影响，除了"裔派制作"之外，黄振林等《"古体原文"与〈南曲九宫正始〉的曲学思维》一文强调《九宫正始》以该谱为重要的参照，才最终成就了曲谱中值得信赖的典范⑥；李光辉《〈南音三籁〉在曲律学史上的价值——以沈璟〈南词全谱〉为参照》也以该谱为参照考察了《南音三籁》对其曲律成就的接受、提升与传播⑦。

---

① 周维培：《沈璟曲谱及其裔派制作》，《文学遗产》1994 年第 4 期。
② （清）王正祥：《新定十二律昆腔谱序》，载郭英德、李志远纂笺《明清戏曲序跋纂笺》第 11 册，第 5426 页。
③ 程芸：《沈璟"合律依腔"理论述评》，《文学遗产》2000 年第 5 期。
④ 王莉珍：《〈南曲全谱〉研究》，硕士学位论文，复旦大学，2008，第 29—31 页；石艺：《沈璟曲学研究》，博士学位论文，南京大学，2011，第 37—38 页；杨伟业：《南曲宫调体系的首次构建——沈璟〈南曲全谱〉研究》，硕士学位论文，南京大学，2014，第 10—13 页；魏洪洲：《明清戏曲格律谱研究》，博士学位论文，黑龙江大学，2015，第 103—108 页。
⑤ 李冠然：《沈璟〈南曲全谱〉研究》，硕士学位论文，河北师范大学，2011，第 55—58 页。
⑥ 黄振林、储瑶：《"古体原文"与〈南曲九宫正始〉的曲学思维》，《戏曲艺术》2015 年第 1 期。
⑦ 李光辉：《〈南音三籁〉在曲律学史上的价值——以沈璟〈南词全谱〉为参照》，《厦门广播电视大学学报》2016 年第 2 期。

（三）制谱理念的考察

　　《南曲全谱》的制谱理念在上文的体例内容、编修源流方面即有体现，如实用性、崇尚北曲等。于此之外，研究者又提出了新的思考角度。如叶长海《沈璟曲学辩争录》充分肯定《南曲全谱》广泛收录宋元南戏为例曲的做法，认为"是以'古南戏'为旗帜来反对明曲坛一百多年来'时文'的积习和流弊。在形式上有似于中唐的'古文运动'"①，评价不可谓不高。此后研究者往往由此切入，如周维培在《曲谱研究》中据此对有关该谱"以坊本为据"的批评做出一定平议②；刘明今《沈璟〈南曲全谱〉订律的背景、取向及与昆山腔发展的关系》一文，肯定沈璟从整理宋元戏文旧本入手探讨南曲规范的思路，认为其回应了万历中期曲坛对南曲声律规范的呼求③。此外，吴敢《从尾声名称演变看沈璟〈南曲全谱〉的编纂宗旨》归纳出该谱信实、简约、规范的编纂宗旨④；魏洪洲《明清戏曲格律谱研究》总结出该谱"兼容并包""求全求备""全面细致"的求全原则⑤。

　　在此基础上，研究者进一步发掘出《南曲全谱》的学术性特征。如李真瑜《沈璟治曲初议》认为，沈璟自觉地运用推理论证法和考据法，"比较明确地注意到版本的区别、文献与舞台演唱的比较，广泛采用了本证和旁证的方法，不明之处并不妄下断语"，体现了严谨求实的学术精神。⑥魏洪洲《明清戏曲格律谱研究》认为，沈璟力求入谱文献的真实可靠、重视戏曲版本、慎于下断的态度体现出"求真求实"的原则，提

---

　　①　叶长海：《沈璟曲学辩争录》，《文学遗产》1981 年第 3 期。

　　②　周维培：《曲谱研究》，第 123—124 页。

　　③　刘明今：《沈璟〈南曲全谱〉订律的背景、取向及与昆山腔发展的关系》，《中国文学研究》2005 年第 1 期。

　　④　吴敢：《从尾声名称演变看沈璟〈南曲全谱〉的编纂宗旨》，载刘俊鸿、孙悦良主编《2008 年沈璟暨昆曲"吴江派"学术研讨会论文集》，第 170—172 页。

　　⑤　魏洪洲：《明清戏曲格律谱研究》，博士学位论文，黑龙江大学，2015，第 94—103 页。

　　⑥　李真瑜：《沈璟治曲初议》，《文学遗产》2003 年第 5 期。

升了戏曲格律谱的学术品格，促进了曲谱由重实用向兼重学术的转型。[①]
对《南曲全谱》学术性的关注，在一定程度上回应了前辈学人对该谱纂
修不严谨的批评。

　　要言之，研究者对《南曲全谱》编修特色的考察，在契合汤显祖、
王骥德等明清时人观点的基础上，从正反两方面进行了比较深入的探讨；
近二十年间更是对曲谱的编修源流、制谱理念尤其是其学术性方面进行
发掘，转向更深入、更丰富的层面，显示出了一定的开拓性。

三　发掘《南曲全谱》的理论价值

　　关于《南曲全谱》的价值，除其指导作曲的实用价值以及前文所述
文献价值之外，研究者逐渐注意到其在曲学方面的理论价值，并从以下
两方面展开了发掘和探讨。

（一）阐发沈璟的曲学思想

　　沈璟是晚明的曲学大家，在其所撰的多种曲学著作中，唯有《南曲
全谱》完整传世，因此借助该谱考察其"格律论""本色论""斤斤返古
说"等核心曲学主张，成为研究者的共识。

　　钱南扬《谈吴江派》指出沈璟的"严守格律"重在四声阴阳、句法
和用韵，【二郎神】《论曲》套数是理论，《南曲全谱》是实例，二者相
互表里；而"崇尚本色"可由其在谱中对宋元戏文的赏识看出端倪。[②]
叶长海《沈璟曲学辩争录》肯定"格律说"对戏曲创作的积极作用，也
注意到该谱在格律上的变通，认为谱中刻意追求的"本色"既是戏曲创
作的一种理想境界，也有兼具当行、推举拙调、吸收民间俗语的丰富内
涵，而"斤斤返古"体现为推崇作为宋元旧范的戏文，以古剧的传统反

---

①　魏洪洲：《明清戏曲格律谱研究》，博士学位论文，黑龙江大学，2015，第 103—108 页。
②　钱南扬：《谈吴江派》，载钱南扬《汉上宧文存》，第 66—74 页。

对时剧的弊端，由此指出沈璟的主张"全面地奠定了南曲曲学研究的基础"①。朱万曙《沈璟评传》将"格律论"与"本色论"作为沈璟倡导的"场上之曲"主体来考察，既指出该谱对"案头之曲"格律不明之弊的纠正，也从谱中发掘出戏曲应有生活气息、语言宜浅近通俗、词意宜"不深不浅"等本色论内涵，由此认为该谱建立了"一整套南戏传奇的曲牌格律体系"②；后在《"案头"与"场上"——明中叶戏曲创作技术性难题与沈璟的曲学贡献》中，又进一步将该谱视作沈璟曲学对曲词格律技术性难题的化解方案③。

近年来，学者延续了以上探讨，如程芸《沈璟"合律依腔"理论述评》、刘明今《沈璟〈南曲全谱〉订律的背景、取向及与昆山腔发展的关系》等对"斤斤返古"的评价，与叶长海的观点一脉相承；石艺《沈璟曲学研究》关于"格律论""本色论"的阐发，显然是对钱南扬、朱万曙等观点的承袭与推进。④

（二）探讨曲律的曲学意蕴

《南曲全谱》在宫调、曲牌、曲韵、尾声等方面的编修特色，表现出对曲律的重视，其中包孕着丰富的曲学意蕴。早在 20 世纪 30 年代，青木正儿就已通过比较该谱与《太和正音谱》同一宫调内相同曲牌的句格，认为南北曲在音乐宫调上，"始出同源，寻各生变化，遂至为南曲北曲之别也……南曲北曲全然各成流派，而呈曲调曲情大异其趣之结果也"⑤。近二十年来，研究者对该谱曲律的考察有较为系统的探讨和推进，也注意到以该谱为代表的曲谱"有关宫调曲牌、板式韵律、平仄下

---

① 叶长海：《沈璟曲学辩争录》，《文学遗产》1981 年第 3 期。

② 朱万曙：《沈璟评传》，第 52 页。

③ 朱万曙、朱雯：《"案头"与"场上"——明中叶戏曲创作技术性难题与沈璟的曲学贡献》，《文艺理论研究》2017 年第 4 期。

④ 程芸：《沈璟"合律依腔"理论述评》，《文学遗产》2000 年第 5 期；刘明今：《沈璟〈南曲全谱〉订律的背景、取向及与昆山腔发展的关系》，《中国文学研究》2005 年第 1 期；石艺：《沈璟曲学研究》，博士学位论文，南京大学，2011，第 26—34 页。

⑤ 〔日〕青木正儿原著，王古鲁译著，蔡毅校订《中国近世戏曲史》，第 367—368 页。

字等方面的讨论及研究，构成了明后期曲学的主潮"①，乃至影响了明末清初重曲律的曲学之风的形成。具体又从以下几个方面展开。

宫调方面。石艺《沈璟〈增定南九宫曲谱〉对南曲宫调、曲牌的规范化》一文指出，沈璟是从实用性角度对"九宫"与"十三调"体系进行归并删减的②；至博士学位论文《沈璟曲学研究》进一步强调这是沈璟对场上之曲的重视，在一定程度上弥补了南曲曲律文人化后出现的缺陷，却也对原有九宫体系造成破坏③。杨伟业《南曲宫调体系的首次构建——沈璟〈南曲全谱〉研究》一文认为，该谱模仿"北九宫"构建的宫调体系，正式建立了南曲的创作格律规范，同时使"南九宫"和"十三调"体系成为一种被默认的事实，影响了后世所有南曲谱的编纂及相关理论研究。④

曲牌方面。许莉莉《论沈璟曲谱中的"本调"概念》具体分析了谱中每一例"本调"的用法，认为这体现了沈璟与时俱进的曲学观。⑤ 黄思超《论沈璟〈增定南九宫曲谱〉的集曲收录及其集曲观》一文指出，沈璟对谱中收录的集曲，主要关注曲牌考订、平仄正误、用韵与宫调讨论以及俗唱订正等四个方面，体现出以"本调"为准的集曲观。⑥ 林佳仪《曲谱编订与牌套变迁》第五章"晚明南曲曲牌'又一体'研究——以《旧编南九宫谱》、《增定南九宫曲谱》、《南词新谱》收曲为例"，围绕《旧编南九宫谱》《南曲全谱》《南词新谱》去追溯"又一体"曲牌之发展变迁，指出"又一体"是曲牌体式变化之总名，彰显了晚明南曲曲牌的变化与流动。⑦

---

①　周维培：《曲谱研究》，第 388—389 页。

②　石艺：《沈璟〈增定南九宫曲谱〉对南曲宫调、曲牌的规范化》，《中国韵文学刊》2011 年第 3 期。

③　石艺：《沈璟曲学研究》，博士学位论文，南京大学，2011，第 40—46 页。

④　杨伟业：《南曲宫调体系的首次构建——沈璟〈南曲全谱〉研究》，硕士学位论文，南京大学，2014。

⑤　许莉莉：《论沈璟曲谱中的"本调"概念》，载刘俊鸿、孙悦良主编《2008 年沈璟暨昆曲"吴江派"学术研讨会论文集》，第 182—196 页。

⑥　黄思超：《论沈璟〈增定南九宫曲谱〉的集曲收录及其集曲观》，《戏曲学报》2009 年第 6 期。

⑦　林佳仪：《曲谱编订与牌套变迁》第五章"晚明南曲曲牌'又一体'研究——以《旧编南九宫谱》、《增定南九宫曲谱》、《南词新谱》收曲为例"，（台北）政大出版社 2016 年版，第 161—183 页。

值得一提的是，王莉珍《〈南曲全谱〉研究》认为该谱对曲体流变的注意、对曲牌本身的考证与梳理，凸显出明确的"曲体意识"①；王小岩《清代王扶〈词曲合考〉考论》注意到该谱对词调与曲牌字数、格律的比较，认为沈璟率先展开了对词曲演变中格律变化、曲谱发展脉络的探索②。这些都拓展了《南曲全谱》曲律研究的空间。

曲韵方面。王莉珍《〈南曲全谱〉研究》通过考察谱中对韵部的规范，指出沈璟虽提出了一些曲韵主张和原则，然而尚未形成系统的理论。③ 俞为民《沈璟〈南九宫十三调曲谱〉对南曲曲律的规范》一文，则肯定了沈璟在谱中注明韵位的做法，以及对用韵规则的总结与指示。④ 石艺《沈璟南曲韵选研究》通过分析该谱对例曲用韵的评价，认为其中明确体现出沈璟关于南曲"严而不杂"的用韵原则。⑤

尾声与联套方面。这是《南曲全谱》各宫调"尾声总论"所涉及的两个内容，研究者或倾向于探讨尾声，如吴敢《明代南曲剧套尾声初探》肯定"尾声总论"推进了曲学史对尾声的讨论，促成了尾声发展史上首次出现点板谱例⑥；或倾向于探讨联套，如周维培《曲谱研究》认为，以"尾声总论"为中心总结南曲联套的体例和方法是沈璟的独特贡献，具有一定的科学性⑦，又如石艺《沈璟曲学研究》指出，"尾声总论"以曲组为联套基本单位、曲组内部结构固定、尾声格律随曲组旋律而变化等特征，实质是"对场上之曲的极大重视"⑧；或将二者并论，如王莉珍《〈南曲全谱〉研究》指出，沈璟对尾声格律的总结与规定，既尝试确立南曲尾声的使用规范，又试图以尾声为参照为南曲联套确立一

---

① 王莉珍：《〈南曲全谱〉研究》，硕士学位论文，复旦大学，2008，第42—44页。

② 王小岩：《清代王扶〈词曲合考〉考论》，《文学遗产》2020年第6期。

③ 王莉珍：《〈南曲全谱〉研究》，硕士学位论文，复旦大学，2008，第53—63页。

④ 俞为民：《沈璟〈南九宫十三调曲谱〉对南曲曲律的规范》，《文化遗产》2013年第1期。

⑤ 石艺：《沈璟南曲韵选研究》，载《曲学》第4卷，上海古籍出版社2016年版，第474—476页。

⑥ 吴敢：《明代南曲剧套尾声初探》，载廖可斌主编《2006明代文学论集》，浙江大学出版社2007年版，第702—703页。

⑦ 周维培：《曲谱研究》，第125页。

⑧ 石艺：《沈璟曲学研究》，博士学位论文，南京大学，2011，第74—75页。

定之规①。

要言之，研究者对《南曲全谱》理论价值的发掘，在阐发沈璟核心曲学思想方面已讨论得较为充分，而通过探讨曲律中体现出的曲学意蕴，对沈璟及其曲谱所蕴含的曲学主张也进行了新的研讨。

四　考索《南曲全谱》与戏曲史的关系

20 世纪上半叶，研究者对《南曲全谱》与戏曲史的关系仍倾向于整体性的评价，如青木正儿认为该谱"裨益曲坛处甚多，其功绩至今终不可没"②，郑振铎《插图本中国文学史》称该谱"为作曲者的南圭"③，等等。与此同时，研究者也注意到了该谱之于戏曲史的特殊意义，即提供了辑佚宋元南戏的宝库。其时，戏曲学作为独立学科的建立刚刚起步，当学者以现代学术目光审视古代戏曲发展时，会发现宋元戏曲史的书写对曲谱有非常大的依赖性，如《九宫正始》全本被发现后，学者们首先想到"可借以辑已佚的元剧"④。而在此之前，如赵景深《宋元戏文本事》、钱南扬《宋元南戏百一录》等著作，则主要借助《南曲全谱》对宋元南戏进行辑佚，其在某种程度上填补了这段戏曲史"失去了的环节"⑤。

自 20 世纪 80 年代开始，尤其是 2001 年昆曲入选联合国首批"人类口头和非物质遗产代表作"名录以来，《南曲全谱》与昆曲发展的关系成为学界关注的热点与重点，并且形成了一些共识。例如，周维培指出该谱是沈璟对"方兴未艾的昆腔传奇创作亟需规范化的理论总结与实用性的技法介绍"之回应⑥，刘明今认为该谱的纂修与昆山新腔无法为南

---

① 王莉珍：《〈南曲全谱〉研究》，硕士学位论文，复旦大学，2008，第 68—70 页。
② 〔日〕青木正儿原著，王古鲁译著，蔡毅校订《中国近世戏曲史》，第 161 页。
③ 郑振铎：《插图本中国文学史》（四），人民文学出版社 1957 年版，第 864 页。
④ 陆侃如、冯沅君：《南戏拾遗》，"导言"第 12 页。
⑤ 钱南扬辑录《宋元戏文辑佚》，上海古典文学出版社 1956 年版，"前言"第 1 页。
⑥ 周维培：《沈璟曲谱及其裔派制作》，《文学遗产》1994 年第 4 期。

曲创作提供文字格律规范有关①，都认同该谱与昆曲创作的现实需求有关。再如，黄仕忠《明代戏曲的发展与汤沈之争》一文将该谱视作为即将走上鼎盛期的昆山腔编纂的"一部标准化的曲谱"②，程华平《沈璟曲律理论的成因与评价》认为该谱"为新起的全国性剧种昆曲提供了标准化的曲牌规范"③，都意在该谱对昆曲创作的指导意义。又如，朱万曙指出该谱"总结的是以昆山腔为主体的传奇曲牌格律体系"④，周维培肯定该谱促进了昆曲传奇艺术体制的确定与理论总结⑤，吴敢也认为该谱是昆曲官腔"订腔制谱的及时总结"⑥，都强调该谱对于昆曲发展的总结意义。

　　不过也有学者对此有所质疑。例如，程芸指出沈璟所维护的"律"、所倡导的"腔"同新兴昆腔曲唱的声律传统之间存在较大出入⑦，李冠然也不认同该谱系统建构了昆曲传奇的格律体系⑧，二者都质疑该谱与昆曲发展的直接相关性。再如，刘明今虽认同该谱与昆腔之间的关系，却明确强调该谱"是对有关南曲声韵格律问题的全面总结"⑨；俞为民也认为该谱对南曲曲律所做的具体规范，弥补的是水磨调产生后南曲格律与腔格变异的弊端⑩：二者都意在将该谱的适用范围扩大至整个南曲。又如，魏洪洲虽认同该谱是"昆腔曲谱"，却强调其所针对的是吴中清唱，而非传奇戏曲。⑪

---

①　刘明今：《沈璟〈南曲全谱〉订律的背景、取向及与昆山腔发展的关系》，《中国文学研究》2005 年第 1 期。

②　黄仕忠：《明代戏曲的发展与汤沈之争》，《文学遗产》1989 年第 6 期。

③　程华平：《沈璟曲律理论的成因与评价》，《松辽学刊》（社会科学版）1994 年第 4 期。

④　朱万曙：《沈璟评传》，第 63 页。

⑤　周维培：《曲谱研究》，第 128 页。

⑥　吴敢：《从尾声名称演变看沈璟〈南曲全谱〉的编纂宗旨》，载刘俊鸿、孙悦良主编《2008 年沈璟暨昆曲"吴江派"学术研讨会论文集》，第 171—172 页。

⑦　程芸：《沈璟"合律依腔"理论述评》，《文学遗产》2000 年第 5 期。

⑧　李冠然：《沈璟〈南曲全谱〉研究》，硕士学位论文，河北师范大学，2011，第 60—61 页。

⑨　刘明今：《沈璟〈南曲全谱〉订律的背景、取向及与昆山腔发展的关系》，《中国文学研究》2005 年第 1 期。

⑩　俞为民：《沈璟〈南九宫十三调曲谱〉对南曲曲律的规范》，《文化遗产》2013 年第 1 期。

⑪　魏洪洲：《明清戏曲格律谱研究》，博士学位论文，黑龙江大学，2015，第 116 页。

　　总体来说，研究者对《南曲全谱》的编修动机是否与昆曲发展直接相关的认识尚存分歧，但对该谱为其带来的积极作用则认知较为一致，周维培更是通过统计，直观呈现出该谱对昆曲作家的培养、对昆曲剧本创作的推动以及对著名曲家的影响等①。

　　要言之，现有研究对《南曲全谱》与戏曲史关系的考索，主要集中在其与宋元南戏、与昆曲发展这两个方面，也进行了比较充分的探讨，但就其与整个元明清戏曲史的关系而言仍有较大的发掘空间。

五　研究的展望

　　综上所述，《南曲全谱》的百年研究，从文献价值的彰显到编修特色的考述、理论价值的发掘、与戏曲史关系的考索，逐渐地内化、深化和细化。这是其间曲谱研究的缩影，表明古典曲谱已成为研究者关注的焦点和戏曲研究的重要内容。那么，曲谱之学如何在百年研究的基础上继续推进？对此，已有学者提出相应策略②，笔者则拟从以上四个层面入手，围绕《南曲全谱》的深入研究提出可行的设想与建构。

　　就文献层面而言，一是对《南曲全谱》进行全面准确的整理，这一点无论是对该谱作为经典曲学著作的研究，还是对其与戏曲发展关系的考察，抑或对明清其他曲谱的整理，都有重大意义；二是充分发挥谱中所收《琵琶记》《荆钗记》《拜月亭记》等例曲对于戏曲整理的校勘价值，这是对姚华、王古鲁等前辈学人校勘理路的进一步传承。

　　就编修层面而言，一是以《南曲全谱》为中心，考察曲谱作为曲学批评综合形态的文本特征、体例演进以及编修观念的变迁，进而探讨曲谱在古代批评文体范畴中的意义；二是深入探讨《南曲全谱》的学术性特征，特别是以该谱为核心的曲谱流派与明末清初学术之关系，进而推及整个曲谱编修中学术品格的考察，为曲谱研究提出新的问题。

---

　　①　周维培：《曲谱研究》，第 380—386 页。
　　②　黄振林：《明清曲学批评论稿》第十四章"传统曲谱与戏曲关系研究的新视角"，武汉大学出版社 2018 年版，第 243—252 页。

就理论层面而言，一是发掘《南曲全谱》曲律要素中的曲学意蕴，如在对谱中涉及词调进行注释考辨后，可见其对词曲递变的关注远比同代人深入，应有其词学史、词调演变史的意义，现有研究虽已谈及却未深入探究；二是在此基础上，全面深入地探讨沈璟的曲学思想、《南曲全谱》对"曲中心"曲学理论的总结意义，以及曲谱的理论价值等。

就戏曲史层面而言，应跳出以昆曲发展为限的研究思路，一是谱中对元明南戏的收录与批评构成了南戏经典化的重要环节，同时也提供了考察戏曲史公案如"名剧之争""汤沈之争"的新视角等；二是探讨该谱对戏曲创作、曲谱曲选、戏曲评点（如《幽闺怨佳人拜月亭》）、戏曲改本（如《牡丹亭》）的影响，这有助于回归戏曲史发展的现场等。

要言之，自沈璟《南曲全谱》出现后，曲谱不再"似集时义，只是遇一题便检一文备数"①，而是引入注释、强化考辨，涉及诸多琐细内容，促使曲谱成为包蕴着复杂性的特殊而综合的批评形态。研究者不应回避这种琐细，反要趋近曲谱编修者的心理，深入曲谱内部细读文本，以现代学术研究者的理论思维，从零散、烦琐、琐细的曲谱内容中抽绎重要的曲学问题。这一实践，不但意味着曲谱研究思路的转变，或许也能促进曲谱研究新范式的形成。

---

① （明）王骥德著，陈多、叶长海注释《曲律注释》，第 327 页。

论龚鼎孳与江南遗民诗人群的双向互动

◇盛　翔*

内容摘要：龚鼎孳虽是降闯复降清的"双料贰臣"，却与江南遗民群体有密切的互动。龚鼎孳与遗民诗人的交游，除了诗酒唱酬，还体现在政治庇护、物质资助、提携遗民后代和维系遗民经世志向等方面。龚鼎孳的倾力付出获得了他们的宥恕，纾解了自身三朝为官的负疚感。随着清廷统治的稳固，社会上宣泄国破家亡之痛楚悲愤的情绪逐渐稀释，贰臣的调和、荐举助推了遗民群体内部的分化。贰臣与遗民相互依赖、互惠互利的需求表明，"故旧"纽带缓冲了政治立场的尖锐对立，君臣节义在传统"五伦"秩序下的权威性被消解，易代士人的交往仍带有鲜明的"友道"烙印。

关键词：龚鼎孳　江南遗民诗人群　君臣节义　友道

龚鼎孳（1616—1673），安徽合肥人，字孝升，号芝麓，清初"江左三大家"之一，官至礼部尚书，平生轻财好施，礼贤下士，扶植人才，奖掖后进，"倾囊橐以恤穷交，出气力以援知己"①，是清初最热衷布衣交的大吏。龚鼎孳的交游对象包括大批江南遗民诗人，如纪映钟、冒襄、阎尔梅、顾梦游、宫伟镠、陈丹衷、唐允甲、唐念祖、凌世韶、祁豸佳、朱隗、叶襄、程邃、方文、龚贤、万寿祺、姚孙棐、黄云、姚佺、张可仕、邢昉、胡介、谈允谦、张风、陈祚明、许楚、蒋易、文点、陶澂、钱澄之、张怡等，还有移居江南的遗民诗人，如林古度、王猷定、余怀、姜垛、姜垓、杜濬、杜芥、曾灿、陈允衡等。这就非常耐人寻味了。崇

---

　*　盛翔，深圳大学人文学院博士研究生，研究方向为明清文学与文化。

　①　（清）吴伟业：《龚芝麓诗序》，载（清）吴伟业著，李学颖集评标校《吴梅村全集》（中），上海古籍出版社1990年版，第665页。

祯甲申年（1644），龚鼎孳先后投降大顺政权和清政权，失节行为令人不齿，被贴上"贰臣"的耻辱标签，而江南遗民诗人在经历了扬州十日、嘉定三屠的血雨腥风后，依然不改对故明的忠诚。贰臣与遗民，本是政治立场泾渭分明的两类士人群体，所谓"道不同不相为谋"，理应分道扬镳，然而龚鼎孳不仅与遗民群体往来密切，还竭尽所能地保护救助他们，遗民群体大多亦对龚鼎孳持宽容的态度。通过探讨龚鼎孳与江南遗民诗人群的双向互动，我们得以窥探明清易代之际士人文化心理的新变。

一　龚鼎孳与江南遗民诗人群的交游形态

龚鼎孳与江南遗民诗人群建立了非常频繁的互动，遗民或多次游京甚至多年留京，依附于龚鼎孳门下，或与龚鼎孳交往，但相对独立、游离于龚鼎孳的社交圈层，呈现出丰富的交游形态。

（一）追随入京依附龚鼎孳的遗民

龚鼎孳经历了清初短暂的蛰伏后，于顺治十年（1653）擢升刑部右侍郎，顺治十一年又接连右迁户部左侍郎、都察院左都御史，然而顺治十三年，又因扶持汉人被降级调用，直到康熙二年（1663）复掌宪职仕途才趋于平稳，后又历任刑部、兵部及礼部尚书。龚鼎孳辇下仕宦近三十年，热衷于社集结客尤令人印象深刻，王士禛记道："顺治末，社事甚盛，京师衣冠人士辐辏之地，往来投刺无不称社盟者。后杨给事自西（雍建）疏言之，部议有禁，遂止不行。……余所见不随俗者，惟龚尚书芝麓（鼎孳）、劳中丞介岩（之辨）二公而已。"[1] 依附、投靠龚鼎孳的江南遗民有纪映钟、陈祚明、胡介、钱澄之、曾灿等，龚氏与他们诗酒唱酬，并设法帮助他们摆脱生计上的困境。如胡介，因缺买山之资投

---

① （清）王士禛撰，张世林点校《分甘馀话》卷二，中华书局1989年版，第46—47页。

奔业师王永吉，亦受龚鼎孳资助，孙治《亡友陆彦龙赵明镳胡介合传》曰：“而旧令王公又已膺卿贰，登三事，又与龚合肥交口诵君，一时名满燕邸。路历邢魏，守令皆郊迎，无不愿结欢者。”① 不过，在这些遗民当中，与龚鼎孳关系最为密切的当属纪映钟。

纪映钟（1609—1680），字伯紫，又称檗子、伯子，号戆叟，江南金陵人。郑方坤《檗子诗钞小传》称：“少与庐江龚宗伯友善。宗伯既贵，为招之至京华下榻焉，岁且十稔。”② 康熙二年（1663），纪映钟受龚氏邀请携家进京，依附于其门下长达十年。

纪映钟投靠龚鼎孳前，已有多次外出游幕的经历，顺治十一年（1654），纪映钟离京入山西巡抚陈应泰幕，龚鼎孳作《送伯紫之晋阳》③赠别。顺治十六年，纪映钟入闽粤抚军幕府，龚鼎孳赋《送伯紫从金陵之闽中》④。纪映钟虽对捉襟见肘的生存状态习以为常，但也难掩心中苦涩，《腊月廿八日雨中独坐》云：“多难惟师俭，长贫好阖扉。”⑤《大雪次履招饮以病未赴用韵简谢》亦曰：“客舍开樽待客来，野夫无力觅舆儓。”⑥ 龚鼎孳目睹纪映钟为生计多方辗转，感慨良多，《九日同圣秋与可绮季园次宗来玉少登毗卢阁复饮松下仍叠前韵》云：“当时比肩多龙腹，却怜纪叟闽山麓。（伯紫。）刺促钟鸣与鼎食，纵饮高歌何可得。”⑦ 为帮助友人摆脱困境，龚鼎孳邀请纪映钟入京，以“米饭主”承担其生活所需，还利用自己的名气和府邸为遗民处馆提供便利。曾畹《浮玉冬夜奉寄合肥龚公十二首》其十云：

① （清）孙治：《孙宇台集》卷十五，载《四库禁毁书丛刊》集部第 149 册，北京出版社 1998 年版，第 20 页。

② （清）郑方坤：《清朝名家诗钞小传》卷一，载周骏富辑《清代传记丛刊》第 24 册"学林类㉜"，（台北）明文书局 1985 年版，第 90 页。

③ （清）龚鼎孳：《定山堂诗集》卷十，载（清）龚鼎孳著，孙克强、裴喆编辑校点《龚鼎孳全集》第 1 册，人民文学出版社 2014 年版，第 337—340 页。

④ （清）龚鼎孳：《定山堂诗集》卷二十六，载（清）龚鼎孳著，孙克强、裴喆编辑校点《龚鼎孳全集》第 2 册，第 947—948 页。

⑤ （清）纪映钟：《戆叟诗钞》卷二，载《清代诗文集汇编》第 30 册，上海古籍出版社 2010 年版，第 26 页。

⑥ （清）纪映钟：《戆叟诗钞》卷三，载《清代诗文集汇编》第 30 册，第 27 页。

⑦ （清）龚鼎孳：《定山堂诗集》卷四，载（清）龚鼎孳著，孙克强、裴喆编辑校点《龚鼎孳全集》第 1 册，第 140 页。

舍弟才思钝，承闻设馆初（时灿弟设帐龚府）。人师匪所据，应对定何如。封事马周好，参军魏绛余。祇应同纪子（纪伯紫在龚幕），腊尽著残书。①

纪映钟虽依附龚鼎孳获得相对稳定的生活保障，却始终耿介自持，以龚开、林景熙这样的志节之士自喻："独不见圣予、景熙乎？圣予往来故京，画马自给，景熙教授泉州，其诗凄婉沉郁，有唐余音，余独不能与二君子上下千古乎？"② 时人多对纪映钟游食于龚鼎孳门下持宽和态度，方文还表示："但得贤主人，何须悲道路。顾念长干里，父祖有丘墓。多积买山钱，仍回旧京住。"③

（二）留守江南受龚鼎孳扶持的遗民

龚鼎孳于顺治三年（1646）丁忧归里、顺治十三年南下使粤、顺治十四年北上返京及康熙五年（1666）回籍葬母期间，与隐居留守江南的遗民雅集唱酬，包括冒襄、顾梦游、杜濬、余怀、宫伟镠、叶襄等人，龚氏还在多方面给予他们关照。如顾梦游，他曾感念龚鼎孳在其贫病交加时的仗义扶助："尚有支床骨，难忘急难恩。"④ "古道求君少，穷途仗友多。"⑤ 其中冒襄与龚鼎孳的交往最值得留意。

冒襄（1611—1693），字辟疆，号巢民，江南如皋人，与陈贞慧、侯方域和方以智并称"复社四公子"，鼎革后隐居水绘庵。龚鼎孳与冒襄深交多年，未因京师与江南的空间乖隔疏离，龚氏称与冒襄"三十

---

① （清）曾晥：《曾庭闻诗》卷三，载《四库禁毁书丛刊》集部第 166 册，第 443 页。

② （清）纪映钟：《真冷堂诗稿》卷首，载陈红彦、谢冬荣、萨仁高娃主编《清代诗文集珍本丛刊》第 44 册，国家图书馆出版社 2017 年版，第 476—477 页。

③ （清）方文：《嵞山续集后编》卷一，载（清）方文撰，胡金望、张则桐校点《方嵞山诗集》下册，黄山书社 2010 年版，第 659 页。

④ （清）顾梦游：《顾与治诗集》卷五《病中柬龚孝升中丞》其二，载《丛书集成续编》第 120 册，上海书店出版社 1994 年版，第 241 页。

⑤ （清）顾梦游：《顾与治诗集》卷五《病中柬龚孝升中丞》其三，载《丛书集成续编》第 120 册，第 241 页。

年忘形交"①，冒襄亦视龚鼎孳为至友，其《二哀诗·光禄大夫礼部尚书谥端毅合肥龚公（有引）》曰："追思三十年公至情过情之事，多古人所无。"② 龚鼎孳对冒襄之子冒嘉穗、冒丹书视如己出，招至门下教养多年："徐卿二子才凡庸，市中拟碎爨下桐。收之参苓入药笼，假以羽翮资飞翀。"③

冒襄与龚鼎孳虽定交于顺治五年（1648），但对龚氏之印象则来自明末。崇祯十五年（1642），冒襄与龚鼎孳均以重要成员身份参与苏州虎丘的复社集会④，龚鼎孳又得江南名宿方震孺推毂，"寿州方先生以万历朝名御史……为余言公英才大力，吾道龙象。……经岁读公说论危言，谓寿州不我欺，益心许之矣"⑤。龚鼎孳的过人才识令冒襄颇为心折。国难后龚鼎孳投降仕清，冒襄则守节隐居，政治立场迥别的二人却一见如故、唱酬不断："沧桑后，余盐官蒙难，万死一生还里。戊子冬，与公把手邗上，片语平生，悲歌慷慨，雪夜霜天咸即席限韵，毫端奔涌江潮，铿锵钟鼓者十余夜。"⑥ 顺治七年春，龚鼎孳为冒襄祝寿，共抒金兰之谊。"庚寅春，仍约聚邗，纵酒赌诗，不分昼夜者又百余日。时公年三十六，余正四十。公为《金闺行》数千言，夫人画三湘九畹数十尺，合卷合幅，割花边宣炉两为余寿。《金闺行》者，盖详述宛姬从余始末。倡和诗中有'十年朱雀路，花月并亭亭'，又'栖乌各老长干柳'。为余幸复自幸也。"⑦ 复社、秦淮青楼等晚明印记拉近了二人的距离。

---

① （清）龚鼎孳：《定山堂文集》卷五，载（清）龚鼎孳著，孙克强、裴喆编辑校点《龚鼎孳全集》第 3 册，第 1663 页。

② （清）冒襄：《巢民诗集》卷二，载（清）冒襄著辑，万久富、丁富生主编《冒辟疆全集》上册，凤凰出版社 2014 年版，第 146 页。

③ （清）冒襄：《巢民诗集》卷二，载（清）冒襄著辑，万久富、丁富生主编《冒辟疆全集》上册，第 147 页。

④ 参见（清）杜登春《社事始末》，载《中国野史集成》第 27 册，巴蜀书社 1993 年版，第 636 页。

⑤ （清）冒襄：《巢民诗集》卷二《二哀诗·光禄大夫礼部尚书谥端毅合肥龚公（有引）》，载（清）冒襄著辑，万久富、丁富生主编《冒辟疆全集》上册，第 144 页。

⑥ （清）冒襄：《巢民诗集》卷二《二哀诗·光禄大夫礼部尚书谥端毅合肥龚公（有引）》，载（清）冒襄著辑，万久富、丁富生主编《冒辟疆全集》上册，第 144 页。

⑦ （清）冒襄：《巢民诗集》卷二《二哀诗·光禄大夫礼部尚书谥端毅合肥龚公（有引）》，载（清）冒襄著辑，万久富、丁富生主编《冒辟疆全集》上册，第 144 页。

顺治十三年（1656）、十四年，龚鼎孳使粤途经江南，与冒襄相处甚欢，"丙申、丁酉，邗上、白下磕头促膝，清溪中秋倡和不殊畴昔，而眷恋过之"①。冒嘉穗、冒丹书兄弟的教养也成为双方交流的重要话题，康熙六年（1667），龚鼎孳致信冒襄提及冒丹书学业曰："青若久寓都门，声称藉甚，而老成慎重，交游不苟，每遇同人，无不快我辟老膝下之有机、云也……今幸业成太学，归心甚切，弟复不敢勉留。"② 康熙十年，龚鼎孳撰牍谈冒嘉穗科考："榖梁之在都门，老诚端谨，晨夕相依，茹苦守旧，寒素自甘……其诗文、书法日益精进，历试内院、内阁，两呈御览，谓可脱颖而出，不意取数太窄，致虚期望。……独是弟谊忝通门，又承重托，心力虽尽，而事会龃龉，愧无面目以见三十年知己，惟深惭恧耳。"③ 冒襄亦有《答龚芝麓先生（庚戌）》感谢龚鼎孳对兄弟二人的悉心照料："两小儿豚犬耳，少承祖父之训，读书尚友不能稍有竖立，南北六七棘闱见摈，即平等一阶，亦蹭蹬出人意外。先生更何取此蹉跌不材之人而教之爱之，逾其父视如子。"④ 晚辈的教育培养之托增加了双方交往的深度。冒襄因家业经营不善遭亲友背叛，作《丙午深秋述怀呈芝麓先生》向龚鼎孳吐露道："倾人一片心，报之以陷阱。破家割千金，见少恒深病。更苦多泛爱，推解出于性。彼方起杀机，我正崇爱敬。日处傎人中，所遇皆枭獍。"（其二）⑤ 而龚鼎孳多年来始终以知己相待，未因双方人生取舍、境遇的不同而发生改变，冒襄《答龚芝麓先生（辛亥）》感慨道："先生知我近况最真，幸为一吐舞剑拔山之郁勃，吹箫击筑之悲凉，使鄙眛之子知襄虽齿衰金尽，见弃于炎冷轻佻之薄夫，

---

① （清）冒襄：《巢民诗集》卷二《二哀诗·光禄大夫礼部尚书谥端毅合肥龚公（有引）》，载（清）冒襄著辑，万久富、丁富生主编《冒辟疆全集》上册，第145页。

② （清）龚鼎孳：《定山堂文集补遗》卷下《与冒辟疆（丁未）》，载（清）龚鼎孳著，孙克强、裴喆编辑校点《龚鼎孳全集》第4册，第2164页。

③ （清）龚鼎孳：《定山堂文集补遗》卷下《与冒辟疆（辛亥）》，载（清）龚鼎孳著，孙克强、裴喆编辑校点《龚鼎孳全集》第4册，第2165页。

④ （清）冒襄：《巢民文集》卷三，载（清）冒襄著辑，万久富、丁富生主编《冒辟疆全集》上册，第387页。

⑤ （清）冒襄：《巢民诗集》卷一，载（清）冒襄著辑，万久富、丁富生主编《冒辟疆全集》上册，第118页。

而天壤间尚有加殊知异数于夏冰老铁如先生者，亦足令此辈意沮也。"①
这种来自遗民好友的推心置腹对龚鼎孳无疑是弥足珍贵的。

（三）求助龚鼎孳却保持独立的遗民

与龚鼎孳过从但不依附于龚鼎孳保持独立的遗民，有阎尔梅、方文等
人。顺治十五年（1658），方文以布衣处士游京师，与龚鼎孳有酬唱诗篇
《龚孝升总宪以古色轻绤褥见惠谢之》《正月十九日龚孝升都宪社集观灯》②，
但方文并无依附奉承显贵的言行，友人王泽弘称："其所赠答诗无一媛阿之
语，自负甚高，寄托甚远。"③ 方文还以 "布衣自有布衣语，不与簪绅朝
士同"④ 表明其坚定的遗民心志。而阎尔梅与龚鼎孳的交游更具代表性。

阎尔梅（1603—1679），字用卿，号古古，又号白耷山人，江南沛县
人。阎尔梅崇祯时期与龚鼎孳相识，甲申国变后阎氏受聘于史可法投身抗
清事业，事败后流亡在外。康熙四年（1665），阎尔梅、阎熙父子进京求
助，龚鼎孳时任刑部尚书，为阎尔梅题疏后其狱事得解，阎氏又先后于康
熙六年、康熙九年游京，与龚鼎孳及其门下文人有诚挚而谨慎的来往。

龚鼎孳对阎尔梅遗民志节的维护赢得了后者的信任。阎尔梅深陷囹圄
之危依然以 "不失足" 为底线："全首领，终保先人坟墓。乱世不失足，
为疾风劲草。此布衣之雄，于某足矣。"⑤ 阎氏在入京后深居简出，听闻阎
熙四处奔走，斥责道："汝辈自为谋，可无累矣，得毋累我乎！"⑥ 在得到

---

① （清）冒襄：《巢民文集》卷三，载（清）冒襄著辑，万久富、丁富生主编《冒辟疆全
集》上册，第 388 页。
② （清）方文：《嵞山续集前编》"北游草"卷，载（清）方文撰，胡金望、张则桐校点
《方嵞山诗集》下册，第 451、460 页。
③ （清）王泽弘：《北游草序》，载（清）方文撰，胡金望、张则桐校点《方嵞山诗集》
下册，第 901 页。
④ （清）方文：《嵞山续集前编》"北游草"卷，载（清）方文撰，胡金望、张则桐校点
《方嵞山诗集》下册，第 482 页。
⑤ （清）阎圻：《文节公白耷山人家传》，载（清）阎尔梅著，王汝涛、蔡生印编注《白
耷山人诗集编年注》附录二，中国文联出版社 2002 年版，第 848 页。
⑥ 张相文：《白耷山人年谱》，载《北京图书馆藏珍本年谱丛刊》第 68 册，北京图书馆出
版社 1999 年版，第 77 页。

"终不失吾父志"① 的许诺后，方才接受与京师宦僚的接触。失节降清是龚鼎孳终生难以弥补的污点、缺憾，因而他对阎尔梅的决心和意愿表现出相当的尊重、钦佩，不仅主动上疏解救，事毕后也不以救命恩人自居，低调地保全其名节。阎氏对此深受触动："急病让夷，心非望报，高人解纷排难，口不言功。"② 阎尔梅行事不拘礼节，面对魏裔介这样权倾一时的阁臣，阎氏在回帖上不书其姓名，只以字号"白耷山人"应答，使"京师异之"③，龚鼎孳则对阎尔梅藐视权贵、特立独行的江湖习性多有包容和理解，称"但喜雪霜人健在，不须湖海气全除"④。龚鼎孳还通过诉诸友谊来淡化彼此处世立场上的差别，"交道已穷存管鲍，文章至死恋应徐。喧喧紫陌歌钟急，促膝空斋共宴如"⑤。阎尔梅以颜延之与陶渊明比喻龚鼎孳与自己的诚挚情谊："客里陶潜城外寓，常常酒价取延年。"⑥ 誉扬龚鼎孳对待布衣穷交礼敬甚至在公卿之上："冠盖满堂歌舞艳，中间首座白须僧。"⑦ 然而这种亲密还算不上"无间"，龚鼎孳任兵部尚书时期，曾邀阎尔梅同登泰山，阎氏以"聃老疑从关外去，文侯不见雨中来。山川故实行人掌，封禅高文记室裁。我辈浪言能博古，秦碑无字可曾猜"⑧ 婉拒了对方，对交往的分寸距离还是有所斟酌。

（四）无求于龚鼎孳而与之交游有限的遗民

与龚鼎孳有往还但无深交，对其持折中态度的，有姜垓、姜垓、姚佺等人。他们对龚鼎孳并无所求，与其虽有酬唱赠答，但表现得较为克制。

---

① 张相文：《白耷山人年谱》，载《北京图书馆藏珍本年谱丛刊》第 68 册，第 77 页。

② （清）阎尔梅：《白耷山人文集》卷上《峄峒山赋》，载《清代诗文集汇编》第 19 册，第 320 页。

③ （清）阎尔梅著，王汝涛、蔡生印编注《白耷山人诗集编年注》，第 503 页。

④ （清）龚鼎孳：《定山堂诗集》卷三十《春夜鹤门仲调招同古古绅黄望如集慈仁松寮》其一，载（清）龚鼎孳著，孙克强、裴喆编辑校点《龚鼎孳全集》第 2 册，第 1095 页。

⑤ （清）龚鼎孳：《定山堂诗集》卷三十一《春日古古伯紫昭兹同集小斋》其五，载（清）龚鼎孳著，孙克强、裴喆编辑校点《龚鼎孳全集》第 2 册，第 1114—1115 页。

⑥ （清）阎尔梅著，王汝涛、蔡生印编注《白耷山人诗集编年注》，第 549 页。

⑦ （清）阎尔梅著，王汝涛、蔡生印编注《白耷山人诗集编年注》，第 526 页。

⑧ （清）阎尔梅著，王汝涛、蔡生印编注《白耷山人诗集编年注》，第 817 页。

姜垛、姜垓兄弟出身山东莱阳，姜垛崇祯四年（1631）进士，崇祯十五年擢礼科给事中，姜垓崇祯十三年进士，授行人，国难后兄弟二人隐居江南。龚鼎孳在丁忧游江南期间与姜垛、姜垓均有酬答，有《重九后一日姜如农招同罗讱庵曹惕乾园亭宴集限缠字韵》《如农将返真州以诗见贻和答二首》《如须邀同秋岳颖侯赤方半塘舟中限韵二首》记之。① 顺治十年（1653），姜垓撰《寄吴骏公学士》谴责吴伟业变节仕清，其二云："令名不自惜，朱颜多摧残。"② 同理，姜氏兄弟自然也不认同龚鼎孳的降清行为，他们对变节仕清者心存芥蒂，但又不完全屏绝与之来往。许楚也是如此。

许楚（1605—1676），字芳城，号青岩，江南歙县人。邓之诚称："晚以诗文与汤燕生、黄周星、林古度、杜濬、沈寿民诸人唱酬，皆遗老也。若周亮工、龚鼎孳、施闰章辈，文采官位，足以奔走一时，特间与燕游而已，不借其余荫。人品甚峻。"③

龚鼎孳使粤事毕停留江南期间，与许楚频繁往来于金陵秦淮水阁、雨花台等地，同杜濬、纪映钟、余怀等遗民游宴唱和，近人许承尧有《明末歙五君咏五首》，其四提及许楚与龚鼎孳篝灯浮白：

> 饮得新安水，吾家好赋才。（青岩作《黄山赋》、《新安江赋》得名）太函应避席，（诗境超逸，胜汪司马道昆）芝麓解传杯。（集中有与龚芝麓游宴之作）竟以诸生老，仍居石雨来。江山摇落尽，词客晚余哀。④

从其描述可见，许楚诗境之超逸堪称逾越先贤汪道昆，使龚鼎孳大为倾倒，龚氏有"入门秋色到，山受夕阳赊。风细临河柳，红轻隔幔花"⑤抒平和惬意之感，许楚赋"翠釜生香异，雕阑看绿斜。昔时金谷地，萧

① （清）龚鼎孳：《定山堂诗集》卷十八，载（清）龚鼎孳著，孙克强、裴喆编辑校点《龚鼎孳全集》第 2 册，第 641—642、642—643、648—649 页。
② （清）邓汉仪辑《诗观二集》卷一，载《四库禁毁书丛刊》集部第 1 册，第 666 页。
③ 邓之诚：《清诗纪事初编》卷一，上海古籍出版社 2013 年版，第 125 页。
④ 许承尧撰，汪聪、徐步云点注《疑庵诗》卷八，黄山书社 1990 年版，第 194 页。
⑤ （清）龚鼎孳：《定山堂诗集》卷十二《姜绮季水阁用少陵水槛遣心韵》其一，载（清）龚鼎孳著，孙克强、裴喆编辑校点《龚鼎孳全集》第 1 册，第 410 页。

寂似山家"① 发故国之思，此唱彼和间，不难感受到众人的敦睦氛围。顺治十八年（1661）春，许楚短期游京后返歙，有《泇水龚孝升以银斗异香寄予山中述怀赋谢》答谢龚鼎孳的照顾："饥驱游都城，孤琴谒燕许。靓我同门友，授粲给荒旅。夫子弘昒昧，念予老河渚。掖之金张门，于焉藉轩举。赠我金叵罗，煨铛劝芳醑。游子归致辞，缠绵怅修阻。既愧薛公献，复惭辋川侣。中夜不能寐，抽怀报毫楮。"② 许楚自称"甲申布衣臣"③，无身家性命之托、功名利禄之求，也无意进一步融入龚鼎孳的社交圈层，却并不排斥与龚鼎孳等显宦们诗酒唱酬，在诗歌创作上还有诸多共同话题，对龚氏的热心援助也有善意的回应，其交游取向活络而不失原则。

二 龚鼎孳对江南遗民诗人群的救助

龚鼎孳与遗民群体的交往，除了文人间的诗酒唱酬，更突出地体现在倾力救济保护遗民上，涉及政治庇护、物质资助、遗民后代科举和文学文化事业的提携、对遗民经世志向的维系等，使遗民群体恶劣的生存状态有所改善。

（一）对遗民的政治庇护

龚鼎孳利用自己的政治权力蔽护遗民群体，使他们免于罪责刑罚和政治迫害。阎尔梅等遗民因抗清罹祸，龚鼎孳不计个人安危为他们周旋开脱，对遭受政治迫害的遗民，龚氏同样尽可能地救助保护。曾灿《奉呈大司寇龚芝麓年伯赐假归里》其三自注曰："予时遭外侮，得公始解。"④ 如皋水绘庵是江南抗清志士及遗民的秘密聚会地之一，冒襄还收

① （清）许楚：《青岩集》卷六《姜绮季水阁社集用少陵水槛遣心韵》其一，载《四库未收书辑刊》第5辑第27册，北京出版社2000年版，第67页。
② （清）许楚：《青岩集》卷三，载《四库未收书辑刊》第5辑第27册，第43页。
③ 参见杨新《三卷弘仁山水画真伪考辨》，《故宫博物院院刊》1987年第1期。
④ （清）曾灿：《六松堂集》卷六，载《清代诗文集汇编》第98册，第205页。

养了戴本孝、戴移孝等众多遗民遗孤,《冒巢民先生年谱》记载:"本朝初……征书特荐……府君扶病哀吁,俱不就……溧阳陈公、长沙赵公、合肥龚公先后维持,以故府君得闭门少息。"① 有龚鼎孳等人的维系,冒襄和水绘庵的遗民群体活动得以长年不受外界打扰。龚鼎孳"于易代扰攘之际,苦心调护"② 的政治搭救,使落难遗民能够保全遗民之身,甚至在清廷统治之下依旧置身于文化精英群体内③,因而获得士林的广泛认可、赞誉。顺治十三年(1656),龚鼎孳降职使粤南下,受到遗民在内众多士人的热切欢迎,陈祚明《送芝麓先生以上林簿使岭南二首》其二云:"惟有风流属谢安,京华骑马耐微官。论诗细辨宫商密,爱士兼容礼法宽。"④《十朝诗乘》亦记道:"龚芝麓在朝,务保全士类。故虽身事二朝,而论者犹谅之。……当芝麓以言事左官上林监,使粤,严子餐(沆)赠诗云:'直节争传亚相贤,投闲上苑领林泉。容栖莲勺回中日,去问梅花庾岭天。'梅村诗云:'亦知穷老应自疏,识君意气真吾徒。门前车马多豪俊,蹑衣上坐容衰鬓。'可想见其丰采。"⑤

(二)对遗民的物质资助

龚鼎孳给予了遗民群体可观的物质支持,从各个方面帮助他们渡过难关。游京遗民无以为靠,龚氏为他们解决食宿问题,胡介曾感念进京时龚氏的济助:"况前时旅食燕山,几无人理,龙松独体先生意,授餐解佩,时见哀王孙之雅。"⑥ 钱澄之回溯近二十年前旅食京师,对龚鼎孳的

---

① 冒广生:《冒巢民先生年谱》,载《北京图书馆藏珍本年谱丛刊》第 70 册,第 436—437 页。

② 王揖唐著,张金耀校点《今传是楼诗话》,辽宁教育出版社 2003 年版,第 117 页。

③ 〔美〕黄卫总:《遗民与贰臣的交往:明清易代之际友道的一个侧面》,载刘东主编《中国学术》第 28 辑,商务印书馆 2011 年版,第 310 页。

④ (清)陈祚明:《稽留山人集》卷二,载《四库全书存目丛书》集部第 233 册,齐鲁书社 1997 年版,第 475 页。

⑤ (清)龙顾山人纂,卞孝萱、姚松点校《十朝诗乘》卷二,福建人民出版社 2000 年版,第 45 页。

⑥ (清)胡介:《旅堂诗文集》卷二《与龚芝麓》,载《四库未收书辑刊》第 7 辑第 20 册,第 770 页。

厚遇记忆犹新：“忆昔壬子冬，落拓走燕市。宗伯交未深，望门投以刺。……邀我就榻前，深谈慰渴思。酬公诗四章，循环手不置。……留我东阁居，不问记室事。”① 龚鼎孳还援助遗民的嫁娶事宜，邓汉仪记载：“杜于皇一女，许字娄东叶生矣，逾期未能婚，龚芝麓在京师赆三十金为合卺费，竟致浮沉。后龚过金陵，柳敬亭言之于龚公，声情慷慨，龚大感动，以属之薛君为完其姻。”② 还有对遗民刊刻出版著述的支持，余怀曾撰牍请求龚鼎孳提供刻资：“著为《古今诗品略》一书，上溯风骚，下迄昭代，靡不经纬条贯，黜陟攸明。格律声情，追讨俱尽。远掩记室，近压迪功。仰望明公助我剞劂，庶元规割俸，王隐成书。”③ 龚鼎孳南归葬母途径邗关时，“皈诚待命之人，所至舟车拥塞，水陆一出而道路攀阻者数千人，公皆质借千万以厌之”④。龚鼎孳由于长期典贷结客、济助遗民，以至于入不敷出、难以为继，“交游屡散千金橐，归去曾无二顷田。医店尚赊扶病药，债家空指助丧钱。平生长物偿人尽，刚剩堆床旧卷篇”⑤。

（三）对遗民后代的提携

龚鼎孳的提携之举，还有对遗民后代科举仕进的支持。康熙六年（1667），龚鼎孳致信劝说冒襄同意其子入京以图仕进：“通州新例，以寓居京通者取印结上纳，久劝公郎世兄姑就此以图进取……只望公郎决计前来，或先着的当纪纲速至，料理其印结并一应上纳时杂费，弟为代效绵薄。”⑥ 康熙十二年，宫伟镠之子宫梦仁选庶吉士，却屡遭排抑不

① （清）钱澄之撰，诸伟奇校点，孟醒仁审订《钱澄之全集·田间诗集》卷二十八《客吴门闻龚千谷殁于白下怆今忆昔率尔述怀不自知其言之长也》，黄山书社 1998 年版，第 571—572 页。

② （清）邓汉仪著，王卓华校笺《邓汉仪集校笺》中册，人民文学出版社 2019 年版，第 389 页。

③ （清）李渔辑《尺牍初征》卷十，载《四库禁毁书丛刊》集部第 153 册，第 670 页。

④ （清）冒襄：《巢民诗集》卷二《二哀诗·光禄大夫礼部尚书谥端毅合肥龚公（有引）》，载（清）冒襄著辑，万久富、丁富生主编《冒辟疆全集》上册，第 145 页。

⑤ （清）钱澄之撰，诸伟奇校点，孟醒仁审订《钱澄之全集·田间诗集》卷十九《病起哭龚宗伯八章》其二，第 410 页。

⑥ （清）龚鼎孳：《定山堂文集补遗》卷下《与冒辟疆（丁未）》，载（清）龚鼎孳著，孙克强、裴喆编辑校点《龚鼎孳全集》第 4 册，第 2163 页。

公，龚鼎孳撰序为宫梦仁提供声援："宗衮以高才积学举南宫第一人，可云遇矣，而横为异己者蜚语所中，致不获奉大廷之对。今南北交章，事理显白，于科名毫无损，而文章之用，乃以大见于天下。于是知右文之世，公论灼然，其不可掩没如此也。……盖生平屡遭排抑，用志愈坚，昆玉秋霜，矫乎流俗矣。"① 龚鼎孳还积极扶植遗民后人的文学文化事业，曾应遴之子曾灿编纂的诗歌选集《过日集》成书，龚鼎孳应邀作序曰："吾同年曾二濂都谏仲子青藜，肆力诗道，盖已有年。近余延至宾幕，饮酒论诗，不欲苟同于古人，而并不欲苟异于今人，其为诗也，清真微婉，远追韦、柳；其选诗也，旁搜博购，以己意毅然去取之，虽声誉、交游与当时名位之通显者未之或遗，然惟论其诗而已，无所为徇人之具也。"② 以京师诗坛领袖的地位提高其知名度。龚鼎孳对陈贞慧之子陈维崧的推毂更是清初词学史上的佳话，"古说感恩，不如知己"③ 足以体现龚氏在陈维崧心中的分量。

（四）对遗民经世志向的维系

通过龚鼎孳的助力，遗民以游幕的方式实现经世之志。尚小明认为："深受儒家积极入世思想影响的士子们，在科举入仕的理想破灭之后，也往往把游幕作为维持基本生活需求和施展淑世济民抱负的重要途径。"④ 纪映钟是龚鼎孳营救阎尔梅等抗清遗民的重要参与者，"时有诣狱放还之例，于是纪伯紫、白仲调为山人草辨章，增其年十岁，而使小童上之刑部，然尚未敢讼言山人入都也，既得旨，孝升大喜"⑤。阎尔

---

① （清）龚鼎孳：《定山堂文集》卷二《宫宗衮时艺序》，载（清）龚鼎孳著，孙克强、裴喆编辑校点《龚鼎孳全集》第 3 册，第 1591 页。
② （清）龚鼎孳：《定山堂文集》卷五《过日集序》，载（清）龚鼎孳著，孙克强、裴喆编辑校点《龚鼎孳全集》第 3 册，第 1666—1667 页。
③ （清）陈维崧：《迦陵词全集》卷二十四《赠别芝麓先生即用其题乌丝词韵》，载（清）陈维崧著，陈振鹏标点，李学颖校补《陈维崧集》第 3 册，上海古籍出版社 2010 年版，第 1494 页。
④ 尚小明：《学人游幕与清代学术》，社会科学文献出版社 1999 年版，第 17 页。
⑤ （清）鲁一同：《白耷山人年谱》，载《北京图书馆藏珍本年谱丛刊》第 67 册，第 599—600 页。

梅《赠纪伯紫》更为细致地描述道："合肥尚书为解纷，君在幕中初不闻。僧寮相访深秋夜，发指霜天气薄云。白鱼既活黄雀跳，余心感之不言报。"① 阎尔梅在获释后，多次与纪映钟诗酒唱和，对于纪氏在龚府从事的幕僚工作有更多了解："朝廷殆无真将相，山泽编有假樵渔。但闻大小新例开，阙下无人不上书。伯紫视之唯一笑，小设匏尊慰客居。谒尚书者旁午至，先向伯紫投空刺。"② 因龚鼎孳的信任和委托，纪映钟得以在营救遗民、处理文书、接见访客等事务的参与中获得有用于世的充实，"沧桑以后无非梦，木雁之间正是材"③ 是对纪映钟以游幕实现经世之志的中肯评价。

三 龚鼎孳与江南遗民诗人群交游显示的文化心理

龚鼎孳对遗民群体倾注心力，甚至不惜冒政治风险对遗民进行救助，得到了遗民群体的宽容及认可。邓之诚在《清诗纪事初编》中评价道："官刑部尚书，宛转为傅山、陶汝鼐、阎尔梅开脱，得免于死。艰难之际，善类或多赖其力，又颇振恤孤寒，钱谦益所谓'长安三布衣，累得合肥几死'，吴伟业谓'倾囊橐以恤穷交，出气力以援知己'，以是遂忘其不善而著其善，得享重名，亦由此矣。"④ 这折射出明清易代之际士人文化心理的新变。

（一）贰臣与遗民群体交游的复杂情感

赵园指出："'遗民情怀'以故明之思、明亡之恨为表征……是其时士人普遍的精神取向。你甚至不难在失节者如钱谦益、吴伟业、龚鼎孳等人的文字中读出此种情怀。"⑤ 但贰臣内心深处总是难逃失节的梦魇，

---

① （清）阎尔梅著，王汝涛、蔡生印编注《白耷山人诗集编年注》，第 617 页。
② （清）阎尔梅著，王汝涛、蔡生印编注《白耷山人诗集编年注》，第 618 页。
③ （清）阎尔梅著，王汝涛、蔡生印编注《白耷山人诗集编年注》，第 609 页。
④ 邓之诚：《清诗纪事初编》卷五，第 553 页。
⑤ 赵园：《明清之际士大夫研究》，北京大学出版社 2014 年版，第 401 页。

"对故国的思念和对自身失节的痛苦愧悔这两种感情，从此你中有我、我中有你地绞缠在一起，回忆起前者则必然意识到后者"①。贰臣在与遗民的酬唱中对抒发铜驼荆棘之思产生了自我压抑，他们情不达意的苦涩和纠结往往蕴藏在"黄叶梦寒如塞北，黑头人在愧江东。九关豹虎今何往，一别河山事不同"② 等辞章间，然而大节有失的伤恸又使贰臣以"道穷宽出世，书就痛编年"③"俗薄防面难，相烦为剖析"④ 极力渴求遗民的接纳。从某种程度上说，当酬赠主题由怀念"故国"延伸至更具体的"故人、故友"等范畴，换言之，"更偏向于'故'而非'国'"⑤ 的时候，贰臣的情感表达方能得到些许的释放，如同龚鼎孳《怀方密之诗》其六所云：

> 掉臂天风万里游，奇怀跌宕俯沧洲。单衣短剑仇人赠，大壑雄峰倦眼收。漫倚洁身消毒怨，岂知名士尽离忧。他年执手三山岛，细数铜驼陌上愁。⑥

另外，"回忆和遗忘是相互介入的"⑦。改朝换代后，随着社会秩序和生活趋向于恢复、稳定，遗民群体内部出现分化，"待变、待乱"的复明心志被淡忘，越来越多的遗民认同新朝统治甚至出仕，位居要津的贰臣出于政治利益的考量，助推了"不但同志中人多赴金门之召，而敝

---

① 白一瑾：《清初贰臣士人心态与文学研究》，天津人民出版社 2010 年版，第 391 页。
② （清）龚鼎孳：《定山堂诗集》卷十八《如农将返真州以诗见贻和答二首》其一，载（清）龚鼎孳著，孙克强、裴喆编辑校点《龚鼎孳全集》第 2 册，第 642 页。
③ （清）龚鼎孳：《定山堂诗集》卷七《万子年少自清江过访值余同友他出阒焉倾倒返舟既迫后晤未期临发惘然赋此寄谢》其三，载（清）龚鼎孳著，孙克强、裴喆编辑校点《龚鼎孳全集》第 1 册，第 241 页。
④ （清）龚鼎孳：《定山堂诗集》卷一《舟中留别姜如农仍用谢康乐韵》，载（清）龚鼎孳著，孙克强、裴喆编辑校点《龚鼎孳全集》第 1 册，第 53 页。
⑤ 万国花：《诗家与时代：龚鼎孳及其诗论、诗歌创作研究》，博士学位论文，复旦大学，2011，第 73 页。
⑥ （清）龚鼎孳：《定山堂诗集》卷十六，载（清）龚鼎孳著，孙克强、裴喆编辑校点《龚鼎孳全集》第 1 册，第 578 页。
⑦ 〔德〕哈拉尔德·韦尔策编《社会记忆：历史、回忆、传承》，季斌、王立君、白锡堃译，北京大学出版社 2007 年版，第 91 页。

门人亦遂不能守其初志"①的现象。吴伟业被清廷征召便是缘于旧识陈名夏、姻亲陈之遴的大力荐举："本朝初，搜访天下文章旧德，溧阳、海宁两陈相国共力荐先生。"②吴伟业最终迫于压力变节出山。龚鼎孳对阎尔梅、傅山等人的政治搭救，对于调和遗民反清情绪的作用也是潜移默化的，民族情结交织着"回忆"和"淡忘"，昭示了贰臣身份的多重面向，以及遗民社会消逝的必然性。

（二）贰臣与遗民群体交游的双向需求

贰臣通过与遗民群体雅集酬唱、救助庇护遗民，缓解了他们失节的焦虑和苦闷，遗民也因贰臣的救助得以改善恶劣的生存状态。有学者统计，甲申国变中"大量投降者则是仕途生涯刚刚开始，或达到顶峰的较年轻官员"③。龚鼎孳时年二十八，下狱前任兵科给事中，正值宦途的发展期，从其"荆山有奇璞，秀孕天庙光。剖之得国宝，灿烂陈琼璜"④以荆玉自况，"明日孔融真拂袖，当时乐毅已沾膺"⑤又以乐毅自比，可推知龚鼎孳对"事功"有近乎执念的追求。但初入新朝，龚鼎孳就陷入与冯铨的党争，被多尔衮敲打警告、嘲讽辱骂⑥，失意滞京之际又传来降清宦友李雯抑郁病殁的噩耗，让龚氏有兔死狐悲之感："我友奄凋丧，广柳长河旁。三岁字未灭，契阔成沧桑。郁郁金石心，摧为地下霜。多

---

① （清）顾炎武：《亭林文集》卷八《与苏易公》，载（清）顾炎武撰，华东师范大学古籍研究所整理，黄珅、严佐之、刘永翔主编《顾炎武全集》第 21 册，上海古籍出版社 2011 年版，第 261 页。

② （清）陈廷敬：《吴梅村先生墓表》，载（清）吴伟业著，李学颖集评标校《吴梅村全集》（下），第 1408 页。

③ 〔美〕魏斐德：《洪业——清朝开国史》上册，陈苏镇等译，江苏人民出版社 2008 年版，第 171 页。

④ （清）龚鼎孳：《定山堂诗集》卷一《咏怀诗》其十八，载（清）龚鼎孳著，孙克强、裴喆编辑校点《龚鼎孳全集》第 1 册，第 23 页。

⑤ （清）龚鼎孳：《定山堂诗集》卷三十《春夜古古兔床子存伯紫公戤西樵阮亭同集西堂志别次韵》其二，载（清）龚鼎孳著，孙克强、裴喆编辑校点《龚鼎孳全集》第 2 册，第 1094 页。

⑥ 参见王钟翰点校《清史列传》第 20 册，中华书局 1987 年版，第 6594 页。

忧不自遣，寿命胡由长。"① 为排解这种旧巢已覆、新枝难栖的块垒，龚鼎孳需要积极与遗民故旧互动，"虽覥颜忍耻，不足齿之尸余，庶几凭恃旧雅，许以望见颜色，把臂痛哭，粗陈夙昔耿耿之心，于愿足矣"②，并尽其所能地搭救、资助他们，"公竭护持，损眠食，凡公危疑顾虑为之垂绠者，余皆谢绝，只以'听天由命，忍辱忘怨'八字销之"③，从而得到他们的同情与谅解。对于遗民群体而言，清初生存环境之恶劣亘古未有，戴名世描述道："死于饥馑，死于盗贼，死于水火，后又死于恢复，几无孑遗焉，又多以不剃发死。"④ 遗民面对高压政治环境的威逼利诱，甚至要以"卧操白刃，誓欲自裁"⑤ 的姿态抗争，为摆脱生存困境、维持志节、免受政治烦扰与迫害，同样需要龚鼎孳这样赈恤穷交的贰臣提供援助、保护。贰臣与遗民之间互惠互利、相互依赖，"也为了给彼此迥异的政治抉择寻找道德之正当性"⑥。

（三）故旧友伦对易代士人交游的影响

明清易代之际，民族矛盾和文化冲突异常尖锐，贰臣失节降清的行径，严重悖离儒家忠君伦理，不可避免地成为众矢之的。钱谦益剃发降清，顺治三年（1646）辞官归里时，街谈巷议未绝于耳："风闻吾邑物议，大以不肖为射的。标榜士论者，与挟持宿怨者，交口弹驳，体无完肤。"⑦ 与贰

---

① （清）龚鼎孳：《定山堂诗集》卷一《咏怀诗》其二十二，载（清）龚鼎孳著，孙克强、裴喆编辑校点《龚鼎孳全集》第 1 册，第 24 页。
② （清）龚鼎孳：《定山堂文集》卷二十五《与阎古古》，载（清）龚鼎孳著，孙克强、裴喆编辑校点《龚鼎孳全集》第 4 册，第 2047 页。
③ （清）冒襄：《巢民诗集》卷二《二哀诗·光禄大夫礼部尚书谥端毅合肥龚公（有引）》，载（清）冒襄著辑，万久富、丁富生主编《冒辟疆全集》上册，第 145 页。
④ （清）戴名世撰，王树民编校《戴名世集》卷七《王学箕传》，中华书局 1986 年版，第 211 页。
⑤ （清）顾炎武：《亭林文集》卷三《答李紫澜书》，载（清）顾炎武撰，华东师范大学古籍研究所整理，黄坤、严佐之、刘永翔主编《顾炎武全集》第 21 册，第 113 页。
⑥ 〔美〕黄卫总：《遗民与贰臣的交往：明清易代之际友道的一个侧面》，载刘东主编《中国学术》第 28 辑，第 311 页。
⑦ （清）钱谦益：《牧斋外集》卷二十二《与邑中乡绅书》，载（清）钱谦益著，（清）钱曾笺注，钱仲联标校《牧斋杂著》下册，上海古籍出版社 2007 年版，第 823 页。

臣联系有"越界"之嫌的遗民亦遭物议，熊赐履曾质问杜濬："所谓当世之达尊，则又吾侪之所目为败名丧节、寡廉鲜耻，不足齿于士夫之列者。薰莸不同器，颜跖不共居，谅先生筹之熟矣！不知何故而复有此荒唐之作也？"① 但这种道德批判并不是一以贯之的。明清易代的巨变，促使士人反思、质疑传统"五伦"秩序的神圣地位。② "故交""复社"等旧有关系的纽带缓冲了政治立场的对立，易代士人的交游取向并未完全受制于君臣节义及其产生的道德落差。"性最耿介，论人亦最严刻"③ 的遗老阎尔梅，认为龚鼎孳"双亲俱在"，引徐庶、李陵典故为其投降仕清开脱："有怀安用深相愧，无路何妨各自行。元直曾云方寸乱，子长终为故人明。"④ 这种回护的失当，"是对于那个时代严苛的道德尺度的蓄意违拗"⑤。杜濬面对"与龚鼎孳关系过密"的质疑，回应道："人生五伦，总是一事，情理之外，更无学问……亲者无失其为亲，故者无失其为故。"⑥ 顾炎武晚年与降臣程先贞、史可程的交谊更表明："作为'忠节'最高象征的亭林，亦不得于'政治操守'之外，全无考虑，又何况他人？"⑦ 贰臣与遗民的交往仍带有鲜明的"友道"烙印，这是龚鼎孳"流连故旧是遗民"⑧ 的深层原因之一。

---

① （清）熊赐履：《经义斋集》卷十一《与杜于皇》，载《四库全书存目丛书》集部第230册，第382页。
② 马昕《明清之际遗民士人的历史论说与名节观念》（《文学评论》2017年第3期）指出，明清之际遗民士人往往通过史论表达出对名节观念的消解态度，其消解名节价值的方法主要有三种：一是以成败结果论取代道德原则论；二是在名节价值之外找寻更崇高的价值追求；三是探寻名节价值的根本，从而剥除其不合时宜的外壳。蒋东玲《清初贰臣问题评骘话语的弹性空间》（《北京社会科学》2017年第6期）认为，关于贰臣问题的评骘话语表达难以背离君臣伦理的总体规范，但并非对伦理规范毫无参差地亦步亦趋，而是存在一定幅度的弹性空间。二文均对本文启发良多，于此谨致谢忱。
③ 董迁：《龚芝麓年谱》，载（清）龚鼎孳著，孙克强、裴喆编辑校点《龚鼎孳全集》第4册附录三，第2585页。
④ （清）阎尔梅著，王汝涛、蔡生印编注《白耷山人诗集编年注》，第113—114页。
⑤ 赵园：《乱世友道——明清之际有关"朋友"一伦的言说的分析》，《甘肃社会科学》2006年第1期。
⑥ （清）熊赐履：《经义斋集》卷十一《答杜于皇》，载《四库全书存目丛书》集部第230册，第382—383页。
⑦ 谢正光：《清初诗文与士人交游考》，南京大学出版社2001年版，第327页。
⑧ （清）冒襄：《巢民诗集》卷四《客海陵闻龚孝升先生将至邗上先寄二首》其二，载（清）冒襄著辑，万久富、丁富生主编《冒辟疆全集》上册，第205页。

结　语

　　综上所述，明清易代之际，贰臣与遗民群体的互动，实乃相当普遍的现象，除王夫之、徐枋、沈寿民等极个别态度决绝者，多数遗民与降清贰臣、仕清新贵在论学、游幕、诗词创作、文化出版等方面均有不同程度的交往。龚鼎孳与钱谦益、吴伟业一样，因失节降清背负巨大的道德压力，但不同于钱谦益的暗中倒戈，也不同于吴伟业的苦心忏悔，龚鼎孳积极与遗民过从唱和，主动搭救援助落难遗民，获得他们的宽容原宥，纾解了失节降清的负疚感。

　　龚鼎孳与遗民的交游映照出易代士人的文化心理：贰臣与遗民均为甲申国难的见证者、幸存者，有共同的情感基础，贰臣却因自身的政治立场只能选择性地抒发感触，随着清廷统治逐步稳固，国变之初社会上宣泄国破家亡之痛楚悲愤的情绪被逐渐淡忘，贰臣调和遗民的反清情绪，荐举遗民迫使其转变政治立场，推动了遗民群体内部的分化；贰臣需要化解失节焦虑和仕宦苦闷，遗民也需要解决生计问题、免受迫害，彼此存在相互依赖、互惠互利的需求；鼎革剧变促使人们反思质疑传统"五伦"秩序的合理性、权威性，"故旧"的纽带拉近了双方的距离，缓冲了政治立场的尖锐对立，君臣节义在评价士人道德方面的权重有所降低，使"朝代更替所引发起政治上的波动，在一般情况下，并未给士人间的交往带来极大的冲击"①。朋友伦理对易代之际士人阶层的流动及重建的影响值得进一步关注。

---

　　①　谢正光：《清初诗文与士人交游考》，第 226 页。

北京大学的有"声"词学及现代传承[*]

◇昝圣骞[**]

内容摘要： 国立北京大学的有"声"词学传统，以吴梅、许之衡开设古代音乐学及词曲声律课肇端，再由许之衡、罗庸立足词的音乐文学属性建立起系统的词史批评观及研究方法论，最终由叶玉华、阴法鲁等在词体起源、唐代乐舞、姜夔词旁谱等领域取得开创性成果。这一脉有"声"的词学，承续晚清词体声律学和乐教观，融入现代美育精神和北大文科实证考原的学风，结合现代科学研究方法，实现了现代转型。词之"声"学实为传统词学汇入现代学术的重要通路。

关键词： 现代词学　声律　吴梅　许之衡　罗庸

作为一门独立学科进入高等教育体系，是传统词学现代转型的一大标志。在这一过程中，北京大学、清华大学和中央大学尤其值得关注。已有学者指出，清华大学的词学研究从王国维和梁启超发轫，带有兼容新旧的特点，而中央大学的词学与"学衡派"的文化保守主义立场息息相关。[①] 那么作为在高等教育史上具有独一无二示范性和影响力的第一所国立综合性大学，北京大学有怎样的词学贡献及传承，是一个值得探究的课题。从 1917 年首次开设词曲课到 1949 年新中国成立，先后在北大从事词学教研的学者有 20 世纪第二个十年末期的吴梅，20 年代的刘毓盘，三四十年代（包括西南联大时期）的许之衡、俞平伯、赵万里、

---

　　* ［基金项目］江苏省社会科学基金青年项目"现代词体学的发生与成立研究（1906—1949）"，项目编号：19ZWC005。

　　** 昝圣骞，江苏师范大学文学院副教授，研究方向为词学。

　　① 陈水云：《中国词学的现代转型》，社会科学文献出版社 2016 年版，第 177 页。

罗庸、浦江清、唐兰、顾随等。① 此外，具有北大教育或从教经历且曾涉猎词学者还有胡适、张尔田、吴虞、邵瑞彭、任中敏、钱南扬、孙人和、冯沅君、邓广铭、储皖峰、华钟彦、詹锳、阴法鲁等，可谓星光熠熠。学界对吴梅、刘毓盘等承前启后的开创者，胡适、俞平伯、赵万里、顾随、浦江清、冯沅君等现代派学者都比较熟悉，对许之衡、罗庸、唐兰的词学则比较陌生。② 通过对许、罗等人教研经历和研究成果的发覆，我们发现北大延续着一脉有"声"的词学，即强调词的音乐文学属性，讲授词体声律，研究词体发生与音乐的关系。这一学统从吴梅、刘毓盘发端，经许之衡、罗庸，传至叶玉华、阴法鲁，传承有序，成果斐然。

一　传统的开启：有"声"的词学课

众所周知，北京大学率先将词曲引入高校课堂，真正打开了词学现代转型的局面。其词学课程 20 世纪 20 年代初就形成了由"词史""词选""词家专集"三个基本板块组成的立体架构，数十年间从未中断，引起其他高校竞相模仿。其实，北大词学课的创设和讲授有一个意义颇为重要却不甚为人关注的特点，即充满"声"学色彩。

"声"首先是声律之"声"，指的是中国古代音乐特别是词曲声律。北大文科教育秉承美育方针，将音乐的欣赏和声律的讲授引入教育体系，

---

①　关于这份名单有几点说明。第一，入选者须曾讲授词学相关课程，暂不包括中国文学史、名著选、诗词选等通论课程。第二，名单不限于专任或兼职。民国时期，学者身兼多个高校的教职十分常见，因此不同高校的词学队伍和学术传统会呈现不同程度的重合及关联性。西南联大时期三校合一，更难以区分学者归属。本文会尽可能考虑研究对象的北大学缘和在北大场域内的学术成果。第三，关于孙人和、唐兰和夏孙桐。孙曾任教于北大，但笔者未找到直接材料证明其曾在北大讲授词学，故暂不列人。1942 年于西南联大，唐兰曾暂代浦江清开设词选课，故列入名单。抗战全面爆发后，北平有所谓伪北大，夏孙桐曾讲授词学，本文不列入统计名单。

②　长期以来，许之衡和罗庸分别被视作戏曲学者和唐代文学史学者，他们的词学研究鲜受关注。仅谢永芳《许之衡词学活动考论》[《五邑大学学报》（社会科学版）2010 年第 2 期]简略论及许之衡的词学交游和《词选及作法》，孙克强、和希林主编的《民国词学史著集成补编》（南开大学出版社 2018 年版）收入许之衡《词学源流》和《词选及作法》（易名为《词曲研究》），有功于学林。

这就为词学植入了"声"学因子。1917 年蔡元培任北大校长,着手课程改革,尤其重视美育,词、曲、戏剧等从前难登大雅之堂的传统文学门类迎来了难得的发展契机。此时吴梅已刊行《顾曲麈谈》,还创作了杂剧《双泪碑》《钗凤词》《无价宝》,以精通曲学名振南北。北大遂聘请吴梅来讲授词曲学,看重的正是后者在词曲声律乃至舞台艺术上的造诣。吴梅自己也这样认为,他在《仲秋入都别海上同人》(其二)自注中记载道:"时洪宪已罢,废国学,征余授古乐曲。"① 1920—1922 年,吴梅在北大中文系开设"中国古声律"课程,以曲律为主讲授古代乐学音理,在课堂上携笛表演,还到音乐研究会教习昆曲,乃至登台演出,大受学子欢迎。② 许之衡是吴梅之后又一位词曲双修、通晓声律的学者。在京期间,许氏与吴梅、李宣倜、刘富梁等名家研讨词曲,尤与吴梅相得,朝夕过从。③ 他先后接棒吴梅和刘毓盘,在北大讲授曲学和词学,开设"中国古乐学""古声律""曲律"等课程,编写《曲律易知》《声律学》等讲义。这期间北大中文系还请萧友梅开设了"普通乐学""普通和声学"等本科阶段必修课,与吴、许之学适成西中乐对照。而在讲台之下,词曲之"声"与北大音乐美育理念最具体而典型的结合,莫过于吴梅、罗庸师徒的两次"校歌"创作。1917 年 12 月 17 日北大举办建

---

① 吴梅:《霜崖诗录》,载《吴梅全集·作品卷》,河北教育出版社 2002 年版,第 27 页。

② 需要说明的是,与吴梅同期在北大讲词的还有伦明、刘富槐和朱希祖。吴梅于 1917 年 9 月至 1922 年 9 月任北大文本科教授和研究所国文门教员。据《文本科国文门每周功课表》(《北京大学日刊》1918 年 11 月 12 日、1919 年 10 月 25 日),在国文门(后改名中国文学系)课程中,吴梅主讲"词曲"和"近代文学史"(自唐迄清),朱希祖讲"中国文学史要略"。今存《中国文学史要略》讲义 1916 年开始编写,论及词由唐迄清的发展历程。又,据《国文研究所研究科时间表》(《北京大学日刊》1917 年 12 月 4 日、1918 年 5 月 31 日),吴梅在研究所专题课和公开讲演时讲授的都是"曲"和"文学史",负责"词"的是伦明和刘富槐。伦、刘二人主持研究所国文门词学科目的集会和发表讲演,集会每月一次,每次一个小时,讲演则不定期,1918 年活动比较频繁。1921 年 11 月,研究所正式成立,由学校直接管理。此时吴梅已经离校,刘毓盘已全面承担起词学相关课程。伦、刘二人后来曾在北大中文系和史学系教师名单上出现,但未见继续担任国文门导师。二人在北大词学初建过程中充当的角色,限于资料的匮乏已难以知晓。刘富槐存有《箫心剑气词序》(载冯乾编校《清词序跋汇编》第 4 册,凤凰出版社 2013 年版,第 1765—1766 页),以词体长于表达深婉之情、唱叹之音,类比于西方歌曲,利于舒心养性,正与"国粹派"将"古词曲"列于"音乐学"的主张和蔡元培倡导美育的宗旨相通。

③ 吴梅:《曲律易知序》,载许之衡《曲律易知》,1923 年刻本。

校二十周年纪念会，演出了蔡元培约请吴梅创作的一首散曲①，勉励学子奋发有为，一度成为北大校歌。1938 年冬，罗庸慷慨悲壮的《满江红》② 在征稿中脱颖而出，成为西南联大校歌。一曲一词，跨越时空，遥相呼应，成为北大词学有"声"的一个精彩注脚。

　　声律课的设置，借着清末民初"国粹主义"、"整理国故"和提倡美育的东风，将长久以来被士大夫文人贱视为乐工之技的今乐声律和戏曲表演引入上庠，摆脱尊经复古思想的束缚，以科学眼光传承古乐之学，迅速显示出巨大的创造力。其一，北大声律课催生了第一部中国音乐史著作。1923 年许之衡为讲授声律学，刊印《声律学》讲义初版、二版，后完善为《中国音乐小史》正式出版。初版《声律学》已从五音六律论到明清俗乐，是第一本完整的中国音乐史，早于郑觐文《中国音乐史》（1929）和叶伯和《中国音乐史》（下卷 1929 年刊印）。③ 其二，北大声律课的开设传达了非常重要的词学观念：词学本有"声"，非仅吟诵而已；作者当知"音"，非止属文而已；曲乐可旁通词乐，非限于"绝学"而已。吴梅讲声律的目的，就是辅助词曲之学的讲授，"明示条例，成一家之言，为学子导先路"，培养曲乐人才；同时纠偏"咸、同以来，歌者不知律，文人不知音，作家不知谱"，即或鄙而不为或纸上谈兵的弊端。④ 这就接续了晚清"词为声学"及"词曲合一"的观念，为词曲合并研究这一现代词学方法论的提炼铺开了道路。⑤ 凭借吴梅、许之衡这样的精通声律、熟悉舞台的专门人才，声律课在北大中文系维持近二十年，薪火不绝。吴梅学生罗庸留下了《古乐杂记》《〈词与音乐〉叙》

---

　　① 《音乐杂志》（北京 1920）载歌词为："景山门，启鳣帏，成均又新，弦诵一堂春。破朝昏，鸡鸣风雨相亲。数分科，有东西秘文。论同堂，尽南北儒珍。珍重读书身，莫白了青青双鬓。男儿自有真。谁不是良时豪俊。待培养出文章气节少年人。"后修订为《正宫锦缠道·示北雍诸生》，收入《霜崖曲录》。

　　② 《满江红》："万里长征，辞别了、五朝宫阙，暂驻足、衡山湘水，又成离别。绝徼移栽桢干质，九州遍洒黎元血。尽笳吹弦诵在山城，情弥切。　千秋耻，终当雪；中兴业，须人杰。便一成三户，壮怀难折。多难殷忧新国运，动心忍性希前哲。待扫除仇寇复神京，还燕碣。"（罗庸：《罗庸西南联大授课录》，北京出版社 2016 年版，第 1 页）

　　③ 参见李岩《许之衡生平事略及其音乐戏曲著述的研究》，《中国音乐学》1999 年第 1 期。

　　④ 吴梅：《曲学通论·自序》，载《吴梅全集·理论卷》，第 161 页。

　　⑤ 参见昝圣骞《词为声学：晚清词学的基础观念》，《文学遗产》2021 年第 4 期。

《答卢兆显君论诗词书》等讨论声律之学以及词与音乐关系的文章,还与学生叶玉华合作撰成《唐人打令考》,更重要的是培养了音乐舞蹈学家阴法鲁和曲学家吴晓铃。可以说,声律课的设置是北大中文系与吴梅、许之衡的珠联璧合,是文学教育改革的一个突破口、词曲之学现代转型的一个里程碑,也使民国北大词学研究形成了重视声律考原的特色。

北大词学课之"声"也包括声调之"声",指的是词体文本节奏和声情表现。这并非一般的知识讲授所能呈现的,而是十分依赖于实际创作的体验。这是因为"创作的意义不仅仅是学会写作,从知识教学的角度看,它有着将公共知识转化为个人知识的现实意义"[①]。这些知识都是不能单靠讲义或课堂来传递的,而是需要"师傅教徒弟"式的传授,诉诸个人主观的感受、理解和体验。文学的音乐美感并不仅仅是字声韵叶语音效果的抑扬高下,而更在于章法组织和语言节奏所表现的情感之河的起伏奔涌,这正是词体的擅场。带领学生创作可以使他们真正了解词体组织的构成和运作,更能引发他们的情感共鸣,是教学内容的实践,也是音乐美育的实践。而且传统词学尤其是积淀深厚的声律之学、谱韵之学、章法之学等均伴生于填词,不明创作很难进入其话语体系和语境。北大中文系的课程设置一直包含"作文",词学也不例外。从 1918 年 5 月颁布的《文科国文学门文学教授案》,到 1944 年 8 月教育部发布的《大学文学院中国文学系科目表(修订)》,北大一直有以制度形式规定的"词选及作法"或"词选附习作"课程,任课教师吴梅、刘毓盘、许之衡等均为词坛名宿。吴梅在北大时期的研究偏重曲学,词学上以编选本、谈作法为主。他面向文本科三年级编纂了《诗余选》,是后来《词选》(胡士莹整理本)和《词学通论》的前身。许之衡尤长于辨析词体与词艺,其《守白词》善学清真,受到朱祖谋、夏孙桐、陈曾寿等当时一流名家的赞誉,并多次在《北大学生》发表词作以示轨范。许词效法清真,"四声一字不易,惟上去两通之字,则据诗韵及《中原音韵》兼用之"[②];他在讲

---

① 陈水云:《有声的词学——民国时期词学教学的现代理念》,《文艺研究》2015 年第 8 期。

② 许之衡:《守白词自序》,载冯乾编校《清词序跋汇编》第 4 册,第 2104—2105 页。

授 "词选及作法" 时首论 "四声之区别"，使学生明白 "词曲乃声律上
之事，与音节有大关系"①。值得表彰的是，许之衡并不是食古不化、泥
守四声的旧派词家，他并未把四声论灌输给学生，而是教学生整体把握
词调声情，客观看待词体格律。如其论律实事求是，承认方千里和清真
词在字声上至少有一成不合，吴文英、张炎填清真、白石词调而四声不
相同者亦不在少数，"可知今人之所谓律，必非宋人之所谓律"。那么该
如何认识词律呢？许之衡说："词者，美术文之一种，欲其精能，不能无
所约束。故律者，非谓能通宋人声律之谓，乃自己有一种约束之谓
也。"② 此论持平而深刻，说明了文辞的声律当为表达情志服务的根本道
理，客观上针砭了清人以 "宋词声律学" 为词体声律学和时人以平仄四
声为束缚、专依国语作 "自由词" 的两种错误做法。他在讲义《词选及
作法》中还将词调分成 "神韵类" 和 "音节类"，每调各有音节和适宜
表现的情感，实已进入词体声调学领域。可以说许之衡的词体声律论是
接续传统而面向现代的。

北大的词学教授们虽未必都能像吴梅那样横笛唱曲，但多喜吟诵，
富于课堂风采，使经典作品从徒有其文变为兼有其声，让学生在抑扬顿
挫、曼声长吟之中领略词体的声调美。刘毓盘讲 "词选及作词法"，很
看重学生的创作能力，还习惯于以比兴寄托来解释词意，一副 "风流倜
傥的神情"③ 深印在学生心中。又据汪曾祺回忆，唐兰在西南联大开
"词选" 课，主要讲《花间集》，讲法就是 "打起无锡腔，把这一首词高
声吟唱一遍，然后加一句短到不能再短的评语"，学生却能 "从他的作
梦一样的声音神情中" 体会到词体之美。④ 此外在北大兼课的词学名家
如孙人和、顾随无不是吟诵和讲课的高手。北大词学课上的急管繁弦和

---

① 许之衡：《词选及作法》（《词曲研究》），载孙克强、和希林主编《民国词学史著集成
补编》，第 409 页。
② 许之衡：《词选及作法》（《词曲研究》），载孙克强、和希林主编《民国词学史著集成
补编》，第 494 页。
③ 李冰封整理，唐荫孙译校《梁遇春致石民信四十一封》，《新文学史料》1995 年第 4 期；
陈水云：《浙江江山刘氏与清末民初词学》，《浙江大学学报》（人文社会科学版）2012 年第 4 期。
④ 汪曾祺：《唐立厂先生》，载《汪曾祺全集》第 6 册散文卷，北京师范大学出版社 1998
年版，第 297 页。

曼声长吟已成传统,令人神往,也给人启示。如果说走进大学课堂是现代学术的一大特征,那么对现代词学的研究就不应忽视词学是怎样在历史上的课堂里传承的。

二 观念的衍变:围绕"声"学的批评观和方法论

对词体音乐性的强调,自然会影响词学观念的树立。吴梅、许之衡、罗庸等人在词体起源、词史批评和词学研究方法等方面发出了有别于胡适派或现代派的声音,同时也呈现出由传统而现代的进化痕迹。仅为表述方便,暂且将这一派学者称为"声学派"。

在探索词体起源时,北大"声学派"词学家有一个基本理念,那就是强调词与音乐的关系。吴梅和刘毓盘相对保守,仍将词体导源于六朝乐府。吴梅认为词"调有定格,字有定音,实为乐府之遗"①;刘毓盘将梁武帝《江南弄》、沈约《六忆诗》视为词体之初起,认为唐五代人作词亦"多按乐府旧曲以立名"②。二人其实已经注意到齐梁时代的曲调翻新和隋唐之际的音乐变化,但未能明确词与燕乐之关系,未脱尽辨体以尊体的传统气味。许之衡对词体起源的看法则呈现出从传统过渡到现代的特点。他早先采用刘毓盘《词史》的框架和主要观点,编成讲义《词学源流》,其中论及词体起源也和《词史》一样自汉乐府谈起。然而在《研究宋词的我见》(1931)中,他吸收了现代派学者郑振铎、胡云翼词起源于盛唐的看法,认为词由乐府变迁而来,"乐府是汉至六朝时的乐曲;词是唐至宋时的乐曲"③,同时援引《云谣集》《敦煌掇琐》等新文献,从采集民间歌谣,杂言、变动不居的体制,音乐的变迁等方面将词体起源具体化、丰富化。

和吴、刘、许等出身传统世家而执教于现代学校的学者不同,罗庸是问学于吴梅、成长于北大的新时代学者,在词体起源上能摆脱成见,

---

① 吴梅:《词学通论》,上海古籍出版社 2006 年版,第 1 页。
② 刘毓盘:《词史》,上海古籍出版社 2011 年版,第 17、20 页。
③ 许之衡:《研究宋词的我见》,《北大学生》第 1 卷第 5、6 期,1931 年。

抵达学术前沿。他认为词的名称来自"曲子词"的简称，"意内言外"说是"一种莫名其妙的滑稽"①；研究词的起源也当从音乐入手，而且应持多元观而不是传统"泛声"说（朱熹）、"和声"说（沈括）式的一元观。罗庸认为，词调之发生，一面与大曲有关，另一面与民间小调有关；唐宋大曲乃是词调渊薮，而令词可能起源于唐代酒令特别是抛打令，此外还有由《竹枝》蜕化出来的新乐调，以及由唐初传下来的《三台》、《舞马词》和各种杂曲。其中胡乐的传入是重点，罗庸讲授唐宋文学即专门讨论"胡乐胡舞及其曲辞""胡乐之流行与雅乐之消亡"，直言唐代"乐舞五期之变化即文学史之变化，影响各有不同"②。其后罗庸指导弟子叶玉华和阴法鲁分别就词与酒令、词与唐宋大曲展开研究，清晰说明了隋唐音乐的演化及其在词体发生上的主导性作用，将词的起源研究推到了新的高度。后来叶玉华又发表了《唐五代歌词四论》，清算旧说，指出乐府只是词的前身，不是词的远祖，《诗三百》是"讽诵之物"，词是"歌唱之诗"，二者有本质不同。他进一步指出前人"和声"说和"泛声"说很难成立，因为唐五代歌词中将虚声填作实字者仅为少数之例，而和声乃由他人在旁作和之声。③

与音乐的关系既然是词体起源的关键要素，那么也应是开展词史批评的重要视角，这也是北大"声学派"学者的共同看法。这突出地表现在以下三个方面。其一，认同戈载以周邦彦、姜夔、王沂孙、吴文英、史达祖、周密、张炎为"宋词七大家"的判断。刘毓盘《词史》第六章即为"论宋七大家词"，认为"戈选持论颇公，且不及他家，故示人以不广，其论词多可法。其校律尤精，偶有不协者，虽佳词亦不入选。……至所谓七大家者，又古今不易之说，可从也"④。许之衡《词学源流》也承袭了这一判断。吴梅《词学通论》分论北宋、南宋，故将周邦彦替换为辛弃疾，组成南宋七大家。其实他对辛词多有"剑拔弩张"

① 罗庸：《词与音乐叙》，载刘尧民《词与音乐》，云南人民出版社 1982 年版，第 3 页。
② 罗庸：《罗庸西南联大授课录》，第 143 页。
③ 叶梦雨（玉华）：《唐五代歌词四论》，《风雨谈》第 3 期，1943 年。
④ 刘毓盘：《词史》，第 98—99 页。

"衰飒""启讥讽之端"的批评，和姜夔、吴文英等并不在同一评价水平线上。其二，推尊周邦彦。吴梅称"词至美成，乃有大宗，前收苏、秦之终，后开姜、史之始。自有词人以来，为万世不祧之宗祖。究其实亦不外'沉郁顿挫'四字而已"①。许之衡论词"以大重为主脑，以两宋为融合，以清真为归宿"②。罗庸推周邦彦为"词圣"："有词家之长而无其短，章法之多，古今无匹，意态端庄，亦不失温柔敦厚之致。其运用过去文学之成就以入词（如唐诗杜句），人所罕及，各方面均臻极盛。"③这些论断与戈载、周济、谭献、陈廷焯等推尊清真词达成一致。当然，对于清真词，各家着眼点不尽相同，但均包含对协律和乐的重视是毋庸赘言的。其三，以苏轼、辛弃疾为别格别派。吴、刘、许、罗均认为《四库提要》以苏、辛词为"别格"的论断是持平之论。如罗庸总结宋词发展大势："一为正统派，自柳永、少游、方回而下，完成于周美成；一为别派，自东坡而下，南宋稼轩即遥承此衣钵者也。"④这与胡适推尊苏轼、辛弃疾、朱敦儒大异其趣。论其缘由，从吴梅、刘毓盘到许之衡、罗庸，一脉相承，接受较多传统词学的熏陶，且兼有指导创作的教学任务，故而把苏、辛词推为天才之作，别立于词史主流之外。⑤

刘毓盘、许之衡的词史批评更多的是对传统资源的融会，长在无门户之见，能适应新的时代风会，容纳新的学术理念，但无论是著作形制还是知识体系均围绕着"学词"即指导创作展开，未脱传统外衣。而罗庸的研究在吴梅、王国维的引导以及大学课程体系的塑造下，形式、内容、方法则均已经是现代式的了。这首先表现在罗庸将自己对词与音乐关系的思考扩大为文学史观。在《答卢兆显君论诗词书》中，罗庸言简意赅地表达了中国自古"诗乐不分"的看法：

---

① 吴梅：《词学通论》，第55页。
② 黄福颐：《守白词跋》，载冯乾编校《清词序跋汇编》第4册，第2103页。
③ 罗庸：《罗庸西南联大授课录》，第226页。
④ 罗庸：《罗庸西南联大授课录》，第226页。
⑤ 吴梅曾与吴虞谈及作词经验，认为"苏辛天才不能学，学之无做法也"。（吴虞：《吴虞日记》，四川人民出版社1984年版，第638页）

　　文学与音乐之关系，在中国文学史上为一最重要之问题……大
抵中国文学体变虽繁，要不出诗书之教……自赋、颂、箴、铭、乐
府、词、曲，诸有韵之文，皆诗教所摄，此与乐不可分者也……唐
宋大曲，此出于异域音乐者也，其后则衍为元明以来之戏曲。①

他进一步指出，新诗、白话诗不从乐诗脱胎，既不合于西乐，也不合于
中国文学演变规则；只是注入新思想、新词汇，而与传统表达方式割裂，
不利于真情实感的抒发，尚不能完全取代旧诗特别是仍活跃在舞台的昆
曲皮黄。罗庸认为，研究词史，要从"乐曲之见地，溯其渊源，明其体
变"②。同时，对词体音乐文学属性的关切，使罗庸能敏锐意识到新文献
的巨大价值，并以此革新研究方法。罗庸词乐研究的创新之处，一是利
用出土文献如《云谣集》、敦煌舞谱和域外文献如《印度七调碑》，以及
"印度古代的音乐史，日本的《左舞谱》、《筚栗谱》和《日本国史》、
《高丽国史》里面《乐志》……中亚古代文化史的研究"③ 等；二是以曲
律为参照，如参考王骥德《曲律》，尝试破解敦煌曲谱、白石旁谱和
《词源》词谱；三是诗、乐、史互证，将乐谱、舞谱等音乐文献与唐代
诗歌、史传、笔记乃至小说中的资料进行比附考辨。《唐人打令考》就
是运用以上诸方法的一篇杰作。

　　罗庸的词学研究以词与音乐之关系为主阵地，通晓唐宋乐舞形式的
变化对歌辞创作的影响，明白词曲在声律上的相通之处，显然是受到了
北大中文系声律课的熏陶。其方法充分强调实证，能够利用出土文献和
域外文献，显示了广阔的现代学术视野，又不难看出胡适和王国维的影
响。他在《中国文学史上的几个新问题与新见地》一文中总结治文学史
的方法：一是史料的认取，"抛弃一切的旧解，以自己的力量，虚心寻绎
本文"；二是问题的提出，"不轻信或轻疑古人"，"凭证据证实或证虚"；

---

① 罗庸：《答卢兆显君论诗词书》，《读书通讯》第 34 期，1942 年。
② 曾贻芬：《阴法鲁先生访谈录》，载《阴法鲁学术论文集》，中华书局 2008 年版，第
559 页。
③ 罗庸：《词与音乐叙》，载刘尧民《词与音乐》，第 3—4 页。

三是以证据解决问题；四是由结论推出公例，"由许多一点一滴的小问题""顺其自然的向前展拓"。而展拓与发明的四个基本条件是新材料、新工具、新问题、新见地。[1] 1990 年阴法鲁在《学习整理中国古代音乐史料小记》中回忆了北大求学经历和导师罗庸的指导，提出"三结合"的研究方法，即古文献资料与古文物资料结合、社会调查资料与古文献资料结合、中国材料与外国有关材料结合[2]，将罗庸的方法论进一步传承了下去。

三 研究领域的新拓展：词与音乐

北大词学对词体之"声"的关注和传承，不仅在于指导创作和课堂讲授，更在于一系列突破性成果与"南派"夏承焘、龙榆生、任中敏等学者相呼应，产生了巨大影响。这批成果主要包括唐兰、许之衡的姜夔词谱研究，许之衡的唐宋乐整理，罗庸、叶玉华的《唐人打令考》和阴法鲁的《词与唐宋大曲之关系》。

唐兰是现代词学史上较早致力于姜夔词谱破释的学者，其研究引发了 20 世纪 30 年代学界关于宋代词乐音谱的讨论。1931 年 10 月，唐兰发表了《白石道人歌曲旁谱考》一文，考释了姜词谱字和《词源》管色应指谱字，迅速引起了夏承焘的注意。据《天风阁学词日记》1931—1932 年的记载，读到唐文之后，夏承焘随即致信唐兰展开讨论，同时致信吴梅、任中敏，介绍这一突破性成果。随后龙榆生、王遽常、陈思、蔡嵩云、张尔田等词学家亦加入讨论，形成了现代词学史上关于白石旁谱与宋代词乐研究的一次高潮。吴梅认为唐文考"大、小住及打、反、拽确精当，足补啸山诸人所未及"[3]，同时质疑唐兰"一句一拍"说，提出宋词有底拍、节拍、流拍之不同。夏氏随即将吴梅的观点转告唐兰。1932

---

① 罗庸：《中国文学史上的几个新问题与新见地》，载罗庸著，杜志勇辑校《中国文学史导论》，北京出版社 2016 年版，第 61—66 页。
② 阴法鲁：《学习整理中国古代音乐史料小记》，载《阴法鲁学术论文集》，第 1—7 页。
③ 夏承焘：《天风阁学词日记》，浙江古籍出版社 1984 年版，第 250—251 页。

年，夏承焘在《燕京学报》发表著名的《白石歌曲旁谱辨》，集中阐述自己的看法；紧接着唐兰为该文作跋，修正部分己说，继续商榷。此后，夏承焘又发表了《白石歌曲旁谱辨校法》《重考唐兰白石歌曲旁谱考》《白石道人歌曲斠律》等一系列文章，一面回应，一面推进研究。夏、唐二人的贡献超越了张文虎、郑文焯等晚清学者，将白石旁谱和词乐研究推到了新的高度。

　　其实，唐兰的姜夔词谱考释是在中乐革新的背景下展开的，这与清人破解姜谱以复活古乐的旨趣大不相同。当时中国有戏曲、唱腔、民间小调，但没有西方那种流行于社会中上层的歌曲。制作歌曲者或取外国歌曲重新填词，或者改造民间俚调，是以词学界颇有恢复词体音乐性的意愿，让这一经典文学以歌曲的形式重焕生机，以填补空白。唐兰曾计划撰写"唐宋燕乐曲考"，但只完成了姜夔词谱研究。其《白石道人歌曲旁谱考》一文的主体部分由"宋燕乐曲谱""管色应指字谱""音谱""指法""犯""杂记""结论"等小节构成，分别对应曲谱流传、演奏谱、宫调谱、指法、犯调法和拍板诸环节，其意图是还原宋词曲子演奏的完整过程。文章最具突破性的内容是第二、六小节，即姜词谱字释读和宋词"一句一拍"说。其一，和清代姜夔词谱研究的集成者张文虎相比，唐兰考释谱字有两点创新。一是利用《词源·讴曲指要》确认了打、反、拽、折等"音节"记号，这些是张文虎《舒艺室余笔》存疑不论的。唐兰是古文字学家，又是书法家，对于谱字的草书、简写等法更有心得。如《词源》"打"和"折"都作ㄅ（或ヴ），其实"打"当作ㄒ，即"丁"字，是"打"的简写，与ㄅ和"斤（折）"、ㄋ和"反"、ノ和"拽"属于同一系列。唐兰更举"《说文》'ㄥ，拽也'"为证。二是大胆提出ㄅ和ㄅ在组合式谱字（清人所说的双字谱，张文虎称为沓字谱）中是同一个符号，这样一来姜词旁谱中的"尖一""尖上""尖尺""尖工""尖凡"诸谱字就与《事林广记·音谱类》相同了。其理由是：姜谱中表示"音节"（拍号）的符号，除了"拽ノ"有时写在旁边之外，其余均写在下方，如ㄅ，那么姜谱左右组合式谱字中的ㄅ便不是拍号而是声字，如果能和ㄅ对应起来，就与《词源》《事林广记》一致了。其二，唐兰不同意姜夔词虽有谱但无拍仍不可歌的看法，认为"宋曲谱不必画拍，以一句为一拍……正如北曲之散拍，南曲之引子，此南北曲中所有者，即宋时小唱之法之遗留者矣"。[1]

对唐兰的研究，夏承焘在《白石歌曲旁谱辨》中给予了"词家疏凿手"的高度评价，认为是清代方成培、戈载、张文虎以来的新境界；同时提出关于"折""小住""尖一"等谱字的不同看法，和包括吴梅在内对"一字一音""一句一拍"说的质疑。[2] 唐兰在《〈白石歌曲旁谱辨〉跋》中纠正了自己以"尖一"为"下一"的错误，又回应了夏承焘提出的拍眼有四种的说法，认为拍眼有快慢，快者为流拍（依吴梅说），慢者即底拍（节拍），所谓一字一拍、数字一拍等说实可纳入其中，得到夏承焘的赞同。唐兰推测道："宋时画谱之法，不如今日之详，故但以一律配一字，而任歌者为之疾徐繁简，犹后世《纳书楹》之未点板眼焉。"[3] 夏承焘承认此说虽"尚有待于显据，然姜谱最难索解之一义，得此可圆通无碍"[4]。总的来看，唐兰姜夔词谱及词乐研究的贡献，一是运用新文献《事林广记·音谱类》全面校释谱字；二是以曲谱和曲唱法来反推词谱和词唱法，对词乐字音和拍板这一难题给出了创造性的解释。其最大失误当是没有充分利用宫调声字谱和词作文本，对张文虎等清代词学家擅长的由宫调确定声谱构成再与文本及旁谱字对勘的方法没有有效利用。如他将ㄣ视为ㄅ，是声字谱而非拍号，就导致ㄅ ㄅ ㄅ等被认作"尖凡""尖一""尖工"而与词调所属宫调声字不合，属于臆断了。

当时参与这场讨论的北大词学家还有许之衡。夏承焘在《白石歌曲旁谱辨》中，引用了许之衡《中国音乐小史》关于姜夔词谱一字一音的看法。许氏认为姜夔用的是琴曲歌辞，而并不是宋燕乐的一般唱法，目的是矫正时俗。夏氏认同姜词是以雅乐矫俗音，但不认为是琴曲歌辞，因为词序里反证很多。罗庸将夏文推荐给许之衡，后者写了一篇《与夏

---

① 唐兰：《白石道人歌曲旁谱考》，《东方杂志》第 28 卷第 20 号，1931 年。
② 夏承焘：《白石歌曲旁谱辨》，《燕京学报》第 12 期，1932 年。
③ 唐兰：《〈白石歌曲旁谱辨〉跋》，《燕京学报》第 12 期，1932 年。
④ 夏承焘：《重考唐兰白石歌曲旁谱考·后语二》，《东方杂志》第 31 卷第 7 期，1934 年。

瞿禅论白石词谱》，提出琴曲歌辞之说，"乃以琴声度之，而不必乐器定
用琴也"，并以昆曲《玉簪记·琴挑》所歌"雉朝雊兮"一曲之作谱以
琴而协唱以箫相佐证。至于宋词拍数问题，许氏认为"拍决不止一种，
拍之不同，视其所唱之调而有异"，"有一字一拍者，有数字一拍者，大
抵视一句一拍为多。盖一句一拍，究稍欠美听，而极声音之美者，必为
一字一拍与数字一拍之二种"。[①] 在这里，许之衡显示了自己词曲双修且
富于演出经验，从而可以由曲乐通词乐的优势。

　　许氏关于姜夔词谱的论断见于《中国音乐小史》（1930）。该书以大
学讲义为基础，面向普通乐学爱好者，以力求贯通、明白醒豁为写作方
针，所以有条理清晰、资料丰富、内容浅近的特点。全书包括二十章，
除叙论和结论外，可划分为乐（二至九章）、律（十至十三、十五章）、
器（十四章）、曲（十六至十九章）四个板块。其中与词学关系密切的
是"律吕工尺字谱通释""论律吕配工尺诸说之不同""唐代乐曲内容概
说""宋代乐曲内容概说"四章。作者要言不烦地说明了唐宋燕乐递变
为南北曲之由来，并以唐代《霓裳羽衣曲》《六幺》《阳关三叠》《杨柳
枝》《柘枝》《凉州》《水调歌》和宋代《转踏》《缠令》《薄媚》《水调
歌头》《采莲》《剑舞》《柘枝》等乐舞为例，分别辑录了涉及节奏、拍
板和唱法的相关文献。作者自称："唐宋以来乐曲内容之组织，从无有统
系之记载。愚此编广搜故籍，对于唐、宋、元三朝乐曲，钩稽搜剔，颇
能考见真相。"[②] 确为的评。

　　抗战全面爆发前，罗庸接替离校的许之衡承担宋词、唐宋文学史课
程。西南联大时期，罗庸又负责中文系"中国文学史分期研究（二）
（三）"（魏晋至唐宋）和"词选"课。其间罗庸对词体起源及与音乐
的关系产生极大兴趣，并贯彻到研究生培养中。20 世纪三四十年代，北
大有关词体起源的两部开创性成果，均来自罗庸及其弟子：一篇是罗庸、
叶玉华合著的《唐人打令考》，一篇是阴法鲁的《词与唐宋大曲之关系》。

---

　　① 许之衡：《与夏瞿禅论白石词谱》，《词学季刊》第 2 卷第 1 期，1934 年。
　　② 吴梅、许之衡：《中国戏曲概论　中国音乐小史》，时代文艺出版社 2009 年版，第
213 页。

叶玉华，字梦雨，江苏宿迁人。从北大研究院毕业后曾任教于暨南大学、光华大学，发表过《唐五代歌词四论》《与游国恩先生论西洲曲》《词曲琐话》等文章。1938 年，叶氏与导师罗庸联名发表了《唐人打令考》，收入《国立北京大学四十周年纪念论文集》，"轰动整个学术界"①。1925 年，刘半农将敦煌文献伯 3501 号写本辑入《敦煌掇琐》中，命名为"舞谱"，传回国内。罗庸发现该舞谱标目均为词调名，或许是词体起源之一端，遂指导叶玉华联系《朱子语类》《词源》等文献，又遍检唐宋笔记，撰成《唐人打令考》。文章包括一缘起、二唐人酒令之一斑、三打令与抛令、四歌令与舞著词、五敦煌舞谱释词、六唐以后打令之流传及演变，附录有《敦煌舞谱残卷》。文章篇幅较短，罗列材料极多，核心观点是：抛打令流行于唐人酒令之中，即席成韵语，谓著词令，其词因称令词，即打令所歌之词。"文人弄笔，以贻教坊，则填词之事自此始。"② 敦煌"舞谱"残篇（打令谱）内关于歌与舞所用之术语有 13 种，叶文解释了其中 9 种。《唐人打令考》是最早对敦煌舞谱进行研究的著作之一，约与林谦三同时。其贡献在于：①提出敦煌舞谱实为打令谱，此说虽未能定谳，却成一家之言，至今仍不能被完全推翻；②对研究难点舞谱术语进行了初步考证，后来由任二北、王昆吾等学者进一步完善；③提出打令与词体诞生之关系，是唐代酒令与词研究的开山之作③；④提出词体起源的多元论，至今仍有指导作用；⑤将舞谱与唐代诗歌、史传、笔记乃至小说中的资料进行比附考辨，示范了研究方法。《唐人打令考》刊行后立刻引发了学术界的关注，冒广生撰写了《敦煌舞谱释词》，还曾指导弟子吴庠作《唐人打令考补义》，其后任二北、饶宗颐、赵尊岳、水原渭江、王昆吾等著名学者纷纷参与，带动舞谱与酒令及词体发生研究成为国际性前沿课题。

1935—1942 年，阴法鲁先后就读于北大中文系和研究院，导师为罗

---

① 《编后小记》，《风雨谈》第 3 期夏季特大号，1943 年。

② 罗庸、叶玉华：《唐人打令考》，载《国立北京大学四十周年纪念论文集》，国立北京大学出版组 1940 年版，第 222 页。

③ 夏承焘《令词出于酒令考》（《词学季刊》第 3 卷第 2 号，1936 年）发表更早，但属于唐人酒令辞本文考释，偏于感性认识，且篇幅十分短小，未产生足够的影响力。

庸和杨振声。本科毕业论文，罗庸指导其作《先汉乐律初探》。研究生阶段，罗庸定题"词之起源及其演变"，撰写了《工作指导说明书》："其一，现在唐五代宋词调之统计及时代之排比；其二，就各调之性质分类，溯其渊源；其三，依性质及时次，重编一'新词律'，主要在调名题解及说明其在文学史上之关系，不重在平仄律令之考订。"① 看起来，罗庸提出的方法是从音乐的角度编一部词调谱，以此为基础考察词体源流演变。于是阴法鲁纂辑了"词调长编"及"乐调长编"，然后将词调分门别类，先辨识清晰，再逆溯其源，顺推其流，撰成《词与唐宋大曲之关系》。文章的主干部分修订为《唐宋大曲之来源及其组织》，发表于《国立北京大学五十周年纪念论文集》（1948）。上篇为"绪论"，概论词体产生与音乐变迁的关系，即乐曲怎样变成词调，强调教坊的枢纽作用，提出长短句歌词原为乐工倡伶所创。下篇为"本论"，论大曲名称、渊源和组织，以《绿腰》《凉州》《薄媚》等 25 种大曲为例说明其衍变为词调的始末；指出宋人选用大曲摘遍以填词，摘遍衍生为令、序、引、近、慢等独立乐曲。文章论说的重点在于：①燕乐源出西域；②法曲始于开元中梨园法部之佛曲；③大曲特征包括多遍，有序、破、配舞，三者缺一不可；④作《唐宋大曲结构系统表》，并一一说明散序、靸、排遍等十二遍的功能及节奏。阴法鲁的研究以视野开阔、资料丰富、考证详密见长。他以唐诗进行诗史互证，以域外材料（如源光国《大日本史·礼乐志》、林谦三《隋唐燕乐调研究》）与中国文献互证，兼通音乐与舞蹈，能考订乐制舞容，超越了王国维《唐宋大曲考》，更为他此后蜚声学林的古代乐舞文化研究打下了基础。

　　1924 年胡适发表《词的起原》，旗帜鲜明地提出词起于中唐文人依乐曲曲拍填成长短句，郑振铎、胡云翼等学者纷纷撰文加入讨论。然而胡适等人未能说明词与音乐的关系和从燕乐到词调的过程，尚不能完全打破词为诗余、以三百篇为远祖或词同乐府、以六朝乐府为滥觞的旧说。叶玉华和阴法鲁关于词体起源及词乐的研究摆脱了清人复古崇雅的思想

---

　　① 阴法鲁：《词与唐宋大曲之关系》，载《阴法鲁学术论文集》，第 2 页。

束缚，以科学、客观的态度考原唐宋音乐，清晰地说明了隋唐音乐的演化及其在词体发生中的主导作用，打破了长期以来或偏重于意涵、倡言意内言外，或偏重于体式、溯源汉魏乐府的成见，以及定词体起源于某一端而不顾史实的不良倾向，同时开拓了敦煌舞谱研究、打令研究、唐宋大曲研究等新领域，称得上是现代词学的标志性成果。

余论 词体之"声"：传统词学与现代学术的交汇点

北大词学的有"声"传统由吴梅开创，经刘毓盘、许之衡、罗庸、唐兰，传至叶玉华、阴法鲁，延续了整个民国时期。其特点是视词体为乐歌，在教学中重视乐理声律的讲授和节奏声调的体会，在研究中从词与音乐之关系出发梳理词史，致力于词体起源和词乐考原的研究。在由传统而现代的转型中，有"声"的词学逐渐实用化、科学化，传统的乐理之学、谱律之学逐渐进化成词体声调之学、词学文艺学，对词体起源的认识由混杂的乐府说进化为科学的燕乐论、大曲论，但一以贯之的是对词体音乐属性的关切。以往对于北京大学和现代词学之关系，学界比较熟悉开风气者胡适和俞平伯、赵万里、冯沅君等现代派学者的贡献；吴梅南下，似乎又带走了现代词学的中心和后世学术史家的目光，以至于许之衡、罗庸等北大自己培养的"本土"词学家颇有些身后寂寞。其实，吴梅留下的"词曲双修"研究法、词学文艺学方向在北大有序地传承着，与南方钱南扬、任中敏、汪东等吴门高弟相呼应。许之衡的音乐史研究，罗庸、叶玉华的敦煌舞谱研究，唐兰的姜夔词谱考释，阴法鲁的唐宋大曲研究，无一不走在当代学术前沿。就词学谱系而言，吴梅之外，许之衡和罗庸是北大词学传承的两个关键人物。二人主要在"北派"的区域活动，成果却集中在"体制内"。他们一为传统世家出身，所交游者均为旧派文人，一为民国高校培养的现代学者，但都既没有为"清末四大家"所笼罩，也没有趋步胡适派、现代派，举凡晚清吴中派、常州派、临桂派，民国王国维、胡适、吴梅等大家，现代新材料与新方

法，均在其真知灼见的背后闪耀。北大有"声"的词学在传统与现代的
交汇中走出了一条融合创新之路。

这一脉有"声"的词学虽然与胡适派、现代派取径不同，但并未游
离于北大词学学统，而是时时折射出北大文科实证考原学风的光芒。
1914 年夏锡祺主持北大文科，引入一批章黄派的学者，他们宣扬"国
粹主义"，注重训诂考据，以治学严谨见称。这种学风逐渐成为北大文科
教学与科研的主流风气。1923 年 1 月胡适为《国学季刊》创刊号撰写了
《发刊宣言》，阐述了"整理国故"的原则和方法，较之"保存国粹"又
有了科学性的进化。这种崇尚实证的、历史的研究的学术理念不仅在北
大文科教授队伍中形成共识，更在学生教育中大力贯彻。1918 年北大预
科国文试题是"作文：论常识为研究学问之基础"，1919 年是"作文：
学问当以试验为基础说"，1924 年是"'研究国故'和'保存国粹'是
不是同样的事情"。[1] 罗庸回忆在国文门的学习经历时说："这时国文门
完全是余杭章氏学风，《国粹学报》差不多是同学们课外必读的读物。
我自己呢，在图书馆的贵重书库中，又爱上了广仓学窘出版的王静安先
生的著作。"[2] 不难看出导师队伍构成和治学路数对学生的熏陶作用。此
外，首次将敦煌舞谱文献介绍回国内的刘半农、著有《唐代长安与西域
文明》《龟兹苏祇婆琵琶七调考原》并亲自指导阴法鲁唐乐研究的向达，
都是北大教授。北大有"声"词学的传承，正是其整理国故的风潮、实
证研究的态度与词曲双修、重视声律的传统交汇的结果。

---

[1]　分别见于《北京大学日刊》1918 年 7 月 27 日、1919 年 7 月 23 日、1924 年 8 月 16 日。
[2]　罗庸：《鸭池十讲》，辽宁教育出版社 1997 年版，第 3 页。

倡导苏辛与补偏救弊

——龙榆生在现代词学史上的贡献*

◇黄浩然**

内容摘要： 通过梳理晚近词坛，龙榆生发现其中有拘守词律、侧重技术之弊。他倡导苏辛词风进行补救，并借以唤起民族精神。在前人的基础上，他从文学的角度全面把握苏辛词派，并为学习苏辛可能产生的流弊预备应对之策。他在困境中调整论述，标举意格，拓宽门径，推重文廷式。他借鉴传统词学的策略倡导苏辛，以探讨苏辛引领学界的词派研究，以强调客观促进词学的现代转型，以重视创作延续词学的悠久传统，在现代词学史上有重要贡献。

关键词： 龙榆生　苏辛　现代词学

　　龙榆生（1902—1966），名沐勋，别号忍寒词人，历任上海暨南大学、广州中山大学、南京中央大学、上海音乐学院教授，是 20 世纪最为知名的词学家之一。1935 年，龙榆生"于浙、常二派之外，别建一宗"①，倡导苏辛词派以补偏救弊，一时反响热烈。那么，清末民初的词坛存在哪些弊病？龙榆生提出这一主张的目的是什么？龙榆生的苏辛词派说和以往褒扬苏辛说有何不同？当面临困境时，龙榆生是如何调整自己的论述的？龙榆生的探索从哪些方面反映出词学从传统向现代的转型？其意义何在？这些都是本文所要讨论的问题。

---

　　*　［基金项目］国家社会科学基金重大项目"历代词籍选本叙录、珍稀版本汇刊与文献数据库建设"，项目编号：16ZDA179；国家社会科学基金青年项目"南宋雅词在清代的经典化研究"，项目编号：17CZW030。

　　**　黄浩然，南京师范大学文学院副教授，研究方向为宋代、清代文学与文献。

　　①　龙榆生：《今日学词应取之途径》，载《龙榆生全集》第三卷，上海古籍出版社 2015 年版，第 300 页。

一 梳理与反思

1928 年，龙榆生辞去厦门集美中学教席，出任上海暨南大学中文系讲师，交游逐渐广泛，结识的名流前辈也逐渐增多。"因为在暨南教词的关系"，龙榆生的治学兴趣渐渐转向词学，和朱祖谋等先生的关系也日见密切。① 1929 年，朱祖谋向龙榆生出示日本学者今关天彭的《清代及现代的诗余骈文界》，令其深受触动："词至今日，渐就衰微；偶以现代词人，询诸学子，甚或不能举其姓氏。"即便是"晚近号称研究词学者流，又往往专注于两宋词人轶事之考索，苟叩以最近词人之性行，亦瞠目不知所对"。② 有鉴于此，龙榆生开始着手回顾清季词坛，并于 1930 年撰成《清季四大词人》一文。

由于论文写成之际朱祖谋尚在人世，所以龙榆生胪列的四大词人为王鹏运、文廷式、郑文焯和况周颐。"五十年来，常派风流，未遽消歇"，四家虽均"承张（惠言）、周（济）之遗绪，而益务恢宏"③，在取径上也各有偏向：王鹏运论词"夙尚体格"，"欲由碧山、白石、稼轩、梦窗，蕲以上追东坡之清雄，还清真之浑化"④；文廷式"独树一帜"，"虽力崇北宋，而因性情环境关系，不期然而与稼轩一派相出入"⑤；郑文焯"留心于乐律"，"其词格由白石历梦窗，以窥清真、东坡，而终与南宋诸贤为近"⑥；况周颐"以词为终身事业"，"晚岁严于守律，又多选僻调，一以清真、梦窗为归"⑦。在梳理词学发展脉络的过程中，龙榆生开始留意词律方面的问题。自元以后，宋词之音律已不可复寻。万树以《词律》著称，然"其所谓律，亦不过论平仄、严上去；于

---

① 张晖：《龙榆生先生年谱》（增订本），上海古籍出版社 2020 年版，第 19—20 页。本文所述之龙氏行止，悉据此谱，不再赘注。
② 龙榆生：《清季四大词人》，载《龙榆生全集》第三卷，第 60 页。
③ 龙榆生：《清季四大词人》，载《龙榆生全集》第三卷，第 61 页。
④ 龙榆生：《清季四大词人》，载《龙榆生全集》第三卷，第 63、71 页。
⑤ 龙榆生：《清季四大词人》，载《龙榆生全集》第三卷，第 74、77 页。
⑥ 龙榆生：《清季四大词人》，载《龙榆生全集》第三卷，第 81、86 页。
⑦ 龙榆生：《清季四大词人》，载《龙榆生全集》第三卷，第 87、93 页。

声律之学，万氏固茫无所解"。"好古之士""觉平仄之未能包举当时八十四调之声律"，"于是有提倡平仄之外，更论四声者"，"有提倡四声之外，更判清浊阴阳者"，"拘制益多，而词终无可歌之望"。郑文焯"知词律之不仅拘守阴阳平仄而已"，"极意冥求声谱之旧"，"时亦不能自圆其说"。① 况周颐于词律"拘守益严"，自称所作"除寻常三数熟调外，悉根据宋、元旧谱，四声相依，一字不易"，可谓"兢兢于四声清浊之追求"。② 文廷式对词律的态度则有所不同："迩来作者虽众，然论韵遵律，辄胜前人，而照天腾渊之才，溯古涵今之思，磅礴八极之志，甄综百代之怀，非窘若囚拘者所可语也。"③ 龙榆生也借此点出清季词坛存在的一种风气，那就是"拘拘于微茫不可知之律"④。

　　这一风气在其后愈演愈烈，"自蕙风（况周颐）之说出，而海内填词者，益相竞以四声"⑤。龙榆生的好友易孺就曾经"特别严于守律"，"他因为寻常习见的词调，在宋人的作品里，也没有一成不变的规律，不便遵守，就专选柳永、吴文英集中的僻调，把它逐字注明清浊虚实，死命的实行'填'的工作，拘束得太厉害了，就免不了晦涩难通的毛病，他自己的题词，有'百涩词心不要通'的说话"⑥。龙榆生的老师朱祖谋"虽有'律博士'之称，而晚年常用习见之调"⑦，朱祖谋把易氏自己的题词批在其《双清池馆集》上，并以"如鱼饮水，冷暖自知"借寓规讽。对于"避熟就生，竞拈僻调"⑧ 的现象，龙榆生在 1933 年撰写《词律质疑》以阐述词与四声清浊之间的关系。首先，通过爬梳历代文献和北宋词作，龙榆生发现："四声之说，北宋既无所闻，求之周、柳集中，亦多不合；然则协律为一事，四声清浊又为一事；虽二者有相通之点，究不可混为一谈。北宋诸词，所谓不协音律之说，固以'乐句'为准，

---

① 龙榆生：《清季四大词人》，载《龙榆生全集》第三卷，第 79—81 页。
② 龙榆生：《清季四大词人》，载《龙榆生全集》第三卷，第 90—91 页。
③ （清）文廷式：《云起轩词钞序》，载《龙榆生全集》第六卷，第 373 页。
④ 龙榆生：《清季四大词人》，载《龙榆生全集》第三卷，第 74 页。
⑤ 龙榆生：《词律质疑》，载《龙榆生全集》第三卷，第 222 页。
⑥ 龙榆生：《乐坛怀旧录续》，载《龙榆生全集》第九卷，第 353 页。
⑦ 龙榆生：《晚近词风之转变》，载《龙榆生全集》第三卷，第 473 页。
⑧ 龙榆生：《晚近词风之转变》，载《龙榆生全集》第三卷，第 473 页。

非必一字之清浊四声，不容稍有出入也。"① 其次，通过分析诸家有关四声清浊的论述，龙榆生认为："词之协律与否，自当以音谱及管弦为断。若仅取前人雅词，拘守四声，以为能中律吕，吾未见其然也。"② 最后，通过考察近代词人以四声清浊当词律的观点，龙榆生指出其说不尽可信，比如，况周颐"必执四声清浊，以当宫律者，无他，特欲因难见巧，且借以为锻炼词句之途术而已"③。龙榆生最后得出结论："今人之言词律，乃如律诗之律；词至今日，特一种句读不葺之新体律诗耳。"④

在留意词、律关系的同时，龙榆生开始关注词选，撰写《选词标准论》。选本向来是中国文学中的一种重要载体，词选自然也是词学研究的重要领域。检讨至清词选本时，龙榆生指出："自浙、常二派出，而词学遂号中兴；风气转移，乃在一、二选本之力；选词标准，亦遂与前代殊途。"⑤ 具体而言，"词既不复有重被管弦之望，则树立壁垒，仍在意格与技术之争"⑥。朱彝尊、汪森的《词综》推尊姜夔，宣扬"词至南宋，始极其工，至宋季而始极其变"的观点，"然其着意之点，似仍偏于技术"⑦。浙派后学标榜其说，"徒崇尔雅、斥淫哇，而不务内容之充实"，"流极所至，乃为饾饤，为寒乞，为滑易，为空无所有"⑧。张惠言的《词选》则"独标意格"，"疏凿《词源》，别开疆宇，使此体上接《风》、《骚》，作者襟抱学问，喷薄而出，且以沉着醇厚为宗旨，洗荡淫哇"⑨。其后，周济推出《宋四家词选》，标举王沂孙、吴文英、辛弃疾、周邦彦四家"以示矩范"，即"问途碧山，历梦窗、稼轩以还清真之浑化"。其目的在于，"以碧山无稼轩'锋颖太露'之弊，亦无梦窗'过嗜饾饤'之习，而又'餍心切理，言近指远'，故认为足示学者以梯航，而端其

---

① 龙榆生：《词律质疑》，载《龙榆生全集》第三卷，第 215 页。
② 龙榆生：《词律质疑》，载《龙榆生全集》第三卷，第 219 页。
③ 龙榆生：《词律质疑》，载《龙榆生全集》第三卷，第 221 页。
④ 龙榆生：《词律质疑》，载《龙榆生全集》第三卷，第 222 页。
⑤ 龙榆生：《选词标准论》，载《龙榆生全集》第三卷，第 196 页。
⑥ 龙榆生：《选词标准论》，载《龙榆生全集》第三卷，第 200 页。
⑦ 龙榆生：《选词标准论》，载《龙榆生全集》第三卷，第 197 页。
⑧ 龙榆生：《选词标准论》，载《龙榆生全集》第三卷，第 200 页。
⑨ 龙榆生：《选词标准论》，载《龙榆生全集》第三卷，第 201、203 页。

趋向；梦窗运思过密，而立意特高，亦为深造者必由之径；而又虑其能实而不能空也，乃取'才情富艳，思力果锐'之稼轩，以疏宕之；而究极于清真，以期达最高之鹄的"。由此可见，这部"最能示人以津筏，最有步骤及计画"的词选，"似仍偏于技术之修养"。① 1935 年，龙榆生发表《今日学词应取之途径》，深究有关技术的问题。周济《宋四家词选》的一大特点是抑苏而扬辛："东坡天趣独到处，殆成绝诣。而苦不经意，完璧甚少。稼轩则沉着痛快，有辙可循。"② 不过，盛赞周选"截断众流穷正变，一灯乐苑此长明"的朱祖谋却认为此举"未免失当"，龙榆生则进而指出其用意和弊端："止庵（周济）之推挹稼轩，盖犹在其技术之精练，与其所以推碧山为'声容调度，一一可循'之本旨，正复相同。惟其特别注意于声容调度之可循，侧重于技术之修养，其流弊往往使学者以碧山、梦窗自限，而无意上规清真之浑化，与稼轩之激壮悲凉。于是以涂饰粉泽为工，以清浊四声竞巧，捋扯故实，堆砌字面，形骸虽具，而生意索然。"③ 当然，这并不表明龙榆生忽视技术，他的态度是："生当词乐消沉数百年之后，举凡文人才士，所寄托于文字者，亦贵其能表现时代精神，与作者性情抱负，兼及技术之工巧而已。"④

从《清季四大词人》开始关注拘守词律的风气到《词律质疑》的专门讨论，再从《选词标准论》开始留意侧重技术的倾向到《今日学词应取之途径》的继续深究，龙榆生能够全面把握词坛的发展脉络，在梳理历史的同时反思当下的弊病。

二　建宗与救弊

面对当时词坛出现的种种弊病，龙榆生借鉴了"旧时学者"所谓

---

① 龙榆生：《选词标准论》，载《龙榆生全集》第三卷，第 204—205 页。
② （清）周济：《宋四家词选目录序论》，载唐圭璋编《词话丛编》，中华书局 2005 年版，第 1643—1644 页。
③ 龙榆生：《今日学词应取之途径》，载《龙榆生全集》第三卷，第 298 页。
④ 龙榆生：《选词标准论》，载《龙榆生全集》第三卷，第 196 页。

"托古改制"的思路,"于浙、常二派之外,别建一宗"①,推举苏辛词派作为补救之道。

龙榆生的这一主张,建立在其对苏辛词派的历史由来有全面了解和深入研究的基础上。1929 年,龙榆生订补清人辛梅臣编《稼轩先生年谱》,"为暨南大学国文系讲授苏辛词,因发愿为苏辛词合笺"②。1931 年初,龙榆生完成《东坡乐府笺》初稿。以此为依据,他于 1932 年初发表《东坡词之风格及其特点》③。在着重讨论东坡词的同时,特别留意苏、辛之间的词学渊源:"东坡词格既高,故为当世学人所宗尚。迨金源之际,苏学行于北,而《东坡乐府》乃盛行于中州。……即辛稼轩于南宋别开宗派,植基树本,要当年少在中州日间接受东坡影响为深,而以环境不同,面目遂异。"④ 同年底,龙榆生又撰成《苏辛词派之渊源流变》。在考察"苏辛以前之歌词风尚"之后,从情境、修辞、声律三个方面对"自苏、辛以迄晚清之王鹏运、文廷式"这一派词的特征进行了归纳。根据三方面的特征,龙榆生以唐昭宗、范仲淹为苏辛词之先导,以王安石为苏辛词派始基,以晁无咎、黄庭坚为二大柱石,以叶梦得为过渡时期之健将。"至稼轩出,复变才士之词,而为英雄之词",而"苏词之待稼轩而宗派确立,盖由横放杰出之体,必有激昂蹈厉之情,忠愤无补于艰危,而往往足以促成文学内容之充实"⑤。"南宋作家,近稼轩者尤众,英雄失志,悲愤情多。其或耿介清超,饶有逸怀浩气者,则仍步趋苏氏。其与稼轩同轨者,则有岳飞、张孝祥、陈亮、刘过、韩元吉诸人;近东坡者,则有向子諲、朱熹、陆游、陈与义之属。"⑥ 至"南宋末年,苏辛词派既渐消歇","惟有刘克庄、刘辰翁二家,勉绵坠绪"⑦。

---

① 龙榆生:《今日学词应取之途径》,载《龙榆生全集》第三卷,第 300 页。
② 龙榆生:《稼轩先生年谱》,载《龙榆生全集》第三卷,第 40 页。
③ 龙榆生:《东坡乐府综论》,载《龙榆生全集》第三卷,第 302 页。据编者按,该文最先于 1932 年刊于《摇篮》第 1 期,1935 年又以《东坡乐府综论》为题刊于《词学季刊》第 2 卷第 3 号。
④ 龙榆生:《东坡乐府综论》,载《龙榆生全集》第三卷,第 310 页。
⑤ 龙榆生:《苏辛词派之渊源流变》,载《龙榆生全集》第三卷,第 171 页。
⑥ 龙榆生:《苏辛词派之渊源流变》,载《龙榆生全集》第三卷,第 173 页。
⑦ 龙榆生:《苏辛词派之渊源流变》,载《龙榆生全集》第三卷,第 178 页。

尽管这篇论文下编未刊，龙榆生对其后至晚清苏辛词派发展脉络的勾勒尚不得而知，但一个以苏轼、辛弃疾为核心的词派谱系已大致构建而成。随着理论准备的基本就绪，他在《今日学词应取之途径》中正式"别建一宗"："以东坡为开山，稼轩为冢嗣，而辅之以晁补之、叶梦得、张元干、张孝祥、陆游、刘克庄诸人。以清雄洗繁缛，以沉挚去雕琢，以壮音变凄调，以浅语达深情，举权奇磊落之怀，纳诸铿锵鞳铿鍧之调。庶几激扬蹈厉，少有裨于当时。"① 而文廷式在词论和词作上都契合这一主张，因此被龙榆生树立为苏辛词派在当时词坛的代表人物。

在龙榆生看来，倡导苏辛词派首先可以救拘守词律之弊。纵观词学批评史，苏辛一派的词人似乎鲜有倡导严守词律者，反而经常在词律方面遭受质疑。比如，东坡词是否协律，在宋代就引发争议，晁补之予以辩解："苏东坡词，人谓多不谐音律，然居士词横放杰出，自是曲中缚不住者。"李清照则提出批评，称其词"皆句读不葺之诗尔，又往往不协音律"。② 这两种观点很具代表性，后世学者聚讼纷纭，莫衷一是。龙榆生一方面证明东坡词"决非不可歌者"③，另一方面也指出："东坡词之不尽协音律，正不必否认，亦不足引以为诟病也。"④ 因为随着时代的发展，尤其在音谱失传之后，"填词乃等于作诗"⑤，"其严于声律者，往往曲谱亡而声价亦随之以减"，而"东坡词派之所以后来转盛者，正以其精神所寄，不随曲调以即于消沉也"。⑥ 即便忽略这一词史演进之大势，拘守词律者也会遇到操作层面的问题，那就是"以何人之作为准"。柳永、周邦彦、姜夔、吴文英向来以精通音律著称，其作品常被后学奉为词律中的典范而恪守不渝。龙榆生一度受易孺的影响，尝试照着诸家原作"死填"，也就是"一字填一字，四声清浊，一字无违"，但他很快意识到，此举不仅在词律上"恐仍不免'以讹传讹，徒费思索'"⑦，而且

---

① 龙榆生：《今日学词应取之途径》，载《龙榆生全集》第三卷，第 300 页。
② （明）魏庆之：《魏庆之词话》，载唐圭璋编《词话丛编》，第 201—202 页。
③ 龙榆生：《东坡乐府综论》，载《龙榆生全集》第三卷，第 305 页。
④ 龙榆生：《苏辛词派之渊源流变》，载《龙榆生全集》第三卷，第 166 页。
⑤ 龙榆生：《词律质疑》，载《龙榆生全集》第三卷，第 223 页。
⑥ 龙榆生：《两宋词风转变论》，载《龙榆生全集》第三卷，第 285 页。
⑦ 龙榆生：《词律质疑》，载《龙榆生全集》第三卷，第 216 页。

在创作上"束缚性灵"①，有碍词人的表达。基于苏辛词派的历史经验和个人创作的切身体会，龙榆生反复强调，"声律严而才气受其桎梏"②，"专选僻调"则"自束缚其才思"，学词者当"不务僻涩以鸣高，不严四声以竞巧"③。

与此同时，倡导苏辛词派可以补侧重技术之偏。如上文所述，龙榆生并不忽视"技术之工巧"对于作品的意义，但他更为看重作品能否"表现时代精神，与作者性情抱负"，而苏辛词派正好提供了可资取法的对象。苏轼在词的创作过程中着力"为内容上之革新与充实"，"至不惜牺牲曲律，恣其心意之所欲言"，故其词高处"当于气格境象上求，不当以字句词藻论"。④ 而以辛弃疾为代表的南宋初期词人，则"惟务发抒其淋漓悲壮之情怀，不暇顾及文字之工拙与音律之协否，盖已纯粹自为其'句读不葺之诗'"⑤。在评价苏、辛两家词时可以不论字句词藻、不顾文字音律，原因在于其创作内容能够充分表现时代精神和个性情怀。因此，龙榆生指出："苏、辛派出，乃举宇宙间所有万事万物，凡接于耳目而能触拨吾人情绪者，无不举而纳诸词中，所有作者之性情抱负，才识器量，与一时喜怒哀乐之发，并可于其作品充分表现之。"⑥ 清季的文廷式延续着苏辛一派的词风，"注重于内容之充实，借以充分发展其个性"。龙榆生希望学词者能"闻文氏之风而起"⑦，把更多的注意力集中在创作内容上，避免因过于讲求技术而产生涂饰、堆砌之风。

除了词体方面的因素之外，龙榆生倡导苏辛词派也与现实方面的因素有关。从 1931 年的"九一八"事变，到 1932 年的"一·二八"事变，民族存亡问题在当时的社会各界引起了广泛关注。在《苏辛词派之

---

① 龙榆生：《乐坛怀旧录续》，载《龙榆生全集》第九卷，第 353 页。
② 龙榆生：《苏辛词派之渊源流变》，载《龙榆生全集》第三卷，第 166 页。
③ 龙榆生：《今日学词应取之途径》，载《龙榆生全集》第三卷，第 299—300 页。
④ 龙榆生：《东坡乐府综论》，载《龙榆生全集》第三卷，第 302、311 页。
⑤ 龙榆生：《两宋词风转变论》，载《龙榆生全集》第三卷，第 290 页。
⑥ 龙榆生：《苏辛词派之渊源流变》，载《龙榆生全集》第三卷，第 164—165 页。
⑦ 龙榆生：《今日学词应取之途径》，载《龙榆生全集》第三卷，第 301 页。

渊源流变》中，龙榆生特别提到苏辛词风与民族精神之间的关系："居今日而谈词，乐谱散亡，坠绪不可复振，则吾人之所研索探讨，亦惟有从文艺立场，以求其所表现之热情与作者之真生命，且吾民族性，多偏于柔婉，缺乏沉雄刚毅、发扬蹈厉之精神；日言儿女柔情，亦足以销磨英气。所谓'关西大汉，铜琵琶，铁绰板，唱大江东去'之风度，正今日谈词者所亟应提倡也。"① 从这一角度来看，过往颇受追捧的宋末诸家就相形见绌："名家如王沂孙、吴文英、张炎辈，不无故国之思，而凄厉音多，亦只如草虫幽咽，如怨，如慕，如泣，如诉，亦何补于艰危？弱者之呼声，虽自有其价值，究不若壮夫猛士，悲歌慷慨，足以唤起民族精神也。"② 而随着抗战形势的日益危急，龙榆生在《今日学词应取之途径》中进一步肯定苏辛词风对于民族救亡的积极作用："溯南宋之初期，犹有权奇磊落之士，豪情壮采，悲愤郁勃之气，一于长短句发之。南宋之未遽即于灭亡，未尝不由于悲愤郁勃之气，尚存于士大夫间，大声疾呼，以相警惕。"③ 因此，他在文末鼓励学词者效法文廷式，"假长短句以警惕痴顽，发浩然之气，而砺冰霜之节"④。

龙榆生的主张在当时颇有反响，倡导"奔走呼号"⑤ 的欧阳竟无"于榆生提倡苏辛，极为赞许"，并"嘱其广约同志为救世大业"⑥。胡汉民则在《读榆生论学词文，九叠至韵寄之》中援引文廷式、欧阳竟无、龙榆生三家词论表示认同："奄奄二百年，苏辛几摈弃。词派辟西江，感深兴废事。照天腾渊才，奔走呼号意。乐苑耿传灯，岂夺常州帜。迈往足救亡，斯言可终味。"⑦

---

① 龙榆生：《苏辛词派之渊源流变》，载《龙榆生全集》第三卷，第 162 页。
② 龙榆生：《苏辛词派之渊源流变》，载《龙榆生全集》第三卷，第 178 页。
③ 龙榆生：《今日学词应取之途径》，载《龙榆生全集》第三卷，第 299 页。
④ 龙榆生：《今日学词应取之途径》，载《龙榆生全集》第三卷，第 301 页。
⑤ 欧阳竟无：《〈词品甲〉叙》，载欧阳竟无著述，赵军点校《欧阳竟无著述集》上册，东方出版社 2014 年版，第 539 页。
⑥ 夏承焘：《天风阁学词日记》（1935 年 8 月 4 日），载《夏承焘集》第五册，浙江古籍出版社、浙江教育出版社 1997 年版，第 397 页。
⑦ 胡汉民：《不匮室诗钞》卷八，民国二十五年（1936）印本。

三　传承与发展

词学批评中的"苏辛"并称，可以追溯到南宋时期。稼轩词在当时即被认为与东坡词有相似之处，辛弃疾的门人范开在《稼轩词序》中将两家联系在一起加以评述："世言稼轩居士辛公之词似东坡，非有意于学坡也，自其发于所蓄者言之，则不能不坡若也。"① 自此以后，讨论"苏辛"异同而颇具洞见者不胜枚举，倡导"苏辛"词风而颇有建树者也代不乏人。

谈及后世词人对苏、辛的褒扬，首先不得不提元好问。金代时期，《东坡乐府》在中州盛行，吴激、蔡松年等词家"几无不以苏氏为依归"②。元好问对吴、蔡两家有很高的评价，认为"百年以来，乐府推伯坚与吴彦高，号'吴蔡体'"③。辛弃疾年少时师从蔡松年，"词似东坡"，被元好问推举到仅次于苏轼的地位："乐府以来，东坡为第一，以后便到辛稼轩。"④ 其后，元好问在《新轩乐府引》中对自己的论断有更为细致的阐述：

> 自东坡一出，情性之外不知有文字，真有"一洗万古凡马空"气象。虽时作宫体，亦岂可以宫体概之？人有言："乐府本不难作，从东坡放笔后便难作。"此殆以工拙论，非知坡者。所以然者，《诗》三百所载小夫贱妇幽忧无聊赖之语，特犇为外物感触，满心而发，肆口而成者尔。其初果欲被管弦、谐金石，经圣人手，以与六经并传乎？小夫贱妇且然，而谓东坡翰墨游戏，乃求与前人角胜负，误矣。自今观之，东坡圣处，非有意于文字之为工，不得不然

---

① （宋）范开：《稼轩词序》，载（宋）辛弃疾撰，邓广铭笺注《稼轩词编年笺注》，上海古籍出版社 2007 年版，第 620 页。

② 龙榆生：《东坡乐府综论》，载《龙榆生全集》第三卷，第 310 页。

③ （金）元好问：《〈中州集〉诗人小传》，载姚奠中主编，李正民增订《元好问全集》卷四十一，三晋出版社 2015 年版，第 721 页。

④ （金）元好问：《遗山自题乐府引》，载姚奠中主编，李正民增订《元好问全集》卷四十二，第 821 页。

之为工也。坡以来，山谷、晁无咎、陈去非、辛幼安诸公，俱以歌词取称。吟咏情性，留连光景，清壮顿挫，能起人妙思。①

元好问一方面借助儒家诗教观念，强调从"情性"的角度考察苏轼的词作，不宜以文字论其工拙；另一方面梳理词史演进历程，勾勒出从苏轼、黄庭坚、晁补之、陈与义到辛弃疾的发展脉络，推崇"清壮顿挫"的词风。至于元好问本人的创作，也因"清雄顿挫，闲婉浏亮，体制最备，又能用俗为雅，变故作新"被认为"得前辈不传之妙，东坡、稼轩而下不论也"②。

在元好问之后，词坛上极力推举苏辛的大家当属陈维崧。陈维崧在康熙初年撰写的《词选序》是"清初最重要的词学理论建树之一"③，他在文中指出了当时词坛存在的两个问题：其一，词体受到轻视，"世之作诗者，辄薄词不为，曰为辄致损诗格"；其二，词风耽于婉约，"其学为词者，又复极意《花间》，学步《兰畹》，矜香弱为当家，以清真为本色"，"甚或爨弄俚词，闺襜冶习，音如湿鼓，色若死灰"。针对上述情况，陈维崧提出了相应的主张，首先便是推尊词体："盖天之生才不尽，文章之体格亦不尽。……鸿文巨轴，固与造化相关；下而谰语卮言，亦以精深自命。要之穴幽出险以厉其思，海涵地负以博其气，穷神知化以观其变，竭才渺虑以会其通，为经为史，曰诗曰词，闭门造车，谅无异辙也。"④ 文章的体式各不相同，作者可以根据各自的才性进行选择，论者自然不必囿于传统、定于一尊。任何一种文体的创作，都需要作者"思致深刻、气魄宏大、变化精神、会通才智"⑤。而从这一角度来说，

---

① （金）元好问：《新轩乐府引》，载姚奠中主编，李正民增订《元好问全集》卷三十六，第 653 页。

② 《徐世隆序》，载姚奠中主编，李正民增订《元好问全集》卷五十三，第 1055 页。

③ 张宏生：《清初"词史"观念的确立与建构》，《南京大学学报》（哲学·人文科学·社会科学版）2008 年第 1 期。

④ （清）陈维崧：《词选序》，载（清）陈维崧著，陈振鹏标点，李学颖校补《陈维崧集》，上海古籍出版社 2010 年版，第 54 页。

⑤ 张宏生：《清初"词史"观念的确立与建构》，《南京大学学报》（哲学·人文科学·社会科学版）2008 年第 1 期。

经、史、诗、词并无二致。在此之前，包括元好问在内的不少词论家往往通过上溯《诗经》以抬高词体，陈维崧的尊体策略相对而言更加合乎情理，让人耳目一新。与此同时，陈维崧也推举苏辛："东坡、稼轩诸长调，又骎骎乎如杜甫之歌行与西京之乐府也。"① 之所以突出苏辛"长调"，不仅在于当时的词坛专尚婉约，且"中小调独多，长调寥寥不概见"②，更在于苏辛长调能够接续汉乐府和杜甫歌行的创作传统，使词真正达到和诗并驾齐驱的地位，从而实现"选词所以存词，其即所以存经存史"③ 的宏愿。

及至晚清，有关苏、辛的话题一直引发词坛的热议。自周济《宋四家词选》"抑苏而扬辛"之后，王鹏运、朱祖谋等人开始从不同层面进行反拨。光绪七年（1881），王鹏运开始校刻词集，至光绪十四年陆续刊成《漱玉词》《双白词》《词林正韵》《词旨》《东坡乐府》《稼轩词》等。④ 不过这些词集并未按照刊刻的先后排序，位列《四印斋所刻词目》前两位的是苏、辛词集。⑤ 对于周济"东坡天趣独到处，殆成绝诣。而苦不经意，完璧甚少"的论调，王鹏运予以修正："苏文忠之清雄，复乎轶尘绝迹，令人无从步趋。盖霄壤相悬，宁止才华而已。其性情，其学问，其襟抱，举非恒流所能梦见。词家苏、辛并称，其实辛犹人境也，苏其殆仙乎！"⑥ 宣统二年（1910），"酷嗜坡词"⑦ 的朱祖谋完成《东坡乐府》的校订编年。⑧ 次年，郑文焯开始手批《彊村丛书》本《东坡乐

---

① （清）陈维崧：《词选序》，载（清）陈维崧著，陈振鹏标点，李学颖校补《陈维崧集》，第 54 页。

② （清）彭孙遹：《金粟词话》，载唐圭璋编《词话丛编》，第 725 页。

③ （清）陈维崧：《词选序》，载（清）陈维崧著，陈振鹏标点，李学颖校补《陈维崧集》，第 55 页。

④ 马兴荣：《王鹏运年谱》（上），载《词学》第十六辑，华东师范大学出版社 2006 年版，第 275—284 页。

⑤ （清）王鹏运：《四印斋所刻词》，上海古籍出版社 1989 年版，第 1 页。

⑥ 龙榆生：《东坡乐府综论》，载《龙榆生全集》第三卷，第 311 页。

⑦ 冯煦：《东坡乐府序》，载朱孝臧辑校《彊村丛书》，广陵书社 2005 年版，第 210 页。

⑧ 马兴荣：《朱孝臧年谱》（上），载《词学》第十四辑，华东师范大学出版社 2003 年版，第 383 页。

府》①，对东坡推崇备至。龙榆生认为，"近四十年词学，所以不为常州派所囿之原因"，在诸家"于苏词特为推重"。② 在词集校勘、词学论述之外，文廷式的创作实绩也颇为可观。文氏推崇"照天腾渊之才，溯古涵今之思，磅礴八极之志，甄综百代之怀"，其词多"写其胸臆"，"率尔而作"③，堪称苏辛词风在晚清词坛的代表。

龙榆生的苏辛词派说，在某种程度上固然可以视作清季诸家的嗣响，比如其《东坡乐府笺》就参考了"王氏四印斋影元延祐本、朱氏《彊村丛书》编年本"和"郑叔问手评《东坡乐府》"，但整体而言，龙榆生的相关论述已经超越前人学说，在传承中有所发展。

首先，龙榆生开始从文学的角度审视苏辛词派。在相当长的时间内，词被视为"小道"，受人轻视，因此很多词论家借助各种方式来推尊词体。元好问的上溯《诗经》之举，陈维崧的"存经存史"之论，都是基于同样的思路。不过，这一现象在清末民初发生了改变。"自科举废而学校兴，学制几经变易；由是向时所薄为小道之'词'，乃一跃而为国文系主要学程"④，"尊体之言，亦已成过去"⑤。龙榆生长期任教于各大学国文系，熟知现代意义上的文学研究方法。不论其宣扬苏辛的目标实现与否，其对苏辛的研究至少作了一有系统的论述。

其次，龙榆生对苏辛词派有全面的把握。从 1929 年到 1934 年短短六年间，龙榆生先后完成《稼轩先生年谱》、《东坡乐府笺》、《东坡词之风格及其特点》（《东坡乐府综论》）、《苏辛词派之渊源流变》、《苏门四学士词》、《两宋词风转变论》等直接涉及苏辛词派的系列成果，这也为其 1935 年的"别建一宗"说奠定了坚实的理论基础。从元好问到陈维崧，再到清季诸家，他们对苏辛词派都有自己的独到见解，不过就研究层面而言，其周全程度恐怕不及龙榆生。虽然这样的比较难免有苛求古

---

① 邓子勉：《郑文焯手批〈东坡乐府〉》，《江苏教育学院学报》（社会科学版）2010 年第 11 期。

② 龙榆生：《东坡乐府综论》，载《龙榆生全集》第三卷，第 311 页。

③ （清）文廷式：《云起轩词钞序》，载《龙榆生全集》第六卷，第 373 页。

④ 龙榆生：《最近二十五年之词坛概况》，载《龙榆生全集》第三卷，第 96 页。

⑤ 龙榆生：《选词标准论》，载《龙榆生全集》第三卷，第 208 页。

人之嫌，但也能从特定的角度说明某些问题。

最后，龙榆生为学苏辛可能产生的流弊预备了应对之策。出于对词史发展历程的了解，龙榆生提醒学苏辛者注意："前人有谓学苏、辛将流为粗犷者，此自不善学者之过，亦由其时代环境关系，勉作壮音，其性情怀抱，雅不相称故也。"而贺铸与周邦彦词"兼备刚柔之美，王灼曾以'奇崛'二字目之"，"参以二家，亦足化犷悍之习，而免末流之弊"。① 值得一提的是，龙榆生在此之前对贺铸、周邦彦也有研究，先后写过《周清真评传》和《论贺方回词质胡适之先生》。阐述词学主张时附上化解流弊之法，无疑体现了龙榆生对词史的深刻体认。

四　困境与调整

龙榆生提出的"应取之途径"虽然颇具理论价值和现实意义，但似乎未能如其所愿，"导学者以易知易入之途"②。实际上，历来词论家多认为苏、辛词不易学。在陈廷焯眼中，东坡词"异样出色"，"只是人不能学"，而稼轩词"气魄极雄大"，"不善学之，流入叫嚣一派"。③ 蒋兆兰则特别指出："初学填词，勿看苏、辛，盖一看即爱，下笔即来，其实只糟粕耳。"④ 因此，在看到《今日学词应取之途径》一文后，张尔田随即连续致信龙榆生讨论苏辛词。他在第一封信中就直言："尊论提倡苏辛，言之未免太易。……苏辛笔力如锥画沙，非读破万卷不能，谈何容易。"不久之后，他又写出第二封信："此须读书养气，深自培植，下笔时自有千光百怪，奔赴腕下，不能于词中求也。……磊落激扬，全在乎气。气先馁矣，而望其强作叫嚣，亦与僻涩者相去不能以寸耳。当此时期，如怨如慕，偶然流露一二壮语者真也。凡无病而呻，欲自负为民族

① 龙榆生：《今日学词应取之途径》，载《龙榆生全集》第三卷，第 301 页。
② 龙榆生：《今日学词应取之途径》，载《龙榆生全集》第三卷，第 300 页。
③（清）陈廷焯：《白雨斋词话》卷一，载唐圭璋编《词话丛编》，第 3783、3791 页。
④ 蒋兆兰：《词说》，载唐圭璋编《词话丛编》，第 4633 页。

张目者皆伪也。"① 在回信中，龙榆生也承认苏辛词不易学，"由其性情、襟抱、学问蕴蓄之久，自然流露"。不过，他没有继续从正面具体回应如何学苏辛，而是笔锋一转，指出读苏辛词所能感受到的"逸怀浩气"正可以"砥砺节操，培植根柢"，并非完全如张尔田所言，"不能于词中求也"。在此基础上，龙榆生再次阐述自己推举苏辛的目的："正惟世风日坏，士气先馁，故颇思以苏辛一派之清雄磊落，与后进以渐染涵泳，期收效于万一。非敢貌主苏辛，而相率入于叫嚣伧俗一途，如世之自负为民族张目者比也。"② 而随着抗战局势的日益紧张，他愈发积极地宣扬苏辛词的现实意义。1937 年，龙榆生编成《唐五代宋词选》，"为了时代的关系"，"侧重于所谓'豪放'一派"，希望"激扬青年们的志气，砥砺青年们的节操"。③

不过，1940 年 4 月，龙榆生的人生轨迹发生重大改变，他无法继续鼓吹苏辛以激扬蹈厉。尽管如此，他还是在选辑《基本国文》课本时多选哀国之音、亡国之思，"以启发同学的仇日情绪"。同年 7 月，龙榆生"着手创办《同声月刊》，以为《词学季刊》之继"④。由于个人处境的变化，龙榆生开始对过往的论述进行调整。

从 1941 年开始，龙榆生大力标举意格。纵观龙榆生的词论，"意格"一词最早见于 1933 年的《选词标准论》。他在比较《词综》《词选》时谈到"意格与技术之争"，并推崇张惠言的"独标意格"。⑤ 有关"意""格"的论述在诗学文献中比比皆是，龙榆生拈出意格、技术以"树立壁垒"，可能也受到姜夔诗论的启发："意格欲高，句法欲响，只求工于句字，亦末矣。"⑥ 在 1937 年的《朱彊瘦石词序》中，龙榆生首度以"意格"统摄其词论：

　　① 张尔田：《与龙榆生论苏辛词》《再与榆生论苏辛词》，《词学季刊》第 2 卷第 3 号，1935 年 4 月，第 187 页。

　　② 龙榆生：《答张孟劬先生》，《词学季刊》第 2 卷第 3 号，1935 年 4 月，第 188 页。

　　③ 龙榆生：《唐五代宋词选》，载《龙榆生全集》第八卷，第 15 页。

　　④ 张晖：《龙榆生先生年谱》（增订本），第 98—105 页。

　　⑤ 龙榆生：《选词标准论》，载《龙榆生全集》第三卷，第 200—201 页。

　　⑥（宋）魏庆之：《诗人玉屑》卷一，中华书局 2007 年版，第 14 页。

     自歌词之法不传，而号称倚声家，咸争托兴常州词派。本此以上附于《风》、《骚》，其体日尊，而离乐益远。向日红牙檀板，所资以遣兴娱宾者，至是遂全变为长短不葺之诗，专供学士才人抒写情性。所谓逸怀浩气，浮游乎尘垢之外，指出向上一路，新天下耳目，此意实自东坡发之。后有作者虽趋舍万殊，门户各异，而究其旨趣，必以意格为归。所谓词外求词，必其人之性情抱负，有以异乎流俗，动于中而形于言，可泣可歌，乃为难能可贵。①

这样一来，龙榆生就串联起过往的理论主张：无论是倡导词贵在"表现时代精神，与作者性情抱负"，还是推举苏辛以补救拘守词律、侧重技术之偏，其内在理路都指向"意格"。而随着 1940 年所处环境的改变，龙榆生词论的重心由苏辛转向意格。在 1941 年的《晚近词风之转变》中，龙榆生开门见山："自词乐既亡，歌词之作，不复重被弦管，所尚惟在意格，而声律次之。"② 即便讨论到况周颐的"作词有三要"，他都认为，"重者轻之反，拙者巧之反，大者纤之反，三者皆关乎意格"。③ 在同年的《论常州词派》中，龙榆生继续对张惠言的"崇比兴，争意格，而不甚措意于声律技巧"表示赞赏，并特别提醒："专崇技巧，虽足以广辟户庭，而接迹《风》、《骚》，固惟意格是尚也。"④ 后来，龙榆生在编选《近三百年名家词选》时仍然强调："论近三百年词者，固当以意格为主。"⑤

     也是在《晚近词风之转变》中，龙榆生开始对"应取之途径"进行调整。当时，胡适的《词选》也"力主苏辛"，但因其宣扬白话，"于稼轩之词，专取其浅鄙不经意之作"⑥，远比龙榆生提出的途径"易知易入"。为避免学词者对"应取之途径""望而生畏，转而求词于胡适《词

---

① 龙榆生：《朱孝臧瘦石词序》，载《龙榆生全集》第九卷，第 39 页。
② 龙榆生：《晚近词风之转变》，载《龙榆生全集》第三卷，第 468 页。
③ 龙榆生：《晚近词风之转变》，载《龙榆生全集》第三卷，第 473 页。
④ 龙榆生：《论常州词派》，载《龙榆生全集》第三卷，第 495—496 页。
⑤ 龙榆生：《近三百年名家词选·后记》，载《龙榆生全集》第八卷，第 454 页。
⑥ 龙榆生：《读词随笔——清词之选本》，载《龙榆生全集》第三卷，第 445 页。

选》，以陷于迷误忘归"，龙榆生将苏轼、辛弃疾和借以"化犷悍之习"
的贺铸、周邦彦合而为一，提出"今后词学必由之途径"："取周氏《四
家词选》之义，标举周（清真）、贺（方回）、苏（东坡）、辛（稼轩）
四家，领袖一代，而附以唐、宋以来，下逮近代诸家之作，取其格高而
情胜，笔健而声协者，别为一编，示学者以坦途。"① 与此同时，龙榆生
还关注到吴庠有关"清气"的论述：吴氏认为词坛有"务填涩体""必
依四声""饾饤襞积"之弊，而论词当"以有无清气为衡量"。② 这启发
了龙榆生在《论常州词派》中对周济的反思："乾坤清气，所赋于词人
者，在北宋则有东坡之清雄，在南宋则有白石之峭拔，止庵皆任情排抑，
真使人百思莫得其解矣。"因此，他融通浙、常，拓宽门径：

> 今欲救常州末流之弊，允宜折衷浙、常两派及晚近谭、朱诸家
> 之说，小令并崇温、韦，辅以二主、正中、二晏、永叔；长调则于
> 北宋取耆卿、少游、东坡、清真、方回，南宋取稼轩、白石、梦窗、
> 碧山、玉田。以此十八家者，为倚声家之轨范，又特就各家之源流
> 正变，导学者以从入之途，不侈言尊体以漓真，不专崇技巧以炫俗，
> 庶几涵濡深厚，清气往来，重振雅音，当非难事矣。③

至于龙榆生对苏辛词风的崇尚，则转换为对文廷式的推重。谈到
"今后词学必由之途径"时，龙榆生特别指出："认词为'渐近自然'之
新体律诗，相尚以意格，而举作者所有'照天腾渊之才，溯古涵今之思，
磅礴八极之志，甄综百代之怀'，悉纳其中，则吾以为云起轩一派之词，
合当应运而起。"④ 在 1943 年《同声月刊》第 2 卷第 12 期，以文廷式为
主题，龙榆生通过刊登自己校辑的《重校集评云起轩词》《重校集评云
起轩词补遗》《文芸阁先生词话》，以及与文氏有关的材料，集中展示了

① 龙榆生：《晚近词风之转变》，载《龙榆生全集》第三卷，第 474—475 页。
② 吴庠：《致夏瞿（瞿）禅书》《覆夏瞿（瞿）禅书》，《同声月刊》第 1 卷第 3 号，1941年 2 月，第 157—158 页。
③ 龙榆生：《论常州词派》，载《龙榆生全集》第三卷，第 505—506 页。
④ 龙榆生：《晚近词风之转变》，载《龙榆生全集》第三卷，第 474 页。

云起轩一派的创作成就。

当理论主张和自身环境所引发的词学困境陆续出现时，龙榆生沿着过往反对拘守词律、侧重技术的努力方向，在审视晚近词风和常州词派的过程中标举意格、拓宽门径，并进一步推重文廷式，实现了困境中的调整。

五 传统与现代

朱祖谋被学界视为"集清季词学之大成"① 者，而龙榆生作为授砚弟子，自然深谙传统词学。"言清代词学者，必以浙、常二派为大宗"②，而两派的代表人物，都致力于选取典范词人建构统绪。比如，浙派的汪森宣称："鄱阳姜夔出，句琢字炼，归于醇雅。于是史达祖、高观国羽翼之，张辑、吴文英师之于前，赵以夫、蒋捷、周密、陈允衡、王沂孙、张炎、张翥效之于后。"③ 再比如，常派的周济开示门径："问途碧山，历梦窗、稼轩，以还清真之浑化。"④ 龙榆生也采取了类似的策略。在苏辛一脉中，诸家地位各异：

> 自东坡出，而词中乃见倾荡磊落之气，足以推倒一世之豪杰，开拓万古之心胸。继以晁补之、叶梦得、陈与义、向子諲之徒，沿流扬波，以迄于南渡之际，悲歌慷慨，异境别开，而辛稼轩以一代雄才，蔚为中坚人物……一时作者，如张元干、张孝祥、陆游之属，从而辅翼之，以自成其为豪杰之词。刘克庄、刘辰翁，庶几后劲。刘过、陈亮能作壮语，而声不副其情，抑亦其次也。⑤

---

① 叶恭绰：《广箧中词》卷二，《遐庵丛书》本，第 67 页。
② 龙榆生：《论常州词派》，载《龙榆生全集》第三卷，第 489 页。
③ （清）汪森：《词综序》，载（清）朱彝尊、（清）汪森编《词综》，上海古籍出版社 2014 年版，第 1 页。
④ （清）周济：《宋四家词选目录序论》，载唐圭璋编《词话丛编》，第 1643 页。
⑤ 龙榆生：《今日学词应取之途径》，载《龙榆生全集》第三卷，第 300 页。

一番权衡之后，龙榆生选取其中的八家建构统绪："以东坡为开山，稼轩为冢嗣，而辅之以晁补之、叶梦得、张元干、张孝祥、陆游、刘克庄诸人。"① 值得玩味的是，龙榆生认为周济"推挹稼轩，盖犹在其技术之精练"②，而他自己标举稼轩，则是针对常派末流侧重技术的弊病。其实，对同一典范词人"转换角度加以诠释"，在此之前就曾出现。朱彝尊、周济都推崇王沂孙的咏物词，只不过前者是为了借以提倡"骚雅格律"，而后者则强调其中的"身世之感"。③ 因此，在某种程度上可以说，龙榆生是在借鉴浙、常二派的基础上，"于浙、常二派之外，别建一宗"④。

不过，龙榆生虽然"别建一宗"，但并未另立一派。朱祖谋在评价文廷式时称其"拔戟异军成特起，非关词派有西江。兀傲故难双"⑤，龙榆生也认同这一说法："清代词学中兴，而西江作者寥寥。直至末叶，萍乡文道希先生（廷式）始出而振之。朱彊村先生以为兀傲难双，爰有西江词派之目。"⑥ 可是龙榆生没有以此为契机构建一个类似浙、常二派的"西江词派"，这应该和词在晚清民国相对尴尬的处境有关。当黄遵宪、梁启超等人推动的"诗界革命"颇见成效时，词却没有和诗同步发展，将新意境、新语句和旧风格相结合。⑦ 面对社会生活中的新变化，一些词人反倒有几分孤芳自赏。光绪二十一年（1895），夏孙桐与缪荃孙"同舟出游虎丘，遇雨，夜泊望亭，作《夜飞鹊》，绘《同舟听雨图》"⑧。冒广生在读到夏词时不禁感慨："近日轮铁交通，电掣风驰，瞬息千里，骎骎征夫，无复知有听风听水滋味者矣。"⑨ 更为重要的是，

---

① 龙榆生：《今日学词应取之途径》，载《龙榆生全集》第三卷，第300页。
② 龙榆生：《今日学词应取之途径》，载《龙榆生全集》第三卷，第298页。
③ 张宏生：《清词研究的空间与视野》，《北京大学学报》（哲学社会科学版）2017年第4期。
④ 龙榆生：《今日学词应取之途径》，载《龙榆生全集》第三卷，第300页。
⑤ 龙榆生：《清季四大词人》，载《龙榆生全集》第三卷，第95页。
⑥ 龙榆生：《疏筤馆杂缀》（六），载《龙榆生全集》第九卷，第51页。
⑦ 参见张宏生《诗界革命：词体的"缺席"》，《南京大学学报》（哲学·人文科学·社会科学版）2006年第2期。
⑧ 马兴荣：《夏孙桐年谱》，载《词学》第十九辑，华东师范大学出版社2008年版，第262页。
⑨ 冒广生：《小三吾亭词话》卷五，载唐圭璋编《词话丛编》，第4740—4741页。原载于《国学萃编》第27期，1909年。

随着新文化运动的开展，白话文创作逐渐占据主流地位。对于古典诗词，"大学生乃至所谓大学教授而负有新文学家之虚誉者，亦往往不能全识其选声用意之妙"①，遑论创作。光绪二十六年（1900）八国联军攻陷北京时，王鹏运、朱祖谋等人尚有《庚子秋词》之作②，而 1937 年北平沦陷时，夏孙桐虽仍有词作，但身边已无同道："危城情景，与庚子大不同，秋词竟无继作者。"③ 在新文学日益繁荣的背景下，词坛耆宿日渐凋零，创作群体也日渐萎缩，龙榆生很难再建立一个代浙、常而兴的新词派。

尽管龙榆生倡导苏辛的效果不尽如人意，但这样的努力在一些方面仍有不容忽视的意义。

龙榆生对苏辛词派的系统论述，为后来的词派研究提供了有益的参照。词派是"词史的骨骼"④，词派研究则是现代词学建构中的重要组成部分。在 1937 年出版的《宋词通论》中，薛砺若探讨了以苏、辛为代表的词派：

> 东坡以超绝的天才，采取柳氏的创调，而变换其描写的内容，将柳氏柔媚绮艳之作，易为"清丽舒徐"的歌声，而成为词中"横放杰出"的另一个派别。其影响于后期的作家者，则有晁补之、叶梦得、向镐、张元干、张孝祥，直到辛弃疾出，遂臻此派绝诣。⑤

在 1943 完成的《中国文学发展史》下卷中，刘大杰也谈到了苏、辛一派："到了南宋，苏派的词更形发展。由于朱敦儒、叶梦得、张孝祥、陆游、辛弃疾、陈亮、刘过、刘克庄诸家的努力，得与由姜夔一派代表的格律古典词人，分庭抗礼，成着对立的形势。"⑥ 虽然诸家对苏辛词派的具体论述存在差异，但对其主要词人和发展脉络已经逐渐形成共识，这

① 龙榆生：《诗教复兴论》，载《龙榆生全集》第三卷，第 422 页。
② 马兴荣：《朱孝臧年谱》（上），载《词学》第十四辑，第 363 页。
③ 马兴荣：《夏孙桐年谱》，载《词学》第十九辑，第 286 页。
④ 吴熊和：《唐宋词通论》，商务印书馆 2003 年版，第 161 页。
⑤ 薛砺若：《宋词通论》，上海书店出版社 1985 年版，第 108 页。
⑥ 刘大杰：《中国文学发展史》下卷（据初版重印），百花文艺出版社 2007 年版，第 339 页。

也为以后的相关研究定下了基调。在 1957 年发表的《宋词发展的几个阶段》中,龙榆生全面展示了宋词的演进历程,并提醒研究者注意"从周、姜一派深入探求它的音乐性和艺术性,从苏、辛一派深入研究它的思想性和时代性"。[①] 然而,由于当时特殊的环境,词学研究出现重思想、轻艺术的倾向,"也就出现重视豪放派、忽视婉约派的倾向,而豪放派中谈得最多的又只是辛弃疾"[②]。

对于包括苏辛研究在内的所有词学研究,龙榆生都强调客观,这也成为传统词学向现代词学转型的重要推力。他在《研究词学之商榷》中指出:"吾人从事批评之学,最忌固执'我见',偏重'主观',而忽略'客观'之事实。"这番话绝非无的放矢,他认为:"前辈治学,每多忽略时代环境关系,所下评论,率为抽象之辞,无具体之剖析,往往令人迷离惝恍,莫知所归。"[③] 在研究过程中,龙榆生特别注意结合时代、环境进行客观分析。他在讨论东坡词时指出,"苏词既充分表现作者个性,则其思想环境,必与其词有极密切之关系",而"东坡词格,亦随年龄与环境而有转移"。[④] 即便在词选问题上,他也强调"纯取客观,以明真相"[⑤]。相比于朱彝尊的"不暇深考"姜派词人"所以尽雅之故"[⑥]、张惠言的"以《国风》《离骚》之旨趣,铸温韦周辛之面目"[⑦],龙榆生在编选《唐宋名家词选》时提出:"予意诗词之有选本,务须从全部作品抉择其最高足以代表其人者,未宜辄以私意妄为轩轾其间。即如唐宋人词,各因时代关系而异其风格。但求其精英呈露,何妨并蓄兼容。"[⑧] 1949 年以后,龙榆生开始接触唯物史观:"我读马列书,闻道苦已晚。"[⑨]

---

① 龙榆生:《宋词发展的几个阶段》,载《龙榆生全集》第三卷,第 662 页。

② 马兴荣:《建国三十年来的词学研究》,载《词学》第一辑,华东师范大学出版社 1981 年版,第 25 页。

③ 龙榆生:《研究词学之商榷》,载《龙榆生全集》第三卷,第 252、250 页。

④ 龙榆生:《东坡乐府综论》,载《龙榆生全集》第三卷,第 303、306 页。

⑤ 龙榆生:《选词标准论》,载《龙榆生全集》第三卷,第 208 页。

⑥ 龙榆生:《选词标准论》,载《龙榆生全集》第三卷,第 198 页。

⑦ (清)周济:《味隽斋词自序》,载(清)周济著,段晓华辑校《周济词集辑校》,华东师范大学出版社 2016 年版,第 1 页。

⑧ 龙榆生:《唐宋名家词选·初版自序》,载《龙榆生全集》第七卷,第 405—406 页。

⑨ 龙榆生:《述怀五首》其三,载《龙榆生全集》第四卷,第 173 页。

他在《介绍夏承焘唐宋词人年谱》一文中谈道："他们的阶级出身，他们的思想根源，他们的社会关系，他们在彼时彼地的政治经济环境，错综复杂地影响着作者们的思想情感，因而表现在作品上的，也会随时随地发生或多或少的变化。"① 此番表述虽然存在一定的意识形态色彩，但其研究理路却与龙榆生之前突出时代、环境不无相通之处，这也正是他能很快将唯物史观融入词学研究的重要原因。

　　在推动传统词学转型的同时，龙榆生也延续着传统词学重视创作的传统。宋代以后，从张炎到杨慎，从朱彝尊、厉鹗到张惠言、周济，这些重要的词论家都是理论与创作并重。龙榆生的词学著述始于 1929 年，而其《忍寒庐吟稿》所收词作也始于这一年。不仅如此，在龙榆生词学生涯的早期阶段，其创作与研究之间还呈现出一定的呼应关系。比如，1929 年，龙榆生撰写《周清真评传》，创作《齐天乐·秋感和清真》，这也是其现存最早的词作；1931 年初，龙榆生完成《东坡乐府笺》初稿，创作《东坡引·岁不尽二日大雪，访彊村先生》，其后对东坡心摹手追，至老不辍；1933 年，龙榆生撰写《论贺方回词质胡适之先生》，创作《六州歌头·感愤无端，长歌当哭，以东山体写之》等；1935 年，龙榆生通过《今日学词应取之途径》倡导苏辛词风，创作《水调歌头·乙亥中秋海元轮舟上作，用东坡韵》，欧阳竟无认为此词"纯熟之极，气韵不薄，亦劲直有风骨，东坡嗣响也"②；1941 年，龙榆生在《晚近词风之转变》中推崇"云起轩一派之词"③，创作《八声甘州·白下遇今关天彭用云起轩词韵赋赠》。上述现象表明，研究可以为创作提供理论指引，而创作是理论在实践中的延伸，并进而为推广理论提供现实参照，正如钱锺书所言："学识高深，只可明义，才情照耀，庶能开宗。坐言而不堪起行者，其绪论亦每失坠而无人掇拾耳。"④ 如今的词学研究者或许不必借助创作传递理论主张，但也应提高对创作的重视程度，通过自身的创作

① 龙榆生：《介绍夏承焘唐宋词人年谱》，载《龙榆生全集》第九卷，第 133 页。
② 欧阳竟无：《竟无小品》，《同声月刊》第 3 卷第 5 号，1943 年 7 月，第 99 页。
③ 龙榆生：《晚近词风之转变》，载《龙榆生全集》第三卷，第 474 页。
④ 钱锺书：《谈艺录》，生活·读书·新知三联书店 2007 年版，第 373 页。

经历更好地体味前人创作的得失，从而促进词学研究的深入开展。

龙榆生是传统词学通向现代词学的重要枢纽。他借鉴传统词学的策略倡导苏辛，但又因外在环境的变化，无法建立一个代浙、常而兴的新词派。在探索的过程中，他对苏辛词派的探讨，为后来的词派研究提供了有益的参照；他对客观的强调，推动着传统词学向现代词学的转型；他对创作的重视，为后学树立了知行合一的典范。

结 论

通过梳理清季词人和历代词选，龙榆生发现当时词坛存在拘守词律、侧重技术的弊病。他在民族救亡之际提倡苏辛词派，其目的不仅在于补偏救弊，而且在于唤起民族精神，兼具理论价值和现实意义。与元好问、陈维崧和清末诸家相比，龙榆生在传承中有所发展，开始从文学的角度出发，全面把握苏辛词派，并为学苏辛的流弊预备应对之策。当学界质疑苏辛并不易学，自身政治环境又发生剧变时，龙榆生沿着以往词学思考的方向，标举意格，拓宽门径，推重文廷式，实现了困境中的调整。龙榆生深谙传统词学，借鉴浙西、常州两派的策略倡导苏辛，但并未建立一个代浙、常而兴的新词派。他既以探讨苏辛引领学界的词派研究，又以强调客观促进词学的现代转型，还以重视创作延续词学的悠久传统，在现代词学史上有重要贡献。

陈独秀语言变革理论的生成渊源考论[*]

◇王 平^{**}

内容摘要： 主动背离科举之路，使陈独秀获得了超然审视文化传统的从容心态。1904 年他在《安徽俗话报》发表的《恶俗篇》，所针对的仅是风俗之类的文化表象。及至完成了从"立国"向"立人"的转变，他把批判的锋芒指向了伦理。这即寓示着陈独秀终于洞察到文化传统的核心所在。伦理以语言为依托，是文化传统与每一生命个体的联结媒介。若要摆脱伦理的羁绊，势必要对伦理的承载物——语言进行变革。伦理觉悟引致了语言觉醒，陈独秀从对旧伦理的反思中进而发现了文言文和旧文学的一致性。在这一意义上，陈独秀领悟了语言变革的真正意义，"五四"文学革命之路亦由此开启。

关键词： 陈独秀 科举制度 政治启蒙 伦理觉悟 语言变革

经由《新青年》同人的积极倡导，"五四"白话文运动得以兴起，现代白话文体从而在这一方文化土壤里应运而生。由此，新知识者的"语言认同意识"乃至于"身份认同意识"发生了深刻的嬗变，白话文因而由"俗"入"雅"，开辟了现代文学语言建构的崭新格局。这一阐述，业已成为 20 世纪众多文学史写作的惯性叙事模式。其间，因着意于彰显"五四"的实绩，不免对晚清的那场白话文运动讳莫如深。这似乎也无可指摘，毕竟这种讳莫如深与《新青年》同人的微妙态度①达成了一致。

进入 21 世纪以来，随着文学史观的调整，晚清白话文运动进入了更

* ［基金项目］国家社会科学基金项目"清末民初的语言变革与现代文学雅俗观的生成"，项目编号：09CZW052。

** 王平，中国海洋大学文学与新闻传播学院副教授，研究方向为中国现代文学。

① 陈独秀和胡适都对晚清白话文运动持否定态度。陈独秀表示"于各种官话书报，素少探讨"，参见《记者答沈慎乃》，《新青年》第 2 卷第 1 号，1916 年 9 月 1 日。

多研究者的视野。人们把发生于晚清与"五四"的两场语言变革置入各种理论框架之中，对陈独秀、胡适等人在这一历史阶段的文化活动之走向、思想主张之变化进行精细分析，或凸显晚清与"五四"的差异，或梳理其间的关联，研究的重心都聚焦于探寻近现代语言观雅俗逆转的关键环节。

然而，雅俗逆转的实质就在于它是文化传统在清末民初进行深刻转换的显著标志，是文化传统各个组成要素发生嬗变后纵横交错的一个关节点。换言之，晚清的确是"五四"的上游，但绝非源头。将历史发展的脉络从中间斩断，仅截取晚清至"五四"这一段加以静态考量，断然无法理解其本真的意味。若要厘清近现代语言变革的复杂机理，需要对白话文倡导者的理论生成渊源作一细致考察，深入分析潜藏于历史渊源背后的各种规约因素，进而洞察"五四"白话文学语言建构的丰富历史内蕴。

作为"五四"白话文运动的倡导者，陈独秀和胡适的文学史意义自不待言。其一，他们都曾在清末主办、编辑过白话报刊[①]，亲身经历了晚清至"五四"的语言变革浪潮；其二，陈独秀、胡适关于白话文学语言的理论主张，代表了白话由"低俗文体"上升为"高雅文体"的主要实践路径。从"身份认同意识的转换"角度而言，较之新式学堂学生出身的胡适，曾享有清末秀才名号的陈独秀更具有典型意义。对陈独秀语言变革理论的生成渊源进行探察，有助于梳理清末民初白话文运动兴起的内在逻辑线索。

一　"边缘知识分子"的身份认同

陈独秀"秀才"名号所彰显的，不仅是一种文化身份，还是科举制度所建构的一种组织形式。对于古代文人而言，科举的意义毋庸置疑。正是缘于科举制度所搭建起来的向上攀登的阶梯，士人书生才得以从乡

---

① 除却下文将探讨的陈独秀创办的《安徽俗话报》，胡适参与编辑的《竞业旬报》也是一份具有广泛影响力的白话报刊。作为中国公学的学生，胡适自《竞业旬报》创办伊始就成为这份校园白话报刊的主要作者，从 1908 年 8 月第 24 期开始直至第 38 期，胡适都是这个刊物实际上的主编。参见胡适《四十自述》，安徽教育出版社 1999 年版，第 60 页。

野向庙堂会聚，统治阶层亦能够借此获得源源不断的智力资源。更为重要的是，这种考试制度为社会各阶层的向上流动提供了制度上的保障，即便是穷乡僻壤的落魄之人也能从中看到希望。这在一定程度上有助于避免社会阶层的固化。古代文化传统之所以恒定绵长，科举制度所发挥的凝聚作用不容忽视。

中国古代文化传统在语言、道统、学术、文学、科举相互作用下，经历了漫长的发展过程，最终在唐代才得以完善、成熟。"这五种要素依次贯穿其中，组成了一个圆形的闭环系统。"① 科举制度是文化传统最后附着的要素，起到了壁垒般的作用，因此在与外部力量发生冲突时，它必定会首当其冲，成为第一块沦陷的阵地。我们知道，明朝末年西方文化即以宗教为切入点开始向中国文化渗透。19 世纪中叶之后，在坚船利炮的助攻下，西方文化呈现出蔓延之势。在这种情势下，道统、语言、学术、文学等文化要素都在震荡中做出了自我调整，意欲以崭新的姿态迎接时势的挑战。但是农业文明生发的文化体系终究无力抵御西方工业文明的冲击，科举制度随即成为文化系统中最先发生蜕变的环节。

时势的压力使清廷逐渐认识到："科举不停，学校不广，士心既莫能坚定，民智复无由大开，求其进化日新也难矣。"② 出于现实的政治考量，清政府作出决断，在 1905 年废除了自隋、唐延续下来的科举考试制度。这一变革在士人群体中引发了思想上的激烈震荡，对未来道路的选择成为横亘在他们面前的一道难题。此时已初具规模的"边缘知识分子"③ 无疑对他们产生了一定程度的吸引力，由此一批既往的儒生士人开始接受新式学堂教育，转身成为新知识群体的一员。可见，晚清士人阶层

---

① 参见王平《地方学术：近代语言变革的突围路径》，载《现代中国文化与文学》第 39 辑，巴蜀书社 2021 年版，第 8 页。

② 《清帝谕立停科举以广学校》，载舒新城编《中国近代教育史资料》上册，人民教育出版社 1981 年版，第 63 页。

③ 罗志田指出，随着西学的引入，许多传统的读书人在接受了现代科学知识之后，彻底脱离了正统的科举取士体制，立志凭借自己的知识、技能改革社会。他们同新式学堂的学生、归国的留学生（主要是留日学生）一起构成了在边缘处崛起的新的社会群体，这一新型社会群体就是"边缘知识分子"。参见罗志田《权势转移：近代中国的思想、社会与学术》，湖北人民出版社 1999 年版，第 216 页。

的溃散反倒为新知识者队伍的壮大提供了契机。与之相应,"原有的知识分类及其规范(如经、史、子、集)也瓦解了"①,现代科学话语得以通过"新名词"这一媒介逐步融入汉语书面语体系。"科学"与"边缘知识分子"相结合,在这种背景下一种新型的社会阶层开始凝聚。及至1915年9月15日,作为"同人杂志"的《青年杂志》(第二卷起改名为《新青年》)创刊,这其实即标志着现代意义上的知识分子阶层已然形成。

由"边缘知识分子"向"五四"现代知识分子的转变,勾勒出了陈独秀"身份认同意识"转换的位移轨迹,其间所涵盖的历史文化万象也构成了其语言变革理论的生成语境。但是与1905年后被动加入的某些"边缘知识分子"有所不同,陈独秀并非因科举废除而无奈地接受现代科学文化,而是在前途一片光明时主动地背离了科举之路。主动与被动之间,折射出的是风云变幻之际士人群体内部敏锐奋起者与随波从众者的差距。

陈独秀对科举考试的警惕态度,源自1896年的一份科举试卷。因考题偏颇,在考场上他"未用深思,写成一文交卷"②,结果竟考得第一名,得中秀才。17岁即中秀才的"皖城名士",在世俗的眼光中可谓前途无量。然而也正是这一在陈独秀看来颇为荒谬的经历,使其对科举制度的正当性产生了怀疑。此后,陈独秀与堪称正途的科举之路愈来愈远,反而将追求新学作为自己的志向、目标。他先进入杭州求是书院读书,1901年又赴日留学。在日本,陈独秀加入了留学生自发组织的"励志会",积极参加反清宣传,并频频回国投身于反清的政治活动。在1903年兴起的"拒俄运动"中,陈独秀率先加入了"拒俄义勇队",成为运动的骨干之一。"《苏报》案"发生后,他与章士钊、张继等人又创办了《国民日日报》,然而由于内部纷争,此报仅刊行数月即宣告停刊。此时的上海,《俄事警闻》和《中国白话报》相继创刊,肩负起了《苏报》未竟的事业。在这种情势下,陈独秀选择离开上海,回家乡安徽开展革命宣传活动,《安徽俗话报》就在这种背景下于1904年3月31日在芜湖问世。

---

① 汪晖:《死火重温》,人民文学出版社2000年版,第493页。
② 郅玉汝编著《陈独秀年谱》,(香港)龙门书店有限公司1974年版,第4页。

对陈独秀在 1901 年至 1904 年间的社会活动进行追溯，我们发现，虽然他与一般晚清革命者的成长轨迹颇为接近，但又具备一种独特的文化反思意识。作为时代的先觉者，在 1905 年文化传统第一重壁垒失陷的前夜，陈独秀即凭借自己的感知力率先冲破了科举制的屏障，得以回首打量曾寄寓其中的这个文化传统。《安徽俗话报》刊载的文章，就彰显出陈独秀文化反思意识之敏锐。

二　《安徽俗话报》的文化反思尝试

曾有研究者对《安徽俗话报》作出很高的评价，认为这"是十一年以后出版的《新青年》的雏形，在许多方面它还是《新青年》的先声"①。这一评价的确有合理之处。与当时着力开启民智的一般启蒙者不同，陈独秀意识到"必须由学术文化与社会价值的层面去批判传统，进而由此入手以改造国家民族"②。

自第 3 期起，《安徽俗话报》即以大量篇幅连载陈独秀撰写的长篇论说《恶俗篇》，该文对旧式婚姻、妇女的保守装扮以及风水迷信等陈规陋习进行了尖锐的指斥和鞭挞。在陈独秀看来，这些"希奇古怪的坏风俗"贻害无穷，不但累及每个百姓、每个家庭，还"顶有关系国家强弱"③。也就是在这一层面上，陈独秀注意到了文学的独特功用，并着手创作了一部名为《黑天国》的小说，在《安徽俗话报》上连载。与此同时，陈独秀还洞察到戏曲之于宣传教化的重要意义，直言道："戏馆子是众人的大学堂，戏子是众人大教师"④。不过，他又指出旧式戏曲具有两面性，其中掺杂着复杂而又隐秘的负面因素，当务之急就是对其进行改良，继而列举了改良戏曲的五种方法，即"新排有益风化的戏""可以采用西法，戏中夹些演说""不唱神仙鬼怪的戏""不可唱淫戏""除去

---

① 沈寂：《陈独秀和〈安徽俗话报〉》，载《历史论丛》第 1 辑，齐鲁书社 1980 年版，第 362 页。
② 陈万雄：《新文化运动前的陈独秀》，香港中文大学出版社 1979 年版，第 133 页。
③ 三爱：《恶俗篇》，《安徽俗话报》第 3 期，1904 年 5 月 15 日。
④ 三爱：《论戏曲》，《安徽俗话报》第 11 期，1904 年 9 月 10 日。

富贵功名的俗套"。①

　　凸显文学的价值，并将其应用于社会变革的事业之中，关于此，《安徽俗话报》与其后的《新青年》确实具有某些相通之处。然而，当我们对《安徽俗话报》和《中国白话报》《新青年》分别进行对比阅读就会发现，较之于后者，它同前者之间具有更多的共同点。正如前文所提及的，《中国白话报》是在"《苏报》案"发生之后创办于上海的。它是"中国教育会"这一革命团体的机关报，办刊方针就是培育一种崭新的"国民意识"，俨然成为"边缘知识分子"传播、交流革命思想的媒介平台。

　　与《中国白话报》的主笔林獬一样，陈独秀和"中国教育会"的关系也十分密切，《安徽俗话报》的印刷事务"即由教育会属下的东大陆图书局承担"②。不仅如此，陈独秀的办刊方针也是以政治启蒙为指归，刊物在"论说"栏目中以较大的篇幅登载了诸如《亡国篇》《说爱国》《说国家》等具有浓厚革命色彩的宣传文章。《安徽俗话报》刊载的文章浅显通俗，一般的平民百姓能够较为轻松地接受。即便如此，新式学堂的学生以及留学生这些"边缘知识分子"也是其重要的读者群，他们也把《安徽俗话报》当成彼此交流的平台。如第 3 期就发表了一篇留美学生的文章《美国留学生周君给日本留学生的书信》③。文章讲述了作者在赴美途中的屈辱经历：当轮船停靠在檀香山港时，他竟然被禁止登岸观光，无法享受到与同船日本人一样的权利。这极大地伤害了他的民族自尊心，在文中他呼吁在日本的广大留学生努力发愤、立志救国。

　　与《中国白话报》相比，《安徽俗话报》的风格显得较为平和，缺乏凌厉的锋芒和磅礴的气势，这似乎和陈独秀本人的文风也相距甚远。在具有发刊词性质的《开办安徽俗话报的缘故》一文中，陈独秀向读者们声明："我这种俗话报的主义，是很浅近的，很和平的，大家别要疑心我有什么奇怪吓人的议论。"④ 在另一篇作者署名为"中国人"的文章

---

① 三爱：《论戏曲》，《安徽俗话报》第 11 期，1904 年 9 月 10 日。
② 桑兵：《清末新知识界的社团与活动》，生活·读书·新知三联书店 1995 年版，第 207 页。
③ 《美国留学生周君给日本留学生的书信》，《安徽俗话报》第 3 期，1904 年 5 月 15 日。
④ 《开办安徽俗话报的缘故》，《安徽俗话报》第 1 期，1904 年 3 月 31 日。

中，作者也自称"一不新奇，二不荒唐，三不激烈。句句都是要紧的，样样都是可行的"①。

如果对《中国白话报》和《安徽俗话报》的办报环境进行比较，自然就会理解陈独秀与其他撰稿人的良苦用心了。《中国白话报》的社址所在地上海，是新思想的发源地，经历了 1903 年的"拒法运动""拒俄运动"《苏报》案"等一系列革命风潮的洗礼，革命氛围日益浓厚。这是《中国白话报》得以保持激烈文风的原因所在。而陈独秀在较为封闭、保守的安徽主办革命报刊，要顾及诸多制约因素，"一方面须深入浅出，对群众灌输新思想以循循善诱；另方面要使地方当局得以通过，还得力求形式温和"②。但这并不意味着《安徽俗话报》就此舍弃了革命的目标和思想的锋芒。事实上，与《中国白话报》相比，它所发挥的鼓动作用、展示出来的思想意蕴都毫不逊色，同样受到了广大读者的欢迎。编辑曾骄傲地宣称："本报发行以来，仅及半载，每期由一千份增至三千份。销路之广，为海内各白话冠。"③ 由此可以看出，《安徽俗话报》业已成为一块革命宣传的重要阵地。

与《中国白话报》的刊行旨趣相近，《安徽俗话报》也将培育"国民意识"作为主要的办刊宗旨。尤为可贵的是，它那平和的表现形式下面却隐含着一种敏锐的问题意识。在创刊号上，陈独秀即以"三爱"为笔名发表了"论说"《瓜分中国》。这篇文章所强调的看似是一般的反帝爱国主题，其实却另有深意。开篇，作者就以惊叹的语气提示读者："我们中国人，又要做洋人的百姓了呵！""俄国占了奉天省，各国都替中国大为不平"，"以为这回中国一定要和俄国打战了。那晓得中国官，最怕俄国，活像老鼠见了猫一般"。④ 各国见此情形，态度大变，趁势要"瓜分中国"。陈独秀的意图并不止于激发读者的爱国热情，他笔锋一转，直

---

① 中国人：《奉劝大家要晓得国民的权利和义务》，《安徽俗话报》第 21、22 期合本，1905 年 9 月 13 日。

② 沈寂：《安徽俗话报》，载丁守和主编《辛亥革命时期期刊介绍》第二集，人民出版社 1982 年版，第 164 页。

③ 《本社广告》，《安徽俗话报》第 12 期，1904 年 9 月 24 日。

④ 三爱：《瓜分中国》，《安徽俗话报》第 1 期，1904 年 3 月 31 日。

言道："仔细想想看，还是大家振作起来，做强国的百姓好，还是各保身家不问国事，终久是身家不保，做亡国的百姓好呢？"① 这番浅显通俗的话语背后，隐含的是一种强烈的"国家意识"，即希望人人能以"国民"自居，借此集合起民众的力量救亡图存。果然，在第 5 期，陈独秀就通过《说国家》这篇文章集中表述了他的"立国"思想。他指出，国家的构成要素包括"一定的土地"、"一定的人民"和"一定的主权"②，国家与人民之间形成相互依存的关系，"国家乃是全国人的大家"，"人人有应当尽力于这大家的大义"。③

　　在主编《安徽俗话报》的这段岁月里，陈独秀的"立国"思想占据了主导地位。这使他与林獬等其他革命者一样，是从工具论的角度看待白话文章和白话文学的，目的就在于借此培育起广大民众的"国民意识"。换言之，此时的陈独秀只是把这一文体同社会革命联系起来，并未着眼于语言本身来思考白话文问题。需要指出的是，陈独秀敏锐的文化反思意识使他并未止步于此。在其后的社会文化活动中，他对白话文体的认识即提升到了新的高度。

三　伦理觉悟引致的语言觉醒

　　纵观陈独秀的思想发展历程，会发现辛亥革命是一个关键性节点，在此前后他的政治观念发生了深刻的嬗变。"如果说辛亥革命前的陈独秀'立国'思想占据上风，那么辛亥革命后的理性思考则是以个人主义为导向的自由、民主体系的塑造。"④ 换言之，经过了这一段思想历程，他由"立国"走向了"立人"。这种转变具有深刻的社会文化根源，辛亥革命无疑是一座分水岭。面对辛亥革命之后惨淡的社会现实，"陈独秀那

---

① 三爱：《瓜分中国》，《安徽俗话报》第 1 期，1904 年 3 月 31 日。
② 三爱：《说国家》，《安徽俗话报》第 5 期，1904 年 6 月 14 日。
③ 三爱：《说国家》，《安徽俗话报》第 5 期，1904 年 6 月 14 日。
④ 张宝明：《阐释与启示：20 世纪初年民族主义谱系的嬗变——以〈安徽俗话报〉与〈新青年〉为例》，《郑州大学学报》（哲学社会科学版）2006 年第 2 期。

代人便开始意识到：他们向往已久并为之奋斗过的共和政体已经流产"①。风云变幻的政治时局势必引致社会文化思潮的转向。刘纳曾指出，"'辛亥'与五四，以及横亘在它们之间的 1912—1919 年，这是三个信仰的转捩时期"，在五四之前，"'政治'是民族生活的中心一环，而五四时期的中心议题是'伦理'和'文学'"。②

　　1914 年 11 月 10 日出版的《甲寅杂志》发表了陈独秀的《爱国心与自觉心》一文。这篇文章"颇具有'过渡'意义"③，我们可以借此观察到陈独秀思想观念的某些微妙变化。在此文中，陈独秀对"国家"概念作出了新的界定和阐释："国家者，保障人民之权利，谋益人民之幸福者也。不此之务，其国也存之无所荣，亡之无所惜。"在此基础上，他坦言："爱国者何？爱其为保障吾人权利、谋益吾人幸福之团体也。"④ 可以看出，与发表在《安徽俗话报》上的文章相比，在这里陈独秀对"国家"以及"国与民之关系"的理解都发生了深刻的变化。如前所述，在《说国家》一文中他提出国家与人民之间存有一种相互依存的关系，即所谓"国亡家破，四字相连"⑤。然而《爱国心与自觉心》却将国与民的关系表述为"国以民为主"的主次关系，其中所寄寓的正是鲜明的民主意识。

　　《新青年》创办之后，在同人群体的思想"共振"下，陈独秀终于实现了政治、文化观念的整体性重构。此时，"立人"已成为他启蒙事业的主要目标。围绕着"立人"的总体构想，他对"爱国"一义作出了新的诠释："故我之爱国主义，不在为国捐躯，而在笃行自好之士，为国家惜名誉，为国家弭乱源，为国家增实力。"⑥ 在这里，国民自身素质之

---

　　① 舒衡哲：《五四两代知识分子》，载许纪霖编《20 世纪中国知识分子史论》，新星出版社 2005 年版，第 245 页。

　　② 刘纳：《嬗变——辛亥革命时期至五四时期的中国文学》（修订版），中国人民大学出版社 2010 年版，第 45、19 页。

　　③ 张宝明：《阐释与启示：20 世纪初年民族主义谱系的嬗变——以〈安徽俗话报〉与〈新青年〉为例》，《郑州大学学报》（哲学社会科学版）2006 年第 2 期。

　　④ 独秀：《爱国心与自觉心》，《甲寅杂志》第 1 卷第 4 号，1914 年 11 月 10 日。

　　⑤ 三爱：《说国家》，《安徽俗话报》第 5 期，1904 年 6 月 14 日。

　　⑥ 陈独秀：《我之爱国主义》，《新青年》第 2 卷第 2 号，1916 年 10 月 1 日。

于国家的重要意义得到了凸显。可以看出，此时陈独秀关注的焦点已由既往外在的"革命立国"转向了内在的"立人图强"。于是，如何有效地提高国民的整体素质就成为这一时期陈独秀思考的重要内容。伴随这一转变而来的，就是他的社会活动目标从"政治启蒙"逐渐过渡到"伦理启蒙"。

在"五四"时期陈独秀的思想体系中，"伦理"一词占据了重要的位置。此时，他的各种文化观念都是以"伦理革命"为基础建构起来的。在他看来，"盖多数人之觉悟，少数人可为先导，而不可为代庖。共和立宪之大业，少数人可主张，而未可实现"①。换言之，以往的政治宣传并不能真正解决实际的政治问题，只有全体国民都具有政治觉悟，才可以完成政治革命的大业。然而，政治觉悟并非凭空产生的，它深受伦理思想的支配、制约。由此可见，"伦理的觉悟，为吾人最后觉悟之最后觉悟"②。这一斩钉截铁的断言意味着，陈独秀已清醒地认识到：伦理是最为根本的要素，伦理启蒙是解决政治问题的先决条件。而在伦理启蒙中，重中之重并不是既往所突出的国家、社会，而是每个生命个体，崭新的人格建构才是创制崭新社会政治文化的基础。在这一意义上，陈独秀指出："吾人首当一新其心血，以新人格，以新国家，以新社会，以新家庭，以新民族，必迨民族更新，吾人之愿始偿。"③ 也就是说，较之于家庭、社会、国家、民族，人自身才是引发伦理革命的关键所在。

由政治启蒙转向伦理启蒙，由致力于社会革命转向进行思想革命，在这一过程中陈独秀对语言变革的认识也发生了转化。他开始从革命宣传的目标之外对语言问题本身予以思考，而这则进一步激发了他彻底变革汉语书面语体系的理论自觉。

语言与人格建构紧密相连，作为人格建构重要组成部分的伦理和语言之间的关系尤为密切，陈独秀就是从伦理启蒙的角度切入语言问题的。他所着力强调的"伦理觉悟"这一概念本身，"就意味着对人生的意义

---

① 陈独秀：《吾人最后之觉悟》，《新青年》第 1 卷第 6 号，1916 年 2 月 15 日。
② 陈独秀：《吾人最后之觉悟》，《新青年》第 1 卷第 6 号，1916 年 2 月 15 日。
③ 陈独秀：《一九一六年》，《新青年》第 1 卷第 5 号，1916 年 1 月 15 日。

与目的、世界国家人民之间的相互关系和位置、人的行为准则等等的洞悉"①。对伦理问题的思考，促使陈独秀以崭新的视角重新打量伦理、国家、社会、人、语言等要素之间的关系。需要指出的是，与《安徽俗话报》时期有所不同，陈独秀此时已无意再树立一个"国民"的正面形象以供效仿，而是将关注的目光投向了国民性中的消极因素，试图找到这些消极因素的根源所在。在这一过程中，他越发强烈地感知到"孔教"对国人的根本性影响，于是接连写就《宪法与孔教》《孔子之道与现代生活》《再论孔教问题》等文章对这一问题进行阐发。

在追溯孔教的缘起与历史发展进程时，陈独秀作出了如下分析："孔教之精华曰礼教，为吾国伦理政治之根本。""经汉、宋两代之进化，明定纲常之条目，始成一有完全统系之伦理学说。"② 在这里，他发现旧的传统道德不但已成为一种有系统的学说体系，而且凝结成一种根深蒂固的思维方式。当他意欲寻觅这种思维方式在社会文化中的表现形态时，恰巧读到了胡适的《文学改良刍议》③。胡适关于文学革命的理论主张无疑给予陈独秀深刻的启发，他随即撰写了《文学革命论》一文。这篇文章不仅是对胡适的响应和支持，其实也可视作他思考伦理问题的一种理论总结。李泽厚将此文的历史价值概括为："陈独秀把文学形式的变革创新，与题材内容的变革创新紧紧连在一起，与改造国民性和'革新政治'紧紧连在一起。"④

在《文学革命论》一文中，陈独秀把文学革命和孔教问题放置在一起进行论述："孔教问题，方喧呶于国中，此伦理道德革命之先声也。文学革命之气运，酝酿已非一日。"⑤ 而他所高举的"三大主义"旗帜亦同伦理启蒙息息相关，陈独秀坦言：之所以要对"贵族文学""古典文学"

---

① 汪晖：《现代中国思想的兴起》下卷，生活·读书·新知三联书店 2004 年版，第 1220 页。
② 陈独秀：《宪法与孔教》，《新青年》第 2 卷第 3 号，1916 年 11 月 1 日。
③ 据胡适回忆，他在 1916 年 10 月间写信给陈独秀提出了八个"文学革命"的条件，不到一个月又写就《文学改良刍议》投给了《新青年》。参见胡适《四十自述》，第 113 页。参照《宪法与孔教》等文的发表时间，可以断定陈独秀在此时正思考孔教与传统文化之间的关系问题。
④ 李泽厚：《中国现代思想史论》，东方出版社 1987 年版，第 101 页。
⑤ 陈独秀：《文学革命论》，《新青年》第 2 卷第 6 号，1917 年 2 月 1 日。

"山林文学"进行彻底排斥，原因就在于它们"盖与吾阿谀夸张虚伪迂阔之国民性，互为因果"。① 也就是说，他从这些文学形态当中洞察到旧伦理的深刻印迹，提倡白话文体和白话文学的目的就是要以此来消除陈腐的伦理道德、思维模式的影响。就这样，由"立国"到"立人"，由政治启蒙转向伦理启蒙，陈独秀将对旧伦理的反思延伸至对语言与文学的反思，从而实现了对白话文体的真正认同。

结　语

探察陈独秀语言变革理论的生成渊源，我们发现"伦理觉悟"在其间发挥了承上启下的过渡性作用。冲破科举桎梏的陈独秀，凭借敏锐的反思能力将审视的目光投向了文化传统。然而在《安徽俗话报》发表的《恶俗篇》等文章所针对的仅是风俗之类的文化表象，此时他尚未形成深邃的思维穿透力。原因就在于此时的陈独秀仍然信奉"家国同构"，仍将启蒙救亡的目标寄托于"立国"。及至完成了从"立国"向"立人"的转变，陈独秀把批判的锋芒指向了伦理，这寓示着他终于洞察到文化传统的核心所在。

在中国古代文化传统中，"伦理"的意义十分深远。我们知道，古代文化传统是应和农业文明的生产方式而生成的，农业生产的核心要求即为顺应农时、天人合一。很自然地，古代文化传统的本质特征就是"秩序"，即使繁杂的社会万象各司其职、井然有序，从而调动起各种社会资源以适应农耕的需要。"君君，臣臣，父父，子子"②，伦理秩序正是在这种情势下建构起来的。经过千百年的积淀，伦理秩序业已浸入人们的思维，成为一种占据主导地位的思维方式。文化传统与每一生命个体的联结，就是以伦理为媒介和桥梁的。伦理如影随形，以语言为依托。相应地，若要摆脱伦理的羁绊，势必要对伦理的承载物——语言进行变

---

① 陈独秀：《文学革命论》，《新青年》第 2 卷第 6 号，1917 年 2 月 1 日。
② 《论语注疏》卷十二《颜渊》，载阮元校刻《十三经注疏》，上海古籍出版社 1997 年版，第 2503—2504 页。

革。伦理觉悟引致了语言觉醒，在这一层面上陈独秀发现了语言变革的真正意涵。他认识到，语言不仅是启蒙宣传的工具，它还具有革旧立新的革命意义。

伦理觉悟引导陈独秀触及了文化传统变革的核心问题，殊途同归，在"情感"的指引下胡适以另一条路径完成了对文化传统的剖析。在美国留学的经历以及中西文化对比的语境，使胡适产生了一种深刻的认识："语言文字是世界上最保守的东西，比宗教更为保守。"① "中古以后老的语言工具已经不够用了。它不能充分表达当时人的思想和观念。"② 鉴于此，胡适开启了从文学角度介入语言变革的新路向，主旨就在于创造出一种与现代人情感结构相契合的文体形式。

可以看出，陈独秀和胡适分别从生命个体的思维结构、情感结构入手，对文学语言的现代转换问题展开了深入思考，并身体力行，开辟出两条殊途同归的变革路径。与晚清的知识者相比，陈独秀、胡适业已摆脱文言文所象征的文化传统的重重羁绊，对白话文以及白话文所蕴含的俗文化产生了真正的认同意识。"也就是在这一意义上，他们才会或对晚清的白话文运动持一种否定的态度，或对自己主办白话报的经历讳莫如深。"③

---

① 唐德刚译注《胡适口述自传》，广西师范大学出版社 2005 年版，第 139 页。
② 唐德刚译注《胡适口述自传》，第 144 页。
③ 王平：《语言认同意识的转换与现代白话文体的生成——以胡适白话文学理论的建构为中心》，载杨瑞芳、鞠岩主编《语言·文字·文体研究》，齐鲁书社 2018 年版，第 60—61 页。

二周文章观的文体意识

——以"散文诗"为中心

◇李乐乐*

内容摘要：二周至迟在 1907 年前后听闻"散文诗"这一概念，通过对"散文"（prose）、"诗"（poem）这一对并不完全匹配概念的重新理解，在跨文体的意义上确认了"散文诗"的相对位置，并由此介入对中国文章的论说。"散文诗"是诗与文章之间实现"文体转换""新文体生成"的一处自由空间，其与后来通行的文体概念判然有别。也正是借助这一预留的园地，周氏兄弟此后不断带来新的表达方式，颠覆早前自身也曾参与塑造的、主要通过效法西方"文学概论"推动的新文学秩序，实际以文章观构成对纯文学经典化的再次反拨，从而不断激活与丰富新文学的传统。

关键词：周氏兄弟　文章观　文体意识　散文诗

一般而言，现代文学中的"散文诗"是一个（准）文体概念，直接来源于域外波德莱尔、屠格涅夫①创造的 Petit poème en Prose。不过，当该词出现在周氏兄弟笔下时，却表现出极大的含混性，或曰"跨文体性"（inter-）。事实上，二周至迟在 1907 年前后已经听闻"散文诗"一词，并以此介入对中国文章的论说，只是这一文论概念及其背后的问题意识，与后来新文学中逐渐崛起的散文诗体明显异样，二周也有意加以

---

　　* 李乐乐，四川大学外国语学院助理研究员，研究方向为周氏兄弟文章观与思想、周氏兄弟文学翻译。

　　① 屠格涅夫的作品被认为是典型的"散文诗"，主要是指他晚年出版的《老年》（*Senilia*）。集中所收作品多为屠格涅夫旅居法国期间所作，本身就是在与法国文坛的密切互动中完成的。这之后，直到在俄罗斯《欧洲消息》等刊物上，屠格涅夫的作品才被正式冠以"散文诗"之名。

区别，更倾向于使用前者。这之后，周氏兄弟先后用"散文诗"指代过小说、小品文、独语体散文等，概念外延还可以包纳到后来的杂文和文抄体。尤其是后两种，今天看来都是与"诗"甚至与文学绝缘的新格式。

既往关于"散文诗"的讨论，主要集中在它是否构成一种文体，或究竟是哪一种文体，这在某种程度上遮蔽了二周对同一字面的采用，以及在这一"别样"概念背后可能更重要的——他们对文学的独特理解方式。可以说，从留日时"散文诗"意识的初步形成，到此后逐步随创作实践而扩容，逐渐获得话语自信，"散文诗"都是关联周氏兄弟文章观的一个不可或缺的关节。

一 别一种"散文诗"——以《小约翰》《西山小品》为样本

1927 年 1 月出版的"乌合丛书"系列的《彷徨》书后附有一则《小约翰》的广告，内容如下：

> 和兰望蔼覃作，鲁迅译。是用象征来写实的童话体散文诗。叙约翰原是大自然的朋友，因为要求知，终于成为他所憎恶的人类了。前有近世荷兰文学大略，作者的评传及照像。[①]

现在大致认为，这则"广告语"的撰写者即是鲁迅本人，时间在 1926 年 8 月前。[②] 需要注意的是"用象征来写实的童话体散文诗"一句，其直接来自对德文序言（广告中提到的"近世荷兰文学大略"）和书后一篇作者评传的"杂凑"。

鲁迅后来回忆留日时第一次在德文杂志《文学的反响》 （*Das*

---

① 鲁迅：《彷徨》，北新书局 1927 年版。
② 胡从经：《〈《未名丛刊》与《乌合丛书》广告〉子目考索（续）——鲁迅佚文钩沉》，《社会科学辑刊》1982 年第 1 期。

litterarische Echo）上看到《小约翰》的情况，"内中有着这书的绍介和作者的评传"，这意外引起他阅读的兴趣，他因在东京书店四处寻购不得，又向德国订购，为此还等待了三个月之久。① 这里提到的"评传"，鲁迅1926 年翻译《小约翰》时一并将其译出附于书后，文章出自比利时诗人波勒·兑·蒙德②之手，这也在一定程度上影响到评传的语言表述方式。在这篇使鲁迅对《小约翰》产生极大兴趣的评传中，望·蔼覃首先被描述为一位出色的诗人，他的剧作《弟兄》（现一般译作《兄弟们》）"是一篇戏曲底叙事诗"，《小约翰》及其续篇则是"象征底散文诗"。③这种直感的、印象式的点评，与德文序言中所说"象征写实底童话诗"一起，无疑对当时的鲁迅产生了强烈吸引，甚至可以说，两篇评介文章所塑造的文本形象之于鲁迅的影响不亚于《小约翰》著作本身。

多年后的《小约翰》广告中"用象征来写实的童话体散文诗"一句，明显是对上述片段的"拿来"，其意义却并非加强宣传效果那么简单。鲁迅同时在译者序中，又复引用这些片段，并且换成自己的话，称《小约翰》是"无韵的诗""成人的童话"。至少可以说明，鲁迅本身也是在这样一个"散文诗"的概念上接受、体认《小约翰》的文本意义，并认为它有不可忽视的价值的。然而应该看到，20 世纪 20 年代以波德莱尔作品为代表的散文诗（Petit poème en Prose）已经被植入中国文坛，在一定程度上获得了典型意义，鲁迅这时却称一篇童话体小说是"散文诗"，实在有点反常，何况，他本身也正是波德莱尔散文诗的初期译介者之一。

同样反常的还有周作人对自己新诗集的描述方式。1929 年 8 月，他在为《过去的生命》所作序中，直接称这些作品尤其是末后的两首为"别种的散文小品"④。需要注意，"小品"这个概念也曾被周氏兄弟用来

---

① 鲁迅：《马上支日记》，载《鲁迅全集》第 3 卷，人民文学出版社 2005 年版，第 353 页。

② 波勒·兑·蒙德（P. de Mont, 1857—1931）是诗人、文学评论家，同时也是一位艺术家，为北部比利时人，因以荷兰语写作，且受荷兰印象画派的影响，被认为是可以代表荷兰印象派文学的重要作家，《小约翰》德文版序言的作者可能因此将他误认作荷兰人。

③ 〔荷兰〕波勒·兑·蒙德：《拂来特力克·望·蔼覃》，鲁迅译，载《鲁迅译文全集》第 3 卷，福建教育出版社 2008 年版，第 107 页。

④ 周作人：《〈过去的生命〉序》，载钟叔河编订《周作人散文全集》第 5 卷，广西师范大学出版社 2009 年版，第 574 页。

指代过短篇小说，如《〈域外小说集〉略例》所称"近世小品"，到新文学后仍在沿用①，并非现在我们所理解的 Essay 或随笔一端。应该看到，有意"混淆"或"调和"文体，似乎是周氏兄弟文学评论与创作的一个显著特征。就周作人 1929 年出版的诗集《过去的生命》而言，除《慈姑的盆》《过去的生命》等标准的新诗之外，两首《西山小品》（《一个乡民的死》《卖汽水的人》）作于 1921 年 8 月底，现在来看只能算作"典型"的散文，或更具体可称叙事类散文，周作人却将之纳入一本"新诗集"中，且着意强调，言下不无对话的期待。两首小品最初以日文写成，寄往友人武者小路实笃的杂志《生长的星之群》发表，周作人自己又很快译回中文，刊于 1922 年 2 月 10 日《小说月报》"短篇与长篇小说"栏。② 在中日期刊上同步发表，可见周作人对这一文学样式颇为青睐。

　　两首《西山小品》很容易让人联想起周作人 1911 年回国后不久所录一篇写生文 "Souvenir du Edo"。该文作于回国之前，周作人后来曾在《知堂回想录》中慨叹，"拟作写生文，而使用古文辞"③，认为是一种错位。而事实上，错位也还包括语言文字本身造成的隔阂。《西山小品》先用日文写成，似乎也是为更贴近写生文的原生形态。对于日本明治时期的写生文如何对周作人产生影响，已有不少研究者论及，这里只需说明一点，写生文最初衍生于俳句改革中，后又延伸到随笔散文以及夏目漱石的小说创作。也就是说，写生文在日本文坛的横向展开，本身就是一个难以被西方"文学概论"所消化的、轨道之外的写作现象。这一写作现象与周氏兄弟同期开始在理论上提炼、试验的"散文诗"，也有极大的相通性。周作人对写生文的爱好、模拟，具体到《西山小品》这类"日文到中文"的逆向译介，无论尝试得成功与否，可能都是基于对这

----

　　① 1928 年 5 月，鲁迅在《〈奔流〉编校后记》中，即称《流浪者》等四篇巴罗哈的短篇小说为"小品"。参见《鲁迅全集》第 7 卷，第 166 页。

　　② 两首《西山小品》完成不久，9 月 1 日即寄《生长的星之群》（日本杂志『生长する星の群』），很快收到武者小路实笃的答复，并于当年 12 月发表。同时，周作人又将其译回中文，发表于《小说月报》第 13 卷第 2 号（1922 年 2 月 10 日）。

　　③ 周作人：《知堂回想录（八九）·俳谐》，载钟叔河编订《周作人散文全集》第 13 卷，第 412 页。

一写作形态在汉语文章中是否同样可行的现实关切。①

重新回到《过去的生命》，问题可能会呈现得更清晰。区别于写生文"诗—散文—小说"的运动轨迹，在周作人，方向也可以相反：从散文而回流到诗。《西山小品》是小品散文，也还是诗，只是何谓"别种的散文小品"，为什么"别种的散文小品"能够归为"诗"，他在这篇简短的诗集序言中并未细论，此处可以引《西山小品》写作同期周作人在《美文》中的相关表述补充。周作人自言所以提倡"美文"，是要"给新文学开辟出一块新的土地"，这在当时主要指向"记述的"（descriptive）、"论文式"（essay）的文章，值得注意的却是周作人对它的描述方式："读好的论文，如读散文诗，因为他实在是诗与散文中间的桥。"这里，同样调用了"散文诗"的概念，而且进一步揭明，诗、小说等只是在体裁上区分，"若论性质则美文也是小说，小说也就是诗"。②由此来看，"散文诗"显然不是指文体，而是形式之上的某种"性质"，亦是文体与文体"彼此穿越"（inter-）的空间。

《西山小品》以及同期的《昼梦》《寻路的人》等叙事抒情文，包括《夏夜梦》（十则）、《星里来的人》一类小说体，记事抒情等因子杂糅，均可视作实践这一"散文诗"理想的有效成绩。沿着这一思路，《域外小说集》所开辟的短篇小说形象甫成经典，周作人反而在《美文》、《晚间的来客》译后附记中一再称赏库普林，"就是要表明在现代文学里，有这一种形式的短篇小说"③。而且，也不仅从论文向诗、向小说"渗透"，如有好的文章出现，这一通道同样可以回返，如周作人评价废名的小说《桥》，"废名所作本来是小说，但是我看这可以当小品散文读，

---

① 两篇文章发表于《小说月报》时，文前还有一篇 1921 年 12 月 15 日所作附记，申明"此刻重写，实在只是译的气分，不是作的气分。中间隔了一段时光，本人的心情已经前后不同，再也不能唤回那时的情调了"。对于这两篇小品译回中文后的效果，周作人自己似乎并不满意，只是他归罪于"时间"，更像是一种修辞策略。查《周作人日记》可知，周作人译回中文的时间其实还要更早，在日文完成后两周左右，1921 年 9 月 13 日即"抄译前作《西山小品》了"。参见鲁迅博物馆藏《周作人日记》影印本中册，大象出版社 1996 年版，第 199 页。

② 周作人：《美文》，载钟叔河编订《周作人散文全集》第 2 卷，第 356 页。

③ 周作人：《晚间的来客》译后附记，《新青年》第 7 卷第 5 号，1920 年 4 月 1 日。

不，不但是可以，或者这样更觉得有意味亦未可知"①。"诗"和"小说""戏剧"诸文体混合，而以"散文诗"或"别种的散文小品"这一"超文体"的概念激活既定系统，亦即在新文学的框架中，提醒文体僵化的可能。这一思路，我们同样也能在鲁迅对《小约翰》或相似作品的叙述中发现，属于二周共享的文论经验。

查周作人日记可以发现，"散文诗"的经验可能本身就有《小约翰》的文本形象参与其中。1916 年 11 月 12 日，《周作人日记》有一条"得北京八日函，晚阅《小约翰》叙论了"②。考虑到他不懂德文，《小约翰》当时也未出英译或世界语译本，这篇叙论应该是鲁迅当时一部分未能完成的译稿。也就是说，1906 年鲁迅购入《小约翰》后，的确一直有意译出③，1916 年曾一度试译，并将叙论部分寄给周作人共阅。那么，既然读过这篇译序，对其中反复强调的"散文诗"这一关键词，周作人至少也能有所了解。更何况，作为从《河南》到《域外小说集》一系列文章计划的"独应"者，二人或许早有关于"散文诗"的意见交流。

这里需要重新回到作为译语出现的"散文诗"一词。结合鲁迅一贯的硬译作风来看，《小约翰》作者评传中的"散文诗"直接对译的应是德文 Prosadichtung，这与波德莱尔散文诗（Dichtungen in Prosa）④ 之间有微妙区分。Prosadichtung 由 prosa、dichtung 两部分合成，基于德语语法的特点，如果形容词（或作形容词用的名词）与它所修饰的名词关系密切，可以连写呈现为一个完整的词。⑤ 实际上，德文的这一语法特点与鲁迅对翻译中"底"和"的"二字的严格区分十分接近，如 social being 译为"社会底存在物"，因为人的存在同时也在社会中，二者构成一个

---

① 周作人：《〈中国新文学大系·散文一集〉导言》，载钟叔河编订《周作人散文全集》第 6 卷，第 732 页。

② 鲁迅博物馆藏《周作人日记》影印本上册，第 639 页。

③ 鲁迅《马上支日记》即曾说，购得此书后，"想译，没有这力。后来也常常想到，但总为别的事情岔开"。参见《鲁迅全集》第 3 卷，第 353 页。

④ 鲁迅早年购入的德译本波德莱尔作品集（*Charles Baudelaire's Werke in deutscher Ausgabe*）第一卷 *Dichtungen in Prosa und Novellen*，"散文诗"即作 Dichtungen in Prosa。参见北京鲁迅博物馆编《鲁迅手迹和藏书目录（3）·西文部分》（内部资料），1959 年版，第 50 页。

⑤ 鲁迅在翻译中，很可能就受到自己所熟悉的德文逻辑的影响。

新的指涉，亦即"形容词与名词相连成一名词者"①，而如 grossen, finstern Stadt 则译作"大而黑暗的都市"，因其性质不变，重心仍在最后的中心词上。这里有一个最简单的区分标准，前者的"底"字也可省略。沿此一翻译逻辑尝试倒推，Dichtungen in Prosa 如果直译，应为"散文形式（体式）的诗"，Prosadichtung 更接近"散文（底）诗"。

　　而且，比起德语或荷兰语原文，更重要的还在于信息传递的过程中鲁迅对"散文诗"的具体理解方式，至少在最终呈现出的"象征写实底散文（底）诗"这一汉语字面上，"散文"与"诗"之间重构为一个整体，这也是周氏兄弟所习用的"散文诗"概念，与通常新文学所认可的"prose poem"或"petit poème en prose"之间性质有别，更强调"散文"和"诗"二者"混合"后的新形态。更为重要的是，这种"新形态"是在否定既有边界的意义上产生的，这也就意味着，它在任何时候都具有否定性，或曰未完成性。也许正是为了凸显两个"散文诗"的内涵不同，周作人 1921 年着手译介波德莱尔时，使用了"散文小诗"② 这一译语，"散文"与"诗"明显被区隔开。如前所述，这一自觉还可以上溯至鲁迅看到《小约翰》的留日时期。实际上，周作人写于 1908 年的《论文章之意义暨其使命因及中国近时论文之失》（下文简称《论文章之意义》）一文，已经约略勾画出这样一个"散文诗"的概念。前文言及，《论文章之意义》是周氏兄弟继"新生"计划夭折后，为催促中国文章更新而作的一篇重要论文，论文综合西方尤其是 19 世纪以后的各家文论，试图为中国新文章勾画一个理想框架，题目中所谓"意义"相当于 definition③，目的在为文章划界。换言之，《论文章之意义》是一篇颇具野心、带有宣言性质的简写版"文学概论"，虽由周作人主笔，而整体的立论与框架设计应属二人共同商讨的结果，具体到其中的"散文诗"，用来单指"说部"，即高度契合鲁迅最初从《小约翰》两篇评介文

---

① 鲁迅：《苦闷的象征·引言》，载《鲁迅全集》第 10 卷，第 257 页。
② 而非"小散文诗"。
③ 太田善男《文学概论》也是此种用法，如周作人所重点参考的第三章第一节"文学的意义"。

字上"捕获"到的文本形象。

　　至于"散文诗"在《论文章之意义》中如何被呈现，又因何呈现，将是下文要讨论的重点。这里需要强调的是，今天我们尝试理解周氏兄弟所谓"散文诗"，之所以会产生文体混乱的观感，或直接将其与新文学初期的文体混为一谈，实际上基于一个很成问题的前提：作为现代文体的"散文"与"诗"，二者似乎是不言自明的。而事实上，当近现代中国学人使用这一概念时，具体到二周以及更早的王国维等，"散文"一词还未被假借、塑造成一个文体指称。[①] 换言之，讨论"散文诗"及其背后有可能折射的问题意识，首先需要一个"时差"上的调整，即要重新回到概念"发生"的起点即 1907 年前后，在周氏兄弟面对外来资源、文章传统的接受和转换过程中，在"散文诗"与历史语境的多重互动中做出更具体的梳理、探讨。

二　"散文诗"的问题意识

　　这里提到周氏兄弟留日期间可能会有的问题意识，绝非空想。事实上，置身中西"文学"包括"文类"相遇、对接的历史过程，如何接受一套陌生、新鲜的文论话语，以及如何对待既有文类的"事实存在"与"无处安放"等，都或多或少会进入近现代中国学人关于文学（或文章）的表述中，对 20 世纪文章更新早有自觉的周氏兄弟对此表述尤多。

　　此前，作为"东洋"范本的日本主要选择了一种相对简单、决绝的方式，大体是按照 19 世纪逐渐成形的"西方文学史"这一镜像描述己身。与此相较，在对异域文学的新鲜感过后，返诸己身，二周很快又在一个新的"取今复古"的文章视域中纠正了事实偏差，意识到中国文章所要解决的不仅是如何趋新这一普遍性命题，更重要的还在于"我"要如何直面"古源"与"新泉"两种书写体系的对接。《论文章之意义》

---

　　① "散文"明确作为一个文体指称，是通过北京大学英文门、国文门之间的互动完成的，时间应在 20 世纪 20 年代前后。

一文中初现雏形的"散文诗",即是此一思考的初步斩获。具体言之,"散文诗"概念的被拿来与化用,所尝试回应的主要就是如何准确描述、安置文章"纯""杂"二分的边界问题。

作为周氏兄弟留日时期构建"文章观"的重要材料来源,太田善男《文学概论》(1906)虽有不少研究者论及,其中的问题意识包括解决这一问题的方式却尚未引起充分注意。太田善男将文学分为纯文学(Pure-literature)和杂文学(Mixed-literature)两类,前者诉诸情感,后者诉诸知识,这在当时已是通识。不过,当言说纯文学时,他又套用了德国美学家哈特曼(Eduard von Hartmann)的艺术分类法,认为纯文学即是诗(Poem),其下包括吟式(singable)、读式(readable)两类,吟式诗也称律文(verse)诗,有叙事诗、抒情诗和剧诗三种;读式诗亦即散文(prose)诗,分叙事文、抒情文和小说等。沿着这一思路,原书第四章"诗とは何ぞや"(何谓"诗")对"散文诗"一项有更详细的解说,太田善男主要着眼于"律格"这一形式(form)上的标准,指出"前者可称为格律诗或韵文,后者可以称美文或散文诗"。① 二者之间的区别主要在于是否严格地遵守律格,即是说,所谓"散文诗"并非真正无律,而只是一种"不全律格"(semi-rhythm)。这里实际上涉及两个"诗"的概念,将作为西方文学源头的 verse/poem 与日渐扩展了疆域的 19 世纪 poetry/literature 一并而论,同时仍将合律与否作为判别当下文学"边界"的第一标准。

也因此,"散文诗"在这里暴露出概念的矛盾性,即无限地趋向一种 prose verse,换言之,律文(verse)和散文(prose)难以区分。为了弥合错位,太田善男又特别强调并不存在真正无律的诗,并以《力士参孙》为例,指出其虽不押韵,却有抑扬,此外如字数整齐亦可称诗,实际将律格泛化为声音节奏,称"有人认为没有韵律便不成诗,其实这是

---

① 〔日〕太田善男:《文学概论》,(东京)博文馆 1906 年版,第 81 页。引文为笔者试译,对应原文为"前者は律文詩一に韻文と云ふべく、後者は美文若しくば散文詩といふことを得べし"。

一个极大的谬误"。① 换言之，只要被称为诗，就一定有律。这里存在明显的逻辑倒置。从太田善男最后选定的文学品类来看，"俳句""和歌""新体诗""小说""日记""随笔""物语"，后四种显然属于"散文诗"，则真正合律的"律文诗"比例偏小，甚至于我们也很难说小说、日记和随笔是"不全律格"。

事实上，对于居于"声律框架"边缘的随笔和日记等，太田善男论证其为"诗（纯文学）"的思路是，小说相当于律文诗中的剧诗，美文则相当于其中的抒情诗、叙事诗："哈特曼认为读式诗即为小说，但我以为除小说之外还应加入美文。这是因为，如果说小说能与律文诗中的剧诗相抗衡的话，则美文可与抒情诗、叙事诗相比较。"② 也就是说，用来论证美文③有诗性的，是小说的诗性，是这一极富设计感的框架本身，至于小说是否有诗性、因何有诗性，却并不能由这个框架证明。比较而言，对于自己不太熟悉的西方文学，太田善男的言说反而通顺，"オード"（Ode）、"ソング"（Song）、"ソネット"（Sonnet）、"ドラマ"（Drama）、"ノヴェル"（Novel）诸文类，其中只有小说归入散文诗，这也更符合哈特曼原来的分类。然而，问题的实质可能在于，如果将西方文学发展的历史横向抻开，投射成为后进国族当下文学的一个理想镜像，那么在事实和镜像之间将永远存在一个时间差，指向作为镜像模拟者注定将不断模拟的滞后性。一方面，要把西方文学新的潮头——小说，以及自身有丰富历史书写传统的随笔、物语等，统一收纳到纯文学（诗）中；另一方面，本身又意识不到或尚无力改写"西方文学"的发生秩序及其描述方式（如先有韵文后有散文、韵文优于散文等）。站在这种不断趋新的立场上，试图回应文学（诗）是什么、文学（诗）将为何物等

---

① 〔日〕太田善男：《文学概论》，第 88 页。原文为"世には押韻なき故を以て没韻律語（Blank verse）を詩と解せざる輩あれどこれ太だしき誤謬なりと云はざるべからず"。

② 〔日〕太田善男：《文学概论》，第 115 页。原文为"ハルトマンは、讀式詩即はち小説なりと説きたれども予は小説以外に、美文なるものをも加へんとす。盖し小説は律語詩の劇詩に拮抗し、美文は抒情詩叙事詩に比較し得可き者なればなり"。

③ 太田善男用"美文"指代叙事文、抒情文，应是直接对应当时日本文坛正在兴起的写生文。

关乎近现代民族自身文化的问题时，很容易陷入循环论证。具体到太田善男所论"散文诗"及整个"诗"的系统，同样也呈现出对"声律"（verse）乃纯文学的普遍性特征这一有关 World Literature（或更准确说，Western Literature）"发生期"规律的模仿与复述，而与近现代西方文学中逐渐崛起小说、随笔等"散文写作"构成一种反向关系，后者的运动轨迹是从有韵向无韵扩展。①

前文已经提到，太田善男的文学框架来自哈特曼，应是间接参考了森鸥外所译德国美学家哈特曼的《审美纲领》（原名 *Die Philosophie des Schöne*，现译《美的哲学》）。在哈特曼的整体艺术视野下，诗（Dichtung）②属于艺术中的"空想"（Phantosia，英语对应 imagination）一类，又分 Versen（律文）和 Prosa（散文）两种语言形式，前者包括叙事诗（Gattungsidee，译作"个想"）、抒情诗（Individualidee，译作"类想"）和戏剧（Mikroksmus，译作"小天地想"），后者具体指小说（Prose Fiction）。森鸥外将 Versen、Prosa 分别译作吟体诗、读体诗，与律文诗、散文诗构成同义异语的关系。太田善男基本挪用了森鸥外的译法，又在细节上加以补缀，区分出两种诗歌体式，"一种是用来咏唱的'吟式诗'，另一种是用来阅读的'读式诗'"③，以此介入对本民族"诗（纯文学）"形象的言说。需要注意的是，日语中的"吟"和"读"在一定程度上都与声音关联密切，多少也能够反映太田善男自己对诗/纯文学的理解。

"读式诗"与"散文"的等同关系，基于语言文字的合音性④，这在德语以及重视训读的日语中可能还没有太大差别，而在以汉字为书写

---

① 譬如小说，从史诗到"epic in prose"的路径，是逐渐脱"韵"、趋于纯散文（prose）的写作。

② 德语中诗的对译为 Dichtung 一词，有时也用来表示口述文艺，尤其是 18 世纪后期到 19 世纪随着德国浪漫主义思潮的兴起，"诗"的形象被书写为偏重感性经验、生命本质的语言表达。

③ 〔日〕太田善男：《文学概论》，第 60 页。原文为"その外形はこれを謳ふべきもの（吟式詩）と讀むべきもの（讀式詩）との二つに分つを得可し"。

④ 太田善男《文学概论》中着意强调日本"诗"的音乐性，认为其与"歌"更近，和"汉诗"有所分别，故称"和歌""国诗"等，这在一定程度上可以代表当时日人的共识。因此，当转述中国传统诗论时，太田善男的重心在于说明"诗言志"，而有意弱化"歌永言"的一面。

工具的中国文章中，二者却并非一对同义异语。如果说，吟唱主要是诉诸耳的声音，宣之于口，是为吟诵，"读"则主要诉诸目，甚至于心，汉字的象形、形声在这方面有更大的发挥空间。查 1908 年章太炎《说文解字》授课笔记，"审其意曰读"①，籀、读二字互训，指的是通过文辞抽绎其意，这与章太炎所阐释的"文"之特性——"以有文字著于竹帛"明显有渊源关联。至于留日时期的周氏兄弟，通过民报社的《说文》课及章太炎同期文论，也有可能深化对中国文章（或文辞）独特性的理解。这一点，在后来鲁迅《拟播布美术意见书》（以下简称《意见书》）中有更显豁的表述。已有学者指出，《意见书》前三节（主体理论部分）基本上来自太田善男《文学概论》，但在第二节"美术之类别"中鲁迅直接略过哈特曼的框架，改用英人珂尔文的分类法。② 具体表现在，认为"文章"兼具"声之美术""模拟美术""非致用美术"三种属性，并且在"文章，是为音美"这一普遍性的判断后，紧接着又追加了一个例外情况，"顾中国文章之美，乃为形声二者，是又非此例所能赅括也"③。即是说，在鲁迅看来，不符合这种普遍性框架的"中国文章"，其特殊性有必要被看见与提出。在这篇着眼整体"美术（艺术）"的《意见书》中，"文章"并非主体，一处小的补注也就更能说明问题。此后，鲁迅 1926 年着手编写《汉文学史纲

---

① 鲁迅、朱希祖等人皆有笔记留存，内容大致相同。参见章太炎讲授，朱希祖、钱玄同、周树人记录，王宁主持整理《章太炎说文解字授课笔记》，中华书局 2010 年版，第 103 页。

② 张勇：《鲁迅早期思想中的"美术"观念探源——从〈拟播布美术意见书〉的材源谈起》，《中国现代文学研究丛刊》2017 年第 3 期。张勇论文中推测了鲁迅弃用哈特曼分类框架的原因，认为"可能是鲁迅觉得哈特曼的分类方法过于烦琐的缘故"。实际上，哈特曼使用的是"演绎法"，在大的框架上务求简明可操作，尤其当应用于中国文学时，这种"演绎"及其"简明性"则更明显。与哈特曼相比，珂尔文的框架明显来自对具体事项的"归纳"，框架上反而还要更零散、烦琐。由此言之，《拟播布美术意见书》一文弃用哈特曼分类法的原因可能主要在于：鲁迅认为基于概念演绎的方法，不适用于描述艺术或更具体的中国文章本身。此外，高利克指出《拟播布美术意见书》所借鉴的珂尔文"美术"分类法，很可能来自大英百科全书 1910 年的第 11 版。参见〔斯洛伐克〕玛利安·高利克《中国现代文学批评发生史（1917—1930）》，陈圣生等译，社会科学文献出版社 1997 年版，第 232 页。考虑到鲁迅不通英文，翻译有可能借助周作人或他人，加上 1910 年这一时间点，也可以解释二周此前在《论文章之意义》《摩罗诗力说》等论文中阐释"（美术）文章"这一关键概念时，未使用珂尔文分类法的原因。

③ 周树人：《拟播布美术意见书》，《教育部编纂处月刊》第 1 卷第 1 期，1913 年 2 月。

要》，第一篇《自文字至文章》总论"汉文学"的性质，"意美以感心，一也；音美以感耳，二也；形美以感目，三也"①，思路仍在同一延长线上。

如是，重新回到《论文章之意义》对"散文诗"范围的处理来看，太田善男所谓"散文诗"包括小说、抒情文、叙事文等，在日本文学中具体对应的文类如表1所示。与之相比，二周将"书记论状诸属"统一打包划入杂文章②，看似更苛刻，"散文诗"一项只剩"说部"一种（参见表2）。就实际效果而言，不同于太田善男以"文学性"划分等级，在《论文章之意义》一文中，"杂文章"和"纯文章"在诉诸文学（literature）的"兴会神味"上并无质的区分，或者说，二者的区别只会因地、因时、因主体不同而生。具体到本文所论"散文诗"，实际上是"纯""杂"之间一处被预留的交换空间。只不过，对于晚清逐渐萌生自觉意识的文学而言，感动性特强的小说尤其是短篇小说无疑要占据一个重要位置，被视作此一时代的文学之尖端。换言之，亦可以说，从周氏兄弟最初注目于文章更新事业起，"小说"就是被他们最先选定的一种"散文诗"体式。

表 1　太田善男《文学概论》分类框架

文学	纯文学，即诗（主情的）	律文诗（吟式诗）	俳句、和歌、新体诗
		散文诗（读式诗）	小说、日记、随笔、物语
	杂文学，即文（主知的）	评论文、叙述文	

表 2　周作人《论文章之意义》分类框架

文章（主情的）	纯文章，即诗	吟式诗（律文诗）	诗赋、词曲、传奇
		读式诗（散文诗）	说部之类
	杂文章，即文	书、记、论、状等	

---

① 鲁迅：《汉文学史纲要》，载《鲁迅全集》第9卷，第354—355页。
② 独应（周作人）：《论文章之意义暨其使命因及中国近时论文之失》（下），《河南》第5期，1908年6月。

三　从“散文诗”到“杂文”的路

当 1906 年被《小约翰》作者评传所吸引，按照“散文诗”（Prosadichtung）一词想象、理解这部童话体小说时，鲁迅、周作人也同时注意到并直接处理了中国文章中的“散文诗”这一新的形态，以此为中心，尽可能地容纳汉语言文字赋予的文章特性。周氏兄弟这一问题意识及其解决方式，构成了此后新文学白话文体建构的一个重要起点，后者正是通过不断试炼 prosa（主要指现代白话文）的成色，创造出新的自我表达方式，以可能不够圆满的工具以及写作主体对语言文字的体认和利用，实现“（散）文”向“诗”的转换的。这里需要说明的是，考虑到“散文诗”产生于以西方话语为主导的权力结构背景下，其最初只是作为对后者的抵抗（或补充）而提出的，属于“（散）文”与“文学”交接过程中“最小限度”的调和之举。后来伴随二周文章观念的逐渐稳固，以及各有不同类型的实践创获，“散文诗”才真正导出“诗”的发现与自觉。因此，也许换用所谓纯文学的话语表述，反而更容易说明“散文诗”的问题意识本身，即所谓的超文体性或非诗学。

为更清晰地说明二周“散文诗”概念的独特性，现将《论文章之意义》与太田善男《文学概论》的基本结构对照如下。

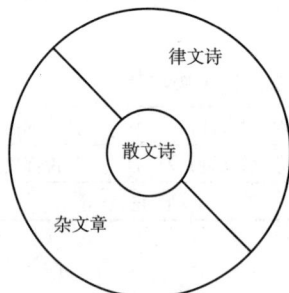

周作人《论文章之意义》　　　　　　太田善男《文学概论》

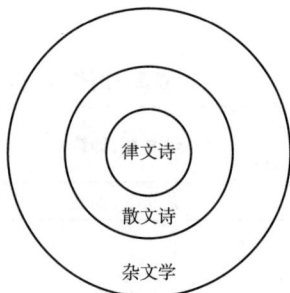

《论文章之意义》一文实际是在探讨、确定了中国文章的特性后，在这一理想文章内部嵌入传统"诗-文"和西方"韵-散"两个框架，二者参差，同时也构成性质上的相互"补给"。"散文诗"作为实现这一"补给"的通道，成为纯杂之间、不同文体之间相互流转、渗透的桥梁，或可称之为"流动的文体"。之后，"散文+诗"的组合又不断被用来描述和创生新的体式，不仅《小约翰》是"童话体散文诗"，霍桑的《重述的故事》等短篇小说是散文诗，当"说部"确立了纯文学的一席之地后，同样的位置又先后容纳过小品散文①、独语体散文②等，后者亦常常被视作"散文诗"的正格。而事实上，从"（散）文"的边缘地带出发，用书写挑战、通向成为"诗"的可能，这一思路也适用于《野草》中戏剧体的《过客》、箴言式的《死火》以及《我的失恋》这首"拟古的新打油诗"③，甚而还可覆盖二周后期通过不同方式回返的"文"，即如杂文、读书随笔等臻于成熟、对近现代"纯文学"审美经验构成极大挑战的两种文体创造。

前文已述，周作人最初为新文学输入随笔小品（当时称"美文"），明确调用了"散文诗"这一"流动的文体"。与此相似，鲁迅1935年针对外界对杂文的批评声音着重对杂文进行理论阐释的《〈且介亭杂文〉序》《徐懋庸作〈打杂集〉序》等，隐现的主要还是约三十年前兄弟二人建构起来的"散文诗"这一流动性文体空间。"小说和戏曲，中国向来是看作邪宗的，但一经西洋的'文学概论'引为正宗，我们也就奉之为宝贝"，点明如今"小说""戏曲"诸类若干年前亦曾处在边缘的位置，由此牵连到当下正被一众批评家所"围剿"的杂文，戏言称"杂文发展起来，倘不赶紧削，大约也未必没有扰乱文苑的危险。以古例今，

---

① 即Essay，包括叙事文、抒情文以及学术性评论等，这也是此前《论文章之意义暨其使命因及中国近时论文之失》归入杂文章的一群。新文学初起之际，"创作"热闹，而白话散文的写作较迟，为此周作人借"散文诗"重叙其地位，称为"美文"。

② 《野草》长期被视作散文，直到后来1932年鲁迅在《〈自选集〉自序》中自报家门，称"有了小感触，就写些短文，夸大点说，就是散文诗，以后印成一本，谓之《野草》"。参见《鲁迅全集》第4卷，第469页。

③ 鲁迅：《我的失恋——拟古的新打油诗》，载《鲁迅全集》第2卷，第173页。

很可能的，真不是一个好消息"。① 其间暗示出来的，仍然是在僵硬框架以外文章体式本身的流动属性，或曰新文章的敞开性。

需要注意的是鲁迅论证杂文合法性的思路，"我们试去查一通美国的'文学概论'或中国什么大学的讲义，的确，总不能发现一种叫作 Tsa-wen 的东西"②。以"文学概论""纯文学"为标准按图索骥，同时代文学批评家对杂文的质疑与打压，其出发点正在这里。鲁迅事实上是将"杂文"放到此前"散文诗"的位置上，通过这一迥异于同时代人的言说方式，"文章（观）"才真正显露出锋芒所在。如果说，从留日时期为"小说"正名，到新文学后介绍与创作"散文诗"（文体）、"小品"、"随笔"（包括"文明批评"与"社会批评"等），周氏兄弟在文章框架内的一系列文体更新，大部分都还可以在西方文学中找到对应，那么，随着纯文学概念的僵化，特别是 30 年代二周文章创作渐趋成熟，其终于逐步显现出与 literature 框架上的差别。③

质言之，周氏兄弟讨论"散文诗"或"杂文"时，并非按照一般理解在散文、诗的文体意义上接受西方散文诗（Prose Poem），将其固定化为新文学中某类文体。因为经历过近代文章、文学的混战局面，"散文诗"（Prosadichtung）作为近现代文章更新背景下产出的一个独特概念，是诗与文章之间实现"文体转换"及"新文体生成"的一个自由空间。也正是借助这一预留的园地，周氏兄弟此后不断带来新的表达方式，颠覆早前自身也曾参与塑造的、主要效法西方文学概论所推动的文学秩序，以文章观构成对纯文学经典化的再次反拨，从而在相对"边缘"的位置上重新激活了新文学的传统。

"故执旋机以运大象，得环中以应无穷"④，"散文诗"为文章虚构出一个"环中"的位置，在一定程度上可以解决、消纳中西对接过程中的

---

① 鲁迅：《徐懋庸作〈打杂集〉序》，载《鲁迅全集》第 6 卷，第 301 页。
② 鲁迅：《徐懋庸作〈打杂集〉序》，载《鲁迅全集》第 6 卷，第 300 页。
③ 近现代文章更新的首要任务即吸收域外文体，二周的文章框架当时尚未有机会具体表露与 literature 的相异性。
④ 章太炎：《国故论衡先校本·正言论》，载《章太炎全集》第五册，上海人民出版社 2014 年版，第 45 页。

诸多不齐。而且，通过对"散文"（Prose）与"诗"（Poem）这一对并不完全匹配的概念的理解，周氏兄弟使文章各部围绕此一虚空的轴心彼此联结、转换，并随着对现实人生、语言文字的把握情况的变化，创造与尝试新的文体。换言之，"散文诗"之于二周的意义远非某一确定的文体，若论体裁，它实际上"空无所指"。同样，各种文章体式无论新旧、合法抑或边缘，也都有通过这一"余地"自我试验的机会。

余　论

1917 年，周作人在日记中已将梭罗古勃的《烛》称作散文诗，这篇"散文诗"后来收入 1921 年群益书社版《域外小说集》中，划归近世"小品"。1919 年，周作人还曾将它译成白话，附于《新青年》第 6 卷第 2 号补白①，属于"也还值得译成白话，教他尤其通行"② 的一类。此外群益书社版《域外小说集》还收有五篇须华勃的"拟曲"，与其称作小说，倒不如说更接近希腊文学中从"诗"向"剧"的过渡形态。正如前文已经指出的，"散文诗"呈现出"小说""戏剧""诗歌"等文体之间的"流动状态"，这显然不同于刘半农开始翻译屠格涅夫作品时误将作为具体文体的散文诗归为小说的情况，前者是文章主体性创造的自由空间，后者本身就产生在一个自身标准缺失的文论体系中。

本文主要讨论构成二周文章观重要一部分的"别种散文诗"，至于文体意义上的散文诗不在关注的范围内，这里只简略交代：二周早在留日时就已经接触到波德莱尔、屠格涅夫的散文诗作品，至迟 1918 年前后开始正式提及、评价，但其翻译行为明显滞后。直到 20 年代，二周才先后译出波德莱尔的散文诗，同时也表明了自己的态度。即是说，对于散

---

① 白话译文版《蜡烛》，附于周作人译契诃夫《可爱的人》一篇之后，《新青年》目录未列出。已有研究者提出译者可能就是周作人。参见彭明伟《周氏兄弟的翻译与创作之结合：以鲁迅〈明天〉与梭罗古勃〈蜡烛〉为例》，《鲁迅研究月刊》2008 年第 9 期。实际上，这一补白亦有前例可循，在上一期即《新青年》第 6 卷第 1 号《铁圈》后，亦附有一篇《虚弱的小孩子》，为周作人译梭罗古勃《屠儿》的白话版。
② 周作人《域外小说集序》，载〔英〕淮尔特等著，周作人译述《域外小说集》，群益书社 1921 年版。

文诗这一文体而言，译介或不译介的标准其实相当主观，主要基于主体对中国新文学的判断与预期。这一"功利性"的态度，首先要求写作者或文学言说者对自身有清晰认知，"比较既周，爰生自觉"①。在一般"进化论"的常轨上，我们倾向于认为，周氏兄弟是着力引介西方"新潮"并以此为模范更新中国文章的急先锋，事实却是，从一开始面向西方文学时，他们就拥有明确的"主体眼光"，经历过短暂的模仿阶段后，对这种以外物为转圜的文学改良，二周迅速失去了兴趣。也正因此，波德莱尔等人的散文诗，还需伴随五四过后的时代情绪，伴随这一时代情绪中文学的迟缓或伪饰，特别是伴随主体对"苦闷的象征""现代人的悲哀"等现实人生精神质素的真切感受，才能被真正看见与发现。可以说，在感情取得共鸣的基础上，两种散文诗的写作在 20 年代中期出现一次偶然"汇流"，在某种程度上与小说、美文、小品等相似，波德莱尔、屠格涅夫代表的这一文体，成为周氏兄弟"散文诗"（"文章"）思路的一个即时性实现方式。

---

① 令飞（鲁迅）：《摩罗诗力说》（上），《河南》第 2 期，1908 年 2 月。

杨齐贤、萧士赟、徐祯卿三家李白诗注
与宋元明诗学

◇李鹏飞*

内容摘要：清王琦注《李太白全集》之前的全本李诗注，现仅存宋杨齐贤、元萧士赟《分类补注李太白诗》一种。后明人重刻此书，附入明徐祯卿注。一方面，杨、萧注皆有博而不约、祖述宋人记录、以史证诗的特点，但徐注的尚简主情与两家也不无渊源。另一方面，萧注在诗语出处、诗章结构、诗人寓意处下功夫，徐注以诗旨概说、句意笺注为特色。三家注释话语的离合轨迹，既关乎注家情感动机，也是取舍《文选》李善注与五臣注不同理路的结果，更受到宋元明文本诠释分工、李杜接受纷争与诗学向心力的影响。

关键词：《分类补注李太白诗》　三家注李　宋元明诗学

宋代三百余年，较之"千家注杜"的盛况，唯有宋末杨齐贤"一家注李"，姑且算上今已散佚的金代王绘的《太白诗注》，也不过两家。元初萧士赟不满于此，故在杨氏集注基础上补注，终成《分类补注李太白诗》。后明代郭云鹏重新编刻此书，删节杨、萧注，增入七十余条徐祯卿注。①

---

　　*　李鹏飞，四川大学文学与新闻学院、中国俗文化研究所博士研究生，研究方向为先秦汉唐宋文学。

　　①　徐注作年约在弘治十六年（1503）至正德六年（1511），时徐祯卿、袁仁、孙一元有过诗歌校订活动［张佩原谓孙氏"在弘治十六年至正德八年（1513）间与徐祯卿、袁仁共同校订古今诗歌"。然现按范志新编年校注《徐祯卿全集编年校注》（人民文学出版社2009年版）所附年谱，正德六年三月徐氏卒。故改定下限于此］。而郭氏增附徐注的原因是觉旧注"繁杂"，并仿徐注《古风》例，"将不切题义者删去已半"（《重刻李翰林集后跋》，参见张佩《徐祯卿评注李白诗考论》，《文献》2013年第4期）。今见徐注仅批注《古风》，故分析三家注时以此为主。讨论杨、萧注时，兼及其他诗注。另外，下引萧序、杨萧注、李诗，参见（宋）杨齐贤、（元）萧士赟《元末分类补注李太白诗》，国家图书馆出版社2017年版；郭跋、徐注，参见《分类补注李太白诗》，明嘉靖二十二年（1543）郭云鹏宝善堂刻本。不再赘注。

这便是清代王琦辑注《李太白全集》之前全本李诗注的概况。目前，关于版本源流，詹锳等、芳村弘道进行了叙录式梳理。① 关于注文研究，即原版系统的元代余志安勤有堂本的杨、萧注，删节本系统的明代郭云鹏宝善堂本的徐注，芳村弘道、胡振龙、张佩对注释体例、思想方法和情感态度等问题作了提取分析②，但尚有思考空间。由于过去多以萧注为中心，对杨、徐注的认识还不充分，有迹可循的承传关系未被挑明。此外，尽管研究者初步意识到注家情感对注释理路的影响，但未置于注释史中给出说明，不免忽视了杨、萧注和《文选》李善注、五臣注的关系。再者，文本诠释分工与三家注释视角，李杜接受变化与李诗注释标准的凝定，注家对黄庭坚江西诗派、朱熹诗学、严羽《沧浪诗话》的融通与超越等，也需在宋元明文学思想史进程中深入剖析。为此，本文尝试勾勒三家注嬗变轨迹，并对早期李白研究中的读者前见问题予以反思。

一　杨、萧注的注释体例及对徐注的影响

萧士赟读"杨君齐贤子见注本"后，曾经指出其体例上的问题，如材料征引"博而不能约"，释意时"取唐广德以后事及宋儒记录诗词为祖"，甚至"杜注内伪作苏东坡笺事已经益守郭知达删去者，亦引用"，以至萧氏不得不"取其本，类此者为之节文"，但萧氏所批判的杨注的部分方法体例，也被他有意无意地承袭了下来，从而呈现出一种颇为复杂的注释过程。

首先，博而不约。萧注较杨注精简不少，但也不乏大段文献征引，以致同样烦冗。如《古风》其十③杨注引《史记·鲁仲连传》741 字；其十六杨注引《晋书·张华传》464 字，萧注附载《吴越春秋》1311 字。

---

① 参见詹锳、杨庆华《〈分类补注李太白诗〉及其不同板本》，《河北大学学报》1987 年第 4 期；〔日〕芳村弘道《关于元版系统的〈分类补注李太白诗〉》，刘崇德译，《中国李白研究（1992—1993 年集）》，安徽文艺出版社 1994 年版；等等。

② 参见〔日〕芳村弘道《元版〈分类补注李太白诗〉与萧士赟》，詹福瑞译，《河北大学学报》（社会科学版）1993 年第 2 期；胡振龙《李白诗古注本研究》，陕西人民出版社 2006 年版；张佩《杨齐贤、萧士赟〈分类补注李太白诗〉版本系统研究》，首都师范大学出版社 2015 年版；张佩《徐祯卿评注李白诗考论》，《文献》2013 年第 4 期；等等。

③ 为避文烦，下文《古风》只言序号，不标篇名。

其次，祖述宋人记录。一是诗意理解。如其二杨注："按《唐书》，王皇后久无子，而武妃有宠，后不平，显诋之，遂废。武妃进册为惠妃，欲立为后，潘好礼谏止之。太白诗意似属乎此。"萧士赟发现此与真德秀《文章正宗》所云别无二致，但不仅未加反对，还加以演绎，作"今演之曰"云云。二是作品辨伪。《独漉篇》杨注引苏辙语："李太白诗过人，其平生所享，如浮花浪蕊。"萧士赟则据宋人评注而鉴别真伪。如《胡无人》注：

> 诗至"汉道昌"，一篇之意已足。"陛下之寿三千霜，但歌大风云飞扬，安用猛士兮守四方。"一本无此三句者是也。使苏子由见之，必不肯轻致不识理之诮矣。东坡云："今太白集之有《悲来乎》、《笑矣乎》及《赠怀素草书》数诗，决非太白作。盖唐末五代间齐己辈诗也。"仆亦曰："此诗末后三句，安知非此辈所增乎？致使太白贻讥于数百载之后，惜哉！"虽然，东坡能辨之颍滨直致讥焉，是亦足以定二苏之优劣，今遂删去。

最后，以史证诗。以唐史释证人物、意象、史事之表里关系，对艺术真实予以历史真实的还原。如其十四："阳和变杀气，发卒骚中土。三十六万人，哀哀泪如雨。"杨注："按《唐书》，杨国忠荐鲜于仲通为蜀郡长史，率兵六万讨合罗凤……"尽管萧士赟反对此论，"杨子见以为讨合罗凤之事，非也"，但只是去寻找与之适配的事件，"当是为哥舒翰攻吐蕃石堡城之事而作也。《唐史》天宝六载……八载……"，而并未放弃索隐之法，甚至有过之而无不及。① 其十九"俯视洛阳川，茫茫走胡兵。流血涂野草，豺狼尽冠缨"，萧注所言"太白此诗似乎纪实之作，岂禄山入洛阳之时，太白适在云台观乎"，或因其本就认定李诗不乏诗史性质。

尽管杨、萧注释材料大都博而不约，但诗旨评点相对简洁，这也为

---

① 另见萧注《古风》（其十八、其四十三、其五十四）、《蜀道难》等。

徐注所继承。如其四杨注："此篇太白自况也。"其一徐注："此篇白自
言其志也。"其四十二萧注："此太白托兴之诗也。云中之鹤，以喻在位
之人也。海上之鸥，以喻闲散之人也。"徐注："萧说近是，大抵白志在
疏逸不在禄位，故有是言。"只是徐祯卿时常表示对萧氏的赞同，"萧说
是也""士赟所引是也"，故徐注或主要受萧注影响。

二　萧、徐注释方法的重建与推进

取鉴前人是开展注释工作的必经之路，但杨注主要目的不是寻求新
变，而是整合现有资料，以提供一本宋代的李白诗注。"自来诂释诗章，
可别为二。一为考证本事，一为解释辞句"，"前者乃考今典，即当时之
事实。后者乃释古典，即旧籍之出处"。[①]杨注多不出此两种，萧士赟则
努力破除已有规范，而对"事实"与"出处"详加申述。

其一，揭明拟效之体与诗意新变。转益多师而融汇百家是大家成长
的重要过程。李白就有"前后三拟词选，不如意，悉焚之，唯留《恨》
《别赋》"[②]的经历。当然，李诗取意不限于《文选》，而是广涉经史子
集。如其四十"凤饥不啄粟，所食唯琅玕。焉能与群鸡，刺蹙争一餐"，
杨注："宋玉《九辩》曰：'骥不骤进而求服兮，凤不贪喂而妄食。'即
此意。"然此类明确给出取意所在的标志话语很少，多以注文暗示其与李
诗的意义关联。萧士赟则挑明此体为常用诗法，"拟古者，拟古诗也。古
人多有此体，至于句意，亦不大相远焉"（《拟古十二首》注），故常对
出处直言不讳。如其十三"君平既弃世，世亦弃君平"注"意出于《庄
子》"；其四十六注"此篇前六句，意出自梁鸿《五噫歌》"。进而比对
古人旧意与李诗新意之别。如其十一注引《古诗十九首》"回车驾言
迈"："太白此诗亦此之意，古诗欲用世而留名，太白则欲学仙以离世，
其见趣又出乎流俗矣。"倍加留意李白拟古而不泥古之处。

---

　　① 陈寅恪：《柳如是别传》上册，生活·读书·新知三联书店 2001 年版，第 7 页。
　　② （唐）段成式：《酉阳杂俎》，上海古籍出版社 2012 年版，第 68 页。按："词选"即
《文选》。

　　其二，抉示诗体结构与意脉分析。从文体文法关系看，不同文体有
不同文法，同种文法存在不同文体中。如其二十二："昔视秋蛾飞，今见
春蚕生。袅袅桑柘叶，萋萋柳垂荣。"杨注："毛诗：'昔我往矣，杨柳
依依，今我来思，雨雪霏霏。'曹子建诗：'昔我初迁，朱华未稀，今我
旋止，素雪云飞。'太白意同此。"本意是说诗中对举今昔情景之法化用了
《小雅·采薇》和曹植《朔风诗》其二，但引而未发。萧士赟的句法意识
更强，如把其四十一"朝弄紫沂海，夕披丹霞裳"的起句之法追本溯源至
《选》诗与《楚辞》："此篇人多疑两句为不类起句，殊不知正是取法
《选》诗体。如'朝发邺都桥，暮济白马津'……皆起句也。而其文法则
又皆自《楚词》中来，如'朝发轫于天津兮，夕余济乎西极'、'朝驰予马
乎江皋，夕济乎西滢'是也。"并关注章法，如其二十注"意分三节：第
一节谓从仙人以远游，第二节谓别亲友而呜咽，第三节是泣别之际，忽翻
然自悟而笑……末四句是决意远游之辞"，按诗章原意切分意脉层次。甚
至，以其对李白诗法的掌握而辨伪。如《猛虎行》注："按此诗似非太白
之作。用事既无伦理，徒尔肆为狂诞之辞。首尾不相照应，脉络不相贯串。
语意斐率，悲欢失据。必是他人之诗窜入集中，岁久难别。"

　　其三，以意逆志与诗人寓意阐发。杨齐贤有时把时政事件、诗人情
感与诗歌志意互为关联并非出于某种思想主张，萧士赟则有意使三者获
得有机统一："意之所寓，字之所原，又岂予寡陋之见所能知？乃欲以意
逆志于数百载之上，多见其不知量矣。"如其三十"玄风变太古，道丧
无时还"，杨注："玄素之风变乎太古，大道沦丧，不可复还。季世之人
以荣枯得丧为一身之损益，惟名利是趋。"止步于感慨大道荣枯与个人损
益的句意。萧注："感时忧世之作。意谓古道日丧，季世之人不复返朴，
汩没于名利声色之场，至死不悟，所谓儒者又皆假经误世之人，借儒术
以行其窃取之心。"李白是深感于社会声色犬马的沦丧之状与假儒道貌岸
然的虚伪之态，才发出世风日下的悲鸣。如此"逆志"理解下，"爱君
忧国"成了萧注李诗的关键词。①

---

　　① 参见萧注《古风》（其三十四、其五十三）、《远别离》、《蜀道难》、《北上行》、《陪族
叔刑部侍郎晔及中书贾舍人至游洞庭》（其一）。

　　至于徐祯卿又有不同。首先，专意诗旨，评语精练。如其三十八注"此亦太白自伤之词也"，寥寥九字，戛然而止。其次，概说诗意，随文批点。或单独析解某句，如其四十三"淫乐心不极，雄豪安足论"注："言人君好荒淫乐佚，则虽其气度超迈，亦何足论哉。"或逐层插入解释，如其三注：第一层"秦皇扫六合"至"函谷正东开"，"言秦皇之制天下"；第二层"铭功会稽岭，骋望琅琊台"，"言秦皇极游观之乐"；第三层"刑徒七十万"至"茫然使心哀"，"言秦皇极土木之欲"；第四层"连弩射海鱼"至"金棺葬寒灰"，"言秦皇惑于神仙之说，而卒不免于死也"。再次，质疑萧说，自道新解。如其四十六萧注："'当涂何翕忽'者，以喻得其蹊径而依附之者，可以翕忽而暴贵也。'失路长弃捐'者，以喻不得其蹊径而不附之者，终于弃捐而不见用也。'独有扬执戟，闭关草太玄'者，意谓当此之时，无所守者，鲜不依附之矣，惟儒者独有定守，闭门草书而已。""蹊径"是功名利禄的终南捷径；"当此之时"是当时的社会环境；李白是怀才不遇的"不见用"者。徐祯卿则认为："萧说未善。盖言此辈得志之人据要路，则气焰挥霍。而失路者，则终于弃捐而不用也。唯扬子云则闭门著书，以道自守，不以得丧为心。"表面是揭示小人得志与君子失路的命运不公现象，但命意在于超越得失之心及表达对高洁自守者的景仰，以完成自我持守的道心修养。这使李白形象由忧愤深广变成了清高傲岸。

三　杨、萧、徐注释情感及理念取舍

　　注释学史决定着注本方向，但面对现状，注家发挥才情学识以建立别样形态，才是形成新变的关键。现知最早李诗注本，为元好问《中州集》所著录的金皇统九年（1149）进士王绘的《注太白诗》①，惜已散

---

①　（金）元好问编《中州集》卷八"王太常绘"条，中华书局1959年版，第392页。元好问称王绘为天会二年（1124）进士，王绘《大圣院记》自称皇统九年（1149）进士，应以本人说法为准。参见（清）张金吾编《金文最》卷十二《大圣院记》，清光绪二十一年（1895）重刻本。

佚。另外是南宋庆元五年（1199）进士杨齐贤的集注。而嘉定九年（1216）成书的《黄氏补千家集注杜工部诗史》所见杜注已达 156 家。杨齐贤或也有"唐诗大家数，李杜为称首"，然"古今注杜诗者号千家，注李诗者曾不一二见，非诗家一欠事"的窘困，但主要是按部就班地在文献上下功夫。萧士赟则对此强烈不满，故注李时着力使之颉颃于杜，并描绘了"俾笺注者由是而十百千焉，与杜注等，顾不美欤"的愿景。加之生逢宋元易代之际，其"常常表达他这个注释者的感慨。当士赟与李白的不遇感产生共鸣时，他往往要写上自己的百感交集"①。于是，萧注频现"不遇"一词。② 这因李白本就有"大圣犹不遇"（《书怀赠南陵常赞府》）之句，但杨注只是旁征孔子、屈原、李广、扬雄等不遇之事③，既不露己意，也不述李情，萧注则常从此情出发不断探寻忧愤深广之义。这使两人对唐《文选》注的取舍有所不同。

　　《文选》是现存最早的诗文总集，士人求学及子弟教育皆须精研，故用以指点迷津的注文极为重要。诸家注文中，以李善注和五臣注为代表。前者"敷析渊洽"④，"最精博，所引多古书，不独多记典故，于考订经、史、小学，皆可取资"⑤。后者则融入意义阐发。李善曾令李邕补益其注："始善注《文选》，释事而忘意。书成以问邕，邕不敢对，善诘之，邕意欲有所更，善曰：'试为我补益之。'邕附事见义，善以其不可夺，故两书并行。"⑥ 由此来看，玄宗评五臣不似李善"唯只引事，不说意义"⑦ 当不虚妄。自此，《文选》注为文集注释奠定了"考订""引事""释意"三大理路。

<hr />

　　① 〔日〕芳村弘道：《元版〈分类补注李太白诗〉与萧士赟》，詹福瑞译，《河北大学学报》（社会科学版）1993 年第 2 期，第 32 页。
　　② 参见萧注《古风》（其二十四、其二十七、其三十二、其三十六、其五十六）、《将进酒》、《天马歌》、《过汪氏别业》（其一）、《感兴八首》（其八）。
　　③ 参见杨注《早秋赠裴十七仲堪》《赠崔郎中宗之》《悲歌行》。
　　④ （宋）欧阳修、宋祁撰《新唐书》，中华书局 1975 年版，第 5754 页。
　　⑤ 司马朝军撰《轺轩语详注》，华东师范大学出版社 2010 年版，第 128 页。
　　⑥ （宋）欧阳修、宋祁撰《新唐书》，第 5754 页。该条材料杨注《答王十二寒夜独酌有怀》"君不见李北海，英风豪气今何在"有征引。
　　⑦ （唐）李善、吕延祚等：《六臣注文选》，载《四部丛刊初编》集部第 190 册，上海商务印书馆 1922 年版。

从杨、萧注看，除"考订"直用注文旧注，对后两种方法则各有参
用。区别是，尽管杨注不乏历史索隐，但一般不过度引申与添加情感判
断①，而只是直陈其事；萧士赟则大胆地追溯渊旨。从注家情感倾向看，
处于草创期的杨注，以提供扎实详赡的注本为主，故以引事渊博见长，
而祖于李善注一脉；萧注为抉示李白感怀讥刺之隐情，故大增意义言说，
而属于五臣注理路。

徐祯卿距萧士赟已去一百六十余年。尽管早年屡试不第，高中后又
因貌丑而不得入翰林，但他既不愿蝇营狗苟于名利富贵之门，又不喜放
浪形骸于世俗礼法之间，而乐于在山水自然间适情纵性，窗明几净处尚
友古人，"间作词赋议论，以达性情，撼胸臆之说"②。故注李是余力而
为，并站在无意于世人眼光与无心于争辩清白的立场，仅提要钩玄情思
大意，即便涉及章法意脉，也按情意变换逐句批点，而不似萧注把身世
之感溢于言表，或牵涉诗情之外的人生感发，颇有文人间惺惺相惜，却
点到为止的释然，极富才子诗人的性情气质。

四　杨、萧、徐注与宋元明诗学

诠释是对作家意图与作品意义的实在言说，并受到时代与读者的深
刻影响。注释是理解文集的关键环节与进入古典诠释领域的内在基础。
所以，对杨、萧、徐注的嬗变，除应在内部文本比较中求得认识，置于
宋元明诗学，观照其与诠释环境的关系也是必要角度。

---

① 杨注《古风》时，对诗史关系的处理相对审慎，合于李善注阮籍《咏怀》所引颜延
之、沈约等注："嗣宗身仕乱朝，常恐罹谤遇祸，因兹发咏，故每有忧生之嗟。虽志在刺讥，而
文多隐避。百代之下，难以情测，故粗明大意，略其幽旨也"。参见（南朝梁）萧统编，（唐）
李善注《文选》卷二十三，上海古籍出版社 1986 年版，第 1067 页。

② 徐祯卿云："某虽好小技，亦非大诟恶，即遭挫辱，殊不愧此心。三代人士，固非所
望，有知我者，亦当置我于近世名士间矣。某非敢薄时荣，希身后之誉，第性不可强耳。与他
人言，必见排议，执事知己，尚能察之。"按此，他把萧士赟所塑造的怀才不遇、忧愤深广的李
白形象改为清高傲岸、难以情测的形象，或也与身世之感相关。参见范志新编年校注《徐祯卿
全集编年校注》卷五《复文温州书》，第 665—666 页。

（一）宋元明诗学的文本诠释分工与三家注的走向

从文本诠释功能看，由写本时代进入刻本时代后，不同文本的功能内容，存在不成文的分工规定。如宋代杜注"所尚在辑校集注"①，包括"正其字之异同""审其音之反切""方作诗之义以释之""引经子史传记以证其用事之所从出"② 等；诗话的信息则更庞杂，除文字、音韵、训诂、校勘外，还有用事出处的艺术渊源，人物交游的逸闻轶事，及古、律、绝的体裁风格，字、句、章、篇的格调法度等③，从而形成注本为主、诗话为辅的诠释互补格局。

如此情形下如何创新，元明与清相反，不是致力于修正，乃至推翻宋注，而是在角度上另辟蹊径。万曼指出，"宋人编定唐集，喜欢分类"；"明人刊行唐集，喜欢分体"。④ 分类、分体的偏好隐含着诠释趣味。见于宋元明别集注释，是从文字的训诂考据到辞章的技法阐发，从思想的价值判断到章句的诗旨分析，从经部的注释规范到集部的诗理渗入。这也是三家注李的基本态势，宋末杨齐贤因袭宋人注诗如注经之法；元初萧士赟把主要由诗话分担的批评功能移植到了注本，或发扬杨注含而不露的诗意分析，或提取归纳李白诗歌的诗法结构及渊源出处；明前期徐祯卿将萧注的繁复意解加以简化，而复归诗话闲谈的批点性质。

---

① 洪业等编纂《杜诗引得》，上海古籍出版社 1985 年版，"序"第 40 页。

② （宋）蔡梦弼笺注《杜工部草堂诗笺》，载《古逸丛书》之二十三，清光绪十年（1884）遵义黎庶昌校刊本。按：《杜工部草堂诗笺》以《中华再造善本》所收元大德年间陈氏刊本为善，然仅有年谱，未收序跋及蔡梦弼笺识，故选用《古逸丛书》本。

③ 宋诗话创立了"以语言结构为中心的独特的形式主义诗论"（参见周裕锴《宋代诗学通论》，上海古籍出版社 2007 年版，第 456 页），标志是南宋姜夔《白石道人诗说》，它摆脱了"谈用事、出处、对仗、押韵的风气"，而且概述格法规矩。后严羽《沧浪诗话》、元好问《锦机》皆倡诗法。元代诗话鲜见，此风却未消歇，以唐诗为典范的诗法、诗格著作涌现，成为当时诗学批评的重要侧面（参见王运熙、顾易生主编《中国文学批评通史·宋金元卷》，上海古籍出版社 2011 年版，第 1054—1055 页）。

④ 万曼：《唐集叙录》，中华书局 1980 年版，第 87 页。

（二）宋元明李杜诗学诠释与三家注释观念的凝定

扬杜抑李、以杜为宗是宋元李杜接受主潮，明代则"扬李抑杜"①，至少兼学并重②，并反思以忠君爱国诟病李白的论调："宋人抑太白而尊少陵，谓是道学作用。如此将置风人于何地？放浪诗酒，乃太白本行。忠君忧国之心，子美乃感辄发。其性既殊，所遭复异，奈何以此定诗优劣也？"③人有"儒人""风人"之别，但人物风度只是情性、遭际不同所致，不应作为优劣评判的标准。凡真情实感、当行本色者，皆可等量齐观。看重道德之先的兴发感动，回归诗歌本位的艺术批评，昂扬诗人后天的性情性灵，是明代释李的新风气。

李杜并称与优劣之争是读者接受史上的诗学情结，无论扬杜抑李，还是兼学并重，释杜标准都从不同维度影响着李诗接受，并渗透到别集注释。像杨齐贤征引唐代史事、祖述宋人批点，便与宋代杜注风尚不无关系。元代杜诗批评视角转为结构法度和艺术审美，萧氏注李也是顺势而为。至明代宗唐复古，主情、主法之说不分轩轾，故徐注着眼于情感思想而流露出的自由随性特点，也合于明代文艺发展的某一侧面。

（三）三家注释观念与宋元明诗学诠释的离合关系

尽管唐人不乏诗评之语，如诗格著作、诗文序跋、诗歌选本、诗文本身等，但主要是后人依托其创作实践所呈现的各色诗风分析总结而来。宋人则通过诠释诗文，建立起了极具话语向心力的语言诗学批评。这也激发了注家参与诗学建构的热情，如杨、萧、徐注便对黄庭坚（主学）、

① 《裴斐文集》第 2 卷《历代李白评价述评》，人民文学出版社 2013 年版，第 11 页。
② 邬国平：《李杜诗歌比较评述》，载《中国李白研究（1991 年集）》，江苏古籍出版社 1993 年版，第 118 页。
③ （明）陆时雍：《陆时雍诗话》，载吴文治主编《明诗话全编》，江苏古籍出版社 1997 年版，第 10660 页。

朱熹（主理）、严羽（主情）之论进行了思想过滤。

宋代诗学以江西诗派影响为最，其宗主黄庭坚的观念多从杜诗感悟得来，如"无一字无来处"①、"善陈时事，句律精深，超古作者，忠义之气，感发而然"②。这种把诗歌与文字出处、诗人身世、朝代时事相联系，于旁征博引中求索字句变化之意的方式，在杨、萧注中皆有体现。

杨齐贤很少直露倾向，但这并不意味着他脱离了以往文化资源的影响，像时而博引文献典籍与发掘诗歌的历史隐喻，便与黄庭坚的"才学"批评和"诗史"批评不无关系。只是，因其较少言明，也无意把注李与注杜相较，所以主要是对此种风气的自然沾染。

萧士赟常直述己意，方法论意识较强，故极易发现其与宋代诗学的关联：有意"断章取义"，以朱熹评语"圣于诗者"为重注李诗及重构李白的思想纲领，并融诸家解诗（尤其解杜）之长，去非李之短，补释李之缺，于李诗诗法与人格之境觅得宋代诗学共性，终统一于诗注。

首先，从容高妙的艺术法度。杜诗法度井然故可学，李诗不在法度之内故不可学，这是学人的普遍观点。但萧氏认为，李白只是以炉火纯青的技艺融化了直观可感的诗法程序，"言不尽意，而意在其中，非圣于诗者，孰能与此"（其二十三注），详加审阅便有迹可循，"意却有三节，谓忽然为人，化为异物，忽为异物，化而为人，一体变易，尚未能知，悠悠万事，岂能尽知乎"（其九注）。看似是对朱评"非无法度，乃从容于法度之中，盖圣于诗者也"的延续，实则隐藏了后半句"《古风》两卷多效陈子昂，亦有全用其句处"。③ 为缝合此处，他努力寻觅黄庭坚与朱熹的共性，不仅吸纳前者"诗词高胜，要从学问中来"④ 之论⑤，而且

---

① 刘琳等校点《黄庭坚全集》卷十九《答洪驹父书》其三，四川大学出版社 2001 年版，第 475 页。

② （宋）潘子真：《潘子真诗话》，载郭绍虞辑《宋诗话辑佚》卷上，中华书局 1980 年版，第 310 页。

③ （宋）朱熹：《朱子语类》卷一百四十，中华书局 1986 年版，第 3326 页。

④ （宋）胡仔：《苕溪渔隐丛话（前集）》，人民文学出版社 1962 年版，第 320 页。

⑤ 如其四十七"讵知南山松，独立自萧瑟"注征引《庄子》两次及李善本《文选》、扬雄《河东赋》，言意祖《荀子》："以此见古人作诗，皆自学问中来也。"

从"不烦绳削而自合"①延伸到"夺胎换骨""无斧凿痕"②，从而使朱熹的李白观获得江西诗派的方法论基础。这为其探求游走在格调法度中的不尽之意提供了前提。

其次，风雅比兴的忠厚情性。曾巩认为李诗"连类引义"，"中于法度者寡"。③王安石更揶揄道："豪放飘逸，人固莫及，然其格止于此而已，不知变也。"④萧氏对此颇为不满："今世虮蝨辈作诗评，乃谓太白诗全无关于人伦风教。吁！是亦未之思耳。"（《黄葛篇》注）为避免"读者忽之，使白心不白于后世"（《挂席江上待月有怀》注），他消化李阳冰"不读非圣之书，耻为郑卫之作，故其言多似天仙之辞。凡所著述，言多讽兴。自三代以来，风骚之后，驰驱屈宋，鞭挞扬马，千载独步，唯公一人"之论，把朱熹说的"圣于诗"升华至"圣于人"，把黄庭坚解杜之长移用到李注。⑤一是接续《诗经》比兴传统，认为李白并非如杨齐贤所说只是单纯用典："以古喻今，无可疑者。子见乃直指为《毛诗》晋《国风》之事，吾未敢以为然也。"（其五十四注）故依托《国风》⑥，频言比兴⑦。二是捕捉《春秋》微言大义。本于"《春秋》之称，

---

① 黄庭坚云："李白诗，如黄帝张乐于洞庭之野，无首无尾，不主故常，非墨工槷人所可拟议……其稿书，大类其诗，弥使人远想慨然。白在开元、至德间，不以能书传。今其行草殊不减古人，盖所谓不烦绳削而自合者欤。"参见刘琳等校点《黄庭坚全集》卷二十五《题李白诗草后》，第 656 页。

② 如称其二十三"三万六千日"是意祖《左传》："此所谓夺胎换骨，使事而不为事使者欤。"又如其三十五注："脱胎换骨，了无斧凿痕迹，非圣于诗者，孰能与于此乎？"

③ （宋）曾巩：《李太白文集后序》，载（清）王琦注《李太白全集》，中华书局 1977 年版，第 1479 页。

④ （宋）魏庆之：《诗人玉屑》卷十四，中华书局 2007 年版，第 428 页。

⑤ 黄庭坚有过以经术求索李诗的意图："诗正欲如此作。其未至者，探经术未深，读老杜、李白、韩退之诗不熟耳。"（刘琳等校点《黄庭坚全集》卷十九《与徐师川书》其一，第 479 页）但未投身于此。

⑥ 萧注《乌栖曲》、《于阗采花》、《白头吟》（其一）、《妾薄命》、《白马篇》、《清平调词》（其三）、《北上行》、《君马黄》、《春思》、《长相思》、《怨歌行》、《鼓吹入朝曲》、《陪族叔刑部侍郎晔及中书贾舍人至游洞庭》（其一）、《拟古》（其一）、《寓言》（其三）等，皆言"出于《国风》"，或是"《国风》之体"，或有"《国风》之旨"。

⑦ 萧注《古风》（其二十七、其三十八、其四十一、其五十一）、《独漉篇》、《清平调词》（其二）、《秦女卷衣》、《拟古》（其十一）、《感兴八首》（其五、其八）、《寓言》（其二）等，皆言"比兴之诗"或有"比兴之意"。

微而显，志而晦，婉而成章，尽而不污，惩恶而劝善，非圣人，谁能修之"① 及对"唐诗人多引《春秋》为鲁讳之义，以汉武比明皇，中间比义引事"（《白头吟》其一注）的发现，将李诗精义诠释为"忧愤"与"忠君"："忧愤之意微而显。"②（其三十注）"夫子作《春秋》书王之意也。太白忠君之心于此可见。"（《永王东巡歌》其一注）由此，重建李白其诗"用意深远"（其三注）和其人"为贤人"（其二十四注）乃至"真儒"（其五十六注）的评价。

最后，一唱三叹的不尽之意。为融通经中微言比兴之义与诗中一唱三叹之情的关联，他对严羽《沧浪诗话》"盛唐诸人……言有尽而意无穷""近代诸公……盖于一唱三叹之音，有所歉焉"③ 之说有所吸收，如"读之能不一唱三叹而有余悲也邪"（其二十七注）、"言有尽而意无穷"（《拟古》其六注）。或在其心中，凡诗论家所思，皆能在李诗中寻到蛛丝马迹；凡李诗所写，皆经得起诗论家的批评考验。尽管过犹不及，却破除了诗学观念间的壁垒。④

当然，如果萧士赟取用《沧浪诗话》之说稍显证据不足，那么徐祯卿主情而非主理的倾向，则明显延续了严羽"诗者，吟咏情性也"⑤ 的观念。此外，严羽评李的态度"观太白诗者，要识真太白处。太白天才豪逸，语多卒然而成者。学者于每篇中，要识其安身立命处可也"⑥ 和他本人对其四十四的注解"不言弃绝，但言'恩毕'，斯得怨而不怒之意。欲言难言，而又不能无言，'将何为'三字，无限深情"⑦ 是一致

---

① 杨伯峻编著《春秋左传注》，中华书局 1990 年版，第 870 页。

② 萧注《古风》（其十四、其三十九、其五十三）、《山人劝酒》、《蜀道难》、《秦女卷衣》、《拟古》（其十一）、《寓言》（其二）等，皆言"微而显""微而婉"。

③ （宋）严羽著，郭绍虞校释《沧浪诗话校释》，人民文学出版社 1983 年版，第 26 页。

④ 萧注《金陵酒肆留别》引黄庭坚语："学者先以识为上，禅家所谓正法眼，直须具此眼目，方可人道。"此语为严羽与黄庭坚诗学关系之佐证，萧士赟对此或有留意。另关于《沧浪诗话》与理学关系，吴承学从"诗歌理想与人格理想、诗歌境界与圣贤气象、学诗门径与学理门径"角度见出关联（参见《〈沧浪诗话〉与宋代理学》，《文学评论》2022 年第 1 期）。萧注融通黄庭坚、朱熹、严羽诗论之法，于原理上与之相近。

⑤ （宋）严羽著，郭绍虞校释《沧浪诗话校释》，第 26 页。

⑥ （宋）严羽著，郭绍虞校释《沧浪诗话校释》，第 173 页。

⑦ （清）王琦注《李太白全集》，第 1552 页。

的。仅以"深情"蔽之,并不详解"欲言难言"之事。"情深"① 的徐祯卿在释李时,也是"因情立格",即格调应当顺从情志,而非情志屈从于格调,并把"格""情"关系深化为"情"与"诗"的讨论,"情者,心之精也……诗之源也","诗者乃精神之浮英,造化之秘思",故"因言求意"② 即可,不必大费周章于诗外求索。尽管留下"谁能测其幽深之道"(其十三注)的慨叹,却松绑了文史参证关系,把诠释重心从事件索隐、价值判断调整到主体情志的精神体悟,由此完成对李白其人其诗的接受。这既是注家对注释的独到见解,也是明代吴中诗学在注本中的个性体现。③

余　论

杨、萧、徐注的共通之处是,既不断回溯过去的文化资源以作滋养,又有意挣脱与超越以往的陈旧,以提供认识李白的新进话语,从而呈现出必然复归与自由新变并行不悖的复杂样貌与话语轨迹。

在"千家注杜"的风尚下,杨注有筚路蓝缕之功,它既是宋代唯一一部李注,也保存了丰富的注释材料。但疏漏在于失之详考,以致杜注内伪苏注也被引用,以史证诗时又多取唐广德以后事,及过于依赖宋儒记录等。这些为萧氏所发现的问题不少已被删除,但从硬伤推知,他尤重宋人杜注与论杜材料,只是有时不加分辨,而歧路亡羊。

在"注李诗者曾不一二见"的背景下,萧士赟叹此为"诗家一欠事"。尽管其"笃学工诗","著有诗评二十余篇"(佚)④,却未止步于只言片语的评点,而采用费力的全集注释。他不愿看到被誉以诗仙美名

---

① (明)顾璘:《息园存稿文》卷九《与陈鹤论诗》,载《景印文渊阁四库全书》第 1263 册,台湾商务印书馆 1986 年版,第 602 页。

② (明)徐祯卿:《谈艺录》,载(清)何文焕辑《历代诗话》,中华书局 1981 年版,第 765—767 页。

③ 明代吴中地区盛行"重情文学思潮",具有"重个性、重真情的创作倾向"。其中,顾璘与徐祯卿年龄相仿、生地相同,为同乡好友,皆是此风代表。参见罗宗强《明代文学思想史》,中华书局 2013 年版,第 360—361 页。

④ (清)永瑢等撰《四库全书总目》卷一百四十九,中华书局 1965 年版,第 1280 页。

的李白，只能如同"留骨而贵"的"楚之神龟"一般，鲜有恰如其分的理解使之"曳尾于涂中"①。但想扭转这一局面，就不得不使个人尺度合于集体趣味，如此才能更大概率地实现注释理想。可当他靠近理想时，问题也随之暴露，难免不顾艺术真实而牵强附会，牺牲历史真实而郢书燕说，以致生出不虞之誉或求全之毁，把李白从"酒色放荡"的天地弃才塑造成"感士不遇"而处处"不能自由"、"遭窜逐之祸"却始终"爱君忧国"的儒者形象。

在"因质就长，各勤陶铸，是以立体成家"的情况下，处于同一文学团体的明人，其诗学取向不尽相同。其中，徐祯卿"主盛唐王、岑诸公"②，并偏重王维③。故本于倦与人争的人生观、闲适旷远的创作观和因情立格的诗学观，他在注李时，也以性情为本。如此，确实避免了附会，但态度疏散，批注简洁，又有蠡测不明之嫌。

以"理解之同情"的态度看，研究者自是不必求全责备。如萧士赟为使李白不落杜甫下风，一方面极意拓展李诗的艺术思想和诠释空间，另一方面努力提供不同于大部分宋人眼中形象的李白，着实有其进步性。而且，他以杜注为参照范本而审视李白，不仅是主观自觉的选择，也是传统价值观念和研究方法惯性所致。

但回顾三家注释话语轨迹，至少应从三个方面进行反思。一是注家情感倾向的强弱与诠释材料的个性择取。无论积极、消极，或收之东隅，失之桑榆，或走马观花，浮光掠影，都容易失去理性控制而偏离客观准绳。二是儒道思想史视野下李杜接受的同构性。注家易受惯性思维影响，自觉不自觉地先行带入某家之言，在伦理所排斥与推崇的两端，投射以人格标签和类型情感，致使丰富立体的鲜活人物被简化评价所遮蔽。三是接受史对李诗艺术理解的稳定性与李白形象包容的有限性。尤其是主流评价多来自宋人价值观，认为其人自由浪漫，

---

① （清）郭庆藩撰《庄子集释》，中华书局 2004 年版，第 604 页。

② （明）顾璘：《息园存稿文》卷九《与陈鹤论诗》，载《景印文渊阁四库全书》第 1263 册，第 603 页。

③ （明）胡应麟：《诗薮·外篇》卷五，中华书局 1962 年版，第 216 页。

其诗自然飘逸，好风月而不忧怀天下，无法度可寻而不可学。结果学李者多不入流，注李者少之又少。上述情况，反求杜甫亦然。所以，认清早期诠释轨迹及相应过程所暴露的读者前见之蔽与后见之明，或是重新激活李白研究的关键。

日藏明代"名山记"刊本研究

◇冯乃希*

内容摘要：明代中后期伴随出版文化与旅游业的繁荣，以"名山记"为题的游记集不断刊刻发行。文章围绕日本内阁文库等地所藏各版本"名山记"游记集，梳理不同版本之间的关联与差异，并讨论不同时代的编者应对阅读市场而采用的多样化编辑策略。在重刊过程中，"名山记"游记集不仅兼具了"地志"与"艺文"双重属性，还囊括了图画、清玩小品等各种晚明出版界的时兴内容。在这一过程里，士人的个人游览体验被不断公众化，闲情文学成为吸引大众阅读趣味的"消费品"。

关键词：名山记　游记　明代出版业

16 世纪以来，伴随城市与商品经济的不断发展，印刷业与旅游业齐头并进，空前繁荣。晚明社会的旅行体验方式愈加多元化，既有以徐霞客、王士性为代表，探索真实山河的"壮游"，又有在书斋中静坐阅读、冥想而自娱的"卧游"。[①] 在实虚之间，游记的撰写成为士大夫展示学养、志趣和品位的重要途径。[②] 据周振鹤统计，明代前中叶的游记数量

---

　　* 冯乃希，清华大学人文与社会科学高等研究所助理教授，研究方向为明清文学史、近现代思想史。

　　① "壮游"一词出自杜甫诗《壮游》，以形容长途跋涉、艰险之旅。有关徐霞客的研究数量众多，如朱均侃等《徐霞客评传》，南京大学出版社 2006 年版；朱惠荣《徐霞客与徐霞客游记》，中华书局 2003 年版。有关王士性的研究见（明）王士性著，周振鹤编校《王士性地理书三种》，上海古籍出版社 1993 年版；范宜如《行旅、地志、社会记忆：王士性纪游书写探论》，（台北）万卷楼 2011 年版。

　　② 巫仁恕：《晚明的旅游活动与消费文化——以江南为讨论中心》，《"中央研究院"近代史研究所集刊》2003 年第 41 期。

并不多，直到 16 世纪中期才渐渐增加；到 17 世纪初，游记作品大量涌现。① 在此背景下，一批以"名山记"为题的游记集自 16 世纪下半叶开始广泛刊行。这些游记集将文人游记从个人文集中摘录出来，按地理分区重新组织，兼具"地志"与"艺文"双重属性。在商业出版大繁荣的时代背景下，这些游记集既收入了当时最流行的作品，又折射了时兴的阅读方式。

按《四库全书总目提要》，明代以"名山"为题的游记集有何镗编十七卷《古今游名山记》（1565）、慎蒙编十六卷《天下名山诸胜一览记》（1576）以及佚名四十八卷（附图一卷、附录一卷）《名山盛概记》（1633）。②《四库全书》将这类游记集统一定性为明代坊刻积习下互相抄袭的粗滥之作。而由于三种"名山记"彼此收入的游记有大量重叠，研究者们通常把它们之间的关系视为简单的借用与抄录。③ 在检索不同版本的"名山记"游记集之后，笔者发现：第一，不同时代的编者不断调整编辑策略，以彰显个人对游记文体及功能的理解；第二，晚期作品的编者试图以各种手段建立其作品与最早之何镗本的联系，并自发构建"名山记"书籍谱系。这一系列的编辑与出版行为体现了士大夫社交网络的构建，以及士人交游网络与商业出版之间的密切关联。伴随着"名山记"游记集声名鹊起，最初用来体现士人"宦游"经验的游记被放置于公共视野，并转化为类似大众读物的"消费品"。笔者尚未见专文详细梳理此类"名山记"游记集之编纂、刊刻过程，以及不同时代各版本之间的关联与差异。④ 今据所见日本内阁文库、早稻田大学图书馆所藏

---

① 周振鹤：《从明人文集看晚明旅游风气及其与地理学的关系》，《复旦学报》（社会科学版）2005 年第 1 期。

② （清）纪昀等编《四库全书总目提要》，中华书局 1965 年版，第 676—677 页。

③ 例如巫仁恕《品味奢华：晚明的消费社会与士大夫》，（台北）联经出版社 2007 年版，第 182 页；贾鸿雁《中国古代游记的整理与出版》，《山西师大学报》（社会科学版）2005 年第 6 期。

④ 现有对"名山记"的研究或注重崇祯本的插图，如周亮《明刊本〈名山记〉版画插图研究》，《美术》2018 年第 11 期；或旨在对此类游记集做整体介绍，如贾鸿雁《中国古代游记的整理与出版》，《山西师大学报》（社会科学版）2005 年第 6 期；Floral Li-tsui Fu, *Framing Famous Mountains: Grand Tour and Mingshan Paintings in Sixteenth-century China*, Hong Kong: Chinese University Press, 2009。

诸本,比照《四库全书存目丛书》收录本梳理明代"名山记"之谱系,挖掘其不断重刊的动因,并根据明人笔记资料,分析其与晚明游记阅读风尚及旅游文化之关联。

本文基于对明刊各本"名山记"的文献学分析,研读各编者的编辑策略,继而揭示,在反复刊刻的过程中,"名山记"内容与样貌不断回应市场诉求,越发便于读者使用和观赏。"游记"作为一种散文文体,不断脱离文人文集的框架,以选集、选本的方式大量流通。这一跨书籍类型的流动,极大地推动了士人游览体验的公众化,同时又体现了晚明文本流通方式的多元以及阅读方式的灵活与驳杂。最后,笔者将根据所见古籍对所谓的"王世贞《名山记广编》"一书进行考辨。笔者认为,王世贞并未编辑四十六卷本《名山记广编》,其编辑四十六卷本《名山记广编》的说法源自清初文人对 1633 年四十八卷崇祯本《名山盛概记》的错误理解。

一 始于宦游的名山诗文

明中期的"名山"写作与士大夫宦游密切相关。现存可查最早以"名山记"为题的游记类书籍是都穆(1459—1525)撰写的《游名山记》四卷,现存陈眉公编订明万历间宝颜堂秘笈零本。该书涵盖了都穆宦游近三十年(约 1489—1517)在全国各处观览所撰游记,其中包括华山、京师西山等名胜。该书首有正德十五年(1520)王鏊(1450—1524)序。序言指出,此书创作受惠于作者四处为官宦游:"玄敬乃能以使事骋四方。"而"读《名山记》,虽不识其地,若身至其地者,可谓善游而能言者矣"①,这点明了游记阅读的重要目的之一——卧游。"卧游"一说最早源自南朝宗炳《画山水序》。宗炳晚年登览衡山十分吃力,遂感叹"老疾俱至,名山恐难遍游,唯当澄怀观道,卧以游之"②,于是将胜景

---

① (明)王鏊:《游名山记·序》,载(明)都穆《游名山记》,中华书局 1991 年版,第 1 页。
② (南朝)宗炳:《画山水序》,载(唐)张彦远编《历代名画记》,浙江人民美术出版社 2019 年版,第 104 页。

绘于墙壁，通过对画作的欣赏代替实际的游览。时至晚明，"卧游"所借助的媒介纷繁复杂，既有山水画、木刻版画等图像，又有散文、诗歌等各体裁文学作品。"名山记"游记集是晚明"卧游"风尚的集中体现。

"名山记"最早出现于嘉靖四十四年（1565）。编者何镗（1507—1585?），字滨岩，浙江丽水括苍人，嘉靖二十六年进士。全书①内容可分两部分。第一部分为"总录"，其中"胜记"一节摘录经史文献（如《尚书》《史记》）中与名胜有关的文本；"名言"一节收录多篇览胜序，其中就有王鏊为都穆所作序引。第二部分为正文，每卷以省为单位，以山为纲领，统筹该省的名胜游记。每卷以该省名山名胜为题，并将省名注于副标题中。书中所收作品以明代早中期为主，兼及唐、宋、元代。每卷游记数目不等，平均二十篇左右。书中凡例五条，不但陈述何镗选文标准，而且确立了日后各类"名山记"游记集都借以参考的基本编纂体例。第一，所录之文"不尽属于游"，凡与玩赏山水有关的资料皆收入在内。第二，该书以山名为题目划分篇章，行类书之体，一来便于读者查阅当地信息，二来可为卧游助兴。② 第三，全书章节安排呈现王朝地理从中心到边缘的空间结构，先两京后十三省，并且在十三省中，以江北江南中原各省为先，以边境各省（云南、贵州等）为后。

何镗《古今游名山记》反映出 16 世纪中叶以仕宦交游网络为基础的游记阅读风尚。《四库全书存目丛书》所录版本书首有黄佐（1490—1566）、吴炳（1595—1648）、王世贞（1526—1590）、王稚登（1535—1614）四人序言，书末有何镗嘉靖四十四年后记、李元阳嘉靖四十五年序和蔡文范嘉靖五十六年后跋，这证明该书在初版后十年仍在重刊。日本内阁文库藏两套何镗本，分别为木村兼葭堂十六册本（编号 291-90）与红叶山文库十三册本（编号 196-15）。木村兼葭堂本序言资料与四库存目本相同，然而红叶山文库本中出现了汤显祖万历二十五年（1597）

---

① 该书收入《四库全书存目丛书》史部第 250 册，齐鲁书社 1996 年版。
② （明）何镗：《古今游名山记·凡例》，载《四库全书存目丛书》史部第 250 册，第 299 页。

重刊序①。该重刊序十分重要,在崇祯年间被新刊的"名山记"游记集借用。由此可见,此书在初版后三十年间影响不绝。值得注意的是,现今所见各部何镗本中均保留大量刻工姓名。日本内阁文库十三册本序言第六叶中缝有"余锦绣刊",其他卷册中缝也可见刻工名,如"周""吴良""熊乐""熊成七"等。这些线索表明,虽然何镗等人官居朝堂,此书之刊行目的却不能仅仅视为文人自抒情怀。既付梓于职业刻工,则其背后应有商业牟利之考量。

何镗自序中言,"余少好览观山川奇胜,乃自束发以来,于海内名山川厌睹盖什七八云",又极爱瑰丽文字,于是广泛收集古今众人之山水游记,编成一集。何镗为仕事四处奔走期间,不忘购买或转抄游记。序言中提到"都太仆《游名山记》得之吴门",早期都穆《游名山记》被拆分成各个独立篇章,收录在该书不同卷中。② 黄佐序作于嘉靖四十二年(1563)。黄佐,号泰泉,广东中山人,正德十六年(1521)进士。黄佐与都穆、何镗均有交往,嘉靖三年前往吴门任职结交都穆,曾阅览都穆《游名山记》。多年后他评价两书:"昔其(都穆)所记乃足迹所及,犹多所遗也。今括苍宾岩何公广采旁罗,凡史志文集所载者辑萃无遗,为书几二十卷,而都氏平生见闻所未及者毕在。"③ 王世贞序未署日期。王氏与何氏同为嘉靖二十六年进士,两人私交甚密。王世贞曾致信给何镗,告知友人自己对"名山记"作品的痴迷:

> 传有编《古今游名山记》,弟凤心日访之书肆,而不可得。近得之邵少参,所读之连五日。遇讯谍辄乙之,少间复读之。至丙夜不忍释,令人厌见吏民耳。④

① (明)何镗:《古今游名山记》,日本内阁文库藏,编号:196-15,第12—13页。
② (明)何镗:《古今游名山记·后序》,载《四库全书存目丛书》史部第250册,第851—853页。
③ (明)黄佐:《古今游名山记·序》,载《四库全书存目丛书》史部第250册,第294页。
④ (明)王世贞:《弇州四部稿》卷一百二十四文部《寄何参政》,《钦定四库全书》本,第11页。

王世贞还寄诗赞赏该书，其诗云：

> 笔底青山杖底知，书成不数子长奇。双峰太华真如掌，万历岷峨半入眉。婚嫁向平何日事，卧游宗炳暮年期。玉京人鸟须弥顶，更有新编拟付谁。①

王氏的兴趣并不仅仅在于阅读何镗作品，他还将自己收集的游记一同寄送，希望可以帮助友人备选续编②，但遗憾的是何镗并未再作续编。不过王世贞仿照《古今游名山记》的体例，编选整理了《古今名园墅编》。③ 王世贞自序云："同年生何观察以《游名山记》见贻，余颇爱其事。"故仿照何镗书之体例，将自己所收集的名园游记汇编整理，"以旧所藏本若干卷投之，并为一集。辄复用何君例，纠集古今之为园者记、志、赋、序几百首，诗古体、近体几百千首"。④

何镗《古今游名山记》收录游记五百余篇，凡例后列出总目录，标每卷标题，各卷内不另附目录。正文用小字，游记题目阴刻，每行二十七字。现以北京卷为例说明其编辑特征：北京卷收 36 篇游记，以明代中期应制文为主，作者多是为官暂居京城的士大夫。其先后顺序排布并无规律，既非按照作者年代，又非依据各名胜的地理关系。该卷虽然题名为"西苑，北京诸山泉附"，实则内容驳杂，不仅有李东阳等人撰写的《游西山记》《游玉泉山记》等山水观览文章，还有宋代徐兢《使高丽录》、元代朱德润《异域说》等与北京名胜并无直接关系的作品。虽然何镗本在成书数十年内几经翻刻，该书缺点仍显而易见：虽然作者声称与类书相近，可供参考查阅之用，但实际上各卷文章既无详细篇章目录，其排布又无明确规律，查阅过程多有不便。也正因如此，初版十年后又

---

① （明）王世贞：《弇州四部稿》卷四十诗部《览何使君振卿所编游名山记有寄》，《钦定四库全书》本，第 12b 页。

② （明）王世贞：《弇州四部稿》卷一百二十四文部《寄何参政》，《钦定四库全书》本，第 11 页。

③ 该书疑不传，仅存王世贞序。

④ （明）王世贞：《弇州山人四部续稿》卷四十六文部《古今名园墅编序》，《文渊阁四库全书》本。

有另一版"名山记"出现了。

万历四年（1576），慎蒙编《天下名山诸胜一览记》①，共十六卷。慎蒙，吴兴人，与何镗、王世贞为同年进士，曾任南京道监察御史。② 全书有编者自序、凡例七条；卷一为总录，摘抄史书笔记中与名山名胜有关资料，并附历代记载观览之书信；卷二至卷十六分别为两京十三省各处名胜简介和相关诗文。在自序中，慎蒙回顾了自己阅读都穆、何镗两书之体会：

> 近得同年友何宾岩所辑名山一书，则自胜迹、名言，以至先贤题名刻石，巨细毕举。所谓胸中丘壑者，非欤？③

但慎蒙认为此书仅收文人游记，未录方志和通志，且无名胜诗歌题咏，不完备，故对此书进行重编。新书名为《天下名山诸胜一览记》，十分之六源于何镗旧书，十分之四源于新增通志、别集，"使都（穆）之略者益之以详，何（镗）之所辑冗者已洁"。④ 慎蒙本尤注重读者阅读体验。按凡例，慎蒙认为何镗本以山名做卷名，难以统领卷内各文章，于是在新版中各卷直接以省份命名，以便引导读者展开索引。其次，"旧本蝇头小字，不便观览"，故此次"刊刻以大书，非专翻刻旧本"。⑤ 同时，长篇文章按照内容分成小段，加以圈点，标识景物，提醒读者关键之处："集中记文凡用点者，景之佳也。凡用圈者，文之佳善于形容者也。用笔之间各有意义。"而与何本尤为不同的是，在每篇篇末"增以评语"，凡有景象瑰奇或文章精彩之处，编者皆特意点评标出。⑥

---

① 该书收入《四库全书存目丛书》史部第 251 册。

② （明）王世贞：《弇州山人四部续稿》卷九十文部《文林郎南京道监察御史山泉慎君墓志铭》，《文渊阁四库全书》本。

③ （明）慎蒙：《天下名山诸胜一览记·序》，载（明）慎蒙《天下名山诸胜一览记》卷一，日本早稻田大学藏。

④ （明）慎蒙：《天下名山诸胜一览记·序》，载（明）慎蒙《天下名山诸胜一览记》卷一，日本早稻田大学藏。

⑤ 见《天下名山诸胜一览记·凡例》，载（明）慎蒙《天下名山诸胜一览记》卷一，日本早稻田大学藏。该书正文每行二十字，字体较何镗本更大，字迹更清晰。

⑥ （明）慎蒙：《天下名山诸胜一览记·凡例》，载（明）慎蒙《天下名山诸胜一览记》卷一，日本早稻田大学藏。

慎蒙本既发展了何镗的"类书体"，又将原有的游记散文集拓展至名胜"诗文集"。慎蒙将选自方志的地理史料放置在各卷卷首，以辅佐读者阅读后面的游记，从而实现了何镗最初设想的"类书"功能，即存储相关历史地理信息的功能。以"北京卷"为例，编者先列出顺天、保定等府名胜古迹，对其简要介绍，再列出相关诗歌题咏，最后展示从何镗本中摘出的名胜游记。值得注意的是，慎蒙本点校并不精良，其文本质量被清代学者广为诟病。[1] 最显著的缺陷是该书的题目标识混乱。慎蒙自序中称本书为《天下名山诸胜一览记》，第一卷卷首却题名"游名山一览记"，而自第二卷始直至末卷，各卷首皆为"名山岩洞泉石古迹"。这一现象说明明人刊刻有时的确操之过急，仓促成书中，各卷尚未写定便匆匆付梓，导致书名与各卷名不一致。

二　走向市场的名山图文

明朝万历年间，社会风气变迁，山水游览日益成为社会风尚。士人渐以游览为癖，以能游为傲，文人游记大量创作，其数量与质量皆远超前代。[2] 由墨绘斋发行于崇祯六年（1633）的《名山盛概记》[3] 是晚明"名山记"系列的集大成之作。该书不著撰人，正文四十六卷，附图一卷，附录一卷。相较于何镗本和慎蒙本，墨绘斋本的体量显著增加，不仅更新游记内容，还配以多幅制作精良的木刻版画插图。正文每卷以省份为名，每卷卷首均列有详细篇章目录，极大地方便了读者查阅资料。

《名山盛概记》体现了编辑者灵敏的市场意识。首先，该书前有王世贞、汤显祖、王稚登三人序（均取自万历二十五年即 1597 年重刊的何镗本《古今游名山记》），编者巧妙利用了三人在 17 世纪 30 年代的文坛盛名来吸引读者。何镗本的校订者吴炳（用晦）无甚文名，黄佐虽为名臣，但在书籍市场

---

① （清）纪昀等编《四库全书总目提要》，第 676 页。
② 周振鹤：《从明人文集看晚明旅游风气及其与地理学的关系》，《复旦学报》（社会科学版）2005 年第 1 期。
③ 该书收入《四库全书存目丛书》史部第 252—254 册。

上却不如王世贞等三位有号召力，故此书未采用吴、黄二人序。在日本内阁
文库红叶山文库本（编号 197-001）标题页上有该书题名"镌天下名山盛概
记"，上钤朱印三方，似为当时书坊的钤印，起到宣传推广之用。右下角印
上书"许衙藏版，翻刻必究"；正中偏上又一枚方印，内存下文：

> 名山一书，汇自何滨岩先生，至迩日太仓、山阴、公安、竟陵，
> 始盛山水。性情、文字真称合体，不作两事。景造幽奇，语穷灵奥。
> 足使玄心拓境，别为举业开山。岂第卧游用耽寄玩？①

此广告语为《名山盛概记》凡例内容的提要，提示我们三点重要信息。
第一，何镗《古今游名山记》是该书底本；第二，本书在何镗本基础上
扩充资料，收入近人之作，尤其是"性情、文字真称合体"的晚近"性
灵"派作家作品；第三，这些作品语言"灵奥"，能提升人心灵境界，
不仅仅供卧游潜玩，还可以帮助读者构思时文，以备科举考试之需。晚
明坊刻书常见的宣传策略在此出现：利用书名页空间冠以名公名号，以
"举业"为噱头，向读者推广该书。②

凡例第一条与该钤印相呼应，直言曰：

> 是编本何滨岩先生搜括群书，网罗百氏，已称详确。第当时自
> 王弇州、李于鳞而止。如近日袁公安、钟景陵、王山阴诸公，皆先
> 生所不及见，故较前集于斯为盛。③

在编者看来，何镗生时不见公安、竟陵作家，实为憾事。故此本除收
录稍早的王世贞、李攀龙作品之外，也加入了当时最为流行的袁宏道、钟
惺、王思任作品，公安、竟陵两派作品占比极高。以"北京卷"为例，

---

① 《名山盛概记》卷一，日本内阁文库藏红叶山文库本。
② 有关晚明坊刻书的宣传策略，见沈俊平《举业津梁：明中叶以后坊刻制举用书的生产
与流通》，台湾学生书局 2009 年版，第 283—298 页。
③ 《名山盛概记·凡例》，日本内阁文库藏红叶山文库本。

《名山盛概记》包含何镗本全部游记，还新添王衡六篇、蒋一葵五篇、曹学佺两篇、陶望龄一篇、徐渭一篇，更收袁宏道作品十一篇，数量显著超过其他作者。① 另外，与以前各版"名山记"相比较，此书内容不限于以名山为题的游记。编者称，各卷还加入了与一地相关的宴游记、园亭记、岁时记、泉石志、花木记以飨读者。每篇文章后依旧附评点，编者称："篇末不敢滥评，稍稍旁点处非故加瘢，正欲表风流眉目，共相欣赏。"②

与之前何本、慎本相比，《名山盛概记》的最大特色是以图像辅助文字，把"卧游"具象化。何良俊（1506—1573）在《四友斋丛说》中曾讨论如何利用图像、文字构建书面游览体验。在他看来，文字对胜景的再现始终有限："余观古之登山者，皆有游名山记。纵其文笔高妙，善于摩写，极力形容，处处精到。然于语言文字之间，使人想象。终不得其面目。不若图之缣素，则其山水之幽深，烟云之吞吐，一举目皆在。而吾得以神游其间，顾不胜于文章万万耶？"③ 图文兼并，才可真正辅助神游。17 世纪以来，江南木刻版画技艺日臻成熟，出现了杭州书商杨尔曾主持刊刻的《新镌海内奇观》（1609）等木刻山水图集。④《名山盛概记》首创将插图引入文人游记集的做法，书中收入五十五幅插图，编为一卷，题名《名山图》。墨绘斋解释图画来源：

> 《名山图》仿自旧志。黄山、白岳出郑千里、吴左千；天目、雁荡出赵文度、杜世良；匡庐、石钟出陈路若、黄长吉；赤壁、浮槎出蓝田叔、孙子真；余皆刘文叔宪重摹，单继之补写，咸一时名士胜流云。崇祯六年春月墨绘斋新摹。⑤

学者周亮已有专文详细考证《名山图》绘者生平及其作品的摹写对

---

① 《名山盛概记》卷一，日本内阁文库藏红叶山文库本。
② 《名山盛概记·凡例》，日本内阁文库藏红叶山文库本。
③ （明）何良俊：《四友斋丛说》，中华书局 1959 年版，第 257 页。
④ 《新镌海内奇观》，浙江人民美术出版社 2015 年版。关于此书的研究，参见李晓愚《论晚明的旅游与出版风尚：以杨尔曾〈新镌海内奇观〉为例》，《南方论坛》2018 年第 6 期。
⑤ 《名山图》卷首语，载《名山盛概记》，日本内阁文库藏红叶山文库本。

象，并认为墨绘斋本很可能刊刻于浙江一带①，在此不再赘述。值得注意的是，墨绘斋尽量避免在图中插入文字，不标注名胜名称；同时，插图标题尽可能避开图像主体，从而使读者在观看时免于文字标识的视觉干扰。虽然这些图仿自地志，但有别于地志插图的地点标识功能，其主要目的是展示独立的山水画作，辅助读者想象名山之美。

　　《名山盛概记》最具创新性的"卧游"实践在于其与当时清玩小品的结合。该书附录卷末收入屠隆作品《游具笺》②。《游具笺》一文选自屠氏《考槃余事》（1590 年成书）第十五笺，作为清玩小品的代表，曾风靡一时。其中关于书画、文房等物的讨论对明清清玩鉴赏文学影响深远。③ 红叶山文库本附录卷《游具笺》文字部分列有笠、杖、渔竿等条目。文字后附《太极樽式图》《葫芦樽式图》《山游提合图式》《提炉图式》四图，图旁均佐以文字说明此物做法、用途。例如《提炉图式》画提炉线描透视图，盒子左侧下层绘海棠花型火孔，注"另制铜圈垫壶上，凿梅花孔以透火气上蒸"；右侧下层注"热水暖酒"；最上层注"此格做一方箱，盛炭备用，中一格空罩，以蔽壶锅。二物撞起如食箩式"。④ 编者综合使用图文，在书页之间创立各种场景。读者手执此卷，不仅可一览自然景色，还可想象山水之中的畅饮与游戏。

　　晚明"名山记"游记集的反复刊刻与持续传播反映了 17 世纪游记阅读群体的规模之大。首先，晚明士人在生活中频繁使用"名山记"书籍。袁宗道曾在游览北京西山之前查看"名山记"以熟悉各处景点⑤；晚明重要地理学者王士性曾在寄给何镗的信中提及"名山记"的卧游之用⑥。而钱谦益也曾批评"名山记"之冗余繁杂，以及文人每游必记的

---

　　① 周亮：《明刊本〈名山记〉版画插图研究》，《美术》2018 年第 11 期。

　　② 游具，辅佐出游所用器具。屠隆《游具笺》，载《考槃余事》卷四。

　　③ Craig Clunas，*Superfluous Things：Material Culture and Social Status in Early Modern China*，Hawaii：Hawaii University Press，2004.

　　④ 《名山盛概记》附录，日本内阁文库藏红叶山文库本。

　　⑤ （明）袁宗道：《白苏斋类集》卷十四《游西山五》《小西天二》，上海古籍出版社 1989 年版，第 184、189 页。

　　⑥ （明）王士性：《寄何振卿》，载（明）王士性著，周振鹤编校《王士性地理书三种》，第 588—589 页。

肤浅与庸俗："余尝闻，吴中名士语曰：至某地某山，不可少一游，游某山不可少一记。……今杭城刻《名山记》，累积充几案。皆元成之流耳。"① 钱氏此处所言"杭城刻《名山记》"或为墨绘斋本。其次，"名山记"系列书籍的命名方式旨在更广泛地吸引读者，"古今""天下""一览"等词体现了游记集求全求大、包揽一切胜景文字之心。明清易代之际，士人的山水游览文化渐呈衰势，闲情观赏类游记数量减少，山水书写转向废墟、追忆等主题。② 但到清朝初年，"名山记"游记集的影响尚在。康熙三十四年（1695）歙县人吴秋士编《天下名山记钞》，全书不分卷，以崇祯本《名山盛概记》为底本，收入 23 幅名山图、231 篇游记。③ 此外还有康熙四十九年王泰来编《天下名山胜景记》。到 18 世纪上半叶"名山记"游记集显出颓势，至乾隆朝新刊本几乎消失，此类书籍在《四库全书》编纂过程中遭到严厉批评，此后声名渐隐。

　　值得一提的是，在晚明至清初出版物日益商品化的过程中，王世贞的大名被紧紧绑定在"名山记"这一文类上，甚至使后世学者产生文献层面的误判。《四库全书总目》在清初"吴秋士《天下名山记钞》"一条中提及以下信息："其书取何镗《游名山记》及王世贞之《广编》删而录之。"④ 今人研究中亦多有提及"王世贞增辑《名山记》"⑤ 等语。由此看来，似曾存在一部由王世贞编纂的《名山记广编》。然细考《四库全书总目提要》，其描述源自吴秋士《天下名山记钞》尤侗（1618—1704）序言与吴氏凡例。作于康熙三十四年的尤侗序云："有明何滨岩汇为《名山记》二十卷，王凤洲增至四十六卷，以为广矣大矣。吾尝阅

　　① （明）钱谦益：《牧斋初学集》卷三十二《越东游草引》，上海古籍出版社 1985 年版，第 927 页。
　　② 侯乃慧：《清代废园书写的园林反省与历史意义》，《台大文史哲学报》2006 年总第 65 期；Wai-yee Li，"Gardens and Illusions from Late Ming to Early Qing," *Harvard Journal of Asiatic Studies*，2012（12）：295-336。
　　③ （清）吴秋士：《天下名山记钞》，载《四库全书存目丛书》史部第 254 册。
　　④ （清）纪昀等编《四库全书总目》卷七十八，第 677 页。
　　⑤ 许建平编著《王世贞书目类纂》，凤凰出版社 2012 年版，第 567 页；贾鸿雁：《中国古代游记的整理与出版》《山西师大学报》（社会科学版）2005 年第 6 期；巫仁恕：《品味奢华：晚明的消费社会与士大夫》，第 182 页。

之，大抵略于古，而详于今。"① 吴氏凡例称此书以明崇祯九年（1636）
"王凤洲先生《名山记广编》"为底本。② 笔者认为此处所谓王凤洲底本
即崇祯四十八卷本（正文四十六卷，附图、附录各一卷）《名山盛概
记》，而该书被冠以王世贞之名则是因一系列"误读"而起。四库以外
的明清书籍目录——无论宫廷藏书还是私人藏书——均无任何有关"王
世贞《名山记广编》"的记载。③ 据《弇州四部稿》等资料推测，王世
贞钟爱何镗《古今游名山记》，不仅为此书作序，还曾寄信、寄诗给何
镗，并附上自己搜集的游记，希望可以被何氏采纳进续编。④ 自此，王世
贞的名号与"名山记"紧密相连。到墨绘斋重编《名山盛概记》时，王世
贞《古今游名山记》序被排在开卷首位，给读者造成一种王世贞参与此书
编辑的印象。吴秋士看到这部作品时，就直接把《名山盛概记》一书理解
为"王世贞《名山记广编》"。这种误会被写进《四库全书总目提要》，继
而被现代读者误认为王世贞确曾编纂过《名山记广编》一书。

结　论

本文以日本内阁文库、早稻田大学和《四库全书存目丛书》所藏
（收）诸本"名山记"游记集为对象，梳理了明代刊刻的各版书籍之间
的关系。早期游记集编者为士大夫，他们在四处为官时不断游历山川，
又在案牍劳顿间搜集整理前人作品，编纂游记集。这既是个人志趣的抒
发，又是商业利润的驱使。从 16 世纪中叶到明末，伴随旅游与出版文化
的双重勃兴，"名山记"游记集越发流行。读者既把它当作实际旅行的
参考资料，又通过阅读进行"卧游"。"名山记"的重刊始终与当时的阅

---

① （清）尤侗：《天下名山记钞序》，载（清）吴秋士《天下名山记钞》卷首，《四库全
书存目丛书》史部第 254 册，第 472 页。
② （清）吴秋士：《天下名山记钞·凡例》，载（清）吴秋士《天下名山记钞》卷首，
《四库全书存目丛书》史部第 254 册，第 478 页。
③ 如《千顷堂书目》《钱遵王述古堂藏书目录》《传世楼书目》《天禄琳琅书目》《天一
阁书目》《季沧苇藏书目》《汲古阁秘本珍藏书目》《八千楼书目》等，均未见。
④ （明）王世贞：《弇州四部稿》卷一百二十四文部《寄何参政》，《钦定四库全书》本，
第 11 页。

读风潮保持一致，纳入时兴木刻版画、性灵派文学作品和清玩小品。虽然何镗本、慎蒙本、墨绘斋本"名山记"之间有大量的重叠内容，但研究者不应把它们看作单纯的重复。细读各书序言资料与各卷游记编排方式，可以看到编者总是基于当时的阅读习惯与市场要求而灵活调整编辑出版策略。

"名山记"游记集之所以曾风靡一时，正是因为它集合了游记之散文、题咏之诗歌，又不断纳入山水画、名物图等时兴视觉元素，为读者提供了多层次的阅读、观览和想象体验。现存的明刊本，以其精心的版面设计构建了一个颇具现代意味的纸本空间，既有娱乐消遣的赏目之玩，又有名公加持下的"举业"噱头，还有仿佛即刻能消隐在山林中的野趣。这些书不仅是传统意义上保存作者之言的诗文合集，还是生活中陪伴读者的爱物，具有其自在的物质形态和存在价值。晚明文人对物质世界的迷恋渗透在各版本的"名山记"中，并通过各类编辑手段不断加强。这里的物质世界，首先是自然创造的山水和人力营建的名胜，还有游览时的食具、酒器、玩物，以及为以上物事赋形的图。"名山记"游记集向今人展示出流溢在晚明出版文化中的消费欲望和商业生机。然而这些书在 18 世纪四库馆臣的话语中受到巨大的冲击，成为晚明文体猥杂、版刻不精的"证据"；其中彰显出的"物欲"随即在清初以降的思想领域被严厉批判，甚至被指摘为明亡之因。正因如此，"名山记"游记集在文学史的叙述中被渐渐遗忘，这一曾经盛行的游记文本传播形态也不再为人所知。

沈周诗集四库提要考论[*]

◇汤志波[**]

内容摘要： 四库提要著录之沈周诗集版本更换了三次：翁方纲先依明万历刻本《石田先生集》作分纂稿，《四库全书初次进呈存目》再据明崇祯刻本《石田先生诗钞》撰写提要，《摘藻堂四库全书荟要》则以明弘治刻本《石田诗选》另起炉灶。三种提要内容迥异。其后阁本卷首提要均以《荟要提要》为基础，但亦有差别：文津阁本未作改动，文渊阁本、文澜阁本增补较多，文溯阁本折中了文渊阁本与文津阁本。《四库全书总目》与文渊阁本一致，因增补而略显烦琐，不如文津阁本之精练、文溯阁本之完善。《列朝诗集小传》、《静志居诗话》与沈周诗集序跋是提要撰写的主要文本来源，四库馆臣或直接征引，或扩充引申，或反驳批判，序跋与四库提要之关系尤为密切。

关键词： 沈周　四库提要　分纂稿　文本来源

沈周（1427—1509），字启南，号石田，明代苏州府长洲县相城里人，与文徵明、唐寅、仇英并称"明四家"，是明中叶吴门画派、吴中文坛领袖。沈周存世诗集有多种，四库馆臣至少目验过三种，并为之撰写了不同的提要。由于本文论述之需，先对此三种诗集版本内容稍作简介。

1.《石田诗选》十卷，弘治间华珵（字汝德）编选梓行，是书按内容分为天文、时令、山川、居室等31类，共计收诗900余首。按，华珵

* ［基金项目］上海市哲学社会科学规划一般课题"《四库全书总目》明别集提要笺证"，项目编号：2020BWY002。

** 汤志波，华东师范大学中文系副教授，研究方向为明代文学与文献。

刻本今已亡佚，仅见明正德元年（1506）安国重刻本，对弘治刻本略有增补。卷首有吴宽、李东阳序，卷末有张铁跋。

2.《石田先生集》不分卷，明万历四十三年（1615）陈仁锡写刻本，分为"五言古""七言古""五言排律""五言律""七言律""五言绝""七言绝"等 11 类，收诗 1300 余首。卷首有陈仁锡、钱允治序。

3.《石田先生诗钞》八卷《石田先生文钞》一卷，明崇祯十七年（1644）瞿式耜刻本，诗集按古体、今体两类分别编年，每卷前标明起止年份，收诗 500 余首。编年由钱谦益、程嘉燧共同完成，卷首有李东阳、吴宽旧序，钱谦益、瞿式耜新序。

三书均系独立编排，或按题，或按体，或编年，编选体例不一，收诗差异甚大，并无直接版本顺承关系。[①] 入清后沈周诗集未再重新编辑刊刻，上述三书也成为通行的沈周诗集。

一　四库提要之版本著录

四库提要著录沈周诗集虽均未明言版本，但根据内容可推断并非同一书。翁方纲分纂稿称："《沈石田集》四册，未分卷数……此四册皆诗也，《明史·艺文志》载沈周《石田诗钞》十卷，此本则分体为卷，与十卷之数不合。据其序言集已屡刻，盖周集非一本矣。应钞存之。卷前有合刻序一篇，应删去。"[②] 沈周诗集中不分卷且按体分类者，仅明万历刻本《石田先生集》一种。万历间陈仁锡编陈淳《陈白阳集》与沈周《石田先生集》合刻，称"陈沈两先生稿"，卷首有陈氏《合刻两先生稿引》，也就是翁方纲所云"卷前有合刻序一篇"。翁氏注意到是书与《明史·艺文志》所云《石田诗钞》不同，并过录《合刻两先生稿引》与钱允治《沈石田先生集序》部分内容，分纂稿所著录系万历刻本无疑。

① 参见汤志波《沈周著作考》，《图书馆理论与实践》2012 年第 8 期；汤志波《沈周诗集编刻考》，载《古典文献研究》第 16 辑，凤凰出版社 2013 年版，第 280—289 页。
② （清）翁方纲撰，吴格整理《翁方纲纂四库提要稿》，上海科学技术文献出版社 2005 年版，第 839—840 页。

《两淮商人马裕家呈送书目》载"《石田集》未分卷，明沈周，三本"①，或是此书。

《四库全书初次进呈存目》（以下简称《初次进呈存目》）著录沈周诗集云："《耕石斋石田集》九卷，明瞿式耜删定，沈周所作也。凡诗钞八卷、文钞一卷。"② 卷数、编者与分纂稿所云皆不合，显然已不是翁方纲所见万历刻本，而是明崇祯刻本《石田先生诗文钞》。是书有多家进呈，《江苏采集遗书目录》载"《沈石田集》……共八卷，刊本"③，《浙江遗书采集总录》著录"《沈石田集》八卷，刊本"④，《浙江省第四次孙仰曾家呈送书目》载"《沈石田集》八卷，明沈周著，四本"⑤。沈周诗集中为瞿式耜所编卷数又合者仅《石田先生诗钞》一种，《耕石斋石田集》与《石田先生诗文钞》系同书异名，因为是书为瞿式耜"耕石斋"所刻，版心镌"耕石斋石田诗（文）钞"，故又名"耕石斋石田集"。

《摛藻堂四库全书荟要》收录明别集仅 17 种，沈周诗集《石田诗选》赫然在列，乾隆四十二年十二月四库馆臣撰提要云："《石田诗选》十卷……此集不标体制，不谱年月，但分天文、时令等三十一类，盖仿宋人分类杜诗之例。据慈溪张铁跋，盖其友光禄寺署丞华汝德所编也。"⑥ 《四库全书荟要总目提要》（以下简称《荟要提要》）著录："《石田诗选》十卷，明长洲沈周撰，光禄寺署丞华汝德编选。今依两江总督臣高晋所上汝德刊本缮录，据明安国本恭校。"⑦ 可知《石田诗选》与前两种又不同，四库馆臣以弘治间华珵编刻本为底本抄录，并参校了

---

① 吴慰祖校订《四库采进书目》，商务印书馆 1960 年版，第 75 页。按，《两淮商人马裕家呈送书目》所载《石田集》与翁方纲所云《沈石田集》册数不合，《四库存目标注》将此书列在《耕石斋石田集》名下，俟考。参见杜泽逊编纂《四库存目标注》卷五十二，上海古籍出版社 2007 年版，第 2637 页。

② （清）纪昀等：《四库全书初次进呈存目》，台湾商务印书馆 2012 年版，第 857 页。

③ （清）黄烈：《江苏采集遗书目录》，载张昇编《〈四库全书〉提要稿辑存》第四册，北京图书馆出版社 2006 年版，第 428 页。

④ （清）沈初等撰，杜泽逊、何灿点校《浙江遗书采集总录》，上海古籍出版社 2019 年版，第 654 页。

⑤ 吴慰祖校订《四库采进书目》，第 82 页。

⑥ 江庆柏等整理《四库全书荟要总目提要》，人民文学出版社 2011 年版，第 425 页。

⑦ 江庆柏等整理《四库全书荟要总目提要》，第 424 页。

正德间安国重刻本，与《石田先生集》《石田先生诗钞》无涉。

从翁方纲分纂稿到《初次进呈存目》再到《荟要提要》，沈周诗集版本变换了三次。四库荟要及后来之阁本均采用明弘治刻本《石田诗选》，崇祯刻本《石田先生诗钞》则被列入"存目"之中，《四库全书总目》著录后者云，"是集乃瞿式耜所删定，凡诗八卷、文一卷。其诗与华汝德本互有出入，文则华本所未收"①，而万历刻本《石田先生集》则彻底从四库全书中消失。后人考察沈周诗集，亦曾留意万历本、崇祯本与四库所收《石田诗选》之异同，如胡玉缙指出："《静嘉堂秘籍志》有陈仁锡编《石田先生集》刊本……盖万历刊本，与华汝德本异……案《耕石斋石田诗钞》，只载……未知华汝德选刻视此本何如。"② 惜未察四库馆臣亦曾寓目万历本与崇祯本，并在提要中已有著录。

《初次进呈存目》未采用翁方纲著录之明万历刻本，或是因其讹误甚多。是书校勘不精，形近而讹、音近而讹者较多，乃至有不同诗体分类失误、同一首诗重复收录等问题，是现存沈周诗集中错误最多的一种，清代田祥曾跋此书云"其间颇有讹误"③，而崇祯刻本经过精心校勘，讹误最少。四库馆臣对所收诸集"等差有别，旌别兼施"，亦有自己的取舍标准："诸书刊写之本不一，谨择其善本录之；增删之本亦不一，谨择其足本录之。"④ 虽然明万历刻本收诗数量近乎崇祯刻本三倍，堪称"足本"，但错讹太多，四库馆臣权衡之下对"善本"的追求超过了"足本"，比对后在初次进呈时选择了明崇祯刻本。

《摛藻堂四库全书荟要》又将明崇祯刻本替换为弘治刻本，则是出于政治上的考量。是书为钱谦益与瞿式耜"互为评定"共同编选，钱谦益还编《石田先生事略》一卷附于卷后，并作《石田诗钞序》冠于卷首。早在乾隆三十四年（1769）《四库全书》纂修之前，清高宗乾隆皇帝因"阅其（钱谦益）所著《初学集》《有学集》，荒诞背谬，其中诋

① （清）纪昀等：《钦定四库全书总目》卷一百七十五，中华书局 1997 年版，第 2399 页。
② 胡玉缙撰，王欣夫辑《四库全书总目提要补正》卷五十三，上海书店出版社 2020 年版，第 1491—1492 页。
③ （清）田祥：《跋》，载《石田先生集》卷首，上海博物馆藏明万历刻本。
④ （清）纪昀等：《钦定四库全书总目》卷首"凡例"，第 31—32 页。

谤本朝之处,不一而足",于是下令尽数销毁其著作,但存于他书卷首的钱谦益序跋并未被撤毁,"谕旨"中有"其经史及诸集内,所有钱谦益序文,语无悖谬者,俱不必彻毁"。[①] 已有学者指出,在《四库全书》纂修过程中,审查逐渐严格起来,禁毁原则不断变化[②],乾隆五十二年十月,纪昀等上奏:

> 《国史考异》,系考订明太祖、成祖两朝国史之是非,其中引钱谦益之说甚多,而不著其名,且词相连属,难以删削,应行撤毁。

> 姚之骃《元明事类考》、仇兆鳌《杜诗详注》,俱袭引钱谦益撰著而去其名,应一律删削。

> 朱鹤龄《愚庵小集》,纪昀所指《书元好问集后》一篇,意在痛诋钱谦益,持论未为失当。诚如圣谕,若于推许钱谦益者既经饬禁,而于诋訾钱谦益者复事苛求,未为允协。惟朱鹤龄未与钱谦益绝交之先,往来诗文,有赠某先生诗等作,又《笺注李义山诗注序》内红豆庄主人皆系指钱谦益,应一律删削。[③]

可见禁毁钱谦益之相关论著有一个由宽至严的转变,在《四库全书》纂修中执行逐渐严格。《初次进呈存目》著录《石田先生诗钞》时绝口不提附录钱谦益所编《石田先生事略》,而《摛藻堂四库全书荟要》则直接撤掉了与钱氏密切相关的《石田先生诗钞》,更换了政治上更为安全的弘治刻本《石田诗选》。

---

① （清）庆桂等编《高宗纯皇帝实录》卷八百三十六,载《清实录》第 19 册,中华书局 2012 年版,第 155 页。

② 参见杨晋龙《不应存在的存在:〈四库全书〉的钱谦益身影考论》,《中国文化研究所学报》2020 年第 1 期。

③ 中国第一历史档案馆编《纂修四库全书档案》,上海古籍出版社 1997 年版,第 2065—2066 页。

二　四库提要之文本演变

《初次进呈存目》与翁方纲分纂稿完全不同，《荟要提要》亦与前两者无甚关联，均是重新撰写。为便于对照，三者赘列如下：

谨按：《沈石田集》四册，未分卷数，明沈周著。周字启南，长洲人。周少有文誉，景泰间，郡守以贤良应诏，辞不赴。耕读于相城里，所居曰"有竹庄"。奉母克孝，年八十三卒。周以诗文书画名当世，每画成辄自题其上，对客挥洒，顷刻数百言，风流文翰，照映一时。成化、弘治以后百余年间，东南人士词翰缣素之盛，实自周开之。其诗自中晚唐、南北宋靡所不学，而出以性情，与其人贞节高致，足以相发。此四册皆诗也，《明史·艺文志》载沈周《石田诗钞》十卷，此本则分体为卷，与"十卷"之数不合。据其序言集已屡刻，盖周集非一本矣，应钞存之。卷前有合刻序一篇，应删去。(翁方纲分纂稿)①

《耕石斋石田集》九卷，明瞿式耜删定，沈周所作也。凡诗钞八卷、文钞一卷。周字启南，别号石田，长洲人。事具《明史·隐逸传》。周以画名世，其诗随意而作，或时出奇谲如韩愈，或时露真率如白居易，其歌行或时似李白，或似温庭筠，然皆具体而不成就。盖才有偏长，物不两大，文章、书画兼工者，王维以下代不数人，固不必以是为周讳。杨循言（吉）乃谓山林树石皆其余事，其亦文人标榜之习欤？(《初次进呈存目》)②

臣等谨案：《石田诗选》十卷，明沈周撰。周字启南，号石田，长洲人。景泰中，郡守以贤良举，辞不赴。事迹具《明史·隐逸

---

① （清）翁方纲撰，吴格整理《翁方纲纂四库提要稿》，第 839—840 页。
② （清）纪昀等：《四库全书初次进呈存目》，第 857 页。

传》。此集不标体制，不谱年月，但分天文、时令等三十一类，盖仿宋人分类杜诗之例。据慈溪张铁跋，盖其友光禄寺署丞华汝德所编也。周以画名一代，诗非其所甚留意。然栖心林壑，名利两忘，风月往还，烟云供养。其胸次本无尘累，故所作亦不雕不琢，自然拔俗。集旧有吴宽《序》，称其"诗余发为图绘，妙逼古人"。核实而论，周固画之余溢而为诗，非诗之余溢而为画。宽序其诗，故主诗而宾画耳。又有李东阳后序。东阳与周不相识，时已为大学士，与周势分悬隔，以吴宽尝以写本示之，重其为人，故越三十年后又补为作之。然二序皆为全集而作，华汝德刊此选本时仍而录之，今并从删削云。乾隆四十二年十二月恭校上。(《荟要提要》)①

由于著录的版本不同，提要中论述诗集具体内容自然有异，毋庸细论。其他差异则尤需关注：翁方纲分纂稿用了较多篇幅叙述沈周生平，《初次进呈存目》与《荟要提要》则以"事（迹）具《明史·隐逸传》"一笔带过。对于沈周诗歌的评论也不尽相同，翁方纲言其诗学宗尚为"中晚唐、南北宋靡所不学"；《初次进呈存目》则认为沈周学习韩愈等多家不同风格，而不言其学宋诗；至《荟要提要》则回避沈周诗学宗尚的问题，只论其诗风。可知最早的三篇提要均属独立撰写，未因袭参考前人提要。

现存四阁阁本《石田诗选》，据其落款分别钞成于乾隆四十六年（1781）十月（文渊阁本）、乾隆四十七年八月（文溯阁本）、乾隆四十九年闰三月（文津阁本）、乾隆五十二年正月（文澜阁本），卷首提要亦各有异同。文渊阁本卷首提要在《荟要提要》基础上有所增删，由于沈周《石田杂记》已收入子部小说家类，所以介绍沈周生平"周字启南，号石田，长洲人。景泰中，郡守以贤良举，辞不赴。事迹具《明史·隐逸传》"一句被删除，代以"周有《石田杂记》，已著录"。文渊阁增补较多，将《荟要提要》中一句话（引文画线部分）扩充成一段：

---

① 江庆柏等整理《四库全书荟要总目提要》，第 425 页。

　　顾元庆《夷白斋诗话》载，都穆学诗于周，尝作《节妇诗》，有"青灯泪眼枯"句。周以《礼》"寡妇不夜哭"，议"灯"字未稳，是周于诗律不为不细。然周以画名一代，诗非其所留意。又晚年画境弥高，颓然天放，方圆自造，惟意所如。诗亦挥洒淋漓，自写天趣，盖不以字句取工。徒以栖心丘壑，名利两忘，风月往还，烟云供养。其胸次本无尘累，故所作亦不雕不琢，自然拔俗。寄兴于町畦之外，可以意会而不可加之以绳削。其于诗也，亦可谓"教外别传"矣。都穆《南濠诗话》称其《咏钱》《咏门神》《咏帘》《咏混堂》《咏杨花》《咏落花》诸联，皆未免索之于句下。盖穆于诗所得不深，故所见止是也。①

　　文溯阁本在《荟要提要》基础上增补了文渊阁本之评论，但将征引的《夷白斋诗话》与《南濠诗话》内容完全删除。② 文津阁本与《荟要提要》完全一致③，而文澜阁本、《四库全书总目》又与文渊阁本一致。④ 概而言之，文渊阁本、文澜阁本卷前提要与《四库全书总目》一致；文津阁本同《荟要提要》，与《四库全书总目》差异甚大；文溯阁本则折中了文渊阁本与文津阁本。

　　可以看出，文渊阁本卷首提要与翁方纲分纂稿、《初次进呈存目》无关，而是在《荟要提要》基础上征引了两种诗话并增加诗歌评论而成。诗话原文全引如下：

　　　　南濠都先生穆，少尝学诗沈石田先生之门。石田问："近有何得

　　① （明）沈周：《石田诗选》卷首，载《景印文渊阁四库全书》第1249册，台湾商务印书馆1986年版，第559—560页。
　　② 金毓黻等：《文溯阁四库全书提要》卷一百二，中华书局2014年版，第3533页。按，目前学界对《金毓黻手定本文溯阁四库全书提要》编者及内容尚有争议，限于条件，笔者未能目验《文溯阁四库全书》，仅以影印本《文溯阁四库全书提要》内容为准。
　　③ 《四库全书》出版工作委员会编《文津阁四库全书提要汇编》第5册，商务印书馆2006年版，第709页。
　　④ 陈东辉主编《文澜阁四库全书提要汇编》集部第9册，杭州出版社2017年版，第283页。

意作?"南濠以《节妇诗》首联为对,诗云:"白发贞心在,青灯泪眼枯。"石田曰:"诗则佳矣,有一字未稳。"南濠茫然,避席请教。石田曰:"尔不读《礼经》云'寡妇不夜哭',何不以'灯'字为'春'字?"南濠不觉悦服。(《夷白斋诗话》)①

沈先生启南以诗豪名海内,而其咏物尤妙。予少尝学诗先生,记其数联,如《咏钱》云"有堪使鬼原非缪,无任呼兄亦不来",《门神》云"检尔功名惟故纸,傍谁门户有长情",《咏帘》云"外面令人倍惆怅,里边容眼自分明",《混堂》云"未能洁己嗟先乱,亦复随波惜众同",《杨花》云"借风为力终无赖,与水何缘却托生"。先生又尝作《落花诗》,其警联云"无方漂泊关游子,如此衰残类老夫""送雨送春长寿寺,飞来飞去洛阳城""美人天远无家别,逐客春深尽族行""懊恼夜生听雨枕,浮沉朝入送春杯""万物死生宁离土,一场恩怨本同风",皆清新雄健,不拘拘题目,而亦不离乎题目,兹其所以为妙也。(《南濠诗话》)②

两则故事都与都穆有关,四库馆臣将其缩写或摘抄,但其实征引此诗话评论沈周诗歌意义甚微。《夷白斋诗话》载沈周改都穆诗"青灯泪眼枯"为"青春泪眼枯",属于典型的锻字炼句,与其后所云"不雕不琢""不以字句取工"自相矛盾。或许四库馆臣想以此表达沈周早年对诗歌格外重视,但此事真伪难辨,更似掌故逸闻。至于引《南濠诗话》尤属画蛇添足,四库馆臣意在批评都穆学诗不深,未能领悟佳句,与沈周诗学更无关涉。而且提要既不引都穆原话,又不列沈周之诗,让读者阅后一头雾水。四库馆臣对《夷白斋诗话》《南濠诗话》评价不高,称前者"论诗多隔膜之语""所录明诗多猥琐",后者"刻意论诗而见地颇浅"③,两

① (明)顾元庆:《夷白斋诗话》,载何文焕辑《历代诗话》,中华书局 2004 年版,第 805 页。
② (明)都穆:《南濠诗话》,载丁福保编《历代诗话续编》,中华书局 2004 年版,第 1361—1362 页。
③ (清)纪昀等:《钦定四库全书总目》卷一百九十七,第 2773、2769 页。

诗话均被列入"存目"中。至于所增评论，也与《荟要提要》同义重复，"挥洒淋漓，自写天趣，盖不以字句取工"与"胸次本无尘累，故所作亦不雕不琢，自然拔俗"同一意思，只是换种说法而已，可见四库提要并非都能后出转精。文津阁本卷首提要不同于文渊阁本而与《荟要提要》同，文溯阁本乃至在文渊阁本基础上删除了所征引的两种诗话，或已意识到其赘疣之处。由于四阁阁本卷首提要存在大量的撤换更改问题①，所以阁本提要的先后顺序也不能据落款时间一概而论，《石田诗选》卷首提要是否有撤换重写，其真实先后顺序如何，有待进一步考证。

三　四库提要之文本来源

翁方纲分纂稿明显抄袭了钱谦益《列朝诗集小传》、朱彝尊《静志居诗话》之内容，如"周以诗文书画名当世，每画成辄自题其上，对客挥洒，顷刻数百言，风流文翰，照映一时。成化、弘治以后百余年间，东南人士词翰缣素之盛，实自周开之"一句出自《列朝诗集小传》"画成自题其上，顷刻数百言，风流文翰，照映一时，百年来，东南之盛，盖莫有过之者"②，"其诗自中晚唐、南北宋靡所不学"则录自《静志居诗话》"其诗自中晚唐、南北宋靡所不学"③，一字未改。可知翁方纲对沈周以书画领袖东南文坛的描述，基本来自钱谦益；而对其诗学宗尚的评论，又引用了朱彝尊之说却未加注明。翁氏拼凑二家之说，因袭痕迹明显。

《四库全书总目》对《列朝诗集小传》《静志居诗话》的征引学界已多有研究④，直接的引用或沿袭属于显性文本来源，易于查找辨识；而

---

① 参见刘远游《〈四库全书〉卷首提要的原文和撤换》，《复旦学报》（社会科学版）1991年第 2 期。

② （明）钱谦益：《列朝诗集小传》，上海古籍出版社 2008 年版，第 290 页。

③ （清）朱彝尊著，黄君坦点校《静志居诗话》，人民文学出版社 2006 年版，第 232 页。

④ 如骆耀军《明清之际士人认同的转变与重塑——从〈列朝诗集小传〉到〈四库总目提要〉》，硕士学位论文，华中师范大学，2014；蒋方《〈列朝诗集小传〉与〈四库全书总目〉所著录诗人异同之研究》，硕士学位论文，广州大学，2014；任慧芳《〈明诗综〉与四库之比勘研究》，博士学位论文，河北大学，2019；等等。明别集提要的征引则可参见张晓芝《〈四库全书总目〉明人别集提要研究》第三章"《总目》明人别集提要征引文献研究"，吉林人民出版社 2018 年版，第 202—245 页。

在前人立论基础上加以引申阐发，很难从字面直接看出抄袭痕迹，这些隐藏在背后的文本来源，更值得关注。《初次进呈存目》中对沈周诗歌宗尚与诗画关系的评论，亦非四库馆臣之发明，这两点在《列朝诗集小传》中均有论述，前者钱氏云："石田之诗，才情风发，天真烂漫，舒写性情，牢笼物态。少壮模仿唐人，间拟长吉，分刌比度，守而未化。"① 四库馆臣云沈周学唐人"具体而不成就"，即钱谦益所说"守而未化"②。至于提要中引杨循吉赞颂沈周之语，亦出自《列朝诗集小传》："先生既以画擅名一代，片楮匹练，流传遍天下，而一时巨公胜流，则皆推挹其诗文。谓以诗余发为图绘，而画不能掩其诗者，李宾之、吴原博也。断以为文章大家，而山水竹树，其余事者，杨君谦也。"③ 需要注意的是，瞿式耜在《书石田先生集后》也说："而君谦尤目为文章大家，谓山水树石乃其余事。"④ 四库馆臣或是受《列朝诗集小传》之影响，或是受瞿式耜之影响，这就引出了提要的另一个重要文本来源——序跋。

四库馆臣一般会详细阅读所著录之书的相关序跋并征引，如《荟要提要》云"据慈溪张铁跋""集旧有吴宽《序》，称其……""又有李东阳后序……"等均是明证。也会根据序跋改写，如《荟要提要》言沈周"栖心林壑，名利两忘，风月往还，烟云供养"，或是受吴宽《书沈石田诗稿后》中"石田寄意林壑，博涉古今图籍，以毫素自名……"与钱谦益《石田诗钞序》之"烟云月露，莺花鱼鸟，揽结吞吐于毫素行墨之间，声而为诗歌……"⑤ 两句之影响，两个文本看似无直接关系，不如翁方纲分纂稿沿袭之明显，但细读之下仍可寻见蛛丝马迹。提要撰写过程中不仅有直接的因袭或改写，还有反驳论争，即四库馆臣所云"是书

---

① （明）钱谦益：《列朝诗集小传》，第 290 页。

② 关于沈周诗歌"守而未化"的具体表现，可参见〔日〕和泉ひとみ《続・沈周诗の表现について—既存表现の独创的発展—》，载《关西大学中国文学会纪要》第 30 号，日本关西大学中国文学会 2009 年版，第 17—37 页；中译文载《耕石他山：海外沈周研究论文集》，人民美术出版社 2023 年版，第 79—94 页。

③ （明）钱谦益：《列朝诗集小传》，第 290 页。按，钱谦益在《列朝诗集小传》之前编有《石田先生事略》一卷，附于《石田先生诗钞》之后，此段文字亦见于《石田先生事略》。

④ （明）沈周撰，汤志波点校《沈周集》，浙江人民美术出版社 2013 年版，第 1699 页。

⑤ （明）沈周撰，汤志波点校《沈周集》，第 1598、1698 页。

主于考订异同，别白得失，故辨驳之文为多"①。其反驳之对象，也多出自序跋。《石田诗选》之提要主要讨论两个学术问题，一是沈周诗学宗尚与诗歌风格，二是沈周诗与画的定位。前者因袭前说，本文已有论述，后者则是针对序跋之辩驳。吴宽序云："启南诗余发为图绘，妙逼古人。或谓掩其诗名，而卒不能掩也。"李东阳序曰："石田寄意林壑，博涉古今图籍，以毫素自名……故多以画掩其诗……今既梓行而人诵，则诗掩其画，亦未可知。"② 四库馆臣批驳吴、李二人之说，得出结论"核实而论，周固以画之余事溢而为诗，非以诗之余事溢而为画"，更为持允，堪称公论。征引或评论抑或反驳序跋之观点也是四库提要撰写的基本思路，在文本生成过程中，序跋起了重要作用。

《石田诗选》之四库提要是沈周接受史上重要的一环，是文学史、文学批评史及美术史论述沈周时经常援引的基础文献。考察其文本来源，可以清晰分辨出哪些是抄袭前人之说，哪些是四库馆臣之独创，后者更能反映出真实的清代接受与批评情况。如前所述，翁方纲云沈周诗歌学习中晚唐、南北宋是朱彝尊之语，"出以性情，与其人贞节高致，足以相发"才是翁氏知人论世之批评，将诗歌创作与沈周隐士的品行联系了起来。《初次进呈存目》论沈周诗学宗尚"或时出奇谲如韩愈，或时露真率如白居易，其歌行或时似李白，或似温庭筠"亦前人所未发，明人仅言沈周诗学白居易、苏轼与陆游，似韩愈、李白与温庭筠之风格则系四库馆臣首次提出（是否准确则另当别论）。至《荟要提要》中言风格"不雕不琢，自然拔俗"，《四库全书总目》云"挥洒淋漓，自写天趣"，虽立论受序跋之影响，但也系四库馆臣之首次明确提出，切中肯綮，成为评价沈周诗风的不刊之论。

余　论

由此稍作引申，略论四库馆臣对沈周诗歌评价不同的问题。翁方纲分纂稿、《荟要提要》、阁本提要中均对沈周诗歌持赞扬态度，而《初次

---

① （清）纪昀等：《钦定四库全书总目》卷首 "凡例"，第 34 页。
② （明）沈周撰，汤志波点校《沈周集》，第 1597、1598 页。

进呈存目》则持批评意见，认为其学唐人"具体而不成就"，"固不必以
是为周讳"。如前所述，此或系受钱谦益之影响。《列朝诗集小传》云沈
周"少壮模仿唐人，间拟长吉，分刌比度，守而未化"，四库馆臣所言
即出于此，但《列朝诗集小传》其后继曰："已而悔其少作，举焚弃之，
而出入于少陵、香山、眉山、剑南之间，踔厉顿挫，沈郁老苍，文章之
老境尽，而作者之能事毕。"① 即沈周早年学唐之作皆已焚毁，钱氏对沈
周总体上还是持赞扬态度，而《初次进呈存目》只选取钱谦益前半部
分，有断章取义之嫌。

　　四库馆臣对沈周诗歌的评价，并不局限于《石田诗选》提要中，
《荟要提要》评文徵明《甫田集》云："徵明与唐寅、沈周皆以书画掩其
文，然寅诗纤巧，周诗颓唐，而徵明较为雅饬，故其诗稍显于二人。"②
批评沈周之诗萎靡而颓败。其实明中叶吴中文坛普遍学白居易与宋诗，
清人对其诗歌评价并不高，唐寅之诗也曾被指斥为"颓唐"，如《四库
全书总目》言："（唐）寅诗颓唐浅率，老益潦倒。"③ 汪琬亦曰："子畏
诗颓唐澜漫，谭艺家率多訾謷。"④ 至《四库全书总目》中，《甫田集》
提要已修改为："徵明与沈周皆以书画名，亦并能诗。周诗挥洒淋漓，但
自写其天趣，如云容水态，不可限以方圆；徵明诗则雅饬之中，时饶逸
韵。"⑤ 已与《四库全书总目》中对《石田诗选》的评价一致。有学者注
意到这个问题，认为《荟要提要》前后条目有失于照应之处，而《四库
全书总目》注意互相参照比较⑥，确是如此。如果能宏观把握四库提要动
态的撰写过程，考察其文本来源，并注意到提要著录之底本内容不同⑦，四

---

　　① （明）钱谦益：《列朝诗集小传》，第 290 页。按，钱谦益此说也非其首创，而是沿袭了
祝允明《刻沈石田诗序》之论述。
　　② 江庆柏等整理《四库全书荟要总目提要》，第 425 页。
　　③ （清）纪昀等：《钦定四库全书总目》卷一百七十一，第 2308 页。
　　④ （清）汪琬：《随山馆稿续稿》卷上《书唐六如诗集后》，清光绪随山馆全集本。
　　⑤ （清）纪昀等：《钦定四库全书总目》卷一百七十二，第 2318 页。
　　⑥ 参见江庆柏《〈四库全书荟要〉研究》，凤凰出版社 2018 年版，第 662—663 页。
　　⑦ 如万历刻本《石田先生集》收诗 1300 余首，瞿式耜、钱谦益删除了其中"沿袭宋元，
沉浸理学，典而近腐，质而近俚"的诗歌，将"断烂朝报与村夫子《兔园册》"淘汰后的《石
田先生诗钞》仅剩 500 余首，故对《石田先生集》与《石田先生诗钞》评价之差异也与所据底
本不同相关。

库馆臣的评价差异也会逐渐明晰。

四库提要不注重版本著录，为后世所诟病，也给学界造成了一定的困扰。而四库中明别集版本问题尤为严重，是亟待清理的重灾区。据相关考证，各省采进的明人别集数目多达 1688 种①，再加之内府藏本与《永乐大典》辑本，四库馆臣目验的明别集近 2000 种，但《四库全书》仅收录 238 种，所以纂修过程中更换版本并不罕见，如明初张羽诗集，四库馆臣最早著录明万历刻本，将两淮马裕进呈清钞本列入"存目"，但在编写过程中发现万历本大量误收元人之诗，故最后替换成清钞本，但万历本之提要仍沿用下来，造成了其书名的混乱与误解。② 由于明别集版本复杂，存世数量多，不同版本内容或差异甚大，明别集四库底本的考辨工作任重而道远。

《四库全书总目》已成为中国学术史的重要基石，但四库提要的编写是一个动态的过程，从进呈采集书目到分纂稿，从《初次进呈存目》到《荟要提要》，加上阁本卷前提要、《四库全书总目》乃至《四库全书简明目录》，文本复杂多歧，理清其演变过程是进一步研究的前提与基础。通过汇集汇校乃至笺注等文本细读工作，探查其文本来源尤其是其与序跋的关系，分辨其编撰过程，区别因袭前人之说与四库馆臣之新论，也是未来需要重点关注的方向。

---

① 参见张晓芝《〈四库全书总目〉明人别集提要研究》，第 119 页。
② 参见汤志波《明初张羽诗集考辨》，载《中国诗歌研究》第 13 辑，社会科学文献出版社 2016 年版，第 116—125 页。

董康访书事迹新考（1926—1927）

——兼谈《书舶庸谭》（九卷本）的"虚构"日记[*]

◇梁 帅[**]

内容摘要： 董康《书舶庸谭》收录了其四赴东瀛所寓目的珍本秘籍，是近代以来久负盛名的书目文献。今存世版本除学界熟知的四卷本与九卷本外，上海图书馆、中国科学院文献情报中心还藏有《书舶庸谭》部分卷次的手稿。四卷本主体是1926年12月至1927年5月的日记，文章综合各类材料，对董康此次的访书过程进行了缜密考察。又，董康在九卷本中对四卷本进行了相当大篇幅的增补，通过新见《书舶庸谭》手稿及国家图书馆藏《董康书札底稿》，可知其在增补时采取了"虚构"日记的方法。董康还注意利用新材料，在九卷本中不断完善既往著录。

关键词： 董康 《书舶庸谭》 书目文献 "虚构"日记

自清末始，董康（1867—1948）七次赴日："清光绪季年，设馆修订法律，康以曹郎与其役。牵率馆务，数数航渡东瀛。"[①] 他在与日本法学名家畅谈法理的同时，另一兴趣便是访求中土失传的善本秘籍。董康在东京、京都、大阪等地的公私藏书机构中亲自查访了百余种珍贵典籍，并且设法借印，将其带回国内。而他在20世纪二三十年代的四次赴日观书，更促使其先后出版了两部《书舶庸谭》："付之梨枣，或可附森立

---

* ［基金项目］国家社会科学基金重大项目"中国近代日记文献叙录、整理与研究"，项目编号：18ZDA259；2024年度河南省高等学校哲学社会科学创新人才支持计划，项目编号：2024-CXRC-26。

** 梁帅，郑州大学文学院副教授，研究方向为近代文学。

① 董康著，王君南整理《董康东游日记·自跋》，上海人民出版社2018年版，第336页。

之、杨惺吾之后，备文坛探讨之一助耳。"① 董康自诩该书或可步森立之《经籍访古志》、杨守敬（号惺吾）《日本访书志》之后。加之此书又有胡适（1891—1962）、傅增湘（1872—1949）等人不吝褒奖，董氏勤于搜求古籍之功得以复彰于学界。《书舶庸谭》问世以来多受学界关注，如萨仁高娃、史睿等、苗怀明、孙书磊借《书舶庸谭》考察了日本所藏敦煌、小说与戏曲文献②；但是由于史料所限，已有论述多关注书中著录的书目文献，并没有细致考察董康访书的过程③。

与此同时，学术界普遍接受苏精的观点，认为董康总计有七次赴日经历④；而在历次赴东瀛过程中，尤以 1926 年至 1927 年最为重要。这次董康在日本居住长达半年之久，以此为基础，他在第二年付梓《书舶庸谭》（下文简称"四卷本"）。十年之后，董康又出版了经过增补的《书舶庸谭》（下文简称"九卷本"），相较于"四卷本"，作者在"九卷本"中进行了极大篇幅的增删与润色，尤其是补入、完善了不少书目信息。因此，客观、详细地考察董康于 1926 年至 1927 年的赴日访书事迹及此后的学术活动，无论是解读其访书事件本身，还是探究《书舶庸谭》的增补、删改，对于学界都具有重要的价值。

一　《书舶庸谭》的新见版本

董康，字授经、绥经、授金，号诵芬室主人，江苏武进人。董氏早年肄业于南菁书院，光绪十四年（1888）乡试中举，第二年会试奏捷，

① 董康著，王君南整理《董康东游日记·自跋》，第 336 页。
② 参见萨仁高娃《〈董康东游日记〉所涉敦煌遗书之归属与流传脉络》，《百年敦煌文献整理研究国际学术讨论会论文》，杭州，2010 年 4 月，第 468—477 页；史睿、王楠《董康〈敦煌书录〉的初步研究》，《纪念向达先生诞辰 110 周年国际学术研讨会论文集》，中华书局 2011 年版；苗怀明《董康和他的东游日记〈书舶庸谭〉》，《寻根》2005 年第 2 期；孙书磊《〈书舶庸谭〉所载日藏中国戏曲文献考略》，《戏曲研究》2006 年第 2 期。
③ 笔者仅见王会豪《董康日本访书事新考》（《历史教学问题》2018 年第 1 期）、范凡《1927—1928 年到日本内阁文库访书的中国学者——樋口龙太郎相关文章解读》（《大学图书馆学报》2015 年第 2 期）对此问题有所涉及。
④ 苏精：《近代藏书三十家》，中华书局 2009 年版，第 64—71 页。

后年参加殿试，得三甲第四十二名。初授刑部主事，戊戌政变后晋刑部员外郎、郎中；庚子事变之际升任提牢厅主事，总办秋审兼山西司主稿；光绪三十二年出任京师法律学堂教务提调，并于当年四月赴东瀛考察，回国后继任大理院候补推丞。辛亥革命后，董康曾短暂避居京都，至1914年才应北洋政府司法总长梁启超（1873—1929）之邀，出任法律编查会副会长兼署大理院院长，后官至司法总长、财政总长等。1922年，董康辞去财政总长职赴欧美考察，并在回国之前经停京都。此后他谢绝政治，出任东吴大学法学院教授、上海法科大学校长等职。1926年底，董康因卷入政治风波避走日本，并于次年归国。此后，他还有三次短暂旅日经历。1937年底，董康出任华北伪中华民国临时政府委员、司法委员长。抗战胜利后被捕，后被保外就医，并于1948年病逝于北平家中。《书舶庸谭》久负盛名，该书创制的"日记体"目录学体制，开辟了版本目录学新体式，书中更保存了其四赴东瀛所寓目的珍贵文献。

关于《书舶庸谭》的版本，通行的有两种。一为"四卷本"，诵芬室1928年石印本与大东书局1930年铅印本皆属于此。其内容是董康在1926年12月至1927年5月避难日本时所记。另一种为"九卷本"，诵芬室1939年、1940年的自刻本则属于此。是书较"四卷本"增加了1933年11月至1934年1月、1935年4月以及1936年8月三次赴日的日记。尤为重要的是，董康还相应地对四卷本进行了增删和润色。1998年辽宁教育出版社出版了经傅杰点校的"四卷本"，后来王君南、朱慧相继整理有"九卷本"①。日本学者芳村弘道还于《就实语文》上连载了"九卷本"的日文译本。②

---

① 王君南整理本题名《董康东游日记》，有河北教育出版社2000年版和上海人民出版社2018年版两个版本；朱慧整理本《书舶庸谭》2013年由中华书局出版。

② 《书舶庸谭》卷一，《就实语文》第12号，1991年11月10日；《书舶庸谭》卷二，《就实语文》第13号，1992年11月10日；《书舶庸谭》卷三，《就实语文》第14号，1993年11月10日；《书舶庸谭》卷四之"4月1日至10日"，《就实语文》第15号，1994年12月10日；《书舶庸谭》卷四之"4月11日至22日"，《就实语文》第16号，1995年11月10日；《书舶庸谭》卷四之"4月23日至25日"，《就实语文》第17号，1996年11月10日；《书舶庸谭》卷四之"4月26日至5月1日"，《就实语文》第19号，1998年12月20日；《董康〈书舶庸谭〉译注补订》，《就实语文》第20号，1999年12月20日。承立命馆大学芳村弘道教授检示，特此致谢。

除此之外，笔者近来又发现董康《书舶庸谭》的部分卷次手稿。上海图书馆藏《书舶庸谭》，稿本，蓝色书衣，封面朱笔题"书舶庸谭续录，董康"（下文简称"上图本"）。索书号：T54683-97#8，板框高宽：25.7x18.2cm，半叶 11 行，行 20 字。凡一册，首页钤"上海市历史文献图书馆藏""上海图书馆藏"朱文长方印。"上图本"所记时间起自 1933 年 11 月 8 日，至 1934 年 1 月 21 日止。较刻本，"上图本"缺少 1934 年 1 月 22 日日记，1934 年 1 月 14 日写在外印有"日本邮船株式会社"字样的白纸上。经过比勘，"上图本"实为《书舶庸谭》卷五、六、七的初稿。①

另，中国科学院文献情报中心藏《书舶庸谭》（下文简称"中科院本"），稿本，蓝色书衣，排架号：272226-7。是书凡两册，首册题"《书舶庸谭》卷七"，钤"中国科学院图书馆藏"朱文方印，半叶 11 行，行 20 字。首册所记起自 1934 年 1 月 1 日，至 1 月 22 日止。第二册不记时间，所录为《光岳英华》《四不如类钞》《玄羽外编》《翠楼集》《品花鉴》提要，其内容与"九卷本"中的 1933 年 11 月 27 日、11 月 30 日相吻合。将"中科院本"与"上图本""九卷本"比较，"中科院本"是《书舶庸谭》卷七、卷五（部分）的誊清稿。

此外，国家图书馆还藏有一部《董康书札底稿》（以下简称《底稿》），一函两册，总计有一百余封。《底稿》多数写在半叶十行的朱丝栏稿纸上，也有少数写于半叶十一行、行二十字的绿色方格纸上，字迹潦草，信中涂抹、勾划随处可见；还有两封写予汤尔和、温宗尧的信被工整誊录在上等连四纸上，是为誊清稿本。《底稿》首页题"二十七年一月二八日发"，此页亦有"卢沟桥事变后，最高法院形同解散"；底稿的最后一封信札落款于"十月四日"。故这批函件当写于 1938 年，是董康在任伪政府司法委员长后的一年内所撰。《底稿》收录了十二封涉及董康访书、购书的书信。董康在"九卷本"跋语（1939）中称："年来

---

① 笔者已将上海图书馆藏《书舶庸谭》点校整理，收录于上海图书馆编《历史文献》第二十四辑，上海古籍出版社 2022 年版，第 14—74 页。

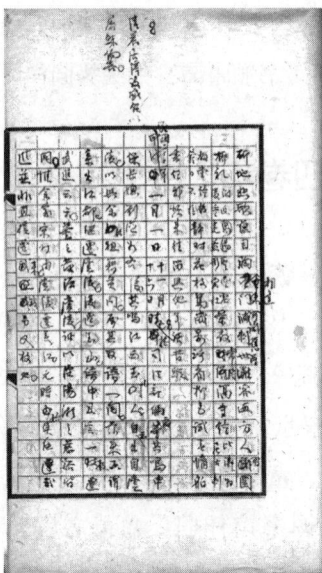

图 1　上海图书馆藏《书舶庸谭》卷七首页书影

说明：得上海图书馆历史文献部刁青云先生帮助，笔者得以在上海图书馆查阅、复制此书，特表谢意。

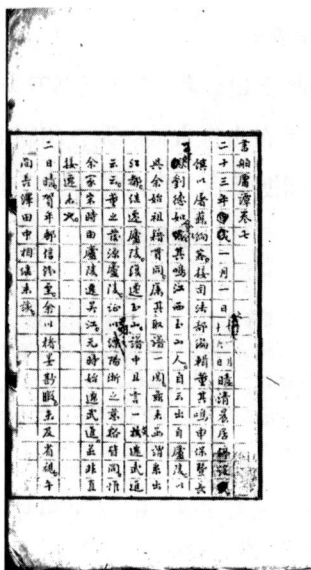

图 2　中国科学院藏《书舶庸谭》卷七首页书影

说明：得北京大学中文系张剑教授帮助，笔者得以获观中国科学院文献情报中心所藏《书舶庸谭》，特表谢意。

节次旧稿，加以董理，都为九卷。"① 这批信函写定于董康勘定"九卷本"的前夕，因而它们对解读《书舶庸谭》的编纂同样具有重要参考价值。

二　"四卷本"所见访书事迹新考

基于对旧籍的酷嗜，董康的七次东渡几乎都与书事为伴。光绪三十二年（1906）受沈家本（1840—1913）委派，董康第一次赴日。他此行主要调查日本的法律制度②，并结识了日本学者岛田翰（1879—1915）："丙午夏初，余游日本东京。……彦桢频来寓所，析疑质难无虚日。"③宣统元年（1909）三月，董康赴日延聘商法教授，建议缪荃孙（1844—1919）聘岛田翰至江南图书馆任职。鼎革之后，董康在 1912 年至 1913年间避居日本，其间他以售书为业并兼有刻书之事："诵芬室亦有来此之说，大约暂以售书为活。"④ 正是在这一时期，他将自己所藏部分书籍售予日本大仓财阀。⑤ 1922 年底，时任北洋政府大理院院长的董康再度启程赴欧考察法律，并饱览英法等地所藏敦煌文献；在回国途中绕道京都，拜访了内藤湖南等日本学者。

"四卷本"记录了董康于 1926 年 12 月至 1927 年 5 月间的访书活动。董氏在临行前声称本次出行旨在出售古钱、调查印刷事业："董康君有于昨日乘上海丸东渡赴日说，据闻抵日后，除出售所携家藏古钱外，兼调查该国印刷事业，以便回国后，集资组织大规模印刷公司云。"⑥ "四卷本"也的确涉

---

① 董康著，王君南整理《董康东游日记·自跋》，第 336 页。对这批信函中较重要的，笔者所撰《国家图书馆藏诵芬室刻〈周礼注疏〉卷四八相关信函考释》（《经学文献研究集刊》2021 年第 2 期）、《国家图书馆藏董康友朋书札考释》（《文学研究》2021 年第 2 期）已经披露。

② 参见中国第一历史档案馆藏军机处录副奏折《奏为酌派刑部四川郎中饶昌麟及日本留学毕业生熊垓随同刑部后补郎中董康赴日调查法律事》，原纪年：光绪三十二年（1906），档号：03-7228-024。

③ 《董康刻皕宋楼藏书源流考题识》，载〔日〕岛田翰撰，杜泽逊、王晓娟点校《古文旧书考》，上海古籍出版社 2017 年版，第 396 页。

④ 王国维：《致缪荃孙》，房鑫亮编《王国维书信日记》，浙江教育出版社 2015 年版，第35 页。

⑤ 参见李云《北京大学图书馆藏"大仓文库"述略》，《大学图书馆学报》2014 年第5 期。

⑥ 《董康昨日赴日说》，《时事新报》1926 年 12 月 31 日。

及钱币的出售："十时胜山来寓，商略让渡古泉事。"① 然而他此次赴日本实是因为遭到孙传芳（1885—1935）通缉而避难："今董先生觉在沪终觉未安，乃东渡赴日，其名则曰出售古钱，实则暂为避地计耳。"②

1926 年 11 月，蔡元培（1868—1940）、董康等人在上海组织三省联合会，反对北洋军阀暴政，此举遭到时任江苏督军孙传芳镇压。为求自保，董康不得不在上海四处躲藏："借宿于四马路之小客栈，今日易一处，明日又易一处，虽极湫隘如鸽箱之客栈，先生亦往栖止。先生投宿时，固不言姓董，而人亦无有知此即为当世之董圣人也。董先生所僦居之处，无人知之，其友朋咸不知之。"③ 12 月 26 日，孙传芳下令取缔三省联合会后又对蔡元培、董康等人发出通缉："近闻沪上有人假借苏皖浙三省公团名义，希图破坏三省之安宁，离间芳与三省父老昆季之感情，其居心殊属叵测。"④ 至 12 月 30 日，董康独自一人乘坐上海丸号前往日本，故而此番出逃极为仓促。

这场突如其来的政治灾患使董康无暇在赴日前做好学术计划，因而他在抵达日本后的最初，颇多善本是友人主动相示的，如神田喜一郎（1897—1984）旧藏《文心雕龙》、小林忠次郎翻印的《尚书正义》等。其中尤以从内藤湖南（1866—1934）处获借的敦煌影片最为紧要，这与二人早年均聚焦于敦煌文献的学术因缘有关。

（一）内藤湖南与董康的敦煌学调查

1922 年至 1923 年董康赴欧美考察，他先后观览了巴黎图书馆、大英博物馆与伯希和所藏敦煌经卷："在巴黎，董康先生每天都到法国国家图书馆的'敦煌室'，研究抄录有关我国唐代法律的资料。他是个视不盈尺的近视者，竟然抄了一个多月。"⑤ 并以此为据编写了一部书目。回国

① 董康著，傅杰点校《书舶庸谭》，辽宁教育出版社 2018 年版，第 41 页。
② 曼妙：《国士金闺护董康》，《晶报》1927 年 1 月 6 日。
③ 曼妙：《国士金闺护董康》，《晶报》1927 年 1 月 6 日。
④ 《孙传芳通告》，《申报》1926 年 12 月 26 日。
⑤ 胡光麃：《波逐六十年》，载《近代中国史料丛刊续编》第 62 辑，（台北）文海出版社 1978 年版，第 233 页。

之前，董康经停日本，拜访内藤湖南，将编订好的书目与之分享。

1924 年 7 月，内藤湖南、石滨纯太郎（1888—1968）等人经停上海，与董康短暂会面后西游欧陆。西行的内藤湖南随身携带着董氏书目的副本，其子内藤乾吉有回忆：

> 家父于大正十三年（1924）渡欧之际，携董康氏《敦煌莫高窟藏书目录》写本而行，以为阅览敦煌本之参考。此为董氏于巴黎、伦敦阅览敦煌本之目录，分巴黎图书馆藏本、伯理和编修藏本、英博物馆藏本三部。①

如内藤湖南所言："董康氏的阅览书目全部清晰明了。"② 得益于该份目录，内藤湖南迅速地在欧洲访求敦煌经卷，并获得了部分经卷的影片。10 月 5 日，滞留巴黎的内藤湖南致信董康总结此次访书成绩："法国伯希和、英国适尔士二君，弟皆已见之。见托各书，皆递交讫。勾留伦敦五礼拜，英博物馆所藏石室遗书，除内典未染指外，已睹一百四十余种。……其余满、蒙文书，则石滨、渊鸳二君为编书目，皆足补东方著录之阙矣。……当以此游所获奉览，同其欣赏耳。"③ 内藤湖南在欧洲的访书进展较为顺利，他还提出将向董氏奉上自己的访书所得，足见两人互相信赖、倚重的学术情谊。

今董氏书目的原稿已不得见，幸有内藤湖南"欧洲调查用《董康目录》抄录原稿"，藏关西大学内藤文库④；顾廷龙过录本，今藏上海图书馆。后者扉页墨笔题"敦煌书录，卅一年十月"，正文首页题作"敦煌莫高窟藏书录"，《顾廷龙日记》将其记为"莫高窟书录"。笔者以为过录本作"敦煌莫高窟藏书录"更妥（下文简称《书录》），其底本即是

---

① 〔日〕内藤乾吉：《中国法制史考证》，（日本）有斐阁 1963 年版，第 215 页。
② 〔日〕内藤湖南：《欧洲所见东洋学资料》，载《内藤湖南全集》第十二卷《目睹书谭》，（日本）筑摩山房 1969 年版，第 296 页。
③ 〔日〕内藤湖南：《与董绥金司农甲子十月在巴黎作》，载《内藤湖南全集》第十四卷《湖南文存》，第 258 页。
④ 收入〔日〕玄幸子《内藤湖南敦煌遗书调查记录》，（日本）关西大学出版部 2015 年版。

内藤乾吉提到的《敦煌莫高窟藏书目录》。《书录》末有顾廷龙跋："卅一年春，王晋卿以董康存沪书籍有此两册，不题编者，惟为康手抄之本。余留案头，录副一通。阅其《书舶庸谭》，拟即从东友借读敦煌写本照片时所移录者也。"① 从新近出版的《顾廷龙日记》来看，顾氏抄录《书录》的时间从当年 7 月 1 日一直延续到 10 月 23 日。② 而顾廷龙结合《书舶庸谭》中的两处记录"是日致玉娟书，并寄《敦煌书录》"（1 月 21日）、"寄玉娟、云岑函并附《敦煌书录》及日记"③（1 月 23 日）判断董康是在获见了内藤湖南所藏敦煌写本照片后才撰成《书录》，笔者对此并不赞同。一来前有"欧洲调查用《董康目录》抄录原稿"与内藤乾吉所述《敦煌莫高窟藏书目录》作证明，董氏早在 1922—1923 年即编有目录；二来若如顾氏所言，董康寄出《书录》之前仅仅抄录了《刘子新编》《王绩集》等不及十种，《书录》尚未完成，再逐一核视《书舶庸谭》所记，《刘子新编》《王绩集》《尔雅》《明妃曲》《御制孝经赞》等则不见于《书录》。因此《书录》并非董康根据内藤湖南带回的影片而编，而正是其早年访欧期间的成果。

1927 年 1 月，董康访日，内藤湖南出于回馈之意，便于 1 月 3 日、1月 10 日、4 月 6 日与 4 月 13 日借出其在欧洲所获敦煌经卷的影片，董康进而得以抄录整理。内藤湖南在写给田中庆太郎（1880—1951）的书信中也提及："数日前董绥金入洛，常来借读敦煌影片。"④ 董康对这些经卷的抄写大体在 1927 年 3 月初即已完成，这也构成了董氏此番到日后的第一项重要工作。⑤

---

① 董康：《敦煌书录》，上海图书馆藏顾廷龙 1942 年抄本。

② 顾廷龙撰，李军、师元光整理《顾廷龙日记》，中华书局 2022 年版，第 250—270 页。

③ 董康著，傅杰点校《书舶庸谭》，第 19、20 页。

④ 〔日〕内藤湖南：《内藤湖南至田中庆太郎》，载《内藤湖南全集》第十四卷《书简》，第 550 页。

⑤ 具体篇目与抄录时间：《刘子新编》（1 月 4 日）、《王绩集》（1 月 6 日）、《金光明经》（1 月 8 日）、《文选》（1 月 8 日）、《尔雅》（1 月 9 日）、《明妃曲》（1 月 11 日）、《治道集》（1月 14 日）、《御制孝经赞》（1 月 20 日）、《散颁刑部格》（1 月 22 日）、《唐律》（1 月 23 日）、《尚书大传》（1 月 28 日）、《古文尚书》（1 月 29 日）、《道德经》（2 月 6 日）、《礼记大传》（2 月 8日）、《庄子外篇》（2 月 19 日）、《舜子至孝文》（2 月 21 日）、《新修本草》（3 月 13 日）、《珠英集》（4 月 7 日）、《二十四孝押座文》（4 月 11 日）、《古文尚书》（4 月 16 日）。

（二）董康的小说文献访求

董康并非赴东瀛访书的第一人，在此之前，杨守敬（1839—1915）、傅云龙（1840—1901）等人已率先将东瀛所藏善本书籍进行了初步摸排。尤其是杨守敬《日本访书志》对董康影响颇大，《董康刻皕宋楼藏书源流考题识》中讲："从前日本收藏书籍，仅知宝贵唐卷之本，而四部之中惟注意于经、子。自杨惺吾在日本助黎莼斋星使梓《古逸丛书》，而宋元版始重。今陆氏书籍舶载而东，而史、集部始重。"① 他指出日本学者早先多注意收藏唐人写本以及经、子一类的书籍，此后才渐渐关注到宋元本书。在杨守敬之后，不断有学者到东瀛访书，日本所藏汉文古籍日渐引起海内外学界的关注。

杨守敬赴日调查汉籍时并不涉及戏曲、小说等俗文学，而民国年间的董康却颇嗜词曲，因而《书舶庸谭》关于小说戏曲的著录不仅是其重要创获，更具有道夫先路的开创之功。其实，处在光宣之交的董康并未属意于小说、戏曲等通俗文学。从北京大学图书馆所编《北京大学图书馆藏"大仓文库"书志》中可以初步看到，董康所藏戏曲不过 7 种，通俗小说则仅有 2 种。这在大仓文库的 906 种藏书中，仅仅刚过一个零头。② 在诵芬室所藏戏曲中，《六十种曲》《纳书楹曲谱》等清刻本在清末并非珍善秘籍，只有从内府流出的《传奇汇考》才最属稀世罕见，更令王国维羡慕不已："今秋，武进董授经推丞（康）又得六巨册，殆当前此十册之三倍，均系一手所抄，叙述及考证甚详。"③ 而董康对通俗小说的关注，则是肇始于覆刻曹元忠（1865—1923）藏《五代史平话》。光绪二十七年（1901），曹元忠得《五代史平话》，至宣统二年（1910），

---

① 《董康刻皕宋楼藏书源流考题识》，载〔日〕岛田翰撰，杜泽逊、王晓娟点校《古文旧书考》，第 397 页。

② 参北京大学图书馆编《北京大学图书馆藏"大仓文库"书志·凡例》，中华书局 2014 年版。

③ 王国维：《录曲余谈》，载中国戏剧出版社编《王国维戏曲论文集》，中国戏剧出版社 1957 年版，第 280 页。

诵芬室将其覆刻。该书此后又为蒋祖诒（1902—1973）所得。1936 年夏，董康在原书中写下一道跋语：

> 宋时通俗小说盛行，读陆务观《夕阳古道》一绝，可想见其风尚。……此《五代平话》，清内阁大库物，微有残缺，曾在元和曹君直处见之，借以付梓，久已驰名艺苑。今为谷孙世兄所得。……近数十年，传奇小说珍秘过于四部，则是书之值可知矣。①

与《传奇汇考》相同，《五代史平话》也出自内府，这引起了追求珍稀秘本的董康的极大兴趣。得益于王国维、鲁迅等人的勠力，俗文学研究在民国日益成为显学，藏书家、学者频频对戏曲、小说类书籍表现出极大的收藏热情，身处此文化场域内的董康自然难逃熏习。

董康此行从狩野直喜处借得《传奇汇考》，为正在编辑的《曲海总目提要》提供了重要版本支持。董康还进行着《盛明杂剧（二集）》的校录与覆刻。学界多有关于《书舶庸谭》与董康的戏曲活动的考察，兹不赘述。② 相较于戏曲，"四卷本"于小说方面的收获更大，然学界却少有提及。如胡适所言："董先生是近几十年来搜罗民间文学最有功的人，他在这四卷书里记录了许多流传在日本的旧本小说，使将来研究中国文学史的人因此知道史料的所在。"③ 对说部文献长期以来的关注，更使董康产生了"撰小说家列传"的想法，只是"苦于所见不多"。④ 2 月 12日，董康从京都出发前往东京，至 4 月 2 日返回，他在东京近两个月时间。在这一期间，他造访了内阁文库与图书寮，关于小说文献的调查便是以内阁文库为中心来推进的。

"四卷本"首先披露了董康整理的内阁文库藏明板小说、戏曲目录。

---

① 董康：《五代史平话·跋》，台北图书馆藏宋巾箱本。
② 参王文君《大东书局本〈曲海总目提要〉出版始末考——以 1926—1942 年〈申报〉广告为中心》，《文学研究》2019 年第 1 期；罗旭舟《〈盛明杂剧〉的辑刊与流传》，《文学遗产》2013 年第 2 期。
③ 胡适：《书舶庸谭·序》，载董康著，傅杰点校《书舶庸谭》，第 1 页。
④ 胡适：《书舶庸谭·序》，载董康著，傅杰点校《书舶庸谭》，第 21 页。

此份目录曾以《日本内阁所藏戏曲小说书目》为题先于"四卷本"问世，载于胡韫玉、陈乃乾主编《国学》第 1 卷第 4 期（1927 年 1 月），编者并言"摘录《诵芬室日记》，民国十六年一月十日"。此时的董康尚未造访内阁文库，这份目录是他摘自明治 22 年（1889）编订的《内阁文库图书目录（汉书门假名分）》："日本内阁藏书，虽无宋元旧椠，颇多罕见之本，兹摘录明板小说、戏曲如后。编次之法，以第一字依伊吕波之顺序……"董康不通晓日文，因此对按照假名分类的编目方法不熟悉，加之有出于版本的考量，这使董康的摘录并非内阁文库所藏明代小说的全目："同一书名前后互见，其吾国习见，或推知内容非佳制者缺之。"①

　　此后内阁文库还出版有《内阁文库图书目录（汉书门类别）》（1890）、《内阁文库图书第二部汉书目录》（1914），将依假名分类的方法改为四部分类法。董康、傅增湘均从樋口龙太郎（？—1951）处得到了一部："晤樋口，得《新修内阁书目》一册。"② 相较于《内阁文库图书目录（汉书门假名分）》，《内阁文库图书第二部汉书目录》使用起来更为方便，对国内学界的影响也更大，马廉（1893—1935）、鲁迅（1881—1936）等均有受益于此书。1926 年 10 月，辛岛骁（1903—1967）携带《内阁文库图书第二部汉书目录》给鲁迅："去年夏，日本辛岛骁君从东京来，访我于北京寓斋，示以涉及中国小说之目录两种：一为《内阁文库书目》，录内阁现存书。"③ 鲁迅后将第十类"小说·传奇演义杂记"类摘抄出。1927 年 7 月，长泽规矩也（1902—1980）同样携来《内阁文库图书第二部汉书目录》给马廉："长泽规矩也来京，携有内阁文库关于小说戏曲目录。"④ 与鲁迅相同，马廉同样将书目第十类中关涉小说的部分另行缮录。

---

　　① 胡适：《书舶庸谭·序》，载董康著，傅杰点校《书舶庸谭》，第 10 页。
　　② 胡适：《书舶庸谭·序》，载董康著，傅杰点校《书舶庸谭》，第 83 页。
　　③ 鲁迅：《关于小说目录二件》，载《鲁迅集外集拾遗补编》，人民文学出版社 1978 年版，第 184 页。
　　④ 马廉：《隅卿杂钞》，载刘倩编《马隅卿小说戏曲论集》，中华书局 2006 年版，第 291 页。

　　以《日本内阁所藏戏曲小说书目》为依据，3 月 23 日，董康第一次
访问内阁文库，并于 3 月 25 日、4 月 1 日集中阅览了《全像古今小说》
《二刻拍案惊奇》《喻世明言》《飞花咏》《醋葫芦》《花筵赚》《鼓掌绝
尘》《玄雪谱》《忠义水浒传》等九种小说、戏曲："内阁书小说最富，
惜余归国期促，不能多留时日耳。"① 随行者有公使馆参赞张元节
（1880—？）、外交官杨雪伦以及文求堂书店主人田中庆太郎，内阁文库
司书官樋口龙太郎接待了董康一行。樋口龙太郎，大阪人，早年毕业于
庆应义塾大学，除在内阁文库任职外，还在东京市教育局、国学院、大
阪大学等地任职。董康此行给樋口龙太郎留下了深刻印象，最令樋口龙
太郎感动的是董康的谦和态度："与其称他为具有大国胸襟的政治家，不
如说他具有纯粹的学者气质和温厚的人格更为合适。"其次是董康对古籍
的酷嗜："他最为怀念原来的京都，并非因为那个地方山清水秀，而是因
为那里的书籍，他最好的伴侣就是纸和笔。"② 董康认为，此行以《全像
古今小说》《二刻拍案惊奇》为最佳，他还有意托内藤湖南、盐谷温帮
忙联络《二刻拍案惊奇》的影印事宜，但最终未能成事。③ 一个月后，
从美国回国途经东京的胡适也造访了内阁文库，接待人同为樋口龙太郎。
胡适原本制定有一份访书清单，但他到达文库后却向樋口龙太郎打听起
董康的看书详情，并调阅了董康在文库的看书记录。随即胡适变更了早
先计划，提出要看《忠义水浒传》《三国志演义》《三国志水浒全传》
《二刻拍案惊奇》《全相三国志平话》等。④

　　需要指出的是，董康在日所访求到的小说文献，还与文求堂书店主
人田中庆太郎多有关系。董康与田中庆太郎相交甚好，他每次赴日访书
几乎都以文求堂书店为据点，并受到田中庆太郎的悉心照顾。自光绪三
十四年至宣统二年，田中庆太郎置业于北京，不断搜集珍籍善本。他回

---

　　① 董康著，傅杰点校《书舶庸谭》，第 68 页。

　　② 〔日〕樋口龙太郎：《董康先生内阁文库欢迎记》，《图书馆杂志》第 5 期，1927 年。

　　③ 参董康著，傅杰点校《书舶庸谭》，第 77、108 页。

　　④ 〔日〕樋口龙太郎：《中国文学革命先驱胡适博士谈记》，《图书馆杂志》第 7 期，1927
年。关于董康此次到内阁文库访求小说相关史实，笔者多有参考范凡《1927—1928 年到日本内
阁文库访书的中国学者——樋口龙太郎相关文章解读》（《大学图书馆学报》2015 年第 2 期）所
提供的材料。

国后又与北京琉璃厂的书肆建立起密切的业务往来，不断向日本国内输入中国古籍，因此文求堂书店成为日本最负盛名的汉籍书店。田中庆太郎对小说、戏曲极其关注，孙殿起（1894—1958）《琉璃厂小志》载：

> 日本东京文求堂书店主人田中庆太郎，清光绪末叶，每年必至我国北京，搜罗书画法帖一次或两次。……旧本小说曲谱，亦多为他人购去。至我国商务印书馆以及各图书馆，购买志书、小说、曲谱者，皆在其后。①

田中庆太郎对小说文献的搜求，不仅丰富了日本诸多公私机构所藏，他还主动将一些秘善珍本提供给董康观览、选择，有的还被董康直接购去。

（三）《经籍访古志》《古文旧书考》与董康的图书寮访书

董康在东京时还造访了图书寮，接待他的是寮头杉荣三郎以及事务官铃木重孝。图书寮是他该次批览书籍时间最久、所阅数量最多的机构。董康调阅的均为宋元旧椠，还有少量古钞本，主要集中在子部与集部，少量经部，未见小说、戏曲。与到访内阁文库相似，董康到馆之前势必根据馆藏目录挑选所需借看的图书。然而，图书寮最早的善本书目《图书寮汉籍善本书目》出版于昭和 5 年（1930），董康未及使用。今查《书舶庸谭》总计为 35 种图书寮藏善本撰写了提要，有 30 种曾见于森立之《经籍访古志》与岛田翰《古文旧书考》②，董康参考的当正是它们。

---

① 孙殿起：《琉璃厂小志》，北京出版社 2015 年版，第 371 页。
② 见于《经籍访古志》者 27 种：《世说新语》《崔舍人玉堂类稿》《太平寰宇记》《太平御览》《王文公文集》《王荆文公诗注》《西翁近稿》《村西集》《通典》《东都事略》《群书治要》《六臣注文选》《中说》《唐律疏议》《新修本草》《新编类要图注本草》《尚书正义》《李善注文选》《游宦纪闻》《初学记》《外台秘要》《严氏济生方》《寒山子诗集》《春秋正义》《类证普济本事方》《杨氏家藏方》《景文宋公文集》。见于《古文旧书考》者 3 种：《诚斋集》《论衡》《范德机诗集》。另有不见于《经籍访古志》《古文旧书考》者 5 种：《金台集》《北涧和尚外集》《增广音注唐许郢州丁卯诗集》《圣元明贤播芳续集》《天台陈先生类编花果卉木全芳备祖》。

《经籍访古志》，日本学者涩江全善（1804—1858）、森立之等撰，光绪十一年（1885）徐承祖日本使署排印本。该书广泛记录了日本 19 世纪中叶各公私藏书机构所藏汉籍善本，其中宋元旧椠、古钞本占据了很大的比重。清末民国中国学者赴日访书多是将《经籍访古志》作为第一手参考资料，叶德辉（1864—1927）《书林清话》评价："浸淫及于日本，如森立之《经籍访古志》六卷、《补遗》二卷、岛田翰《古文旧书考》四卷，皆于宋元古钞各书，考订至为精析。"① 董康在"九卷本"跋语中还讲"或可附森立之、杨惺吾之后，备文坛探讨一助耳"②，更是可见该书对《书舶庸谭》的影响。另《经籍访古志·补遗》专录医籍，董康寓目的《外胎秘要》《严氏济生方》《类证普济本事方》《杨氏家藏方》也正是他在图书寮所看的最后几种文献，亦可证明《经籍访古志》在董康访求图书寮藏书时的导引作用。

《古文旧书考》，岛田翰撰，明治 36 年（1903）东京民友社铅印本、1927 年北京藻玉堂排印本。相较于《经籍访古志》，此书对图书寮内的藏书记载更详，作者曾"读秘府之书，三年于兹，点校十毕八九，采录殆完"③。董氏曾藏有一部《古文旧书考》："昔年岛田翰曾将溢出诗文录入改正本之《古文旧书考》中（余曾付梓，未印行），后罗叔蕴提出刊行。"④ 然而对于此书，董康并未详参，究其原因，笔者认为有二。一来《古文旧书考》对版本的著录已极为详备，学界多有熟悉，董康无须赘言；二来岛田翰另有一部《群书点勘》，只是未及刊行，以搜求秘本为目的的董康想来不愿再有重复性工作。

除了依赖上述两书，董康还对近代日本公私藏书机构的源流早已默记于胸："以故藏书家大名如金泽、足利、佐伯、前田，时彦如狩谷、市野、近藤辈，不胜屡举。德川幕府广开献书之路，右文致治，称盛一时。维新归政，择尤纳诸宫内省图书寮，群流汇海，典籍益宏矣。"⑤ 基于

---

① 叶德辉：《书林清话》，北京燕山出版社 1999 年版，第 18 页。
② 董康著，王君南整理《董康东游日记·自跋》，第 336 页。
③ 〔日〕岛田翰撰，杜泽逊、王晓娟点校《古文旧书考·小引》，第 2 页。
④ 董康著，傅杰点校《书舶庸谭》，第 45 页。
⑤ 董康著，傅杰点校《书舶庸谭》，第 1 页。

此，董康迅速地将《经籍访古志》《古文旧书考》中著录的原由其他藏书机构收藏后来流向图书寮的藏书识别出，并从中择取 15 种枫山官库、5 种求古楼所藏，另有 9 种足利学、昌平坂学、聿修堂、金泽文库等旧藏古籍，进行阅览。

董康在《书舶庸谭》中撰写大量按语，涉及版本考证与评价，他对书籍的分卷情况、细节也给予了详细的描写，尤为值得称赞的是他注意到将图书寮藏本与其他藏本进行比较。或涉版本源流，如《故唐律疏议》："吾乡孙渊如先生覆刊即此本也。"① 《群书治要》："庆长活字本即从此出（此本亦罕见）。"② 明晰了诸版本间的递嬗关系，便于后来人考镜源流。又或是旁涉其他书籍，如《故唐律疏议》："闻岩崎静嘉堂藏有宋板，益堪珍秘矣。"③ 《尚书正义》："此即所谓《尚书》单疏也，与湖南《毛诗》单疏俱海内孤本。"④ 董康虽是为某一部书撰写提要，事实却将相关书籍钩连进来，由点及面。抑或比较版本优劣，如《外台秘要方》："此书残缺过甚，闻京都崇兰馆福井氏有全帙，俟回京都时当再访之。"⑤ 以上种种皆显示出董康较高的学术涵养与敏锐的学术触觉。

将《书舶庸谭》与《经籍访古志》《古文旧书考》等目录学著述比较，董康除了客观记载各书的版式、行款、序跋、避讳、印鉴等信息，还对刻工给予极大关注。董康素以刻印书籍享誉学界："康寝馈此道数十年，所刻书籍当不在少。数困于房力，屡作屡辍，颇用自怃。"⑥ 董康在日本的挚友小林忠次郎即以影写宋版书享誉学界，而位居沪上的诵芬室内最多时更有七十余名刻工："先生在上海的住宅有木雕师，有六七十人的印刷工厂，将藏书中的珍品复刊、校订，为中国学术花费心血。"⑦ 为了帮助这些刻工维持生计，董康颇费心力："惟弟之刻书，一在传摹秘籍，一在维持手民，俾后世知琴水平江而外尚有寥措大如。弟者存此志，

① 董康著，傅杰点校《书舶庸谭》，第 56 页。
② 董康著，傅杰点校《书舶庸谭》，第 55 页。
③ 董康著，傅杰点校《书舶庸谭》，第 56 页。
④ 董康著，傅杰点校《书舶庸谭》，第 64 页。
⑤ 董康著，傅杰点校《书舶庸谭》，第 76 页。
⑥ 《董康致池宗墨》，载《董康书札底稿》，国家图书馆藏民国稿本。
⑦ 〔日〕樋口龙太郎：《董康先生内阁文库欢迎记》，《图书馆杂志》第 5 期，1927 年。

想蒙洞鉴。"① 正是基于这一经历,董康对刻工给予足够关注与尊重,这也显示出董康独到的学术眼光。之后长泽规矩也编有《宋元刊本刻工名表初稿》(1934),针对古代典籍的刻工研究渐为学界关注。

除了曾见于《经籍访古志》《古文旧书考》的汉籍,董康还首次披露了图书寮所藏《金台集》《圣元明贤播芳续集》《天台陈先生类编花果卉木全芳备祖》《北涧和尚外集》《增广音注唐许郢州丁卯诗集》5 种。

(四)余响

1927 年 5 月 1 日,董康抵达上海,结束了这次访书活动。第二天,他便致信内藤湖南,对半年来的访书成绩感慨颇多:"此行载宝而归,如游万里,胜读十年。先生之贶,亦至厚矣。尘俗牵连,留日苦少,不能遍录以还,未免自呼负负耳。客中诸荷照拂,铭感无已。"② 此次董康的东行更是引起了好友们对其访书成果的关注,他们纷纷接踵,张元济(1867—1959)、傅增湘等人便多得益于董康此行。

1928 年 10 月,商务印书馆经理张元济以中华学艺社名誉社员名义与郑贞文(1891—1969)一同赴日访书。在他们出发之前,董康致信内藤湖南,请其给予帮助。③ 张元济等人到日后不久便拜访了内藤湖南,后者则主动向其介绍富冈氏藏书、东福寺藏《中庸说》等,张氏称恭仁山庄"山居真可羡,图籍更纷陈"④。1930 年 9 月,内藤湖南去信张元济还不忘提及此次访书:"前年见访山庄,商榷经籍,畅谈之快,至今未忘也。"⑤ 张元济此行,对董康早先披露的图书寮所藏《游宦纪闻》《北涧

---

① 《董康致张元济》,载上海图书馆编《上海图书馆藏张元济往来信札》(五),国家图书馆出版社 2017 年版,第 339 页。

② 《董康致内藤湖南》稿本,载(日本)关西大学图书馆藏《内藤文库各种资料》第 18 箱《湖南书简》,资料号:211068357。

③ 《董康致内藤湖南》稿本,载(日本)关西大学图书馆藏《内藤文库各种资料》第 18 箱《湖南书简》,资料号:211068357。

④ 张元济:《戊辰初冬造内藤湖南山斋》,载钱婉约、陶德民编《内藤湖南汉诗酬唱墨迹辑释——日本关西大学图书馆藏内藤文库藏品集》,国家图书馆出版社 2016 年版,第 126 页。

⑤ 《内藤湖南汉诗文集》,广西师范大学出版社 2009 年版,第 444 页。

和尚外集》《天台陈先生类编花果卉木全芳备祖》抱以极大兴趣，后建议郑贞文设法借印。

傅增湘访书时经常随身携带着莫友芝（1811—1871）《郘亭知见传本书目》。"先祖逐年南北访书时，必携带笔记和一部莫友芝撰《郘亭知见传本书目》。"[1] 1929 年底，他启程赴日。临行前，傅增湘从董康处录出"四卷本"的副本："杀青既竟，键诸箧笥，沉叔同年将欲东游，曾录副备辀轩参考。"此举更是启发了董康将《书舶庸谭》刊行的想法："大东主人沈骏声叠请印以行世。"[2] 傅增湘归来后编写《藏园东游别录》，披露其在图书寮、内阁文库、静嘉堂等地访书成果。殊为可惜的是，傅增湘在图书寮的访书手稿并未存世。不过，根据《藏园老人手稿》收录的内阁文库访书手稿来看，傅增湘在每赴一地前先是拟定一份草目，其中用◎△两种符号标出急需、必看的书目："◎者，必要看。"[3] 因此他对图书寮书籍的了解，自然多得益于董康访书所获。傅增湘是于 11 月 11 日到访图书寮的，从《日本帝室图书寮观书记》来看，他共经眼了宋本 33 种、元本 8 种、朝鲜本 2 种、日本刊本 3 种、日本写本 1 种。[4] 董康提及的《东都事略》《论衡》《初学记》《太平御览》《世说新语》《中说》《宋景文宋公文集》《诚斋集》《崔舍人玉堂类稿》《太平寰宇记》《游宦纪闻》《村西集》等，便见于《日本帝室图书寮观书记》。至于诵芬室首次披露的《北涧和尚外集》《天台陈先生类编花果卉木全芳备祖》《增广音注唐许郢州丁卯诗集》，傅氏也再次观览并撰写了提要。正如傅增湘所言："适有张君菊生、董君绥金先后访书，见诒笔录，因复撮彼所详，补余所略。凡口线边栏，刊工字数，卷叶完缺，尺幅高广，借有助证，咸著于编。偶有异同，辄附管见。"[5] 傅增湘从董康的访书成绩中所受惠泽当有很多。

---

① 傅熹年：《藏园群书经眼录》，中华书局 2009 年版，"整理说明"第 1 页。
② 董康著，傅杰点校《书舶庸谭》，"序"第 2 页。
③ 傅增湘：《日本访书记》，载傅熹年整理《藏园老人手稿》（十），中华书局 2020 年版，137 页。
④ 参傅增湘《藏园东游别录·日本帝室图书寮观书记》，《国立北平图书馆馆刊》第 4 卷第 1 号，1930 年 2 月。
⑤ 傅增湘：《静嘉堂文库观书记》，《国闻周报》1930 年铅印本，第 1 页。

三 "虚构"日记与书目文献的补入

从体量来看，"四卷本"不足 10 万字，"九卷本"近 25 万字，其中前四卷便有 15 万余字，这说明董康后来曾对"四卷本"进行大篇幅的增补。然而，"四卷本"中部分书目的增补，屡有与史实不符处。"上图本""九卷本""中科院本"的存在，为我们寻绎董康的增补提供了重要参考。

董康、胡适于"四卷本"序言总结 1926 年 12 月至 1927 年 4 月的访书成绩，即"访求古书"与"搜访小说"。至"九卷本"，傅增湘又有了全面总结："馆库官本，冢窟残文，坊肆通俗之短书，师儒晚出之遗著，统耳目之所及，综巨细以咸甄。"① 傅氏所言的"冢窟残文"全部集中在"九卷本"卷三、卷四，然它们都不见于"四卷本"，这也是"九卷本"相较于"四卷本"最重要的补充所在。为了将这些内容补入书中，董康不得不采取了"虚构"日记的方式。

首先来看"四卷本"的 1927 年 3 月 21 日所记：

> 寄玉姬信。十一时诣图书寮，始知因春季皇灵祭休暇。归途至天赏堂购物，付一百廿三圆，下午三时回寓。《夕刊》南军已达龙华，北军沿铁路退却，毕庶澄欲与南军通款，未调协，集中上海，租界异常警备。是日春分。②

至"九卷本"，董康加入了以下内容：

> 寄玉姬信。十一时诣图书寮，始知因春季皇灵祭休暇。归途至天赏堂购物，付一百廿三元，下午三时回寓。接厂友张月岩函，为介绍购入津门写经四种，目列后。甚惬余怀。阅《夕刊》，南军已

---

① 董康著，王君南整理《董康东游日记》，第 347 页。
② 董康著，傅杰点校《书舶庸谭》，第 64 页。

达龙华，北军沿铁路退却，毕庶澄欲与南军通款，未调协，集中上海，租界异常警备。是日春分。①

张月岩本名张恒，诨号大炮，北平吉贞宧古玩铺主人，曾助董康将《文选集注》售予日本盛山氏。得其帮助，"九卷本"多出了董氏为《金光明胜王经》（卷五）、《妙法莲花经》（卷五）、《大般涅槃经》、《阿弥陀经》所撰提要及所移录题款。不过详考其中的《金光明胜王经》（卷五），董康的获见过程与"九卷本"所记多相抵牾。

《金光明胜王经》即《金光明最胜王经》，其汉文译本有数种，最早是玄始年间（412—428）北凉昙无谶所译四卷本《金光明经》，最晚是武周长安三年（703）义净所译十卷本《金光明最胜王经》，尤以后者义理最为完备、流传最广。董康所得《金光明胜王经》第五卷，是武周长安三年写本，内容包括金胜陀罗尼品第八、显空性品第九、依空满愿品第十四、天王观察人大品第十一。关于此书，1938 年 5 月董康有信致小林忠次郎：

　小林先生台鉴：
　　春和景明，樱花世界；遥想兴居，定多佳胜。兹有恳者，近中新得敦煌石室《金光明胜王经》残卷，共三百九十六行，硬黄纸写"大周长安二年西明寺故物"。纸墨精绝，拟为印行，公诸当世。大小尺寸悉照前次所印《文馆词林》格式，纸拟采用美浓纸，每册大约四十页，或五十页，敬请费神一为计划。需价若干，便乞示及。又高野山所藏未刻《文馆词林》三卷，亦拟一同付印，统乞规划。发扬文化，为吾人分内事，此亦靖献之一道也。专泐，祗请台安。
　　　　　　　　　　　　　　　弟董康顿首，五月六日②

---

① 董康著，王君南整理《董康东游日记》，第 92 页。
② 《董康致小林忠次郎》，载《董康书札底稿》，国家图书馆藏民国稿本。

小林忠次郎擅制玻璃写真版，董康与其关系颇佳，称其为"海东第一名手"①。此次去信，董康建议小林将《金光明胜王经》（卷五）仿照此先印制《文馆词林》的版式印行。在稍后撰成的《唐写本〈金光明经〉跋》中，董康对该书还有补记："《金光明最胜王经》为敦煌石室卷子，本大周长安二年玄奘法师义净奉制于长安西明寺，新译并缀文正字。敦煌经卷大率出于经生之手，署名者绝少，此独详载译书、缀文、正字、笔授、证义诸人姓氏。……今获此卷于兵焚俶扰之际，菜儿把玩，尘劫顿消，殆亦如庄生所谓见似人而喜者欤。"②

王重民《敦煌遗书总目索引》附有《傅增湘藏敦煌卷子目录》，目录中著录有一部与《金光明胜王经》（卷五）相同的本子，因此董康所说"津门写经"，当是指出自傅增湘处。萨仁高娃曾利用"九卷本"的"1927 年 3 月 21 日"与"1927 年 4 月 18 日"条，蠡测藏园旧存经卷流入诵芬室的经过："据董康日记，他购入傅增湘旧藏的时间应该是 1927 年，此时傅增湘已经任故宫博物院图书馆馆长，显然其迁居北京的同时，将手中部分经卷出售。"③ 然而以董康写与小林忠次郎信、《唐写本〈金光明经〉跋》来看，此经卷显然是在 1938 年春归入诵芬室的。

《金光明胜王经》（卷五）后经清野谦次（1885—1955）递藏，再归羽田亨（1882—1955），今藏杏雨书屋，番号 583④，无钤印。清野谦次，京都大学医学部教授，酷爱古经手写本的搜集。昭和十四年（1939）10 月，清野谦次以 8500 日元的价格将所藏经卷转让给羽田亨，并手写了一份《敦煌出土清野藏书目录》，其中著录有："四九、（1088）金光明最胜王经第五，一卷，65. —。"⑤ 羽田亨，早年毕业于帝国大学，后任教于京都大学，得内藤虎次郎、狩野直喜亲炙，时任京都大学总长。羽田

① 董康著，傅杰点校《书舶庸谭》，第 1 页。
② 董康：《唐写本〈金光明经〉跋》，《司法公报特刊》，1938 年 12 月。
③ 萨仁高娃：《〈董康东游日记〉所涉敦煌遗书之归属与流传脉络》，载《出土文献研究》第十辑，中华书局 2011 年版。
④ 参见〔日〕武田科学振兴财团杏雨书屋编《敦煌秘籍·目录册》，（日本）武田科学振兴财团 2009 年版，第 196 页。
⑤ 转引自〔日〕高田时雄《清野谦次搜集敦煌写经的下落》，载〔日〕高田时雄《近代中国的学术与藏书》，中华书局 2018 年版，第 134 页。

亨自 1935 年从李盛铎处购入 432 种经卷后，还陆续从高楠顺次郎、富冈谦藏、清野谦次等处购入 204 种，并依此编有《新增目录》（433—670）、《短编及断简五十种》（671—736），时间跨度从 1936 年秋至 1942 年 12 月。清野氏所藏经卷被编入 551 番至 590 番，羽田亨在目录右下方注明"敦煌出土清野藏书目录（40 件）"①，《金光明胜王经》（卷五）即在其中。因此该卷的递藏关系可总结为：1938 年春董康得自傅增湘，后售予清野谦次，1939 年 10 月再转予羽田亨。

"虚构"日记的方式，在《书舶庸谭》中屡见不鲜。又如"上图本"卷五所记 1933 年 11 月 27 日：

> 村上来，述帝大欲另送讲演料。余以此来，乃代表中国人之格，非为私人谋收益，却之。午后三时，赴学士会。七时，景熙来辞行，定于明晚由长崎返，与龚女士俱。大谷复至，托其带中钞一百五十元带沪。②

然而"九卷本"却在这之后多出了如下内容：

> 文求堂转来故都傅沅叔同年函，并附《光岳英华》一函四册。此书旧为徐梧生所藏，后归某婿某太史。曩在厂肆寄售，以索价太昂未能收购。兹由沅叔谐价得之，殊欣慰也。即时复谢。③

后附董康撰《光岳英华》提要、揭轨序与傅增湘撰跋语，其中傅氏跋语落款为辛未（1931）仲冬。今《藏园群书题记》收有与《书舶庸谭》相同之《明本〈光岳英华〉诗集跋》，落款却在戊寅（1938）中秋日④。

---

   ① 转引自〔日〕高田时雄《羽田亨与敦煌写本》，载〔日〕高田时雄《近代中国的学术与藏书》，第 142 页。

   ② 董康：《书舶庸谭》，上海图书馆藏稿本。

   ③ 董康著，王君南整理《董康东游日记》，第 191—192 页。

   ④ 傅增湘：《藏园群书题记》，上海古籍出版社 1989 年版，第 922 页。

傅氏跋语初见于《藏园群书题记续集》（《藏园老人手稿》收录）①，初刊在《藏园群书题记续集》② 内，傅熹年《藏园群书题记》有收录。手稿未署落款时间，至铅印本方补入。《董康书札底稿》收录有一封 1938 年 10 月董氏写给傅增湘的信函：

> 沅叔仁兄同年左右：
>
> 　　奉诵手教，并《光岳英华》四册，此书流传虽少，但非洪武元印。往年弟曾予价双百，自问出价当非甚苛。年来明刻书籍较前落价，而弟以影刻《周礼》垫款甚巨，而此书又非必要之珍籍。惟重以老同年之介绍，前途如能仍照原价见让，自当收受。储款以待，伫候复音。原书随价，先以奉缴。专泐，祗请著安。
>
> 　　　　　　　　　　　　　　年愚弟董康顿首，十月四日③

故董康收得《光岳英华》的时间当是在 1938 年底，并非"九卷本"所记的 1933 年 11 月。

无独有偶，"上图本"卷五的 1933 年 11 月 30 日有与之相近的情况。董康在本日记："午后三时，赴学士会馆讲演。会闻《朝日新闻》，知钧任专任司法部，已将外交辞去。该新闻并载有中央银行破产消息，此受时局影响，固意中事。所愿此信不确，庶不致牵动全国金融也。入夜雨。"④ "九卷本"则多出："傍晚诣田中情话，见案头有厂肆寄来明人撰述四种，目列后。谐价携之回。"⑤ 并附《光岳英华》《四不如类钞》《玄羽外编》《翠楼集》《品花鉴》提要。

以上两处当是董康后来添加，"中科院本"验证了笔者的这一猜想。"中科院本"总计有两册，其中一册是"九卷本"卷五的部分誊清稿，

---

①　傅增湘：《藏园群书题记续集》，载傅熹年整理《藏园老人手稿》（二），第 517—521 页。

②　傅增湘：《藏园群书题记续集》，1938 年铅印本。

③　《董康致傅增湘》，《董康书札底稿》，国家图书馆藏民国稿本。

④　董康：《书舶庸谭》，上海图书馆藏稿本。

⑤　董康著，王君南整理《董康东游日记》，第 196 页。

内容即为 11 月 17 日、11 月 30 日所补充日记与提要。这部分材料独立成页，前后不连接，且稿本天头均打有◎的符号，意在表明插入前文。这说明董康对某些书事的记录当是出自后来的回忆，甚至是杜撰。

考察《书舶庸谭》"虚构"日记，其过程自身体现出日记文献的"真实性"与"随意性"的辩证关系。由于主体对言说空间的"绝对"占有，日记的"真实性"也就没有了任何客观的参照和验证，日记主体掌握了语言的绝对霸权。然而，董康欲出版《书舶庸谭》，并非想将自己的心性袒露于世人面前，而是希望以日记的形式来披露获见文献。为了增强这一言说的可靠性，凸显内容的"真实性"，他就不得不引第三人说法。张月岩向董康去信介绍津门写经四种、傅增湘托文求堂书店转来《光岳英华》、书肆转来的四种明人著作等，无一不是。然而，无论是获见文献的经过，还是记录时间的安排，我们通过《书舶庸谭》完全无从考察。且董康对日记文本的调整，也显得颇为随意。不过，"真实性"与"随意性"也强化了《书舶庸谭》的编纂目的。以敦煌经卷为例，董康将在 1927 年后获见的相关材料全部补录在了"九卷本"的卷三、卷四中，凸显了他对敦煌文献的关注。

四　新见材料与"九卷本"的完善

除了采取"虚构"日记的方式来补入新见文献，董康还利用新获材料完善早先的著录。1927 年 2 月 9 日，董康曾在京都拜访羽田亨，后者向其出示了珍藏的《序听迷诗所经》。该书是景教经典，为羽田亨 1925 年从东京大学高楠顺次郎处得到。《序听迷诗所经》内容极为晦涩难懂，释读、考证均颇费工夫，历来为治敦煌者所公认。初见此卷的董康，并未假录，"四卷本"只是将经文要义概述一通。然而，至 1939 年刻印"九卷本"时，董康却在简化早先概述内容的同时，又完整移录了《序听迷诗所经》全文。经卷的获取当归功于此前一年平冈武夫（1909—1995）向其寄赠的《一神论卷第三，序听迷诗所经一卷》。1938 年 9 月，董康有信致平冈武夫、松本文三郎（1869—1944）：

致平冈武夫函

平冈武夫先生台鉴：

顷间由贵处转到京都研究所所长松本文三郎先生影印《神论》及《序听迷诗所经》合册，敬谨拜登。敦煌秘籍重睹人间，感荷崇情，曷其有极。另致松本先生一函，请费神转达为盼。专覆，祗请公安，并颂谭祺百益。

董康顿首，九月廿七日①

致松本文三郎函

松本先生著席：

久仰清晖，不由亲炙，比维枕葄多娱，缥缃日富，停云天末，我劳如何。日昨平冈武夫转到影印《一神论卷第三，序听迷诗所经一卷》合册，敦煌秘籍阅世如新。被宗风于叔叶，阐妙谛于缁林，发扬文化，甚盛事也。专函鸣谢，祗请撰安。

董康顿首，九月二十七日②

平冈武夫，1933 年毕业于京都大学，1939 年开始在京都大学东方文化研究所任职，后历任东方文化研究所经学研究室主任、人文科学研究所教授等职。松本文三郎，早年毕业于东京大学，后在早稻田大学、东京大学任教，时任京都大学京都研究所所长。董康此次去信，感谢其相赠的《一神论卷第三，序听迷诗所经一卷》。该书由松本文三郎具体负责，编辑兼发行者是东方文化学院京都研究所，印刷者是小林忠治郎，书前有羽田亨序。除《序听迷诗所经》一卷外，此次所收《一神论卷第三》同为景教经典文献，是 1918 年羽田亨从京都大学富冈谦藏处得到的。得益于获读该影印件，董康才得以在"九卷本"完整地移录出《序听迷诗所经》一卷。

---

① 《董康致平冈武夫》，《董康书札底稿》，国家图书馆藏民国稿本。
② 《董康致松本文三郎》，《董康书札底稿》，国家图书馆藏民国稿本。

　　董康旅欧期间所编《书录》，"四卷本"也未及详参。直到"九卷本"增补时，董康才多有使用。如"四卷本"的 1927 年 1 月 19 日仅记以下寥寥数字：

> 　　晴。《治道集》录毕，覆校一过，改正数字。是日寄姜佐禹、庄与九信。①

　　至"九卷本"，董康以"忆及癸亥岁晏"起笔，回忆起早先所见伯希和所藏《治道集》，并考证其作者李文博的生平，还转录了《敦煌书录》中有关《治道集》的内容："《治道集》二卷，唐写本。存三、四两卷，持论明达，殆兔园荣府之流，录其篇目如后。又，三七〇一至三七〇四卷内有此书残叶，纸过窜败，无从摄影，并录其全文。"②

　　董康是民国期间久负盛名的刑法学家，《书舶庸谭》中也保存了他访求法学文献的记录。在董康向内藤湖南相借的影片中，就包含有一部《（神龙）散颁刑部格》。唐格旧失散佚，因此 20 世纪初在敦煌发现的五件唐格就显得弥足珍贵，《（神龙）散颁刑部格》则是唯一的刑事法律文献，总计十三条。不过，《敦煌书录》仅摘录前三条，且董康在出版"四卷本"时尚未对该书进行系统整理，1927 年 1 月 21 日记：

> 　　录《散颁刑部格卷》四叶，存九十一行，凡十□条，大率补律所未备。……若得《唐书》逐节为之疏证，此亦考唐代制度不可少之书，并可见明清诉讼手续之沿革也。③

　　此后董康一直没有放弃疏证、研究《（神龙）散颁刑部格》的计划。1933 年底，董康再次访日期间请仁井田陞校正了该书④，至 1934 年 2

---

①　董康著，傅杰点校《书舶庸谭》，第 19 页。
②　董康：《敦煌书录》，上海图书馆藏顾廷龙 1942 年抄本。
③　董康著，傅杰点校《书舶庸谭》，第 19 页。
④　"上图本"记："下午四时，仁井田博士来，校正前所录《神龙散颁格》之讹误。"

月，仁井田陞于《法学协会杂志》第 52 卷第 2 号刊登《关于唐令的复旧——附：董康氏的敦煌发现〈散颁刑部格〉研究》，涉及董氏有关此格的详细见解与《（神龙）散颁刑部格》全文。① 1937 年底，罗振玉（1866—1940）又将董康的过录本付梓行世，收录在《百爵斋丛刊》内，文后有雪堂所撰跋语："右《唐神龙删定散颁格》残卷，出敦煌石室，今藏法京国民图书馆，亡友内藤湖南博士往岁游巴黎时手录以归者。……今复取此残卷付写印行，虽吉光片羽，弥足珍矣。"② 1938 年，董康则用唐律对《（神龙）散颁刑部格》逐一进行比勘，撰成《残本龙朔（神龙）散颁格与唐律之对照》③，文前有一提要：

> 是格《新唐书·艺文志》作七卷，注："中书令韦安石、礼部尚书同中书门下三品祝钦明、尚书右丞苏瑰、兵部郎中耿光嗣删定，神龙元年上。"《旧唐书·苏瑰传》："神龙初，入为尚书右丞，以明习法律，多识台阁故事。特令删定律令格式，寻加银青光禄大夫。"（新书本传大致同。）此卷存十三条，九十二行。以苏瑰领衔，盖就主任者标之。《格》作左丞，或史误也。巴黎图书馆编目为三零九八，虽出之残缺，尚可见原格之大略。兹与唐律对勘，备录于后，供探讨刑法史之一助也。④

提要简述了《（神龙）散颁刑部格》之来源及书中所涉人物之史实。上述文字连同《残本龙朔（神龙）散颁格与唐律之对照》，被完整移录进"九卷本" 1927 年 1 月 21 日的日记。

仅就前四卷而言，"九卷本"对"四卷本"所引相同书目增补的内容，反映出董康对该典籍的持续关注与深度整理。前四卷也由此呈现出

---

① 〔日〕仁井田陞：《补订中国法制史研究·法、惯习法与道德》，东京大学出版会 1991 年版，第 303 页。

② 罗振玉：《后丁戊稿·〈唐神龙删定散颁格〉残卷跋》，载罗继祖主编《罗振玉学术论著集》，上海古籍出版社 2013 年版，第 629—630 页。

③ 该文最早见于《司法公报》第 9、10 期，1938 年，后载于《法学新报》第 49 卷第 4 号，1939 年；《司法公报（特刊）》第 12 期，1939 年。

④ 董康：《残本龙朔（神龙）散颁格与唐律之对照》，《司法公报》第 9、10 期，1938 年。

两种文本形态:"四卷本"是董康初次获见书目时记录下的文本,最为接近访书活动的原始状态;"九卷本"凝聚了他在之后十余年间的访求所得,因而所呈现的文本状态具有"层累性"。与之相照应,"四卷本"的字里行间流露得更多的是初见文献时的兴奋与喜悦,而"九卷本"在补充完善时则渗入更多的理性思考与缜密考证。不过,无论是"虚构"日记还是增删文字,都提示我们在阅读、使用《书舶庸谭》时应秉持时间观念,注意董康在披露文献的过程中其本身所具有的"层累性"。

结　语

晚清以降,"中原多故,文献子遗"①。随着国门大开,加之外敌侵犯与内乱频仍,善本秘籍在战火中多化为灰烬。而幸运留存下来的,又多被西方来华士人或以低价购入,或直接劫掠而走,大量古籍与文物外流。与之同时,西学渐兴,"包括政府官员、知识界、绅士以及商人阶级在内的人士,几乎普遍地确认,向西方学习是十分必要的,反对西式教育的人几乎不见了"②。面对凄凉的文运、史运,有识者每以为忧,于是纷纷视旧籍沦亡为"划灭文明",董康更是高呼"保存国粹,匹夫有责"③,旧籍沦亡随即激化成一场悲壮的古籍抢救运动。董康是近代以来纵跨法律、文学两个领域的著名学者,但其最偏爱的身份还是文学家、藏书家:"自来谈及鄙人之行历,莫不以法律、文学二端为奖饰。……平心而论,则鄙人之研究法律,属于强制性。……惟于文学一端,确系出于自然性,非强制性。"④董康每每利用赴东瀛考察之际,竭力搜寻日本所藏汉籍的线索,并设法将其影印并携带归国。晚节不保是董康一生挥

---

① 董康:《楹书隅录·跋》,诵芬室宣统三年(1911)补刻本。
② 徐雪筠、陈曾年、许维雍等译编《上海近代社会经济发展概况(1882—1931)》,上海社会科学院出版社 1985 年版,第 164 页。
③ 《董康刻皕宋楼藏书源流考题识》,载〔日〕岛田翰撰,杜泽逊、王晓娟点校《古文旧书考》,第 397 页。
④ 董康著,王君南整理《董康东游日记》,第 225—226 页。

之不去的阴影："士君子于国家板荡之秋，舍生取义，抗敌不屈者，世多美之；若董氏者，即使丹铅终老，亦足名家，乃以不甘寂寞故，竟委身事仇，不克永保令名，殊可惜。"① 但是董康赴日访书所取得的成绩，以及《书舶庸谭》在近代学术史上的地位，却不容忽视。

---

① 沈云龙：《书舶庸谭·跋》，台湾世界书局 1971 年版，第 733 页。

Contents

   Abstract: Be influenced by the trend of Chenwei, He Xiu quoted much
literature of Chenwei when he wrote *Chunqiu Gong Yang Jie Gu*. The most
notable of these literature is this "Chunqiu Shuo". Through research,
"Chunqiu Shuo" is not a book's name but a general name of a type of
books. When He Xiu quoted "Chunqiu Shuo", he mostly quoted the narrative
content of the book to explain the disaster. Because of the quotation of
Chenwei's narration, He Xiu's catastrophe theory has many differences from
previous scholars.

   Keywords: Chunqiu Shuo; He Xiu; Catastrophe Theory; The Narration
of Chenwei

   Abstract: At the end of the Western Jin Dynasty, the Wuhu ethnic
group entered the Central Plains and established the regime, which broke the
pattern of "Xia in the interior and Yi Di in the outside". The thought of
"differentiation of Huaxia and Yi" became a difficult problem for Wuhu

national leaders to establish their own orthodox status. Imperial edict documents contain the idea construction of national leaders' own regime and the legitimacy of the throne, which is a clear manifestation of national leaders' identity. Therefore, the imperial edicts and documents of national leaders were taken as the entry point to explore their political demands for the legitimacy of the monarchy. It is showed that they emancipated their minds and fought for the legitimacy of the monarchy for themselves, which was a process of changing Yi Xia concept, and it was truly a new change of political culture in the Middle Ages.

Keywords: the Sixteen Kingdoms; Identity; Yi Xia Concept

Separation and Transgression: Women's Floor Space and Emotional Life in Ming and Qing Novels   *Yang Weigang, Xie Xin* / 34

Abstract: Compared with the cottage as the living space, the building residence refers to the living style of using the building as the living space. During the Ming and Qing Dynasties, building residence was widely popular among the common people in some regions and the high officials and rich merchants, forming two different forms of building residence. The emergence of the building house had the characteristic of being high, which changed the structure of the traditional living space to a certain extent, testing and challenging the order of family life, especially the maintenance of the relationship between men and women. In Ming and Qing novels, novel narratives in which buildings were used as narrative spaces began to appear in large numbers, and among them, those involving the emotional relationship between men and women were the most representative. These novels place the occurrence and development of emotional relationships between men and women in the space of the building, expressing the confrontation and compromise between ritual and lust in the separation and crossing of living space, and expressing the new changes and achievements in the creation of Ming and Qing novels in the context of the new social culture and material life.

Keywords: Building House; Building Living Space; the Ming and Qing Novels; Emotional Life

"Search for Strangeness and Record Difference": The Southwest Writing of Lu Ciyun as an Assistant from Jiangnan   *Cao Yizhen* / 58

Abstract: During the reign of Emperor Kangxi of Qing Dynasty, Lu Ciyun, a poor and depressed scholar from Jiangnan, went to Guizhou and Hunan to be an assistant to a ranking official as his career. Southwest China was a brand new geographical and cultural space for him. What he saw, heard, thought and felt during the period left a deep impression on him. Besides recognition, appreciation and emotion, his spiritual outlook was also repaired and reorganized to a certain extent. With the purpose of "searching for strangeness and record difference", and taking the strange mountains and waters, the strange customs, and the strange stories as the main aesthetic objects, he wrote the image of Southwest in his mind from multiple angles and multi-level through various literary forms such as poetry and prose, vividly displaying the natural style, life pattern and historical imprint of Yelang, which was a grand view. Although these contents are not closely combined with the current situation, they still have great literary significance and cross-regional and cross-national cultural communication value.

Keywords: Lu Ciyun; Yelang; To be an Assistant to a Ranking Official

The Spreading, Narration and Memory Construction of *A Ten Day's Massacre in Yangchow*   *Cao Yuan* / 76

Abstract: The narrative representation of literature in *A Ten Day's Massacre in Yangchow* is a restoration of the historical during the transition from Ming to Qing, as well as a construction of traumatic memories and a recognition of national identity. Because the text has a distinct political orientation, the process of dissemination is obviously interfered by political factors. Based on historical reality, smoothing logic and revealing individual emotions are the three cornerstones to ensure the authenticity of *A Ten Day's Massacre in Yangchow*, and also an effective strategy to combine literary tradition with historians' writing techniques to complete historical narrative and text construction. Wang Xiuchu, the author, has achieved the goal of easing his mood and cultivating himself through the textual construction. The continuous construction of *A Ten Day's Massacre in Yangchow* by later generations has enriched the spiritual core of the text and realized the literary canonization.

Keywords: *A Ten Day's Massacre in Yangchow*; Private Narrative; Traumatic Memory; Cultural Memory

Research on the Narrative Text Mode of "Double Beauty" with

Hostess and Maidservant in the Ming and Qing Dynasties' Dramas

Yang Ji / 95

Abstract: Dramas of the Ming and Qing Dynasties often depicted the "double beauty" theme works with the hostess and maidservant, and the formation of the narrative mode involved a variety of factors, including the social environment of the imperial examination which can be regarded as external factors, the emotional factors of the female hostess and maidservant as preconditions, the drama creators' consideration of social law and theory, and the use of the text plot to create a small climax. Through the analysis of narrative strategy used in the description mode of "double beauty", we can explore the cultural implication of classical opera.

Keywords: The Ming and Qing Dynasties' Dramas; Hostess and Maidservant; Double Beauty; Female; Narrative Mode

383

文学史研究（**The Study of Literary History**）

The Debate of Fu in the Han Dynasty：Tradition，Debaters and the Significance of Literary History

—Criticism on Fu in the Han Dynasty in the Perspective of Studying on Debate *Liu Chengmin* / 114

Abstract：There are lots of texts written end by debating or being rich in the interest of debating in Fu in the Han Dynasty，which include the debates between host and guest，human and other things，man and himself. Being good at debating is kind of prominent features in those texts. The debates with interest and wisdom manifest at least one aspect of characters include rich knowledge，level-headed judgement on situation，great insight，strong faith in Dao and skilled language. The fusion of the studying on debate and the studying on Fu in the Han Dynasty will expand dimensions on cognizing the form and fuction of Fu，and be helpful for exploring connotation of discourse in Fu as a sort of form of thoughts. The debate in Fu，should be interpreted in the clue between talk and writing，and would be the sample to observe the significance from talk to writing in the process of development and changing of Chinese ancient literature.

Keywords：Fu in Han Dynasty；Debate；Criticism in the Perspective of Studying on Debate

"Writing Zishu in the Anthology Way"：On the Anthology Tendency of the Writing Ways of the Zishu of the Six Dynasties *Fu Xu* / 138

Abstract：Liu Xianxin summed up the writing method of the Six Dynasties Zishu，which emphasizes the rhetoric and neglects the purpose，by using "writing zishu in the anthology way". Ge Hong's *BaoPu Zi Wai Pian* includes various literary styles such as fu，shelun，historical theory，and lianzhu. On the basis of inheriting the writing mode of the previous generation，

Ge Hong also expressed the individual's life choices and the ideal of writing. The author of *Liu Zi* hided himself, integrated the thoughts of various schools of thought, and mostly followed the predecessors' theories, while the parallel prose writing formed a more theoretical and rhetorical academic text. Regardless of the writing concept of the scholars of the Wei and Jin Dynasties, or the classification of the catalogs of historical records, it is clear that Zishu and Anthology are two different types of academic writings. However, the factors of the anthology affected the writing of Zishu and objectively promoted the Zishu's fall and Anthology's rise in the Middle Ages.

Keywords: *BaoPu Zi Wai Pian*; *Liu Zi*; Fu; Shelun; Parallel Prose

Yang Weizhen's Poetic Education and the Development of "Tie Ya Poetry School"
Cui Zhenpeng / 159

Abstract: The formation of the largest poetry school of Yuan Dynasty—"Tie Ya Poetry School" has an important relationship with Yang Weizhen's poetic education. Books about poetic rules were popular in the Yuan Dynasty, which formed a poetic education paradigm of emphasizing laws, advocating models and respecting patterns. But Yang Weizhen tried to use the theory of disposition to dispel the path of learning poetry centering on knowledge. He carried out poetics education through various forms such as reviewing and revising works, compiling poetry collections, and poetic communication. These poetic education activities were centered on expression and promoted the growth of Tie Ya Poetry School. However, the immediacy, randomness and fragmentation of Yang Weizhen's educational activities, as well as the poetic characteristic of ancient Yuefu that is not strongly attached to teaching, contributed to the rapid decline of the poetry school after his death.

Keywords: Yang Weizhen; Poetic Education; Tie Ya Poetry School; Ancient Yuefu Poem; Poetic Rules

Imperial Examination Friendship, Discussion and the Poetry Alliance of Restoring Daya: the Forming Process of the "Latter Seven Scholars" from Hidden to Obvious　　　　　　　　　　　　　*Wei Roujia* / 175

Abstract: Through the examination of Xu Shuofang, Liao Kebin, Zheng Lihua, Zhou Ying and other scholars, the detailed association process of the "Latter Seven Scholars" (houqizi) has become nearly clear. However, the interpersonal relationships that they already had before the association, the important differences with Xie Zhen, and the connection between *Poems of Five Scholars*, which as an official sign of association, and the "Former Seven Scholars" (qianqizi) still need to be discussed. By reading their literary writings, combined with historical literature such as *Dengke Lu* and *Ming Shilu*, it is examined that Zong Chen's father and Wang Shizhen's father passed the Qualifying exam (xiangshi) in the same year; before serving in the Ministry of Punishments, Liang Youyu and Xu Zhongxing has had responsive activities about poems with Zong Chen who passed the Subject Test of Advanced Individual (jinshike) in the same year as they were; And Wang Shizhen's father was the Qualifying exam's examiner of Wu Guolun; Xie Zhen agreed to copy and rewrite the poems of previous generations of poets, while Wang Shizhen and Li Panlong believed that it belonged to plagiarism simulations, which was an important disagreement between them; the creation of *Poems of Five Scholars* by the "Latter Seven Scholars" was inherited from He Jingming's *Poems of Six Scholars*, and there is an intertextual relationship in these several sets of poems.

Keywords: "Latter Seven Scholars"; Poetic Disagreement; *Poems of Five Scholars*; Restore Daya's Tradition

Review and Prospect of the Research on Shen Jing's *Full Score of Southern Opera* in Recent Hundred Years　　　　　　　　*Tan Xiao* / 199

Abstract: As one of the most far-reaching musical scores in the history of

Ming and Qing drama, Shen Jing's *Full Score of Southern Opera*, epitomizes the research path experienced by the musical score after the decline of practicality since the 20th century, that from the documentary value, to the characteristics of editing, the theoretical value, and the relationship between it and the history of opera. This process gradually internalized, deepened and refined, which is closely related to the development process of opera as an independent discipline in the past hundred years. The existing research of *Full Score of Southern Opera* reflects the richness and complexity of the music score as a comprehensive form of traditional music criticism, which provides a huge space for future research, and calls for the transformation of the idea of music score research and the innovation of paradigm.

Keywords: Shen Jing; *Full Score of Southern Opera*; the Musical Score of Ming and Qing Dynasties

On the Mutual Interaction Between Gong Dingzi and the Adherents Poets of Ming Dynasty in Jiangnan Area   *Sheng Xiang* / 216

Abstract: Although Gong Dingzi became "double turncoat official" which successively surrendered to Li Zicheng and the Qing Dynasty, he had a close interaction with the adherents of Ming Dynasty in Jiangnan Area. Gong Dingzi's friendship with the adherents poets of Ming Dynasty included chorus of poems and liquor as well as political asylum, material support, fostering their descendants and maintaining their ambition of statecraft. Gong Dingzi's efforts to obtain their forgiveness had relieved the guilt of being an official in the three dynasties. With the stability of the Qing Dynasty's domination, the grief and indignation of the society to vent the pain from the country's destruction gradually diluted, the reconciliation and recommendation of turncoat officials helped to promote the internal differentiation of the adherents of Ming Dynasty. The mutual dependence and mutual benefit needs of the turncoat officials and the adherents of Ming Dynasty showed that the tie of old friends and acquaintances buffered the sharp opposition of political positions, the authority of the minister's fidelity for the monarch under the traditional "five ethics" order was dissolved, and the exchanges between the literati communication of the dynastic changes from Ming to Qing Dynasty still had distinct imprint of "friendship".

Keywords: Gong Dingzi; the Adherents Poets of Ming Dynasty in Jiangnan Area; Minister's Fidelity for the Monarch; Friendship

"Voiced" Ci-ology and Its Modern Inheritance at Peking University

Zan Shengqian / 235

Abstract: National Peking University's tradition of "Voiced" Ci-ology started with the ancient musicology and the Ci-poetry and rhythms courses offered by Wu Mei and Xu Zhiheng, developed by the systematic critical view and research methodology of the history of Ci established by Xu Zhiheng and Luo Yong based on the musical literature attribute of Ci, and groundbreaking achievements in the fields of the origin of Ci, music and dance in the Tang Dynasty, and Jiang Baishi's tones was finally made by Ye Yuhua, Yin Falu, etc. This tradition of "Voiced" Ci-ology inherited the Ci phonology and music education philosophy in the late Qing Dynasty and integrated the spirit of modern aesthetic education and the style of the empirical study of Peking University's liberal arts, which realized the modern transformation by combining the modern scientific research methods. The "Voice" of Ci-ology is a significant way for traditional Ci to merge into modern academia.

Keywords: Modern Ci-ology; Prosody; Wu Mei; Xu Zhiheng; Luo Yong

Advocate Su Shi and Xin Qiji, Remedy Defects and Rectify Errors

—Long Yusheng's Contribution in the History of Modern Ci Studies

Huang Haoran / 253

Abstract: Through sorting out the modern Ci world, Long Yusheng found one disadvantage is that writers stick to the rules of Ci and focus on skills. He advocated the remedy of Su Shi and Xin Qiji's style of writing and aroused the national spirit. Based on his predecessors, he comprehended Su Shi and Xin Qiji's Ci school from the perspective of literature. He prepared some countermeasures for the disadvantages of the study of Su Shi and Xin Qiji's Ci. He adjusted the discourse in a problematic situation, promoted the pattern, widened the gate, and promoted the style of Wen Tingshi. He used the tactics of traditional Ci studies to advocate Su Shi and Xin Qiji, to discuss the Sushi and Xin Qiji for leading the Ci school studies, to emphasize the objective for promoting the modern transformation of Ci, to attach importance to the creation of the continuation of the long tradition of Ci. Long Yusheng made an essential contribution to the history of modern Ci studies.

Keywords: Long Yusheng; Su Shi and Xin Qiji; Modern Ci Studies

现当代文学研究（**The Study of Modern and Contemporary Literature**）

On the Origin of Chen Duxiu's Theory of Language Reform

Wang Ping / 276

Abstract: Taking the initiative to deviate from the path of the Imperial Examination enabled Chen Duxiu to obtain a calm state of mind to look beyond the Chinese cultural traditions. "On Undesirable Customs" he published in Anhui Colloquial language Semimonthly in 1904 was only aimed at criticizing the cultural representations. When his ambition shifted from "establishing a country" to "establishing the people", Chen Duxiu poised his spearhead against the traditional ethics. This implied that he had gained insight into the essence of the Chinese cultural traditions. The ethics, based on Chinese language, was a medium connecting the Chinese cultural traditions with every individual. If the Chinese people wanted to get rid of the fetters of the ethics, it was necessary to reform the language, the carrier of the ethics. The ethical awareness led to the linguistic awakening, so that Chen Duxiu discovered the consistency between classical Chinese and old Chinese literature from his reflection on the traditional ethics. In this sense, Chen Duxiu realized the real value of the language reform, and opened the road of the May Fourth Literary Revolution.

Keywords: Chen Duxiu; the Imperial Examination System; Political Enlightenment; Ethical Consciousness; Language Reform

The Style Consciousness of Zhou Brothers' Views of Literature

—Centered on the "Sanwenshi" Conception   *Li Lele* / 289

Abstract: Zhou Brothers hadn't heard of the "Prosadichtung/Sanwenshi" concept until around 1907. They tried to reinterpret this pair of incompletely matched concepts of "prose" and "poem", and confirmed the status of "sanwenshi" from the cross-style writing perspective. On this basis, they started to participate in discussing the definition of literature in modern China. "Sanwenshi" seems like a free space between the poem and the prose, achieving "style conversion" and "new writing style creating". It was different from the writing style concept that became popular later on. Thanks to this preserved space, Zhou Brothers kept introducing new ways of expressions, and even overturned the new literature order that they had once participated in its creation and promotion through imitating the "introduction to literature" of the western world. In fact, Zhou Brothers rectified the pure literary canonization again by their views of literature, thus continuously activating and enriching the traditions of Chinese new literature.

Keywords: Zhou Brothers; Views of Literature; Style Consciousness; Sanwenshi

文献考辨（Textual Research on Literature）

The Transmutation of Li Bai's Poetry Annotation by Yang Qixian,

Xiao Shiyun, Xu Zhenqing and Poetics of Song, Yuan and Ming

Dynasties *Li Pengfei / 307*

Abstract: Before Qing Dynasty's Wang Qi's annotation of *Complete Works of Li Taibai*, there was only one annotation now, which was Song Dynasty's Yang Qixian and Yuan Dynasty's Xiao Shiyun's *Classified Annotation of Li Taibai's Poetry*. The people of the Ming Dynasty reprinted this book, and attached the Ming Dynasty's Xu Zhenqing's notes subsequently. On the one hand, Yang and Xiao's annotations were both broadness without simplicity. And they inherited the saying of the Song Dynasty, noted poetry by history, but Xu's annotations on simplicity and emotion were also related to them. On the other hand, Xiao's annotations focused on the source of poetry, the structure of poetry and the poet's implication. Xu's annotations were characterized by the summary of poetry and the annotation of sentence meaning. The separation and reunion track of the three annotation discourses is not only related to the emotional motivation of the annotators, but also the result of the different ways of choosing Li Shan and the Five-scholar's Annotations of the *Literary Selection*. It is also influenced by the division of text interpretation in the Song, Yuan and Ming Dynasties, Li Bai & Du Fu's acceptance of disputes and the centripetal force of poetics.

Keywords: *Classified Annotation of Li Taibai's Poetry*; Three-scholar's Notes of Li Bai; Poetics of Song, Yuan and Ming Dynasties

A Study on the Records of Famous Mountains in the Ming Dynasty

Which Collected in Japan *Feng Naixi / 323*

Abstract: From the mid and late Ming dynasty onward, travelogue collections under the title "famous mountains" constantly occurred in the book market along with the flourish of tourism and the quick development of printing industry. Centering on various editions of the Records of Famous Mountains collected in the Naikaku bunko, Japan, etc. , this article examines the relations of these editions, and discusses how editors employed various editorial strategies to swiftly respond to the changing market. Through constant re-editing and republication, the travelogue collections not only eclectically showcased its dual function as geographical writing and belles-lettres, but also included many contemporary texts in fashion, such as woodblock illustrations and casual essays on connoisseurship. They also promoted the publicization of literati's individual experience and transformed their leisure writings into commercial goods, which appealed to a broader group of readers.

Keywords: Records of Famous Mountains; Travelogue; the Printing Industry of Ming Dynasty

Textual Research on Sikutiyao of Shen Zhou's Poetry

Tang Zhibo / 337

Abstract: Three kinds of Shen Zhou's poetry collections were described in Sikutiyao: Weng Fanggang first compiled manuscripts according to the Ming Wanli edition of *Shitian Xiansheng Ji*, *Siku Quanshu Chuci Jincheng Cunmu* and then wrote according to the Ming Chongzhen edition of *Shitian Xiansheng Shichao*, *Huiyao Tiyao* is based on the Ming Hongzhi edition of *Shitian Shixuan*, three abstract contents are different. Subsequent Geben are all on the basis of the skeleton of the *Huiyao Tiyao*, but also have difference: Wenjinge edition does not make any other changes; Wenyuange and Wenlange edition's supplement is more; Wensuge edition compromise the Wenyuange edition and Wenjinge edition; *Siku Quanshu Zongmu* bring into correspondence with Wenyuange edition, appearing slightly tedious due to supplement is more, and cannot compare with the refined Wenjinge edition and the prefect Wensuge edition. The synopsis of Shen Zhou's poetry collections are mainly derived from the *Liechao Shiji Xiaozhuan*, *Jingzhiju Shihua* and other prefaces and postscripts. The library officials might directly cite, or expand, or criticize, and the relationship between Sikutiyao and the prefaces and postscripts is particularly close.

Keywords: Shen Zhou; Si Ku Ti Yao; Manuscript of Sub-Compilation; Source of Text

A New Study on Dongkang's Book Visit Deeds（1926−1927）
—Also on the "Fictional" Diary of *Shu Bo Yong Tan*（Nine-volume
Edition） *Liang Shuai* / 351

Abstract: *Shu Bo Yong Tan* is a famous bibliography since modern times, which contains rare and secret scripts that Dong Kang had looked over during his visit to Japan four times. In addition to the edition of four volumes and nine volumes that are well-known to the academics, the manuscripts of some volumes of *Shu Bo Yong Tan* are also collected by the Shanghai Library and the Document Information Center of the Chinese Academy of Sciences. The main body of the four-volume edition is the diary from December 1926 to May 1927. This paper makes a careful investigation of the process of Dong Kang's visit based on these materials. In addition, Dong Kang supplemented four volumes of the nine volumes. He adopted the method of "fictitious" diary in the supplement from the newly found manuscripts of *Shu Bo Yong Tan* and *the manuscripts of Dong Kang's Letters* in the National Library. Dong Kang also paid attention to the use of new materials and constantly improved the previous description in the nine volumes.

Keywords: Dong Kang; *Shu Bo Yong Tan*; Bibliography; "Fictitious" Diary

《励耘学刊》稿约

《励耘学刊》(《励耘学刊》文学卷)是由北京师范大学文学院 2005 年创办的学术集刊,每年一卷两辑,每辑 35 万字左右。"中文社会科学引文索引"(CSSCI)(2023—2024)收录集刊。主要刊发海内外具有原创性的文学研究论著,旨在交流学术信息,展示学术精品,维护学术规范,推动学术健康发展。一经刊用,赠送作者样书 2 册,并致薄酬(包括网络和光盘使用费)。

《励耘学刊》诚邀海内外学人不吝赐稿,现将稿件处理相关事项公告如下:

1. 实行匿名审稿制。审稿时间一般为三个月,三个月未收到用稿通知可视为退稿。审稿期内请勿将稿件另投。

2. 来稿以电子文本为宜,字数以 10000 字至 30000 字最佳,学术价值较高者篇幅不受限制。

3. 稿件内容包括中英文题目、作者署名、中英文摘要(300 字以内)、中英文关键词(3—5 个)、正文、注释,具体格式请参照《文学遗产》。基金资助论文请在首页以注释形式标注,说明项目名称、编号;文末附作者简介和联系方式。

4. 每年出版两辑:第一辑于 1 月 10 日截稿,预计 6 月出版;第二辑于 6 月 10 日截稿,预计 12 月出版。

学术联系人:杜桂萍教授、李怡教授、马东瑶教授

收稿邮箱:liyunxuekan@163.com

通信地址:北京市新街口外大街 19 号北京师范大学文学院

《励耘学刊》编辑部,邮编 100875

图书在版编目（CIP）数据

励耘学刊 . 2023 年 . 第 1 辑：总第三十七辑／杜桂
萍主编 . --北京：社会科学文献出版社，2023.6
ISBN 978-7-5228-2007-1

Ⅰ.①励… Ⅱ.①杜… Ⅲ.①汉语-语言学-丛刊
Ⅳ.①H1-55

中国国家版本馆 CIP 数据核字（2023）第 113001 号

励耘学刊（2023 年第 1 辑 总第三十七辑）

主　　编／杜桂萍

出 版 人／王利民
责任编辑／刘同辉
文稿编辑／程丽霞
责任印制／王京美

出　　版／社会科学文献出版社（010）59366556
　　　　　地址：北京市北三环中路甲 29 号院华龙大厦　邮编：100029
　　　　　网址：www.ssap.com.cn
发　　行／社会科学文献出版社（010）59367028
印　　装／三河市龙林印务有限公司

规　　格／开本：787mm×1092mm　1/16
　　　　　印 张：25　字 数：371 千字
版　　次／2023 年 6 月第 1 版　2023 年 6 月第 1 次印刷
书　　号／ISBN 978-7-5228-2007-1
定　　价／148.00 元

读者服务电话：4008918866